# 你是我的万千星辰2

白茶

/ 著 /

台海出版社

图书在版编目（CIP）数据

你是我的万千星辰 . 2 / 白茶著 . -- 北京 : 台海出
版社 , 2021.6
ISBN 978-7-5168-3032-1

Ⅰ . ①你… Ⅱ . ①白… Ⅲ . ①言情小说－中国－当代
Ⅳ . ① I247.5

中国版本图书馆 CIP 数据核字（2021）第 106981 号

**你是我的万千星辰 2**

| | |
|---|---|
| 著　　者： | 白　茶 |
| 出 版 人： | 蔡　旭 |
| 封面设计： | 中尚图 |
| 责任编辑： | 姚红梅 |

| | |
|---|---|
| 出版发行： | 台海出版社 |
| 地　　址： | 北京市东城区景山东街 20 号　　邮政编码：100009 |
| 电　　话： | 010-64041652（发行，邮购） |
| 传　　真： | 010-84045799（总编室） |
| 网　　址： | www.taimeng.org.cn/thcbs/default.htm |
| E - m a i l： | thcbs@126.com |

| | |
|---|---|
| 经　　销： | 全国各地新华书店 |
| 印　　刷： | 天津中印联印务有限公司 |

本书如有破损、缺页、装订错误，请与本社联系调换

| | | | |
|---|---|---|---|
| 开　　本： | 710 毫米×1000 毫米　　1/16 | | |
| 字　　数： | 449 千字 | 印　　张： | 31.5 |
| 版　　次： | 2021 年 6 月第 1 版 | 印　　次： | 2021 年 9 月第 1 次印刷 |
| 书　　号： | ISBN 978-7-5168-3032-1 | | |
| 定　　价： | 69.00 元 | | |

# 目 录

# 第一章　结婚

锦绣花园公寓内，大腹便便的薄亦月刚从外面回来，看着桌子上的两本结婚证书，傻傻地笑着。

她真的和邵勉哥哥结婚了！从此，她就是邵太太了！

邵勉刚才还告诉她，她现在怀有身孕不宜操劳，等到生完孩子再举办婚礼。

没关系，现在所有人都知道她薄亦月已经是邵太太了。既然名分有了，以后孩子生下来，什么也都会慢慢好的。

她轻轻地抚摸着肚子，"宝宝，妈妈终于可以和爸爸在一起了。"她此刻的心情有多么幸福，只有她自己知道。

收起结婚证，放在柜子里的小盒子内，这是盛放她重要东西的盒子。

东西刚放好，外面的门就被敲响，她笨拙地挺着大肚子去开门。

是谁？爸妈？大哥？还是……邵勉？

从猫眼望去，谁都不是，而是一个陌生女人。

她打开公寓的门，"你是？"她好奇地看着眼前这个时尚的女人。

一头金黄色波浪长发，随意地披散在背后。脸上化着淡妆，嘴唇上涂着橙红色的口红。

穿着红色的打底衫和阔腿裤装，外面是黑色的长款风衣，脚上踩着黑色尖头高跟鞋，手中拿着名牌最新款包包。

顾瑜同样上上下下打量着眼前的孕妇。

因为怀孕的原因，薄亦月清秀的小脸上未施粉黛，乌黑的长发随意地挽在后脑勺。身上是藏青色的孕妇裙装，黑色的裤子。

曾经前途大好的明星，此刻很平凡地待在家里，看来她为了邵勉付出了很多。

顾瑜扬起橙红色的唇，踩着高跟鞋往公寓内走去。

不大不小的公寓布置得很温馨。只是，有什么用呢？听说邵勉都不曾住过这里。

"你要找谁？"薄亦月好奇地看着女人的背影，她是不是太大意了，什么人都开门。

顾瑜回头，脸上依然挂着笑容，"你是薄亦月！"她不是问，而是肯定地说出。

这个不是秘密啊，曾经好歹是个小明星，很多人也都认识她。

"有事吗？"她还是很客气地问出来。

顾瑜走到沙发前，淡定地坐了下来，公寓内没有发现任何男性的东西。

"看你这肚子，少说也七八个月了吧？"她打量着薄亦月的大肚子，眼中划过一抹妒忌。

薄亦月立刻警惕起来，双手护着肚子问："是，你有事吗？"

顾瑜看着她警惕的模样，笑了笑，脸上的表情很温柔，"肚子都七八个月大了，邵勉才和你领证，看来你在他心里也没有太重要的地位嘛！"

听到邵勉两个字，薄亦月好像明白了这个女人的来意。

"这是我们两个之间的事情，和你有关系吗？"看来这个女人来者不善。

顾瑜听了她的话也不生气，又站起来在公寓内转了一圈。

薄家少爷薄亦阳是国际知名设计师，薄家小姐薄亦月是个二线明星。因为怀孕，薄亦月和娱乐公司解除合约，专心在家安胎。

后来，也就是在今天领了结婚证，对方是律师界的邵勉大律师，轰动不小。

两个人刚从民政局出来，全世界都知道了。

顾瑜的脸色一变，语气也跟着变得愤恨："我和邵勉真心相爱，邵家奶奶不同意我们在一起，所以，让你有了可乘之机。"邵夫人的位置本该是她的，半路却杀出一个薄亦月！

薄亦月也不是省油的灯，她冷冷一笑："如果是真心相爱，邵家奶奶根本阻止不了你们的！"想起邵家奶奶很严肃的样子，她其实也很害怕。

但是，邵家奶奶对她很好，特别是听说她怀孕以后，三天两头往这边跑。领证之前，还向她保证，领过结婚证以后一定让她搬回邵家老宅，她亲自照顾！

顾瑜不服气地说："但是，邵叔叔和邵阿姨还是很喜欢我的！"

这一点薄亦月是相信的，她和邵勉之所以到今天才领证，也有她公公婆婆一直不表态的原因。

眼看薄亦月肚子越来越大，怀的又是他们的亲孙子，她的公公婆婆不得不答应了两个人的婚事。

这几个月不上班，薄亦月无数次想这个问题，一段不受祝福的婚姻，注定会有人痛苦吧！

"是吗？很喜欢你？那为什么不劝奶奶同意你们的婚事呢？"薄亦月轻轻地靠在打开的门上，随时有让顾瑜滚出去的意思。

顾瑜听到她这句话，脸色又变了变。

这个女人，也不是什么省油的灯呢！她甩了一下自己的长发，重新坐回沙发上。

"你是怎么怀上邵勉孩子的？肯定不是你情我愿的！"她说得很肯定，然后仔细盯着薄亦月的反应。

薄亦月也没什么反应，她不想再和这个女人说下去，"结果就是我怀孕了，成了名正言顺的邵太太，这就够了！"

顾瑜气得一句话都说不出来，她最大的失误就是在美国工作，让这个女人有了可乘之机。

临近傍晚，照顾她的阿姨买菜可能也快回来了。想到这里，薄亦月肚子还真的有点饿了。

她不再理会顾瑜，往餐桌走过去，拿起一块面包，津津有味地吃了起来。

"不用太得意，结婚还有离婚的，我不介意抚养他和别的女人的孩子！"顾瑜从沙发上站起来往门口走去，脸上依然是来时的笑容。

薄亦月咽下面包，无所谓地说道："请关门，谢谢！"

公寓的门被用力摔上，薄亦月放下手中的面包，眼圈开始泛红。

她为了得到她深爱的男人，甚至不惜爬上他的床，她是不是很卑微？刚才这个女人是不是邵勉哥哥心中的那个女人？

晚餐的时候，薄亦月慢慢地喝着碗中的粥，别墅的门又被敲响。

照顾她的祁姐连忙跑过去开门，估计是妈过来了吧！她没有回头专心地吃着碗中的食物。

直到一丝熟悉的男性气息飘进她的呼吸间，薄亦月双眼一亮。

"邵勉哥哥！"她习惯性地叫出那个称呼，同时也站了起来。

邵勉本来是来质问薄亦月的，但是看着她隆起的肚子和发亮的眼神，很多话又说不出口了。

薄亦月看到他的脸色，才感觉到邵勉不高兴。

"你吃饭了吗？一起吃吧？"她小声地问出声，邵勉哥哥不高兴，她不能再让他不高兴了。

邵勉看着薄亦月小心翼翼地看着自己，心中一阵烦躁。

本来说不出口的话，这一烦也就说了出来："顾瑜只是过来看看你，你为什么要把她轰出去？"

想起一向霸道强势的顾瑜，也有擦着眼泪的一面，邵勉猜想肯定是薄亦月太过分了！

顾瑜？薄亦月想了一下，过来看她的只有那一个女人，原来她叫顾瑜。

就是美国那个畅悦时尚杂志社大名鼎鼎的总编顾瑜吗？

不过，她把她轰出去？"我没有啊！"她那无辜的眼神让邵勉冷笑。

"你除了会装无辜还会什么？顾瑜从来没有骗过我！"她也不会骗他！

她装无辜？薄亦月气结，顾瑜不会骗他，她就会骗他了？

"我也没骗你！"她直直地看着男人的眼神，她的眼神很清澈，男人看不出来任何杂质。

邵勉沉着脸往前走了一步，薄亦月往后退一步，连忙扶着旁边的椅子。

邵勉哥哥这个样子好吓人，他要干什么？

"薄亦月，明天开始搬回老宅住，什么花样都不要给我耍！"顾瑜知道了他结婚，哭得肝肠寸断，他就算给了薄亦月婚姻名分，别的什么他都不会再给她！

公寓的门被大力地甩上，薄亦月傻傻地坐回椅子上，邵勉哥哥这是什么意思？

第二天就有几个人来搬薄亦月的东西，应该是邵勉找过来的人。

邵家老宅位于郊区，离市中心有点偏远，但是环境很安静，很适合养胎。

白发苍苍的韩敏看到孙媳妇，高兴得合不拢嘴，完全没了作为老教师的严肃。

"来来，亦月，这是小勉的房间，他好久都没住了，我已经让人打扫过了，你就安安稳稳地住在这里！"薄亦月微笑地点了点头，开始打量邵勉的房间。

一百多平方米的卧室，深色装修风格，梨花木的书架上摆着许多奖杯，是邵勉作为律师的辉煌成就。

墙上挂着几幅国外名人的油画，黑色的衣橱内有点空，看来邵勉没怎么回来过。

"这个小勉之前跟着阿恒那小子在帝城，后来去A国，现在终于回来了，还成家立业了，我这个老太婆真高兴啊！"韩敏满意地看着薄亦月，长得倒是清秀单纯。

不像顾瑜那个女人做作又强势，她才不喜欢那种女人呢！

薄亦月挽着韩敏的臂弯，甜甜地说道："奶奶，以后我们就可以做伴了！"

她向往的就是平淡的幸福，和邵勉哥哥生几个小娃娃，在这里跑来跑去，挺好的！

韩敏笑开了花，摸着她的大肚子说："这不还有一个小的，马上就出来气人喽！"男孩女孩都行，各有各的好处。一儿一女是最好的！

"是啊，听说男孩子比较调皮，要是个男孩的话，到时候奶奶可得好好教育他！"说到这里，薄亦月越来越期待这个孩子的出生了。

邵勉哥哥会不会喜欢这个孩子？不过，这是他的孩子，应该很喜欢的吧？

　　韩敏和薄亦月相互扶持着去了后花园，"丫头啊，你也不能太好说话，省得被人欺负了去！"听说这丫头之前做明星的时候，刚锋芒毕露，就被另一个女星挤了下去。

　　肯定是这个丫头没心眼，不知道保护自己，才会被踩下去的。

　　两个人就这样说着话，摆弄着韩敏种的绿植和鲜花，一天就这样过去了。

## 第二章　家有孕妻

晚上，邵勉没有回来。

薄亦月瞪着眼看着天花板，她以为邵勉哥哥会回来的……

不只是这天晚上，后来一连好几天，都不见邵勉的身影。

天气渐渐地进入夏天，薄亦月挺着快要生的肚子，打理着花房内的花，热得满头大汗。

邵勉站在自己的房间内，看着自己的房间忽然多了许多女性用品。衣柜内也是，多了不少女人的衣服。

到处都是淡淡的香味，还有不少婴儿的小衣服和用品，提醒着他即将为人父。

而让他体会到这种喜悦的女人却不是他最爱的女人。

走到落地窗旁，后花园一个行动笨拙的女人，擦着汗珠正在花房内浇花。

奶奶走过去递给她一块西瓜，她立刻放下手中的水壶接过西瓜。

也许是很甜，吃到嘴里很享受很开心。

她搬过来有一个多月了，再有不到半个月……孩子就该出生了吧！

爸妈也长期住在市区，他们平时也不回来，只有奶奶和这个女人两个人。

邵勉收回目光，大步往后花园走去。

韩敏拿出一张湿巾递给薄亦月，"来，擦擦，看看你的汗，孕妇就是热性体质，怕热！"

"奶奶，还麻烦你去切西瓜。"用人出去买菜了，老宅就她们两个人，薄亦月擦了擦脸上的汗珠，舒服了许多。

韩敏不以为然地摆摆手，"切个西瓜又累不到，这个西瓜挺甜的！"

薄亦月赞同地点头，放下西瓜皮，再取一块，就在这个时候一个声音响起，

"不知道孕妇要少吃西瓜的吗？"

两个人同时回头，门外站的正是穿着白色衬衣的邵勉。

此刻，他沉着脸看着不知道保护孩子的薄亦月。

薄亦月惊喜过后，吓得立刻把手里的瓜放回盘子。

而韩敏的脸立刻拉了下来，"我还有一个孙子啊？我都给忘了！"语气中满满的都是讽刺。

真是可怜了亦月，孕期邵勉从来都没有陪过她，而她从来都没有抱怨过一句。

就在昨天邵勉居然还上了娱乐新闻，还是和顾瑜那个女人一起！

随着邵勉越来越出名，想挖他娱乐新闻的人多得很。昨天，突然就被挖出来了。

新闻标题很是挑衅："金牌律师家有孕妻，和总编顾瑜玩暧昧。"

薄亦月看到以后很难受，韩敏都不知道该怎么安慰她。

这个没志气的丫头，今天见到邵勉，居然还能很惊喜的样子！

她这个孙媳妇是多爱她的孙子？这样都不生气。

"奶奶！"邵勉恭敬地给韩敏打了声招呼。

韩敏拉着脸都不理他，薄亦月有点尴尬地看着两个人，"奶奶，邵勉哥哥都回来了，你别生气了！"

韩敏闻言瞪她一眼，"你们年轻人不都是叫老公的吗？叫什么邵勉哥哥，就算碍于我在场，也应该把哥哥两个字去掉！"

……奶奶好时髦。薄亦月偷偷地抿嘴浅笑。

邵勉看着女人红扑扑脸上的笑容，觉得天气没有那么闷热了。

"奶奶，我们进去吧，这里有点热。"薄亦月搀扶起韩敏，一起回屋。

韩敏看了眼孙子，拍拍孙媳妇的手，"亦月，你现在是两个人，不要再把不在乎你的人放在心上，让自己老是半夜偷偷地哭！对你和孩子都不好！"

奶奶怎么知道？薄亦月连忙尴尬地红着脸否认，"没没，我没有奶奶，我和你在一起，你宠着我，我很开心！"生怕身后的男人有想法，她吓得加快了脚步。

　　也许是怀孕了就是比较矫情，只有她自己的时候，有几个夜里总是忍不住流眼泪。

　　可是奶奶怎么会知道，是她的声音太大了吗？

　　韩敏看着孙媳妇的样子，暗自叹了口气，她知道孙子心中都是顾瑜那个女人。但愿亦月生完孩子，这一切都会好起来。

　　看着前面相互搀扶的两个人，完全忽视了自己，邵勉还是很不高兴的。

　　不过，听到奶奶的话后，他眉头紧皱，那个女人为什么哭？因为他吗？她不应该早就做好独守空房的准备吗？怎么？还指望他陪着她？

　　走进客厅，迎面扑来一阵冷气，薄亦月感觉舒服多了。

　　把奶奶扶到沙发上，看着门口进来的身影，开心地走进厨房打开冰柜。

　　洗了些水果端过来，放在男人面前，"邵勉哥哥，吃水果。"她笨拙地弯下腰又站起来，可费了不少劲。

　　韩敏抿嘴一笑，"孙媳妇，我孙子回来了，你眼里都没我了，是不是？"看吧，水果都不给她吃。

　　薄亦月感受到邵勉的目光，脸色一红，"奶奶，我去给你剥点干果吃。"她慌里慌张地把干果盘端了过来，熟练地拿起核桃夹，给韩敏开始剥核桃。

　　邵勉表情淡淡地看着这一幕，她这是在讨好他们吗？

　　"奶奶，你吃！"她甜甜的声音打断他的思路。

　　韩敏接过核桃果肉放在嘴里，瞄了眼看着孙媳妇的孙子。

　　"邵勉，等会就走吗？"韩敏状似不经意地问道。

　　他等会就又要走吗？薄亦月听到韩敏这句话，眼神中划过一抹失望，脸上的笑容也少了很多。

　　邵勉靠在沙发上，感受到女人少了些许的笑容，硬是狠不下心来说是。

　　刚打完一个官司，他回来就是看看奶奶。

　　"你要走赶紧走！"韩敏看到孙子沉默，开始生气。

　　薄亦月嘴角上的笑容逐渐消失，手中的动作开始有点慌乱。

　　"啊！"手上传来的痛楚让薄亦月一声惊呼，她居然一个没看好，用核桃夹子夹住了自己的手指。

韩敏听到薄亦月的惊呼，连忙想凑过去的。只是，对面的孙子比她速度更快。

他起身往薄亦月的身边跨了两步，抓住她的手。

看着女人被夹到发红的手指，脸色不好地开了口，口气也很生硬，"你怎么那么笨，剥个核桃都会夹着手!"

薄亦月本来想着揉揉就好了，但是一听邵勉训斥的口气，眼圈瞬间红了。

他以前从来没有这样过，大家在一起的时候，邵勉哥哥都是很开心，偶尔也很幽默的。

而现在他面对她，从来没有笑容，甚至像现在这样……冰冷。

她嫁给他，剥夺了他的爱情，他是不是也很难受很痛苦?

"对，对不起。"她把手从他的手中抽出，笨拙地从凳子上起身，往楼上走去。

对不起? 她给自己道歉做什么?

看着女人笨拙上楼的身影，邵勉感觉自己刚才是不是有点过分了。

那天晚上的事情说到底，也是他占了便宜，拥有了完整的她……

"邵勉，你出去! 以后不要再来看我这个老太婆了! "韩敏拉下脸，手往桌子上一拍，朗声要赶人走。

邵勉看着她严肃的脸色，知道奶奶是真的生气了，他烦躁地拢拢自己的黑发。

"我没说今天晚上要走! "他一屁股坐回沙发上，韩敏的脸色这才好了不少。

二楼，薄亦月锁上房门，让自己靠在门后，眼泪啪嗒啪嗒往下掉。

两分钟后她擦掉眼泪，开始调节自己的情绪。薄亦月，嫁给邵勉哥哥已经是你想要的了，你还哭什么?

静静地待在他身边看着他，最起码你和他跨近了一大步的距离，不是吗?

你有什么好委屈的，那天晚上如果不是你……他会娶你吗?

想到这里,她走到梳妆台前,拿出纸巾擦干自己的眼泪。

打开一旁的手机,上面还停留在微博新闻页面,上面某张照片她看了一晚上。

笑得很开心的顾瑜挽着帅气的邵勉,走进了一个饭店的包间。

邵勉哥哥的脸上……是那么幸福和开心。

她是不是成了小三?

泪水再次忍不住溢出,她连忙擦掉,关掉网页点击返回,不敢再去看那张图片。

莫名有点累,她也没勉强自己,爬到那张一直都是自己睡的大床上,迷迷糊糊的就睡着了。

许久之后,房间的门从外面被打开,男人看着大床上侧身而睡的女人,放轻了脚步。

走到自己的床边,之前床上的四件套都是黑色或者灰色的。此刻不知道从哪里弄来的淡粉色的,整整齐齐地铺在大床上,和房间风格是那么不协调。

女人好像是哭过,眼皮都是红的,一只手放在她的大肚子上。

房间冷气调得有点低,他都感觉到一丝凉意,而女人只穿着孕妇裙什么都没盖。

轻轻地走到床边,打开叠得整整齐齐的淡粉色夏凉被给她盖上。

只是,他刚转身她就把被子给踢了,还笨拙地换了换睡姿。

他只得再次给她盖上,这次薄亦月醒了。

怀孕后期她睡觉很轻,待她睁开眼睛,只看到一个熟悉的背影,房门轻轻地被关上。

她刚才看到了邵勉哥哥,那么她身上的被子是他给盖的?

想到这个可能,薄亦月紧紧抓着夏凉被,脸上布满甜蜜。

一觉醒来已经是一个小时后,走到二楼楼梯口,薄亦月看着楼下沙发上面对电脑的男人,有一瞬间她以为自己看花眼了。

揉了揉刚睡醒的双眼,沙发上的确是邵勉哥哥,所以他没走吗?

压下心底的喜悦,扶着楼梯从二楼慢慢地走到一楼。

## 第三章 帮她洗手

邵勉在她站在二楼看自己的时候，就发现了她。

他继续看着电脑上的资料，眼角余光瞄见大着肚子的女人进了厨房。

厨房内一直照顾韩敏的冯阿姨和祁姐都在忙活着晚餐，看到她进来，祁姐开口道："少夫人，你先去歇着，我们快做好了。"

平时薄亦月起来得早，就进厨房帮着摘摘菜，今天显然是起得晚了，饭都快做好了。

"嗯，那我去叫奶奶下楼。"帮不上忙，薄亦月只得先离开。

不远处，那个男人还在认真地工作着。本来走路就轻的薄亦月，此刻更加小心翼翼，不让自己发出一点动静，生怕打扰到他。

只是她刚上一个台阶，就被男人叫住："你去坐着，我上楼叫奶奶。"

她那么笨拙和臃肿的身材，上下楼梯肯定很累很慢，还不如他跑一趟。

原来他听到了啊？"没事的，你先忙工作，反正我也是闲着。"她脸上的惊喜很明显。

邵勉发现，她每次跟自己说话，脸上的表情都很惊喜和小心翼翼。她之前和他们在一起，从来不是这个样子的。这并不是薄亦月本来的性格！

听到女人拒绝，男人不高兴了，放下手中的笔记本电脑，往楼梯口走来。

淡淡的目光在她身上扫过，邵勉没有说话，就直接上了楼。

薄亦月有点尴尬地摸了摸鼻子，回到沙发上乖乖坐好。

桌子上放着好几个文件夹，她猜测，他每天肯定都很忙吧！

毕竟是国际金牌律师，找他的人肯定也很多。

那她更不能给他惹什么麻烦，或者用什么事情来影响他。

她以前在演艺圈的时候，就偶尔听到很多国际官司，都是他打赢的。

她就会看着新闻傻傻地笑着，照片上的邵勉总是西装革履，全身散发着自信。

"亦月，来，吃饭了！"韩敏不知道什么时候已经下了楼，薄亦月这才回神。

扶着沙发扶手站起来，往一楼洗手间走去。

邵勉和她一起进的洗手间，好在有两个水龙头。

沉默地感受着旁边男人的气息，她有点紧张，其实薄亦月也不知道自己在紧张什么。

"扑通！"一个不小心，洗手皂滑溜溜地掉在了地上。

她看着滑得很远的洗手皂，无奈地往角落里走去。

正要弯腰蹲下身子去捡的时候，一只有力的大手拉住了她的胳膊。

洗手皂从地上被捡了起来，邵勉把它在水龙头下冲了一下，又递给她。

薄亦月呆呆地接过洗手皂，肚子抵在洗手台上，伸长了手去接水。

邵勉看大着肚子的她洗个手就这般艰难，心里划过一抹不忍。

站在她的背后，把她圈在自己的怀里。拉过她的小手，用水撩着给她洗干净。

女人好闻的气息扑鼻而来，他永远忘不了那天晚上她的味道，此时有点心猿意马。

薄亦月任由他拉过自己，撩水洗着自己的手。这一刻他撩的不是水，而是她的心……

从镜子里看到女人圆圆的脸蛋上笑容扬起，他的嘴角也随之勾起。

他关上水龙头，耐心地给她擦干，拉着她胖乎乎的小手走出了洗手间。

韩敏看着携手而来的两个人，笑得慈祥："快来！吃饭了，邵勉坐在这儿，亦月坐旁边。"她故意给两个人的位置安排在一起。

邵勉懂奶奶的意思，也没拒绝，按照她的意思给旁边的薄亦月拉开凳子。

等到她坐好，自己才在她的身边坐下。

今天晚上的菜品很丰盛，六菜一汤，还有薄亦月最喜欢喝的莲子麦仁粥。

韩敏看着饭菜给孙子使了个眼色，邵勉无奈地夹起一个虾仁放到薄亦月的碗里。

看着碗中的虾仁，薄亦月心中满满的都是感动，这样就够了，她很满足了。

开心地低头吃下那个虾仁，竟觉得比平时的都好吃。也许，从此她就爱上了吃虾仁。

今天晚上的晚餐薄亦月明显很开心，和韩敏有说有笑，饭菜也吃了不少。

她的饭量让邵勉咋舌，喝了两碗粥，吃了六个小笼包，还有不少菜，是不是怀孕后期的女人都这么能吃？

吃完饭天色微暗，韩敏吩咐着邵勉："你今天在家，我休息一天，等会儿你去陪亦月散散步。"

薄亦月听到她的话，看着准备办公的男人连忙拒绝道："不用了，奶奶，我一个人就行！"

今天他为她做得已经够多了，再麻烦他，他肯定会更讨厌自己。

她慢慢地走到门口换上平底鞋，打开门往外走去。一阵热风迎面扑来，让她瞬间就有出汗的感觉。

但是没办法，为了肚子里的宝宝，也得走半个或者一个小时呢！

刚跨过邵家大门门槛，薄亦月眼角余光看到一个人影跟了过来。

会是他吗？她紧张到一颗心怦怦乱跳。

邵勉跟上女人，天都有点黑了，她一个人出去让人很不放心。

知道他在旁边走着，她也没开口，她怕她多说一句话，他还会讨厌自己。

一直走到闹市区两个人依然沉默着，只是人比较多，邵勉自觉地靠近了薄亦月。

在甜品站门口，薄亦月看着冰激凌，又看看邵勉。

她没带钱，但是想吃冰激凌。

"邵勉哥哥。"她不敢直视他的眼睛，眼神四处乱瞄。

邵勉看着面前比自己矮了许多的女人，这个曾经的小妹妹。他知道她很喜欢吃冰激凌，但他没有点破。

"我已经不是你的邵勉哥哥了。"他忽然吐出一句话，让薄亦月迷茫了一下。

邵勉看着眼神迷离的小女人心情甚好，"以后再叫我，就把哥哥两个字去掉。"

自从那天晚上之后，她再叫他邵勉哥哥，他总会不由自主地想起那天晚上，她在自己身下也是这样叫的。

"邵勉？"她试探地叫了一句，他点点头，随便吧！只要不叫他邵勉哥哥就行。

薄亦月这才不好意思地开了口："我想吃冰激凌，但是我没带钱。"她圆圆的脸蛋绯红，很好看。

"所以呢？"他故意问道。

还有什么所以啊！所以，她想吃啊！小女人眼中划过一抹懊恼："我想向你借点钱。"她的口气变得很正式，没有刚才的娇羞和不自在。

邵勉浓眉微挑，继续逗着她："我也没有带钱包。"

女人的脸上满是失望，她继续不放弃地问："那你带手机没？"她连手机都没带，他总带了吧！可以手机支付的。

"我手机也没带。"

薄亦月看得出来他绝对是故意的，难道他连一个冰激凌都不愿意给她买吗？

要是这样，那就真的算了！

她肯定没想到邵勉会跟她开玩笑，很失望又失落地往回走去。

不过邵勉没有跟过来，她用余光看不到他的身影，心里更失望了。

她是不是要求太多了，他能跟出来就已经很好了。不能要求太多了，薄亦月！她轻轻地警告着自己。

人总是贪婪的，得到越多想要的就越多。

下一刻，一个东西忽然出现在眼前，吓了她一跳。

仔细一看，是一个芒果味儿的冰激凌。

　　脸上的表情由郁闷转为眉开眼笑，原来邵勉真的在和她开玩笑。

　　"怎么？现在都不能逗你了？"以前和她在一起的时候，他总是把脸皮不算薄的她，逗得低头直跺脚。

　　薄亦月吃到冰激凌，一副很满足的样子，理都不理邵勉。

　　这次邵勉开始郁闷，怎么？他还没她手中的冰激凌重要吗？

　　"吃冰激凌可以，但是不能全吃完！"

　　一个路人只顾低头看手机，走得也很快，眼看就要撞到专心吃冰激凌的小女人了，他连忙伸手把她揽在自己的怀里。

　　路人也警觉自己前方有人，又侧了一下身子，才算没有碰到。

　　薄亦月看着走过去的路人，这才反应过来，要不是邵勉护着她就和别人撞上了。

　　"谢谢！"她抬头给男人道谢。

　　邵勉这才放开她，"没事，先坐在这吃，等会再走。"他指着路边上的长椅，和她一起坐了下来。

　　男人优雅地叠着双腿坐在长椅上，引来不少路人的目光。

　　她偷偷地瞪着每个看向邵勉的女人，每个女人都是一副惊艳的表情。再接触到她恶狠狠的目光，就立刻变了脸。

　　邵勉扫到她的小动作，也不介意，只是望着她手里越吃越少的冰激凌。

　　剩下一半的时候，冰激凌被他毫不留情地抽走。

　　"还有一半呢，扔掉很浪费的！"她有点着急，毕竟还没吃过瘾呢！

　　邵勉拿过她手中的勺子，二话不说三两口给解决掉，然后扔掉空盒子。

　　……

　　薄亦月的确没话说了，她的冰激凌，就这样进到了他的肚子里。

　　关键是那还是她吃剩下的，勺子也是她用过的。据她所知，他不是有轻微的洁癖吗？

　　他不介意她的口水，也不介意她吃过来咬过去的勺子吗？

　　邵勉看着她惋惜的目光，忍不住开口："等到你生完孩子，让你吃个够！"

薄亦月这才满意地点点头，此时，天已经彻底黑了。

两个人慢慢地往家走去，依旧是沉默着，只是气氛很好。

进了老宅的客厅，一股凉风吹来，薄亦月感觉舒服多了。

## 第四章　稚嫩的豆芽菜

上楼回房间洗了个澡，从浴室出来的时候，邵勉已经在靠窗的桌子上办公了。

她轻轻地关上浴室门，不想打扰到他，就直接躺到了床上。

邵勉感觉到身后传来的动静，放下手中的资料，从衣柜中找到一套睡衣进了浴室。

薄亦月紧紧地握着手机，他今天晚上真的要住在这里了？忍不住将笑容挂在脸上。

翻开手机，有几个未接电话，是薄亦阳的，她拨了回去。

"大哥。"她的声音是那么清脆和欢乐，这才是邵勉以前认识的薄亦月。

浴室内的邵勉听到她轻快的声音，开门的手顿住了。

"邵勉在家，他回来了啊！大哥你别管我们的事情了，他对我很好！……当然是真的，我们两个刚才散完步回来！"

薄亦月真庆幸今天邵勉回来了，为她做这些事情。要不然今天晚上哥哥打电话，她还真不知道怎么应付才好。

薄亦阳那边大概是说让邵勉接电话的，只听见薄亦月很甜蜜地说："邵勉刚去洗澡，哥，你就别操心我了，我很好……再有半个月吧！嗯嗯好的！再见！"

邵勉没想到，薄亦月会那样为他说话。

邵勉从浴室走出来的时候，薄亦月正来回刷着手机，不知道看到了什么，整个人都沐浴在温暖的笑容中。

他擦着头发的手顿了顿，她以前在他眼里就像一个孩子，他其实不喜欢这种稚嫩的豆芽菜的。

但是现在看来，稚嫩的豆芽菜也很可爱。

没有心思再工作，他关掉电脑躺到大床上，薄亦月吓得手机差点掉床上。

她下意识地往床边挪了挪，给男人留下很大的空位置。

拿出手机看了一眼时间的邵勉，注意到她的小动作，关掉手机。

"不怕掉下去？"他看都没看她一眼，直接关掉大灯，留下床头灯。

房间黑暗了不少，薄亦月瞬间紧张起来，这是第二次她和邵勉睡在一张床上。

听话地往他身边靠了靠，女人身体的幽香扑鼻而来，让邵勉有片刻失神。

待男人躺好，薄亦月翻了个身，在黑暗中偷偷地看着男人的侧脸。

她从来没有这么看过他。微闭的眼睛，高挺的鼻梁还有紧抿的薄唇。他的每一个地方，都在吸引着她。

"睡觉！"虽然没有开灯，但是女人的视线太过于炙热，邵勉动了动喉结。

偷看被抓包，薄亦月连忙闭上眼睛。只是没过一会儿，她就往邵勉身上靠了靠。

她猜测邵勉的怀抱，一定很温暖。

房间内很安静，薄亦月都能听到他的呼吸声。

轻轻地翻了个身，平躺在床上，只是腰又开始疼了。

从怀孕七八个月的时候，晚上睡觉腰都会酸疼，有的时候动都不敢动。

她无声地叹了口气，怀孕真的好辛苦，好在她快要"卸货"了。

想着宝宝的东西还有什么没有买，明天去商场再转转。

腰部隐隐传来的疼痛，让她又翻了个身，这次是背对着邵勉。

邵勉感受到旁边的女人，睡得很不安稳，她不舒服吗？

"你怎么了？"黑暗中，他还是开了口。

薄亦月猛然睁开眼睛，立刻小心翼翼地道歉："打扰你休息了邵勉，对不起，我不是故意的。"

接下来她不敢再动，屏住呼吸，生怕邵勉睡不好，以后再也不回来了。

他皱了皱眉头，她为什么老向他道歉？"没有打扰我休息，你是不是不舒服？"

薄亦月犹豫了一下，才开口："可能是宝宝大了，一个姿势躺得久了，腰会疼。"

大概五分钟后，薄亦月拉住男人给她按摩的大掌，"可以了，睡觉吧！"她的声音听上去很愉悦，邵勉的大掌从她胖乎乎的小手中抽出，无声地躺在床上。

心里空落落的，这也许就是同床异梦吧！

许久之后，薄亦月还没有一点睡意，只是，她也不敢再动。

邵勉听着呼吸不均匀的女人，判断她还没睡着。两手一动，把她揽到自己的怀里，让她的头枕着自己的胳膊。

薄亦月感受到他这个动作，红了眼。

男人没有拒绝，她扬起嘴角闭上了眼睛。要是天天都能这样睡在邵勉怀里该多好。

他闻着女人身上散发出的阵阵幽香，有一瞬间是后悔的。他是一个正常的男人，抱着她怎么可能没影响。

邵勉努力让自己去想即将开庭的案子，想那些资料和证据。

怀中的女人都快要睡着了，他还在隐忍着。

过了一会儿他的手机忽然响了起来，怀中已经睡着的女人，微微颤抖了一下就醒了。

打扰到她睡觉了，他烦躁地拿起床头柜上的手机。

看到来电显示，邵勉的眸色暗了暗，最终还是划开接听键。

电话那头传来一个男人的声音："您好，请问您是这个手机主人的朋友吗？"

邵勉皱了皱眉头，她的电话，怎么会是一个男人的声音？

薄亦月已经离开了他的怀抱，他从床上下来，往窗边走去。

"我是！"

"是这样的，先生，手机的主人在我们这里喝醉了，但是我们该打烊了，所以，你能来接她吗？"电话那边声音很客气，应该是服务生什么的。

顾瑜喝醉了？"我现在过去。"

邵勉问清地址，立刻打开床头灯，穿上衣服。

薄亦月躺在床上看着男人的一举一动，他要走了吗？还会回来吗？是那个女人吧？刚才手机屏幕亮起的时候，她看到顾瑜两个字。

房间内依然很沉默，只有男人穿衣服的声音，邵勉关上床头灯。

黑暗中他的脚步停下，声音低沉道："打扰到你了，早点睡！"语气里夹杂着的生疏客气刺痛了薄亦月的心。

然后他打开房门，头也不回地离开了房间。

不久楼下传来汽车发动的声音，薄亦月知道，那是他离开了。

床上还残留着他的味道，她贪恋地往他枕过的枕头上挪了挪，闻着他的味道，闭上了眼睛。

一滴泪无声地掉在枕头上，很快消失不见。

就像邵勉从出现到消失一样，都很快……

太湖花园，邵勉将女人送到家后转身往外走去，身后的女人立刻扑了过来，从他的背后搂住他的腰。

"阿勉，今天晚上不要走好不好？"她的话，他知道什么意思。

不待他决定，顾瑜看着男人，往后退了一步，毫不犹豫地拉开裙子上的腰带。

邵勉的脸色变了变，想起老宅内躺在床上大着肚子的薄亦月。他头也不回地拉开房间的门，大力地甩上。

第二天邵勉要去法院进行一个国际诈骗案的辩护，薄亦月一个人慢慢地往商场逛去。

宝宝的衣服奶奶已经买过很多了，她只需要再买点小袜子什么的就可以了。

踏进婴儿区，她的手机就响了起来。谁会给她打电话？

她坐在旁边的休息椅上，拿出包里的手机。

是一个陌生的号码，"喂，你好！"

"薄亦月？"电话那头传来一个女人冷冷的声音，如果她没猜错，应该是顾瑜。

薄亦月看着已经接通的电话，真的很扫兴。

"有事吗？"她的目光放在不远处的一条男士领带上，黑色带暗纹，邵勉戴上应该很帅气！

顾瑜听着她不咸不淡的声音，也没有介意，"知道昨天晚上邵勉后来去哪了吗？"

薄亦月当然知道，"我老公接电话的时候，我就在他怀里，我当然知道他去哪儿了！"

夹着香烟的手渐渐地握紧，"是啊，只是后来在他怀里陪他度过后半夜的人是我！"她故意说得很暧昧。

"那又怎样，你顶多也是小三！不是吗？"小三，永远是被唾弃的。

顾瑜笑了："小三？你怀孕这快要十个月，前三个月不说，后面几个月邵勉碰过你吗？"她问的很简单，如果那个女人想多了，那就不怪她了。

薄亦月皱眉，她是什么意思？要告诉自己，邵勉这几个月一直是和她顾瑜在一起的吗？

"来日方长，如果你愿意做一辈子小三，我也没意见。"薄亦月直接挂掉电话，这个女人怎么那么扫兴！

顾瑜看着直接被挂掉的电话，气得脸都扭曲了。脑子飞快地转着，她给薄亦月打电话，没那么简单的！

中午刚吃完饭，薄亦月在客厅里转了几圈消消食，韩敏正在看着今天的报纸。

客厅的门忽然被打开，薄亦月看着进来的邵勉，脑子一时没反应过来。他怎么这个时候回来了？

"奶奶！"邵勉脸色面无表情地向韩敏打了声招呼，韩敏瞄了他一眼点了点头。

薄亦月正要给他打招呼，邵勉脸色阴郁地就看了过来。

"上楼，我有事问你。"说完，不由分说地拉住薄亦月的胳膊，往楼上走去。

"诶，邵勉你干吗呢？亦月大着肚子，你慢点！"韩敏连忙放下报纸，跟了过来。看着拉拉扯扯的两个人，心都提起来了。

邵勉直接将薄亦月打横抱起，看着身后的老人："奶奶您满意了？"

韩敏一看还真的满意了，偷偷地捂着嘴笑着坐回了沙发上。

这俩孩子感情似乎有进展的空间，好兆头！

薄亦月紧紧揽着邵勉的脖子，生怕一个不小心掉了下去。他的脸色很难看，她当然不会傻到认为邵勉回来是和她恩爱的。

邵勉把薄亦月放在房间内，关上房门。

回头的时候薄亦月手里已经多了一个手提袋，她开心地看着男人，"邵勉，这个领带是我今天给你买的，你看看怎么样？"

说着她从手提袋里拿出一个精致的盒子，打开以后是一根黑色带暗纹的领带，但愿他会喜欢。

"啪!"盒子被邵勉无情地打掉在地，领带从盒子里掉了出来。

薄亦月看着那个领带，脸色慢慢地变得苍白，这是她第一次给他买礼物。

# 第五章　早产

地上的领带和女人苍白的脸色，让邵勉心中划过一抹不自在。

不过他想起上午的事情还是很生气的，"薄亦月，顾瑜只是给你打个电话，告个别，你至于说那么狠毒的话伤害她吗？"

薄亦月这才把目光放回邵勉身上，她淡淡地问："我说什么了？"

打个电话，告个别？呵呵，他邵勉也信？

邵勉看着她平静的脸色，一阵烦乱道："你说什么了你问我？你自己心里不清楚吗？"他的声音高了很多，脸上满是怒色。

这是薄亦月第一次见邵勉发这么大的火，顾瑜到底跟他说什么了？

"因为我说她是小三？还是因为我说我昨天晚上在你怀里？"她静静地问他。

邵勉听到薄亦月说小三这两个字，脸色更是布满乌云，"你凭什么说顾瑜是小三？你这是诽谤。"他冷冷地看着面前的女人。

"难道她不是吗？昨天晚上她不也躺到你的怀里了吗？我说的有什么错！"她的情绪渐渐地激动了起来。

"瞎说什么呢！薄亦月，如果三个人之间真的有一个小三，那就是你！"邵勉的话，像一把刀直直地划在薄亦月的心脏上。

是啊！她如果当初没上邵勉的床，她就不会怀孕，也不会和他结婚，更不会牵扯出一个顾瑜。

邵勉看着女人越来越白的脸色，心中划过一抹不忍。但是还是控制不住地说出："你让顾瑜去死？你怎么那么狠的心？还说我爱你，我邵勉爱上谁都不会爱你！"男人嗤笑。

薄亦月也笑，顾瑜的手段，邵勉深信不疑。

她如果现在反驳说自己没有说过这些话，他肯定不会信吧？

那么，她干脆不要解释好了！

"薄亦月，我以前和你在一起的时候，怎么没发现你这么有心机？"他冷冷地讥讽，女人始终保持着沉默。

邵勉怒了，一把拉住薄亦月的手腕，问道："你不说话什么意思？"

他来找她对质，事实让她难堪了？自己做的丑恶事情被扒出来，尴尬了？

薄亦月左手攀上他握着自己手腕的大掌，真诚地看着邵勉道："这些话我没说过。"

邵勉恼怒地甩开她，一时间都忘了她大着肚子的事情。薄亦月被甩开，一个没站稳，往梳妆台上撞去。

"啊！"肚子直直地撞在梳妆台上，紧接着就是一阵钻心的疼痛。

薄亦月痛苦地捂着肚子，半趴在梳妆台上。邵勉怔怔地看着自己的双手，他刚才做了什么？居然甩开了她！

"你怎么样？"把所有的事情都先抛到脑后，邵勉连忙走过去，抱住女人渐渐往下滑的身体。

薄亦月紧紧抓着男人的大掌，肚子好疼，额头上开始渗出汗珠。

"疼。"她咬着牙挤出一个字。

疼？糟了！邵勉立刻将她抱起来，往门外冲去。

走到一楼的时候，韩敏看着咯噔咯噔下楼的孙子，还有一脸痛苦的薄亦月，"怎么了？这是要生了吗？不应该啊！"

"估计是，我先送她去医院。"邵勉大步抱着她往门外冲去，把她放在车后座上。

要生了？韩敏一时间没反应过来，在客厅里转了好几圈，才想起来要带着东西去医院！

主驾驶上的邵勉焦急地拨通司承阳的电话，"你还在医院吧？"

得到答案后，邵勉加上油门，往承阳私人医院开去。

后座上的薄亦月疼得死去活来，她紧紧地咬着下唇，脸色已经很苍白，满头大汗。

"你忍一下，我现在带你去医院。"昨天晚上，他还想着把她带到自己公寓待产的。

此刻再看看后座上咬着牙忍着痛的女人，他心里满满的都是自责。

刚才为什么要用力甩开她，她明明是个孕妇啊。

到医院门口的时候，薄亦月已经疼得开始尖叫了。

邵勉随便把车一停，抱着后座上的她往医院内跑去。

医院内已经有人在等着他们，薄亦月刚到就被送进了生产室。

邵勉站在门外，愧疚将他整个人紧紧包裹。

薄亦月本来可以顺产，但因为发生了意外，顺产有风险只得转为剖宫产，最后生下一子。

回到病房内，邵勉看着眼睛紧闭的女人，给她掖了掖被角。

他也许欠她一声道歉，"对不起。"

薄亦月静静地躺在病床上，听到邵勉的道歉，她不知道该如何是好。

一个没忍住，一滴泪顺着眼角流了下来。

她果然没睡着，邵勉用大拇指轻轻地擦掉她的眼泪。

"亦月，出院后搬去我的公寓住。"他的手在她的脸蛋上摩挲着。

薄亦月缓缓睁开疑惑的双眼，眼前的人是邵勉吗？温柔得让她感觉有点不真实。

可是，真的是邵勉。

幸福来得太突然，邵勉居然说让她搬去和他住，难道是"母凭子贵"？她只能想到这四个字。

邵勉失笑，摇摇头，"你想太多了。"

薄亦月点头答应，就是说她以后可以和邵勉在一起了。想到这里，嘴角勾起幸福的笑容。

一时间不愉快烟消云散，病房内气氛很好。

"孩子呢？"司承阳只让她看了一眼，就没再看到过，旁边的婴儿床里空荡荡的。

"在楼上洗澡。"想起儿子，笑意直达眼底。

没有太久，韩敏就抱着孩子下来了。她挤开邵勉，喜滋滋地把孩子放在薄亦月旁边，"亦月，你看，你儿子！"

邵勉无语地看着奶奶，他怎么这么快就被挤对了。

看着怀中熟睡的小宝宝，薄亦月整个人都散发着母性的光辉。

他的手和脸都好小，很可爱，还有点丑。

这就是她的儿子，和邵勉的儿子，想到这里，她笑得更开心了。

韩敏和祁姐不知道什么时候出了病房，留下他们一家三口在里面。

邵勉摸着宝宝的另一只手，眼睛里满满的都是柔情。

"他叫什么名字好呢？"薄亦月想起这个问题，之前一直都是她一个人，邵勉也不在身边，她都没想过这个问题。

现在孩子都出生了，他们必须要想想这个问题了。

"你想到合适的没有？"小宝宝紧紧地攥着邵勉的食指，把他的心都萌化了。邵勉从口袋里拿出手机，给儿子拍了几张照片。

"我没有，你给他取个名字吧！"他们的儿子，他取的名字，多好！

邵勉收起手机想了一下，"希望他能健健康康地长大，取个康字吧！"

邵康？薄亦月微愣，只听邵勉又说："叫邵嘉康吧！"

"邵嘉康。"她品味了一下，觉得挺好，点了点头，他们的儿子就叫邵嘉康。

一时间病房内，岁月静好。

随后双方家长都来看望了薄亦月母子，作为邵勉丈母娘的司颖在知道孩子为什么会早产后，把他给臭骂了一顿。

到后来韩敏加入一起臭骂他，邵勉全程什么都没说，虚心接受长辈的教训。

到了晚上，邵勉抱着电脑在病房守着母子两人。薄亦月因为元气还没恢复，基本上和儿子一样都在睡觉。

到了八九点，薄亦月是被饿醒的，睁开眼睛看到昏暗的灯光，想起来自己在医院。

她吃力地抬起头，先是看到熟睡的儿子，然后才勉勉强强看到坐在沙发上办公的邵勉。

可能是他太认真，薄亦月轻轻地叫了一声，他没有反应。

病房很安静，连手机震动声都那么清晰。

手机连续震了好几遍，邵勉才从桌子上拿过手机，看到来电显示眼眸深了深。

刚准备出去接电话，一个很轻很轻的声音叫住了他："邵勉。"声音真的很轻，因为薄亦月饿得话都快说不出来了。

邵勉又看了一眼手机的来电显示，犹豫了一下还是给挂掉了。

"醒了？"他走到病床前轻声问道。

薄亦月轻轻点头，邵勉的手机又开始震动。"你先接电话。"她说。

邵勉眼神复杂地望了眼虚弱的薄亦月，这次果断地挂了电话，并关机。

看着他的手机，只是一瞬间，薄亦月想到应该是顾瑜。

病房很安静，邵勉把病床给她升起来，让她半靠在枕头上，调整好位置，"可以吗？"

她点头，"我饿了。"

他去一旁取出保温盒里的营养粥。给她倒进一个碗里，然后端到她的面前。

薄亦月试着动了动，小腹上的伤口瞬间就疼了起来。

看着她一瞬间痛苦地闭上眼睛，邵勉眼中划过一抹心疼，在床沿坐下。用勺子舀了点粥吹了一下，送到她的唇边。

薄亦月激动地看着这一幕，她的邵勉啊，居然要亲自喂她吃饭，有点感觉像做梦。

她乖巧地张开嘴，温热的粥滑进胃里，暖暖的。

就这样一碗粥被她吃得干干净净的，此刻已经八分饱了。当邵勉问她还需不需要的时候，她还是贪恋他的贴心，点了点头。

邵勉又给她盛了小半碗，仔细地喂到她的嘴里。

薄亦月享受着这一刻的幸福，邵勉同样也专心地喂着她。

## 第六章　救命稻草

所以他们都没有注意到病房外，透过玻璃望进病房的女人。

顾瑜发愣地看着这一幕，原本属于她的男人。此刻正在细心地喂着别的女人喝粥，心好疼好疼。

她看到他的私人微信朋友圈发的婴儿的照片，就给他打电话。只是，打了好几个电话都没人接，他以后是不是就不要她了？她不知道什么时候，已经泪流满面。

薄亦月喝完第二碗粥，无意间看到病房外的人影。

脸上的笑容不见了，邵勉看着她奇怪的脸色，顺着她的目光看过去，门外站着的是泪流满面的顾瑜。

几乎是条件反射的，邵勉就迈开步子，往病房门外走去。

顾瑜看到他们发现自己，骄傲和自尊让她快速地往医院外面跑去。

邵勉还是几个大步追上了她，此刻，整个医院都已经很安静了。

两个人拉拉扯扯地走进安全楼梯处，对立看着彼此。

"顾瑜，回美国，我们以后不要再见了。"邵勉率先开了口，他们两个已经是过去式了。还有，他也结了婚，有了家庭。

他不能耽误顾瑜，也不能辜负薄亦月。

顾瑜的泪水流得更凶猛了，狠狠地看着面无表情的邵勉，沙哑着嗓音问："邵勉，你有考虑过我的感受吗？我不想放手，你知道吗？"

她这个样子，邵勉心情有些复杂，把她揽在怀里，不过还是那句话："回美国吧，把我忘了。"

顾瑜放声大哭，紧紧地拽着他的衣服，哭喊道："邵勉，我爱你，我爱你……"

"顾瑜，忘了我，你值得更好的男人。"邵勉说完，头也不回地离开了安全通道处。

顾瑜看着被关上的门，抹掉眼泪，刚才的悲痛消失了一半。

包里的手机响了起来，她看着来电显示，烦躁地接通电话，"你能不能不要一直催！"

电话那边的女人，立刻不满地尖叫了起来："顾瑜，我是你妈！现在被追得到处乱逃，我能不急吗？"

顾瑜痛苦地闭了闭眼睛，知道现在唯一的救命稻草就是邵勉，她不能放弃！

"我正在努力，我明天先给你打过去十万块，你不用再催了！"一个是她亲妈，一个是她爱的男人。但是，她不能不管她妈，所以，她不能对邵勉放手。

她挂了电话擦掉眼泪，恢复以往的干练，离开医院。

邵勉，我不会对你放手的！

邵勉和顾瑜分开后，调整了一下自己的情绪，推开病房的门。

病房内的一幕，让他加快了步伐走了进去。

邵嘉康哇哇地啼哭着，薄亦月吃力地从床上下来，努力去抱不远处的儿子。但是动一下，伤口就很疼，她咬着牙，终于挪到了婴儿床前。

邵勉过去二话不说把薄亦月重新抱回床上，然后又把邵嘉康放在她旁边。

平稳了一下急促的呼吸，薄亦月开始喂儿子。

邵嘉康止住哭泣，整个房间也安静了下来，男人就站在床边，看着贪婪吃奶的儿子。

薄亦月紧紧地闭着眼睛，也没有开口说话的意思。

气氛有点怪异。

"有事情叫我！"拉回自己的目光，邵勉重新回到沙发上，开始办公。

也没看到薄亦月轻轻地点了点头。

在邵勉的要求下，薄亦月在医院又多住了几天才出的院。

出院那天，韩敏很舍不得亦月和曾孙，但是为了孙子和孙媳妇的未来着想，还是让他们去了邵勉的公寓。

之前一直照顾薄亦月的祁姐，也跟了去。

从此邵勉的公寓内就多了很多女人和孩子的物品，每天回到家里还有浓浓的奶香。

但是两个人是分房住的，因为邵嘉康现在还小，每天都和薄亦月睡一起。

其实，房间的大床是够三个人睡的，但是，邵勉从来不和她睡在一个房间。

在薄亦月出月子的第二天，薄亦阳风尘仆仆地出现在了邵勉的公寓。

见到邵勉先狠狠地给了他一拳，邵勉没有还手，硬生生地接了他一拳。

薄亦月尖叫一声，放下邵嘉康，拉开愤怒的男人，"哥，你干吗呢！"

"邵勉，你是我兄弟，也是我妹夫，不要忘记你的身份！"

邵勉揉揉发痛的嘴角，沉默不语。

"哥，邵勉对我很好，你不要这么冲动好不好。"薄亦月心疼地看着邵勉嘴角的血迹，一时之间不知道该怎么办。

薄亦月心疼的样子，让邵勉感觉脸上不是那么疼了。

薄亦阳气喘吁吁的，要不是米兰那边的国际服装发布会，他早就回来了！敢对她妹妹不好，他的兄弟也不行！

薄亦阳又瞪了眼邵勉，抱起一旁婴儿车内弹着小腿的外甥。

看着可爱的邵嘉康，薄亦阳的心情才好了许多，"亦月，他叫什么名字。"

薄亦月还在心疼，没好气地回答："邵嘉康。"

邵勉闻言挑眉和女人对视，她跟大哥说话的口气，和跟他明显不一样。

她对自己一直都是柔柔弱弱的，跟薄亦阳说话，干脆中带有一丝俏皮。

薄亦阳似乎对妹妹这种口气习惯了，开心地抱着自己的亲外甥。本来妹妹和自己的好兄弟在一起了，他应该开心的，但是他那么多兄弟，为什么偏偏是心里有人的邵勉？

也许这一切都是命吧！

片刻后，薄亦阳踢了踢邵勉的脚尖，怪声怪气地要求道："你们俩陪我去吃饭，我都要饿死了！"

"不去，你把邵勉打成这样，他还怎么吃饭？"薄亦月又瞪了一眼情绪恢复正常的哥哥，但还是进了房间。临关门的时候扔出来一句："等着我，我换衣服！"

她和哥哥吵是吵，但是她知道哥哥对她好，所以，谁先退一步都无所谓。

房门关上，薄亦阳抱着邵嘉康严肃地盯着邵勉说："虽然你结婚前见过亦月不少次，但是你对她很不了解，是不是感觉她挺柔弱的？那是因为她喜欢你，碰到她不喜欢的人，她理都不想理。"

薄亦阳继续说道："她的胆子是不大，但是脾气挺倔的，你想想被爸妈和哥哥宠出来的孩子，有哪个脾气好的？而她愿意小心翼翼地对你。"

说到这里，邵勉已经明白了他想说什么。他无非就是想告诉自己薄亦月喜欢他，要他好好珍惜。

"你们俩现在已经有了孩子，如果从现在开始你能好好地对亦月，咱俩还是好兄弟，我可不愿意和一个渣男做兄弟！"

邵勉冷哼："说的好像你不渣一样！"换女朋友的速度，比他换衣服还快。

薄亦阳嘚瑟地一甩头，"哥有魅力，重要的是未婚单身！"

想跟谁好，就跟谁好。

"别用你花心的脸污染我儿子。"邵勉不咸不淡地说道，然后把儿子从他怀里抱过来。

"……"薄亦阳怎么都不知道，邵勉什么时候变得那么欠扁了！

房间的门被打开，薄亦月上身穿了一件鹅黄色宽松裙衫，下面穿的是牛仔裤，脚上穿着平底鞋。手里拿着一个大包包，把尿不湿奶瓶湿巾什么的都塞了进去。

现在有嗷嗷待哺的孩子，她连连衣裙都不能穿！

然后看着客厅里面色平静地盯着自己的两个男人，又从邵勉怀中抱过儿子，"走吧！"

薄亦月脸上洋溢着微笑，看上去心情不错，薄亦阳的心放下了一半。

三个人一起走出了公寓，邵勉进入电梯，就接过了肥嘟嘟的儿子，还有她手中的包包。

吃晚餐的时候，邵勉有注意到薄亦月和薄亦阳轻松愉快的聊天气氛，是和他在一起时没有过的。

不过又加上一个邵嘉康，三个人心情都不错。

吃完晚餐，薄亦阳就回薄家了，邵勉等到薄亦月坐上车，然后把邵嘉康放到她怀里，去开车。

薄亦月拿出奶瓶，给儿子喂了点水喝。

车厢内很安静，只有薄亦月轻轻哄着宝宝的声音，听上去很慈爱。

"小康康，多喝点水哦！喝白开水身体好。"邵勉感受着母子两个人的互动，嘴角勾起。

邵嘉康含着奶嘴就睡着了，到公寓的时候，是邵勉把他放在小床上的。

薄亦月在客厅里忙碌地收拾孩子的东西，然后又跑到阳台上去收晾干的衣服。

虽然这些事情都有保姆去做，但是她还是比较喜欢给儿子收拾东西或者叠起他的小衣服。

邵勉坐在小床边看着来回忙碌的薄亦月，有一瞬间恍惚，感受到一种平淡的幸福。

没有各种官司的尔虞我诈，不用看到那些人虚假的嘴脸，也没有烦琐的各条律例。

就这样简简单单地看着儿子的容颜，还有身边来回走动的女人，让他很容易就放松了紧绷和疲惫的心。

"伤口还会疼吗？"他忽然出声，让薄亦月给儿子添水的动作顿住了。

这是在关心她吗？好半晌才结结巴巴地开口："偶尔会有点，不碰到就没事。"

邵勉看着脸色绯红的妻子，从椅子上站了起来，接过她手中的奶瓶放在一边。

双手放在她瘦弱的肩上，薄亦月紧紧地抓住自己的衣角，她的心都快要跳出来了。

"亦月，你是我的妻子，以后你不用小心翼翼地对我，知道吗？"他深深地看着面前有点迷茫的女人，忽然感觉她有点可爱。

她胡乱地点了点头，"知道，邵勉。"

房间又安静下来，在这偌大的卧室中，薄亦月居然感觉到了一丝喘不过气。

一缕莫名的气氛在两个人中间蔓延开来，她张了张嘴，想说什么，还是没有说出来。

而邵勉看着她红润的小嘴，缓缓地低下头吻上。

薄亦月诧异地瞪大了眼睛，面前放大的俊容，正是她爱了很久，期盼了很久的男人。

渐渐地红了眼圈，双臂小心翼翼地拦住他的腰身，贴近他。

她想靠近的不只是他的身体，还有他的感情，希望邵勉以后不要拒绝她……

## 第七章  现在很幸福

第二天一早，邵勉因为有一个刑事案件要开庭，很早就起床了。

薄亦月迷迷糊糊看到邵勉来到自己的房间，亲吻了一下她旁边熟睡的儿子。

最后又在她的脸颊上印了一下，就匆匆地离开了公寓。

她咧着嘴傻傻地笑了起来，也在儿子的脸蛋上亲了一下，她现在好幸福啊！

快中午的时候韩敏过来了，自从有了邵嘉康，韩敏到公寓报到的次数越来越多。

她很稀罕地抱起手脚乱舞的曾孙子，亲了又亲，"我的小乖乖，祖奶奶想死你了。"

这个时候，薄亦月的手机铃声响了起来，陌生号码。她接通手机，走出卧室，"你好。"

"亦月！"手机那边传来一个似乎很熟悉的男声，她一时还想不起来是谁。

"你是？"自从退出娱乐圈，她很少接到陌生的电话。

那边的人低低笑了笑，"是我，苏明。"

"苏明！"薄亦月开心地叫了一声，"苏明，好久不见，你去哪儿了？"苏明是她的大学同学，曾经追过她，但是她没答应。

然后两个人成了好朋友，而她有两三次闯祸，都是苏明替她解决的。

只是，最近几年苏明忽然不见，据同学说他出国了。他所有的通讯录都换了，谁都没联系上。

"我出国了几年，前段时间回国自己开了家公司。"他简单地说了一下。

薄亦月点了点头，"好吧！那你还走吗？"她坐在沙发上，看着祁姐在厨房忙碌着做午饭。

苏明涩涩地开了口："听说你结婚了，对方是邵勉。"那个国际金牌律师，他还是晚了一步。

薄亦月不知道该说什么好，她现在也不确定苏明是不是还喜欢自己。应该不会了吧，毕竟过去了那么久。

"是啊，我们的儿子刚满月。"她的声音听上去就很幸福，让苏明有点欲言又止。

好半晌苏明才心痛地说道："晚上有空吗？带着儿子出来转转，咱们老同学聚聚。"

晚上吗？邵勉很少回来吃饭，韩敏一般也都是晚餐之前回去，应该可以吧，反正她在家也无聊。

"好，我们去哪里？"

两个人约定好，就结束了通话。

看到进来的薄亦月，韩敏有听到她刚才打电话，没有多想，问道："今天有约吗？"

薄亦月只是和老同学吃饭，也没必要隐瞒，"是的奶奶，我的一个老同学从国外回来，我们聚聚。"

想起苏明，薄亦月还是很愿意接近的，因为之前的关系就很不错，他给人的感觉是很有内涵，很阳光。

韩敏点点头，把睡着的小宝宝放在床上，然后和她一起出了卧室。

"邵勉去吗？"韩敏又随口问了一句。

"不去吧，他那么忙，很少回来吃晚餐，今天晚上就不让保姆做饭了，我们直接在外面吃。"想起邵勉，薄亦月现在满满的都是甜蜜，邵勉愿意往前踏一步，她就满足了。

两个人随意聊着天往客厅走去，然后韩敏又叮嘱她再过十天记得去医院复查。

至于满月酒，韩敏的意思是孩子现在还小，等到过完百天再办。

然后问薄亦月的意见，她点头道："都可以的。"

　　傍晚的时候，薄亦月背上一个双肩包，然后抱着孩子出了公寓。

　　苏明已经在小区外面等着她了，因为有孩子，所以，她也没有拒绝苏明过来接她。

　　许久不见，两个人心情都挺好，有说有笑地上了车。薄亦月坐上后座，苏明小心翼翼地把孩子放在她的怀里。

　　此刻和她的距离很近，自己爱的人就在面前，而苏明只能看看，进一步的动作都不能做。

　　他多想好好地把她揽在怀里，感受她真实的存在。只是他不能……

　　苏明在一个大酒店订好了包间，去的路上和薄亦月开了一路的玩笑。

　　到地方后，苏明先下车。快速地跑到后面给薄亦月打开车门，然后接过她怀中的孩子。

　　看着这么体贴的苏明，一如大学时代一般，薄亦月好奇地问："你还是这么体贴，女朋友很幸福吧？"她嘻嘻地笑着下了车。

　　低头的一瞬间，没有看到苏明脸上的苦涩，苏明很快就恢复了正常，"做我苏明的女朋友能不幸福吗？"

　　"哟，还是那么自恋。"薄亦月开玩笑地瞪了他一眼，接过他小心翼翼抱着的儿子。

　　苏明关上车门，微微地把手在薄亦月肩上搭了一下，"走吧，我们进去。"然后就放了下来，时时刻刻警告着自己，不要逾越。

　　男人和女人抱着儿子，说说笑笑地往酒店内走去，还没有进大门，就碰到了一对熟人。

　　熟到不能再熟的人。

　　薄亦月脸上的笑容僵住了，抱着儿子站在原地看着由远及近的两个人。

　　苏明感觉到她的不对劲，顺着她的目光看过去，认出了邵勉。

　　而邵勉也发现了他们，看着自己的妻子抱着自己的儿子和别的男人站在一起，邵勉心里好像有那么一点不舒服。

　　四个人相对而立，薄亦月抱着孩子的手紧了紧。昨天晚上邵勉带给她的幸福感，瞬间消失得无影无踪。

没有一个人先开口，苏明也认出邵勉旁边的女人就是那次和他纠纠缠缠的女人。

最后还是邵勉先主动走到薄亦月面前，微笑地看着母子俩，问道："老婆，不给介绍一下吗？"不知道为什么心里会传来闷闷的不舒服。

薄亦月看着邵勉的眼睛，瞪得大大的，他……刚才叫她老婆。

邵勉逗了逗她怀中的儿子，"儿子，想爸爸了没啊。"邵勉不顾旁人的眼光，自顾自地贴近薄亦月逗着邵嘉康。

薄亦月连忙开口介绍："那个，邵勉，这是我大学同学，苏明。苏明，这个是我老公，邵勉。"

老公？邵勉闻言挂上笑容看向苏明："你好，我是亦月的老公邵勉。"

苏明压抑住心中的苦涩，"邵律师，久仰大名。"两个男人的手握在一起，邵勉敢肯定这个男人喜欢他老婆！

松手后苏明扫了眼脸色不善的顾瑜，说道："邵律师，不介绍一下这位美女吗？"

薄亦月的笑容僵在脸上，邵勉淡淡地开了口："这是我朋友，顾瑜。"

朋友，顾瑜还是败在了名分身份上，薄亦月可以光明正大地是邵勉的老婆，而她却沦落到朋友。

邵勉让顾瑜自己先走，和薄亦月一家三口陪苏明吃顿饭。

两个男人嘴里谈的都是法律和商业的事情，薄亦月低着头尴尬地哄着儿子。

她没有想到邵勉会主动留下来陪他们吃饭。一块糖醋排骨放在她面前的盘子里，"多吃点，别只顾逗儿子，来把儿子给我。"邵勉看着没怎么动筷子的薄亦月，从她怀中抱走儿子。

苏明看着邵勉时时刻刻在他面前秀着恩爱，笑了笑。邵勉他难道不知道，这个样子反而像在掩饰着什么吗？

看着空空的双手，薄亦月立刻吃掉了盘子里的菜，然后随口说了一句："苏明，你也多吃点。"

苏明高兴地应下，邵勉因为刚才吃过了，所以，现在只能听着自己的老婆关心着别的男人。

这种感觉……很不爽！

就算他不爱薄亦月，但是在一个男人面前，他的女人和另一个男人关系很好，就是很不爽！

邵勉作为一个律师很健谈，口才当然很好。

听着他跟苏明的侃侃而谈，薄亦月是很佩服的。在她心中，邵勉就是她的男神。

苏明看着默默用餐的薄亦月，把话题转移到她的身上："亦月，听小泽说，过段时间好像有个大学同学聚会，到时候一起参加吧？"

苏明突然跟她说话，让薄亦月愣了一下，有点呆呆地点了点头。

这样就是答应了，苏明很开心。当然，邵勉就不开心了，这是什么情况，当着他的面，约他老婆吗？

"亦月，到时候我陪你一起去。"邵勉一手抱着儿子，一手给她夹了些菜。

说话的语气不容置疑。

苏明的笑容僵在脸上，薄亦月也傻眼了，邵勉也要去？

"不方便吗？"邵勉微笑地看着傻眼的薄亦月，在苏明看不到的眼神内，发出警告。

薄亦月的双眼对上邵勉的，很快回过神，不确定地看向苏明，问道："可以带伴吧？苏明？"

苏明则是苦恼地皱了皱眉头，"好像不可以呢，到时候再问问小泽吧！"这么好的单独相处的机会，怎么能不好好把握？

邵勉也不生气，只是继续看着她，"没事，到时候我开车送你，在外面等着接你。"

自己的老婆被另外一个男人时刻盯着，这种感觉可真不好！回去得好好地说说这个事情。

有这种好事，薄亦月当然不会拒绝，并且很开心地点了点头，"好的！"这个回应才让邵勉很满意。

但，苏明不高兴了。可那是她老公，他有什么办法呢？

邵勉最好对亦月好点，只要有任何一个见缝插针的机会，他都不会错过的。

晚餐，还算愉快地结束了，与苏明道别后，薄亦月自然地坐上了邵勉的车。

"亦月，回去微信联系，我这次回来不会再走了，有事帮忙可以找我！"苏明看着后车座的女人，说的话别有深意。

邵勉"啪"的一声，关上车门，隔绝了两个人的视线。

轻蔑地看了一眼苏明，当他不存在吗？当他这个老公是摆设吗？

"我老婆如果有事情还有我这个老公，不用麻烦苏先生了。"这个男人明显对她有意思，她看不出来吗？还要和他一起吃饭。

而苏明则完全没了刚才的笑脸，毫不遮盖地讽刺道："有些人的老公对别的女人更好呢。"暗指邵勉根本配不上亦月！

邵勉知道他在说顾瑜，两个拳头紧握。

苏明的眼神落在车窗上，如果她不幸福，他不会放手！

邵勉头也不回地坐上主驾驶，开着车呼啸而过。

苏明站在原地，看着渐渐消失不见的车，真的很后悔离开的这几年。

薄亦月看着邵勉脸色不太好，也没敢开口说话。刚才他们两个人说了什么？她开始轻轻地哄着怀里的邵嘉康睡觉。

到了公寓楼下，下了车，邵勉情绪异常地直接关上车门往公寓走去。

留下薄亦月一个人坐在车里疑惑，想了半晌，还是打开车门，抱着孩子下了车。

## 第八章　你爱我就够了

其实，薄亦月是想问问邵勉怎么了，但是他房间的门已经紧闭，她只得抱着孩子回了房间。

把孩子放好后，薄亦月进了浴室，她今天得好好泡一泡。

放好水，又出来看看孩子，不放心地把他从大床上放到了婴儿床上。

这样即使他醒了，也不用担心会掉下去。

放心地进了浴室，由于伤口还没有完全痊愈，她也不敢泡太久，二十分钟就从浴室出来，站在淋浴下洗头。

可能淋浴的声音太大，邵嘉康在外面哭了好一会儿，她都没听到。

刚洗完澡的邵勉听着隔壁房间的儿子一直哭，皱了皱眉头，过去看看什么情况。

敲了一下卧室的门，没人回应，他直接推开进去。

孩子在小床上哭得哇哇大叫，而薄亦月不见人影。浴室传来哗啦的声音，她在洗澡。

邵勉连忙走到小床边，抱起儿子，但是哄了半天，还是没用。

正当他手足无措的时候，薄亦月穿着浴袍从浴室走了出来。

"你怎么才出来，孩子都哭好久了！"邵勉已经没有一点耐心了。

薄亦月听到他的责备有点难受，但还是很快把湿湿的长发包起来，从邵勉怀中接过儿子。

邵勉看着薄亦月略微难过的脸色，感觉自己有点过分了。薄亦月把儿子放在大床上，拿出一片干净的尿不湿。

原来邵嘉康拉粑粑了，才会一直闹。看着薄亦月熟练地给儿子擦干净小屁屁，然后换上尿不湿。

轻轻哄了两下，儿子就又睡着了。

邵勉站在原地看着她的一举一动还有她未来得及擦干的长发，开始反思。她很好，自己为什么要这么对她呢？

他从她的怀里接过儿子，"去把头发弄干了。"

"不用，已经睡着了，你也去睡吧。"她拒绝了他，然后把儿子放在大床上。

她只是有点难受而已，他好像很讨厌自己……

房间很安静，邵勉有点尴尬。

看着她给儿子盖好小被子，就去吹头发了。

邵勉坐在床边，看看熟睡的儿子，看看吹头发的妻子。他好像是个外人，作为一个父亲连给孩子换尿片都不会。

直到薄亦月把长发吹干，看到邵勉还在床边坐着。

半晌后，两个人异口同声地开了口："你不睡觉？"

"你不走吗？"她脱口而出。

邵勉的脸色黑了黑，他以为他坐在床上的意思很明确了。

然后他下床关掉大灯，只留下床头灯，就直接躺下了。

许久之后，薄亦月才小心翼翼地爬上床，在离他远远的内侧躺了下来。

刚盖好被子，旁边的男人翻了个身，面对着她。

大掌放在了她的腰上，吓得她身体僵了僵，更是动都不敢动一下。

昏暗的灯光下，邵勉仔细地打量着双眼紧闭的小女人。

刚生完孩子身材还没有完全恢复，腰上还有软软的赘肉。圆圆的脸蛋，红润的小嘴。

薄亦月知道他在看着自己，也能感觉到他炙热的气息。

她忽然跃起在他的薄唇上亲了一下，然后就拉着被子蒙住了脸。

唇上那一瞬间的柔软，让邵勉失望了一下。他希望的是更多！

拉开她蒙着脸的被子，薄亦月立刻背对着他。

好羞涩啊，都不敢看邵勉了，他会不会感觉自己很主动？

邵勉从背后拦住她的腰，让她面对着自己。

即使灯光昏暗，也不难看出她红扑扑的脸蛋，格外吸引人。

此刻的她是那么美好，让邵勉开始心猿意马。

控制不住自己，他缓缓地低下头吻上她的红唇。

最后一刻，他问："可以吗？"

她点头。

夜越来越深，一切都恢复平静。

邵嘉康很及时地哭了起来，薄亦月揉了揉疲惫的眼睛，很困很困。

有些事情一旦开了头就会停不下来了。从那天起邵勉就主动搬回了卧室，和薄亦月的感情也在无形中逐渐加深。

两个人的生活，平淡中带着幸福。

过了几天，因为韩敏想孩子，薄亦月恋恋不舍地把儿子送了过去。家里有保姆，还有公公婆婆最近也不太忙，都可以照顾邵嘉康的。

坐在空荡荡的房间内，薄亦月等着邵勉把儿子的必用品送到老宅回来。

儿子一走，她感觉整个人都轻松了不少，但是，也少了很多乐趣。

邵勉回来的时候，薄亦月正在迷迷糊糊地打盹。听到开门的动静，立刻从床上跳起来。

急匆匆地跑到邵勉的身边，拉着他的手腕焦急地问道："儿子哭不哭？闹不闹？吃不吃奶粉？有没有想我？"

邵勉好笑地看着着急的女人，把她揽在怀里安慰道："我们的儿子很乖很听话，也不闹，应该不想你。"他故意逗她。

薄亦月撇撇嘴说："这个小没良心的，我也不爱他了！"当然就是那么说一说！

邵勉看着她泄气的模样，在她耳边轻轻说："我爱他，你爱我就够了。"

她红着脸低下了头，把脸埋在他的胸膛里。

邵勉还有这么坏的时候！

看着她不好意思的样子，邵勉心情很好，"去等我，我去洗澡。"

他的话里有话，薄亦月一溜烟跑回了床上，害羞地用被子蒙着头。

她能感觉到最近邵勉的心，在渐渐地往她身上靠拢。

对她比以前也体贴多了，让她很贪恋这种幸福感。

想着想着，没有等邵勉出来就迷迷糊糊地睡着了。

邵勉出来的时候，就看到了小女人缩成一团在床上呼呼大睡。

他擦干头发把她揽在怀里，用各种方法把她弄醒。

"儿子，你先别闹，我再睡会儿。"薄亦月轻轻地呢喃出声，抱着邵勉的大掌，又睡着了。

邵勉黑着脸，听她错把自己当成儿子，把她翻了一个身面对着自己。

关掉灯，准备好好地惩罚她。

很快薄亦月就清醒了，黑暗中看着邵勉要喷火的眼睛，偷偷地笑了笑。

当薄亦月以为就会这样一直幸福下去的时候，顾瑜又出现了，掀翻了她幸福的日子。

在邵嘉康四个多月的时候，薄亦月决定要出去工作。

邵勉尊重她的意见，让她去了自己的律师事务所。

本来是让她做自己助理的，但是薄亦月拒绝了，决定在他的律师事务所，从基层做起。

今天是薄亦月上班的第一天，她在邵勉的事务所担任一个女律师的秘书。

当一袭米白色连衣裙的薄亦月出现在顾惜的二十三楼时，吸引了所有人的目光。

听说这个女人就是他们邵律师的夫人，立刻有秘书迎了过来，把她直接带到顾惜的办公室。

薄亦月站在办公室门口，敲了敲敞开的办公室门，里面坐着一位穿着正红色裤装的女人。

她听到敲门声，头也不抬地回应道："进。"声音简短干练。

薄亦月走到办公桌前，轻轻地开了口："你好，顾律师。"金黄色齐肩长发的女人忙碌着写写画画，回应她的只有沉默。

等了两分钟，薄亦月清清嗓子说道："顾律师，你好，我是来找你报到的。"她是有多忙，这么大个人站她面前，都没空搭理？

所以，顾惜给薄亦月的第一印象很不好。

回应她的依然是沉默，这次薄亦月也没有再理她，回头四处打量着她的豪华办公室。

一面展架上放着十几个律师奖杯，金银铜都有。虽然没有邵勉的多，但是薄亦月还是对她心生了佩服。

她认为这些奖杯代表着，顾惜是一个优秀的女人。

足足等了半个多小时，就在薄亦月无聊到要翻看桌上的报纸的时候，顾惜淡淡开了口："不好意思，手上有点重要工作，让薄小姐久等了。"嘴上说着不好意思，却让人听不出她的一丝歉意。

还有，她明知道自己是邵勉的老婆，却叫她薄小姐。薄亦月心里有了个谱，微微一笑道："不妨，顾律师给我安排一下工作吧！"

顾惜依然坐在办公椅上，抱起旁边的基本资料夹，放在她的面前，"这些资料今天全部打印出来，出门左转第五排最后一个位置，是你的办公桌，去吧！"女人说完，低下头继续工作。

面对一个对自己不冷不热的人，薄亦月也是淡淡地说了一声："谢谢！"然后抱起资料夹，出了顾惜办公室，往她说的位置走去。

一，二，三……第五排是最后一排，最角落的位置。

窗前摆放着几盆新鲜的绿植，还有一些打印的机器。

她感觉临窗挺好的，能看到外面的风景，真好。

她的旁边是一个脸上长满雀斑的女孩子，见到有人坐到自己的旁边，友善地冲着薄亦月笑了笑。

笑容中带着胆怯，很随和。薄亦月也给她回一个微笑，就坐了下来，打开电脑。

认真工作的时间，总是过得很快，不知不觉就已经中午了。

薄亦月的手机响了一下，是邵勉发给她的微信，"我今天中午在外面和客户吃饭，你想吃什么，先自己去。"

她嘴角挂上甜蜜的微笑，按下一个字回复了过去，"嗯。"

想了想又"啪啪啪"地按了几下，"下午回公司吗？"如果回的话，说不定晚上可以一起下班的。

没等邵勉回信息，薄亦月的电脑忽然黑屏了……啊！她的工作文档将近一万个字还没保存呢！

焦急地看着电脑，左右打量着，想知道问题出在哪。

"怎么停电了？唉，算了，去吃饭吧！"前面一个同事的抱怨，让薄亦月呆若木鸡。

连手机响了一声，都没有心思去管。

她打字的时速才两千多，一万个字，将近五个小时……薄亦月此刻好想痛哭。

心塞过后，薄亦月还是打算先喂饱饥肠辘辘的自己。

随便找了一家饭店填饱肚子，就开始重新投入工作。

## 第九章　被上司怒骂

这次薄亦月学聪明了，每一千个字保存一下。一直到下午四点多，顾惜秘书曾小琴走了过来，"薄亦月，顾律师让我过来拿你打印的资料。"

薄亦月把资料打印出来递给曾小琴。

没有两分钟，曾小琴又回来了，看着她无奈地转述着顾惜的话："薄亦月，这些文件都是急用的，一天的时间，你才打印一万个字，加班吧！"

"本来可以更多的，中午那会儿停电了，我没保存，所以才这么慢。"薄亦月有点尴尬地解释。

曾小琴疑惑地看着她，问："什么停电，我那边怎么没停电？没做完就没做完，找什么借口。"本来对薄亦月还有点好印象的，现在完全没有了。

薄亦月有点无语，算了，结果就是她打字太慢了，还找什么借口，加班吧！

重新坐回办公桌前，开始录入另一份资料。

天渐渐地黑了下来，同事们基本上都走得差不多了。顾惜关上自己办公室的灯，也准备下班。

看到最角落里的薄亦月还在对着电脑奋斗，一个冷笑。来她身边做事情，不是自找苦头吗？

今天是停电加班，明天我会想别的办法好好招待你的！

正常下班时间是六点，薄亦月加班到十点，刚打完两份文件。

站起来活动了一下酸痛的全身，看着办公室内，除了她已经没有一个人在加班了。

薄亦月想了想，要不然剩下的这份明天来了再打吧，反正都已经加班四个小时了。打定主意，她就收拾一下东西出了事务所。

第二天早上，薄亦月闹钟响的时候，邵勉已经穿好衣服从衣帽间走了出来。

"我先去吃早餐，等会儿一起去公司。"这两天抽空，再给她配辆车。

薄亦月点了点头，邵勉离开了房间。

因为昨天的事情，薄亦月心情还是很不好。所以，两个人一路上几乎无言。

邵勉看着她闷闷不乐的样子，计划今天晚上争取早点结束工作，带她去外面吃饭。

薄亦月到达二十三楼的时候，曾小琴一看到她，就连忙说道："薄亦月，顾律师找你。"

虽然曾小琴也知道薄亦月是邵律师的夫人，但是顾律师说，薄亦月只不过是一个小三。利用肚子里的孩子，抢了她堂姐的男人，这种女人是不配被尊重的。

这件事情通过曾小琴的大嘴巴，很快就在公司传开了。

"咚咚咚"敲了三下门，顾惜抬起头看到她，脸上的寒意更浓了。

"薄亦月，我昨天让你打印出来的文件呢？为什么只有两份？"

她就知道是这件事情，面对顾惜的指控，薄亦月深吸了一口气，才说道："昨天晚上加班到十点……"

"你加班到几点和我有什么关系？我要的是结果！你知道不知道，我等会儿要带着那些文件去签约的？"顾惜将几张A4纸狠狠地摔在办公桌上，怒视着她。

薄亦月不知道自己是不是产生了错觉，总觉得这个顾惜在针对自己。

"不好意思顾律师，给你带来麻烦了。"薄亦月淡淡地道歉。

顾惜每次看到薄亦月那张脸，都是极力忍住上前抓花她的冲动。"道歉有什么用，现在立刻去给我打印出来，两个小时内出不来，等着赔偿带给公司的损失吧！"

薄亦月看着她发怒的样子，只说了一句知道了，就离开了律师办公室。

她现在可以确定以及肯定，这个顾惜对她有敌意，只不过不知道敌意从何而来。

回到办公桌前，薄亦月立刻打开电脑开始奋斗。

上午十点多，口渴得厉害，薄亦月把电脑上的文字保存了一下，端着水杯去了茶水间。

走到门口的时候，听到里面传来小小的议论声。"薄亦月那个小三真倒霉，第一天来就被顾律师整，你是亲眼看到顾律师动了电源开关的吗？"

"对啊，如果不是亲眼见到，我怎么敢说呢？"

小三？动了电源开关？薄亦月只感觉此刻，一股火气冲到头顶。

顾惜，她记住了！

她不动声色地出现在茶水间，两三个凑在一起议论的员工，立刻噤了声，然后心虚地回到了办公区。

终于在中午之前，把最后一份文件，交给了顾惜。

她只是冷冷地回应了一声："这些已经没用了，你去把这些文件翻译一下，下班之前，交给我。"

没有用了？薄亦月深深地看了一眼若无其事的顾惜，直接开口问道："我和你有仇还是有冤？"让她这样地整她，浪费她的劳动力。

顾惜把文件夹扔到她面前，双臂环肩，微厚的嘴唇轻启："你是邵律师的夫人，我怎么会和你有仇？"语气中带着浓浓的讽刺。

薄亦月没有去拿文件夹，直截了当地问道："那你拔掉电源浪费我的劳动力，是什么意思？"还有说她是小三的，她还不知道是谁传的。

顾惜脸色只是微变，她怎么知道是她？"薄亦月，没有证据诽谤他人，是要吃官司的。"

官司？薄亦月懒得跟她计较那么多，她是来上班的，也不想给邵勉添事。拿起桌子上需要翻译的文件夹，往外面走去，"是不是你，自己心里有数。如果还有下次，那就别怪我不客气。"

在娱乐圈摸爬滚打了好几年，总结了许多经验。其中有一条就是人善被人欺，马善被人骑。

如果她软弱，只会被欺负得更惨。为了避免这种事情发生，她一定要坚定自己的立场，一点亏都不能吃。

坐在位子上，打开密密麻麻的法律条例，脑袋"轰"地大了。

这要怎么翻译成英语啊，她的英语只是马马虎虎而已。对于薄亦月来说，这比打字难几千倍。

同事们都开始陆陆续续下班的时候，薄亦月才刚翻译了一半。

又是到了晚上十点，薄亦月的手机响了起来。

"喂。"

邵勉听着她明显闷闷不乐的声音，解着领带的手怔了一下，"你在哪？"

薄亦月翻了一下律条文件，淡淡地说了两个字："公司。"

邵勉闻言皱了皱眉头，怎么这么晚了还在公司："什么情况？"他知道顾惜和顾瑜一样，有的时候就是工作狂。但是他也没见过顾惜让手下的员工加班到这个时候。

薄亦月暗叹了一口气，解释道："顾律师吩咐的工作还没完成。"为了不再和她起冲突，她还是老老实实把工作做完再走吧！

邵勉没有多说，直接挂了电话。薄亦月看着忽然被结束的通话，有点心塞，但是来不及多想，继续埋头翻译。

二十分钟后，静悄悄的办公室多了一个人。

手中的文件忽然被抽走，薄亦月吓了一跳。但看到来人是邵勉的时候，整颗心都开始加速跳动。

所有的疲惫一扫而空，被喜悦代替，邵勉居然来了……

邵勉看着她翻译的文件，以这个律例的难度，薄亦月这个门外汉，加班到现在也正常。

不过，顾惜怎么会给薄亦月这么难的东西来翻译？

他把薄亦月办公桌上文件夹和她写满的A4纸，全部收拾在一起。然后放在一个文件夹内，说道："回家。"

薄亦月看了一眼他手中的文件，有点为难道："我的工作还没做完。"不是她怕顾惜，而是因为她想低调工作，不要给邵勉惹麻烦。

邵勉晃了晃手中的资料，问道："这份文件依你的水平，翻译完也要到明天早上了，你确定要在这里连续上班两天一夜吗？"这个情况他绝对不允许。

"但是顾律师急用这个文件，我要是回家睡大觉，后果我可承担不起。"她瞪大了眼睛，看着面前站着的男人。

邵勉将她从椅子上拉起来，"你老公帮你搞定。"

本是很平常的一句话，让看着男人背影的薄亦月红了眼眶。

回去的路上，邵勉和一直盯着自己的女人对视上，他勾起唇角："是不是越看越觉得我比你长得好看？"

他的话让薄亦月脸蛋唰地红了起来。"还不知道你这么自恋。"收回目光，看着外面的风景。

邵勉的嘴角扬起，之前他怎么没发现这个小女人这么有意思？

回到家，薄亦月被邵勉赶进浴室，让她先去洗澡。自己则是打开电脑和她的文件，开始处理工作。

简单地冲个澡，薄亦月就走了出来。

## 第十章　调动工作岗位

只听见邵勉头也不抬地对她说了一句："明天我把你调到我身边，你以后跟着我，我直接负责你的工作。"他会给她安排一些轻松的工作。

薄亦月想了想，还是拒绝了："不用了，你的工作难度太高，需要高度谨慎和资深的实力，而我什么都没有，过去只会给你添麻烦。"

其实，如果现在没有邵勉和儿子，她肯定还会选择去拍戏。

但是有了他，有了儿子，她就不想再出去了。

邵勉也没有勉强她，"以后有什么解决不了的工作，就直接去六十八楼找我。"六十八楼整个楼层都属于邵勉一个人。

她点了点头，走到他身边。诧异地看着他写的手稿，她用了几个小时才翻译出来两页。而他只是在她冲个澡的时间，就翻译出来了两页。

她大胆地从他背后拦着他的脖子，贴在他耳边轻轻地说道："邵勉，你好厉害，这么快就翻译出了这么多。"

被自己的女人赞扬很厉害，是作为男人最骄傲的事情了吧！

女人身上的沐浴露香味，骚动着他的神经。

放下手中的文件把她揽到自己的怀里，吻上她的红唇。

……

第二天，薄亦月是在闹钟响了许久后才醒的。

洗漱完毕走出卧室，邵勉刚从健身房出来，把她拉到餐桌前，"先吃早餐，我去冲个澡。"

薄亦月挂上甜蜜的微笑，点了点头，这个时候祁姐把她的早餐端了过来。

邵勉收拾好自己从卧室出来的时候，薄亦月好像正在给奶奶打电话，"奶奶，等着我礼拜天去看你们。"她的声音很甜，邵勉想到她从来没有这样对自己说过话，眼眸深了深，心中划过一抹不悦。

薄亦月的早餐已经吃完，看到邵勉坐在旁边，她主动去厨房给邵勉端早餐。

手里还在拿着手机接电话，笑得也很甜，"嗯，我知道了……我听到嘉康的声音了！"再次进厨房的她，声音中夹杂着兴奋。

十分钟后，才切断了手中的通话。

邵勉也刚好喝完了最后一口牛奶，薄亦月跑进卧室去给他拿公文包，还有自己的包包。

邵勉不知道什么时候跟了进来。关上卧室的门，把她堵在衣帽间的门口。

"怎么了？"薄亦月一手拿着一个包，疑惑地看着面前明显不悦的男人。

他捏着她的下巴，让她抬起头，看着自己的眼睛，"薄亦月，叫老公。"他想听听她甜甜叫老公的声音。

薄亦月差点被自己的口水呛到，邵勉这是怎么了？受什么刺激了？

她将两个包放在一个手中，拿掉他的大掌，低着头轻轻地说："别闹，上班快迟到了。"她现在已经开始打卡了，迟到是要扣全勤奖的。

邵勉拿起旁边桌子上的文件夹，递给她，"翻译好了。"

哇！全都翻译好了？薄亦月双眼发亮，伸手去接文件夹。

却被男人忽然抽走，她扑了空。

嗯？

她看着邵勉举起的文件夹，疑惑。

邵勉看着她满脸的疑问，有种说不出的可爱。"我刚才说什么？"他就这样举着文件夹，淡定地问着她。

薄亦月想到他刚才的话，脸上又布满了红晕，低下头不敢看他的眼睛，故意说："你刚才说……翻译好了。"

"上一句。"男人语气中的不满，难以遮掩。

好吧好吧！豁出去了，薄亦月抬起头叫了一声："老公。"水灵灵的双目脉脉含情，看呆了邵勉。

她什么时候长得这么好看，他怎么不知道？

薄亦月被他看得更是娇羞了，低下头不满地拉了拉他的西装外套，"人家都叫过了。"撒娇的意味很浓，让邵勉很满意。

把文件夹递给她，接过她手中的公文包。

然后拿起旁边的领带，递给她。

薄亦月看着深蓝色的领带傻眼，他是让她来打领带吗？

"我不会这个啊……"

但是她的回答让邵勉很满意。不会，说明没有给别的男人做过这种事情。

"我教你。"他把公文包和她的包包放在一边，开始手把手地教她。

最后，邵勉的领带系得有点歪歪斜斜的，两个人一起出了门。

到了公司停车场，薄亦月下了邵勉的车，肩并肩地和他一起往电梯内走去。

"我给你买了辆车，平时顾不上你的时候，你就自己开车。"他从包里拿出一把车钥匙，递给她。

所以，这是邵勉送她的第一个礼物吗？薄亦月开心地收下车钥匙，"谢谢。"

邵勉看着她开心的样子，心情也很好，"车子在东华路那边的4S店，今天或者明天过去提车。"

按下电梯，邵勉给她挡着电梯门，让她先走进去，自己才跟了进去。

薄亦月点了点头，"好。"二十三楼快到了，她看着他，给他挥了挥手。

在电梯停下的前一刻，他拉住准备走出去的她，在她的红唇上印了一个吻。

电梯门打开，薄亦月捂着红得发烫的脸蛋，跑出了电梯。

邵勉看着她逃离的背影，眼中的笑意加深。

当薄亦月把翻译好的文件交给顾惜的时候，她明显看到顾惜脸上的一抹诧异。

随后，想到了优秀的邵勉，顾惜就收起了诧异。

"去看一下这个案子，写一份计划书给我。"新的工作来了，薄亦月心情还是不错的。

不过，写计划书？她又没有出过庭，也没有接触过任何官司……想到这里，薄亦月这个门外汉头又大了。

看着她迟迟没有接过档案袋，顾惜不满地斜视道："怎么？不想干了？"

顾惜说的每句话，都能成功点燃薄亦月怒火的火捻。

她嘴角勾起冷笑："顾律师，这是我老公的公司，想不想干，还轮不到你做主！"这种话她从来没有说过。但是面对顾惜这种人，她不得不搬出自己的靠山。

"我老公"三个字，也触动到了顾惜的痛处。

她堂姐和邵勉在一起那么多年，最后却被薄亦月这个小三鸠占鹊巢。

"薄亦月，你一口一个老公，你确定邵律师爱的是你吗？"顾惜的话，让薄亦月瞬间泄了气。

这个底气她还真没有。

看着顾惜的样子，薄亦月嗅到一丝不对劲，"你不会喜欢我老公吧！"她大胆地猜测，然后仔细注视着顾惜的反应。

顾惜心中咯噔了一下，有些恼羞成怒地掩饰着什么。"我是在为我堂姐打抱不平，你胡说什么！"喜欢邵勉？有顾瑜在，她从来都不敢想。

"你堂姐是谁？"这三个字成功地转移了薄亦月的注意力，她堂姐是谁？

顾惜平稳了一下自己的情绪，"我为什么要告诉你，回去工作！"她恢复到平时的语气，坐回自己的椅子上，没再打算理薄亦月。

不愿意说拉倒，不过，"你确定让我这个新手写计划书？"真不知道顾惜是信任她，还是在刁难她。

"我说过的话，不想再重复，出去！"顾惜的态度很不好，让薄亦月一肚子火气。

也不想再和她纠缠下去，拿着她给的档案袋走出了顾惜办公室。

坐回自己的办公桌前，薄亦月打开档案袋拿出里面的案件，有点傻眼。

里面的故事情节她大概懂，但是，她要计划一些什么？

最后无奈之下给邵勉发了条微信，去请教请教他。

"二十八楼是图书室和档案室，你去看一下。"过了几分钟，邵勉给她回了一条信息。

薄亦月站起来，往二十八楼走去。

整个二十八楼非常安静，她想了一下，决定先去图书室。

图书室的大门是打开的，当薄亦月看到里面的景象时，震惊了。

几十排长长的书架，整整齐齐地摆满了各种书籍。随手拿出来一本，就是和法律有关。

不过分类很清晰，她走到新手入门的那一排。找到几本关于计划书的教材，找了一个靠窗的位置，翻开来看。

图书馆很安静，薄亦月慵懒地靠在沙发上，右手托着脸蛋，到最后居然睡着了。

薄亦月一觉醒来，已经是中午时分。

满足地在舒服的被窝内，翻了一个身继续昏昏欲睡。

不对！她怎么在被窝里？她不是应该在上班？在图书室的吗？

想到这里，她猛然睁开眼睛从床上坐起来。

迷茫地看着周围的摆设。偌大的休息室内，放着简单的家具，另一面墙边放着立体冰柜和红木酒架。

她躺着的床足足有三米宽，盖着灰白色的被褥。

所以，这里是哪里？她不是在图书室的吗？连忙从床上下来，穿上自己的鞋轻轻地打开了休息室的门。

外面是一个偌大的办公室，几个人正坐在沙发上，商量着什么事情。

休息室门被打开的声音，让所有人都把目光放在了她的身上。

她看到了邵勉，难道这里是邵勉的办公室？

她虽然在这里上班几天，但是还从来没有来过他的办公室。

邵勉对几个人交代了两句，就站起来，往她这边走了过来。

"饿不饿？"他重新把她拉回休息室，并关上门。

薄亦月挂上笑容，老老实实地点了点头，"饿了。"此刻，已经过了饭点。

朝着一个方向抬了抬下巴，"去洗手。"他指的方向是洗手间，薄亦月走过去洗了洗手。

回来的时候，邵勉已经把外卖全部打开。饭菜很丰盛，让薄亦月咽了口口水。

"你先吃。"他把筷子递给薄亦月，自己往外面走去。

"你不吃吗？"薄亦月好奇地问道，四菜一汤，看上去都没有动过，他估计也没吃饭吧！

邵勉双手插在西装口袋内，脸上带着笑意，"你先吃，我外面还有点工作，解决完就过来。"

"那我等着你吧！"

"不用，你快吃。"说完，不容她拒绝，就走出了休息室。

## 第十一章　被人议论

薄亦月把每样饭菜都往自己的饭盒里拨了一点，开始慢慢地吃着。

吃到一半的时候，手机响了起来。她放下筷子，四处找着自己的手机。

她的手机就放在不远处的床头柜上，拿过来一看是个陌生号码。

"你好。"她重新坐回沙发上。

那边传来顾惜冷硬的声音："现在是上班时间，你跑哪儿去了？"顾惜看着不远处空荡荡的位置，非常不满。

薄亦月看着自己的午餐，又看了眼时间。下午上班的时间已经过了半个多小时了。

"我马上回去。"她不想和顾惜说太多，直接挂掉电话，开始大口地吃饭。

邵勉从外面进来的时候，薄亦月正着急得满屋子团团转。"怎么了？"他疑惑地看着她好像在找什么东西。

薄亦月脸红脖子粗地拍着胸脯，"我噎着了，水……"都怪那个顾惜催的，让她吃得太快，给噎着了。

邵勉大步走到一个柜子前打开，里面整整齐齐地放着各种纯净水。

拿出一瓶水打开后才递给她，薄亦月慢慢地喝了一小口，邵勉轻轻地拍着她的背，"怎么这么不小心。"

多大的人了，还会被噎着。

薄亦月又喝了几大口水，终于好了。"唉，这不是上班迟到了吗？"要不然她才不着急。

邵勉不以为然地告诉她："这个公司你是老板娘，还不是想什么时候去，就什么时候去。"所以，根本就不存在什么迟到不迟到。

老板娘？这个称呼美得差点让薄亦月飘起来。

邵勉看着她抱着水傻傻的样子，失笑道："不着急走了？"

经过她的提醒，薄亦月才反应过来。把纯净水往他怀里一塞，连忙往休息室门口走去，"邵勉哥哥再见。"

邵勉哥哥……嗯，从来没有这么好听过。

不过，他还得给她纠正一下，他已经不是她的邵勉哥哥了。

回到二十三楼，薄亦月步伐匆匆地往自己的位置上走去。

经过今天上午的充电，她大概知道了计划书的开头怎么写。

只是，她走过的地方，都是议论声一片。

"仗着自己是老板娘，想什么时候上班就什么时候上班，真忘了自己是个小三。"

"对啊，小三就是小三，就算扶正了，也留着骂名。"

因为迟到行走如风的薄亦月，听到身后的议论声，站住脚步。

她回头看着和顾惜走得很近的曾小琴，"这样吧！要不然把这些话，直接说给邵勉听，让他知道我是小三，把我给蹬了如何？"

她只是对不起邵勉，和别人无关。至于那个顾瑜，奶奶都告诉过她了，她一辈子都不会同意邵勉和顾瑜在一起。

并且，这些事情，也轮不到外人去说。

曾小琴不屑地看着面色如常的薄亦月，"你有什么高傲的，邵律师如果真的爱你，怎么会不举办婚礼，只是低调领证？"这句话说到了薄亦月的痛处。

旁边的人都开始小声附和起来："小琴说的对，你看薄亦月连个结婚戒指都没有。"

"就是，根本就不是钱的问题，咱们邵大律师，别说一个钻戒了，买一车钻戒估计眼睛都不会眨一下。"

"谁知道她这种女人是用了什么手段，真不知羞耻。"

薄亦月听着大家说的话，一个比一个难听。深吸了一口气，压抑着心中的难受，语气清冷地说道："有什么意见你们可以直接找邵勉，没必要在背后说三道四。"

说完，她就转身回到了自己的位置上。

其实听到那些话，她很想哭的。但是薄亦月告诉自己，不能哭，哭了不但没有人同情你，反而会看你的笑话。

邵勉的首席助理云锦，给薄亦月送手机下来的时候，把这里的事情看得一清二楚。

薄亦月都回到座位上两三分钟了，那些女人还在议论不停。

"咳咳！"云锦扯开嗓子干咳了两声，所有人看到忽然出现的云锦立刻噤了声。

这位可是跟在邵勉身边六年的首席助理，办事说话都雷厉风行。在公司有着极高的声望，一般人可是不敢惹到的。

云锦踩着高跟鞋走到薄亦月旁边，"夫人，你的手机午休的时候落在了Boss的休息室，Boss本来想亲自给你送下来的，但是办公室忽然来了重要的客人，就让我来跑一趟。夫人，你不要介意。"

一段话下来让大家都很诧异，因为他们没有忽略云锦口中的亲自送下来几个字。并且，送手机这种跑腿的小事，就算是邵勉来不了，也没有必要动用身边的首席助理的。

薄亦月看着落落大方的云锦，眼中满满的都是感动。在事务所被欺压了两三天，忽然有个人维护着她，薄亦月着实很感动。

"谢谢你。"她接过云锦手中自己的手机，含笑地看着她。

"不客气，夫人，没事的话，我先回去工作了。"云锦也很喜欢这个没有任何架子的夫人，随后冲她笑了笑，就离开了。

回到六十八楼的时候，云锦犹豫了一下，还是没把这件事情告诉邵勉。因为二十三楼同事讨论的问题关系他们夫妻两个人的私事，她也不好开口说。

就是希望薄亦月受了委屈，不要藏在心里就行。

当天晚上，邵勉下班比较早，和薄亦月一起回了老宅。薄亦月看到冲她笑得开心的邵嘉康，心疼得不得了。

"妈妈的宝贝儿，妈妈好想你。"邵勉看着薄亦月和孩子见面这么开心，心情也不错。

　　韩敏在同样心情不错的两个人身上扫来扫去，感情好像进步了不少，很是欣慰。

　　天渐渐地冷了起来，邵勉的工作依然很忙碌。如果此刻不是在事务所碰到了顾瑜，薄亦月早就把这一号人物忘记在脑后。

　　因为邵勉现在对她很好，好到可以让她幸福到忘记所有的烦恼。

　　面前这个女人脸上化着得体的妆容，身上穿着墨绿色的短款外套，脚上一双黑色的尖头高跟鞋。

　　身上依然散发着女强人的气息，成熟而干练。

　　薄亦月打量顾瑜的时候，顾瑜同时也在打量着她。

　　许久不见，薄亦月脸上散发着光泽和幸福的气息。

　　长长的头发简单地盘在头顶，脸上涂着淡淡的粉底液和橘色唇彩。身上穿着一件浅黄色的外套，脚上是白色的坡跟鞋。

　　即使是很普通的装扮，她的漂亮也没有被遮盖。

　　特别是她脸上的幸福，深深地刺痛了顾瑜的心。

　　"薄小姐，我刚和邵勉见完面，未来的一段时间，可能经常要见面了。"顾瑜的口气中难掩得意。

　　薄亦月压抑住心中的不舒服，笑容温婉，"顾小姐，你的事情没有必要向我汇报，如果不是我家邵勉孝顺，怎么会给你这个机会和他的律师事务所合作？"

　　是的，邵勉因为顾瑜的事情和杨紫勤大吵了一架。杨紫勤血压升高，差点晕了过去，邵勉拗不过她，才勉强答应的。

　　这些，昨天晚上邵勉都和她说过了。

　　她很高兴邵勉的坦诚，她相信邵勉。

　　她说这句话，顾瑜也知道什么意思，如果不是杨紫勤她根本就不可能和邵勉的事务所合作。那个男人的心好狠，和她纠缠了那么多年，如今说断就断，一点都不联系。

　　而造成这一切的，就是面前这个女人，邵勉所谓的老婆……

　　"薄小姐，我就想问你一句话，当初你为什么会怀上邵勉的孩子？"之前邵勉和薄亦月没有领证的时候，她确定以及肯定，邵勉心里的人是她。

依邵勉的人品，当时根本不可能有别的女人。

然而，薄亦月却突然怀孕了，她不得不怀疑这个女人是不是用了什么手段。

薄亦月听到顾瑜这个问题，脸都白了。

这个秘密她打算烂在肚子里的，一旦被翻出来，她将死得很惨……

"我们夫妻两个人之间的事情和你无关，顾小姐管好自己就行。"说完，薄亦月绕过她，往电梯口走去。

走到顾瑜看不到的地方，薄亦月腿都是软的。

想起她刚才的问题，薄亦月祈祷，这件事情永远不要被翻出来。

这边的顾瑜当然没有忽视，她的问题让薄亦月脸色惨白的反应。看来这其中有猫腻，她需要调查一下，邵勉那段时间的事情。

今天薄亦阳从国外回来，司颖特意给邵勉小两口打了电话让他们过去吃饭。

到薄家的时候，司颖已经亲手做了一大桌子菜。

一家人聚集在一起，只有薄亦阳单身，免不了被司颖催着结婚。薄亦月也被催了，当然是被催着要二孩。

知道薄亦阳回来，斯靳恒他们几个人给他打电话要聚聚，家庭聚会不到八点就散会了。

因为薄亦阳和邵勉喝了点酒。不能开车，只得让薄亦月开车载着他们往风暴俱乐部驶去。

到了说好的包间，薄亦阳有种想夺门而出的冲动。

斯靳恒和黎浅洛正靠在一起，卿卿我我。司承阳和唐丹彤虽然是互不搭理，但也算是成双成对。

再看看旁边胳膊挽在一起的妹妹和妹夫，薄亦阳真的调头往门外走去，然后扔下一句："这三盆狗粮我不吃！"

"不吃你也撒！"斯靳恒淡淡地说了一句。

薄亦阳立刻拿出手机，随手滑动着。

三对夫妻相互寒暄过后，就坐了下来。

# 第十二章　聚会

本来是一男一女交叉着坐的，后来黎浅洛拉着唐丹彤和薄亦月挤在了一起。

三个女人都是性格开朗，比较友善的人。瞬间有了不少共同话题，围在一起叽叽喳喳。

薄亦阳和邵勉划拳的时候，包间的门被服务生推开，他身后跟着一个女人。

标准的瓜子脸上化着淡淡的妆容，身上是白色的休闲衬衣，黑色包臀裙，外面披着一件黑色的外套。非常成熟和漂亮，只是脸上的表情不太好而已。

"云锦姐姐。"薄亦月有点诧异，邵勉扫了一眼起身的薄亦阳，大概明白了。

云锦看到薄亦月，脸色才好了一点，"亦月。"她往薄亦月那边走过去。

却被走过来的薄亦阳拉住了臂弯，"兄弟们，这个女人我来介绍一下……"

其他三个男人看着她，邵勉身边的特助，谁不知道。

"今天她是我的女人……"

一句话没说完，黑色的皮鞋被高跟鞋狠狠地踩了一下。

疼得薄亦阳半天说不出来话，其他几个人幸灾乐祸地看着吃瘪的薄亦阳。原来情场浪子，也有追不到的女人。

云锦不搭理薄亦阳，坐在了薄亦月的身边。听着薄亦月给她介绍唐丹彤和黎浅洛，女人们客气地握了握手。

薄亦阳看着笑容很淡的女人，原来她也会笑啊。不过，这个女人可真不可爱，他就不应该把她"请"来的。

闷闷地坐回了原位，和司承阳继续拼着酒。

包间的氛围还算好，特别是三个叽叽喳喳的女人，说得那是一个兴奋。就连性格清冷的云锦，也被她们带动着时不时说上两句。

邵勉看着因为兴奋而脸色微红的薄亦月，他一直都知道薄亦月的真实性格，就是现在这样。

像个小女生一样叽叽喳喳，笑得爽朗。然后碰到意见有分歧的时候，再倔强一下。

在薄亦阳的主动下，八个人建立了一个微信群。云锦本来不想同意的，但是看到薄亦月兴奋的样子，还是点击了同意。

八个人都改了备注，比如斯靳恒——黎浅洛的男人。比如黎浅洛——斯靳恒的女人。

而云锦当然改成了：薄亦阳的女人。

对此有意见的只有三个人：云锦、司承阳、唐丹彤！

虽然不满，但是也都没说什么。

"承阳，什么时候举办婚礼？"包间内放着舒缓的音乐，这句话是斯靳恒问司承阳的。

但是也提醒了邵勉，他太疏忽，连个婚礼和戒指都没给自己的女人。

薄亦月也听到了斯靳恒的问题。顿了一下，继续在手机上加唐丹彤为微信好友。

婚礼对于薄亦月来说，其实也没那么重要。只要邵勉承认她，对她好，其他的都无所谓。

"不知道。"司承阳直接扔出三个字。他本来就不知道，司爷爷一手操办的事情，他没问过。

唐丹彤低着头点击手机屏幕，让人看不到她脸上的表情。

斯靳恒又斜着眼睛看了一眼若有所思的邵勉，这次薄亦阳直接说了："邵勉，你和我妹妹还没举办婚礼！"语气里带着指责。

薄亦月听到哥哥问这个问题，心一下子提了起来。

知道她在紧张，黎浅洛拍了拍薄亦月的手背，给她一个安抚的眼神。

"嗯，我的错，我开始准备。"邵勉答应得很干脆，让薄亦月很感动。

得到自己想要的答案，薄亦阳拿起酒杯，四个男人碰了碰杯。

晚上十一点多，八个人才出了风暴。

由四个女人开车，带着四个喝了酒的男人，往不同的方向驶去。

公寓楼下，邵勉先下了车。薄亦月快速地解开安全带下车，扶着步伐微乱的邵勉进了电梯。

电梯门合上，邵勉把薄亦月堵在电梯内的角落里。

"邵勉，你喝醉了。"女人如同小绵羊的声音，撩拨着邵勉的每一根神经。

捏着她的下巴，让她抬起头看着自己。他也仔细地打量着她，鹅蛋脸上的红晕，此刻仿佛涂了腮红，很好看。

男人缓缓地低头，薄亦月紧张地闭上了眼睛。

就在这个时候，电梯忽然发出巨大的动荡，然后急速下落。

邵勉的脑袋瞬间清醒不少，薄亦月被晃得大力撞击在邵勉的身上，电梯怎么了？

邵勉一手揽住薄亦月，一手去按电梯，电梯还在处于下落的状态。他把每个按钮都按亮，最后又按下紧急呼叫电话。

电梯从二十多层落到十二层的时候，忽然停下，卡在十二层和十一层中间。

薄亦月被震得差点摔倒，要不是邵勉紧紧地抱着她，她就被甩了出去。

"邵勉！"从来没有遇到过这种情况的薄亦月，非常害怕。

而呼叫电话还没有接通，邵勉又把她往怀里抱了抱，轻声地安慰道："有我在，不要怕。"

因为邵勉安慰镇定了许多，但是电梯内的灯闪了几下，最后灭掉。

薄亦月身体又开始发颤，他们是不是要死了？不要啊，她的孩子……嘉康！

"没事，不怕，有我在。"邵勉感觉到她的恐惧，紧紧地把她搂在怀里。

然后一直按着呼叫电话，许久都没人接，手机在电梯内一点信号都没有。

如果获救，邵勉要做的第一件事情，就是去起诉公寓物业。

"邵勉。"死亡的恐惧，充斥着她的每一根神经。薄亦月除了恐惧，脑袋也是一片空白，嘴里不停地叫着邵勉。

这两个字对于她来说，仿佛有种魔力，渐渐地不再颤抖。

这个时候，电话终于被接通，"我是六号楼二十六层的住户邵勉，电梯被卡在十一层和十二层之间。"邵勉的声音是从未有过的冰冷。

"收到收到，我们现在就派人过去维修。"

挂了电话以后，两个人等待着营救。

"看，有人来救我们了，不用怕了。"刚才冰冷的话，仿佛不是从邵勉嘴里说出去的。因为他此刻的声音特别温柔，像他平时哄着儿子那样温柔。

紧紧搂着他腰的薄亦月点了点头道："我们会没事的，儿子还等着我们去看他呢！"她也是在安慰自己。

"嗯，有我在，不会让你有事的。"他轻轻地拍着她的背，黑暗中本来因为害怕而呼吸急促的薄亦月，气息渐渐平稳了下来。

电梯上方已经开始传来动静，"有人来了，不怕了，我们要获救了！"薄亦月已经好了许多，他还在安慰着她，让她的眼圈又红了起来。

电梯"嘀嘀嘀"响过之后，灯亮了，电梯内一片光明。

他低头看着脸色还略微苍白的小女人，心中划过一抹心疼。

电梯又是剧烈一颤。然后开始上升，终于恢复正常，在二十六楼停下。

薄亦月的腿还在发软，邵勉直接将她打横抱起，出了电梯。

经历过今天晚上的事情，邵勉要做的第一件事情就是起诉物业。第二件事情就是，搬家！

二十六楼电梯外，小区物业经理已经匆匆忙忙地乘坐另外一部电梯上来了，看到邵勉出来，立刻连连道歉："对不起，邵律师，让你受惊了。"这可是个大律师，一定要安抚好，如果被他起诉，就完了。

邵勉停下脚步，怒斥道："呼叫紧急电话，按了十几次才有人接听，等着被起诉吧！"然后不理会经理的道歉和解释，走到公寓门前验证指纹进了公寓。

把薄亦月放在卧室的大床上，自己坐在她的旁边，撩起她额前的刘海，安慰道："没事了，我们出来了。"

薄亦月起身搂着他的脖子，问道："明天我们去看孩子好不好？"她是不是该考虑不要上班，在家好好带孩子？

邵勉让她靠在他的肩上，点头答应："明天下班我们把孩子接过来几天。"她想去公司，可以带孩子去。不想去公司就在家带孩子，看她自己的想法。

两个人说定，邵勉抱着她进了浴室。

第二天邵勉开着车，看着后座上的妻儿，嘴角扬了扬，说道："我带你们去个地方。"

薄亦月抱着昏昏欲睡的儿子，好奇地看着邵勉问："去哪里？"

邵勉只是神秘一笑，没有告诉她。

车子停在和老宅一个方向的路上，邵勉接过薄亦月怀中熟睡的儿子，又扶着薄亦月下了车。

映入眼帘的是一个高档别墅小区，薄亦月低头想了一下。

这里好像是SL集团新开发的一个富人别墅区，前段时间在网上炒得非常火。听说这里寸土寸金，普通人根本就买不起。邵勉带她来这里找谁？

一家三口在一个上面标着8号门牌的别墅前停止脚步，邵勉把儿子重新放回薄亦月的怀里。

从口袋中拿出钥匙，打开了别墅的门。

里面是三层毛坯房，每一层都好几百个平方米，非常大。

"这里怎么样？"邵勉从薄亦月的背后搂住她的肩，亲吻着她的脸颊。

邵勉打算在这里买房子吗？"挺好的，你要买吗？"他们现在住的公寓，还是八成新的房子，她没想太多。

"嗯，买给我老婆和儿子。"现在住的公寓他不想住了，虽然已经和物业达成了和解。

薄亦月有点意外，"为什么突然换房子？"公寓不是好好的吗？难道是因为昨天在电梯内出事？

邵勉没有多解释，"喜欢的话，我就找斯靳恒办手续了。"他和斯靳恒合作这么多年了，非得找他给打个折！

## 第十三章　出席饭局

其实这房子的开发商的名字，也不是斯靳恒，是黎浅洛。只是经斯靳恒的手，建造和出售这些房子。

电梯的事情也吓住了薄亦月，但她还是小心翼翼地问道："这里肯定很贵吧？"

"小意思。"邵勉云淡风轻地说道，对于他来说，这些钱是小意思。

他虽然没有斯靳恒那么富有，但是，也能上全球富豪榜，挤到前200名不是问题。

小意思？薄亦月挑眉，"你只是一个律师而已。"最多是一个国际金牌律师，律师怎么会那么有钱？

"怎么？看不起律师？"邵勉接过她怀中依然熟睡的儿子，在他小脸蛋上亲了一口。

"不是，律师能赚那么多钱吗？"这是薄亦月和邵勉第一次谈及财产问题，她知道邵勉也很有钱，但是不知道有多少。

"当然，我还有SL集团的股份。"以他现在的身价，打个官司下来没有上百万，他一般都不接。

薄亦月听到他有SL集团的股份，明白了。那股份不是一般的股份，一天的盈利就够普通人家一年的开销了。

这段时间薄亦月闲下来后又去了事务所开始给邵勉帮忙，自从换到了邵勉身边工作后，说的是帮忙，其实也就是给邵勉跑跑腿，寸步不离地跟着开开会、开开庭什么的。

今天照常和邵勉去会议室开会，邵勉已经提前跟她说过了，是要和美国一个杂志公司谈合作。

只是邵勉没有告诉她，这些人里面会有顾瑜。

对方来了四个人，事务所这边邵勉、顾惜、云锦加上薄亦月也是四个人。

本来薄亦月觉得挺尴尬的，但是邵勉却从容不迫地跟顾瑜旁边的男人，用流利的英语相互寒暄着。

然后她大概听到，邵勉在向那个男人介绍自己："这是我的太太兼助理，平时就在公司帮助我，这边这位是我们公司的顾律师……"等到邵勉把身边的人都介绍完了，薄亦月才把介绍自己的那段英语，在心里翻译清楚。

双方坐下，一道非常不友善的目光传了过来。

她掀起眼皮望回去，果然是顾瑜，看了自己一眼以后，就把目光定在了邵勉身上。

薄亦月心里很不舒服，然后往男人身边挪了挪，紧紧地挨着邵勉。

邵勉感觉到她的异样，没有拒绝，依然在说着合同的事情。

谈了大概三个小时，最后以晚上在酒店叙谈结束了会议。

顾瑜公司的老总和其他两位助理先离开了会议室，看着大步往外走去的男人，顾瑜开口说道："邵律师，有点事情找你谈谈。"

邵勉的脚步虽然放慢，但是没有停下，"说。"薄亦月倒是站在了原地，直勾勾地看着眼中只有邵勉一个人的顾瑜。

看到小女人没有跟上来，邵勉才停住了脚步。

云锦和顾惜识相地往外面走去，但是走到会议室门口的顾惜，忽然开了口："薄助理，能先出来一下吗？有点事情想向你请教。"

请教？薄亦月皱了皱眉头，顾惜什么时候变得这么客气了？

再看了看会议室内，如果她走了，不就只剩下邵勉和顾瑜了？孤男寡女的，她不要！

"顾律师，有事情等会儿再说吧，我现在要陪着我老公。"顾瑜、顾惜……薄亦月仿佛知道了什么。但是她也不傻，没有如了顾惜的意。

而门口的顾惜，对于她的不给面子非常生气，踩着高跟鞋恨恨地离开了会议室。

顾瑜听到薄亦月直接开口叫邵勉老公，眯了眯眼睛，两个人的关系，现在已经很好了吗？

"那算了，有闲杂人在我不想问了，阿勉，改天约你见面再谈。"顾瑜不给邵勉拒绝自己的机会，就拿着自己的包往门口走去，小跑着跟上了顾惜。

顾惜顾瑜，果然是好姐妹情深！

随后又听到顾瑜直接开口约她老公，薄亦月的火气彻底被撩了起来。暗暗地握紧了拳头，她一定不会给顾瑜这个机会。

邵勉没有说话，回头拉着薄亦月的手往六十八楼走去。

薄亦月一路上默不作声，进了办公室男人率先开口："我不会见她，就算因为工作见她，也会带上你。"他轻轻抚摸着她的脸蛋，不想让薄亦月没有安全感。

听到他这样说，薄亦月松了口气，"嗯。"她拿着文件夹搂上他的腰，靠在他的胸膛上，听着他有力的心跳。

办公室内一片安静，两颗心逐渐地往一起靠拢着。

知道今天晚上要见什么人，薄亦月回家的时候，刻意化了一个淡妆。

身上穿着一件橘黄色的短款外套，黑白色打底，脚上是不常穿的七厘米高的白色高跟鞋。

邵勉在见到薄亦月的时候，明显一愣。这还是他第一次见到薄亦月在不拍电视剧的情况下认真打扮。说真的，成熟中带着妩媚，别样的风格让邵勉一时之间难以移开目光。

他的目光太过于炙热，薄亦月脸色红了红，"我化妆不好看吗？"她紧张地问道。

邵勉收回自己的目光，扬起嘴角，说道："以后不要再化妆了。"她这样太漂亮，会让他没有安全感的。

"哦！"薄亦月闷闷不乐地回应了一声，以前在娱乐圈的时候，他们都说她化妆很漂亮的。现在邵勉这样说，以前那些人肯定是骗她的。

邵勉看着她郁闷的小脸，知道她误会了，大掌裹着她的小手，"你太漂亮，我不想去饭店了。"

他想回家，或者现在停车也可以。

邵勉居然说她太漂亮，薄亦月的小脸瞬间又红了起来。他还说不想去饭店了，"为什么不想去饭店了？"这两者有关系吗？

男人看着她单纯的小脸，忍不住调戏她。侧过去在她耳边说了几个字，薄亦月羞红了脸，撒娇地叫道："邵勉——"

邵勉刚才居然说他想……好羞涩啊！所以，他这是在调戏她吗？

一辆跑车稳稳地停在另外一条直行道上。薄亦月这边的车窗半开，跑车的车窗亦是。

女人羞红的表情落在顾瑜的眼中，心狠狠地痛了一下。

红灯还有十秒钟，男人把目光全部放在身边女人的身上，连她都没看到。

邵勉……顾瑜闭了闭眼睛，绿灯亮，顾瑜踩了脚油门扬长而去。

蓝宝石大酒店内，邵勉和薄亦月到的时候，包间的人已经全部就位。

顾瑜的老板是一个中美混血，叫费腾。常年在美国，中文只会说一点点，看着邵勉身边的薄亦月，忍不住开口赞美："邵太太非常漂亮，邵律师真的好福气。"

听着费腾蹩脚的中文，正在给邵勉夹菜的薄亦月立刻放下筷子，客气地回应道："谢谢费先生，费先生身边的顾律师也是难得一见的名媛美女。"

薄亦月说顾瑜美女，是真心赞美，顾瑜的确长得非常漂亮。至于名媛，听说顾瑜的父母早年离异，妈妈整天出入赌场和夜总会之类的地方，称她名媛的确有点讽刺的意思。

薄亦月承认自己不是大度的人，说她小心眼，她也不反对。

碰到一直对自己老公虎视眈眈的女人，她当然做不到视若无睹。

忽然提到顾瑜，知道她情况的邵勉的手顿了一下。桌下轻轻地捏了捏身边的小手，这个小女人真调皮。

邵勉不开口说话，薄亦月还做不到和他心有灵犀。被轻轻地捏了捏，薄亦月以为邵勉在怪她，袒护顾瑜。

薄亦月心里难受了一下，但是心里的想法更坚定。顾瑜自己找上门来，她不会坐视不理的。

邵勉是她好不容易才得到，才在一起的，以后遇到什么困难她都不会放手的。

而顾瑜这个当事人，当然听出了薄亦月口中的讽刺。嘴角的笑容一滞，家庭一直是她不想提起的禁忌，现在被毫不留情地扒了出来，顾瑜当然很恼火。

只是没等她开口，顾惜就比顾瑜还不淡定地率先开口了。

顾惜看到薄亦月略微得意的小脸，就想上去抓花她，"邵夫人说话，没有经过邵律师调教吗？"

邵勉闻言皱了皱眉头，他的夫人，什么时候轮到别人说三道四？

正在尴尬的薄亦月，想回嘴堵住顾惜话的时候，就听到了邵勉的冷呛："正在用餐，顾律师如果心情不好，大可以先离开。"他事务所不缺顾瑜这个单子，更不缺顾惜这一个律师。

但是他邵勉娶了薄亦月为妻子，就要包容她所有的小任性和小脾气。

他也能理解此刻薄亦月的心情，如果今天白天在公司，顾瑜没有主动约他，估计也不会让薄亦月这样主动带刺。

还有就是换位思考，如果换成苏明约薄亦月，他一定会比薄亦月更加小心眼。

所以，薄亦月这样做还有一个原因，就是她爱他。

他邵勉都懂，握着小女人的手更紧了。然后云淡风轻的给她夹了一筷子菜，放在她的碟中。

这么赤裸裸地袒护，让顾惜和顾瑜姐妹俩变了脸色。

# 第十四章　苦肉计

邵勉不但没有怪薄亦月，还在贴心地给她夹菜，顾瑜的心像是被什么揪住了一般，很疼很疼。

而薄亦月看着盘中的菜品，感动得红了眼圈。邵勉对她这么好，不但维护她，还不介意和她秀恩爱……

因为邵勉毫不留情的冷呛，场面气氛甚至有点尴尬。

云锦不动声色地看着这一幕，大家都安静后，她挂上职业的微笑，看向费腾，讲着流利的英语："费总，今天的中式菜品如何？还吃得习惯吗？"

费腾这个人很喜欢美女，更喜欢和美女打交道。云锦主动和他说话，他还是很高兴的，"很棒！这些都是云特助安排的吗？"

场面因为云锦和费腾的对话，开始热络起来。

吃得差不多的时候，邵勉开始和费腾谈起了合作案子。

而薄亦月嘴角带着淡淡的笑意，安静地剥着手中的虾壳。把虾仁放进邵勉碟子内的时候，还不忘看看他工作时自信的样子，是那样有魅力。

剥了五六个，薄亦月简单地擦了擦手，然后起身出了包间。

洗手间内薄亦月往手上挤了点洗手液，来回洗着手上的油渍。

打开水龙头，旁边一个女人站定，"顾瑜调回C国公司的事情，已经确定，这个案子结束后就回来了。"水龙头打开，顾惜伸出手简单地洗了一下。

然后进了卫生间，仿佛刚才说话的不是她。

薄亦月冲洗双手的动作慢了下来，顾瑜要回到C国？是为了邵勉吗？

应该是吧，要不然顾惜会和她说这些？

暗叹了一口气，看来以后在顾瑜那边，有一场硬仗要打。

回到包间的时候，不知道什么时候开了一瓶白酒。每个人的杯中都倒了满满一杯白酒，只有薄亦月面前没有酒杯。

坐在位置上，邵勉碟中的虾仁已经没有了。猜测他是吃掉了，薄亦月嘴角扬了扬。

费腾看到薄亦月坐下，主动和她说话："本来想和邵夫人喝一杯的，但是听说你准备要二孩，那就算了。"说完，还暧昧地看了一眼邵勉和薄亦月。

什么……要二孩？他们什么时候决定的？薄亦月脸色微红地看了一眼身边的男人。是他告诉别人的？

邵勉也正在看着她，眼神中满满的都是笑意。

薄亦月站了起来，顺着邵勉的话开口："不好意思费总，让你扫兴了，亦月以茶代酒敬你一杯。"

两个人碰了一杯，薄亦月喝了点茶水坐了下来。

而顾瑜却默默不语地喝着杯中的白酒，一杯又一杯。看得薄亦月都替她胃疼，这个女人是要苦肉计来引起邵勉的注意吗？

事情商量到一半，顾瑜端着酒杯，向邵勉走过来，脚步还跟跄了一下。

"邵律师，我敬你一杯，这件案子要辛苦你了。"顾瑜的脸颊微红，妩媚地站在邵勉身边。

薄亦月还是第一次见到顾瑜这么妩媚的一面。大概只要是个男人，就不会拒绝她的邀请吧？

果然，邵勉端起面前的白酒，"客气。"和她碰了杯，然后两个人一饮而尽。

顾瑜也许是喝多了，话也多了起来，又给自己倒了一杯白酒，"邵律师，这个案子结束，我就要调回C国这边的杂志社，邵律师作为我的前男友，欢迎吗？"

气氛再次尴尬了起来。

所以，现在包间内的人，都知道了顾瑜是邵勉的前女友。

在顾瑜看不到的地方，费腾的嘴角勾起一抹邪笑。原来顾瑜之前是邵勉的女人，而现在顾瑜是他的女人，这可真有意思。

"顾小姐喝多了。"邵勉听到前男友三个字，心情有些不悦。顾瑜拿着酒瓶，准备给他倒酒。邵勉把酒杯口朝下，放在桌子上，拒绝了她的酒。

然后顾瑜又是一个踉跄，向一边倒去，倒的方向还很凑巧。

邵勉接住顾瑜是不得已的，她带着酒气的身体直接扑到了他的怀里。

其他几个人都诧异地看着这一幕，费腾身边的两个助理从来没见过这样的顾瑜。只是，接下来的事情，更是让人大跌眼镜。

顾瑜双臂攀上邵勉的脖颈，语气几乎接近撒娇："阿勉，我头好晕，你送我回去好不好？"

邵勉眉头紧皱，极力扶起顾瑜。但是顾瑜此刻的身子像是无骨一般，一直下滑，他只得紧紧地抱住。

薄亦月看着这一幕冷笑，不是要来谈工作吗？这个顾瑜从头到尾，工作的事情一句都没说，倒是一直盯着她的男人。

从椅子上站起来，按下旁边的呼叫器，包间的门半分钟之内，从外面被打开。

"您好！请问有什么需要吗？"服务生看着站在呼叫器旁边的薄亦月恭敬地问道。

不理会大家疑惑的目光，打开钱包，拿出一沓钱放到服务生的手中，"去，找几个保安过来，把这个女人送走。"

找几个保安……

包间内瞬间安静了下来，服务生看着接近好几千块的人民币，有点不敢接。

"去不去？不去我就投诉你。"薄亦月威胁。

服务生立刻接过钱，往包间外面走去。

邵勉回头看着小女人面不改色地坐回了位置上。拿出手机玩着，仿佛没看到众人的目光。

他哑然失笑，她是在无言地跟他抗议吗？邵勉把顾瑜打横抱起，然后放在一边的长椅上。

而顾瑜又拉着邵勉的胳膊，不让他离开。

这个女人为了邵勉也是豁出去了，连自己总编的形象都不顾了。

包间的门再次被打开，服务生带着四个保安走了进来。

薄亦月指了指长椅上的女人，"她醉了，把她送走。"

"你好，送到哪里？"

"随便，大街上哪儿都行。"薄亦月毫不客气地说道，这一刻她也做不到冷静。更没有心思考虑如果邵勉不高兴怎么办，她只希望这个女人赶紧在她眼前消失。

四个保安错愕了一下，然后向顾瑜走去。

邵勉看着一个保安直接抱起顾瑜，往外面走去。想起顾瑜之前的阴影，在最后一刻还是叫住了他们："等一下。"

薄亦月的心瞬间凉了，他的心里还是有那个女人的……

"你去楼上开个房间，我把她送过去。"从保安的怀里接过已经昏睡的顾瑜。

邵勉看着薄亦月，交代道："在这等我，我把她送上去就下来。"

邵勉离开，包间非常安静，薄亦月压住心中的难受，跟了上去。

服务生迅速地在服务台开了一个房间，然后带领着邵勉往楼上走去。

薄亦月赶到电梯口的时候，电梯已经在十八楼的总统套房楼层停下。她毫不犹豫地走进另外一间电梯，按下按钮跟过去。

这个顾瑜好手段，当着她的面儿就能把邵勉给拐走，她倒要看看顾瑜还要做一些什么事情。

电梯到达总统套房楼层，薄亦月左右看了一下，右边的一个房间门口，刚才的那个服务生正准备关上门。

"等一下。"薄亦月踩着高跟鞋，急匆匆地走过去。服务生看到她是刚才给自己小费的女人，就没锁门。

房间内，邵勉把顾瑜放在大床上，给她盖好被子。

他的领带却被扯住，躺在床上的女人，已经睁开眼睛，只是泪眼婆娑。

"喝醉了就好好休息。"他淡淡地说道，想要扯回自己的领带。

女人不松手，直直地看着他说道："阿勉，你知道我现在有多难受吗？"声音中透露着难受和柔弱。

这样的顾瑜，邵勉很少见。她一直都是女强人型的，从来不轻易掉眼泪。特别是在他面前，一滴泪水都没有掉过。

但是从他们彻底分开，他和薄亦月结婚以后，她就开始三番两次地掉眼泪。

"不用为了我难受，你会遇到更好的。"他淡淡地回答，领带还是被她紧紧地握在手中。

顾瑜摇着头，"阿勉，你对于我来说，就是最好的，阿勉……"她从床上坐起来，搂住他的腰。

也唯有他的味道，让她安心。

站在门口的薄亦月静静地看着房间里的一幕，心痛的滋味冲噬着她的每一根神经。

顾瑜擦擦眼泪从床上下来，无意间看到门口的一个身影。

心中一个冷笑，攀上邵勉的脖子，送上自己的红唇。

邵勉正在烦躁怎么摆脱她，没留意她的动作。当顾瑜吻上来的时候，邵勉二话不说就推开她。

只是，顾瑜不知道哪来的力量，邵勉一个动作居然没有推开她。

反而门口传来一声凌厉的声音："你们够了！"

这一刻的薄亦月真想说：你们相爱，我退出。但是她没有勇气，真的没有，更不想放弃邵勉……

泪水肆意地从眼眶中流出，转身离开这里。

听到薄亦月的声音，邵勉彻底急了，完全不顾会弄疼顾瑜，就追出了房间。

薄亦月穿着高跟鞋，根本跑不快不说，反而扭到了脚踝。

当邵勉赶过来的时候，就看着她一瘸一拐地进了电梯。然后，他两三步跑过来，还是晚了一步。

任由他怎么按电梯按钮，还是眼睁睁地看着电梯门被合上。

电梯内的薄亦月，哭得整双眼睛通红，他很担心。

再次去按旁边的电梯按钮，电梯缓缓地升了上来。

　　当邵勉赶到一楼的时候，薄亦月正拦着一辆出租车。他大步地跑过去，在车子发动的前一刻，拦住了出租车。

　　"不好意思。"扔给出租车司机一句话，就打开出租车后车座的车门，硬是把薄亦月给拉了下来。

　　出租车司机看到拉拉扯扯的两个人，猜到了是小情侣在吵架。无奈地摇了摇头，开着车离去。

## 第十五章　霸道地宣告

薄亦月此刻的内心真的很煎熬，她不知道自己该怎么办。真的不知道，她想一个人静静。

甩掉邵勉的手往反方向走去。脚踝上传来的疼痛，差点没让她跪下。

连高跟鞋都来欺负她！薄亦月干脆地脱掉高跟鞋，赌气地扔进一旁的垃圾桶。

邵勉看着她孩子气的一面，哑然失笑。

身体忽然腾空，薄亦月吓得差点叫出来，条件反射性地揽上邵勉的脖子。

只是他的身上散发着陌生的香水味。

"邵勉，你放开我。"她没有大声嚷嚷，也没有尖叫，只是冷静地说道。

邵勉摇头，语气坚定道："不放！"

他给云锦打了个电话，交代了一些事情后，就拦了一辆出租车带着她回家。

一路上薄亦月脑子里乱七八糟的，一句话都没有说。

到了公寓楼下，邵勉把她从车内抱出来，一直放到沙发上。

"亦月。"他温柔地叫她的名字，薄亦月的整颗心瞬间飘了起来。

邵勉叫她的名字，真的好好听。

看着她痴迷看着自己的样子，邵勉无限满足。"怎么样，老公好看吗？"他的双臂支撑在她两边的沙发上，笑容邪邪的。

薄亦月惯性地点了点头，没两秒钟又反应了过来，"邵勉，你要是忙就去忙吧，不用管我。"她从沙发上下来，光着脚往卧室内走去。脚踝上的痛楚比刚才好了许多，薄亦月活动了一下脚腕，继续往前走去。

她所谓的忙，说的当然是指顾瑜的事。邵勉也能听出来，拉住她的臂弯。

"不用，我在家陪你。"他再次把她抱起来放在沙发上，并去鞋柜里给她拿了一双拖鞋。

拖鞋放在她的面前，邵勉托起她受伤的小脚，来回按摩着。

"以后不要再穿那么高跟的鞋子。"好看是好看，只是很容易就会受伤的，就像现在这样。

薄亦月看着他疼惜的样子，紧紧咬着下唇。刚才在酒店的一幕，不断地在她脑海中上演。

"邵勉，我不喜欢她！"说完，她紧张地看着邵勉的反应。

薄亦月的话让邵勉的动作一顿，他知道她说的是顾瑜，不喜欢她也正常。

"没事，以后你可以不用看到她。"他继续给她活动着脚踝，以后的合作他一个人就够了。

不用看到她？那他呢？他和他们公司有合作，是不是必须要见顾瑜。他单独见顾瑜，她不放心。

摇了摇头，"算了，反正只是合作而已。"那个女人如果再主动靠近邵勉，她一定不会放过她！

但是，邵勉心中好像还是有她，怎么办呢？薄亦月的小脸上满满的都是苦恼。

邵勉看着不会隐藏自己情绪的薄亦月，像个小女孩一样。

"还痛吗？"要是再痛的话，就得去买药水了。

薄亦月由他扶着从沙发上站起来，走了两步，非常惊喜地说："居然好了耶！"她还以为得好几天呢！

然后她穿上鞋跑进浴室，拿了湿毛巾走了出来。

在男人疑惑的眼神下，薄亦月将湿毛巾在邵勉的嘴唇上，用力地擦了擦。

然后自己主动亲了上去。

"邵勉，以后只许我一个人吻你。"她退后小嘴微嘟，霸道地宣告。

邵勉的唇角勾起，把她重新搂在怀里，"好。"这次他主动堵住她的红唇。

所有的不快乐，因为这个吻全部烟消云散。

薄亦月在邵勉将她抱起的那一刻，跳了下来，"我去给邵勉哥哥放洗澡水。"

然后红着脸往浴室跑去。

只是，放完洗澡水的薄亦月，被男人强制留在了浴室。

邵勉律师事务所会议室内，和顾瑜他们的杂志社今天是最后一次商量开庭前的注意事项，顾瑜代表杂志社将以原告的身份走进法庭。

今天的会议顾瑜表现得比较安分，整体进行得比较顺利。

薄亦月拿着邵勉空了的水杯，往茶水间走去。

会议室外，云锦正拨通电话，订中午的饭店，"所有菜品都不要辣椒，我们中间有一位客人对辣椒过敏……对，还有不要香菜不要葱……其他的暂时没有。"

对辣椒过敏？是邵勉吗？她从来都没见过邵勉吃辣椒。但是，她也没听说过啊。

"云姐姐，是邵勉对辣椒过敏吗？"看到云锦挂完电话，她好奇上前去问。

云锦看到薄亦月，眼中划过一抹尴尬。"是顾小姐不能吃辣椒。"她跟在邵勉身边六年，之前经常见到顾瑜。

只要顾瑜在，订餐的时候，邵勉都会特意叮嘱身边的助理。

所以，只要是有点工龄的助理，都知道顾瑜不吃辣椒，不吃香菜和葱。

顾小姐？顾瑜？想到是她，薄亦月有点庆幸，她还能抓到顾瑜的弱点呢！

"嗯，好的，谢谢，我先去茶水间。"薄亦月若有所思地端着水杯，往茶水间方向走去。

她前脚刚走，顾惜就站在她的身后，和云锦相互点了点头，看着离开的薄亦月。

这是个好机会，她不能错过。

从茶水间出来，薄亦月才想到更重要的一件事情。

邵勉可以为了顾瑜，让所有的菜品不放辣椒。那么，他知道她很喜欢吃辣的吗？

想到这里，薄亦月怔住了，她是不是太计较了？

不过，心里真的很不舒服。

中午时分，邵勉这边实在太忙，让薄亦月代替他去陪着费腾一行人用餐。

只是，让他们没想到的是……

医院内，顾瑜崩溃地把自己蒙在病床上的被子内，因为过敏她的脸上全部都是红疙瘩，一时也消不下去。

邵勉步伐匆匆地推开病房的门，里面是饭店后厨的经理，还有顾惜和云锦。

后厨的经理正在焦急地向顾惜保证："我们接到云助理的电话，我全程都在监督着咱们包间的菜品，完全没有放辣椒。"

顾惜完全不听他解释，"你看我姐现在已经面目全非，你们饭店就等着被起诉吧！"

"怎么回事！"门口传来男人清冷的声音，病房内安静了下来。

看到邵勉，云锦连忙走了过来，大概地说了一下中午的事情。

中午吃饭的时候，顾瑜自从吃了饭店的干锅虾后，开始不对劲。没有多久脸上就开始起红点点，她这才惊觉虾内放的有辣椒。

但是已经为时已晚，云锦和顾惜赶紧先把她送到医院。

云锦后来也尝了那份干锅虾，的确有辣味。

饭店经理走到邵勉面前，客气地说道："邵律师，您的事务所和我们酒店合作多年，我们从来没有出过差池，这次我也敢保证，这道菜里面没有放一点辣椒。"

厨房内的监控也调了出来，整个过程的确没有放辣椒的动作。

这就奇怪了，顾惜忽然说道："是不是有人故意的，薄亦月呢？她怎么没来医院。"

邵勉听了她说的话，眉头紧紧地皱起。这个顾惜怎么总是针对亦月？前段时间，那个小女人跟着她，没少受委屈。

"这种没有依据的话，顾律师说出来，也不怕承担责任？亦月根本就不知道顾瑜对辣椒过敏。"怎么可能是她？

这个时候，云锦有点艰难地开了口："邵律师，邵夫人她知道。"

云锦的一句话，让整个病房安静了下来。

顾瑜在被子里把他们的话，听得一清二楚。该死的薄亦月，"肯定是她在报复我！"她的声音不大也不小，所有的人都能听到。

说报复……恐怕没有人会感觉过分。毕竟昨天晚上，顾瑜在饭店和邵勉上演过那样的闹剧。

薄亦月作为邵勉的妻子，想整整顾瑜，也不是不可能。

"她怎么知道？"邵勉冷冷地看着云锦。

云锦把中午订餐时的情况说了一下，她有点不相信这件事情是薄亦月做的。但是，证据已经明显地指向了她。

这件事情说大不大，说小也不小。顾瑜也没什么大碍，接下来就要看邵勉的了。

邵勉从容地走到病床边，试图去掀开棉被。

顾瑜紧紧地抓着不松手，"走开，不要看到我这个样子！"

"顾瑜。"邵勉的声音响起，顾瑜似乎冷静了下来。

她慢慢地露出一双眼睛，额头上密密麻麻地布满了红色的小点点。

"阿勉。"顾瑜委屈地红了眼圈。

"你怎么样了？"只是，他的声音非常公式化，完全没有顾瑜想象中的温柔和疼惜。

她再次蒙上头，"你走吧！薄亦月我是不会放过她的。"现在顾瑜已经把薄亦月确定成凶手了。

邵勉看她这个样子，也就没再说什么，"你好好养伤，你所有产生的费用，均由我个人负责。"

均由邵勉个人负责，大家瞬间就懂了邵勉什么意思。

这是在维护薄亦月，这件事情是不是薄亦月干的不重要，重要的是私下解决，不会宣扬出去。

顾瑜不干了，顾不得脸上的红疹，掀开被子坐了起来，"邵勉，你就那么爱那个薄亦月吗？甚至连她伤害我，你都置之不理？"

她的话，让走向门口的邵勉脚步一顿。也只是一顿，不到几秒钟，头也没回地说道:"薄亦月是我太太,我当然爱她。"

顾瑜立刻抓住了邵勉话中的漏洞,反呛道:"是你太太,那你爱她是你的义务和职责还是你发自真心的?"

她的话音刚落,病房内再次安静下来,饭店经理早就溜到了门外。

云锦和顾惜相互看了一眼,也走出了病房。

病房内只剩下他们两个人的时候,邵勉淡淡地回应道:"这个不重要。"

"对于你来说不重要,但是对于我来说,非常重要。"顾瑜看着他的背影,紧紧地咬着下唇,深呼吸了一下,继续说道,"如果你爱她,对她好,只是为了做到丈夫这两个字的职责,我会很高兴的,阿勉……"

希望邵勉对薄亦月是这种情况,那么她就真的还有机会。

邵勉的脸色很阴沉,然后说了一句:"好好休息。"就离开了病房。找到顾瑜的主治医师,确定她没事后,才开车往公司驶去。

一路上心烦气躁的,回到办公室的时候,薄亦月正在休息室内休息。

## 第十六章　和律师谈恋爱

他刚开门，薄亦月就醒了，"邵勉，顾瑜还好吗？"她只是关心她的伤势，因为她也知道，顾瑜情况不好的话，邵勉公司会有麻烦的。

邵勉紧紧地盯着薄亦月的表情，有关心和不安。

她会关心一个情敌？不安的是什么？

"医生已经给她输过液，红疹会自己慢慢消退的。"他把情况如实地说出来。

薄亦月松了一口气，没什么大事就好，邵勉也不会受连累。

"那，有查出来是为什么吗？"她从床上下来，去给邵勉取水。

邵勉摇了摇头，答非所问地开口："昨天晚上的事情，你不讨厌顾瑜吗？"亲眼看到一个女人和丈夫那么亲近，她有没有想要报复的心思？

薄亦月拧瓶盖的动作一顿，邵勉怎么会这么问？是在乎她的想法吗？

甜甜一笑，拧开纯净水递给邵勉，微微嘟嘴道："当然讨厌啊，我昨天不是跟你说了吗？"

邵勉把目光放在她挽着自己臂弯的小手上，她这么单纯，单纯到在自己老公面前，直接说她讨厌顾瑜。

会是她干的吗？

他忽然的沉默，让薄亦月的心咯噔一跳，"我讨厌她，你是不是不高兴了？"她松开男人的臂弯，纠结地问道。

邵勉想起躺在医院的顾瑜，最终还是说了一句："讨厌一个人，不一定就要去报复。"他不喜欢有心机的女孩子，希望薄亦月不是这种人。

不一定就要去报复？邵勉这句话什么意思？她试探地问道："顾瑜过敏是不是因为饭店厨师在菜品里放辣椒了？"

听到她这个问题，邵勉直接合上没有喝一口的纯净水："不是，是有其他人做的，具体是谁，还有待调查。"

其他人？薄亦月也不傻，看着邵勉异常的脸色，问道："你不会是怀疑我干的吧？"仔细想想，一包间的人，还真的是她最有嫌疑。

心稍微地凉了凉，但是邵勉开口的前一刻，薄亦月还在祈祷希望邵勉能给她一点信任。

"是你吗？如果是你那就去医院给顾瑜道歉。"

这件事情结果不是很严重，他可以当她在耍小脾气，不会怪她。

他的口气也没有很强硬，但是薄亦月听来非常刺耳。

"我没有！"第一次，薄亦月冲着邵勉提高了分贝。

邵勉看着她似乎想要发脾气，可能自己真的误会她了，"没事了，不是你就好，我最讨厌的就是欺骗，我相信你。"他以后不会欺骗她，她也不要有欺骗他的事情。

如果她敢，那后果他自己都无法估计。

他把她揽在怀里，轻轻拍着她的背。

而此刻薄亦月才真的慌了，邵勉说他最讨厌的就是欺骗。

休息室内静悄悄的，两个人都没再开口。

许久之后，"邵勉哥哥。"薄亦月软软地叫了一声。

"嗯？"他低头看着怀中的小女人。

"如果有人欺骗了你，我是说如果，你会怎么对她？"她不敢看他的眼睛，只是试探地问道。

邵勉想也没想地就回答她："那他一辈子都得不到我的信任，我也不会再和他来往。"欺骗他的人，他坚决不再打交道。

听到他忽然严肃的口气，薄亦月吓得身体颤了一下。她该怎么办？该怎么办？要不要把那天晚上的事情告诉他？

不行，不能说，邵勉肯定会恨她……

深吸了一口气，她发挥自己之前表演时的技能，抬起头笑嘻嘻地问道："如果，是我欺骗了你呢？"

　　表面上她笑得很调皮，其实她紧张得都快要窒息了。

　　邵勉听着她说，如果是她欺骗了他。他想了想，"看情况而定，如果情节轻的那就——"他在她耳边轻轻地说了一句话，惹的薄亦月羞涩一笑。邵勉可真坏！

　　"那情节重的呢？"她继续追问。

　　这让邵勉不得不仔细地看着她。"你是不是有什么隐瞒着我的事情？"难道是顾瑜的事情吗？

　　"当然没有！"她努力让自己的腰板直起来，看上去很理直气壮。

　　他看着她的样子，哑然失笑道："如果情节严重的……想想和一个金牌律师打官司的结果。"他说得漫不经心，因为他从来没有想过，如果她欺骗他的话，自己该怎么做。

　　薄亦月又想到了网上那句很经典的语录："如果你和一个律师谈恋爱，就随时做好离婚的时候，连一件内衣都分不到的准备！"

　　她开始慌了，紧紧搂着邵勉的腰，她要坦白吗？

　　要不坦白吧！毕竟坦白从宽抗拒从严！"邵勉，我——"

　　她刚说一个我字，邵勉的手机就响了起来，薄亦月只好先住口，让他接电话。

　　"你好，王总。"邵勉接着电话去了办公室，开始忙碌工作。

　　薄亦月挫败地坐在沙发上，不知道该怎么办。

　　夜幕降临，邵勉还在忙碌工作，这件事情也就暂时落下了帷幕。

　　晚上，邵勉带着薄亦月去了一趟医院。

　　顾瑜的脸好了许多，红疹褪了一半，此刻正坐在病床上看着文件。

　　看到进来的邵勉一阵惊喜，再看到他后面的女人，脸色立刻变了。薄亦月把水果篮子放在顾瑜的床头上。

　　"顾瑜。你可能对亦月有点误会。"邵勉开口就在为薄亦月说话，让房间内的两个女人心思各异。

"误会？"顾瑜冷笑，"那薄小姐中间出去一趟，没两分钟那份菜品就被端了上来，你不解释一下吗？"她紧紧盯着薄亦月。

邵勉带着薄亦月来就是为了解释清楚这件事情的，他不希望自己的老婆背负着骂名或者被人冤枉。

听到顾瑜这样说，他也看向薄亦月，等着她解释。

"有什么好解释的，我只是去了卫生间而已。"她就这么好欺负？让顾瑜还要执意诬陷自己？

顾瑜讽刺地看了一眼无所谓的薄亦月，"薄小姐，房间是有卫生间的，为什么要去外面呢？"可恶的是，酒店的摄像头在她拐个弯后的地方，就没录像了。

"包间只有一个男女公用卫生间，我不习惯。"

只是，这个理由是不是有点牵强了？

"邵勉，这话你信吗？"她把目光放在一旁沉默的男人身上。

邵勉却是点了点头说："我信。"他之前和薄亦月薄亦阳几个人出去聚会的时候，他好像从来都没有见过薄亦月去包间卫生间。

顾瑜气结，"邵律师这么袒护邵夫人，我就没什么好问的了，请你们出去。"

这个男人，太让她心寒了。

看着她一直往自己身上泼脏水，各种怀疑，薄亦月也不淡定了，"顾小姐，如果没有证据就不要多问，问得多了就构成了诽谤罪。"在事务所也有一段时间了，薄亦月懂了许多之前不知道的法律常识。

邵勉拉着薄亦月就往门外走去，"顾小姐，这件事情说不通，就不要说了。"

说完这句话的时候，顾惜刚好从外面进来。

看到两个人，她狠狠地瞪了一眼薄亦月，"邵律师，上菜的服务生已经招供了，薄小姐还要狡辩吗？"

招供？薄亦月皱紧了眉头，这姐妹俩合起伙来整她的吧！

然后顾惜从包里拿出一个录音笔，打开，里面传出一个男声："今天有个女人塞给我一千块，让我往菜里面放辣椒，我不同意，她就威胁我……最后我也是没办法才放的。"

"她长得什么样子？"一个陌生的男声问道。

"她穿着蓝色外套，长发披散在肩上，后来我看到她进了卫生间。"录音笔被关掉。

薄亦月脑子一片空白，然后只感觉有股火气，在体内快速升起。

她夺过顾惜手中的录音笔，大力地往墙上一摔，录音笔应声而分裂。

顾惜本来是想发火的，但是想到邵勉已经听到了，就忍住了脾气。

邵勉只是淡淡地看着这一幕，没有说话。

薄亦月瞪着顾惜然后是顾瑜，"你们姐妹俩手腕可真高，联合起来诬陷我一个。"

"你瞎说什么呢，证据就摆在你面前，你还有什么狡辩的。"顾惜低头捡起地上已经摔坏的录音笔，来掩饰自己的情绪。

顾瑜也适时地开了口："阿勉，你维护这样一个有心计的女人，值吗？"

听完这句话，薄亦月淡淡地笑了，她看着没有任何反应的男人，走过去。

她现在只在乎他一个人的看法，其他的都无所谓，"邵勉，你相信我吗？"

病房内再次安静了下来，都在等着邵勉的回答。

"你今天问我，如果欺骗我的是你，会有什么后果，你说的是不是就是这件事情？"他一直相信证据，如今顾惜拿出了证据……

他的意思就是相信了这对姐妹喽？薄亦月只感觉自己的心好痛。

她真的好想发脾气，但是面前的这个人是她的邵勉，她舍不得……

深呼吸了一口气，薄亦月看着顾惜说："把这个服务生带过来，当面对质。"她不能就这样含冤。

这次的事情如果让顾瑜和顾惜成功，那么，以后还会有第二次第三次，一直到邵勉不相信她为止。

## 第十七章　教训姐妹花

顾惜把破损的录音笔放在桌子上，然后回头不屑地看着薄亦月，"你都把人家给吓跑了，我们找到他的时候，他正在往火车站赶呢，现在去哪里了，得问你自己吧！"

薄亦月忍不住给顾惜鼓了鼓掌，然后直接一个巴掌甩到她的脸上，"啪！"顾惜的脸被她打得扭到了一边，半天回不过来神。

"过来。"邵勉一把拉过失控的薄亦月，她是想让顾惜起诉她故意伤人吗？

薄亦月被邵勉拉到身后，顾惜已经冲了过来，邵勉又拉开薄亦月，顾惜扑了个空。

"阿勉，你就这样欺负我妹妹的吗？"顾瑜从病床上下来，和邵勉对峙。

病房内，两两相对，对立了起来。

邵勉冷冷地看了一眼不服气的顾惜。

"过来，给顾瑜道歉。"他拉过身后的女人，口气颇有大人教训小孩子的意思。

"我凭什么给她道歉！"这样任性的薄亦月，让邵勉很头疼。

他揽过她的肩膀，"做错了事情就要道歉，快！"他一刻钟都不想待在这里，只想着早点解决，早点离开。

对于邵勉的态度，薄亦月真的不知道该开心还是该难过。

如果她真的做了这件事情，邵勉这个态度，她一定很感动。

只是，她没做！"我没有做错事情，我不要道歉！"她没有做的事情，她不会道歉的！

顾瑜顾惜，从今以后，她不会再被动地任由她们欺负！

"亦月！"邵勉的口气硬了起来，但是还是像大人教训孩子一样。

顾瑜是看出来了，邵勉根本就没有想责怪薄亦月的意思。就算是他真的认为薄亦月做错了事情，邵勉也可能认为让她道个歉就可以了。

"我不接受她的道歉！"顾瑜拒绝。

邵勉真的不想在这耽误时间了，张了张嘴就要说话的时候。

一只手就向顾瑜伸去，顾瑜不防，硬是被薄亦月抓花了脸。

"啊！"随着顾瑜一声尖叫，顾惜连忙上来看顾瑜的状况。

邵勉沉默，他的老婆居然秒变小猫，"薄亦月，给顾瑜道歉。"

薄亦月甩开邵勉的手冲出病房，她就是不要道歉！

看着她离开的背影，邵勉揉了揉发痛的太阳穴，然后扔给两个女人一句话，"抱歉，我替我老婆向两位道歉，顾瑜去上药，有任何医疗费，都由我承担。"

然后，立刻去追已经跑出去的女人。

"姐。这个薄亦月太过分了，竟然让你毁容。"顾惜看着顾瑜被微微抓破的脸蛋，夸大其词地说道。

顾瑜揉了揉发痛的脸蛋，按下呼叫铃叫来医生给她上药。

顾瑜很快恢复到冷静，坐在病床上淡淡地说道："薄亦月这个女人，我不会放过她的。"

让她最生气的就是邵勉的态度，明显在护短。那个女人有多好，让那么正直的邵勉，选择护短？

"姐，你就是太好说话了，没看到薄亦月都欺负到你的头上了，你还这么淡定。"顾惜的口气很着急，让顾瑜不得不多看了她一眼。

"你怎么好像比我还讨厌那个薄亦月？"顾惜和薄亦月有过过节吗？

顾惜这才意识到自己太激动，暗暗地吸了一口气，"我讨厌她，阻挡了你的幸福，不但如此，她前段时间跟着我工作的时候，每天都盛气凌人的，我当然讨厌她。"

她这样的解释，让顾瑜放下了心中的疑惑。

"姐，以故意伤人罪，我们两个一起起诉那个女人。"不把薄亦月除掉，她心里就不舒服。

"不自量力！"顾瑜忍住疼痛，她不想讽刺她这个堂妹的。但是，她智商跟不上。

如今顾惜能在邵勉事务所安稳待着，除了她的水平高点，不还是她在撑着面子吗？

顾惜咬了咬下唇，"姐。你是说邵勉会护着她吗？"也只有这个可能了。

"撇开邵勉的能力不说，薄亦月好歹是他名义上的妻子，他会任由你起诉他的妻子不管吗？"而且，这些可跟感情无关。

顾惜不再说话了，比着她这个堂姐，她是有点笨了。

病房内安静了下来，姐妹俩心思各异，各自想着事情。

而这边的薄亦月跑出来以后，打个车就离开了。

邵勉追出来的时候，她已经不见了踪影。

打她手机直接关机，气得邵勉直接想不管她的。但是想起她的小脸，他又不忍心。

回到公寓，整个公寓都黑漆漆的，看来她没回来。

那么只有一个可能，就是她回老宅了。

拨通韩敏的电话，"奶奶，在忙什么呢？"先探探口气。

"哟，我孙子给我打电话了，罕见。"韩敏先是一阵冷嘲热讽。

邵勉无奈地坐在沙发上，"奶奶，我老婆去你那里了没？"

韩敏一听这话，来劲了，都开始称呼老婆了。"没有，怎么了？吵架了？"

"没事，她说晚上去看孩子，我以为她过去了。"然后邵勉找了几句借口，把韩敏搪塞过去。

继续拨薄亦月的手机，这次还是没通。

倒是他的手机响了起来，来电的是斯靳恒。

"阿恒，想我了？"他不正经地说道，决定出去找找老婆。

"我想我老婆。"他的话让邵勉有点蒙，不等邵勉说话，斯靳恒就不满地抱怨道，"我刚抱到老婆，你老婆就把我老婆约了出去。"害他一个人独守空房。

哦，邵勉放心了不少。

"去哪儿了？我去接我老婆。"他站起来出了公寓。

斯靳恒给他报了一个地名，邵勉皱皱眉头，往他说的地方驶去。

路过一家商场，邵勉沉思了一下，把车停在路边，然后进了一家店面。

十分钟后把一个精致的盒子装进口袋，继续开车。

暮色酒吧里，一个不起眼的角落内，两个女人点了两杯鸡尾酒，开始聊天。

"你什么情况？"黎浅洛抿了一口鸡尾酒，好奇地看着对面大口喝酒的女人。

一杯鸡尾酒一口气喝了一半，薄亦月才放下酒杯，"浅洛啊，跟了一个不爱自己的男人，真的好憋屈。"薄亦月开始吐口水。

"我前段时间看你俩不是好好的吗？"邵勉还给她买豪宅，这才没两天，怎么了？

薄亦月把剩下的鸡尾酒全部灌入口中，又点了一杯。

然后看着面色红润的黎浅洛，抱怨道："还不是因为他那个前女友，然后发生了一点事情……"薄亦月把事情地经过说了一遍。

黎浅洛纳闷道："邵勉那样做，不是摆明了相信你吗？你还生什么气。"还是邵勉好，不像斯靳恒，当初可是完全相信前女友的。

薄亦月已经喝了两杯了，还比较清醒，不赞同她的话，"相信我就不会让我道歉了。"

她只顾着看鸡尾酒，身后站了一个人都不知道。黎浅洛可是看见了，连忙给她使眼色。但是薄亦月不抬头，继续说着。

"邵勉他居然不相信我，你知道我有多想打他吗？你知道我有多不想忍他吗？就因为喜欢他，天天在他面前跟个小媳妇一样。

"你知道我有多憋屈吗？很多时候我都想掀桌子直接走人的。为了他我硬是忍了下来。

"不行了，我感觉我要爆发了，再这样下去我怕我忍不住会打他的！

"浅洛，你怎么？踢我干吗！你不知道那个顾瑜，不就是想和邵勉和好吗？还在酒店勾引邵勉，当时我看到他们吻在一起的时候，心痛得快要窒息了，无奈，我只能受伤离开……"

邵勉听着薄亦月的话，浓眉一直挑着，这个小女人终于要现出真实的性格了吗？

"我真的好惨啊，爱一个人容易嘛我！"

"不容易！"一个突兀的男声响起，薄亦月没留意。

"对啊！超级不容易，浅洛，还是你理解我。"薄亦月激动地握着黎浅洛放在桌子上的手，深情款款地看着她。

黎浅洛有点尴尬地抽出一只手，指了指她的身后，"你老公。"

"我老公？别提了，他肯定在医院和顾瑜那个女人纠缠，可怜的你只能在这听可怜的我吐苦水。"

一颗钻石在灯光下闪闪发光，然后薄亦月亲眼看到那颗硕大的钻石飘到了自己眼前。

"浅洛，钻石，天空掉钻石了。"薄亦月又激动地拍着黎浅洛的手，黎浅洛看着脸色绯红的女人，无奈地扶额，这明显就是喝醉了！

"那不是掉下来的钻石，是你老公给你的。"

黎浅洛的话音刚落，一个男声在薄亦月耳边响起："老公给你买的钻戒，喜欢吗？"

再次听到邵勉的声音，薄亦月才反应过来。酒劲都下去了三分，腾的一下从座位上站了起来。

她这次看清了，邵勉拿着一枚钻戒，站在她的旁边。

## 第十八章　晴天霹雳

"嘿嘿，邵勉。"薄亦月有点尴尬地叫了一声，她刚才都说了点什么？有没有说他的坏话？

邵勉拉过她的手，在她目瞪口呆下，给她戴上钻戒，"老婆，还生气吗？"话落，轻轻一吻落在她白皙的小手上。

薄亦月激动得眼泪都要出来了，连忙摇头，跟个拨浪鼓似的。

戒指，钻戒……邵勉居然送她钻戒，薄亦月哽咽着扑进邵勉的怀里，哭得一把鼻涕一把泪。

黎浅洛在旁边捂着嘴巴偷笑，然后故意不满地说道："薄亦月，原来叫我出来，就是要看你们俩秀恩爱啊。"

邵勉失笑地抱着怀中抽泣的小女人，看向黎浅洛，"多谢嫂子好意，我这就把你送回家，送到斯总的怀里。"

黎浅洛瞪了他一眼，"免了，我自己回去就好。"话音未落，一个身材高大出众的男人，出现在她的视线内。

暗叹一口气，开始怀疑斯靳恒什么时候有了黏人的癖好。

她刚出来不到一个小时，这不，又找来了。

"好了好了，不哭了。"邵勉哄了哄怀中的小女人，然后拿起一张纸巾递给她。

薄亦月擦了擦眼泪鼻涕，终于安静了下来。

"老婆。"任酒吧的音乐声再大，也没有遮盖住斯靳恒温柔的呼唤声。

黎浅洛冲着斯靳恒挥了挥手，"嗨，斯总。"

"调皮。"斯靳恒把黎浅洛搂在怀里，在她唇上印上一吻。

对面秀恩爱的两个人，看呆了薄亦月。邵勉看着她目不转睛地盯着对面的两个人，极为不满，强制性地让她回头看着自己。

"我们回家。"回家再好好说。

薄亦月呆愣地点了点头，邵勉说回家，那就回家。

"斯总，斯夫人，改天有空再聚。"邵勉给两个人挥了挥手，揽着薄亦月离开了酒吧。

斯靳恒和黎浅洛在酒吧内坐了一会儿，黎浅洛实在是受不了附近女人虎视眈眈的目光，也离开了酒吧。

回到公寓内，邵勉将薄亦月压在沙发上，捏着她的小鼻子，"喜欢吗？"他问的是她手上的戒指，为了给她一个惊喜，他就自己做主买了一款。

酒精渐渐麻痹了神经，薄亦月傻傻地笑着，"喜欢，我更喜欢邵勉哥哥。"她好开心啊，邵勉居然给她买了钻戒。

她还很激动，怎么办？

"还生气吗？"他的脖颈被她紧紧地搂着，女人连忙摇了摇头。

邵勉哥哥好帅啊，她情不自禁地吻上他的薄唇。

这个小女人，他话还没问完呢，就迫不及待了？邵勉的眼中划过一抹宠溺，连他自己都没感觉到。

今天是邵勉参加顾瑜公司案件开庭的日子，邵勉早就走了，而她还在家呼呼大睡。

薄亦月懊恼一番后，就赶到了公司，今天邵勉没有给她安排工作，她就去了图书室。

图书馆内的人很少，薄亦月找到几本案例书籍，选了一个角落的位置开始阅读。

一个晚上没睡好，很快就又开始犯困。

对面什么时候坐了一个人，她都不知道。

薄亦月是被书籍掉在地上的动静给惊醒的，捡起书的时候，她才发现对面的男人。

"你好，薄小姐。"

薄亦月纳闷地看着对面的男人，这个男人她认识，叫志楠，第一次也是在这里碰到他的。不过他不是一个律师吗？为什么经常有空在这里看书？

"你好。"她淡淡地回应了一声，准备起身离开。

看着她避着自己，邵志楠笑了笑，"薄小姐可真放心邵律师带着前女友去开庭。"果然如他所料，薄亦月的脚步停下了。

她的口气瞬间变得尖锐，问道："有什么不放心的，法庭那么多人，难不成两个人还能在那里做出什么出格的事情？"这个男人到底是谁，她能感觉到他在故意接近她。

薄亦月在自己的记忆中，把这个男人过了一遍。确定是来到事务所以后才认识他的，之前从来没见过。

"说的是，但是邵律师为了前女友拼尽全力去打官司，真是可怜了薄小姐对邵律师的一片痴心。"

薄亦月再傻也听得出来，这个男人在挑拨她和邵勉的关系。

"你到底是谁？"她回头，眼神紧紧地盯着面前的男人。笑得阴森森的，一看就不是什么好人。

邵志楠不介意她知道自己的目的，从椅子上站起来，"顾瑜快要过生日了，据我所知，每年九月二十五日，邵勉都会带着她去C国的金融大学，不知道今年邵勉会不会……"他后面的话只说了一半，就离开了。

但是足以让薄亦月知道他什么意思。

真的好讽刺，她居然和顾瑜一天生日。拿出手机翻开日历，数了一下日子，还有二十几天。

这是她和邵勉结婚以后，过的第一个生日，邵勉会陪谁？薄亦月心里真的没有底。

想到更悲哀的一件事情，也许，邵勉都不记得她的生日是哪天吧……

不得不承认那个叫志楠的男人，他的话彻底影响了薄亦月的心情。

即使知道他是故意挑拨，但是她也做不到不去在意。

邵勉晚上快十二点了才回家，大力推开卧室门，惊醒了熟睡中的薄亦月。

看了看时间，怎么就快十二点了。迷迷糊糊地从床上坐起来，发现邵勉走路摇摇晃晃的。

随之而来的是浓浓的酒气，"你喝酒了？"薄亦月连忙从床上下来，扶着他。

邵勉看到老婆，立刻把她圈在怀里，结结实实堵住她的红唇。

他嘴里全是酒味，让薄亦月有点不舒服。天啊！这是喝了多少酒。

推开控制着自己的男人，"你喝醉了邵勉，我去给你煮醒酒汤。"

把邵勉扶到床上，让他躺下，薄亦月立刻去了厨房。

再次进来的时候，邵勉已经歪歪斜斜地躺在床上睡着了。

她把汤放在一边的桌子上，轻轻地推了推他，"邵勉，醒醒，喝点汤。"

但是她被一股巨大的力量一扯，一个趔趄，就被邵勉紧紧地抱在了怀里。

"顾瑜……"男人低喃的两个字，给了薄亦月一个晴天霹雳。

浑身僵硬地任由他抱着自己，她刚才没有听错，他口口声声叫的就是"顾瑜"两个字。

原来，他的心里装的还是顾瑜。任由她怎么努力，他还是没忘掉那个女人……

隔天上午邵勉醒来的时候，天已经大亮。

整个公寓都非常安静，不像有人的样子。揉了揉发痛的太阳穴，昨天晚上碰到几个酒鬼合作对象，真的喝得太多了。

不过邵勉忙着给畅悦打官司的事情，没留意到薄亦月的不对劲。

直到三天后的半夜回到公寓，夜深人静的时候，邵勉有点怀念她的气息。就拿出手机给薄亦月打电话，连续打了好几个都被挂掉了。

这才意识到她的不对劲，最近连续三天，薄亦月都没有回来。也没有去公司，她知道最近自己还在给畅悦打官司，之前都像防贼似的防着顾瑜接近他。

怎么这次不怕了？放任他和顾瑜在一起三天。邵勉可没有笨到以为薄亦月相信他的地步。

这三天他记得还给她发了好几条微信，也没有回。所以，薄亦月很不对劲，并且极有可能是生气了。

那么，她为什么会生气呢？邵勉回想她走前一天晚上的事情，难道是因为他喝得太多了？

不至于吧？

邵勉再给薄亦月发微信，还是没有回应。

所以，第二天不到七点，邵勉的电话直接打到了韩敏的手机上。

"臭小子，还知道打个电话！是不是以为自己还单身，没有老婆和孩子？"接通电话，韩敏就劈头盖脸地把他骂了一顿。

"奶奶，怎么了？"邵勉看着空荡荡的公寓，感觉很不舒服。

"怎么了？你怎么惹亦月生气了？"韩敏不满地问道。

薄亦月几天前回来老宅，看上去和孩子玩得很开心。但是韩敏还是察觉了她的不对劲，一个劲地追问，她就是不说。

邵勉此刻更加疑惑了，"你让她接电话，她不接我的电话。"这是薄亦月第一次和他闹脾气，他也想知道为什么。

没一会儿，手机那边就传来韩敏询问薄亦月的声音，"亦月，来把孩子给我，你接个电话。"

"谁啊，奶奶。"然后就是脚步声，手机好像被拿起来了。

但是，一句话都没说就又被挂了。

邵勉看着被结束的通话，难以置信地瞪大了眼睛。这个小妮子胆子变大了，不接他电话不说，现在接通了直接挂掉。

邵勉坐不住了，当天晚上就提前下班回了老宅。

临近晚餐时间，邵嘉康也许是饿了，一直哇哇大哭。薄亦月焦急地给儿子冲奶粉喝，刚试好温度，把奶瓶塞进邵嘉康的小嘴里，他立刻停止哭泣，大口大口地喝了起来。

看着儿子吃得极香，薄亦月松了一口气，这小家伙，一点都不能饿着呢！

听到房间门被打开，薄亦月是背对着房门的，"奶奶，小家伙饿了呢，看上去好像也困了。"怀中的儿子喝着喝着就眯起了眼睛，一副要睡着的样子。

只是，来人没有说话，往她身边走去。

"他好能喝啊，一个下午都喂了两三次了。"每次都把奶粉冲到奶瓶的三分之二，还是饿得很快，也许是男孩子胃口好的原因吧。

奇怪，奶奶怎么不理她？薄亦月疑惑地回头，却意外地看到了一个高大的身影。

# 第十九章　爱一个人好难

邵勉出现得太突然，但薄亦月也只是愣了一下，继续面无表情地喂着怀中的儿子。仿佛没有看到来人，完全没有要搭理邵勉的意思。

这一刻，邵勉确定以及肯定，他的老婆在生气。以往她看到他，都是很开心或者娇羞地主动迎上来。

"老婆。"他在她的身边坐下，一只臂揽着她的肩。

薄亦月正在喂孩子，没有甩脱他的亲密接触，也没有回应他。

其实，她的心里已经控制不住地消了所有的火气，连难受都没有了。

邵勉也没急着问她到底怎么了，在她的脸蛋上轻轻地亲了一下，然后又蹲到她的面前，看着她怀中的儿子。

不知道是不是因为邵勉捏了捏儿子脸蛋的原因，还是心有灵犀，邵勉刚蹲下来，邵嘉康就睁开了眼睛。

嘴巴用力地吸着奶瓶，两只大眼睛在两个大人身上转来转去。看得薄亦月忍不住在儿子的小脸上亲了一口，太可爱了。

而邵勉在薄亦月亲过的地方，又吧唧地亲了一口。

这个动作让薄亦月忍不住红了脸蛋。为了掩饰自己的不自在，薄亦月让儿子自己抱着奶瓶，她抱着儿子站了起来。

绕开邵勉，往卧室外面走去。

邵勉几个大步拦住了准备开门的小女人，然后接过她怀中的儿子。"在这等我。"

他下楼把儿子给韩敏送了过去，再次上来时，薄亦月正在叠小家伙的衣服。

"你怎么了？"他在她面前半蹲下身体，和她平视。

"邵律师，以后我就和儿子住在一起，你的事情，我不管，你也不用管我。"她开口就是和他划清关系。

她也是第一次叫他邵律师，听着她叫得那么见外，邵勉再次夺过她手中儿子的衣服。

然后让她站起来，他紧紧地抱着她。"你给我判刑，也得告诉我罪名吧？"薄亦月的脸刚撇过去，他就捏着她的下巴给转了回来，非得让她看着他。

"罪名？"薄亦月淡淡一笑，讽刺地说道，"邵律师是国际金牌律师，我可不敢。"

邵勉的耐心即将用完，"说不说，不说我让你吃不了晚餐。"他话中有话，薄亦月当然能听出来。

脸色红了红，还倔强地问道："怎么？现在吃邵律师一口饭，都不行了吗？急着把我踢出邵家去？"

对于她阴阳怪气的讽刺，邵勉故意寒着脸，"薄亦月，我再给你最后一次机会。"

看着他好像生气的脸色，薄亦月更是不满了，他凭什么生气？大力推开他，邵勉一个不防，直接躺在了身后的床上。

她哪来那么大的力气？错愕过后，邵勉脸上挂着戏谑的笑意，"怎么？这么迫不及待地要把我扑倒吗？"

"你出去！出去！"她恼羞成怒地拿起旁边的枕头，摔打在他的身上。

邵勉抓住枕头扔在一边，然后又抓住她的手腕，硬是把她也带到床上。

然后他一个翻身压住她，薄亦月动弹不得。

"快说，怎么了。"他是专门来哄她的，他好像习惯了有她的日子。这几天她不在家，总感觉公寓没了生机，非常不舒服。

想起那天晚上的事情，薄亦月红了眼圈，她看着邵勉的眼睛说道："如果你还喜欢她，我想退出。"爱一个人真的好难。

邵勉能体会到她现在说这句话，心里有多难受吗？泪水顺着她的眼角落入她浓密的长发内，消失不见。

他轻轻地吻着她的眼角，泪水很咸。

以前顾瑜和他在一起，从来没有掉过眼泪。他也一直以为自己喜欢的就是顾瑜这种坚强的女人。直到看到薄亦月的眼泪，一次又一次，他都会不忍心，但却不讨厌……

曾经还以为，让他哄一个娇滴滴的爱哭的女人，他会很烦躁，很没有耐心。

但是，也是在薄亦月身上，他发现自己错了。哄着她，他不会有烦躁，也有很多耐心。

现在薄亦月说，如果他还喜欢顾瑜……他自己都不知道自己到底还喜不喜欢顾瑜。

"我和你已经结婚了，你是我邵勉的女人，不用退出。"他也曾经以为，他和薄亦月这段婚姻走不了太远。但是，他现在发现，和她在一起他不讨厌，反而很容易就开心了。

他知道她一直在他面前，隐藏着自己真实的性格。可能她害怕自己会讨厌真实的她，所以，也处处小心翼翼地讨好自己。

她真的没必要让自己这么累，因为，无论她什么性格，他都会去接受她。只要她不背叛他，不欺骗他，他都会好好对她，甚至让自己去爱她。

薄亦月摇了摇头，"我不想一个男人抱着我的时候，心里想的是别的女人，口中叫着别的女人的名字。"

她的话让他皱起了眉头。难道喝醉的那天晚上，他叫了顾瑜的名字？

如果真的是这样，他也就理解她为什么一声不吭就走了，理解她无声地和自己冷战，理解她说想退出。

"对不起。"他紧紧地抱着她，给她道歉。

他真该死，做出这样伤害她的事情。

听到他的道歉，薄亦月再次心软了。没办法，先动心爱上的那个人，就是这么卑微……

甚至让人感觉这份爱很廉价，但是，还是忍不住去爱。

安静的卧室内，女人小声地哽咽。男人愧疚地抱着女人，一遍又一遍地说着对不起。

十分钟后，薄亦月还在哽咽。邵勉感觉很挫败，他怎么感觉哄女人比打几百个烦琐的官司都要难许多？

"我已经开始准备我们的婚礼了，你要是哭坏了眼睛，怎么做我的新娘呢？"他给她擦了擦湿润的眼眶。

说这个本来是想让她高兴的，但是薄亦月哭得更凶了。

邵勉居然说在准备他们的婚礼，她好高兴啊，怎么办？

邵勉傻眼，甚至有一瞬间失了声，这怎么又哭上了？

他换了个姿势，躺在她的旁边，把她搂在怀里，试探地问道："不想要婚礼？"

女人将脸埋在他的怀里摇头。

"不想嫁给我？"她已经嫁了啊。

女人继续摇头。

"想踹了我？"

回应他的还是摇头。邵勉翻了翻白眼。

又过了三分钟，这次薄亦月自己擦了擦眼泪，从床上坐了起来。

"老公，我们下去吧！"

看着女人除了眼睛红红的，其他的全部恢复到正常，邵勉对薄亦月心生佩服。

女人的心思你别猜，你猜也是白猜，怎么都不对。

邵勉从床上站起来，拉着她往门口走去。

他身后的薄亦月又想了一下，"你等一下，我去洗把脸。"

两个人下楼的时候，祁姐正在把饭菜往餐桌上端。邵嘉康已经睡着，被放在一楼的小床上。

韩敏看到一起下来的两个人，在他们身上看了又看。

发现薄亦月眼圈红红的时候，韩敏一巴掌拍在邵勉的胳膊上，"臭小子，就知道欺负老婆！"要不是曾孙子睡着了，她一定要教育一番邵勉的。

邵勉是不痛不痒地站在原地让她打，而薄亦月看到他挨打，连忙拉住发火的韩敏，"奶奶，奶奶，消消气，邵勉没有欺负我。"奶奶真的对她好好哦！就像她的亲奶奶一样，一点委屈都不让她受。

看着孙媳妇这样护着孙子，韩敏又忍不住指着邵勉说道："看看你媳妇多懂事，哪像你，以后好好地对亦月！"

邵勉爽快地点了点头，拉过薄亦月，揽住她的肩，"奶奶，孙儿遵命！争取早日让你再抱上一个曾孙女！"他也想再要一个女儿。

他的话，让薄亦月羞涩地拉了拉他的衣角，小声地抗议："怎么什么话都往外扔。"

韩敏则是很满意，瞬间笑开了花，"我孙子真棒，不错，这次就饶了你，快来吃饭吧！"说着，就拉着薄亦月往餐桌走去。

晚上杨紫勤和邵文川在外面开会，餐桌上只有他们祖孙三个，气氛特别好。这也是薄亦月在老宅用餐最开心的一次。

吃完晚餐，夫妻俩推着儿子去附近的商场转了一圈。

平时陪儿子的时间少，薄亦月给儿子买了不少的东西。

晚上九点多，两个人才走回老宅。

两个人没有开车，走着去的，又逛了一个晚上，薄亦月此刻好累。就想洗个澡，赶紧爬到床上睡大觉。

但是在这之前，她把儿子交给邵勉，然后去了一趟奶奶的房间。

薄亦月把买的书交给韩敏，然后两个人聊了一会儿。卧室内安静片刻，韩敏无意间看到她一脸纠结，老人敏感地觉察到亦月心里有事。

"有什么事情说给奶奶听听。"

薄亦月看着韩敏关心的神情，又加上那件事情在心里隐瞒得太痛苦，她一个没忍住给说了出来。

邵勉在房间看着儿子都半个多小时了，还没等到薄亦月回来。

又等了二十分钟，还是没动静。

他忍不住去敲了敲奶奶的房门，走了进去，发现薄亦月正在慌乱地抹着眼泪。

## 第二十章　知道真相

韩敏神色如常道："回去吧孩子，我明白你的心思，有什么事情奶奶给你做后盾。"这件事情还真不好办，先这样走下去试试，如果小勉真的知道了……

薄亦月动容地抱了抱韩敏，"奶奶，谢谢你。"她衷心地道谢，奶奶对她太好了，真的拿她当亲孙女来对待。

欣慰地拍了拍孙媳妇的背说："谢什么，赶紧回去休息，小勉都找来了。"

邵勉很疑惑两个人在房间谈了什么，但是看着两个人又没有想说的意思，他也就没问，拉着薄亦月回到了卧室。

关上房门，邵勉把薄亦月挤在门口，"能说说你和奶奶说了什么秘密吗？"从来没有好奇心的他，这一刻好奇心也是浓浓的。

"你想知道吗？"她带着鼻音反问。

"当然！"

薄亦月推开他，"你先等着，我去洗完澡告诉你。"其实，她是在想趁着洗澡的时间，编个借口给邵勉听。

邵勉点了点头，躺在床上，等着她出来说给他听。

只是，她真的编不出来。

不过好在邵勉能看得出来她不想说，之后也没有再勉强她。

第二天一大早，邵勉就带着薄亦月离开了老宅。

今天除了开庭，下午还要带着薄亦月去看已经装修好的新房子。

两个人到达公司的时候，顾瑜已经在办公室等着邵勉了。

情敌相见分外眼红，说的就是顾瑜和薄亦月。

薄亦月扯了扯脖子上的丝巾，"邵勉，办公室好热。"丝巾顺其自然地被取下来。

她脖子上的痕迹，还有意气风发的邵勉，再次刺痛了顾瑜的双眼。

热？邵勉看着外面二十度的天气，还是打开了一扇窗。

薄亦月像没事人一样在顾瑜面前绕了两圈，然后走到邵勉旁边，"邵勉，我等下在办公室等你。"

正要说话的邵勉，看到她脖子上的几处痕迹，双眸深了深。她这个样子，让他真的很不想去开庭。

也彻底体会到一句诗的意思："春宵苦短日高起，从此君王不早朝。"

早上的时候他怎么没发现，怪不得这个小女人一大清早的穿着睡衣还围个丝巾在房间转悠。

而她的小心思也被邵勉看得清清楚楚，就是想在顾瑜面前秀恩爱。暗叹了一声，算了，任她去吧！

顾瑜一直拳头紧握，直到和邵勉一起出了办公室，还沉默不语。

助理办公区域，云锦提着手提袋，立刻跟了上来。

三个人一起去往法院，一路上都在谈着工作。

今天是最后一天，胜负基本上已经能看出来了。有邵勉在，这个案子必胜无疑。

结果就是和大家想的一样，邵勉成功地把版权替畅悦赢了回来。

说好晚上去参加庆功宴，下午没有太重要的事情。邵勉把所有的工作先推了一下，带着薄亦月去了新房子。

后来一个礼拜，邵勉就开始忙着搬家的事情。

顾瑜回到M国没多久就又被调回了C国畅悦的杂志社，依然是总编的位置。

办公室内，顾瑜正在熟悉着公司的各种数据和报表。

她的手机忽然响了起来，在安静的办公室，显得特别响亮。

看到来电显示，顾瑜的心立刻提了起来，嘴角忍不住勾起笑意。

"你好，朱侦探。"她淡定地开了口。

"视频到手了，十万！"

十万？！他怎么不去抢？不过顾瑜为了邵勉，也豁出去了。

两个人随后约定了见面地点，一手交钱一手交货。

薄亦月，你这个坏女人，看你还怎么得意！

顾瑜拿到视频，确定里面的内容无误后，立刻就联系了邵勉。

"我有事情跟你说，我们老地方见。"她所谓的老地方是在一个公园内，之前邵勉经常带她去那里转悠。

邵勉揉了揉眉间，"不用，有事情电话里说就行。"他答应过薄亦月要避嫌的。

他连见都不想见到自己，顾瑜苦笑了一下说："和薄亦月有关系，事情重大，你考虑一下，我等你一个小时。"电话随即挂断。

和薄亦月有关？十分钟后，邵勉开车往顾瑜说的地方赶去。

一路上，他都隐隐约约有种不好的预感。顾瑜到底要说什么事情？如果是没凭没据的坏话，他一定会生气的。

天气有点闷热，邵勉下车后，扯了扯薄亦月亲自给他系的领带。

想起那个脾气百变的小女人，邵勉的脸上就忍不住带着笑意。

不远处站在河边的女人，把他拉回了现实。

顾瑜穿着一件卡其色风衣站在河边，夜晚的风将她的长发吹了起来，飘在空中。

这是邵勉见过很多次的场景，之前每次都很心动。现在他已经不会再有任何情绪了。

看着越走越近的男人，顾瑜压抑住激动的心情，温柔地看着他。

这个优秀的男人即将又回到她身边，只是，他的表情好像带着不耐烦。

顾瑜当作没看到，"阿勉，我好想你。"从M国回来C国，已经十几天了。他们还没见过一次面，每次她给他发微博私信，他都不回。

面对女人的深情款款，邵勉只有烦躁和不耐。"有什么事情，快说。"

她苦笑问道："我说了你会相信我吗？"她没有着急地拿出东西。

"看事情而定。"邵勉的回答模棱两可。

"薄亦月那个心机的女人，去年在酒店是故意进你的房间的。"她干脆地说出重点。

邵勉的脸色已经彻底黑了，"顾小姐，说话注意你的措辞。"莫名其妙地冒出来这样一句诬陷，邵勉真的很不高兴。

看着他的反应，顾瑜知道薄亦月现在在邵勉心里已经有了一定的位置。

她拿出手机，调出一段视频，递给邵勉。

邵勉由不耐烦，变成了沉默，然后是面容冰冷。

这是一段酒店楼道里的监控视频，视频的那个女人，他怎么可能不认识？正是他日日夜夜抱在怀里的女人！

还有那个房间，他怎么会不认识？正是斯靳恒结婚那天晚上他住的那个房间！

薄亦月进了他的房间以后，他快速地往后拉动着监控视频的画面。

两个多小时后，薄亦月头发凌乱、衣衫不整地从他的房间走了出来。任谁都能看出来，中间经历过了什么。

背叛，欺骗，谎言……一瞬间愤怒和失望涌上心头。

他紧握着顾瑜的手机，想起薄亦月的各种反常。

她曾经问过他，如果欺骗他的人是她，他会怎么做？

还有那天晚上她在奶奶的房间内，肯定是说了这件事情！

邵勉脸色骇人地从口袋中拿出手机，拨通韩敏的电话。

顾瑜都被邵勉吓了一跳，这样的他是她从来没有见过的。

把监控视频传到自己的手机上，男人准备离开。

顾瑜从后面抱住了他的腰，"阿勉，你知道那个女人的心机了吧！包括当初我去见她，还有给她打电话，她那样对我，你都没反应。后来她知道我对辣椒过敏，还陷害我，你都不相信。阿勉……"女人的声音很委屈，让邵勉心中很愧疚。

"对不起。"邵勉给她道歉。

然后扒开她的手，开着车头也不回地离开了这里。

他本来是想回别墅质问薄亦月的，但是他怕自己忍不住会把家里掀个天翻地覆!

硬生生地将车掉了个头，往风暴酒吧疾驰而去。

别墅内，薄亦月把所有的文件都打印完了，邵勉还没回来。

十一点多，邵勉还不见人影，拨打他的电话，也无人接听。

薄亦月走到阳台上，外面已经开始下雨了，还不小。

公司的电话也没人接，邵勉始终联系不上。

直到凌晨一点多，薄亦月已经睡下了，卧室的门被大力推开。

她一下被惊醒，从床上坐起来看着脸红脖子粗的邵勉，还有浓浓的酒味。

他这是喝了多少酒？路都走不成直线了。

只是，薄亦月还没来得及穿上鞋，邵勉就晃到了床边。

她看到他的眼神里，有着浓浓的怒火？

下一秒，脖子就被狠狠地掐住。

他怎么了？"邵勉，你怎么了？"薄亦月吃力地吐出几个字。

邵勉想起顾瑜让他看的监控，双眼越发地泛红，这个心机深重的女人！

就在薄亦月觉得快要晕过去的前一秒，邵勉终于松手，"你这个贱人！"

开口就是辱骂，薄亦月重重地咳嗽着，大口喘着气。

他从口袋里拿出手机，播放出一个视频扔到薄亦月的面前。

薄亦月看着视频，脸色渐渐发白，这个监控怎么会……浅洛结婚那天的酒店监控，她不是找人处理掉了吗？邵勉从哪儿得到的？

所以，这一天还是到来了。

"薄亦月，好样的，连我都敢算计！"邵勉愤怒地拿起手机，毫不留情地扔到旁边的桌子上，手机滑了一下，掉在地上。

没有人去捡。

邵勉看着薄亦月苍白的脸色，越发愤怒。他朝薄亦月身上扑去，把她压倒在床上，狠狠地控制住她的双手。

"邵勉，不要！"薄亦月看着他发狠的样子，吓得有点哆嗦，低声哀求。

不要？趁他喝醉溜进他的房间的时候，怎么不说不要？

邵勉多想残暴地惩罚她，然而他还是理智地止住了动作，无处宣泄的怒火只好发泄到周边的物品身上，他发狠地挥舞着拳头，将目之所及的物品都摔得粉碎。然后"嘭"地大力关上房门，留下满屋的狼藉，离开了别墅。

床上的女人蜷缩着身体，不停地发抖。

那天薄亦月哪儿都没去，在床上躺了整整一天。她不停地在想，是不是她的幸福就这样到头了。

后来的几天，邵勉都没有再回过别墅。

## 第二十一章　不准她逃走

韩敏看着薄亦月苍白着脸出现在老宅，立刻感觉到不对劲。

"亦月，你这段时间怎么瘦了这么多？发生什么事情了？"看着哄着邵嘉康的薄亦月，韩敏在她身上打量着。

薄亦月无力地笑着摇了摇头说："奶奶，我想搬回老宅住。"

邵勉他不愿意回别墅，肯定是不想看到她。既然这样，她也不想招人烦。

果然，两个人有问题，"是那件事情他不原谅你吗？"韩敏问得小心翼翼。

"没有，奶奶，我想和你还有嘉康在一起，好不好？"想起噩梦般的那天，她实在是承受不了邵勉的怒火了。

韩敏能说什么？只得想着等会儿给孙子打电话。"行，你回来，奶奶当然欢迎你！"

三天后，邵勉醉着回到了别墅。只是，这次别墅里冷冷清清的。

他们曾经的房间，收拾得干干净净，薄亦月的东西和儿子的东西都不见了。

他慌乱地走进衣帽间，薄亦月常穿的几件衣服也不见了。

梳妆台上也很干净，整个房间都不再有她的影子和她的东西。

只有儿子的小床，还有小衣服整整齐齐地放在衣帽间的一角。

第四天，邵勉出现在老宅。

薄亦月和韩敏正在逗弄着邵嘉康，邵勉默默地松了一口气。

他看到她的身影，除了心疼，更多的还是愤怒。

把儿子放在韩敏的怀里，不由分说地拉着她上了楼。

薄亦月想起前几天的事情，吓得她开始瑟瑟发抖，想挣脱他的牵制，没有一点用。

任凭韩敏在楼下，怎么嚷他，邵勉也不理会。

进了卧室，薄亦月可怜兮兮地看着邵勉，"邵勉，对不起，对不起。"

对于她的道歉，邵勉充耳不闻，把她抵在门背上，"谁让你逃走的？"他冷冰冰地问出声。

薄亦月的泪水模糊了双眼，"我没有，没有……"

他捏住她的下巴，凶狠地看着她，"没有？没有跑到老宅做什么？找奶奶当靠山？"

说曹操曹操到，韩敏焦急地在外面敲响了房门，"邵勉，你给我出来！"韩敏在楼下想起上次亦月早产的事情，连忙把曾孙子给祁姐，自己上来阻止邵勉发火。

听着一声又一声的敲门声，邵勉一把将薄亦月拉进怀里，打开房门。

"奶奶，你去看着康康，这里没你的事情！"

薄亦月在他怀里低着头，韩敏看不到她的情绪。

但是一听邵勉这样说话，她就怒了，"怎么跟奶奶说话呢！"她知道这件事情是亦月不对，但是一切都好商量。

邵勉直接关上房门，韩敏无奈，"邵勉，你要是再敢伤害亦月，我打死你！"

房间内邵勉松开怀里的女人，再次和她对峙。

"告诉你薄亦月，随时做好离婚的准备！"他狰狞的表情，让薄亦月颤抖了双手。

紧紧咬着下唇听着他说出"离婚"两个字。

想起儿子，她可以什么东西都不要，但儿子不能没有！

如果离婚，邵勉肯定不给她儿子，她不允许！

"我会好好的，没有你的允许，绝不出现在你的面前碍你的眼。"她苍白着脸，颤颤巍巍地说出这句话。

邵勉看着她楚楚可怜的模样，猜测她肯定是为了儿子，才会这么说。

"不要给我装可怜，我不吃你这套！"他暴躁的声音，提高了几个分贝，压抑着心底的心疼。

薄亦月慌乱地摇了摇头，她没有装可怜，随便擦了擦脸上的泪水，"邵勉，我那样做，也是太爱你了……"她试图解释。

邵勉不屑地嗤笑，轻蔑地说："一个像你这样的女人的爱，能值多少钱！"

这句话让薄亦月彻底心如死灰，再也说不出一个字。

她当初犯下的错，现在她就得一个人承担……

缓缓地低下头，泪水啪嗒落在地毯上，消失不见。

邵勉抬起她的下巴，狠狠地亲上她的唇。然后突然放开她，打开房门，头也不回地下了楼。

薄亦月触摸着发疼的嘴唇，但更疼的是心。

某天阳光正好，薄亦月和黎浅洛约在一个咖啡店。

她到的时候，黎浅洛已经开始喝咖啡了。

"老宅有点远，让你久等了吧？"薄亦月不好意思地看着面前这个越来越漂亮的女人。

浅洛对她笑的时候，她有一瞬间的发愣，这就是嫁给爱情的女人吧！

"没有，快跟我说说你们到底怎么了？"黎浅洛焦急地看着脸色不好的薄亦月。

薄亦月握紧了手中的咖啡，看着外面商场上的大屏幕。她眼睛涩涩的，低着头缓缓地说出了这段时间发生的所有事情。

话音落下，她抿了一口杯中已经渐凉的咖啡。

黎浅洛也不知道该怎么安慰她，"他会理解你的苦心的，你当初这样做，都是源于太爱他！"爱一个人好难啊！

薄亦月摇了摇头说："我告诉过他，他不理解，更多的还是生气。"邵勉说过，他最讨厌的就是欺骗，她现在已经坐实了欺骗他的罪名。

"从这段时间看出来，邵勉也很在乎你，可能他现在比较生气，过段时间气消了，就好了。"黎浅洛握住她的手，轻声安慰。

两个人聊了许久，在黎浅洛的开导下，薄亦月的心情舒服了许多！

最后，黎浅洛拿出一个手提袋，递给她，"亦月，提前祝你生日快乐哦！"

薄亦月呆呆地接过手提袋，才想起明天就是自己的生日。这段时间，一直被事情困扰，她都忘了自己的生日。

"谢谢，浅洛。"邵勉会知道吗？她也不敢问。

"浅洛，明天……也是顾瑜的生日。"她和情敌一天生日。

黎浅洛无语，怎么这么巧。

"估计他连我的生日是哪天都不知道。"薄亦月苦笑。

"要不然我告诉他。"她真的不忍心看着亦月这么烦恼和伤心。

薄亦月摇头，"不用，看看他心里到底有没有我吧！"如果他心里有她，肯定会去留意她的生日，就像她知道他的生日是在二月份一样。

今年他的生日，因为她没有见到他，给他买的生日礼物后来也丢掉了。

傍晚的时候，薄亦月开着邵勉之前给她买的车，回到了老宅。

还没有踏进老宅的大门，就听到了客厅内传来欢声笑语。是杨紫勤的笑声，还有……

果然是她。

客厅内，邵勉眯着眼睛慵懒地坐在沙发上，看着杨紫勤和顾瑜逗着自己的儿子。

邵嘉康在顾瑜的逗弄下，露出两颗小小的牙齿，笑得甚是可爱。

薄亦月的出现，让客厅的气氛瞬间僵了下来。

这邵勉带着女人都上家里来了，是在给她耀武扬威吗？

"妈。"给杨紫勤打了声招呼，忍着心里的痛，薄亦月把儿子直接从顾瑜的怀里抱了过来。

杨紫勤不满地训斥："没看到有客人在吗？怎么这么没有礼貌！"连声招呼都不知道打。

客人，有多尊贵？薄亦月站在原地没有吭声。

沙发上的男人看到她回来，直接闭上了眼睛。

不但视她为空气，还不想看到她。

她一分钟都不想在这里待下去，抱着儿子准备上楼时，"站住！"男人冷冷的声音，让她硬生生地停止了脚步。

"没看到妈正在和孩子玩得开心吗？把孩子放在这里。"

薄亦月紧紧地咬着下唇，他的话，让她很难堪。

重新把儿子递给脸色不好看的杨紫勤，"妈，辛苦你了。"然后自己一个人上了楼。

没走两步，就听到背后杨紫勤和顾瑜继续开玩笑的声音。

她甚至听到了杨紫勤在说："我让小勉尽快办理离婚手续，你早点过来。"

"阿姨。"顾瑜微微撒娇的声音，让薄亦月红了眼圈。

这一刻，她知道，这个家已经容不下她了。

楼上静悄悄的，敲了敲韩敏房间的门，没有人回应她。奶奶可能不在家，薄亦月回到了房间。

薄亦月最近考虑着是不是要出去找一份工作来做。

躺在床上翻看着手中的手机，打开招聘软件到处寻觅着适合的工作。

来电铃声响了起来，是好久没有联系的苏明。

"喂，苏明。"她尽量让自己的声音，听上去很平常。

苏明还是觉察出了她的不对劲，看着电视上邵勉和不同女人出入公共场合的画面，他为薄亦月感到心疼。

"有空吗？晚上请你出去吃饭。"苏明也是一个直接的人，也不喜欢弯弯绕绕。

薄亦月想着楼下的一幕，红了眼圈，儿子都快要被人夺走了，她怎么可能没空。"嗯，有空。"

"好，我去接你？"苏明的声音立刻兴奋不少。但是他稳住自己，绅士地询问道。

薄亦月摇了摇头，她在老宅离市区太远，"我自己开车过去。"

和苏明说定时间和地点，薄亦月挂了电话。

继续翻看了一会儿招聘软件，发现根本就没有适合自己的工作。

当初她不顾爸妈的反对，去上了影视学校。现在真有点后悔，因为除了演员这一行，她好像也不会做别的了。

# 第二十二章　和老同学聚会

傍晚的时候，韩敏从外面回来了。

刚好和正在下楼的薄亦月打了个照面，她冷眼扫了一眼客厅，杨紫勤和顾瑜立刻安静了下来。

对着拿着包包的亦月，亲切地问道："亦月，你这是要出去吗？"

这些人肯定趁她不在家，欺负了这个丫头。

薄亦月走到韩敏的面前，挽着她的胳膊说："嗯，奶奶，晚上我和老同学聚聚，就不在家吃饭了。"面对这个白发苍苍的老人，薄亦月尽量让自己笑起来，她不想让奶奶再为她操心。

韩敏慈祥地拍了拍她的手背，这个孩子最近总是闷在家里，出去散散心也好，"嗯，那你早点回来，别太晚，奶奶会担心的。"

薄亦月甜甜一笑，"知道了，奶奶，我吃完饭就回来。"

顾瑜妒忌地看着眼前的这一幕，薄亦月这个女人有什么好的？让极为严厉的韩老太太都对她这么好！

"好的，路上小心点。"韩敏松开薄亦月。

"对了，奶奶，晚上帮我看一下嘉康。"有点小心翼翼地说道。

韩敏明白她现在的心情，"放心去吧，孩子，家里有奶奶。"

点了点头，薄亦月也没和其他人打招呼，就离开了老宅。

薄亦月前脚刚离开，韩敏就走到三个人的面前，从顾瑜怀中抱过熟睡的曾孙。

"如果你们嫌我这个老婆子和我孙媳妇碍眼，就直说！"

韩敏这"罪名"扣得太大，杨紫勤吓了一跳，她是嫌薄亦月碍眼没错，但是不敢嫌弃老太太啊。"妈，怎么会呢，你想太多了。"

顾瑜坐在沙发上，韩敏的眼光太严厉，她连直视都不敢。

而邵勉继续老样子不变，也不说话，就坐在那里玩着手机。

"邵勉，你不滚去工作吗？平时不是挺忙的吗？天天神龙见首不见尾的，现在陪着无关紧要的人回来就有空了？"韩敏的话说得很难听，让顾瑜尴尬地从沙发上站了起来。

"奶奶，您别生气，我现在就离开。"深吸了一口气，顾瑜干笑着准备离开。

这个老太婆，竟然说她是不相干的人！

"不用，我们今天晚上不走了，就在老宅了。"邵勉淡淡地开口说道，把韩敏气得话都说不出来，抱着曾孙上了二楼。

杨紫勤知道婆婆的脾气，怕顾瑜受不了，连忙过来安慰她："没事，老太太就那脾气，小勉也发话了，晚上就在这里住下，祁姐，去给小瑜收拾一间房出来。"

"好的，太太。"祁姐把买来的菜刚放进厨房，洗了一下手就上楼了。

"阿姨，你对我真好。"顾瑜动容地看着杨紫勤，她一定要抓住这个未来婆婆的心，以后进邵家门，才会更顺利。

晚餐时分，韩敏没有从楼上下来。一直在房间哄着邵嘉康，楼下的三个人谁抱都不让。

邵勉吩咐祁姐把菜单独拨出来，给奶奶端了上去。

韩敏算是在房间内，将就着吃了点晚餐。

帝豪大饭店，薄亦月踩着五厘米的高跟鞋，来到三楼苏明订的包间。

没有推开门之前，她还在疑惑，就他们两个人开什么包间，直接在大厅找个位置就好了呀。

服务生把366包间的房门打开，映入眼帘的除了苏明，还有其他几个人，也都是一些熟悉面孔。

"亦月来了！"苏明看到她，立刻从位置上站起来，迎了过来。

和他一起起身的还有一个红色短发的女人，她知道这个女人叫袁沫沫，大学的时候，她经常叫人家"袁嬷嬷"！

"袁嬷嬷！"看到她，薄亦月立刻惊喜地脱口而出。

袁沫沫故作不高兴地瞪了她一眼，"薄亦月，人家都是孩子的妈了，你还在叫我这个称号，我不喜欢你了！"两个人斗着嘴，还是开心地抱在了一起。

"哎呀，我们好久没见了。好想你啊！"薄亦月有感而发，瞬间忘了所有的不痛快。

"亦月，快来快来，看看这些是谁！"苏明把薄亦月从袁沫沫的怀里拉了出来。

餐桌上还有两个男人，两个女人。

一个胖胖的男人看着薄亦月傻笑，不用看脸，听这傻笑，薄亦月就知道他是谁。

"肥羊！"

叫肥羊的男人是薄亦月的高中同学，原名笺飞扬。在高中的时候，肥羊比较老实，好多人都欺负他。

性格爽朗的薄亦月就看不下去了，经常帮他教训欺负他的那帮人，从此肥羊就超级感激薄亦月。

肥羊还是胖胖的，两个人开心地拥抱了一下，薄亦月就被一个女声叫住了。

"薄亦月，你的眼里什么时候才会有我啊！"一个娇滴滴的女声，让薄亦月立刻转移过去目光。

"唉哟，我的小可爱，我忘了谁都不会忘了你啊。"被薄亦月称为小可爱的女人，叫闫媛媛，是最近在国外模特圈炙手可热的新星。

薄亦月大学时的同桌，两个人经常在一起搭班跳舞和表演。大学毕业后，闫媛媛就和家人移民到M国了。

闫媛媛紧紧地抱着薄亦月，自从踏入社会，许多人都联系不上了。

分开五六年现在再见面，有一种想哭的冲动。

"还有我，还有我！"一个声音，迫不及待地打断了薄亦月和闫媛媛的拥抱。

映入眼帘的是被人称为"猕猴"的侯志伟，瘦高瘦高的个子，和肥羊一样都是薄亦月的高中同学。

"六耳猕猴，你这几年跑哪儿去了？后来给你发信息你都不回的。"薄亦月不满地抱着被她称为六耳猕猴的侯志伟。

侯志伟开心地给她了一个大拥抱，"我后来去帝城了啊，刚到帝城那个手机就丢了，所有人的联系方式都没了。"他解释道。

"哦！怪不得呢！"薄亦月明白了。

苏明给她拉开椅子，让她坐下，"快，大家都坐吧！"几个人围坐在一个圆形的餐桌边。

等到薄亦月坐下，苏明就坐在了她的旁边方便照顾她。

后来薄亦月多喝了两杯白酒，就完全蒙了。

陪着她喝的还有袁沫沫和闫媛媛，三个男人把三个醉了的女人送到酒店，才松了一口气。

三个男人为了防止她们有什么紧急突发事情，就在隔壁开了一个三人间，睡下了。

所以，薄亦月第一次夜不归宿。

凌晨一点，邵勉站在卧室的窗前，抽着手中的香烟。

房间内隐隐约约散发着属于她的香味，只是她人却不在这里。

云锦大半夜接到邵勉的电话，以为有什么急事，立刻从床上坐了起来，"邵律师。"

"给她打个电话，看她在哪儿。"邵勉淡淡地吩咐。

云锦知道他在说谁，松了一口气，"好的。"

邵勉的手机，五分钟后响了起来，"邵律师，亦月的电话一直是关机。"云锦担忧的声音，从那边传过来。

邵勉沉默了一下，"我知道了。"

忍住想要出去找她的冲动，邵勉在床上躺下，翻来覆去睡不着。

天刚亮，邵勉揉了揉发酸的眉间，起床。

闻着她的味道，她人不在旁边，邵勉第一次失眠了。

手机铃声忽然响了起来，是云锦。

"喂。"

"邵律师……你看新闻了吗？"云锦小心翼翼地问道，刚早上六点多，她的手机都快要被打爆了。

结束通话，邵勉打开微博，翻到榜单和热搜。

全部都是一个话题"邵夫人夜会明月公司新贵总裁苏明，坐实邵氏夫妇不和离婚传言。"

邵勉紧紧地握着手机，胳膊上的青筋都特别明显。

点击进去，新闻里面穿插几张照片。他看出来那是苏明搂着薄亦月的肩膀进了一个酒店。

同行的模特闫媛媛也被一个男人搂着，但是大家都把注意力放在了已婚的薄亦月和商业新贵苏明身上。

新闻中说六个人进了酒店，就没再出来。

六个人三男三女，让人不得不联想翩翩。

邵勉的脸色已经彻底黑了下来，薄亦月这个女人好本事。他昨天把顾瑜带回来，晚上她就给他戴绿帽子！

知道自己上新闻的事情，还是通过薄亦阳，正睡得迷迷糊糊的薄亦月瞬间清醒。

几个人先后从酒店出来时，让薄亦月没想到的是，邵勉居然会亲自来接她……并且男人表现得很好，完全看不出来夫妻两个闹过矛盾，对薄亦月很体贴很温柔。

突破记者的包围，夫妻俩一起离开了酒店。

回到别墅，薄亦月站在门口等着邵勉，有点提心吊胆。邵勉带她来这里做什么？不应该回老宅的吗？

邵勉用指纹打开别墅的大门，薄亦月慢慢地跟了进去。

她前脚刚踏进门槛，别墅的大门就被邵勉大力地关上。

　　吓得薄亦月心咯噔了一下，然后她连忙换了鞋，快速往楼上跑去。

　　眼看就要踏上第一个台阶，她的手腕忽然被用力拽住。

　　她被迫小跑地跟着邵勉的步伐到了客厅，然后被甩到沙发上。

　　她的脑袋撞到了沙发的靠背上，好在靠背很软，没有很痛的感觉。

　　揉了揉被撞到的地方，薄亦月可怜兮兮地抬起头看着慢慢向自己靠近的男人。

　　"给我收起你的伪装！"邵勉看到她这个样子，就一阵怒气涌上心头。

　　冷冰冰的声音，刺痛了薄亦月的心。

　　"邵勉，我没有做对不起你的事情。"连忙收起自己的情绪，薄亦月急急地解释。

## 第二十三章　同一天生日

邵勉仿佛没听到她的解释，径直说道："还没离婚，就想着去约会男人，薄亦月你胆子不小！"他的大掌捏住她的脸颊。

"我们只是聚聚而已。"她就不应该喝那两杯白酒消愁，结果直接醉死过去。

"聚聚？三男三女，开了三个房间，还在欺骗我！"邵勉直接把她拎起来，大步向楼上走去。

薄亦月被衣服勒得脸红脖子粗，就在感觉自己要断气的时候，她被直接扔到一张大床上。

"我才几天没有回老宅，你就迫不及待地跟着别的男人去约会！"邵勉解开领带，随手扔在一边。

剧烈咳嗽过后，薄亦月震惊地看着开始解着衬衣纽扣的邵勉。薄亦月连忙从大床的另一边跳下去。

"我没有。"她的解释他怎么就不听呢？

薄亦月慢慢地往后退着，邵勉的脸色总是这么骇人。

看到她准备逃跑，邵勉几个大步上去，再次轻松地控制住她。

"邵勉，你放开我，我什么都没有做！"该死的，薄亦月吓得尖叫连连。

男人已经被妒忌和愤怒冲昏了头脑，一句都不想听她解释。她现在说的话，一个标点符号他都不信。

薄亦月已经动弹不得，他的双臂就像是双环结，她越挣扎越紧。

"放开你？是不是被苏明照顾得舒心了？不用我了？"他不知道，自己的双眼此刻充满了愤怒，甚至带着仇恨。

听到他的羞辱，薄亦月狠狠地在他手腕上咬了一口。

但是她都快咬破皮了，邵勉都没有松手的意思。

"我回老宅，我大门都不出，我哪里都不去……求求你，你放过我。"来硬的不行，薄亦月改用低声哀求道。

她可怜兮兮，泫然欲泣的样子，只会激发男人的控制欲。放过她，邵勉想都没想过。

"薄亦月，我告诉你，从你欺骗我的那一刻起，就别指望我会放过你！"他要让她知道欺骗自己的后果和代价！

薄亦月狠狠地一脚踩上他的脚尖，趁他吃痛松手之际，快速挣扎跑向卧室，反手关门，气愤地大叫："邵勉，我恨你！"

邵勉没找到备用钥匙，狠踢了一脚房门，往客房走去。

苏明在办公室开会的时候，翻着自己的邮件。

一封来自邵勉的邮件，引起了他的注意。

打开一看，里面的内容很简单："以后再和薄亦月见面，就等着被我起诉吧。"

苏明的手一顿，陷入了沉思。

临近中午，邵勉才西装革履地出现在公司门口。

刚结束一场会议，他放在口袋里的手机开始震动。

是薄亦月，他的眼眸深了深。

按下接听键，没有说话。那边传来薄亦月崩溃的声音，"邵勉，你这个混蛋，为什么要找人看着我！"别墅门外赫然站着两个保镖，禁止薄亦月出门。

这才多久，薄亦月就不淡定了，开始炸毛了。"平时不是挺温柔的吗？"他淡淡地嘲讽。

薄亦月那边瞬间就屁了，她在邵勉面前建立的小女人形象，完全崩塌。

被气得半晌都说不出一句话，狠狠地踹了两下门。又不敢用力气，这么好的门，被踹坏了她也心疼。

"把我放出去。"尽量让自己的声音听上去很平稳。她不要一个人待在这里，天天等着被他折磨。

邵勉冷笑的声音，薄亦月听得一清二楚，"让你出去给我戴绿帽子吗？"

"我没有！我没有！我没有！我说过多少遍！你要是不相信我，你干吗还要碰我！"她再次提高分贝，来表达自己的不满。

她那么爱他，怎么可能会给他戴绿帽子，这一点，邵勉是不知道还是故意忽略？

"有理不在声大，给我老实在别墅待着！"男人最后冷冷地警告一声，就结束了通话。

薄亦月再次拨过去，没有人接听。一遍两遍……十遍……还是没有人接听。

坐在沙发上，苦恼地低头，随后她无聊地回到房间内刷着微博。

薄亦月收到一封私信，打开只有一张照片。照片上顾瑜笑得很开心，戴着生日帽，吹着蜡烛。

她的旁边正是邵勉……

眼睛酸了酸，还是没忍住眼睛内的泪水。

现在连刷微博的心情都没有了，把手机合上放在一边，大眼睛瞪着天花板。

韩敏把邵嘉康哄睡着以后，自己也准备睡觉。但是，总感觉自己还有一件事情忘记了。

在床上翻来覆去睡不着，最后终于想了起来！今天是亦月那丫头的生日。

从床上坐起来戴上老花镜，看了看时间，已经十点多了。

年轻人一般这个时候还没睡吧！试探地给薄亦月打了个电话，果然很快就接通了。

"亦月丫头，生日快乐！"半个月前韩敏还提醒自己给亦月买礼物的，结果给忘得一干二净。唉，人老了，记性不好了。

薄亦月听着韩敏的祝福，有点惊喜，"奶奶，你还记得呢！"连奶奶都记得她的生日。

"刚才想起来，奶奶忘给你买礼物了，改天给你补上，你不要生气哟。"韩敏有点不好意思。

"没事奶奶，你能打来电话，我就很高兴了。"薄亦月开心的声音，让韩敏放下了心。

"嗯，好的，小勉呢？"韩敏想着今天是亦月的生日，邵勉怎么也得和她在一起吧！

薄亦月沉默了一下，还是说道："奶奶，他和顾瑜在一起，今天也是顾瑜的生日……"

韩敏急了，邵勉这孩子现在怎么这么不像话？老婆的生日不陪着她，却出去给别的女人过生日！

忘了跟薄亦月说再见，韩敏就挂了通话，开始拨打邵勉的手机。

只是，响了好几遍，都没有人接听。

韩敏急得团团转，她只好给孙子发了一条信息：小勉，今天是亦月的生日，你知道吗？

凌晨一点，别墅门口停着薄亦月的车，他把她的车开进车库。

下车的时候，后排座上的几个手提袋吸引了他的注意力。

不过也没多想，以为是薄亦月昨天去买的东西。

把所有的手提袋提在手里，出了车库。

已经很晚了，她估计也睡了，别墅所有的灯都灭着。

拿出手机看了一眼，才发现是一条未读短信息，奶奶？当他看到内容的时候，邵勉的脚步顿住了。

半分钟后，他把手机放进口袋，打开手中的手提袋。

第一个里面是一个进口的陶瓷水杯，白色的盒子上用记号笔，赫然写着：My亦月宝宝，happy birthday to you！爱你的嬷嬷。

有点慌乱地打开第二个手提袋，里面是一件白色的裙子，上面放着一张纸条：亦月，希望你以后依然像小仙女般活得漂亮潇洒！六耳猕猴……

她和顾瑜同一天生日。

进了别墅，推开卧室的房门，大床上空荡荡的。

人呢？门口还有值班保镖，不可能离开这里。

其他几个带着床的房间，都找了一遍也没有。

只剩下书房，他推开房门，书房内开着昏暗的小灯。笔记本旁边的沙发上，一个小小的身影蜷缩成一团沉沉地睡着。

笔记本还没有关机，邵勉晃了一下鼠标，映入眼帘的是一张放大的照片。

照片里是他和旁边正吹着蜡烛的顾瑜。

再看看靠在沙发上歪着头睡得很熟的小女人，心中划过愧疚。

关掉电脑，将她打横抱起。

直到被放在大床上，薄亦月才睁开了眼睛。

迷茫地看着床边的男人，嗯？邵勉怎么在这里？她肯定是在做梦，不相信这是事实，薄亦月又闭上眼睛，翻个身再次睡着。

邵勉坐在大床边，轻轻地撩着她的刘海。

薄亦月，对不起。

薄亦月，如果你没骗过我，多好。

第二天，一大早薄亦月就被手机铃声折磨着。

睁开蒙眬的双眼，来电显示是苏明。

"喂，苏明。"她的声音带着一丝沙哑，说不出的可爱，让苏明失笑。

"亦月，打扰到你睡觉了。"苏明看了看时间已经快九点了，他以为她都起床了。

薄亦月摇了摇头，看了看时间，"该起床了，大清早的怎么了？"打了个呵欠，从床上坐起来。

"我看到了你在网上投的工作简历，来我公司吧，今天就可以开始上班！"

挂掉苏明的电话，她立刻冲进卫生间去洗漱。然后咯噔咯噔跑下楼，打开别墅的门，外面的情况让她很意外，很惊喜。

绕了别墅一圈，都没有发现一个保镖的踪迹。

拿出手机给苏明打了个电话，得到他的地址，薄亦月换件衣服就走人了。走的时候还带走了自己的包包和一些换洗的衣物，近期没打算回来。

薄亦月将车停在公司门口的停车场，苏明已经在门口等着她。

看到苏明亲自出来接她，薄亦月有点惶恐，"苏总，你怎么亲自跑出来了。"

两个人一起往公司里面走去。

苏明微笑地看着她，心情甚好，"薄总都来公司了，我当然要出来迎接。"

所有的员工都把好奇的目光放在两个有说有笑的人身上，让他们总裁笑得这么开心，大家都在猜测薄亦月的身份。

苏明带着她去了助理区域。苏明现在已经有两个助理了。

给她安排好位置，苏明抱着一大堆文件夹，"你今天要做的事情就是把这些分类，分好了以后，交给我就行了。"

薄亦月讶异地看着文件夹，问道："就这么简单？"分类……听上去好简单。

"对！"她刚来，很多事情不着急。

## 第二十四章　被邵勉找来

邵勉回到别墅的时候，已经深夜十一点多，空荡荡的房间让他有点失落。

拿出手机给她发了一条微信，"你在哪？"

薄亦月也很快给了他回复，"老宅。"她正在抱着儿子睡觉。

"谁允许你走的？"

面对他突然的指控，薄亦月有些心塞。

"我走不走和你有关系吗？"最近她看他和顾瑜的关系挺好的，他还会顾得上自己？

邵勉好像是生气了，只回复了她的名字，"薄亦月！"

"邵勉，你接受我的道歉吗？"她的微信发过去，那边就没再回复。

等了半个小时的薄亦月，苦笑着关掉手机，搂着儿子睡觉。

薄亦月接下来几天在苏明的公司，适应得很快，工作也很快就上手了。

只是，公司的人知道薄亦月的身份后，整个公司的人都在传她和苏明的谣言。

邵勉的律师事务所内，办公室的门被敲响，"请进。"得到邵勉的许可，顾瑜从外面走了进来。

邵勉看了她一眼，继续低头办公。

顾瑜看着他完全没有搭理自己的意思，只得没话找话："阿勉，你知道你老婆最近在哪里吗？"要不是顾惜告诉她，她也不知道。

邵勉闻言皱了皱眉头，那个女人不是在老宅吗？

"有事情吗？"他头也不抬地问道。

顾瑜往前走了几步，"你都被戴绿帽子了，还这么淡定？我可真佩服你！宁愿要一个水性杨花的女人，也不要我……"

"说话注意点！"男人犀利的声音打断了她的抱怨。

顾瑜咬了咬下唇，一口气说完接下来的话："你老婆天天出入在苏明的公司，而你还在这护着她，邵勉，我为你感到悲哀。"

她的话让男人抬起了头，认真地盯着她问道："证据呢？"

顾瑜就知道邵勉会这样说，打开顾惜给她发的图片，上面是薄亦月和苏明两个人从明月公司出来的照片。

证据摆在自己的面前，邵勉果然变了脸色。

他一直以为那个小女人老实待在老宅，原来早就跑去会情夫了！

"出去！"邵勉淡淡的声音，让顾瑜听不出他的情绪。

阿勉现在变得越来越高深莫测了，很多时候都是这样，她根本看不懂他在想什么。

顾瑜达到了自己的目的，也没有再多说，转身离开了邵勉的办公室。

办公室的门被关上，镶着钻石的钢笔，被男人狠狠地摔到墙面上。

翻出手机，快速找到一个手机号码点击呼叫。

"你好，我是薄亦月的同事，亦月正在办公室内和苏总谈事情，你稍后再打给她吧。"甄秘书看到薄亦月的手机一直在响，就先替她接了。

手机被挂断，甄秘书莫名其妙地看了一眼薄亦月的手机，就去工作了。

当薄亦月从办公室出来已经是二十分钟后，甄秘书实在是太忙了，完全忘了有人给薄亦月打电话的事情。

五点半下班时，薄亦月打过卡之后，就出了公司。

她的车停在公司门口，从包内拿出车钥匙，准备打开车门。一股巨大的力量拉住了她，在她脑子一片空白的时候，就被塞进了旁边的车内。

本来是想叫的，但是看清压在自己身上的男人是邵勉后，就硬生生地把叫声咽了回去。

邵勉的脸色很不好，像是在怒火中，薄亦月吓得也不敢说话，就这样和他对视着。

"心虚了？"男人开口就是冷冷地讽刺，让她有点莫名其妙。

推了推他，男人纹丝不动，依然满目怒火地看着她。

"什么意思？"心虚？她心虚什么？

邵勉更怒了，紧紧地捏住她的下巴，"薄亦月，你可真会装！"表现得这么无辜给谁看？

要不是他看到照片，一定会信了这个女人装出来的无辜样子。

"你说话不要让我猜好不好，我装什么了？"他能不能把话说清楚，自己去理解很废脑力的。

邵勉如果再这么莫名其妙下去，她也一定会生气的。

男人松开她的下巴，指着不远处的明月公司，"你在这里上班是什么意思？"

薄亦月无语地看着邵勉，"上班就是上班啊，你能不能不要没事找事？"她推开他，从后车座上坐了起来。

邵勉没有阻止她，因为在那一瞬间他发现她伸过来的手，上面什么都没有。

"戒指呢？"

"上班戴着那个太碍事，被我放在老宅了。"每走到一个地方，好多人都羡慕地看着她的大钻戒。然后揪着她问东问西的，有一次她还听到有人议论，她的钻戒是不是苏明买给她的……

"碍事？是和情郎在一起，看着它碍眼吗？"邵勉一直阴阳怪气地讽刺，把薄亦月的脾气也给激出来了。

她往旁边坐了一点，赌气地说道："就是啊，怎么了？你不也有情妇，有什么资格说我？"

邵勉明知道她爱他，为什么还要这样说她呢？

"你这个坏女人，我就应该和你离婚！"听着她亲口承认，邵勉的怒火达到了顶点。

薄亦月也被火气冲昏了头脑，脱口而出："离婚？离婚就离婚！我以后再也不稀罕你了。"

他爱喜欢谁就去喜欢谁，她薄亦月不奉陪了！

"好！那就离婚！"

"行啊，除了儿子，我什么都不要！"

"想要儿子？你做梦！"

"邵勉，你这个混蛋，把儿子给我！那是我怀胎十月生下来的亲骨肉！"薄亦月说着，手就往他身上开始招呼。

邵勉控制住她挥舞在自己身上的小手，"没有我你凭什么生？要不，打官司？"他看着她嗤笑。

打官司？"邵勉你个王八蛋！"她也不傻，骂完就打开车门往外面冲去。

一只大掌拉住她的手腕，薄亦月又被重新带进了车厢。车门也被大力地关上，男人再次把她压在身下。

大掌放在她的腰上，薄亦月知道他的意图，震惊地瞪大了眼睛。现在天还亮，还在公司门口，她不要！

"放开我！"她拿起他的大掌，狠狠地咬了一口。

又咬他？手背上的牙印让邵勉的双眸幽深，狠狠地捏住她的脸蛋！"给我道歉！"他冷冷地命令着她。

道歉？"休想，要过就过，不过就去离婚！"她也豁出去了！

"我会和你离婚，离婚之前，不允许你再来这里上班！"

"我会和你离婚"这几个字，震得薄亦月完全失去了理智。

邵勉整理了一下自己的衣服，快速走到主驾驶，开着车拉着她往别墅驶去。

到了门口，车子缓缓地停下，薄亦月完全没有要下车的意思。蔫蔫地靠在车窗上，更没有搭理邵勉的意思。

车外面的邵勉已经吸了一根烟，车上的女人还没有动静。

他打开车门，用力拉着薄亦月的手臂，往别墅内走去。

薄亦月也不反抗，任凭他一路把自己拉进卧室，然后消失。

二十分钟后，一沓A4纸扔在她的面前，"签字！"男人淡淡地说道。

薄亦月把目光放在纸上，最上面赫然印着"离婚协议书"五个大字。

泪水瞬间模糊了双眼，黑色镶宝石的钢笔也扔到她的面前。

原来邵勉真的要和她离婚。

颤颤巍巍地拿起钢笔，手放在最后一页上面。

邵勉看着她的举动，心里很烦躁。脚步往前踏了一步，刚伸出手，薄亦月的手机就响了起来。

是薄亦阳。

薄亦月放下手中的笔，接通了薄亦阳的电话，"哥。"她擦掉眼泪。

邵勉默默收起离婚协议书，只是接下来薄亦阳的话，让薄亦月完全没有注意到邵勉这个动作。

"你……你说什么？"薄亦月颤抖的声音，让邵勉重新把目光放在她的身上。

薄亦阳似乎又重复了一遍，薄亦月哭得更厉害，"哥，你在开什么玩笑！"

她哭着疯狂地叫了一声，邵勉把离婚协议书扔在一边的桌子上，紧紧地盯着明显失控的薄亦月。

"哥，你不要……不要开这种玩笑，我不信……不可能的！"薄亦月说话都开始断断续续，哭得凄惨无比，随时都有喘不上气的可能。

邵勉不忍心看她这个样子，接过她手中的电话，"哥，什么事情？"

薄亦阳听到邵勉的声音，稳定了一下自己的情绪，"带着我妹妹来第一人民医院……爸妈出事了。"

薄亦月从床上跳下来，没有穿鞋就往门口奔去。

邵勉连忙挂了电话，追上去，"先冷静一下。"邵勉拉住疯了一样的薄亦月，将她抱起来。

薄亦月硬是从他身上跳下来，地板上传来的冰冷，她一点感觉都没有，"要我怎么冷静，没听到我哥说我爸妈没了！"

她快速地往楼下冲去，邵勉只得跟上。在她打开门冲出去的时候，再次拉住了她。

"穿上鞋子，我带你过去。"

薄亦月挣脱不了他，只得胡乱地穿上鞋，然后和邵勉一起去了医院。

## 第二十五章　父母双亡

薄亦月现在整个人都六神无主，嘴里嘟嘟囔囔地说道，"这个薄亦阳，肯定是和爸妈闹别扭了……那也不能这样诅咒爸妈！薄亦阳，你这个不孝子……邵勉，我爸妈没事对不对？薄亦阳那家伙在骗我们对不对？"

邵勉看着她这个样子，满满的都是心疼。

大掌握住她颤抖的小手，薄亦月颤抖着将身体缩成一团。

她好怕，真的好怕。

邵勉找了一个人少的地方，把车停在路边，将发抖的小女人揽在怀里。"我和你一起面对。"

和她一起面对？薄亦月紧紧地搂着邵勉，"邵勉，你和我一起，你在我身边……你一直在对不对？"巨大的恐惧一直啃噬着她的神经，薄亦月说话都语无伦次。

此刻的邵勉让自己忘记先前的不愉快，抚摸着她的长发，"嗯，我一直都在。"他一直都在，终于让薄亦月冷静了一点。

他拿起旁边的纸巾，给她擦拭着眼泪，"别哭了，我们现在去看看什么情况。"

两个人赶到医院的时候，薄亦阳正在一间病房内，目光呆滞地坐在一旁的椅子上。

白色的病床上，躺着两个人，用白色的布完全盖住。

薄亦月双腿一软，差点跪在地上，邵勉及时地拦住了她。

只是，她始终没有勇气走过去，看看那到底是不是爸妈。

"亦月，去看他们最后一眼，医院等会就放置太平间了。"薄亦阳的声音沧桑不少，双眼发红地看着妹妹。

薄亦月摇着头，"那不是爸妈，我不要去！"说完，拉开邵勉，自己往门口冲去。

"薄亦月！"邵勉提高分贝冷冷一喝，让薄亦月硬生生地止住了脚步。手放在门把上，怎么都打不开这个门。

邵勉走过来，拉着她走到病床上的两个人中间。"爸妈最后一面，你都不要见，你想做不孝子吗？"邵勉话音落，一张白布被他拉开。

司颖的那张脸，赫然映入薄亦月的眼帘。

那张脸不但白得没有血色，还带着几道伤痕，此刻鲜血已经凝固。

"妈！"薄亦月崩溃地扑到司颖的尸体上，大力地晃着她。

邵勉拉住她，把她紧紧地搂在怀里。"亦月，别哭。"

薄亦月在他怀中哭了许久，然后掀开另一块白布，躺着的果然是薄岩嵩……

一个个巨大的打击直直地砸过来，薄亦月眼前一黑，就什么都不知道了。

"亦月，亦月。"邵勉连忙将昏迷过去的薄亦月抱起来，往外面冲去。

薄亦阳紧跟在后面，看着邵勉快速地奔跑在走廊上，大声地叫着："医生，医生！"

好在薄亦月只是受刺激太大，暂时昏迷，没有什么大碍。

邵勉和薄亦阳两个人坐在走廊的长椅上，薄亦阳颓废了许多，邵勉开口问道："爸妈是怎么出事的？"

薄亦阳痛苦地揪了揪短发，想起警察说的话，"路上出了车祸，和大卡车相撞，爸妈……当场去世。"

说到这里，薄亦阳的心已经难受至极了！

"肇事司机是酒驾？"

薄亦阳摇了摇头，"警方还在调查，还没有消息。"

后来的几天，薄亦阳和薄亦月每天都在薄家。

邵勉一有空也尽量赶过去，和薄亦阳一起操办两位长辈的身后事。

凶手也被抓了起来，警方已经调查出来，这是一起驾驶员酒驾导致的悲剧。

头七的那天，许多人前来吊唁。

看着爸妈的灵位和遗像，薄亦月迷茫了。

婆婆不待见她，老公要和她离婚，她该怎么做？

泪水唰唰地往下掉落，一只胖乎乎的小手，覆盖到她的眼睛上。"妈，妈……呀呀呀。"邵嘉康忽然一声妈妈的发音，给了薄亦月惊喜。

"儿子，你刚才在叫妈妈？再叫一声。"之前邵嘉康也发出过妈妈的音，但是从来没有这么清晰过。

邵嘉康的小手继续在薄亦月的眼睛上胡乱地挥舞着，薄亦月猜测他是在给自己擦眼泪。

她惊喜地擦掉眼泪，然后诱导儿子，"乖乖，再叫一声妈妈。"

邵嘉康露出可爱的小牙齿，看着薄亦月，清晰地再次叫出："妈妈。"

薄亦月激动地在他的小脸蛋上亲了又亲，她的儿子会叫妈妈了，她好高兴。

晚上的时候，薄亦月本来打算住在家里的。但是被薄亦阳拒绝了，让邵勉把母子俩带走。

一家三口就回到了御谷名邸，邵勉冲完澡就去了书房。

薄亦月陪着儿子躺在婴儿房的高低床上，看着儿子熟睡的小脸，薄亦月陷入了沉思。

爸妈忽然不在，她仿佛没了坚固的靠山。哥哥常年在国外，如果邵勉再和她离婚，她就只剩下自己一个人了。

所以，她想好了，就算是为了儿子今后的成长，她也要努力挽回邵勉的心。

夜越来越深，邵勉处理完最后一点工作，才回到卧室。

卧室空荡荡的，邵勉打开旁边婴儿房的门。昏暗的灯光下，母子俩紧紧地贴在一起睡得正香。

在他们旁边坐了一会儿，邵勉不想打破这份和谐，就自己回到了卧室。

因为第二天有一个案子需要开庭，邵勉很早就起床了。

下楼的时候才发现，有人比他起得更早。

邵嘉康在客厅的爬爬垫上摆弄着玩具，家政阿姨刘娟在旁边看着。

厨房内薄亦月刚煎好鸡蛋，准备热牛奶。"邵勉，你等一下，早餐很快好。"

邵勉看了一下腕表，时间不多，必须尽快赶到公司开会。

"不用了，我赶时间，你一个人吃吧。"说完亲了邵嘉康一下，就急匆匆地离开了别墅。

薄亦月看着盘中煎好的爱心鸡蛋，红了眼。把牛奶重新放回冰箱，一个人把煎蛋给吃了。

还在家中休假的薄亦月带着儿子，准备去商场买点必需品。

薄亦月将车在停车位上停稳，抱着儿子进了商场。

商场内穿着高跟鞋的两个女人拉拉扯扯地往精品店走去，"我说顾惜，你是三岁孩子吗？买东西还非得拉上我。"顾瑜不耐烦地抱怨着。

"哎呀，我等下还得去公司，很快很快，你就陪我一下嘛。"顾惜一眼看到一个天蓝色的钥匙扣，上面是一个镶着钻石的水晶海豚。

右手刚伸过去，就被一个人取走了。

回头一看，看到一个熟悉的人，这个穿着白色呢子外套抱着孩子的女人可不就是薄亦月！顾惜两姐妹冷笑，真是冤家路窄啊。

"薄小姐，好巧。"顾惜阴阳怪气地开口。

薄亦月淡淡地看了一眼两姐妹，没打算理她们。

把手中的钥匙扣放回柜台上，然后又往别的地方转去。

被无视的两姐妹相互看了一眼，眼中都是怒意。

顾瑜往前走了几步，笑着挡着薄亦月的去路。

"康康，让阿姨抱抱。"邵嘉康看着顾瑜，瞪大了眼睛，没有任何动作，顾瑜有点尴尬。

薄亦月看着她对儿子还算友善，才开了口："不好意思，顾小姐，我儿子认生。"然后绕开顾瑜准备离开。

但是顾瑜看到薄亦月就来气，完全没有打算放过她的意思。

直接从她怀中抱过邵嘉康，然后慈爱地看着怀中的孩子，"康康，你爸爸和妈妈很快就要离婚了，以后阿姨要做你妈妈了。"说着，还往邵嘉康的脸蛋上亲了一口。

邵嘉康面无表情地看着顾瑜，没有一点反应。没反应？顾瑜有点恼羞成怒，手轻轻在孩子屁股上拧了一下，没两秒钟，邵嘉康放声大哭。

薄亦月心疼得连忙想接过儿子，但是顾瑜就是不给她。顾惜在店内四处望了一眼，高大的柜子刚好挡住了摄像头。

她也走了过来，从顾瑜的怀里直接抱过邵嘉康，姐妹俩就这样抱过来接过去的，就是不给薄亦月。

这边的动静引来了店内的导购员。过来也只是看了一眼，导购员实在是太忙了，就走了。

薄亦月急了，"你们俩是要找事情？"儿子哭得越来越厉害了，薄亦月却抱不过来。

"就是啊，上次让我过敏的事情，我还没找你算账，你自己找上门来了。"顾瑜的手在邵嘉康的屁屁上，拧了好几下才解气。

看着儿子越哭越厉害，薄亦月火了，抓起旁边柜台上的钥匙扣，砸到顾瑜的脸上。

"啊！"

顾瑜吃痛，差点把邵嘉康扔在地上，薄亦月连忙接过往下滑的儿子。然后直接扭头走人。

这边的动静已经引来不少人围观，薄亦月突破人群，哄着大哭的儿子，走到了店外面。

顾惜顾不上被砸的顾瑜，跟了出来，"薄亦月，你站住，你不能走！"邵嘉康还在哇哇大哭，薄亦月哄了好半天都不管用。

顾惜拦住她，薄亦月冷冷地看了她一眼，吼道："给我滚开！"

碰到这姐妹俩就没好事，薄亦月心疼地给儿子擦了擦眼泪。怀疑顾瑜是不是对儿子做了什么事情，要不然儿子不会哭得这么厉害。

邵嘉康平时绝对不是这么爱闹的孩子，她一时想不通，儿子到底怎么了。

薄亦月毫不留情地甩开拉着自己的顾惜，带着儿子，要离这姐妹俩远远的。

顾惜一个不防，肚子硬是撞到了旁边的围栏上。

等到她缓过来的时候，薄亦月已经抱着儿子走远了。

顾惜咬着牙，怒视着她的背影，薄亦月，你给我等着！

顾瑜的脸被钥匙扣上的装饰划了一道血痕，海豚也掉在地上摔出了裂痕，她不但自掏腰包赔了精品店的损失，最后还去医院给脸上上了药。

## 第二十六章　向你道歉

　　顾惜气急败坏地进了邵勉的办公室。

　　邵勉刚忙完开庭的案子，开始着手下一个国际官司。

　　"邵律师。"顾惜深吸了一口气，哀怨地看着面前这个越来越优秀的男人，心一阵乱跳。

　　男人抬起头面无表情地看着她，没有说话。

　　"邵律师，那个薄亦月太过分了。"顾惜深吸了一口气，口气生硬地说道。

　　邵勉听到她在说薄亦月，放下手中的笔，淡淡地问道："怎么回事？"

　　"我和我姐姐在商场偶遇薄亦月，我姐只是想抱抱孩子而已，薄亦月就拿钥匙扣砸到我姐的脸上。她伤害过人就想走，我去拦住她让她道歉，谁知她把我推到旁边的围栏上，直接撞到了肚子，现在还是疼的呢！"说到最后，顾惜的语气不自觉地有点委屈了起来。

　　邵勉眉头紧皱，"顾律师，我代我夫人向你道歉。顾瑜现在怎么样了。"

　　听到他居然替那个女人道歉，顾惜非常不高兴，"我姐脸上被钻石划伤，已经去医院上过药了！"

　　"嗯，抱歉顾律师，这个事情我问清楚后，会让我夫人给你们当面道歉。产生的医疗费用，由我个人全部承担。"这个女人怎么回事？是不是心情不好，胡乱伤及无辜？

　　他都这样说了，顾惜也不好继续纠缠下去，见好就收。紧紧地咬着下唇，点了点头，离开了办公室。

　　顾惜刚离开没一分钟，邵勉的手机就响了起来。

　　看到来电显示，邵勉的眼眸深了深，并划过一抹烦躁。铃声响了好半天，才划开接听键。

"阿勉。"顾瑜温柔的声音，从那边传过来。

"嗯。"

"阿姨说你会和薄亦月离婚，让我和孩子多培养培养感情——"顾瑜说了一半就顿住了，邵勉那边没有传来任何声音，让她有点尴尬。

"你的脸如何了？"

听到她在关心自己，顾瑜的心雀跃起来。深吸了一口气，说出自己的打电话的目的："我上过药了，阿勉，我当时只是想抱抱孩子而已，康康哭了几声，薄亦月嫌他哭闹，就使劲地在孩子身上拧了好几下，你怎么能放心她这么狠心的一个女人带孩子呢？"

拧孩子？邵勉闻言把烟头重重地扣在烟缸内，烟头瞬间熄灭。"顾瑜，话不能乱说，薄亦月不会虐待孩子的。"

"阿勉，我在你眼中就是这么不值得相信吗？"顾瑜心灰意冷的声音，让邵勉想起薄亦月对他的欺骗。

是啊，顾瑜从来没对他撒过谎，而那个女人呢？

"我知道了，这件事情我会调查的，如果是薄亦月的错，我会让她给你们姐妹道歉。"邵勉合上文件，关上电脑。他不允许任何人伤害他儿子，哪怕那个女人是儿子的母亲！

薄亦月吩咐刘娟把后备箱内的东西送到二楼，然后自己抱着睡着的儿子先回到了婴儿房。

看着熟睡的儿子，她托腮发呆。

刚才康康为什么会突然哭闹不止？上次在老宅顾瑜抱着他，他也没哭啊。

婴儿房的门从外面被打开，薄亦月有点讶异地看着门口的男人。

看了看旁边的手机，中午十二点多，他是回来吃午餐的吗？

她从椅子上站起来，准备迎上去。邵勉几个大步跨进来，直接走到儿子的小床旁。

没有理会薄亦月，把儿子的小衣服解开，看了几眼，然后轻轻地给邵嘉康翻了个身，拉开他屁股上的尿布，上面的淤青刺痛了邵勉的眼睛。顾瑜果然没有撒谎。

薄亦月也看到了邵嘉康小屁股上的淤青，终于明白儿子为什么哭得那么厉害了。原来是顾瑜那个女人拧了儿子，她好狠的心，对一个这么小的孩子也下得去手。

"顾瑜这个女人，我下次见到她一定要把她全身给拧肿了！"薄亦月咬牙切齿地走到儿子身边，准备抱出儿子。

"装。"邵勉一个字，让薄亦月抱儿子的动作硬生生地顿住了。

忽然有种不好的预感，抬起头看向脸色冰冷的男人，薄亦月打了一个哆嗦。

"邵勉，你什么意思？"

看着女人疑惑迷茫的眼神，邵勉差点又相信了她！

"孩子身上的淤青，到底怎么回事？"虽然事实摆在眼前，邵勉还是忍不住想听她解释。

看着他的表情，薄亦月知道顾瑜姐妹俩肯定是恶人先告状了！

"我没有，孩子身上的淤青肯定是顾瑜那个女人给拧的，她抱起康康没多久，康康就开始哭了！"

"够了！"经历过上次的欺骗，邵勉明显不再相信薄亦月。

她急急地解释，只会让邵勉感觉到她是在找借口给自己摆脱嫌疑。

薄亦月心痛了痛，沉默了一下，冷笑道："你不相信我，又何必来问我？"

邵勉抱起熟睡的儿子，往门口走去。

"邵勉，你干什么！"薄亦月焦急地挡在邵勉的面前。

邵勉脸色冰冷地看着她，"你这样已经构成了虐待儿童的罪名，如果不想让我起诉你，就滚开！"

虐待儿童的罪名？薄亦月难以置信地看着面前的男人。"邵勉你在说什么？这是我的儿子，我会虐待他？你脑子进浆糊了吧！"

她的嘲讽，让邵勉的脸色彻底黑了下来，"我知道爸妈的死对你打击太大，这段时间孩子先交给奶奶，你暂时先不要见孩子了。"说完，绕过她往门外走去。

薄亦月看着男人的背影，心痛得快要窒息。他们还没离婚，他就要阻止她和孩子见面吗？

她快速跑出去，追上邵勉，挡住他的去路，"邵勉，你不能这样对我！他是我的儿子，我要和他在一起。"

"我不阻止你和孩子在一起，等你冷静一段时间，再去见孩子。"邵勉看也没看她一眼，就拒绝了她。

所以，邵勉的意思是爸妈的死，对她打击太大，导致她现在精神不正常，都开始虐待孩子了？

她承认，爸妈的死对她来说打击特别大。但是，她也绝对不可能做出伤害自己儿子的事情！都是那两个该死的女人，在背后挑拨离间！

薄亦月急急忙忙地跟上，再次堵住邵勉。

"邵勉，我给顾瑜和顾惜道歉，你把孩子给我好不好？"薄亦月红了眼，为了儿子，她忍了。

"我说了，等你过完这段时间，再见孩子。"邵勉冷冷地瞥了她一眼，抱着孩子离开了别墅。

别墅的门被关上，薄亦月的泪再也止不住。

邵勉把儿子送到老宅，由韩敏暂时照顾他，从老宅出来，邵勉回到别墅，车子停在路边，邵勉缓缓地抽着烟，浓浓的烟雾遮住了他的容颜。

手机响了起来，邵勉掐灭烟头，拿起一旁的手机，来电显示是云锦。

"喂。"

"邵律师。"云锦顿了顿。

"有事快说。"他烦躁地揉了揉头发。

云锦清了清嗓子，"亦月在酒吧……和顾瑜打了起来。"

邵勉的脑袋，轰的一下就炸了。

接下来手机内一阵沉默，就在云锦怀疑邵勉还在不在的时候，邵勉淡淡地出声，"哪个酒吧？"

得到地址，黑色的车疾驰在空阔的马路上，往酒吧飙去。

这个女人就不能让他省点心？

整个酒吧内被砸得乱七八糟的。薄亦月带着一帮朋友，耀武扬威地站在酒吧正中央，俯视着地上狼狈的女人。

顾瑜头发凌乱地蹲坐在地上，衣服也被扯破了好几条口子。腿上的丝袜更是不知道在什么时候被撕破，一只高跟鞋被扭断了鞋跟。

薄亦月随手拉过一条凳子，坐在顾瑜的面前说："给我道歉，顾瑜。"

邵勉还想让她给顾瑜道歉？做梦去吧！她不发威，是不是当她是病猫了。

顾瑜揉了揉被拳头打过的脸颊，心中的恨充满了每一根神经。"薄亦月，你算什么东西，竟然让我给你道歉！"

"看来你是还没尝到教训！"薄亦月双手环肩，鄙视地看着嘴硬的顾瑜，想要再给她一巴掌，她刚抬起手，"住手！"一道冷冷的声音，从身后传了过来。

## 第二十七章  顾瑜被教训

听到熟悉的声音，顾瑜立刻换上可怜兮兮的表情。而薄亦月依然高傲地坐在椅子上，活像一个大姐大。

"阿勉，救救我。"一个柔弱的声音，传进邵勉的耳朵。低头看着地上狼狈的顾瑜，他觉得薄亦月越来越过分了。

邵勉冷冷地看着淡定的女人，然后往顾瑜的面前走去。

"站住，不要碰她，我还没教训够呢！"既然她在邵勉面前已经是一个恶毒女人的形象，薄亦月就如了他们的意。

邵勉听到薄亦月的口气，眼中布满怒火。

改变了方向，走到薄亦月的面前。

简单地扫了一眼薄亦月旁边乱七八糟的朋友，皱紧了眉头，她什么时候还认识这样一些人？

"回家。"邵勉冷冷地命令，一切账回家再好好跟她算！

薄亦月推开邵勉，提高了分贝："我为什么要回家？我今天要把这个小三揍到爹妈都不认识！"顾瑜，从此以后就是她的头号敌人。

围观的人听到她这样说，才恍然大悟，原来地上的女人是个小三啊！

邵勉怒气上升，将高脚椅上的女人，一把拉下来。薄亦月一个踉跄，直直地扑在了他的怀里。

他身上好闻的味道，冲噬着她的神经，火气一瞬间就消了不少。

邵勉冷冷地在薄亦月的耳边警告："我曾经说过，如果这场爱情中非要指出一个小三，那就是你……"

薄亦月的心瞬间凉了，这句话，她怎么会不知道？生儿子的那天，邵勉说过的。

猛然推开男人，薄亦月疯了一样冲到顾瑜的面前，左手抬起她的下巴，右手扬起。

"啪！"一个清脆的耳光响起，所有的人都安静了。

"啊！"顾瑜惨叫。

众人傻傻地看着薄亦月，这个女人好猛啊，在酒吧里当众教训小三！

"别在这里出丑了，赶紧跟我回家。"男人低沉的声音，伴随着浓浓的警告。

双眼幽深，面无表情地去拉扯薄亦月的胳膊。

薄亦月拍掉他的大掌，邵勉控制着怒火，再次紧紧地拉着她的手。

然后叫来一个服务生，从钱包内拿出一沓钱和一张名片塞给他，"把顾小姐送到医院去，其他的损失估算好，打我电话。"

薄亦月不再挣扎，看着那一沓钱，不服气地从服务生手中抢过来，举到顾瑜的面前，"我老公的钱，一分都不能给别的女人花！"

不看顾瑜气得变色的脸，装进自己的背包。

邵勉眼中划过一抹精光，拉住她的手腕强硬地拽走了她，往酒吧门口走去。

"邵勉，你放开我！"老远，还能听到女人抗议的声音。

回到别墅，邵勉丝毫没有怜香惜玉地把薄亦月从车上拉了下来。

"你放开我！"薄亦月愤怒地嚷道。

邵勉冷冷地瞪了她一眼，薄亦月立刻闭上了嘴巴。

二楼走廊，薄亦月被男人拉着一路小跑，"邵勉，你把儿子给我抱回来！"薄亦月的声音有点哽咽。

男人忽然止住了步伐，看着她，眼中划过一抹邪魅，"想要孩子？"

薄亦月重重地点了点头，"要！"她的儿子，她怎么会不要？

"想要孩子简单，那就再生一个！"男人拉着脸色绯红的女人，进了卧室。

"喂，我说的是要康康，你听不懂吗？"薄亦月冲着脱着外套的男人，嚷嚷着。

邵勉的西装挂在衣架上，松着领带，面无表情地看着她，"听不懂。说吧，最近闯的祸，咱们怎么算账！"

以前的不说，从去苏明公司上班开始，到和苏明成双成对地出入，然后砸伤顾瑜，虐待儿子，伤及无辜的顾惜，今天晚上又出手打人……

一桩桩罪证，所以，"薄亦月，你死定了！"他把领带扔在一边的沙发上，怒火中烧地看着面前还在倔强不肯服软的小女人。

邵勉很少发火，之前和薄亦月没有结婚的时候，邵勉是文雅和幽默的。一段不如意的婚姻，让他变了性格，但是也没有发过火。

而现在好像被气得不轻，薄亦月瞬间不知道该怎么办了。

算了，惹不起她躲得起！能躲一时是一时。

趁着邵勉将衬衣扔到沙发上的时候，薄亦月用最快的速度冲向卧室的门口。

只是，她再快也快不过邵勉。邵勉在她打开门，踏出一只脚的时候，抓住了她的外套。

薄亦月一不做二不休，脱掉外套，继续往外面跑去。

邵勉将她的外套扔到一边，追了出去。在女人跑到距离楼梯口三米远的时候，邵勉从后面抱住她。

"还想逃？"他危险的声音在她耳边响起，薄亦月打了一个冷战，这样的邵勉好可怕，好危险。

男人将呆愣的女人转了一个圈，面对着自己，一个用力将她扛在了自己的肩上。

"啊！邵勉，你放开我。"头好晕，没叫两声，薄亦月就难受得叫不出声来。

本来用力拍打在他背上的手，此刻也没了力气，像是触摸一般。

邵勉的身体僵了一下，把女人扔在大床上，"你自己说，我要怎么惩罚你？"将她的双手控制在她的头顶，他右手捏住她的脸蛋。

"你凭什么惩罚我，我没错！"薄亦月说的是实话，让邵勉以为她在嘴硬。

忧心又恼火的情绪占据心头，他恼怒地咬上她的红唇，薄亦月感到痛，一边轻哼着一边又推不开他，只能一脚踢上去，邵勉轻而易举地控制住她的双脚。

见她生气的样子又觉得有些可爱，眼眸渐渐温柔，放轻了嗓音："乖。"

这少见的亲情宠溺让她微微一怔，不知不觉放松了身体。

……

第二天，邵勉神清气爽地出现在办公室，脖子上印着的咬痕，让所有人都在议论。

"不是说，邵夫人和邵律师的关系不好了吗？"

"难道邵律师有了别的女人？"

"不对啊，昨天晚上听说某酒吧发生了一起打架斗殴的事件，好像是邵夫人呢！"

"是不是啊，然后呢？"

"然后，好像是邵夫人暴打小三，最后邵律师亲自出面把邵夫人带走了。"

"真的假的？小三？是谁啊？"

"不知道啊，消息已经封锁了，大家都不敢再乱传了。"

顾惜听着几个女同事的议论，脸色非常难看。昨天晚上的事情，她岂会不知道？冷冷地咳嗽了一声，几个同事看到是她，立刻散了伙，回到自己的办公区域。

顾惜握紧了手中的起诉书，按下六十八楼的电梯按钮。

经过云锦的汇报，顾惜踏进了邵勉的办公室。

看着邵勉的脖子，她半天都没有反应过来。一种心痛的情绪，在身体内肆意地穿梭着。

"顾律师。"邵勉放下手中的钢笔，淡淡地看着面前的女人。丝毫不理会脖子上的痕迹，给别人带来什么样的影响。

顾惜回过神，把自己手中的起诉书放在邵勉的面前。

"起诉书"三个大字，让邵勉皱紧了眉头，还有下面的名字，顾惜、顾瑜。

不用看内容，就知道她们想做什么。

"说吧，你们的条件。"他把起诉书放在一边，淡淡地问道。

食指和中指，轻轻地在办公桌上，敲击着。

顾惜不得不佩服这个男人，自己的目的一眼被他看穿。

"和薄亦月离婚……和我姐在一起。"她说这句话的时候，全程都在关注邵勉的反应。

邵勉手上的动作一顿，犀利的目光扫向顾惜。

顾惜吓了一跳，还是壮着胆子开了口："我真的不知道邵律师在想什么，那个女人心机那么多，你为了她一而再地伤害我姐！"

"我邵勉的婚姻，还轮不到别人来插手。顾律师，我让你提条件，不是因为我没信心打赢这个官司，而是因为我没心思理会这种小案子！我说得对不对，你自己心里有数。"男人低沉的声音，让顾惜紧紧地咬着下唇。

有一瞬间，感觉自己真的有点不自量力。对面的男人可是国际金牌律师邵勉！只要他愿意，哪有打不赢官司的道理！

"薄亦月，我已经教训过她了，她做得不对的地方，还希望顾律师能海涵。"至于他们会不会离婚，看以后薄亦月的表现。如果她还是不听话，到处做坏事，他会再次考虑离婚的事情。

顾惜的嘴角不着痕迹地勾起苦笑，她真的好羡慕薄亦月。

即使当初主动用计爬上了这个男人的床，现在还能得到他的庇护。如果当初用计的人是她，邵勉会不会也对她这么好？

"那邵律师认为，你的一句道歉，就能弥补我姐被伤害的事情吗？"顾惜当着他的面撕掉那份起诉书。

邵勉淡淡地回答："我会约顾瑜出来，带着薄亦月向她道歉。"

仔细想想，薄亦月就像个小孩子，尽是给像极了家长的他闯祸！他这个家长还得带着像个孩子的她，去给别人道歉。

"既然这样，那你们就和我姐解决吧，我就不掺和了。"顾惜转身离开办公室。

邵勉看着被关上的办公室门，从烟盒内抽出一根香烟，点燃。

他得仔细留意那个小女人，看她到底想做什么。

## 第二十八章　约见顾惜

大床上的女人慢慢地翻了一个身，薄亦月在心里把邵勉骂了几千遍！

一个小时后，邵勉的手机上收到一条消费信息，"您好！您的SL银行卡消费人民币一万两千元整。"

这张卡是薄亦月拿着的，她用这笔钱买了什么？邵勉好奇了一下，也没放在心上，继续工作。

这边薄亦月刷完卡，骑着一辆拉风的白色摩托车，从摩托车市场呼啸地蹿了出来。

事务所内，云锦敲了敲办公室的门，走了进去，"邵律师，和方氏集团负责人约见的时间到了。"

"好的，我知道了。"邵勉收拾了一下文件，提着公文包往外走去。

出了办公室邵勉和云锦一起去了停车场，云锦坐在主驾驶，邵勉在副驾驶看文件。

新华路口红灯60秒，云锦看了一下时间，然后无意间看到路边上一个人影。

穿着白色呢子大衣，骑着摩托车的人，怎么那么像薄亦月？

"邵律师，你看那是……"

邵勉顺着云锦指的地方看过去，一个女人穿着他熟悉的白色呢子外套，戴着头盔在不远处等着红灯。

她骑着的那辆超级拉风的摩托车让邵勉的脸色黑了黑，二话不说拿出手机，拨通一个号码。

正在等红灯的薄亦月，听到手机响，摘掉安全帽，从口袋里拿出手机。

邵勉？他打电话干吗？"喂。"女人的声音还有点怒火。

"你在哪儿？"邵勉看着她抱着头盔接电话。

"我？我在家啊，没有邵律师的吩咐，我敢出门吗？"薄亦月晃着腿，讽刺地回应道。

邵勉嗤笑道："回头，左手边。"

薄亦月忽然有种不好的预感，错愕地拿着手机，往他说的方向看去。

果然，四目相对。妈呀！薄亦月差点没把手机给扔了！

说谎话当场被揭穿，薄亦月脸色迅速红了起来。

这个时候绿灯亮，后面的人都开始按喇叭。薄亦月二话不说戴上头盔，加上油门，往前冲去。

邵勉看着她以超快的速度冲了出去，太阳穴都是疼的。

"追上她！"男人淡淡地吩咐道，追上她一定好好教训！敢情刚才的钱，是去买了辆摩托车！

云锦为难地看了一下时间，"可是，和方氏……"

"改天再约。"

云锦无语地踩上油门，跟上那个即将消失的白色身影。

追了三分钟，一个直行红灯右拐绿灯，让薄亦月给跑了。

前面还停着两辆车，想右拐都晚了。

邵勉的脸彻底黑了，这个女人可真不老实！

"去方氏集团。"

邵勉的再次吩咐，让云锦松了口气。

从后视镜内看到那辆熟悉的车没有追来，薄亦月松了一口气，慢慢地降下了速度。

这次完了！刚才她又算是欺骗了邵勉，邵勉肯定不会放过她的！

纠结了一下，薄亦月决定先把顾惜的事情给解决了，然后这段时间回老宅陪陪孩子。

如果邵勉不让她进老宅的门，她就求求奶奶，让奶奶把康康给抱出来，她带着康康出去租房子住！

嗯！就这样！做好计划，薄亦月开始发愁着，怎么把顾惜给约出来。

在市区晃荡了许久，晚上的时候，薄亦月联系好朋友"六耳猕猴"。

有了顾瑜的事情，顾惜肯定对她很防备，就做好打算把顾惜约到一个咖啡店。

"你好！"薄亦月拨通了顾惜的电话，那边很快就传来顾惜的声音。

薄亦月恶心地撇撇嘴，还是挂上笑容，"顾律师，我是薄亦月。"

顾惜听到薄亦月三个字，立刻提防起来，"你给我打电话做什么。"整个口气都变了。

"嘻嘻，想约顾律师出来喝杯咖啡，给你道个歉，请你务必要赏脸。"

顾惜听到她这话，第一反应就是讽刺，"不用了，薄小姐的歉意太金贵，我接受不起。"给她道歉？顾惜还真没想到。

想起薄亦月那个叛逆的样子，顾惜还是不怎么信！

真是给台阶都不下，薄亦月马上就没耐心了。

"顾律师，你还在我老公公司上班，抬头不见低头见的，做个大方的女人不好吗？"薄亦月的口气，随着怒火，也变得有点硬邦邦的。

顾惜想起邵勉今天说过的话，让薄亦月给她们道歉。就没再多说，"地址。"她的口气很高傲，摆明了要端着架子去。

薄亦月一听有谱，心中的那点怒火也消了，立刻笑嘻嘻地说道："胜利路的Dominator咖啡厅。"这个店是斯靳恒给黎浅洛开的咖啡分店，总店在新区那边，离这边还有点远。

有了顾瑜在酒吧被打的事件，顾惜也提高了警惕。听到是在繁华地带的咖啡店，顾惜整颗心都放了下来。

"嗯，等着，我现在过去。"冷淡地挂了电话，让薄亦月对着手机一阵猛喷。

到了Dominator咖啡店，薄亦月在露天的地方选择了一个位置，这个位置僻静，很少有人注意。

点了一杯奶茶，直到喝完顾惜还没有来。

看了看时间，已经过去一个半小时了，薄亦月心里慌了，如果她再不来，邵勉都要回别墅了。

看到她不在别墅，肯定会找她算账！

两个小时过去了，薄亦月才看到顾惜的影子。

薄亦月压住心中的火气，扬起笑容，冲她招了招手。

顾惜远远地就看到笑得灿烂的薄亦月，有一瞬间她仿佛知道了邵勉为什么会喜欢这个女人。

长得漂亮不说，脸上的笑容是那么明媚，甚至很单纯……

在她的对面坐下，薄亦月待她点过饮品，就沉默地看着她。

"快点，我时间不多。"顾惜不耐烦地喝了一口饮品。

薄亦月冲她身后摆了摆手，顾惜的心脏咯噔跳了一下，然后故作淡定地从包里拿出手机。

这个该死的女人，果然没安好心！好在她出门的时候，找到邵勉的电话，点击了一下拨通，调到了通话记录最上面。

再次点击拨通，锁上屏幕，她的身后就冲过来几个人。

不管手机有没有接通，顾惜就大叫道："薄亦月，你要干什么！薄亦月……"然后顾惜就被几个人拉到了旁边的小胡同内。

为了防止她再尖叫，"六耳猕猴"直接捂住了她的嘴巴。

薄亦月，你给我等着，总有一天，我会让你加倍还回来！

"顾惜，顾瑜，你们这哪是姐妹花，分明就是奇葩花！"薄亦月捏起她的下巴，让她抬起头看着自己。

顾惜的目光怒视着眼前的女人，"你在邵勉面前装得可真像！小女人？哼！"

"啪！"薄亦月冷冷地甩了她一个耳光，"我是装怎么样？也不应该从你的嘴里说出来！"这个女人，两个人刚见的第一面，就莫名其妙地被她整。

"薄亦月，我不会放过你的。"顾惜看着自己的手机，亮了一下，又挂掉。她就知道邵勉已经知道了她的处境。

果然，下一刻，薄亦月的手机响了起来。

看到来电的人是邵勉，"喂。"薄亦月没好气地接通邵勉的电话，对于不相信自己的人，她还是很生气的。

"放开顾惜！"邵勉冷冰冰地命令道，让薄亦月顿时愣住，他怎么知道她在教训顾惜？薄亦月回头看了一眼被几个男人围在中间的顾惜，一阵纳闷。

直到无意间看到她放在一边的手机，她才恍然大悟。

这个女人好狡猾！

"我不放！"薄亦月任性地拒绝，好不容易逮着机会，薄亦月怎么可能会便宜了顾惜。

"薄亦月，你别让我说第二遍！"邵勉那边传来发动汽车的声音。

薄亦月直接挂掉邵勉的手机，放进口袋。

邵勉看着被挂断的电话，气得一句话都说不出来。

"顾惜，你好本事，跟我老公打电话告状，是不是打得轻？"薄亦月随后又说道，"好了，你尽情地给我老公打电话吧，我们走了！"

薄亦月带着一行人，大摇大摆地离开了小胡同。

看着他们离开的背影，顾惜紧紧地咬着下唇。没有一分钟，手机响了起来，是邵勉……

"邵律师。"她的声音若有若无，让邵勉心中有点不安。

"我现在在胜利路这边，找不到你们，你们在哪儿？"

顾惜再次故作虚弱，给他报了地址。她紧紧地握着手中的手机，计上心来。

邵勉将车停在Dominator的门口，快速往隔壁的小胡同内走去。如果不仔细注意，还真的没发现这里有个小胡同。

# 第二十九章　反被顾惜陷害

靠近小胡同，地上女人的模样让邵勉心中一凉，薄亦月这次更过分了！

他脱掉西装外套，盖住瑟瑟发抖的顾惜。

"她找人强迫你？"看到比顾瑜还要惨的顾惜，邵勉嗓子发紧地问道。

他以为薄亦月只是任性，没想到心会这么狠。

顾惜崩溃地叫了一声，然后哭着扑进了邵勉的怀里，"顾律师，求你救救我！薄亦月她说，她说……"顾惜眼中的惊恐，让邵勉心再次寒了寒。

"薄亦月说，下次见我一次打一次……在外面碰到我，就让别的男人……呜呜呜……"说到最后，顾惜泣不成声。

邵勉眼中划过一抹深沉，本来想推开顾惜的，看到她惨兮兮的样子，一咬牙将她抱了起来，送到了医院。

半夜十二点，薄亦月虽然反锁了卧室的门，但是还担心得睡不着觉。

正当她翻来覆去的时候，楼下传来车子熄火的声音，薄亦月立刻把自己埋进被窝。

没事，反正邵勉也进不来。就算进来，她只是揍了人而已，难不成邵勉为了那个女人再揍她一顿？

卧室的门把被转动着，在宁静的夜里格外刺耳，薄亦月的一颗心都提了起来。

转了两三下没转开，就没了动静。薄亦月松了一口，但是接下来，门被狠狠地踹着，让薄亦月立刻从床上坐了起来。

他在……踹门？他是有多大的火气？

踹门声在黑夜中显得更大，邵勉每踹一脚，薄亦月的心都咯噔跳一下。

直到五六下之后，高档的梨花木门，被怒火中烧的邵勉硬生生给踹开了。

　　卧室的大灯被"啪"的一声打开，突然的亮光，让薄亦月有点不适应地闭了闭眼睛。

　　只是，当她再睁开眼睛的时候，邵勉已经站到了床边。

　　脸上布满乌云，双目中的怒火要把薄亦月吓个半死。

　　薄亦月往后缩了缩，她不就是打了那个女人一巴掌吗？邵勉至于气成这个样子？

　　下一刻，薄亦月的手腕被狠狠地拉住，整个人也被无情地拖到地上。

　　"唉哟！"她的腰，被摔得好疼！"邵勉，你要为了一个不相干的女人打老婆吗？"

　　邵勉连一句话都没说，手也没举起，就被薄亦月扣了一个家暴的罪名。

　　"薄亦月，我没想到你这么大的胆子！"邵勉蹲下身和她平视，紧紧地捏着她的下巴，把她的脸抬起来，让她看着自己。

　　冷冰冰的邵勉，最近薄亦月是越来越频繁地看到了。

　　"她诬陷我，整我，我为什么就不能教训她！"

　　"骗！你还继续骗！"邵勉的分贝忽然加高，吓得薄亦月颤抖了一下。

　　如果一切都不是他亲眼所见，他一定会被这个女人骗得团团转！

　　"你声音那么大做什么，我骗你什么了？"薄亦月不服气地瞪了他一眼，下巴好疼，想把自己的下巴从他的控制中逃脱，都没有办法。

　　邵勉冷笑道："我刚才过去Dominator那边了，我什么都看到了！薄亦月，我没想到你居然狠毒到这个分上，敢找人试图强暴顾惜！"他最后的一句话，几乎是咬牙切齿地说出来的。

　　强暴顾惜？薄亦月傻眼了。

　　邵勉看着傻眼的薄亦月，此刻心中只有冷笑，这个女人怪不得当初去做演员，演戏演得可真好！

　　"我只是找人吓吓她，打了她几下，你瞎说什么呢！邵勉！"薄亦月慢慢地紧皱眉头，邵勉什么时候也会胡说八道了？

　　下巴再次被抬起来，四目相对，男人的眼中喷发着浓浓的火焰，女人眼中一片迷茫。

"薄亦月，你脸皮能不能不要这么厚，我都看到衣衫不整的顾惜，你还有什么好狡辩的！"他真的看错人了，这个女人心眼太深，直到这一刻还装得跟真的不知道一样！

第一次和顾惜的通话中，分明有着薄亦月的声音，他不会听错！

衣衫不整的顾惜？薄亦月彻底蒙了，顾不上下巴的疼痛，反复地重复着邵勉的话，"找人强暴顾惜？衣衫不整的顾惜？"到了这一刻，如果薄亦月还不知道发生了什么，那么她就是脑袋有问题了！

"啪！"的一巴掌拍掉邵勉的控制。

从地上爬起来，郑重其事地说道："是顾惜在诬陷我！我找来那帮人只是想吓吓她，我没有让人对她做别的事情……"

"够了！"邵勉冷漠地打断她的解释，在他眼里，她此刻的解释全部是在狡辩！

够了是什么意思？不相信她吗？心痛的滋味渐渐地袭来。

"我没有没有，就是没有。"薄亦月冲着面前的男人，孩子气地嚷嚷。

邵勉揉了揉发痛的太阳穴，几个大步出了卧室，打开书房的门。

被扔在原地的薄亦月傻眼了，他去书房干吗？

直到一沓文件和一支钢笔，扔进她的怀里，薄亦月才知道自己错了。

大错特错，错得离谱。

她疯了一样地把上面写有离婚协议书的A4纸，扔到空中。纸飘落一地，薄亦月直接跳上床，在床上蹦着喊着，"我不要离婚，我没有做过那样的事情，我不要离婚！"

如果她今天签了字，就代表了她承认自己找人侮辱了顾惜。

看着她发疯的样子，邵勉只是淡定地说道："我不需要你这么心机深重的老婆，把字签了，自己滚出去！"她太让他失望了。

"你做梦！邵勉，我是你的妻子，我说我没有找人侮辱她，你为什么不相信我？"他能不能给她一点信任！

不相信她？"从你欺骗我的第一次开始，我们之间就没有了信任！"他说过他最讨厌的事情就是欺骗，而她还瞒着他。

听他说欺骗的事情，薄亦月瞬间蔫了，双腿一软，跪坐在床上。

"我不签，我没有找人侮辱顾惜。"她呆呆地重复着这一句话，她也不要离婚，离婚以后她就没孩子了，她不要……

邵勉走了，摔门离开了别墅，晚上就没再回来。

薄亦月不知道他去了哪里，也不敢跟他打电话。

顾惜的速度非常快，第二天就去了派出所报案。

下午的时候，薄亦月本来是要回老宅的，刚发动车子，两个警察就堵住了她的去路。

一张证件在她面前一晃，"薄亦月，我们是警察，这是我们的证件，现在请跟我们走一趟。"

"为什么？"第一次面对这样的情况，薄亦月还是极力让自己保持镇定。

"有人以你故意伤人的罪名报了案，对方不接受私自调解，我们会依法处置。"不等她再问，薄亦月就被警察塞进了警车。

首先发现薄亦月联系不上的是韩敏，她已经好几天没回老宅了，非常担心她。

韩敏给她打了好多电话都是关机，晚上的时候韩敏还打到别墅，刘娟说他们两个人都没回去。

邵勉的手机也打不通，云锦说邵勉今天就没去公司。

这俩孩子，怎么回事？

晚上十点多，韩敏实在是没办法了，联系上薄亦阳，看看亦月是不是在他那里。

薄亦阳这几天刚把父母亲的遗物处理好，今天刚到法国。

接到韩敏电话的时候，薄亦阳还正在倒时差。

"喂，韩奶奶。"薄亦阳刚醒，声音还有点沙哑。

"邵勉和亦月这两个孩子怎么都联系不上，你知道他们去哪里了吗？"韩敏太焦急，顾不上寒暄，就直接问道。

薄亦阳瞬间清醒了，联系不上？昨天上飞机的时候，他还在和妹妹联系啊！

"奶奶，你先别着急，我联系一下试试。"

"好，好，等会给我回个电话。"韩敏挂掉电话，看着熟睡的邵嘉康，祈祷这两个孩子不要有什么事情。

邵勉和薄亦月两个人都失踪了，最后薄亦阳第二天联系上邵勉还是通过云锦。

邵勉在距离C国市区几百公里的岛屿上，有栋私人别墅和游艇。

出海回来，别墅的电话，一直不停地响着。

他皱了皱眉头，这个电话只有云锦一个人知道。他也交代过，不是公司有重要的事情，不要随便打这个号码。

这里是他的私人世界，除了他和专属私人助理，没有第三个人来过。

他也只有心情极度郁闷的时候，才会来这里与世隔绝。

"喂。"薄亦阳不知道打了多少个电话后，电话终于有人接听了。

"邵勉，你在哪？"薄亦阳的声音很焦急，恨不得立刻飞回C国。

"怎么了？"他坐在一边的欧式沙发上，淡淡地问道。

"亦月呢，是不是和你在一起？"

薄亦月？邵勉坐正了身体，"没有。"

"邵勉，亦月去哪儿了？"听到邵勉和薄亦月没在一起，薄亦阳当场发飙。

邵勉皱了皱眉头，感觉事情不对，"你联系不上她？"

"废话，从昨天下午出去，到现在了，已经超过24小时，再联系不上你，我就要报警了！"爸妈没了，妹妹除了邵勉，只有他能依靠了。现在他又不在C国，只能干着急。

也许为了妹妹他该考虑一下，把事业转回C国。

薄亦月联系不上了？这个丫头是负气离家出走了吗？邵勉挂掉薄亦阳的电话，又打开自己的手机。

几十个未接来电，除了云锦、薄亦阳、奶奶，还有一个客户的，其他的就没人了。

一个电话打回别墅，接电话的是刘娟，"太太的车子还在门口停着，从我昨天下午过来时到现在，都没见人。"

邵勉确定，薄亦月出事了。

连忙去二楼换了衣服，往市区赶去。

## 第三十章　起争执

薄亦月被邵勉找到的时候，已经是半夜十二点多了。

拘留室的门被打开，一个小小的身影，蜷缩在墙角，将头埋在腿间。

男人的心中划过浓浓的心疼，这一瞬间仿佛所有的生气，都消失得无影无踪。

听到门锁有动静，薄亦月警觉地立刻抬起了头。

门口一个高大的男人，挡住了外面的灯光，她眯着的眼睛，重新闭上。

在这里被关了一天多，薄亦月都等得心凉了。

没有了爸妈，哥哥也不在，她已经没有人管，没人要了……

身体被打横抱起，薄亦月依然沉默着，连眼睛都没睁开。

两个人上了邵勉的车，他和她一起坐进后车座。

主驾驶上的云锦暗叹了一口气，邵勉为了找薄亦月，也是动用了从来不轻易动用的关系。

整个C国快被翻了个遍都没找到薄亦月，千想万想都没想到薄亦月会被关到了这里。

还是刚才邵勉忽然让她开车去找顾惜，半个小时后他从顾惜那里出来，邵勉就开始让她往警局赶。

车厢内一片沉默，薄亦月让自己缩在车门边，呆呆地看着窗外的夜色。

邵勉揉了揉眉间，淡淡地开口："在里面一天多，现在知道错了吗？"如果知道顾惜会这么做，他一定不会离她这么远。在她需要他的时候，他却不在……

不过，把她关进去磨磨她的性子，让她知道害怕，以后不敢这么放肆也好。

他可以包容她的小孩子任性，可以包容她整人的小坏心思，但是不能包容她欺骗他，以及侮辱人这种犯罪行为。

回应他的是沉默，薄亦月现在一句话都不想说。她爱的人、在乎的人不相信她，她还有什么好说的？

连她被关进去这么大的事情，邵勉也是迟迟不见人影。是不是如果可以，如果她不是邵夫人，他就不会来救她？

车子在别墅门口停下，"如果你答应以后我可以照常见儿子，我就答应你离婚。"

车厢内的气氛瞬间冰冷了下来，云锦大气都不敢喘一下。

这两个人前段时间不还好好的吗？怎么忽然要闹离婚？

两分钟后，邵勉从车上下来，大力地锁上车门。

就在薄亦月以为他生气先走了的时候，她这边的车门被打开。

接着她就被一股巨大的力量拉下了车，要不是抓了一下男人的衬衣，她一定会摔倒在地上。

她再次被他扛起来，在警局里饿了一天的薄亦月，有一瞬间，差点晕过去。

"告诉薄亦阳，他妹妹已经被我完好带回家了。"然后在云锦诧异的眼光中，两个人进了别墅。

她从来不知道邵勉还有这么冰冷和粗鲁的时候，以前邵勉基本上都是文质彬彬，带着幽默感的。

接下来，就是她要面临那个男人的时候了……

薄亦月被邵勉扛进卧室，把她扔在大床上。

头晕目眩的薄亦月好半天才缓过来，邵勉只是双手插在裤子口袋内，冷冷地看着她的所有反应。

从床上爬起来，薄亦月去了衣帽间抱着浴袍，慢慢地进了浴室。

被忽视的感觉可真不好，邵勉把外套扔在床头椅上，解着领带跟着进了浴室。

刚打开浴池温水的薄亦月，看到身后跟进来的人，往浴室门口走去。

她从他的身边走过，他拉住她的手腕，让她无法再往前多走一步。

"你在生气。"语气很肯定，他从来没有见过这样的薄亦月。

薄亦月面无表情地将自己的手腕从他的大掌内挣脱出来，继续往浴室门口走去。

手放在门把上，身体腾空而起，接着她就被扔进了浴池内。身上的打底衫和裤子，全部湿透。

她沉默地从浴池内坐起来，他的长腿就跨了进来，重重地把她压在身下。

"薄亦月，你有什么资格生气？你告诉我！"他的声音很轻，让人听不出其中的情绪。

薄亦阳是怎么教育薄亦月的？知错不改？还是被岳父岳母宠坏了？

随着渐渐上升的水位，两个人的衣服全部湿掉，薄亦月打了个冷战。

邵勉还是心软了，从水中站起来脱掉两个人的湿衣服。

把池中的水换成干净的温水，抱着沉默的她踏进浴池。

两个小时后，薄亦月拖着发软的双腿坐在梳妆台前，吹干自己的长发。

然后打开卧室的门，走到婴儿房内反锁上门，在儿子的高低床上睡着。

邵勉只是去了衣帽间套上睡袍，这个小女人就趁这个空跑了？

看着空荡荡的大床眼眸幽深，出去扭了扭婴儿房的门把，果然被反锁。

邵勉想起她的冷战，也没有再勉强她，一个人回到卧室睡下。

第二天薄亦月起得很早，无声无息地回到卧室的衣帽间内，换好衣服，就出了别墅。

二十分钟才从外面回来，餐桌旁，薄亦月把药盒扔进旁边的垃圾桶。

邵勉系着领带从楼上正在往下走，看着薄亦月把两颗药送进嘴里，然后吞服下。

他微微地皱眉，她生病了吗？

"吃的什么药？"男人质问的声音蓦地响起，薄亦月吓得差点把手中的水杯给扔掉。

她的反应太奇怪，邵勉几个大步走过去，弯腰从垃圾桶内拿出她刚扔掉的药盒。

上面赫然写着：紧急避孕药。

邵勉脸色巨变，她手中的玻璃杯，被他重重地摔到地上。

餐桌这块大理石地板上没有铺地毯，玻璃杯被他砸在地上，瞬间碎了一地。

巨大的动静，把厨房里忙碌的刘娟都吓了一跳。连忙关上厨房的门，假装什么都不知道。

薄亦月下巴被男人紧紧地捏住，"谁允许你吃的？"男人的双眼，因为发怒，开始猩红。

薄亦月攀上他的大掌，想要把下巴挣脱出来，没有一点用。

"谁允许你吃的！"邵勉的分贝提高了不少，恶狠狠地看着面前痛苦的女人。

"你不是要跟我离婚吗？我为什么还要给你生孩子？"薄亦月咬着牙痛苦地说道，她的下巴好疼好疼。

现在她不在安全期，她和邵勉的感情还不稳定，还是采取防护措施的好。

邵勉因为她的话，双眼更加猩红，"说不定你肚子内已经有了我的女儿，而你却把她给杀死了！"最后，他大力地甩开她。

薄亦月不防备，一个踉跄蹲坐在地上，左手毫无预兆地按在玻璃碎片上。

"啊！"她痛得紧紧咬着下唇，白皙的小手再次抬起来，上面扎进好几片玻璃碎片。

鲜血瞬间溢了出来，痛得她脸色都开始苍白。

准备离开的男人，听到低低的惨叫声，立刻回头。

薄亦月的小手流血的样子，让他心中狠狠一紧。立刻从地上将她抱起来，往外面冲去。

把开始出冷汗的女人，放在车的后座上，他有点慌张地拨通司承阳的电话。

"现在去医院，我立刻赶过去。"

司承阳这边还在和唐丹彤因为一杯牛奶，对峙着。

听到邵勉焦急的语气，立刻松开那杯牛奶，唐丹彤的手还在用力，司承阳猛然松开，牛奶溅了唐丹彤一脸……

"司承阳！"她咬牙切齿地叫着换着鞋的男人。

司承阳回过头，看着唐丹彤的样子，得意一笑，打开公寓的门潇洒离开。

唐丹彤把司承阳祖宗十八代都问候了一遍，才重新回到房间内清理自己。

承阳私人医院门口，一路疾驰而来的车忽然急刹车，薄亦月的额头，硬生生地撞到主驾驶的椅背上。

额头痛，手痛，心痛，哪里都是痛的……

邵勉打开后车座的车门，把满脸痛苦的薄亦月抱了下来，快速地往医院内走去。

院长办公室内司承阳正在套着白大褂，邵勉就直接冲了进来。

看到他怀中的薄亦月，有点焦急，"这是怎么了？"然后就看到她手上的惨状。

薄亦月在司承阳心中就像是一个小妹妹，看到她这个样子，司承阳心里也有点不舒服。

打护士站的电话，让护士送来急救箱，还有自己需要的药品。

邵勉把薄亦月放在沙发上，自己在她旁边坐下。

"手按到了玻璃碎片上。"邵勉简单地解释了一下，心中又愧疚又心疼，但是在脸上没有表现出来。

护士把急救箱送到办公室，司承阳拿出工具，看着薄亦月，"有点疼，你忍着。"

一个长臂紧紧地揽着她的腰身，司承阳看着亲密的两个人，想转移一下薄亦月的注意力，"喂，你们两个能不能不要在我面前秀恩爱！"

秀恩爱？现在她在邵勉的心里完全是一个恶毒的女人，邵勉恐怕避之不及吧，怎么可能和她秀恩爱。

司承阳发现薄亦月的注意力是被他转移了，但是，表情好像怎么不对劲？

再掀起眼皮看了一眼邵勉，面无表情地看着薄亦月的伤口。

这俩人有问题。

"看什么看，拔你的碎片！"邵勉感受到司承阳奇怪的目光，冷冷地扫了他一眼。

更不对劲了！邵勉之前哪有过这么冷的情绪？难道是因为上次薄亦月的绯闻，让这两个人吵架闹情绪了？

如果真的是这样，他得好好地说说邵勉。

邵勉的胳膊慢慢地被薄亦月松开，已经落下两排整整齐齐的齿印。

薄亦月发着呆，手上传来的痛仿佛没了感觉。和心痛相比，这点疼真的不算什么……

## 第三十一章 我喜欢你八年

玻璃碎片全部清理完毕，司承阳给她的手上过药，缠了厚厚的纱布。

"回去不要用力不要碰水，明天过来换药。"司承阳边收拾东西，边交代着两个人。

薄亦月口袋的手机忽然响了起来，她一只手把手机掏出来，是哥哥的电话。

滑下接听键，往门外走去。

司承阳停下收拾东西的动作，看了一眼整理着袖口并准备跟出去的邵勉，"邵勉。"他叫住他。

邵勉回头，疑惑地看着他："怎么？要收医疗费？"

司承阳真想给他扔手术刀，"对，十万人民币。"两个人对立。

"有事快说。"邵勉的情绪有点不耐烦。

"你和亦月怎么了？"一段时间没见这两个人，变化都这么大！

邵勉挑了挑眉，"没事，管好你老婆就行，别操心我们了。"他和薄亦月的事情比较复杂，一两句话说不清。

"亦月这个丫头人挺好，你可别伤害她。"司承阳从来不管闲事，如果不是他朋友圈内的人，他一定不会去管。

谁知道这句话却引起邵勉的冷笑，"不要被她的表面骗了！"然后扔下莫名其妙的司承阳，转头离开办公室。

这个邵勉是不是被人挑拨了，要不然怎么会认为薄亦月是个表里不一的人？

走廊内，薄亦月正在轻轻和薄亦阳通话。

"没有，我很好……嗯，哥你好好工作，多赚点钱，以后我要是没钱了，你记得支援我！哎呀，我就是开个玩笑！"薄亦月低着头，右脚踢来踢去。

她完全没发现身后站的人，继续和薄亦阳微微撒娇："嗯，有空我带着康康去法国找你玩。"

结束通话，薄亦月看着手机屏幕发怔。还好，如果有一天邵勉不要她了，她还有一个哥哥可以依靠，这一刻感觉真好。

足足发呆两三分钟，薄亦月才回头准备离开医院。身后靠在墙上的男人，把她吓了一跳。

他是什么时候出来的？

两个人沉默地对望了半分钟，薄亦月给司承阳打了声招呼，往电梯口走去。

邵勉跟上她，出了医院，薄亦月完全没有要上他车的意思。直接往医院大门外的路边走去，邵勉看了她背影一眼，开着车跟上。

车在她旁边缓缓停下，车窗被打开，"薄亦月上车！"男人霸道的命令，让薄亦月无法开口。

她只得沉默着继续往前走，依然没有上车的意思。

最后被邵勉逼急了，走到马路边上，拦了一辆出租车扬长而去。

邵勉看着消失不见的出租车，狠狠地锤了一下方向盘。好你个薄亦月！自己做错了事情，还这么有理这么横！

邵勉来到律师事务所，刚坐进办公室，就让云锦把顾惜叫上来。

十分钟后，顾惜心脏怦怦乱跳地推开邵勉的办公室木门，落地窗前的男人背对着她而立。

阳光打在他的身上，是那么耀眼。

"顾律师，你在我这里工作多久了？"直到邵勉回头，开口说话，她才反应过来。

顾惜愣了一下，他是什么意思？

"大概七年了吧！"

"那从今天起，你就另谋高就吧！"他淡淡地看着难以置信的顾惜，他记得顾惜来他的事务所，还是因为顾瑜的关系。

顾惜失声，忽然明白过来，"你是在为了薄亦月威胁我？"

邵勉云淡风轻地取出一根香烟，叼在唇角缓缓地点燃。这个动作，再次俘虏了顾惜的芳心。

这个男人，无论做什么，举手投足之间都透露着帅气和迷人。

"你可以这么认为。"他吐了一个烟圈，烟雾缭绕。

顾惜心疼得即将窒息，"薄亦月找人打我不说，要不是我给你打电话，现在就有可能被她的人……侮辱。你居然这么包庇她，邵律师，我的清白在你眼中什么都算不上吗？"说到最后，顾惜的眼泪都出来了。

她没想到邵勉护着薄亦月的程度，这么可怕。

"我包不包庇她，这不是重点，重点是她不是也因为你的报案，被关了两天？还有，顾律师现在不也没事吗？所以，这件事情可以再商量，完全不需要让你去起诉她。"只要薄亦月还是他的女人一分钟，他就不允许任何人伤害她。当然，除了他自己。

无论她是一个什么样子的人，他会自己好好教训她，没必要要别人插手。

等到他们真的离婚那天，那么薄亦月怎样，他都不会再管。

"你这样护着她，让我那一直等着你的堂姐知道了，你不怕她伤心吗？"顾惜只得搬出顾瑜，就算邵勉不能属于她，至少也得是顾瑜的，就不能是那个薄亦月的。

邵勉弹了一下烟灰，把香烟夹在指尖，顾惜的话让他陷入了沉思。

"我说过，我和她是不可能的了，你也劝劝她，另选良人。"

顾惜颤抖了一下，忍不住脱口而出："邵律师如果有一天对薄亦月放手了，可以考虑一下我吗？"

她的声音很轻，但是足以让邵勉听清了她的意思。

她在祈祷，此刻没了顾瑜的光环，希望自己的爱情会有回报。

以前他的眼中只有顾瑜，从来看不到她。现在没了顾瑜，又来了一个薄亦月！

看了一眼眼圈发红，满脸期待的女人。邵勉抽了一口香烟，"我和薄亦月还没有离婚，顾小姐不必为我浪费时间了。"

最后一句话的意思，就是，顾惜不要把精力放在他这种人身上。

他以为顾惜听得懂，但是，他错了。

顾惜大胆地往前走了几步，近到邵勉都能看到她脸上用厚厚粉底遮住的淤青。

她猛然抱住他结实的腰，闻着他的气息，"邵勉，我愿意等。"只要他愿意和薄亦月离婚，多久她都愿意等。

办公室的门无声地被推开，邵勉紧紧地皱着眉头看着怀中的女人。两个人都没发现门口的男人拿出手机，拍了一张照片又无声离开。

邵勉把烟头掐灭在烟缸内，推开顾惜，"出去！"他冷冷的表情让顾惜惊了一下。

她刚才在做什么？堂姐和他的关系还没说清，她就焦急地暴露出自己的心思。

还有薄亦月，还没和他离婚，她这么着急做什么？

整理了一下自己的情绪，恢复到平时的样子，"邵律师，薄亦月的事情我不再追究，我也会在这里好好待下去。一切都源于我在等着你。"她干脆地说完这些话，往门口走去。

"不要把时间浪费我的身上，没用的。"她的手放在门把上，才发现刚才进来的时候没有锁上办公室的门。

"有没有用我自己心里清楚，邵律师，我喜欢了你八年。"她回头，自信地看着邵勉。两个人之间先动了情的那个，是没有回头路的。

顾惜离开，邵勉有点震惊，八年前他身边的女友还是顾瑜，从来没有注意过顾惜这号人物。

但是被顾惜喜欢上，不是什么好事。

想起她刚才的投怀送抱，邵勉皱了皱眉头，走到休息室换了一套新的衣服。把现在身上穿的这套，毫不犹豫地扔进垃圾桶。

邵勉下班直接去了老宅，看到老宅内逗着儿子的女人，就知道自己没有猜错。

"小勉。"韩敏率先看到孙子，立刻严肃地叫住了正在换鞋的邵勉。

邵勉心里暗叹一声，薄亦月肯定跑去告状了！还有，奶奶护薄亦月护得可真紧。

从小车内抱出儿子，邵勉坐在韩敏的身边，"奶奶。"夫妻俩完全没有打招呼的意思，让韩敏气结。

一个巴掌拍到邵勉的肩上，邵勉以为奶奶在生气薄亦月被关进去两天的事情。

"自己做的错事自己承担，不正常吗？你打我也没用。"邵勉的话让韩敏疑惑。

薄亦月本来想要站起来离开的，听到他这句话，拿起旁边的手机，假装不在意地听听他什么意思。

"你在说什么？你是在说你自己吗？勾搭完顾瑜，又勾搭顾惜。你是不是都忘记了你是已婚男人？"韩敏说到最后气得真想拿着拐杖敲打邵勉。

一个小时前，薄亦月的手机忽然收到一张照片。薄亦月发怔的时候，韩敏扫到她手机上的照片中的男人正是他的孙子！

逼问了一番这个丫头，她才告诉她，邵勉怀中的女人，叫顾惜，是顾瑜的堂妹。

"什么勾搭顾惜？"邵勉的第一反应就是看向薄亦月，这个女人是不是在奶奶面前胡说八道了什么？

韩敏看他不承认，猛然站起来，走到薄亦月面前，夺过她手中的手机。

"自己看看证据，我怎么会有你这么个孙子！"邵勉越来越不像话，把韩敏气得肝儿都是疼的。

薄亦月看到了邵勉不承认，也就没再看下去的必要。

不顾自己的手机在邵勉的手中，薄亦月上了楼，回到卧室。

原来顾惜真的喜欢他，看着他们抱在一起，邵勉是不是对她也有意思呢？

只是，现在邵勉正在跟她闹离婚，她还有什么资格去管他呢？

即便以后她和邵勉真的离婚，邵勉又和顾惜在一起，她也不会放过顾惜！

是那个女人诬陷她，还让她去蹲了两天拘留所……

　　薄亦月的背影消失在楼梯口，邵勉看到她手机上一个陌生的号码，发给她的图片。

　　正是他的办公室内，顾惜抱着他的那一幕。

## 第三十二章　硝烟弥漫

在他的办公室还能被偷拍，然后又故意传给薄亦月……邵勉的怒火可想而知。

"你火什么火，自己私生活不检点，还好意思生气。"韩敏没好气地从他怀中抱过曾孙子。

亦月那傻丫头肯定很难受，刚才她怎么不说呢？韩敏心里真是急死了。

"我和她没关系。"邵勉双腿交叠，把她手机上的这张照片删除。这个别有用心的人，他大概已经知道是谁了。

"没关系？还不去给那丫头解释？你的情商是负数吗？"韩敏把邵嘉康抱走的意思就是想让邵勉站起来，追到楼上去的。

唉！她真是用心良苦，这个孙子还跟个榆木疙瘩一样。

食指轻轻地在沙发上敲打，"不用。"他又没有做什么过分出格的事情，干吗要去特意解释。

韩敏气得差点吐血，把邵嘉康重新放进他的怀里，自己快速地出了客厅。

走路速度之快，根本就不像七八十岁的人！

邵嘉康看着眼前的爸爸，笑着露出几颗小牙齿。

刚才薄亦月只顾发呆，忘记了给邵嘉康垫尿片，此刻就悲剧了。

邵嘉康面对着邵勉，穿着露着小屁屁的裤子，坐在他的腿上。邵勉看着儿子，脸上总算有了不少笑容。

不料！下一秒，一股温热的液体，直直的喷到他的身上。

当他知道什么情况后，邵勉脸色铁青地看着还在笑得开心的儿子。

居然敢尿到老子身上，邵勉真的想把他揪起来，好好打屁屁！

抓着儿子的衣服，直接把他从自己身上揪起来，满脸嫌弃地往楼上走去。

衣服被揪起的邵嘉康整个身子都处于腾空状态，咯咯笑得甚是开心。

卧室内薄亦月正在用一只手费力地给儿子冲奶粉，卧室门从外面被打开。第一眼就看到了男人铁青的脸色，他的脸上和身上湿了不少，什么情况？

再看看他手中掂着的儿子，薄亦月连忙提心吊胆地接过儿子。

"你生的好儿子！都敢尿到老子的脸上！"邵勉咬牙切齿地说道，薄亦月本来还在生气，知道他身上和脸上是邵嘉康的杰作后，一个没忍住，"扑哧"一声笑了出来。

儿子可真替她出气，薄亦月在小宝贝脸上亲了一口。

邵勉看着薄亦月脸上的笑容，莫名地舒心了不少。从衣帽间拿过要换的衣服，进了浴室。

关上门前，还听到薄亦月的声音，"就是我生的儿子，邵律师要是不喜欢，完全可以把抚养权给我！"

"做梦！"男人扔出两个字，"嘭"的一声大力关上浴室的门。

当邵勉从浴室出来的时候，卧室内已经没有人。走到二楼楼梯口的时候，就听到韩敏和邵文川在哈哈大笑。

邵勉脸色青了青，不用猜就知道他们在笑什么。

又是一个清晨，神清气爽的邵勉抱着咬着奶瓶的儿子，从楼上走下来。

餐桌上三位长辈已经坐下，正在吃着自己的早餐。

祁姐把邵勉的早餐端了过来，放在他的面前。邵勉一手搂着儿子，一手开始吃早餐。

杨紫勤咽下口中的稀粥，不冷不热地说道："这都几点了，还不起床，嫁进来不上班不带孩子，等着做少奶奶吗？"

她在说谁，大家心知肚明。

听到她阴阳怪气的语气，韩敏就没有好好吃饭的胃口。

邵勉把儿子口中的奶瓶放在餐桌上，淡淡地开口道："我老婆肩负着邵家传宗接代的重任，晚上太累，白天起不来很正常，怎么？我想再要个女儿，妈有意见吗？"

他云淡风轻的话，让杨紫勤红了脸，瞪了儿子一眼，"你想要个女儿，妈当然没意见，但是不应该由她薄亦月来生。"

邵勉又把奶瓶递给儿子，呛声说道："如果我爸想再给我生弟弟妹妹，在外面让别的女人生，你心情如何？"

杨紫勤被气得一句话都说不出来，养个儿子有什么好，真是娶了媳妇忘了娘。

听到孙子这么说，韩敏偷偷乐着。

邵文川挑着眉看了一眼儿子，清了清嗓子开口道："小勉，好好对亦月，不要和不三不四的女人在一起。"儿子大了也很优秀，邵文川很少开口教育儿子。

"嗯，爸，我知道了。"邵勉答应下，目前薄亦月还是比较让他满意的，他会把离婚的事情，往后推一推。

杨紫勤从位置上站起来，非常不满意地看着儿子，"邵勉，你又不是不知道薄亦月对顾瑜做了什么！明知道小瑜对辣椒过敏，故意让人往菜品里放辣椒，还找人围攻她，这个薄亦月这么过分，你脑子是不是坏了？"

邵勉放下筷子，咽下口中的小笼包，扫了一眼非常激动的杨紫勤，"妈，你血压高，就不要操心太多事情。"

他这样一说，杨紫勤更激动了，"还知道我的血压高身体不好，如果你真的在乎，你就会听话和薄亦月那个女人离婚，把小瑜娶进来！"

"还有，这个狠毒的女人，还虐待我的孙子，有什么资格做邵家的媳妇？"

"够了！"韩敏重重地放下手中的勺子，从位置上站了起来，"那个顾瑜给你灌什么迷魂药了，竟然会让你怂恿自己的儿子抛弃正妻，娶一个小三进来！"她这个儿媳妇太让她失望了，越说越不像话！

老太太发火，全家安静，杨紫勤咬了咬牙，重新坐回自己的位置上。

"妈，不要生气。"邵文川也站起来，连忙过来安抚老太太。

韩敏气得手都是抖的，在邵文川的安抚下，坐在了邵勉的身边。直到抱住了曾孙心情才好了许多。

好好的一顿早餐，就因为杨紫勤的一些话，在不愉快中结束了。

楼下的硝烟弥漫，楼上处于熟睡中的薄亦月，一点都不知道。

这一觉睡醒，太阳好像都要落山了。她猛然从床上坐起来，看了看旁边的时间，快四点了……

哎呀好丢人！薄亦月有点心塞，怎么出去见人啊！

轻轻地动了一下，全身酸痛，想起昨天的事情，薄亦月右手紧紧地抓着身上的薄被。

脸上懊恼过后就是羞涩，这个邵勉绝对是故意让她丢人的！

薄亦月匆匆忙忙赶到承阳私人医院的时候，司承阳正在给邵勉打电话。看到她的身影，说道："你不用给你老婆打电话了，她来了。"

嘱咐好薄亦月来换药的，都这个时候还不见她人影，司承阳就主动联系上邵勉。

人既然来了，司承阳就挂了电话。

拿出旁边准备好的药品和纱布，走到沙发前，看着薄亦月手上的纱布还湿了不少。

微微皱了皱眉头，"不是说不能碰水的吗？"打开纱布，果然有些碰到水的伤口，都开始泛白了。

薄亦月不好意思地笑了笑，"洗脸的时候，不小心沾到了水。"

司承阳没再说话，认真地给她清理了一下伤口，上好药，缠上新的纱布。

动作是那么温柔，刺痛了门口站了许久的女人的眼睛。

唐丹彤知道他喜欢的是黎浅洛，他不但可以对黎浅洛温柔，也可以对别的女人温柔，却从来没有对她温柔过……

先发现唐丹彤的是薄亦月，司承阳刚把纱布给她固定好。

"丹彤，你来了。"薄亦月率先给她打招呼，唐丹彤慢慢地走了进来。

唐丹彤努力地挤出笑容，"嗯，你手怎么了？"在她的旁边站住。

司承阳看到她仿佛没看到一般，把东西简单地收拾了一下，放在门外的医用推车上。

"没事，不小心扎进了点碎玻璃。"薄亦月简单地解释了一下，然后想起昨天早上的事情，她是不是该再去买盒药？

但是想到邵勉的怒火，她有点尿了。

唐丹彤点了点头，其实她只是路过这里而已，一个没忍住就上来了。

为了掩饰自己在司承阳面前的尴尬，唐丹彤开口邀请薄亦月："晚上有空吗？一起出去玩？"

薄亦月想了想，邵勉那么忙，肯定顾不上她。儿子由三个长辈带着，也没问题，"好啊！"她很爽快地就答应了。

前段时间爸妈的去世对她打击挺大，又加上后来顾惜、顾瑜的事情，她也一直想出去放松一下心情。

两个女人说定，完全忽略了旁边的司承阳。

唐丹彤拿出手机翻出微信，找到之前他们八个人的群，"咱们叫上云锦和浅洛吧！"人多热闹。

薄亦月同意，两个女人坐在司承阳的办公室里在群里和另外两个聊了起来。

四个男人看着女人们聊得热火朝天，根本就没有插嘴的余地。

云锦在助理区开心地看着聊天记录，估计等下要进去给邵勉请假早退了。

最后四个女人在男人们的注视下，商量好先去血拼然后去吃饭，最后去唱歌。

薄亦月和唐丹彤边玩着手机，边往办公室门口走去。

黎浅洛还把黎优芜和夜翎翎拉进了群里。

最后的最后，女人们在一家商场门口见了面。

同样优越的条件，让女人一个比一个耀眼。

时尚的装扮，漂亮的脸蛋，站在一起，回头率高达百分之百。

女人的身份背景一个比一个殷实，每进一家店，全部享有最高级的待遇。

## 第三十三章　联手报复

顾惜今天休假，和顾瑜一起出来逛商场，购买换季的新款服装。

忽然进来的女人，吸引了所有人的目光。

看到其中一个是有说有笑的薄亦月后，顾惜和顾瑜的脸色一起变了。

同一时刻，薄亦月也看到了这对姐妹花，真是冤家路窄！

"看到那对姐妹花了没，一对心机女，今天我要继续搞事情。"薄亦月早就把自己被关进去两天的事情，抛到了九霄云外。

情敌相见，分外眼红，她怎么可能会放过这对姐妹花。

其他的女人都不是省油的灯，听到薄亦月这么说，瞬间明白了。

顾瑜正在试穿新款的长款呢子外套，白色的呢子外套，穿在她的身上，甚是好看。

但是，薄亦月就非要把事实给扭曲了，嘲讽道："顾小姐腿短，hold不住这么长的呢子外套的。"几个女人同时坐在一旁的沙发上。

不等顾瑜反驳，黎浅洛就开了口："顾小姐腰粗，系腰带的外套不适合你的。"

顾瑜身边的导购非常尴尬，这明明很好看的，怎么让她们一说全变味了？

唐丹彤托着下巴，仔细地打量了一下脸色扭曲的顾瑜，"顾小姐，你肤色不好，白色只会让你肌肤看上去黝黑。"

小三是每个人都痛恨的，夜翎翎淡淡地开了口，"顾小姐，我记得你不是时尚杂志社的总编吗？眼光怎么会差到这种地步？"

顾瑜已经要气得吐血了，她瞪了一眼边上的云锦。云锦本来想看在之前事情的面子上，不打算开口的，看到她瞪过来的眼神，不高兴了。"顾小姐，脖子本来就不长，穿上它，你脖子去哪儿了？"

导购看着睁着眼睛说瞎话的五个女人，连开口都不敢。

薄亦月最后总结："所以，顾小姐，膀大腰圆，不适合在这里买衣服，还是出去吧！"

"薄亦月，你太放肆了！"顾瑜气得把大衣脱掉扔在导购的怀里，盛气凌人地走到五个女人面前。

虽然知道这五个女人背后的男人，一个比一个强大，但是顾瑜还是不想服输。

"放肆？我老公的商场，也就是我的商场，我这个老板娘还没说话，你瞎激动什么？"黎浅洛双腿交叠，优雅地坐在沙发上翻看着最新的时装图册。

"喏，你刚才身上穿的那款外套，正是我未婚夫、亦月的哥哥设计的，我小姑子发表一下意见，谁敢说个不字？"反正薄亦阳也不在，云锦睁着眼睛说瞎话，也没人知道，并且给足了薄亦月面子。

自从和薄亦阳有交集后，云锦总是不由自主地去关注他的作品。所以，当她第一眼看到这件衣服的时候，就知道是出自薄亦阳之手。

"真是笑死了，不知道你哪来的底气说邵夫人放肆！人家薄亦月是金牌律师邵勉的夫人，放肆一个还不正常？"夜翎翎站起来，不经意地看着店内的服装。

"亦月啊，你真是太好说话了，让这种货色的女人欺负到你的头上。"唐丹彤挽着薄亦月的手臂，同情地看着她。

"是吧！我也感觉我老公之前眼光有问题，什么女人都接受。"薄亦月瞟了一眼一言不发的顾惜。其实，仔细想想，顾惜这个女人比顾瑜还要有心机。

顾瑜气得失声，稳定了一下自己的情绪，拿出手机，滑到邵勉的号码，冷冷一笑，"我给阿勉打个电话，让他评评理如何？"

听到她要给邵勉打电话，薄亦月心底忽然没谱了。一个是他以前爱的女人，一个是他名誉上的老婆，他会站谁那边？

旁边的夜翎翎开了口："亦月，让她打，如果你老公护着她，这种老公，不要也罢！"

觉得她说的有道理，薄亦月得意笑了："对，顾小姐，敢不敢赌？"

顾瑜暗自咬咬牙，在邵勉的手机号上点击呼叫，她以为她不敢吗？

电话接通，"阿勉……"顾瑜温柔的声音，让薄亦月差点吐了。

好你个邵勉，果然接了顾瑜的电话，她记着！

趁着快下班的时候，邵勉正在看公司的监控。发现昨天去他办公室并拍照的人，果然是他猜想的那个人。

手机响起来，他连看都没看是谁，就划开了接听键。

听到顾瑜柔柔弱弱的声音，邵勉沉默了一下，"说。"

"阿勉，我就那么好欺负吗？"她的一句问话，让邵勉皱了皱眉头。

顾瑜接下来的话，让他明白了那边什么情况，"薄亦月带着几个女人一起欺负我，阿勉你就不打算管管吗？我可是没惹她的！"

想象一下顾瑜面对五个不一般的女人，的确没有占便宜的机会。

"惹不起可以躲开的。"这么简单的道理，她都不知道吗？女人之间的斗争，他没打算插手。

顾瑜暗自咬了咬牙，下句话还没说出来，薄亦月就不淡定了。

噌的一下从沙发上站起来，用力夺过顾瑜手中的手机，顾瑜不防，穿着高跟鞋的脚没站稳，往后跌去，"啊！"邵勉清晰地听到她的尖叫。

"邵勉，柔柔弱弱的前女友，是不是特能激起你的保护欲？"熟悉的女音中带着浓浓的嘲讽。

邵勉揉了揉发酸的眉间，"你别给我惹事。"这个小女人真是屡教不改！

"惹事？邵勉，我告诉你，我今天还就惹事了，你去医院看你的小情人去吧！"说完，薄亦月直接把顾瑜的手机扔进了茶几的水杯内。

其他的四个女人同时鼓掌，"干得漂亮！"黎浅洛给薄亦月竖起大拇指。

导购们看到这一幕早就躲得远远的，只敢在一边偷听，不敢上前半步。

其他的顾客，也是绕道而行。

顾惜扶起跌坐在地上的顾瑜，"薄亦月，你不要太过分，我姐怎么你了？你进来就找事！"

好！顾惜终于开口了。薄亦月走到她面前，微笑道："顾律师，诽谤他人什么罪名，自己心里比谁都清楚吧！"

顾惜心里咯噔跳了一下，"我是律师，当然知道。"她看不出来薄亦月想做什么。

"从邵勉的公司辞职，要不然我会坐实你诽谤我的罪名。"她会让诽谤这个罪名，变成真的。

说到这里，薄亦月的手机响了起来。

不用看就知道是谁，划开接听键，"邵律师，我在惩治小三，你能不能不要插手？"

邵勉回到办公室，收拾了一下自己的文件，往停车场走去。

"我只是想告诉你，不要任性做一些过分的事情。"

薄亦月心中的怒火，噌噌噌地往上蹿，"邵勉你就这样护着小三的？"顾瑜听到她的质问，心里一阵得意。

邵勉无语，他说什么了，会让她这样认为？

然后通话就被她单方面结束了。

这边的顾惜和顾瑜站起来就往门口走去，薄亦月走到她们的面前，挡住她们的去路。

"顾惜，我说的话，你没听到是不是？"

"薄亦月，你不要像一条疯狗一样乱咬人！"顾惜的话音刚落，举起手掌就要往薄亦月的脸上扇去，被离她最近的唐丹彤，拦住了举起的胳膊。

唐丹彤用力一甩，相互扶持的姐妹俩，差点没一起摔在地上。

"丹彤，我们一起揍她们，出了事我担着！"大不了就是再进去几天嘛！

黎浅洛给导购使了眼色，"去，把门关上。"

几个导购互相看了一眼，有点犹豫。

知道她们的为难，黎浅洛报上斯靳恒的名号："我老公斯靳恒，出了事情，我黎浅洛担着。"导购员也只好照办。

顾瑜姐妹俩看到被降下来的铁门，吓得浑身都是颤抖的。

想求救，但是铁门把店内的一切都遮得严严实实的。

"薄亦月，你敢碰我们一下，我就起诉你。"两姐妹吓得连连后退。

十几分钟后，店门被缓缓升起，五个女人一起从里面走了出来，个个心情愉悦。

一起出了商场，往约好的饭店走去。

她们离开二十分钟后，两个女人披着外套，头发微乱地低着头出了商场。

刚和斯靳恒、司承阳碰面的邵勉接着电话，在斯靳恒的办公室内闭着眼睛听着那边的抽泣声。

"阿勉，你没看到我和妹妹被打成什么样子……你如果决定任她这么欺负我们的话，就当我当初瞎了眼，看上你。"

"阿勉，我们俩真的没脸出去见人了，连云锦都打着薄亦阳的旗号欺负人。"

邵勉睁开眼睛，打开免提把手机扔在桌子上。

顾瑜哭哭泣泣告状的声音，让办公室内三个男人听得一清二楚。

"我的手机被薄亦月扔进了水里，还有那个唐丹彤，她会功夫……我们姐妹俩都不是她们的对手。"

办公室的门被推开，进来的是黎优芜，电话中刚好传来夜翎翎的名字。

"黎优芜那个老婆，夜翎翎把我贬得一文不值，我没得罪她啊！"

"黎浅洛作为斯夫人，没想到她会纵容薄亦月行凶……你想象一下，我们两个被她们欺负得有多惨。"

"阿勉，我求求你了，你管管她。"

办公室内的四个男人，你看看我，我看看你。

都在猜想这五个女人，到底怎么欺负人家了，让人家一个女强人哭成这样。

只是没有一个人会起怜悯之心，谁让肇事者是他们心爱的老婆。

## 第三十四章　给她们道歉

"阿勉，你在吗？"那边过于安静，让顾瑜有点慌了。

"嗯，我知道了，产生的医疗费找我报销。"邵勉拿起手机，淡淡地回应了一句。

也许是气的，顾瑜开始粗喘气，他们这边听得清清楚楚，"阿勉，你明知道重点不是医疗费！"

"嗯，我知道，这件事情我会给你一个交代，明天我过去看你，你好好休息。"邵勉压抑住心中的烦躁，早就想挂电话了。

听到他这样说，顾瑜才哽咽着挂了电话。

"走吧！抓人去！"邵勉从沙发上站起来，往门口走去。

"怎么？要为了前女友，教训亦月？"司承阳把肩膀搭在邵勉的肩上，好奇地问道。

邵勉现在满腔怒火，没有回答司承阳。

这个小女人，就会给他惹事情！他这次不揍她一顿就不解气！

四个男人赶到的时候，包间内的一幕让他们立刻寒了脸。

邵勉拉起薄亦月往外走。

"邵勉，你凭什么管我！"薄亦月挣脱着。

"凭我是你的男人！"

"你还好意思说是我的男人？你不是一心要跟我离婚吗？离就离！"薄亦月豁出去了，她不要再受这份折磨了。

薄亦月的话，让整个包间都安静了，大家你看看我，我看看你。

这俩人什么时候都闹到要离婚的地步了？

听到她答应离婚，邵勉拉着她往包间外走去，"走，去离婚！"

"走就走！"

两个人拉拉扯扯离开包间，留下傻眼的五个人！

许久之后，才响起夜翎翎的声音："他们不会真的要离婚吧！"

其他的人几个人相继摇了摇头，都表示不知道。

"要不要打个电话问问？"这是黎浅洛问的。

斯靳恒沉思了一下，"现在不要打。"刚出去，先让他们解决一会儿事情。

会所外面，邵勉把薄亦月塞进车后座，自己坐到主驾驶上，踩上油门，快速地离开了这里。

车速很快，吓得薄亦月完全没有了刚才的任性。

紧紧地抓着自己的衣角，看着车窗外的夜景飞快过去。

等红灯时，男人说道："想好了，签过字以后，儿子就不是你的了！"男人的声音在黑夜中显得很低沉。

薄亦月想起儿子，心痛了痛，她要怎么办？

即使心中很难受，薄亦月还是嘴硬："你不给拉倒，我去和别的男人再生十个！"

去和别的男人再生十个！却不愿意生他的孩子！想起她吃避孕药的一幕，男人的双眼猩红。

绿灯亮，邵勉将方向盘打死，调了个头，把车子停在路边上。

大掌紧紧地握着方向盘，"明天去给顾瑜、顾惜道个歉，我可以忽略今天的事情。"邵勉最终还是退步。

给她们道歉？"邵勉，我很好欺负吗？"女人的声音很平静，也伴随着心凉。

"做错了事情，就要勇于承认错误！"

女人冷笑道："心里还爱着她就直说。"

邵勉闭了闭眼睛，"道歉和这个问题没有任何关系。"

逃避问题？薄亦月打开车门，从车上走了下去。

走到主驾驶门外的时候，"邵勉，我输了，我放手。但是，让我道歉，我做不到！"她没错，她不要道歉！

女人倔强的背影，让邵勉抓狂。

她输了，她放手是什么意思？要放弃他？不再爱他了？

发动车往前慢慢地行驶着，最终还是斜斜地停在路边，挡住了她的去路。

"上车！"他淡淡地命令。

她就站在原地，一动不动和他对峙着。

邵勉从车上下来，关上车门来到她的面前。一个动作，就把她抵在车门上。

薄亦月把目光放在一边，没有去看近在眼前的他。

"邵勉，我们分开一段时间，彼此冷静一下吧！"也许他们之间需要距离，让彼此都冷静一下。

邵勉放在车上的大掌，紧握成拳头。

分开？想着没有她的夜，一定很难熬。

"怎么？想和我分开，光明正大地和苏明在一起？"想起她要和别的男人在一起，邵勉就想掐死她。

女人愣了一下，苏明？怎么又扯上了苏明？

不过，找个人当理由也行，"是啊，你和顾瑜在一起，我和苏明在一起，就这样！"

她不想再和他说下去，握住他的手腕，准备拉开他。

邵勉没有放开她，反而紧紧地抵着她，粗暴地吻上她的红唇。

两个人开车回到自家别墅门口，邵勉将车熄火，手机响了起来，正在下车的薄亦月看到邵勉的表情，也不动了。

"喂。"他还是接通了电话，也大概知道了什么情况。

"阿勉，不是说让那个女人给我们道歉的吗？"顾瑜的声音，依然是柔柔弱弱。让邵勉有种错觉，现在的顾瑜和之前强势的她，是不是两个人。

"今天有事，改天。"他随便敷衍，完全没有想说下去的意思。

"阿勉！"顾瑜急忙叫住他，"如果今天薄亦月来跟我们道歉，我以后再也不缠着你如何？"

听到顾瑜都让步到这个分上了，邵勉也没有什么好说的了，"地址。"

结束通话后，对上薄亦月疑惑的目光，邵勉深吸了口气，将车调了头，往顾瑜说的地方驶去。

看着车子又离开了别墅，"什么意思？"刚才是谁的电话？他怎么什么都不说？

邵勉沉默地操纵着方向盘，丢出来几个字："去见两个人。"

二十分钟后，到了Dominator咖啡店，邵勉领着薄亦月，往二楼包间走去。

推开门，看到里面的人，薄亦月紧紧地皱起了眉头，这是什么意思？

邵勉给她拉开椅子，薄亦月淡定地坐在姐妹俩的对面。

顾瑜和顾惜脸上还有不少淤青，让薄亦月看了挺解气的。

待咖啡送进来，四个人静静地坐着。

正当薄亦月故作无所谓的时候，男人低沉地开了口："亦月，给顾瑜和顾惜道个歉。"

她难以置信地看着邵勉，一双美目中瞬间布满怒火。

深呼吸了一下，看向对面得意的姐妹俩，薄亦月也笑了笑，"两位顾小姐，可是想要这个渣男？送你们了！不谢！"说完，薄亦月从椅子上站起来，踢开椅子，打开门走了出去。

邵勉就知道薄亦月不会乖乖听话，"薄亦月。"门没有合上，他沉沉的声音，她听得很清楚。

女人忍住泪意回头，挂上笑容，"邵勉，从今天开始，我不再爱你，要离婚，我在民政局等你。"

邵勉，从今天开始，我不再爱你……

他第一次尝试到了这种难受和心痛并存的滋味，是真的不好受。

"薄亦月！"这次他的声音，有点慌乱。

但是，女人倔强地连头也没回，就往楼下走去。

邵勉追出来的时候，薄亦月已经不见了人影。只有一辆出租车渐行渐远。

## 第三十五章　离家出走

那天晚上，薄亦月回到老宅给韩敏发了个信息后，就带着孩子离开了。

邵勉回到别墅里没有见到孩子和薄亦月人影，有点慌了。

他动用关系查遍所有的酒店，也没有用薄亦月这个名字开的房间。

再次回到老宅的时候，已经晚上九点多，韩敏淡定地在客厅锻炼身体。

"奶奶，你是不是知道她在哪？"邵勉这才看出韩敏的不对劲，她是最疼那母子俩的，薄亦月带着孩子没有回家，她却很淡定。

老太太斜了一眼，瞅了瞅有点疲惫的孙子，"不用找了，我知道他们在哪。"

"在哪？"他立刻问道。

"过两天就回来了，着什么急。"韩敏知道母子俩在哪，也没有打算告诉邵勉。

从奶奶口中得不到消息，邵勉只得回到房间。

空荡荡的房间，没有她的影子，只有她留下的淡淡香味。

他又想起薄亦月白天的那句话，邵勉，从今天起，我不再爱你了……

双手紧紧地握成拳头，薄亦月你可真倔强！宁愿不爱，也不要向别人低头。

薄亦月带着儿子已经整整消失三天了！

邵勉律师事务所里，这天不知道吹的哪门子风，把斯靳恒给吹来了。

"闲。"邵勉扔给他一个字，就低头办公。

"当然，老婆孩子被别人霸占，我把所有的工作全部处理完，老婆还不是我的。"他慵懒地坐在沙发上，嘲讽道，然后跷着二郎腿看着没有一点反应的邵勉。

"你是猪吗？"得不到他的回应，斯靳恒骂了一句。

邵勉这才掀起眼皮看了他一眼，"真不知道斯大Boss什么时候闲到以和人骂战当娱乐的地步了。"继续看着准备开庭的案子材料。

"这么笨，活该老婆孩子不在身边。"斯靳恒拿出好茶，开始烧水。

"消息挺灵通，我找老婆孩子，日理万机的你都知道了。"邵勉没心思再说下去，不打算再理他。

斯靳恒从来不是这么拐弯抹角的人，要不是答应了自己老婆替她的好姐妹保密，他进来的第一句话绝对是——"赶紧把你老婆孩子领走！"

水烧开，斯靳恒把上好的铁观音放进盖碗内，倒上热水，"要不要去我庄园？"拐弯抹角的话，他真的说够了。

邵勉真的不再理他，看完文件，打开电脑，开始打印资料。

"唉，家里四个孩子真吵！"继续旁敲侧击。

依然是一室的沉默，让斯靳恒想摔东西。

"这个斯熙熙，总是和小男孩掐架。"

"邵勉，晚上去我那里喝一杯。"

邵勉终于开口了："斯靳恒，办公室的门在那里，不送！"

斯靳恒差点被茶水呛死，这个邵勉装不懂是吧？

最后，斯靳恒把陶瓷杯盖在茶盘上，扔下一句话，终于离开，"没有老婆孩子抱，活该你！"

半个小时后，斯靳恒的手机响起，看到来电显示，就知道终于可以回归清静地抱老婆睡觉的日子了！

"说。"

"等会儿我带两瓶酒，去你那里，不醉不归。"

所以，邵勉到底有没有懂他的意思？

一个小时后，斯靳恒看着空着手出现在城堡门口的邵勉，很欣慰。孺子可教也，他还是懂了。

城堡三楼偌大的舞蹈室内，被四面大大的镜子围绕的地上，两个女人带着四个孩子，正在练习着舞蹈。

斯暖暖有模有样地跳着芭蕾舞，斯熙熙和斯鼎礼看着姐姐，满满的都是羡慕，邵嘉康在洁白的地上到处乱爬。

两分钟没有注意他，身后就传来儿子咿咿呀呀的声音，"呀，爸……爸……咿。"

薄亦月好久没有练习舞蹈，此刻正在努力地低着头和劈叉奋斗。对于儿子猛然蹦出来的几句话，也没在意，"邵嘉康，回来。"

"干爸爸！"斯暖暖的声音，让薄亦月感觉到不对劲，抬起，从镜子里望过去。

一个穿着灰色外套的男人，抱起儿子以后，又抱起了向他奔过去的暖暖。

她的动作一顿，他为什么会出现在这里？

仿佛没有看到他一般，继续压着自己的腿。

邵勉和黎浅洛打了声招呼，然后放下儿子和暖暖，又去抱斯鼎礼和斯熙熙。

男人抱孩子的画面，真的很有爱，薄亦月从镜子里看到这一幕，有点愣了。

想象着他抱着属于他们一儿一女的样子，当她再次回过神时，邵嘉康和斯熙熙被斯靳恒抱着离开了舞蹈室。

而抱着斯鼎礼和拉着暖暖的黎浅洛，看了她一眼，偷偷地笑着也离开了屋子。

舞蹈室的门被关上，邵勉光着脚，走到她的面前。

猛然把她扑倒，吻上他想念了三天的红唇。

四面的镜子将纠缠在一起的两个人，重叠成无数个影子。

薄亦月脑子一片空白，用力推着身上的男人，她的双手反被压在脑袋两边的地上。

"带着我儿子离家出走，晚上回去收拾你！"邵勉微喘的气息扑在她的脸上，痒痒的。

薄亦月抗拒着他的魅力，闭上眼睛让自己不去看他。

再次睁开眼睛，双眼中已经没有了任何情绪，只有冷意。

平静地开口："邵律师，请先放开我。"

薄亦月这一刻略带沙哑的那声邵律师，她永远都不知道在邵勉耳中有多好听。

他痴迷地吻上她的额头，她的脸蛋，她的鼻尖……

薄亦月又挣扎了一下，他在她耳边轻轻地警告："别动！"

女人立刻僵着不敢再动，时间一分一秒地过去了，邵勉的呼吸恢复到平稳。

从地上起来，改为半蹲在依然躺在地上的薄亦月旁边，"起来，回家。"他的额头渗着细小的汗珠，这一刻他都挺佩服自己的隐忍。

"我不。"她倔强地吐出两个字。

邵勉就知道不能和她商量，直接将她从地上抱起来，往舞蹈室门口走去。

"我说不，你没听到吗？"

薄亦月的口气很生硬，让邵勉挑了挑眉。"你说不，我就要听吗？"

"你不是让我听话？你都不听我的，我凭什么要听你的？"正在下楼梯，她没有挣扎，也没有看他。

"别闹，乖乖跟我回家。"听她的？开玩笑！他一个男人可不想成了妻奴。特别是像斯靳恒那样没有底线的妻奴！

想着邵勉已经走到了一楼，还非常鄙视地看了一样斯靳恒。

"你那是什么眼神？"沙发上抱着女儿的男人，冷冷地看了一眼邵勉。

到了客厅，邵嘉康正在爬爬垫上，和斯暖暖玩耍。

邵勉把薄亦月也放在爬爬垫上，然后斜了一眼斯靳恒，"鄙视你的眼神。"

他的一句话，让斯靳恒把斯熙熙放在爬爬垫上，向邵勉走了过来。

两个人缠在一起，互相揪着衣领距离很近，眼前就要动拳头了，"爸爸，你们在玩过家家吗？"

斯暖暖稚嫩的声音，让屋内的两个妈妈忍俊不禁。两个身为爸爸的男人脸色全黑，连忙松开彼此。

"斯靳恒，你看看你，行为不检点！"邵勉整理了一下自己的衣服，戏谑地看着斯靳恒。

"我高兴。"男人冷冷地给他回了三个字。

然后抱起邵嘉康，往楼上走去。

"喂，自己有儿子，抱我儿子做什么。"邵勉冲着上楼的斯靳恒，嚷了一声。

"我抱着自己的女婿有错吗？"斯靳恒扔下一句话上了楼。

女婿？邵勉有点发蒙，再看看两个女人，相视一笑的样子，仿佛明白了什么。

"那行，我们走，把儿子给他们留着做上门女婿。"邵勉说着就要去抱薄亦月，薄亦月连忙冷着脸，往后退了几步。

邵勉看着她的样子，有点挫败。

"薄亦月，你在这里，打扰了人家夫妻的正常生活，你好意思吗？"邵勉坐在旁边的沙发上，不悦地看着避开自己的女人。

黎浅洛适当地开口："有什么不好意思的，我和亦月晚上睡在一起，挺好的。"

两个女人再次相视一笑，邵勉只感觉整个人都不好了。

邵勉靠在沙发上，耐心正在耗尽。

"薄亦月，我再问你一次，你走不走？"

"不走！"她回答得比他还干脆。

斯靳恒从楼上下来，邵嘉康的手中抱着一个锦盒。

面对上邵勉夫妻俩疑惑的眼神，斯靳恒淡定地说道，"给我未来女婿一个见面礼。"

两个女人无语，邵勉故作叹了一口气，"我们这未来的公公婆婆压力可就大喽！"

斯靳恒把邵嘉康塞到他的怀里，邵勉接过儿子，并打开他手中的锦盒。

里面是用蓝色宝石打造的一把钥匙，做工精细，看上去非常精巧，并散发着神秘的光泽。

他挑眉看了一眼斯靳恒，斯靳恒抱起斯熙熙，"还有一把锁，我替熙熙保管着。"这是开采矿石时发现的。

这个有点贵重，邵勉合上锦盒。

# 第三十六章　被接回家

"看来，我要好好工作喽，以后给儿子准备好资金，让他十里红妆娶你女儿。"

"你用得着吗？别以为我不知道你的存款，够好几个十里红妆了。"还不加上不动产之类的。

邵勉张了张嘴，把自己的钱存在SL集团旗下的银行内，就这一点不好。

"斯总，你私自调查我的财产合适吗？"

斯靳恒把女儿举高，口气轻松，"查查我未来亲家的资产底细，还是很有必要的。"

黎浅洛受不了这两个男人了，瞪了一眼斯靳恒，"喂，说的好像你们俩非常在乎对方的资产一样！"

资金是他们从来都不用担心的事情。

还包括司承阳、薄亦阳，这四个人一个比一个有底子。

邵勉抱着儿子从沙发上站起来，掂起斯鼎礼放在黎浅洛的怀里。然后把自己的儿子放在薄亦月的怀里，将母子俩都抱了起来。

"我老婆儿子这两天叨扰你们小夫妻了，我们走了。"一家三口用奇特的方式往门口走去。

薄亦月挣扎不过，只好叫了一声黎浅洛："浅洛，浅洛，我们改天再约。"

"好的，亦月，邵勉要是再惹你生气，就随时来我家啊！"黎浅洛不舍地冲着她挥了挥手。

老宅里，看到进门的薄亦月和邵嘉康，韩敏立刻开心地迎了过来。

"孙媳妇，小曾孙，你们终于回来了。"韩敏接过她怀中的孩子，往客厅内走去。

"奶奶。"薄亦月换着鞋，恭敬地给韩敏打了声招呼。

正是晚餐时间，一家三口到家没有五分钟，邵文川和杨紫勤也从外面进来。

看到邵嘉康，都很高兴，一时间客厅气氛其乐融融。

晚餐过后，薄亦月抱着邵嘉康往客厅外面走去，满院子溜达着消消食。

三晃两晃的，把邵嘉康给晃睡着了，从花园回来的时候，客厅的门没锁，薄亦月轻轻地推开。

杨紫勤的声音，从里面传出来："我昨天见小瑜，她脸上的淤青还没有散，看得我可真心疼，薄亦月那个女人好狠的心，小勉你还纵容她，你知道你有多伤小瑜的心吗？

"让她去道个歉，她竟然带着孩子消失三天，道个歉不应该吗？她有把你放在眼里吗？

"你可知道小瑜还在等着你，她哭着告诉我，她还爱你，但是不敢再打扰你，小勉真的不爱小瑜了吗？"

杨紫勤的话，到这停了，她似乎在等邵勉的回答。

"爱又怎样？能回到过去吗？"邵勉不耐烦的声音，清晰地传了出来。

所以，他这话是什么意思？心中还爱着顾瑜，只是因为有了妻和子，回不去才拒绝她的？

杨紫勤的声音，兴奋了几分："能回去啊，你和薄亦月离婚，顾瑜那孩子也挺喜欢康康的，你俩在一起带着康康，多好。"

"妈！"

"亦月，怎么不进去？"邵文川不知道什么时候出了老宅，这会儿好像才从外面回来。

看到怔在门口的薄亦月，疑惑地开了口。

客厅内的声音戛然而止，薄亦月心痛得都忘了回答邵文川的话。

慌乱地摇了摇头，又点了点头，又摇了摇头……所以，她也不知道自己该点头还是摇头。

"怎么了？"邵文川看着薄亦月苍白的脸色，微微皱眉。

薄亦月渐渐地发现自己，好冷好冷……客厅内有力的脚步声越来越近，薄亦月把儿子递给邵文川，自己冲出了老宅。

身后的门被她关上没半分钟，就又被打开。

薄亦月迅速地奔跑着，但还是很快被一个有力的怀抱，从身后抱住。

她用尽了力气，甩开邵勉的控制，继续往前跑着。

天空忽然亮起了闪电，接着是雷声。

而薄亦月还在不顾一切地跑着，每次都很快被邵勉抓住。

"你放开我，邵勉！"薄亦月的声音很大，引来不少匆忙往家赶的路人的目光。

她的脸色很苍白，邵勉紧紧地搂住她，不松手，"你听我给你解释。"

"你不用跟我解释，有什么好解释的，是我自己不知好歹，破坏了你和顾瑜！"薄亦月现在的心情，接近了绝望。

天空开始下小雨点，邵勉听到她这样说自己，眉头紧皱，"我们先回家，回家我给你解释。"

薄亦月大力地挣扎着，甚至还咬了邵勉，他也没有松手。

"我不要回去，我答应和你离婚，你放我走！"她不想继续这种生活了，老公天天被别的女人惦记着，自己被各种诬陷。婆婆还不喜欢她，天天盼着他们离婚。

邵勉的手机响了起来，"喂。"他口气不好地接通电话。

薄亦月趁这个时间，推开邵勉，继续往前跑去。

"出车祸？"他的声音不大不小，薄亦月听得清清楚楚，她渐渐地冷静了下来，并停下了脚步。

"让她去找顾惜，关我什么事！"那边不知道说了什么，邵勉好像也生气了，开始发火。

雨越下越大，薄亦月的手机也响了起来。

她只是呆呆地看着邵勉，他由不耐烦变成了纠结，最后是轻轻地说了一句："我现在过去。"

邵勉结束掉通话，大步向薄亦月走了过来，"先回家等着我，有一个朋友出了车祸，联系不上亲人，我过去一趟。"

雨水打在薄亦月的脸上，头发上，身上……

"是顾瑜吧！"她淡淡地问出。

男人的脸色果然变了。

其实薄亦月知道在自己面前，邵勉在顾瑜的事情上，将自己的情绪隐藏得很好。

这一刻知道她出事了，还是控制不住自己，流露出了疼惜的表情。

"先回家，我过去看看她，就回来。"他的声音很温柔，薄亦月乖乖地跟着他往家走着，但是表情像是没了魂一样。

进了老宅，邵勉把薄亦月送到客厅门口，随便打了一声招呼，就开着车离开了老宅。

邵勉离开后不久，薄亦月也跟着离开。

第二天艳阳高照，薄亦月起床后，简单地收拾了一下自己的东西。

打个车去了医院，手上的伤口本来已经好得差不多了，但是经过昨天晚上的淋雨，还是需要再处理一下。

到了承阳医院院长办公室，护士告诉她，司承阳在三楼的病房。

薄亦月等了十几分钟，司承阳还没有上来，她只好下去看看是什么情况。

住院部三楼两个男人一起走出了病房，分开后，司承阳回到了办公室。

一个小护士叫住了他："司院长，刚才你的一个病人来找过你。我说你在三楼，她去三楼找你了，你见到没？"

"病人？"司承阳疑惑。

"对啊，就是那个因为手被扎伤，来过两次的姑娘。"

亦月？司承阳没看到她啊，不过刚才邵勉忽然跑出去，是不是就看到了亦月？

"知道了。"司承阳淡淡地说了一声，回到办公室，拨通邵勉的电话。

邵勉刚发动车子，准备离开，看到司承阳的电话，将车子重新熄火，"怎么了？"

"刚才亦月来医院了，她去三楼找我了。"这两个人还没和好吗？是不是亦月刚才看到顾瑜拉着邵勉的手，吃醋了？

果然是她……

邵勉靠在椅背上，闭了闭眼睛。他刚才看到一个身影，只是刚追出来就不见了。

"就先这样，我给她打个电话。"

和司承阳结束通话，邵勉就拨通薄亦月的号码，但是打了十几个都是无法接通。

然后又给老宅打了电话，"少爷，你找老太太吗？她在楼上，你等一下。"是祁姐接到了电话。

"不用，祁姐，亦月有没有在老宅？"

"没有啊，少夫人昨天晚上就没回来。"

昨天就没回去？"奶奶知道不知道她去了哪里？"

"哦！少夫人给老太太打电话的时候，我就在边上，好像是在别墅那边。"

原来是回了别墅，邵勉松了一口气，"我知道了。"

邵勉结束通话，开着车往别墅驶去。

邵勉赶到别墅，找了一圈，每个房间都没有人。所以，她不在家。

床上的被子叠得整整齐齐，床头柜上放着一沓A4纸，吸引了他的注意。

离婚协议书他不是放在了书房吗？怎么会在这里？快速地翻到最后一页，右下角果然多了一个签名——薄亦月。

# 第三十七章 借钱

薄亦月从墓地出来，随便找了一个公共电话给大哥拨了一个电话。

"哥，我想……跟你借点钱。"薄亦月有点难以启齿。邵勉给她的卡她不想动。自己现在又没有什么拿得出手的存款。

薄亦阳敏感地听出了妹妹的不对劲，"薄亦月，你和邵勉怎么了？"

"快说怎么回事。"薄亦阳已经在看机票了，他必须赶回去一趟。

薄亦月抬头看天，把眼中的泪水给逼了回去。"哥，没啥大事，就是和他吵架了。"怕薄亦阳不相信，她连忙又说道，"我的包里有邵勉给的银行卡，但是我生气，不想用……"

她还是隐瞒了两个人正在离婚的事情，大哥远在国外，她不想让他操心太多。

"为什么吵架？"夫妻两个人之间吵架正常，但是要看为什么而吵，闹得严重不严重。直觉告诉他，妹妹有些事情在对他撒谎。

为什么吵架？薄亦月想起顾瑜和顾惜，想起她的婆婆。"生活琐碎小事，我们两个人性格不合，有了矛盾就吵了。"

到了这一刻，薄亦月说的话，薄亦阳一个字都不信。

"嗯，我知道了，钱我打到你的银行卡上，有事再联系我。"他敷衍地挂掉电话，然后拨通邵勉的电话。

只是，邵勉一直处于无法接通的状态。

让薄亦阳很烦躁，决定改天一定要找邵勉好好谈谈。

薄亦月用哥哥打过来的钱先暂时住在酒店，计划再租一个房子，去苏明公司上班。

在酒店的几天，她就联系了韩敏，每天用视频通话和儿子聊天。

后来她在离公司很近的小区内，租了一个一室两厅。

把自己安顿好，薄亦月才联系了苏明。

去公司上班两天，每天都是挤着公交车上下班。

苏明无意间发现后，就以工作需要的名义给她配了一辆车。

薄亦月本来是拒绝的，但是苏明说这车以后要让她在工作外勤时使用的。薄亦月只好答应了。

在苏明公司的第八天，薄亦月正常下班后，把车子停在小区楼下，坐着电梯到了九楼。

低着头从包内拿出钥匙，准备开门，一抬头门口站着一个男人。

十几天不见，他除了看上去很疲惫之外，其他的一切照常。

地上的十几个烟头显示他来的时间已经不短，薄亦月没有开门的动作。调头往电梯口走去，被男人控制住手腕。

"开门。"他淡淡地吩咐。

外面有监控，薄亦月也不想在这和他拉拉扯扯的，摆脱他的控制，打开了公寓的门。

她租的公寓很小，只有几十平方米。

里面依然布置得很温馨，就像之前她住过的那栋公寓。

关上门，公寓内到处都飘着属于她的味道，邵勉微微安心。

他揽上她的腰身，薄亦月也没有挣扎。

"老婆，分开了这么久，冷静了吗？"他前段时间去国外出差了一个星期，回来以后，调查了一番才知道她在这里住。

他很欣慰，因为她下班后没有和苏明混在一起。

"冷静了，邵勉，我不是你老婆了，你注意一下。"薄亦月还是推开了他，他的气息总是让她很容易迷醉。

她把钥匙放在条几上，然后脱掉外套挂到空空的衣架上。

邵勉再次从她背后搂着她，闻着她的味道，"我没有签字，不算。"所以，她还是他老婆。

薄亦月的手一顿，"你签不签字，和我没关系。"她签字就算离婚了。

"我不签字，那份离婚协议书在法律上没有任何意义。"他将她的身体扳过来，让她面对着自己。

薄亦月只得将头撇到一边，不去看他的眼睛。

"同床异梦，邵律师还在坚持什么？"她淡淡地讽刺。

他不理会她的嘲讽，在她的红唇上啄了一下，"跟我回家。"

他的动作让薄亦月用手背在唇上狠狠地擦着。仿佛沾染了什么不干净的东西，邵勉的眼神变得深邃。

等到她放下手，侵略性地吻上她的红唇。

她的双手重重地捶打在他的胸膛上，只是男人不痛不痒，硬是把她逼到了身后的卧室门上。

他伸出一只手拧开卧室的门，不到两米宽的床，铺着粉白色床单。

邵嘉康的两张艺术照，放在她的床头柜上。

她准确无误地倒在了床上，房间内渐渐地升起莫名的情愫。

大掌刚刚放在她的上衣拉链上，薄亦月理智回归，狠狠地推开邵勉。

气喘吁吁地瞪着被推开的男人，"怎么？顾小姐出了车祸，让你不满意，你就来我这里寻找安慰？"他当她是什么了？

领带被他扔在沙发上，看着他的动作，薄亦月的心脏跳动得厉害。

就在感觉自己的心快要跳出来的时候，邵勉只解开了三颗衬衣纽扣，就没再往下继续。

微微地松了一口气，想到自己的姿势不雅，她立刻从床上站了起来。

十几天没见，邵勉怎么可能放过她！

薄亦月整理着自己的衣服，邵勉趁其不备，忽然将她抱起来，扔到床上。

痛得薄亦月好一会儿都没缓过来，"你这个混蛋！"她咬牙切齿地骂着。

睁开眼睛，想要站起来，他整个人覆了上来。

"薄亦月，跟我回家。"他直直地看着她，在不知不觉中，他已经习惯了有她。

"我不要!"

"乖,听话。"他温柔地劝说,薄亦月差点沦陷。

所有的委屈仿佛都能因为他的温柔,烟消云散。

但是,她想到顾瑜和顾惜,还是没答应他的要求。

只不过她攀上邵勉的脖颈,主动送上了红唇。

晚上九点多,男人裹着浴巾从浴室内走了出来,女人从床上下来穿好衣服,嗓子沙哑地说道:"目的达到了就请离开吧!"这不是他来的目的吗?

邵勉的眉头紧紧皱着,她当她自己是什么?当他是什么?

"薄亦月,我是打着好好哄你的主意而来的,你别不识好歹!"再拒绝就过分了。

所以,他这就是好好哄的态度吗?女人冷笑。

"我不稀罕,滚出去!"

滚出去?邵勉大拇指在嘴角蹭了一下,他邪魅的眼神让薄亦月打了个冷战。

"你……你不出去,那我出去!"薄亦月连忙往门口跑去。

"外面等着我,我带你去吃晚餐。"他淡淡地吩咐,从身后传来。

薄亦月没有理会他,就大力地关上了卧室的门。

菲利尔西餐厅,找了一个靠窗的位置坐下,邵勉把服务生递过来的菜单放在她的面前,"想吃什么就点。"

薄亦月斜了一眼男人,用得着他交代?

红酒很快被服务生送了过来,三分之一的红酒,已经倒进了醒酒器。给两个人面前的红酒杯内倒上红酒以后,就离开了。

"你让我找了你好久,这顿饭你请客。"他端起酒杯往她面前一倾,薄亦月虽然不满,还是端起自己的和他轻轻碰了碰杯。

"我没让你找我,等会儿你走你的我走我的。"他刚抿了一口红酒,就听到她果断拒绝。

"不可能!"

薄亦月生气,一口气把杯中的红酒喝完。然后又给自己倒上,她咽下爽口的红酒，"邵勉，好聚好散，以后各走各的路。"就算她见孩子，也不会经过他。

男人把玩着手中的红酒杯，酒红色的液体在杯中滑来滑去，"薄亦月，游戏是你开始的，但是暂停或者结束，你说了不算！"

看着窗外夜色风景的她，一怔。

"你是不打算结束？"说完，她自嘲地扬起唇角，明知道他有心爱的女人，她还这么自作多情地问。

"当然，在我没玩够之前，游戏不会结束。"他掀起眼皮看着女人，又把一杯红酒饮尽。

男人皱了皱眉头，虽然是红酒，多喝也不好。

女人又开始往杯中倒着酒，他夺过醒酒器，"我让你品酒，不是让你灌酒！"

薄亦月脸色已经有点绯红，打了个酒嗝，笑道："灌酒又如何？我请你吃饭，我就算喝十瓶红酒，你也不用心疼的。"

男人的脸色有点铁青，"我不心疼，怕的是你心疼，这瓶82年的红酒少说也得三十万。"

"咳咳咳。"薄亦月硬生生地被自己口水呛到了，这个该死的男人，怎么不早说！

看着她剧烈地掩着嘴咳嗽，邵勉皱了皱眉头，端起旁边的柠檬水，递给她。

薄亦月没有拒绝，抿了两口柠檬水给自己顺气儿。

这个时候菜品挨个被端了上来，放在两个人的面前。

## 第三十八章　遇到意外

薄亦月缓过气以后，把柠檬水放在了桌子上，斜着眼睛看着对面正在切牛排的男人。

"你不知道我讨厌柠檬水？还给我喝，你是故意的吧！"薄亦月承认，她就是在找事，挑事，为的就是让男人讨厌她，放过她……

邵勉切牛排的手一顿，这个他还真不知道。

"下次注意。"他回应。

薄亦月没有打算放过他，继续挑衅道："邵律师眼中全是顾小姐的禁忌和爱好，容不下别人正常。"只是，说这些，她自己的心也好痛。

邵勉听着她不善的口气，不怒反笑，"邵夫人这是吃醋了吗？"

这时候服务生正好来上菜，她硬生生地把想要回呛的话憋了回去。恶狠狠地瞪了一眼对面的男人，脸皮可真厚！

随后服务生把菜品上齐，"邵先生，菜品已经上齐，祝您用餐愉快！"

邵勉点头，几个服务生整齐有序地离开。

俨然邵勉已经是这里的常客，薄亦月又冷笑道："邵律师带多少女人来过这里？服务生都熟悉了。"

女人优雅地叠着双腿，左手微微托着下巴，一直喝着杯中的红酒，完全没有准备用餐的样子。

"平时都是陪客户过来，如果你介意，下次我们不来这边了。"他没有承认带别的女人过来，也没有否认。

把切好的牛排放在她的面前，把她的那份换了过来，"吃饭！"他命令。

不自觉间，一杯红酒又下肚。

薄亦月放下空空的红酒杯，很自然地拿起叉子，又起一块牛排，放进口中。

嗯，牛排味道刚刚好。

"这是第一次，我希望也是最后一次。"说来真的很讽刺，两个人结婚这么久，像这种约会式的吃饭，还居然是第一次。

她的声音有点冷漠，让邵勉停住了分切牛排的动作，仔细地盯着她。

他发现这个女人，太多变。从一开始的百依百顺小女人，到中间的活泼任性小女孩，又到现在优雅成熟大女人。

所以，哪个才是真的她？

"第一次，嗯……的确。最后一次，恐怕让你失望了。"他说过，游戏结束是他说了算！

薄亦月没再说话，待服务生又给醒酒器中加上红酒，她又给自己倒了大半杯。

如果他一直要坚持，那么也好，"那就别怪我游戏中攻打小怪兽。"

她的意思很明显，邵勉也听得出来，咽下口中的比萨，"薄亦月，不要惹我生气。"

"哼，我刚说一句，要去攻打你心爱的女人，你就要生气，邵勉，你是成心在耍我玩吗？"虽然是她一直在挑事情，但是，当邵勉护着顾瑜的时候，薄亦月非常不开心。

"随便你怎么想。"既然她不懂他的意思，那他也就没有解释太多的必要。

薄亦月语塞，半晌才说道："嗯，我的想法不重要，你开心就好。"

面对她的处处挑衅，邵勉只想早点用完餐，把她拎回家再教训。

只是，吃完饭后的薄亦月虽然头有点晕，但是脑袋还很清醒。

以去卫生间为理由，跑去结了账，然后悄悄提前离开餐厅。

如果不是邵勉从窗口看到她拦出租车的身影，还在傻傻地等着她回来。

面对这个不识好歹的女人，这次邵勉真的怒了。

他快速跑到楼下去结账，收银台人员告诉他已经结过了，他才知道那个女人把他说的玩笑话当真了。

然后也拦了辆出租车，跟上快要消失不见的出租车。

还好，这个时候往薄亦月住的方向车不多，他一眼就能看到那辆出租车。

看着她下车，然后摇摇晃晃地进了小区，坐上电梯。电梯内一声尖叫，让邵勉快速打开车门，冲进公寓楼。

电梯已经上升到八楼，邵勉迅速按下旁边的电梯，跟到了九楼。

电梯门未开，一声惨叫，让邵勉的心立刻提了起来。

接下来的一幕，让他目瞪口呆。

一个穿着红色外套的男人，一边拉扯薄亦月的衣服，一边试图搂上她的腰身。

薄亦月有点醉了，但是力气不小。她奋力反抗着，拳头乱挥。邵勉愤怒地上前，一把揪过男人的衣领，一个拳头重重地挥到男人的脸上，"啊！"男人惨叫的声音，回荡在走廊内。

这个猥琐的色狼，趁着她微醉，竟然敢乱碰他的女人！

他把薄亦月安置到一边，将外套脱下来，塞到她的怀里。

薄亦月呆呆地抱着他的外套，然后看着他再次揪起倒在地上的男人的衣领，把他揪起来。

邵勉重重地揍着男人，让薄亦月清醒了几分，猥琐男的鼻子已经开始出血。

邵勉每个拳头都用尽了力气，薄亦月看着邵勉的背影，刚才害怕的心瞬间柔软了不少。

有个人替自己出头，保护着自己，真好……

出够了气后，邵勉把他甩到一边的地上，从口袋内拿出手机报案。

给警察报了地址，他拿过薄亦月手中的外套，指着她身后的门，"先进去。"

薄亦月傻傻地点了点头，从包里摸出钥匙，打开门进了公寓。

公寓的门没有锁上，只是半掩着，薄亦月从门缝里望出去。

她看到邵勉又在男人的身上踹了一脚，然后厉声开口："敢动我的女人，我要让你后悔一辈子！"

"我错了，大侠。"男人在地上苟延残喘，微弱地哀求。

"错了？晚了！等着我起诉你吧！"

听到他这样说，猥琐男人好像更加明白了眼前男人的身份不简单。

男人似乎挣扎着要起来，邵勉往后退了一步，男人用尽全身的力气，跪在了邵勉的面前，"我错了……"一直重复着这一句话。

很快片区警局就来了两个警察。邵勉简单地做了一个口供，交代了事情的始末，然后看着两位民警把猥琐男带走。

邵勉打开公寓的门进屋时，跟着她大步往卧室内走去。

薄亦月已经躲进了卧室，并且把门反锁了。

"薄亦月，我数三声，你不开门我就踹门了。"男人的声音很干脆，完全没有一丝开玩笑的意思。

薄亦月深吸了口气，在邵勉数第一声的时候，就扭动了门锁。

"哪来的苍蝇，这么烦人！"薄亦月看着空中，不耐烦地甩着手，一副打苍蝇的样子。

苍蝇？把他比喻成那么恶心的东西。邵勉难看的脸色和危险的眼神，让薄亦月心虚了一下。

"薄亦月，你让我很生气。"邵勉是个很直接的人，有想法就直接表达出来。走进她的卧室，脱掉自己的外套。

看着勉强能挤下两个人的小床，算了，今天晚上就在这将就一个晚上。

"邵律师，你是不是有受虐倾向？我让你很生气，你还非要倒贴过来。"靠着卧室门的她，头又开始有点晕乎乎的。

倒贴？邵勉走到她的面前，把她的双手放在自己的领带上，"给我解开。"

"是不是顾瑜伺候你习惯了？来我这，还想享受这么高级的待遇？门都……"后面两个字没有说完，就被他堵住了红唇。

## 第三十九章　我饶不了你

良久，邵勉看着脸色越来越红的女人，很满意地点了点头。

"以后我们两个在一起，不要提起顾瑜。"他淡淡地警告，继续把她的手放在自己的领带上。

薄亦月被他一吻，脑袋几乎一片空白，顺着他的意思给他解开领带。随后顺手扔在沙发上，摇摇晃晃地往床上走去。不行了，她头好晕，好想睡觉。

进公寓的时候没有换鞋，她此刻还穿着高跟鞋。

艰难地解开高跟鞋的绊扣，扔在地上。

床上的女人很快就睡了过去，邵勉无奈地捡起她的高跟鞋，给她放在外面玄关处的鞋架上。

再次进来的时候，薄亦月一个翻身，差点从床上掉下来。

邵勉连忙跑过去，接住已经开始往床下滑落的她。

重新把她放回床上，邵勉仔细地看着她，怎么看都不像已经做妈妈的人。

"薄亦月。"他轻轻地拍了拍她的脸颊。

回应他的是一片寂静。

邵勉无奈地帮她脱掉外套，然后关掉灯，搂着她一起睡去。

半夜的时候，薄亦月忽然从床上坐起来。

旁边躺着的男人，让她没有心思去多想，她想去卫生间。

但是，没有开灯的原因，薄亦月一个没留意，扑到了熟睡的男人身上。

邵勉瞬间清醒，黑暗中她的身体，正紧紧地贴在自己的身上。

他的身体猛然僵硬，薄亦月没有感觉到，晕头转向地跪坐起来，往床下爬去。

男人拉住她的手腕，将她再次拉向自己。黑暗中四目相对，女人忽然

"呕……"的一声，差点吐到他身上。

邵勉的脸色都黑了，立刻把她扔到床下，"去卫生间。"

女人这才左右摇摆地往卫生间走去，不久以后，卫生间就传来她难受的呕吐声。

有轻微洁癖的邵勉，最忌讳的就是这种事情，一瞬间有迅速离开这里的念头。

最终他还是打开床头灯，从床上起来走到厨房，给她倒了杯白开水。

卫生间里的声音终于停止，让已经抓狂的邵勉终于松了口气。

薄亦月打开水龙头，清洗了一下自己，才走出卫生间。

门口的男人递给她一杯白开水，薄亦月脸色有点苍白地接过水杯。

喝了几口水，胃里舒服了许多，"去刷牙。"男人拿出一双拖鞋扔在她的面前，薄亦月这才惊觉自己没有穿鞋就去了卫生间。

怪不得脚好冷，她穿上拖鞋，没好气地回答男人："刷过了。"

她手中举起的水杯被男人放在旁边的桌子上，她被他抱起，往床边走去。

薄亦月好奇地问他："你为什么还在我这里？"看了看旁边的时间，已经快三点了。

"明天和我一起搬回别墅，你住在这里不安全。"就比如昨天晚上那个猥琐的男人，谁能保证不会遇到第二个？

薄亦月不想再和他纠缠这个话题，没有理他，翻个身给他一个背影，就闭上了眼睛。

"薄亦月，别不识好歹。"一次两次就够了，三次四次他就烦了。

女人从床上坐起来，瞪着他，"我就不识好歹了，邵律师如果不高兴，就趁早离开。"她不识好歹？他根本体会不到她的心情。

邵勉阴沉着脸色，灯毫无预兆地被关上，忽然处于黑暗中的薄亦月微微一怔。

接着她就被压在床上，"薄亦月，我非常生气，后果很严重！"

隔天，不放心妹妹近况的薄亦阳刚下飞机，就直奔邵勉公司，摆明了就是来找他麻烦的。

邵勉从抽屉中拿出早已准备好的东西，放在薄亦阳的面前。

薄亦阳看了看那张银行卡，又看了看掐灭烟头的邵勉："你什么意思？"

"前段时间多谢你支援我老婆，你借她的钱我替她还了，密码是卡号后六位。"知道薄亦阳给薄亦月转账，还是因为昨天晚上一起吃饭，薄亦月主动结账，他才起了疑心。

薄亦月怀孕期间，他给她留了一张信用卡，但是她几乎没有动过，离开家这段时间，他也没有收到任何信用卡消费的提醒。

从小娇生惯养长大的薄亦月，从来不会理财，花钱更是没有计划，以前靠着自己在娱乐圈赚的那点存款生活，很快就没了。孩子出生以后，邵勉知道她没办法了才开始动用他给她的卡。

然而最近她住酒店、租房子，再加上昨天晚上结账，那么多钱，她的钱从哪儿来的？邵勉今天早上的时候，就查了出来。知道是薄亦阳给她转了一笔钱，这让他还是比较欣慰的。最起码，她没有去借别的男人的钱，没有让别的男人去养着她。

虽然她是在苏明公司上班，但也是靠自己的双手去挣工资。

"说吧，你们两个为什么吵架，你为什么欺负我妹妹。"薄亦阳没打算放过邵勉，往前走了一步，坐在他的办公桌上，和邵勉面对面。

邵勉又从烟盒中抽出一支烟点燃。

"怎么能叫欺负呢，夫妻之间小吵小闹是情调，多正常。"他说的很简单，好像只是夫妻间的互动，让薄亦阳有种多管闲事的感觉。

"如果真的这么简单就好，你要是敢因为顾瑜那个女人，让我妹妹受委屈，我饶不了你。"

邵勉听到他提顾瑜，他想到薄亦月好像还就是因为顾瑜闹别扭的。

"顾瑜的事情，终究会解决的。"他是在说给薄亦阳听，也在说给自己听。

薄亦阳把卡推了回去，"把卡拿回去，我是做哥哥的，给妹妹钱应该的。"他是给的，不是借的。

"那可不行，把卡收了，我老婆我能养得起。"邵勉一直坚持，薄亦阳无奈，最后给收了起来。

和邵勉聊了许久，薄亦阳又去见了云锦后才恋恋不舍地离开。

别墅里，薄亦月抱着儿子打算出门的时候才知道，她被软禁在家了，因为她被邵勉安排的保镖拦住了。

薄亦月怒了，决定等到邵勉晚上回来，找他质问。

只是，邵勉一连好几天都没有回来。打电话也一直是关机状态。

在别墅每天只有邵嘉康陪着她，她还不能带着儿子出去。

薄亦月终于忍到不能再忍的地步，趁儿子在楼上睡觉，她拿起座机，再次拨通邵勉的手机。

邵勉刚从国外出差回来，正在公司开会，看到别墅来电划下了接听键。没来得及出会议室的门，许多人都听到了邵勉手机中的尖叫："邵勉，你这个混蛋，放我出去！"

邵勉云淡风轻地走到楼层窗口，从口袋中拿出香烟，叼在嘴里，点燃。

要不是邵勉那边传来打火机的声音，薄亦月还以为他不在。

"我说话你没听到吗？你作为一个律师，禁锢他人，限制他人的人身自由，判什么刑你自己心里清楚！"

结果，薄亦月发了一通脾气之后，才知道邵勉从头到尾完全没有理她的意思。

这让薄亦月有点恼羞成怒，"离婚离婚，不离婚我去法院起诉你！"

她说完这句话，邵勉终于开口："欢迎起诉。"然后直接挂断了。

## 第四十章　要和你离婚

薄亦月气得把客厅摆放着的几个花瓶什么的，全部都给砸了。

客厅内叮叮咣咣地响着，刘娟劝了几下，薄亦月依然叫嚣着："邵勉不把我放出去，我就把整个别墅都砸了。"

刘娟连忙拿出手机躲在厨房内给邵勉打电话。

"少爷，夫人砸了好多东西。"接着把薄亦月的话，原封不动地转达给了邵勉。

"康康呢？"邵勉只问了这三个字。

"小少爷在楼上睡觉。"刘娟伸了个头，薄亦月还在任性地往地上摔着东西。

"告诉她，动静太大，会吵醒儿子。"然后，邵勉就掐灭烟头，挂了电话。

刘娟按照邵勉的吩咐，远远地站在楼梯口开了口："夫人，小少爷还在楼上睡觉，你这么大的动静，小少爷会睡不好的。"

下一刻，客厅果然安静了。薄亦月想起儿子，连忙跑上楼，看儿子有没有被她惊醒。

刘娟松了一口气，夫人发起脾气来，可真吓人。她连忙开始收拾一楼客厅，把碎片什么的打扫干净。

邵勉又是几天没回来，但是，薄亦月能带着康康出去了。

只是，走到哪儿身后都有两个保镖跟着他们，真的好郁闷。

忽然在某天，保镖打电话告诉邵勉，"夫人带着小少爷不见了！"

邵勉的太阳穴立刻隐隐作痛，两个大男人看不住一个带着孩子的女人！

"废物！去找，找不到你们给我滚蛋！"挂掉电话以后，又联系了一拨人，开始到处找母子俩。

晚上邵勉提前离开公司，直接奔回别墅。

一楼客厅内果然少了不少摆件，桌子上的座机，也被换成了新的。

二楼整个楼层都是空荡荡的，儿子的日用品全都不见了，说明薄亦月带着儿子离开，是蓄谋已久的。

在卧室的床上坐下，他拨通斯靳恒的手机。

"晚餐时间打来电话，要请我吃饭吗？"斯靳恒淡淡的声音，从那边传过来。

"你老婆呢？我老婆呢？"他的话，让斯靳恒也是疑惑了一下，就明白了什么情况。

"我老婆我抱着呢，你老婆，我不知道。"看来薄亦月没去找黎浅洛。

当邵勉知道薄亦月动向的时候，薄亦月乘坐的飞机，已经在法国落地。

薄亦阳打来电话的时候，正是半夜三点多，他静静地听着薄亦阳转达的话："她执意要和你离婚，让我劝劝你，把离婚协议书上的名字签了……"

邵勉睁开眼睛，黑暗中他的眼神中散发着危险的光芒，"告诉薄亦月，让她自己好好想想，我跟她说过什么。还有我要以苏明骚扰我妻子把他告上法庭。如果一个星期之内，我见不到她和儿子，苏明就会接到法院的传票。"

薄亦月听了薄亦阳的转述，恨不得撕吃了邵勉。

薄亦阳正在发愁自己的事情，对于邵勉和妹妹的事情，决定睁一只眼闭一只眼。抱着可爱的小外甥，薄亦阳把邵嘉康逗得直乐呵。

心烦的薄亦月哪儿都不想去，直视着薄亦阳，"哥，云锦姐姐马上被人拐跑了，你还不抓紧时间。"

"被谁拐跑？"薄亦阳的动作一顿，把目光放在她的脸上。

薄亦月其实也是睁着眼睛说瞎话，低下头翻着手上的杂志，"之前看到一个公司老总在追她，还和她约会吃饭什么的，不过，你要是不喜欢她就算了，当我没说。"

看着哥哥真替他发愁，喜欢就喜欢，不喜欢就拉倒。

她的话，让薄亦阳心生不悦，云锦那个女人居然背着他和别的男人约会？

"哦，我知道了。"半躺在沙发上的薄亦阳，敷衍了一声薄亦月，继续逗着小外甥。

"薄亦阳，你怎么比我还愁人，你要是喜欢就去追，不喜欢就别怪人家云锦和别的男人相亲约会。"

相亲？好，罪状又加上一条。

"谁告诉你我喜欢她的！"一直被女人追着的薄亦阳傲娇着不肯承认。

那个女人都没说喜欢他，凭什么他要主动去说自己喜欢她？

"哦，那可能她喜欢你吧，上次在商场，她还告诉别人，你是她未婚夫呢！只是，可怜了云锦姐姐一厢情愿，唉！"

薄亦阳听到她这句话来劲了，从沙发上坐起来，抱着小外甥凑近妹妹，"她告诉谁我是她未婚夫的？"

薄亦月正在看着薄亦阳设计的各种服装，还真不错！

掀了掀眼皮，看到哥哥惊喜的样子，薄亦月瞪了他一眼，"不是说不喜欢吗？你管告诉谁呢！"口是心非的男人。

薄亦阳碰了一个软钉子，也不再问薄亦月，心里暗自打着主意。

嘴上不停地对着邵嘉康嘟囔，"外甥，你说舅舅要不要给你找个舅妈呢？要不要呢？"以前妈在的时候，天天催着他找媳妇，他还感觉很烦。觉得耳朵都要长茧子了，现在没了母亲的唠叨，薄亦阳总觉得少了些什么，很不习惯。

想到妈在的时候，很喜欢云锦，薄亦阳决定给自己找个台阶下。为了妈的遗愿，他也得把云锦这个女人给搞定了！

接下来，薄亦阳还给邵嘉康量了量三围比例，亲手给小外甥做衣服。

而她，每天都沉浸在各种衣服的海洋内。

薄亦阳在法国的公司很大，工作室也大，做出来的衣服样本起码有几百套。

薄亦月想穿哪套就穿哪套，瞬间抛弃了所有的烦恼。

距离邵勉所说的一星期还有两天的时候，薄亦阳让薄亦月看了一张图片，薄亦月立刻去买了飞回国内的机票。

上面是一张已经盖好印章的起诉书，起诉人邵勉，被起诉人苏明。

正式盖好的印章，让薄亦月知道邵勉没有跟她开玩笑。

无奈地订了飞机票，第二天一大早就返程了。

把薄亦月母子送上飞机后，薄亦阳就一个电话给邵勉打了过去。

邵勉亲自去机场接他们母子，这次着实给了薄亦月一个惊喜。

邵勉律师事务所。

顾惜推开办公室的门，里面的一个人影，让她瞬间变了脸色。

"邵志楠，你在这里做什么。"她看了一眼办公室外面，还好现在员工不多，也没有人注意她这里。

十分钟后。

邵志楠恢复平时的儒雅绅士，拿着文件光明正大地从顾惜的办公室走了出来。几个女同事看到他走过去，心中小鹿一阵乱撞。

刚回国的薄亦月一觉醒来又是下午时分，邵嘉康正在被刘娟带着玩耍。

吃了点饭和儿子又亲昵了一会儿，薄亦月把邵嘉康递给刘娟。

"刘姐，你先带着孩子，我去给车上装一个安全座椅去。"以后儿子就大了，可以自己坐了。

"好的，夫人。"

薄亦月上楼换了件衣服，拿着车钥匙去了车库。

车库内她的车好好地停在里面，只是她的摩托车呢？原本放在车库内的摩托车，怎么不见了？

坐进车内，拿出手机，发了条微信给邵勉，"我的摩托车呢！"

那边只回复了三个字："送人了。"

"你为什么不经过我的允许就把我的东西送人！"薄亦月不满地质问。

"看着碍眼。"男人只回复了四个字。

薄亦月懒得跟他计较，大不了以后有钱了再买一辆！

一整天薄亦月都带着康康在早教中心，包包在储藏柜里锁着，手机也在里面放着，邵勉给她打电话，她也没接听到。

当薄亦月看到邵勉的时候，天已经黑了，大屏幕上的邵勉正在出席一场直播的慈善晚会。

主持人兴奋激动地介绍完邵勉，又开始介绍他身边的另一位女律师。

正是笑得灿烂的顾惜。

今天晚上的她，齐肩的梨花烫半长发，身上一件黑色的晚礼服，落落大方地站在邵勉的身边挽着他的臂弯。

薄亦月的嘴角勾起苦笑，男人啊，几个小时前还可以和你翻云覆雨，情话绵绵。

不久以后，就可以带着其他女人，光明正大地出现在众人的视线中。

许久之后，停在路边的车子缓缓地往老宅驶去。

薄亦月生气后，第一反应就是去老宅，因为那里有奶奶能给她安慰。

回到老宅以后，韩敏一眼就看出来了她的情绪不对劲，便问道："亦月，跟奶奶说实话，跟着小勉是不是不开心。"韩敏看着薄亦月的眼神，很认真很严肃。

薄亦月犹豫了，放下手中的勺子，小心翼翼地看着韩敏问道："奶奶，如果……我是说如果，有一天我和邵勉离婚了，你会同意吗？"

她和邵勉现在的婚姻情况非常糟糕，除了逃避，她真的不知道自己该做点什么。

让她天天巴结讨好着邵勉，对于现在的她来说，可能有点困难。

邵勉让她一次又一次心凉，她还有多少耐心去应付对她不信任不温柔的邵勉？

韩敏沉默了，薄亦月连忙低下头喝粥，"奶奶，我只是说如果，毕竟我们还有儿子，怎么可能那么随便离婚。"

想起邵嘉康，韩敏还是松了一口气，但是心中也已经明白了七八分。"对啊，你们还有儿子，如果离婚，伤害最大的就是孩子，所以，你们要考虑好了。"

韩敏说完，从位置上站起来，往楼上走去。

## 第四十一章　抓住他的把柄

薄亦月看着韩敏苍老的背影，一阵愧疚。她是不是太傻了，离婚两个字就跟奶奶丢了出来。以奶奶的精明，怎么会不明白她想说什么？

唉，薄亦月暗叹了一口气，就像奶奶说的那样，为了儿子，她和邵勉要再努力相处试试。

一碗粥下肚，薄亦月站起来端着空碗往厨房走去，客厅的门从外面被打开。

她看不到是谁进来，也没留意，把剩下的饭菜放进冰箱内。

简单收拾了一下，从厨房出来，一个男人双手插在裤子口袋内，站在餐厅正直直地注视着她。

薄亦月也只是扫了他一眼，就从他身边绕过，往楼上走去。

双脚踏上第三个台阶，男人质问道："薄亦月，你这么爱和奶奶告状吗？"

她深吸了一口气，摇了摇头，继续往楼上走去。

"奶奶那么大的年纪了，让她操心，你很开心吗？"这个女人是不懂事还是没安好心？

薄亦月再摇头，只是还是一个字都没说。

然后身后传来男人"噔噔噔"往这边走来的声音，吓得薄亦月连忙加速往楼上跑去。

其实她也不知道，自己在害怕什么，邵勉一靠近，她的第一反应就是逃！

邵勉的脚步刚踏上台阶，女人已经溜得不见踪影。

男人皱了皱眉头，她这是在怕他？

薄亦月还会怕他？自从薄亦月不再隐瞒自己的个性后，她可是天不怕地不怕的。邵勉可不相信她是在怕自己，那就是在躲他。

躲？她越是躲，他越靠近她，把她抓出来，让她无处可躲。

推开二楼卧室的门，里面空荡荡的。

薄亦月不知道什么时候，抱着儿子跑到了韩敏的房间内。

邵勉找到她的时候，她刚把儿子放在奶奶的大床上。她自己也和韩敏商量好，今天晚上就睡在这里。

"奶奶。"邵勉恭敬地跟韩敏打了声招呼，韩敏斜着眼睛扫了他一眼，就不再说话。

邵勉走到薄亦月身边，拉着她的手腕，"奶奶，你等会儿早点睡，我和她有话说。"

接着，薄亦月就被邵勉强制性地拉出了韩敏的房间。

韩敏接收到薄亦月求救的目光，邵勉已经打开房门，一只脚也踏了出去。

"邵勉！"韩敏严肃的声音，让门口的两个人同时止住了脚步。

"奶奶。"

"知道我是你奶奶，就有话好好说，看看你怎么对自己老婆的！太过分了！"

"知道了奶奶。"

两个人消失在她的房间，门被关上，韩敏看着熟睡的曾孙，暗叹了口气。

她慢慢地移到佛像前，双手合十，虔诚的祈祷：

"阿弥陀佛，保佑这两个孩子和和睦睦的，不要出任何差错。让他们顺顺利利地度过磨合期，以后一家人平平安安……"

薄亦月被邵勉拉回卧室，眼睁睁地看着他把卧室的门反锁上。

外面隐隐约约传来邵文川的声音，薄亦月听到门关上，才拿着睡衣从衣帽间走了出来。

偌大的卧室内，又只剩下她一个人，他……走了吗？

不过当她从浴室出来时，看到床上的男人，不着痕迹地松了口气。

当天晚上，邵勉出奇地大发慈悲放过了薄亦月，只是强制性地搂着她，睡了一个晚上。

由于一晚上都是枕着邵勉胳膊睡的，所以第二天早上起来，薄亦月的脖子有点酸痛。

等到她起来的时候，邵勉已经穿戴整齐从衣帽间走了出来。

她怔怔地看着邵勉，昨天晚上好像有账没跟他算！

对了，他昨天晚上跟那个顾惜，一起出席慈善晚会。

她不满地清了清嗓子，对着向自己走来的男人说道："邵律师和顾律师的关系，这是要公开了吗？"

邵勉的脚步顿住，半晌后点了点头，"算是吧！"

女人紧紧地咬着下唇，这个男人好无耻，"邵律师给我戴绿帽子，我要去告你！"抓住他的把柄，儿子就是他的了。

对了，抓住他的把柄！薄亦月忽然有了一个很好的主意。

邵勉整理好着装，走到她的面前，已经坐起来的薄亦月，硬是被他逼着重新躺倒在床上。

"邵太太，欢迎来告。"说完这几个字，邵勉一只手撑着床，一只手从口袋里拿出钱包，然后拿出一张银行卡，放在她旁边的床头柜上，"卡的额度无上限，足够你打无数场官司，拿去用。"

鄙夷地瞟了她一眼后，男人潇洒离去。

他无所谓的态度，气得薄亦月肝儿都是疼的。邵勉这个自大狂，是不是认为自己在律师界无敌了？

薄亦月简单地洗漱了一下，就下楼了。

楼下一家人正在吃早餐，薄亦月出现的时候，邵勉刚吃完早餐，从餐桌上站起来。

亲过儿子之后，才云淡风轻地离开。

薄亦月在老宅内待了三天，邵勉只回来了一趟。

日子过得还算平静，直到星期二的晚上，薄亦月已经搂着儿子睡下。

几天不见的邵勉，出现在他们的卧室。

儿子被男人放在小床上，家里开着暖气，掀开暖暖的被窝，邵勉嘴角带着笑意，有个人暖被窝真好。

将背对着他的女人，揽在怀中，大掌放在她的长发上，把她碍事的长发撩到耳后。

男人在她耳边低声警告："我明天出差几天，你就在老宅，哪儿都不能去。"敢出去乱来，这次一定饶不了她！

薄亦月瞬间清醒了，他要出差？为什么这一刻才告诉她？"你松开我，明天出差现在才跟我说，还是这样的情况下，邵勉，我在你眼里是什么？"

男人看着她任性的双眸，低低地笑了，紧紧地搂着她，"你是我的老婆。"

这几天一直在为明天的出差做准备，所以，才耽误到临走时，才告诉她。

薄亦月不满地娇嗔："我的作用就是给你生个儿子，冬天给你暖暖被窝吧！"

他的拇指在她滑嫩的脸蛋上来回地摩擦着，"乖，只要你乖，你的作用还有很多。"比如，她爱他，他也会试着爱她……

隔天早上乘坐第一班航班飞往了国外，因为案子牵扯重大，邵勉全身心都扑在这个案子上。

邵勉的飞机起飞，饿醒而哇哇大哭的邵嘉康，已经在邵勉的吩咐下被祁姐抱给了韩敏。

薄亦月带着儿子，听着邵勉的吩咐，安安静静地在老宅待着。

韩敏发现，这几天薄亦月的微笑，多了许多。

欣慰地看着薄亦月，也放心了许多。

邵勉走的第三天，时刻注意着薄亦月这边的动静的顾惜，急得团团转。

薄亦月根本就不出老宅，她的人一直都没机会动手。

第五天的时候，顾瑜不知道发了什么神经，怂恿着杨紫勤，把薄亦月约出来一起吃饭。

其实顾瑜的目的很简单，就是趁邵勉不在，让薄亦月看看她和杨紫勤的关系有多好。

但是，没有想到这次吃饭给了别人一个直接置她于死地的机会……

西餐厅内，薄亦月嘴角带着冷笑，看着对面有说有笑的两个女人，仿佛她们才是真正的婆媳关系。

顾瑜看着安静的薄亦月，心中得意。

因为邵志楠的那笔钱，解决了她所有的危机。母亲也被她赶到了美国，送到了戒赌所。

现在她可以把所有的心思都放在杨紫勤和邵勉身上了。

"阿姨，之前因为我在美国时间久了，习惯了西餐，所以阿勉总是带着我来这个西餐厅。"顾瑜看着杨紫勤的眼神，带着浓浓的甜蜜和罕见的娇羞。

杨紫勤也是开心地回应顾瑜："是哟，小勉可真疼你，我这个做母亲的，都没和他一起来过呢！"

嗯，薄亦月在心里赞同，邵勉带着她也就来过一次，邵勉可真疼顾瑜。

不过，这笔账邵勉回来她一定要跟他算的！

对面的两个人说了半天，每句话都离不开邵勉。

而薄亦月脸色如常，可急坏了杨紫勤。

她这次把薄亦月带出来，就是想要刺激一下她，现在看来，怎么没有起到任何作用呢？

快速地吃完盘中的牛排，薄亦月擦了擦嘴巴。"谢谢妈和顾小姐的晚餐，我很开心，我先走了，你们慢慢吃！"

然后不顾两个人错愕的眼神，拿着包包从位置上站起来直接走人。

从老宅出来的时候，坐的杨紫勤的车，薄亦月没有开车。

慢慢地晃在路边上，薄亦月这才露出自己不满的情绪。

这个邵勉走了好几天了，除了偶尔发个视频，要求看看儿子，其他的时间，他都不出现。想到这里，薄亦月更心塞了。

不知不觉晃到一条人少的街道，当薄亦月意识到的时候，准备转身回大路。

但是，刚回头，映入眼帘的就是两个凶神恶煞的男人，紧接着眼前一黑，她就什么都不知道了。

## 第四十二章　肥羊救人

把昏迷的女人塞进车内，一个男人拿出手机，拨通一个号码，"这边搞定。"

"嗯，先送到酒店去，那边我再催一下，让他们加快速度。"

薄亦月再次睁开眼睛的时候，她的脑袋晕晕的，只感觉身边有一个男人，不停在乱动。

直觉告诉她，这个男人不是邵勉！

只是她的头真的好晕，浑身无力，想动都不能动。

这里好像是酒店，她为什么会在这里？

薄亦月努力地让自己清醒，费力地从床上坐起来。

只是刚坐起来，就被旁边的男人给扑倒了。

苏明？她震惊地看着他，他的脸上有着不正常的红晕，是喝多了吗？

"苏明，你起来。"薄亦月想要制止他，但是，她清楚地听到自己的声音，很不对劲……

然后房间内似乎有光闪了好几下，薄亦月看到了那光芒，但是苏明好像什么都不知道似的。

薄亦月重重地咬了一下苏明的嘴唇，苏明吃痛，松开了她。

推开身上的苏明，苏明整个人直接翻到了床下。

顾不上去看他如何，薄亦月忍着浑身的不适，从床上爬下来，踉跄地进了浴室。

关上门的那一刻，她看到有人追了过来。薄亦月立刻将门反锁，只是，没有多久，浴室的门就被大力地踹着，吓得薄亦月又清醒了几分。

她快速在浴室内翻找着能保护着自己的武器。

然而酒店的浴室内除了一把尾部尖细的梳子外，也没有其他可以利用的工具了。

　　浴室的门硬生生被踹开，薄亦月暗中掐了自己一下，努力地让自己保持清醒。

　　一个穿着黑色衣服的男人向她走过来，薄亦月的心跳加速，害怕极了。

　　随着人越靠越近，薄亦月忽然伸出右手，把梳子往男人的脸上戳去。

　　男人不防，硬生生被她划破了脸。

　　趁这个机会，薄亦月连忙往浴室门口冲去。

　　外面卧室的苏明刚从地上站起来，接着薄亦月一阵风似的撞过来，他又歪歪斜斜地躺倒在地上。

　　刚才被她划破脸的男人，恼怒地追了出来，薄亦月连忙打开酒店的门往外冲去，谁知道门外还守着一个人，男人愣了一下，然后连忙追了上去，薄亦月这一刻腿都是软的，身上又开始燥热，她极力地叫了一声，"救命啊！"

　　电梯叮的一声打开，薄亦月也因为双腿发软瘫在地上，身后的男人扯着她，往房间内拉去。

　　"救命！"薄亦月迷迷糊糊中看到一个人从电梯内走了出来，没有半分钟，本来扯着她腿的男人被推倒在地上。

　　"该死的，你是什么东西，敢推老子！"黑衣人从地上站起来，冲着薄亦月身边的男人打了一拳。

　　男人躲避不及，硬生生地接了一个拳头。

　　接着刚才房间内的那个黑衣人也走了出来，他看到正在努力站起来的薄亦月准备过去逮住她。

　　薄亦月吓得再一声尖叫，连忙往角落内退缩。她终于看清了地上的男人是谁，肥羊！居然是肥羊！

　　肥羊此刻正抱着向她靠近的黑衣人的脚踝，胖胖的身体挨着另外一个人的拳头。

　　薄亦月当下就哭了，"肥羊。"

　　"亦月，快走！快！"肥羊咬着牙忍着疼痛，接受着拳头的攻击。

不行，她不能走！肥羊被他们打死了怎么办？

双腿又站不起来，薄亦月努力地爬到一个房间门前，努力地敲着门，薄亦月祈祷里面有人。

里面的确有人，是一个素不相识的老年人，薄亦月哀求道："救救我们，赶紧打电话报警。"谁知，老年人看了一眼外面的情况，吓得立刻关上了门。

"亦月，你快走，去大厅就没事了。"紧紧抱着两个人腿的肥羊提醒着薄亦月，薄亦月举起自己的胳膊，狠狠地咬了一下。

然后让自己清醒地从地上站起来，踉踉跄跄地进了电梯。

最后一刻，黑衣人见任务失败，不知道从哪摸出来一把刀，愤怒地插进肥羊的手上。

肥羊的惨叫，引来了其他房间的人开门。

两个黑衣人连忙离开这里。

薄亦月乘坐的电梯到了一楼，有人发现她狼狈的样子，立刻送去了医院。

"还有人，在十二楼，快去救救他！"薄亦月给扶着自己的保安交代。

听到保安用对讲机呼救，薄亦月才放心。

出租车上，薄亦月在后座上依然难受得坐立不安，看得出租车司机也是心惊胆战的。

"师傅，借用一下你的手机。"明知道邵勉在国外，她还是想联系他，听听他的声音，让自己坚持下去。

出租车师傅拿出自己的手机递给她，薄亦月努力压抑住自己体内怪异的感觉，吃力地拨通一个号码。

"你好，你所拨打的电话已关机！"薄亦月的心彻底崩溃了。

出租车到了承阳私人医院，薄亦月这个时候能够信任的只有司承阳了，她拨通了电话，虚弱地求助："承阳哥哥，快帮帮我……"司承阳刚做完一个长达七个小时的手术，疲惫地在办公室休息。

听到电话中薄亦月异常的话语，连忙往下了楼。

一楼急救室门口，薄亦月来回地在病床上扭动着，样子甚是不雅。

司承阳看着她通红的脸色，非常不正常，"快推进检查室。"

司承阳拨打邵勉的手机十几遍都没接听，检查结果出来后，他先给薄亦月打了一针，然后让几个护士给她换上干净的病号服。最后脸色阴沉地给薄亦月输上液，他不知道在这之前薄亦月经历了什么。他想都不敢想。

输过液的薄亦月渐渐地镇定了下来，护士们都松了一口气。

一瓶水输完，司承阳的手机响了起来。

邵勉刚下飞机，看到短信提醒，司承阳连续十几个电话，立刻回了过去。

"亦月出事了，来医院。"他简单地说了几个字，就挂了电话。

邵勉正常的行程是后天返航，但是心中有牵挂。他用最短的时间处理好案件，一刻钟都没有停留，立刻就赶回了C国。

刚下飞机，就听到她出事的消息，拦了辆出租车立刻往医院赶去。

顾惜看着邵勉慌张离开的样子，一阵得意。然后拿出手机，悄悄地联系了几个人。

邵勉快速赶往薄亦月的病房，里面司承阳脸色沉重地坐在沙发上。薄亦月还在昏迷不醒，他把手中的公文包随便扔在沙发上，就奔到了病床边。

女人的长发又湿又乱，脸色苍白，嘴角还有淤青。

邵勉的心里立刻有种不好的预感，他的大掌微颤，抬起她白皙的小手。

此刻，白皙的小手上也是被染上许多的污渍。

胳膊上除了淤青还有好几个牙印，甚至都咬破了皮。脖子上的印痕，刺痛了他的眼睛。他不敢想这样的薄亦月到底经历了什么？

双眼不觉间变得猩红。

司承阳走到病床边，沉沉地开了口："亦月先是中了迷药，然后又被人灌下了……另外一种药。"

不用他说明，邵勉也知道了是什么。

大掌紧紧地揪着棉被，头脑充血。

"被送过来的时候很狼狈，所以不确定有没有……"司承阳的有些话也不好说得太直白，相信邵勉会懂。

"现在呢？"他沙哑着嗓音问道。

"身体暂时没有大碍了，但是等会儿醒来你还得帮她处理心理上的伤害。"薄亦月心里的创伤，除了邵勉，谁也没办法。

司承阳什么时候离开的，邵勉都不知道。

他闭着眼睛坐在病床边，紧紧地握着薄亦月的手，一直在沉思。

中间护士进来给薄亦月拔了针，出去后就再也没人进来。

没多久，薄亦月醒了，她先是浑身颤抖，"邵勉，救救我。"她轻声地低喃，让邵勉的心狠狠地揪起。

"我在。"他的嗓音更加沙哑。

薄亦月听到邵勉的声音，惊喜地回过头。但是下一秒，她紧紧地闭上了眼睛。

他当然知道她是什么意思，只是，他自己心里的那关也还没过去。他已经知道了她被人强迫的事实，但是他还没有说服自己能够完全接受。

猛然从椅子上站起来，看到邵勉要走，薄亦月也从床上下来，来不及穿鞋，直接从他的背后抱住了他的腰。

"邵勉，我好难受，你帮帮我。"邵勉痛苦地闭了闭眼。

最后他拉上病房门后的门帘，遮挡住门上的玻璃窗。

抱起小女人进了浴室，把她放在淋浴下，打开温水。

不知道了过久，薄亦月蹲坐在淋浴下的地上，开始小声低声抽泣。

男人看着地上委屈的女人，一咬牙将她抱起来，带进自己的怀里。

## 第四十三章　向肥羊了解情况

薄亦月不知道自己什么时候被邵勉带回别墅的，只知道一觉醒来，邵勉就已经不见人影。

薄亦月想起救她的肥羊，心立刻提了起来，匆匆下楼拨通邵勉的手机。

律师事务所内，云锦跟在邵勉身边已经好几年，从来没有见过这个样子的邵勉。

早上来就带着骇人的脸色，从上班到现在已经三个多小时，一直在打电话。

办公室一直紧闭，她不知道邵勉在说什么。只是偶尔从窗户望进去的时候，邵勉不但在打电话，还在发火。

她都不敢进办公室汇报工作，云锦最后还是鼓起勇气敲了敲门，走了进去。

"对……那个男人现在在哪个医院？酒店监控找国际技术师恢复，仔细地询问大堂的值班人员。"

邵勉挂掉电话，对着云锦摆了摆手，还算温和地说道："所有的事情都先等一下。"

云锦点了点头，邵勉翻出手机中杨紫勤的号码，拨了过去。

"妈，昨天晚上为什么要约亦月出去！"

邵勉口气中的质问，让云锦更加诧异，这是出什么事情了？她从来没见到过邵勉这样和阿姨说话。

电话中杨紫勤不知道说了什么，邵勉再次发怒，"薄亦月昨天晚上出事了，你知道不知道！我早就嘱咐过薄亦月不要出老宅！要不是亦月孝顺，就你平时对她那个态度，她怎么可能和你出去！"

那个傻女人，知道杨紫勤不喜欢她，每次见到杨紫勤都躲得远远的。

旁边的云锦瞬间也担心起来，亦月出事了？怪不得昨天晚上邵勉下了飞机，接了个电话就直接走人了。

"顾瑜？还有顾瑜？"

"呵呵，杨紫勤，你不但是我妈还是薄亦月的妈，她的亲生父母双亡，你不应该更加心疼她吗？你不用解释太多，我现在正在调查，如果知道事情和你或者顾瑜有关，我都不会放过！"邵勉想起小女人昨天晚上的样子，双眼迸发出恨意。

邵勉这才把目光放到云锦身上，"有事快说。"

云锦刚要开口问薄亦月的事情，邵勉的手机响了起来。

看着来电显示邵勉犹豫了，别墅的电话，他猜是薄亦月……

手机响第二次的时候，邵勉划开了接听键。

"邵勉。"那边传来薄亦月软绵绵的声音，邵勉痛苦地闭了闭眼睛，他一定会替薄亦月报仇！

"怎么了？"他尽量让自己的声音，听上去很正常。

"我的手机丢了，联系不上肥羊。昨天晚上肥羊为了救我被人打了，我担心他……"

"他在第三人民医院，我下班带你过去看他。"

邵勉怎么会知道？薄亦月怔了一下，难道他在调查昨天晚上的事情？

"邵勉，昨天晚上的事情……"

"昨天晚上的事情不要再想了，我正在调查，查到凶手我会解决的。"邵勉打断她的话，不想让她因为这个事情想不开。

听到邵勉主动帮她调查，薄亦月勾起了唇角，甜蜜地笑了笑，"那你快下班给我打电话，我过去找你。"

"不用。你就在家，我会去接你的。"凶手没找到前，他要确保薄亦月的人身安全。

挂了电话，薄亦月还在发呆，她在想苏明为什么会和她同时出现在一个房间。这件事情，她没敢告诉邵勉。因为什么都没发生，怕邵勉误会。

等到她再配一个手机，会亲自去问苏明的。

这边拿着快要没电手机的邵勉，头疼不已。听薄亦月的口气还有她昨天晚上的表现，好像不知道自己被侵犯了一样。

可能是被下药的剂量太重，发生了什么她自己都不知道。

不过，这样也好，省得她有心理负担。

"亦月怎么了？"一道声音传进耳朵，邵勉才想起云锦还在。

邵勉坐直了身体，给手机充上电，等会儿还要联系别人。

"没事了，我正在解决，工作上能推的全部推一推。"

云锦明白了他的意思，看了一下手中的几份文件。"除了下午的会议，其他的都可以推一下。"

"会议几点？"男人没有抬头，用手机翻着号码簿。

"两点整。"

"好的，我知道了。"

云锦汇报完工作，看到邵勉又开始打电话了，只得先出了他的办公室。

出来的时候她还在疑惑。亦月到底发生了什么事情，让邵勉不愿意说呢？

晚上六点半，邵勉的车子停在别墅门口，整理好情绪，踏进了别墅。

别墅内，薄亦月早就换好了衣服，坐在沙发上跟韩敏和儿子煲着电话粥。

看到进来的男人，薄亦月连忙要挂电话，"奶奶，邵勉回来了，不跟你聊了，明天回去看你，拜拜。"然后穿着拖鞋，飞奔到邵勉的怀抱里。

"邵勉。"

邵勉看着像蝴蝶一样翩翩飞来的薄亦月，心疼极了。

紧紧地把她搂在怀里，告诉自己：邵勉，就当她从来没有受过伤害。

昨天晚上的事情已经有眉目了，只要找到绑架薄亦月的两个人，就可以找到背后的凶手。

妈妈今天一天都在给他打电话，甚至跑来公司找他。信誓旦旦地保证她除了带薄亦月去吃饭，其他的什么事情都没干！

看着杨紫勤认真而又愤怒的样子，邵勉知道不是她，那么，最后一个嫌疑人就只能是顾瑜。

第三人民医院高级病房内，肥羊手上包扎着厚厚的纱布，脸上和身上的淤青已经上过药。

邵勉推开病房的门，薄亦月小跑着走了进去。

"肥羊，肥羊，你怎么样了？"

笈飞扬看到薄亦月，乐呵呵地一笑，圆圆的脸上尽显憨态。

"亦月，我没事了，邵先生已经联系医院最好的医生帮我处理伤口了。"

回想起昨天晚上，要不是他去酒店给合作方送资料，也不会碰到薄亦月。

薄亦月看着他胖胖的手，此刻缠上好多层纱布，眼圈一红，轻轻地托起他的手，"肥羊，你怎么这么傻呢！"昨天晚上的事情她没有忘，肥羊一个人缠着两个彪壮大汉，为了救她，任他们的拳头往自己身上招呼。

只是，骨折也不应该包着纱布啊。

"你的手是……？"她疑惑地问出声。

肥羊傻呵呵一笑，"没事，对方带着刀，我没有防备。"

啊？肥羊的手被那两个人用刀割到了？薄亦月瞬间泪就掉了下来，弯着腰抱住肥羊的脖子，"肥羊，谢谢你。"

"没事，没事，你现在也好了吧！"肥羊拍了拍薄亦月的背，安慰她。

邵勉看着这一幕，不悦地把抱着肥羊的女人拉了回来。

"笈先生，多谢你救了我太太，接下来的时间，你在医院好好养伤，你们公司那边我会和你们总裁打招呼。"他已经调查清楚了，肥羊在一家翻译公司做职员，都七年了还只是一个普通员工。

"嗯嗯，好，其实我也没什么大事，还可以回公司上班的。"肥羊憨憨地看着邵勉，他就是手受伤了而已，还可以一只手干活的。

邵勉看着他的憨态，心中暗叹了一口气。

"亦月，你先出去转转，我和笈先生聊两句。"有些话他必须问清楚。

薄亦月好奇地看着邵勉，但是也没多问，只是点了点头。然后绕到肥羊面前，"肥羊，你好好养伤，我会再来看你的。"

肥羊给她挥了挥手，呵呵傻笑。

病房内只剩下邵勉和肥羊，邵勉搬了一个椅子，坐在肥羊对面。

"笺先生，你和我太太是怎么认识的？"他自己都没想到，自己会先问了一个无关紧要的问题。

"哦，我和亦月是高中同学，亦月在高中的时候，对我可好了，只不过我们后来失去了联系。"肥羊是个实在人，有什么说什么。

邵勉在他眼中看到了浓浓的友情，没有别的情愫。

这让他很满意，进入了正题，"你能描述一下昨天晚上在酒店的情况吗？"

肥羊想了一下，就把昨天晚上他看到的情况说了个详详细细。

徘徊在车旁边的薄亦月看到邵勉的影子，立刻奔了过去，挽着邵勉的臂弯，问道："邵勉，你和肥羊在说什么？"

"没事，只是想让他到我事务所去上班。"看着女人似乎无忧无虑的样子，邵勉越发地心疼她。

他一定要揪出凶手，让他身败名裂！

"去你的事务所？可是肥羊也不懂法律方面的工作啊。"邵勉给薄亦月打开副驾驶的车门，让她坐上去。

给她锁上车门，自己再绕回主驾驶系上安全带，发动油门。

"嗯，我知道，云锦最近被亦阳追得紧，让笺飞扬过来做我的司机，云锦就可以把给我开车的时间省了出来。"

"薄亦阳如果不加快速度，等到云姐姐死心的时候，他后悔都来不及。"薄亦月说着还撇了撇嘴，小女孩娇态尽显。

邵勉嘴角勾了勾，其实他也喜欢这样的薄亦月。

不对，他发现自己越来越喜欢薄亦月了。连她的一举一动，他都喜欢。

甚至是知道薄亦月被人侮辱后，他对她有的只是无限的怜悯，还有想解决了那个人的决心。

## 第四十四章　计划二孩

即将进入深冬，家里到处开着暖气，薄亦月洗完澡从浴室出来，就不见了邵勉的人影。

她看了一下日历，前几天刚过去例假，从今天起好像是排卵期。

邵勉不是一直想要个女孩子吗？或许她这几天可以努力一下。

打定主意，薄亦月把手机随手放在床头柜上，然后去梳妆台前涂着护肤品。

最后还给自己喷上了淡淡的玫瑰味香水，那是由浅洛去保加利亚玫瑰谷亲自种的玫瑰，加工而成的。

听说滴滴贵如油，味道也很好闻，她很喜欢呢！一直都不舍得用。

今天晚上为了她的邵勉，嘻嘻嘻……薄亦月贼贼一笑，放下盖好的香水瓶，往书房走去。

打开书房的门，薄亦月悄悄露出一颗脑袋，往里面探了一下。

邵勉正在书房打电话，薄亦月刚拧动门把的时候，背对着书房门口的邵勉就知道了。

薄亦月轻轻地推开门，又关上，悄无声息地走到邵勉的背后，双手覆上他的眼睛。

在薄亦月看不到的地方，邵勉唇角勾起，她好像用香水了，身上散发着淡淡的玫瑰花香。

"嗯，我知道了，明天我再联系你。"有些事情，不想让她知道，邵勉尽快地挂了电话。

"邵勉哥哥。"她的声音很轻，带着丝丝撒娇的意味。

邵勉坐在椅子上，让她坐在自己的腿上。

把玩着她的长发，"你好香。"

平时薄亦月也很香，但是没有这么明显，她一定是用了香水。

两个人的额头相互抵着，邵勉身体一僵，这个小女人，现在越来越像一个小妖精了！

邵勉一个动作，将女人抱起来往卧室走去。

那天晚上的邵勉特别温柔，让薄亦月心甘情愿地为之沉沦。

又是美好的一天，薄亦月一觉醒来即将中午。

今天要做的就是，吃完午餐去找苏明，问清楚那天晚上的事情。

能不能做朋友，全看苏明了。

邵勉律师事务所，顾惜关上办公室的门，压低了声音接听电话，"什么？邵勉的动作这么快？"顾惜有点慌。

"你想办法把即将恢复的监控再给销毁，不惜一切代价！"她紧紧地握着沙发的扶手，心脏加速跳动。

她不能出错，一点差错都不能有。

虽然苏明和薄亦月没有发生什么实质性的事情，但是据她观察，邵勉好像并不完全相信薄亦月……

"嗯，还有去抓人的两个人，给他们一笔钱，让他们去曼陀湾。"

"曼陀湾不能藏人了？那就让他们去国外，能躲多远就躲多远！"

一点把柄都不能留下，邵勉的动作太快了，这才多久？

还有她低估了邵勉的实力，邵勉的人脉关系很多，多得她都难以想象。

不过，这样有实力的邵勉，让她更加沉迷了。

"还有，拍到的那几张照片找个时间匿名给邵勉发过去，男人的样子不用很清晰，只要让他看到男人身下的女人就行。"

正常男人看到自己的女人被别的男人压在身下，首先就会崩溃，根本不可能再冷静地思考事情。

"现在还不用，我看看，找到一个好机会，我再联系你。"

挂掉电话以后，顾惜立刻把手机中的临时手机卡掰弯，扔进洗手间内的马桶里。

她做事要一万个小心，不能留下任何把柄。

Dominator咖啡馆里，薄亦月穿着黑色的羽绒服，坐在一个角落的位置等着来人。

三分钟后一个男人大步走进店内，环视了一下店内，很快就看到了角落内的薄亦月。

"你还好吗？"微微喘着气的苏明坐下的第一句话就是关心，让薄亦月心痛了痛。

薄亦月的电话一直联系不上，他真的很担心她后来的情况。

"苏明。"薄亦月刚开口，服务生过来点单。苏明随便点了一杯现磨咖啡，把服务生打发走。

"我知道你想问什么。"苏明深吸了一口气，直直地看着对面的女人。

她这两天应该很好，脸上洋溢着幸福的光彩。

那么，他也迫不及待地想要知道她后来的事情了。

"亦月，我说我是被人下了迷药带到酒店的，你信吗？"苏明苦涩地开口，一个大男人被下了迷药带进酒店，传出去脸都丢尽了。

没想到薄亦月点了点头，"嗯，我相信你，因为我也是。"

苏明松了一口气，松了松颈上的领带，半靠在身后的沙发上。

后来的事情，他就难以启齿了。

薄亦月一个弱女子，一个人从酒店逃了出去，而他当时却怎么都起不来。费力地给助理打电话，叫来别人帮忙才算解决。

"你现在还好吗？"此刻的苏明看上去好像很疲惫，本来是打算兴师问罪的薄亦月，也不忍心了。

苏明睁开眼睛，眼睛里居然有红血丝。

服务生把咖啡放在他的面前，"谢谢。"他绅士地道谢，抿了一口苦咖啡。

"我没事，只是最近公司事情不断，你呢？"

"苏明，我们以后没事就不要再私下里见面了，那天晚上跟我一起出现在酒店的男人是你这件事情，我也没告诉邵勉。"如果敢让邵勉知道苏明那天晚上差点侵犯了她，苏明的公司，恐怕都难保。

苏明看着表情淡淡的薄亦月，整颗心像被什么揪住了一样地疼。

他爱了这么多年的女孩子，告诉他，以后就不要再见面了。

"亦月，那个邵勉到底有什么好的，让你为了他连朋友都不要了？"苏明有点激动，声调略高。

薄亦月抿了一口杯中微凉的咖啡，看着窗外的风景笑了，"苏明，我很爱他，现在邵勉对我也很好。那天晚上之后的事情，就是我被送进了医院，远在国外的邵勉知道我出事了，立刻赶到了我身边。"

女人脸上的笑容，是发自内心的幸福和开心的笑。

冬日午后的阳光照进来，洒在她的身上，薄亦月整个人都在发光。

苏明把杯中的咖啡，一口气灌进腹中。

口中的苦涩，远远不及心中的苦。

苏明想了许久，薄亦月就静静地坐在对面，也没有再开口。

后来苏明想通了，"亦月，你幸福就好，看着你幸福我也开心。"他也笑了，笑得很阳光，薄亦月仿佛看到了大学时期的苏明。

"谢谢你，以后我们还是好朋友。"薄亦月诚心地说道，她真的不想失去苏明这个好朋友。

苏明对她很好，也帮她很多，以后有机会她一定会报答他。

聊完这些，苏明公司还有事情要忙，先走一步。

薄亦月从咖啡店出来，直接开着车去了顾瑜的公司。

对待自己好的人，比如苏明，她可以坐下来好好地跟他谈谈。但是，像顾惜顾瑜这姐妹俩，她做不到！

提前就打听到了顾瑜的公司，把车稳稳地停在停车场，薄亦月直接进了顾瑜公司。

刚到一楼的前台，就被接待员拦了下来。

薄亦月心塞，"告诉顾瑜，就说我薄亦月来找她！"口气中的盛气凌人，让前台接待员以为薄亦月很不好惹，连忙联系顾瑜的助理。

　　顾瑜的助理，往总编办公室看了一眼，对前台回绝，"总公司费总裁来了，你又不是不知道，现在说着正事，你先让她走吧，改天约个时间再见。"

　　前台接待员如实地告诉薄亦月，"不好意思，我们顾总编正在和费总裁忙着谈事情，你改天再来吧！"

　　既然来了，没见到人，哪有要走的道理！薄亦月故作无所谓地说道："那她先忙，我在那里等着。"她指了指大厅的沙发。

　　她愿意等，那就等吧！前台接待员看了她一眼，就去忙自己事情了。

　　只是，薄亦月趁着前台一个不注意，就溜到了电梯口。

　　左右探了探脑袋，大家都在各忙各的，没有人注意到她。

　　当前台接待员发现她不见时，还以为她走了，就把这件事情抛在了脑后。

## 第四十五章　撞见丑陋的一幕

薄亦月虽然成功进了电梯，但是又苦恼了起来，顾瑜在几楼？

怎么见个顾瑜就这么难？这个女人架子可真大！

电梯到达二楼进来一个员工，薄亦月双眼一亮，"你好，请问一下顾总编的办公室在几楼？"她笑眯眯地看着进来的男员工。

薄亦月是个美女，走到哪里都会被赞美。男员工看到美女主动和自己说话，激动了一下，老老实实报出一个楼层的号码。

"谢谢了，帅哥！"一声帅哥更让男员工心花怒放。

按下十三楼的电梯按钮，电梯停了以后，薄亦月就按着指示标，往总编办公室走去。

总编办公室外，两个人正在谈论着工作，没留意到薄亦月。

薄亦月本来是想客气地敲门的，但是一想顾瑜这个女人根本不值得让她这么客气，就直接扭开了办公室的门把手。

也许办公室内的两个人太认真，门忽然被打开都不知道。

里面传来奇奇怪怪的声音，薄亦月刚开始还没反应过来。直到自己亲眼看到办公室内的一幕，差点被自己的口水呛死。

男人女人都背对着她，缠绵在一起，薄亦月忍着要吐的冲动，拿出手机，拍下了这丑陋的一幕。

然后再像来的时候一样，悄无声息地关上门，偷偷摸摸地往电梯口走去。

"你是谁？"她刚没走几步，就被顾瑜的助理发现了。

薄亦月的心咚咚咚地跳了起来，告诉自己冷静，冷静。

微笑着回头，走到助理的面前，"我是来找……康康的，但是，我好像走错了楼层。"她的眼神四处乱飘，就是不敢看助理的眼睛。

"康康？我怎么没听说过这个名字？"

"他是刚来的，我再去找找，你先忙，不好意思打扰你了。"听到她这么说，助理也没看到薄亦月打开总编办公室的门，就也没有多想。

奔进电梯，薄亦月重重地松了一口气，妈呀，如果被发现顾瑜估计会弄死她！

现在有了顾瑜的把柄，薄亦月很兴奋地出了电梯。

只是，她太过于兴奋了，忘了自己刚才被前台拦下的事情。

"喂，你怎么从电梯内出来了！"前台接待员急急忙忙地拦住薄亦月。

薄亦月暗叫糟糕！眼珠子转了转，微微地捂着肚子，"那个不好意思啊，刚才肚子痛，去了一趟厕所，我现在就走！"

看着她痛苦的样子，接待员莫名其妙地看了她一眼，就让她走了。

此时的总编办公室，空气中弥散着莫名的暧昧气息，男人穿戴整齐，看着歪在沙发上的女人，什么也没说，留下一张支票准备离开。

"费总，我妈回美国了，我不缺钱了，以后我们不要再这样了。"顾瑜有气无力的声音，叫住了费腾。

费腾嘴角勾起讽刺，没有回头，直接离开了总编办公室。

顾瑜进了洗手间，坐在马桶上抱头痛哭。

二十分钟后，顾瑜整理好自己，把办公室简单收拾了一下，打开窗户通了通风，把助理叫了进来。

"报表好了吗？"她淡淡地问道。

助理没感到什么不对劲，把手中做好的报表，放在了顾瑜的办公桌上。

临走的时候，忽然想到了什么，"顾总编，刚才前台说有一个叫薄亦月的女人找你。"

薄亦月？顾瑜紧紧地皱着眉头，她来做什么？

想起刚才的事情，顾瑜的心咯噔了一下，"她人呢？上来了没？"

助理摇了摇头，"你和费总在开会，我让前台把她回绝了。"

顾瑜闻言松了一口气，说："知道了，你先出去吧！"

开会？顾瑜讽刺一笑，她现在很想摆脱费腾。从来没想过，费腾会从美国追到分公司。

来了以后，先找她……

崩溃地趴在办公桌上，她该怎么摆脱费腾和邵志楠这两人呢？

薄亦月坐进车内拨通邵勉的手机，打算告诉他这件事情，让他对顾瑜彻底死心。

只是，接电话的不是邵勉。

回想着顾惜刚才的那句话，薄亦月加快油门往事务所赶去。

"邵律师在休息室还没出来。"

这话太暧昧了，让薄亦月一点都淡定不下来。

到达事务所的时候，已经是二十多分钟后，薄亦月把车子歪歪斜斜地停在停车位上，一辆车占了两个车位。来不及管这些，急匆匆地往邵勉办公室冲去。

一路上碰到不少邵勉公司的人给她打招呼，"邵夫人。"

"嗯，你好。"

"邵夫人好。"

"你好。"大家都认识她，前台的人没有拦她，薄亦月顺利地上了六十八楼。

"叮"电梯一开，薄亦月就往邵勉办公室冲去。

门外的云锦看到她慌慌张张的样子，还没来得及问怎么了，薄亦月就冲进了办公室。

大力地关上办公室的门，薄亦月咬着牙齿往休息室走去。

休息室的门被打开，里面的一幕让薄亦月血压急速上升，气得头都是晕的。

邵勉听到身后房门的动静，回头看了过来。

他怎么看到了他老婆？他老婆不是在他身下吗？

再看看身下的女人，哪里是薄亦月，分明就是顾惜。

顾惜可怜兮兮地看着控制住自己的邵勉，柔柔弱弱地叫了一声："邵律师。"

邵勉立刻从床上跳了下来，大力地把顾惜从床上扯到地上，然后晃了晃不太清醒的脑袋，还好，两个人都衣衫整齐，要不然跳进黄河也洗不清了。

邵勉步伐不整齐地往薄亦月面前走去，想要抓住她，薄亦月甩开他的大掌。

走到顾惜的面前，看着女人红了眼的可怜模样，一巴掌狠狠地甩了上去。

"啊！"顾惜一声尖叫，脸被打得扭到了一边。

按在地上的右手，紧紧地抓着地毯。

邵勉看到这种情形，瞬间清醒了几分。

"亦月，亦月！"他过去紧紧地抱着薄亦月，男人身上浓浓的酒味，让薄亦月皱了皱眉头。

顾惜带着泪珠，半坐在地上，头发微乱地看着邵勉，"邵律师，明明是你强行把我带进休息室，你们凭什么这样对我！"她的委屈，她的愤恨，演绎得非常到位。

邵勉想着刚才的事情，他明明看到了薄亦月，怎么会是顾惜？

薄亦月才不管谁拉了谁，谁主动的！反正她就是看到了这个女人躺在了她老公身下，现在还装着自己很无辜，她薄亦月如果信她，就是傻瓜！

"顾惜，前天晚上给我下药劫持我的人，是你还是顾瑜！"薄亦月直接质问顾惜，她坚信那天晚上的事情，肯定是她们其中的一个做的。

邵勉听到薄亦月这句话，皱了皱眉头，他从来没有怀疑过顾惜，因为顾惜当时和他一起在H国。

"你疯了吗？怎么逮着谁就咬！前天晚上我跟着邵律师在H国，怎么可能下药劫持你！"顾惜看上去非常生气，并且非常难以置信。

邵勉为什么不告诉她，他和顾惜一起出差？恶狠狠的目光瞪向若有所思的邵勉，邵勉接到她怒视的眼神，还有点奇怪。

"顾惜，你三番两次勾搭我老公，我今天一定要你好看！"她把邵勉给她买的包包扔到旁边的大床上，当邵勉以为似乎有暴力倾向的薄亦月会动手的时候，薄亦月忽然蹲在了顾惜的面前。

"顾惜，你知道邵勉有多棒吗？"她的眼神中闪动着狡黠，邵勉本来很开心的，但是一想不对劲。

顾惜看着薄亦月心中暗自咬牙，用得着她说吗？邵勉不棒，她会喜欢上邵勉吗？

　　但是表面上还是装作有点害怕地摇了摇头。

　　薄亦月知道她没听懂自己的意思，站起来，直接拉着邵勉的领带。妩媚地看着邵勉，口气也是异常的温柔，"老公，你告诉她，你每天晚上是怎么对我的。"

　　她的话让邵勉眼眸深了深，努力地压下酒精带来的眩晕。

　　顾惜也明白了薄亦月的意思，敢情是在她面前秀恩爱！

　　"老公，每天天亮的时候，人家都累极了，你还不想放过我，对不对？"

　　邵勉开始头疼，拉着小女人的手安慰她，"老婆消消气，我和顾律师什么都没有发生，可能她把我送上来的时候，我把她当成你了。"

　　亲耳听到邵勉说把她当成了别人，顾惜感觉自己好悲哀。

　　"哦，这样啊，老公，你想人家就直说嘛！"女人媚眼如丝，在顾惜看不到的地方，又变回愤恨看着邵勉。

　　邵勉哑然失笑，薄亦月变脸的速度，非常适合演艺圈。

　　为了不让她再生气，邵勉顺着她的意思安慰道："嗯，我想你了。"

　　顾惜听着两个人在她耳边说情话，差点没有忍住自己的情绪。

　　"顾律师，你先出去，刚才谢谢你送我回来。"邵勉整个目光都在薄亦月的身上，即使和顾惜说话，也没有去看她。

　　顾惜从地上站起来，捂着发肿的半边脸，哽咽着控诉："邵律师，我的脸怎么出去见人。"

　　如果换成平常，邵勉还会和顾惜多说两句。现在薄亦月在他怀中，小女人不停地引诱着他的每一根神经，他实在是不想再搭理顾惜。

　　"顾律师先回去，稍后我带着你去医院。"他知道顾惜的心思，也知道自己如果不这样抛出诱饵，顾惜肯定不愿意。

　　果然，顾惜听到邵勉要送她去医院，点点头就离开了。

## 第四十六章　戏弄邵勉

　　她刚离开，薄亦月就跳出了邵勉的怀抱，拿起床上的包包准备走人。

　　邵勉连忙拉住她的手腕，"老婆，我道歉。"这件事情是他的错，道个歉应该的。

　　这个时候正在气头上，薄亦月才不管他说了什么。她不想听，不想看见他。

　　邵勉被她刚才撩拨得心痒痒，当然不会放过她，把她往怀里带，然后往床边挪着。

　　薄亦月忽然不再反抗，任由他为所欲为。

　　邵勉一阵惊喜，把她抱得更紧了。

　　五分钟后，薄亦月仓促地从休息室逃出来，紧紧地拉着休息室的门把，就是不松开。

　　然后找个机会，往办公室门口跑去，顺利地逃脱邵勉的办公室。

　　若有所思地往电梯口走去，想起刚才邵勉的样子，她就想笑。

　　"亦月，你笑什么？"一个突如其来的声音，把薄亦月从神游中拉了回来。

　　窗台旁云锦担忧地望着薄亦月，不过，此刻看着她兴奋的脸蛋，真的不像发生过什么事情的人。

　　"怎么了，云姐姐？"感觉到她的担忧，薄亦月先开口问了她。

　　"你这两天发生什么事情了？"云锦还是问了出来，希望自己的问题没有带给她困扰。

　　发生什么事情了？薄亦月好奇地看着云锦，"你怎么知道的？"

　　"这个你就别管了，你到底怎么了？急死我了。"

　　"没事啦，就是被人绑架到酒店，然后又被救了。"不对，为什么是她和苏明？知道她和苏明关系的人，没几个。

薄亦月越来越肯定这件事情与顾惜和顾瑜有关了，说不定是她俩联合起来做的。

"那你有没有受伤？"

"没有，我好好的。"

听到她没事，云锦终于松了一口气。

"我过两天要去法国。"云锦的脸上浮现出一抹可疑的红晕。

薄亦月立刻贼笑着盯着她，"是不是我哥……"

云锦点了点头，嘴硬地说道："我本来没打算去的，是他威胁我！"

"哦。我哥还能威胁到云姐姐，好厉害！不过，说正经的，云姐姐，赶紧把我哥给拿下，不要让他再出去祸害别人！"薄亦月说到兴奋之处，还挽着云锦的胳膊。

接着，两个人嘻嘻哈哈地看着外面的风景聊了许久。

末了，薄亦月告诉云锦："那个顾惜，再去邵勉办公室，你给我打电话，告诉她，需要经过我的允许才能进去。"薄亦月得意地使用着自己邵夫人的权限。

还有邵勉，她要和他冷战！

云锦当然站在薄亦月这边，爽快地答应了她说的事情。

后来薄亦月进了电梯，云锦才心情放松地回到了助理区。

刚好邵勉的内线响了起来，她带着微笑走进了邵勉办公室，"邵律师。"

邵勉头也没抬地吩咐："去给我买一份醒酒汤。"

吩咐完，就拿起办公桌上的钢笔，准备办公。

下班前把顾惜送去了承阳医院，让护士把她的脸给冰敷了一下。

晚上邵勉直接去了老宅。

看到客厅内给儿子扭着腰跳舞的小女人，他心中一个得意，就知道她会来这。

两个人刚开始还挺正常的，抱着儿子吃晚餐，吃完晚餐，在客厅陪着韩敏聊天。

当邵勉把熟睡的儿子，抱给邵文川和杨紫勤以后，卧室的门就进不去了。

他淡定地敲着门，其实薄亦月就躲在门后，听着他敲门也不开。

凭什么抱了其他的女人，还想让她好好跟他说话。今天如果她没去公司，邵勉和顾惜说不定就翻云覆雨了。

邵勉知道她能听到自己敲门，"薄亦月，我数三声你不开门，我让你后天都出不了卧室。"

"一，二……"

"咔嚓。"卧室的门被打开，邵勉得意。如果制服不了她，白做她老公了。

关上卧室的门，薄亦月黑丧着脸，抱着自己的睡衣，往卧室门口走去。

"你去哪儿？"男人的声音极为不满。

"我嫌你脏，我要去跟奶奶睡。"她回头嫌弃地看着男人。

邵勉的脸色顿时黑了，她嫌他脏？他还没嫌她，哦，那件事情她不知道。

"衣服我已经扔了，床单被罩也扔了，满意吗？"邵勉今天晚上可没打算放过她！

立刻走过来紧紧地抱着她，闻着她身上香香的味道。好怀念昨天晚上主动的她，那种感觉可真好。

"不满意！"她回答得很干脆！

邵勉就知道她没那么好哄，然后认真地告诉她："我以后滴酒不沾！"喝酒会误事，他是彻底地体会到了。

去年是薄亦月，这次是顾惜，他该彻底反省自己了！

滴酒不沾？那怎么行？一个经常谈工作的男人，滴酒不沾，会耽误事情的。

"不用了，以后喝酒提前报备！"看着他知错就改的分上，还是从轻发落吧！

"好的老婆，我的账你跟我算完了，是不是我也跟你算算你的账？"

薄亦月推开男人，把睡衣放在床头椅上，"我怎么你了？"她坐在椅子上一顿，思索自己是不是太好说话了。

"啊！"薄亦月忽然一声惊呼，因为邵勉出其不意地把她压在了身后的床上。

"今天在办公室那样对我，是不是要好好补偿我？"薄亦月推开身上的男人，坐了起来。

正儿八经地看着邵勉，"邵勉你这样是不对的！"她忽然摆起了长辈的架势，一副要教育他的样子。

在男人鄙视的眼光中，薄亦月继续说："我不能看着你这样自暴自弃下去，所以，我要制止你！"真是给自己找了一个冠冕堂皇的理由。

"说完了吗？"

"完了！"

男人听到这两个字，重新把她扑倒，"先给我生十个八个孩子，再说其他的事情。"

不对，她忘了一件很重要的事情！

薄亦月再次把男人推开，兴奋地拍着男人的手背，"邵勉，我跟你说一件很恶心的事情。"

忽然被恶心的事情打断，邵勉的脸色那叫一个黑啊。

"知道恶心就不要说了。"他又扑了过来。

薄亦月再次推开他，但是这次男人不给她这个机会。

"邵勉，我今天看到了一场现场直播呢！"她的话让邵勉停下了动作，并紧紧皱着眉头。

的确挺恶心的，不对，重点不在这，现场直播，肯定有男人！

"把你看到的东西忘掉！"他霸道地命令，敢看别的男人她皮痒了？

薄亦月听他说让自己忘掉，撇了撇嘴，"我凭什么要忘掉，你不恶心吗？"

"正是因为我也感觉恶心，才让你忘掉的。"

这个小女人怎么什么都看，也不怕长针眼。

"不是，我给你说，那个女人……"

"不用给我说那个女人，我不感兴趣，如果你还想看，我们可以……"

女人的红唇被男人不由分说地堵住，薄亦月知道他根本就没明白自己的意思。

"欸，欸，你起来，重点是那个女人是顾瑜！"

邵勉终于老实了。

不过，他的老实也让薄亦月受伤了，他这个样子说明他还在乎顾瑜。

推开男人从床上坐起来，邵勉又把她拉回来。

"和我有关系吗？"顾瑜有权利追求她的幸福，和他没关系。

薄亦月怀疑地看着他，"你难道没有诧异？"刚才邵勉的脸色好像还真没变。

"我为什么要诧异？"如果是她，他一定会难过，就像那天晚上的事情，邵勉的心情又开始急躁。

凶手一天不查出来，他都不淡定。

邵勉还是变了脸，眉头紧皱，眼神中还划过戾气，薄亦月全部看得一清二楚。

只是，她以为邵勉是因为顾瑜才这样的。

## 第四十七章　我爱你

扫兴地再次推开邵勉，从床上下来，一言不发地抱着睡衣往浴室走去。

"喂，薄亦月，你给我站住！"邵勉被她莫名的沉默弄得更加急躁。

她是不是以为他听到顾瑜和别人在一起，他不高兴了？

邵勉也怒了，把不识好歹的女人给逮了回来，扔到床上，刚举起胳膊，女人哇的一声就哭了起来，声音之大，整个老宅都能听到。

邵勉连忙捂住她的嘴，"我的小祖宗，你是想让奶奶知道吗？"他咬牙切齿地看着女人没有一滴眼泪的眼睛。

薄亦月扒开自己嘴上他的大掌，得意地说道："就是啊，我要让大家都知道，邵勉居然要家暴！啊！邵勉要家暴……唔唔唔。"后面忽然提高的声音，再次被邵勉捂了回去。

邵勉头疼地看着调皮的小女人。

"不要碰我，你用这张嘴碰过顾惜！"这次不用邵勉，薄亦月捂着自己的红唇，不让他亲。

邵勉回想了一下白天的事情，他确定没有吻到。

"本来是要吻的，头都低下去了，你进来了。"看着她的眼睛中，带着浓浓的戏谑。

薄亦月委屈地撇了撇嘴，红了眼，"你走开，我不喜欢你了。"白天还说爱她，说完爱她呢，立刻抱着别的女人去了。

当初她一定是瞎了眼睛，才会看上邵勉的。

他狠狠地在她白皙的脖颈上咬了一口，薄亦月吃痛，"邵勉，你个渣男！"

竟然敢咬她！好啊！薄亦月清了清嗓子，立刻提高分贝，"邵律师要家暴！邵……"制止她乱叫的办法就是堵住她的嘴。

邵勉果断地低下头，许久之后，"薄亦月，我爱你。"

接着房间内就彻底地安静了。

女人呆如木鸡地看着男人，他温柔的眼神，还有叫着她的名字，让她知道她不是在做梦。

安静过后，就是女人浅浅的抽泣声。

最后是男人焦急地哄女人："你哭什么，想让你高兴的。"

"呜呜呜呜……"她的邵勉哥哥居然说他爱她，她好高兴啊。

"你要是不喜欢听，我以后就不说了。"男人疼惜地吻掉她的眼泪，怎么越哭越凶了。

女人都是水做的吗？说哭就哭了。

"不要，你要天天跟我说！"薄亦月双臂拦上他的脖子，不依地撒娇。

男人哑然失笑道："好，只要你乖乖听话，说一辈子都不是问题。"她不再做傻事，他会呵护她一辈子，爱她一辈子。

"不要，是你要听我的才对！"小女人开始蹬鼻子上脸。

一个用力，把床头灯关上，房间瞬间暗了下来。

两分钟后，"薄亦月，要不要听话？"

"要。"邵勉你这个混蛋。

听到她服软，男人心情甚好，满意地抱住女人。

幸福的日子，总是过得很快。

两天后，律师事务所内正在接电话的邵勉，紧紧地皱着眉头，"这就是你们的办事能力？眼看即将恢复的监控，数据被删除，功亏一篑？这种事情应该出现在你们身上吗？"

"不要跟我说这些没用的！"

男人点燃一根烟，叼在嘴上慢慢地抽着。

"那两个黑衣人呢！其中有一个脸上有划伤！这么明显的特征都找不到吗？"邵勉发火了。

"找到了？又失踪了？这跟没找到有什么区别？"

"什么理由我都不听，现在监控已经没了，那么就继续找人，天涯海角也要翻出来！"

挂掉通话的邵勉，深深地吸了一口烟。本来已经有眉目的事情，怎么就出了差错？

距离薄亦月出事的时间过去了一个半月，邵勉的手机上收到了几张照片。

昏暗的灯光下，一个半裸的男人压着一个女人。

女人好像是昏迷不醒，但是脸对着相机，看一眼就知道是谁。

只是那个男人完全看不出来是谁！

号码回拨过去，果然是无法接通。

邵勉找人定位手机号，赶过去以后，是在海边，手机卡估计早就被扔进大海了。

他不知道对方现在发这张照片的目的是什么。可能是让他确定薄亦月被侮辱了。

虽然早就预料到可能会是这个结果，邵勉的心还是揪着疼。

他等不及了，立刻联系了顾瑜，让她在老地方等着。

现在忽然主动约她，顾瑜有种不好的预感。

已经是腊月寒冬，河面都结了冰。

这个冬天，有机会让邵勉陪着她吗？

只是顾瑜还正在幻想的时候，一股巨大的力量把她揪起来，按到河边的栏杆上，她的头瞬间朝下。

"啊！"顾瑜一声尖叫，河面离岸边还有两三米远，如果她掉下去，绝对会受伤。

是谁？是谁这样对她？深深的恐惧冲噬着她的每一根神经。

"顾瑜，一个半月前，让人绑架薄亦月，是不是你干的事情！"邵勉阴沉着脸，对于脸都白了的顾瑜，眼中没有一丝怜悯。想起有可能是她伤害了薄亦月，他就恨死了她！

听到邵勉的声音，顾瑜差点崩溃。邵勉怎么会这么对她？而她都不知道邵勉在说什么。

"没有，我没有。"她刚否认，邵勉又是一个用力，顾瑜三分之二的身体都在栏杆那边了，更是随时都有可能掉进河里。

"邵勉，我真的没有！我不知道你在说什么……邵勉！"顾瑜吓得尖声乱叫，她从来不知道邵勉还有这么恐怖的时候。

让他如此恐怖，有了杀人之心的居然是那个女人，有一瞬间顾瑜真的对邵勉死心了。

"还不说是吧！再给你最后一次机会，不说我就把你从这里扔下去！"邵勉的声音非常冷，比腊月的天气还要冷。

顾瑜深吸了一口气，眼泪从眼睛里吧嗒吧嗒往下落，嘴唇都开始颤抖，"邵勉，我没有。"她说得非常肯定。

她到底有没有撒谎，邵勉心中有数，又是一个用力把她重新给带了回来。

顾瑜两腿发软地跪坐在地上，邵勉双眼腥红地看着地上颤颤巍巍的女人，"顾瑜，你敢让我查出来是你，我让你生不如死！"

"邵勉，以后我再也不找你……我们从此恩断义绝！"顾瑜还没有缓过神来，就急着和男人撇清关系。

她不要再喜欢邵勉了，不要了。

反正她现在也不缺钱了，有没有邵勉都无所谓了，她不要喜欢一个魔鬼！

"哼，如果我查出来凶手是你，我会亲手解决了你。"邵勉阴狠地说完，头也不回地离开了河边。

在顾瑜身上没有找到任何线索，让邵勉更加烦躁了。

看着她的样子，好像真的和她没关系，那么到底是谁？

顾惜？苏明？

顾惜一个礼拜都跟着自己，几乎都是封闭式会议，不可能是她。

苏明……前段时间他找人去整明月公司，苏明每天都在明月公司忙得焦头烂额。这个时间，他没有那个精力。

狠狠地锤了一下方向盘，到底是谁！

晚上回到别墅的时候，小女人亲手给他做了几个家常菜，邵勉瞬间没有了坏情绪。邵勉晚上抱着薄亦月安安稳稳地睡了一觉。

第二天的时候，邵勉正常去上班。

薄亦月看到他走了，立刻从床上爬起来，从抽屉内拿出一个东西，进了卫生间。

三分钟后，"啊！"浴室内传出薄亦月兴奋的尖叫声，她看着手上的验孕棒，两条线……

她好高兴！

梳洗过后，立刻开着车去了最近的医院做检查。

因为太兴奋了，太迫不及待想确认真相。

一个半小时后，薄亦月拿着B超单，亲了又亲。

她果然又有小宝宝啦！按照医生说的时间，好像是上次邵勉刚从H国回来的那几天有的。

扭着腰爬到车上，她要给邵勉一个惊喜，她的小康康有弟弟或妹妹喽！

办公室内邵勉正抽着香烟，每次工作之前或者忙完工作，他都会想到薄亦月受的委屈。

现在同样，刚处理完一桩案件的后续，他看着窗外的风景若有所思。

办公室的门被悄悄打开，他都没有觉察。

直到直觉告诉他背后有人，他立刻转回了身体。

薄亦月本来想给他一个惊喜的，但是男人忽然转过来的身体，反倒把她给吓了一跳。

"亦月，你怎么来了？"看着吓了一跳的小女人，邵勉有点好笑，猜测她肯定是要吓他，反被自己吓到了。

薄亦月本来有点不开心，但是一想到自己手中的东西，立刻挂上灿烂的笑容。

一只手拉着邵勉，让他坐在他的办公桌前，"你坐下，我告诉你一个秘密。"

男人好奇地按照她的吩咐坐下，"闭上眼睛！"

邵勉看了她一眼，想看看她到底要耍什么花招，就闭上了眼睛。

薄亦月激动地把B超单子，放在他的面前，"可以看了。"

邵勉会是什么反应呢？一定比她还要高兴吧！嘻嘻。

邵勉看着桌子上的那张纸，图片下面写着单胎存活六周，他知道是什么意思。

巨大的惊喜向他砸来，本来很高兴的邵勉，但是一看到日期，笑容硬生生地僵在了脸上……

六周。

## 第四十八章　孩子不能要

正是他从H国回来的那两天，是薄亦月出事的那两天。

所以，孩子很有可能不是他的！

意识到这个事实，邵勉紧紧地握住了拳头。

在那之前他一直在努力，让薄亦月再给他生一个孩子。但是好几个月过去了，她都没有一点动静。

偏偏那次之后怀孕了，孩子一定不是他的……

薄亦月好奇地看着邵勉的脸色，"你不开心吗？"

开心吗？如果是他的孩子，他会比薄亦月还要开心。

他好不容易接受了，她被人侮辱的事实。怎么可以再接受十个月以后亲子鉴定，她辛苦怀胎十月却怀的不是他的孩子？

所以，这个孩子绝对不能留！

"这个孩子不能要。"他平淡的一句话，让薄亦月仿佛受到了一个晴天霹雳。

看着眼神坚定的男人，半晌薄亦月扯了扯唇角，很艰难地发出声音："你刚才说什么？"她好像听错了，对，就是听错了，邵勉怎么会说那种话？

"亦月，把这个孩子打了。"他压抑住心里的痛苦，又重复了一遍。

薄亦月再次无声，第一遍听错，第二遍呢……

邵勉真的说，让她把孩子打了，不要这个孩子。

全身的力气仿佛被抽干，哽咽着问他："为什么？"

许久以后，他才说："乖，听话。"

"为什么？"

"亦月，这个孩子不能要，你听话，养好身体，我们以后再要。"

养好身体，以后再要？哈哈，薄亦月好想笑，放声大笑。

"哈哈哈哈。"薄亦月大笑出声，是她在邵勉眼中太愚蠢了吗？

竟用这么苍白的理由，来搪塞她！

女人苍白的脸色，让邵勉极为心疼，差点就心软了。

他掐灭烟头，走过去将她拥入怀中。

"亦月，乖，听话。"

"不听，不听，我不要听！"薄亦月忽然像疯了一样，捶打着男人。

她好傻，好傻，竟然因为邵勉一句，"薄亦月，我爱你"，就信了他爱。

如果他爱她，会让她打掉他们的孩子？

简直是可笑至极！

"乖，你听我说。"邵勉准备好好和她谈。

谁知道薄亦月一个转身，跑出了办公室。

邵勉连忙拿着车钥匙和手机，追了上去。

助理区的几个人诧异地看着哭着跑出去的薄亦月。邵夫人这是怎么了？然后就看到他们的邵律师追了出来。

只是，薄亦月已经进了电梯，邵勉焦急地按着两部电梯的按钮，都处于下降的状态。

所以，当邵勉在更多人诧异的眼神中奔跑到公司门口的时候，薄亦月已经不见了人影。

划开手机拨打她的电话，响了两声，就给挂掉了。再拨打两次，他被拉进了黑名单。

他只得联系云锦让她联系薄亦月，先稳定她的情绪。

然后又拨了黎浅洛的手机，黎浅洛和斯靳恒这段时间正在海上旅行，还没返航。

交代了黎浅洛几句，又联系老宅。告诉祁姐，如果薄亦月回去了，就第一时间和他联系。

挂掉电话后，邵勉的手机响了起来。

"你好。"他拿着车钥匙，往车旁走去，他要出去找她。

这么冷的天，这傻女人冻到自己怎么办？

"你好，邵律师，我是笺飞扬。"那边传来笺飞扬憨厚的声音。

邵勉嗯了一声，然后问道："你的手好了？"

"是的，邵律师，我可以上班了。"笺飞扬旁边的笺母竖起耳朵，听电话的内容。

"嗯，你有车没？"邵勉发动油门，驶出了停车场。

笺飞扬愣了一下，不明白邵勉什么意思，但是还是点了点头，"嗯，我只有一辆奥拓车。"他那辆二手奥拓，还是他犹豫了很久，才狠心买的。

"你从现在起开始上班，立刻去找薄亦月，油费之类的开销不用担心，找我报销。"

"啊？找亦月？她去哪儿了？"肥羊傻傻地问了一句，让邵勉有点头痛，如果他知道薄亦月去哪儿了，还用肥羊去找吗？

"你现在的任务就是把她找出来，然后和我联系。"

"哦哦，好的，我现在就去。"

挂掉电话，笺母开心地问笺飞扬："怎么样，那个大老板怎么说？"

"妈，我现在就去上班了，不给你说了。我要去找亦月。"他谨记着邵勉给他交代的事情。

找亦月？"那个薄亦月吗？"笺母好像听到儿子提起过这个女孩子。

"嗯，是的。"肥羊拿着钥匙就出了门。

怎么去找人？"儿子，你别被人骗了啊！"笺母不放心地交代。

"放心吧妈，我们大老板是亦月的老公，不会骗我的。"

找了两个多小时，薄亦月还是无影无踪。

邵勉开始慌了，这个时候手机响了起来，是别墅的电话。

他连忙划开手机，往别墅掉头，"少爷，夫人回来了，只不过看上去不太好……"脸色惨白惨白的，看得刘娟都很是担心。

"我知道了，她如果要出去，你想办法留住她，我现在就赶回去。"

"好的，少爷。"

匆匆赶回别墅的时候，已经是四十分钟以后了。

刘娟在客厅门口守着，生怕自己一个没看好，让薄亦月出去了。

看到邵勉到家，才松了一口气。

"她呢？"邵勉快速换着鞋，然后往客厅望去。

"夫人在二楼，至于哪个房间我就不知道了。"她一直在客厅门口，楼上的事情，她不知道。

"好的，我知道了。"邵勉大步往二楼走去。

本来是想推开卧室门的，但是想到她现在还在生气，一定不会在他们房间。

就拐了回来，推开婴儿房的门。儿子的高低床上，果然蜷缩着一个身影。

他带上门，轻轻地走了过去。

坐在床边，看着闭着眼睛的薄亦月。不确定她是不是睡了，无意间看到她的眼皮动了几下，才知道她没睡。

调整好自己的位置，把薄亦月抱起来，让她半靠在自己的怀里。

但是被女人拒绝了。

邵勉不放弃，这样来回了三四次，也许是薄亦月累了，就任由邵勉环着她。

"亦月……"

"如果你是劝我流产的，你就死了这条心吧！"薄亦月想好了，她会拼了命地保护自己腹中的孩子。

邵勉无奈地吻了吻她的长发，有些事情真相，他是真的不想说。说出来只会更加伤害她。

"亦月，这个孩子不适合留下来，听我的，这再有半个月就过年了，趁月份少，咱们去医院……出来好好养身体，不耽误过年。"

他的话，让薄亦月瞬间把他甩开，邵勉的手打在高低床上，"咚"地响了一声。

薄亦月听着心里疼了一下，但是还是装作漠不关心地把他往外推，"你给我滚出去！"她一眼都不想再看到他！

"亦月，你怎么就不能听话呢？"

"滚，当初我就是瞎了眼了才会喜欢上你！"薄亦月依然使劲地把他往外推。

邵勉拉开她用力推搡的胳膊，往怀中一带。"亦月。"

薄亦月对于他现在的话，一个字都听不进去，只想让他赶快滚，不要在这碍着她的眼。

"邵勉，你出去，出去！我不想看见你！"

"出去啊！"女人崩溃地冲着无动于衷的男人嚷了一声。

两个人有了摩擦，双方的耐心都在渐渐地流失。

特别是邵勉，女人不给他说一句的机会，让他很烦躁。

"你怎么这么任性，一点话都不听！知道不知道这个孩子有可能不是我的，难道你想让我养着你和别人的孩子？我做不到！"

邵勉终于急了，把话直接给扔了出来。

是，他承认他小气，万一不是他的孩子，与其以后受罪，还不如早点解决的好。

薄亦月愣住了，什么叫养着她和别人的孩子？

"你的意思是……我肚子里的孩子，不是你的？"她震惊地看着抓狂的男人，像是一头狮子，即将狂怒的狮子。

邵勉胡乱地点了点头，说出来就说出来吧，省得她怨恨他。

"混蛋！邵勉，你个混蛋！"邵勉没想到，薄亦月更加激动地开始捶打他。

"你疯了薄亦月，你干什么！"他控制住她胡乱挥舞的双手。

薄亦月看着眼前的男人，泪如雨下，"我从来没有做过对不起你的事情，凭什么说这个孩子不是你的？"她好伤心，好绝望，好恨……

"亦月，我不怪你，因为那天晚上你被下药了，也是被逼的，我真的不怪你。"邵勉急急地解释。

那天晚上下药？薄亦月知道他说的是上个月的事情。他以为她被别人强迫了？怪不得那几天包括当天晚上她需要他的时候，他都怪怪的。

胡乱地抹了一把眼泪，"邵勉，我没有被强迫，那天晚上什么都没发生……"

看着女人焦急的样子，真的是什么都不知道，邵勉的心，好疼。

"傻女人，你当时什么都不知道，我不怪你。"他搂着她，轻轻地安慰她。

薄亦月慌乱地摇头，"不，邵勉，那天晚上真的什么都没发生，真的。"她从酒店房间里逃出来后，又被肥羊救下了。

## 第四十九章　做手术

疼惜地看着女人，邵勉更加难受了，心思动摇的时候，又想起了昨天有人给他匿名发的图片。

但是当时薄亦月昏死过去了，她根本就不知道。

"亦月，你听我说，你也许后来醒了，但是在这之前……"后面的话，他难以启齿，怕伤到她。

薄亦月不相信，她一点感觉都没有，难道是当时药效太重，她才没感觉的吗？

不！这个解释不成立，她就是没有被强迫！

"邵勉，我真的没有，你相信我好不好？"她抓着男人的胳膊，眼神充满了祈求。

邵勉点头，"我相信你亦月。"但是他不相信，那个男人。

"我不去做人流好不好？"她小心翼翼地问道，然后紧张地抓着男人的胳膊。

邵勉，不要让我失望，邵勉……

男人最后还是摇头，"亦月，乖，我们去医院，你站到我的立场上考虑一下好不好？"他是一个男人，不想让所有人都知道他被迫戴了绿帽子。

站到他的立场？他的立场就是除掉这个不确定是谁的孩子？

薄亦月冷静了一下，认真地看着邵勉。"你确定不相信我，要去做掉这个孩子？"

她再次在心底祈求，邵勉不要让我失望……求求你了。

邵勉闭了一下眼睛，遮住眼中的痛苦，再次睁开只有认真，"亦月，我相信你，但是这个孩子不能留。"

薄亦月的脸一下子就没了血色，孩子不能留，和不相信她有什么区别？

"我知道了，你走吧。"

她静静地坐回儿子的床边，也许是浑身无力，最后干脆躺了上去，背对着邵勉。

邵勉跟了过去，坐在她的旁边，拉着她的手，"亦月，我等会给承阳打个电话，让他尽量把伤害减到最小，手术完了，咱们好好养身体，明年努力再要一个好不好？"他耐心地哄着她。

薄亦月点了点头，没有说话。

"亦月，我知道你心里肯定不好受，因为我心里也不好受，过完年我带你出去玩玩，过过咱们的二人世界。"

她依然点头。

邵勉看着她情绪低落也没再多说，给她整理了一下长发。挤到那张高低床上，想静静地陪她一会儿。

薄亦月也没有拒绝，听话得让邵勉有点担心。

女人在他怀中闭上了眼睛，邵勉在心中给她道歉，对不起，亦月，要让你受苦了。

过完年，一切都稳定住，他就开始着手两个人的婚礼。

他给不了斯靳恒和黎浅洛那么盛大的婚礼，但是他也能够给她一个轰动C国的婚礼。

亦月，不要怪我，就像我不会怪你一样。

你不是想让我听你的话吗？处理完这件事，以后我一定会加倍对你好，听你的话。

亦月，我爱你……

听到她平稳的呼吸，邵勉轻轻地下了床，给她盖好被子出了婴儿房。

本来已经熟睡的薄亦月，此刻睁开了眼睛。

黑暗中，她的眸中带着哀伤，又带着恨意。

从这一刻开始，她是恨邵勉的，他连一点信任都不愿意给她。

之前的小打小闹，小嗑小碰，他不愿意信她，就算了。这么重要的事情他都不信她，她还能说什么？让苏明出来作证？

如果真的让苏明出来作证，恐怕邵勉只会暴揍苏明，认为她肚子里的孩子是苏明的，也不会相信他们两个人。

再说了，退一万步讲。那天晚上她真的被强迫了，但是孩子是不是那天晚上有的，邵勉他能确定吗？

所以，也许，他心里还是不够爱她。他爱的可能是顾瑜，也可能是顾惜，就是不爱她。

一滴泪，落在枕头上，很快消失不见。

邵勉，你太让我心寒了……

书房内邵勉站在窗前，拨通一个电话号码。

"阿勉。"司承阳刚做完一个手术，脱掉白大褂，坐在椅子上歇息，等几分钟后还有下一台手术。

"承阳，明天有空没。"既然确定人流，越早越好。

司承阳想了一下，明天下午是有空，但是答应了要陪唐丹彤出去买东西。

"你有事吗？"先看看邵勉的事情，重要不重要再说。

邵勉沉默了一下，从口袋中摸出烟，拿出一根叼在嘴上，点燃。

"给亦月安排一场手术。"

司承阳怔了一下，"给亦月？她怎么了？"最近没听说薄亦月有什么事情啊。

在空中吐出一团烟雾，邵勉又深吸了一口烟，"她怀孕了，六周，上个月出事那两天受孕的。"

接下来，手机中彼此沉默。

司承阳见过薄亦月当时被送过来的样子，他自己都不敢确定，薄亦月有没有被……

所以，"你是怀疑孩子不是你的？"

窗外开始飘雪，一片两片，这是今年的第一场雪。

所有的人都没有心情去欣赏今年的初雪。

包括司承阳公寓里的唐丹彤，呆呆地看着抽屉内司承阳不知道什么时候签好的离婚协议书。

"嗯，有很大可能不是我的孩子，我不能冒这个险，让她生下来一个不是我的孩子。"

食指和中指夹着烟头，静静地看着它燃烧。

"亦月同意了吗？"司承阳暗叹了一声，邵勉说的不是没有道理。

想起薄亦月后来异常乖巧，邵勉又没把握了，"明天我带着她去医院。"

"嗯，明天下午两点，我等你，邵勉你要想好了。"

结束通话后，邵勉掐灭手中的烟头，站在窗前沉思了许久。

第二天邵勉没有去公司，在家陪着薄亦月。

薄亦月静静地躺在床上，邵勉从书房出来，她还是郁郁寡欢地看着某处发呆。

将女人从床上抱起来，进了浴室，帮她洗漱，她麻木地接受着他的主动，他让做什么她就做什么。

给她换好衣服，拉着她下楼吃了早餐。

薄亦月没有胃口，用极慢的速度，往肚子里咽着早餐。

吃完早餐已经十点多，女人静静地坐在沙发上，看着自己的手机。

邵勉抱着她，让她坐在自己的腿上。

"亦月，乖，不难受好不好。"他理解她此刻的心情，每个做妈妈的都不想打掉自己的孩子。但是，他必须要自私这一次。

薄亦月不是文静的人，她这样不吵不闹，不说话，比之前怀着康康的时候还要安静，让他有点怕……

薄亦月乖巧地靠在邵勉的肩上，曾经，这个肩膀是她最渴望的依靠……

现在终于如愿地靠在他的肩上，他却给不了她想要的爱。

在他的认知中，她是被别的男人侵犯过的女人。除了不让她要这个孩子，这段时间他还对她这么好，这么体贴，她是该笑，还是该哭？

邵勉给薄亦月换上鞋，出了别墅。

薄亦月在门口等着去了车库的邵勉。

外面的天很冷，昨天下了一场小雪，这会儿又开始飘着小雪花。

雪一片一片落在薄亦月白色的羽绒服上，很快消失不见。

车稳稳地停在她的面前，没等她打开副驾驶的车门。邵勉就很快地下了车，给她打开车门，把她抱了上去。给她系上安全带，在她的额头上落下一个吻，才去了主驾驶。

这样温柔体贴的邵勉，曾经她在梦中都不敢奢望……薄亦月不着痕迹地红了眼，把目光放在窗外。

现在为了让她听话打掉孩子，这两天邵勉对她倍加呵护。

这样的呵护和体贴，在薄亦月眼中，无比地讽刺。

一路上车厢内彼此沉默，二十多分钟后，车子停在承阳医院门口。

薄亦月从来没有好好看过承阳医院，因为没有几个人会喜欢医院，对于不喜欢的东西，一点心思她都不想浪费。

这次来到这里，心情不同。

看着三十多层的门诊大楼，薄亦月恍惚地开口："邵勉，我不想进去。"

她最后一次求邵勉，解开自己的安全带，扑到男人的怀中，"邵勉，我求求你了，咱们不要进去好不好？"

她祈求的声音是那么卑微，邵勉又一次差点心软。

大掌放在她的腰上，再次重复了这几天他说过无数次的话："亦月，乖。"

最后薄亦月先下了车，率先往门诊楼内走去。

院长办公室内，距离和邵勉约好的时间，还有不到二十分钟，两个人终于出现了。

一眼就看出来两个人情绪的低落，司承阳从椅子上站起来，疼惜地揽着薄亦月的肩，"走吧，我带你去做检查。"

发生了这种事情，除了怪那个凶手，其他的人都没有错。

薄亦月没有错，她肚子里的孩子也没有错，邵勉也没有错，命运弄人。

邵勉在办公室痛苦了半分钟，还是跟上了走在前面的两个人。

司承阳亲自带着薄亦月做各种检查，结束已经是半个小时后了。

# 第五十章 帮帮我

邵勉站在手术室门外，颓废地靠在墙上，看着手术室进进出出做准备的护士。

亦月，对不起……

这个时候，一个戴着帽子和口罩的护士，低着头随着几个护士进了手术室。

她看着司承阳进了无菌室，去换手术服。

手术台上，坐着浑身蜷缩在一起的薄亦月。

她真的没看错，真的是薄亦月。

其他的护士都在忙碌，司承阳很快从无菌室走了出来。

手术台上的薄亦月看着旁边冰冷的机器，忽然，从床上下来。

直奔到司承阳的面前，不顾众人诧异的目光，拉着他的衣角，"承阳哥哥，我求求你，救救我，好不好？"女人的泪像是打开的水龙头，不断地往下掉落。

混进来的小护士背对着大家，佯装整理器材，听着薄亦月的哀求，十分好奇。

司承阳给大家挥了挥手，让护士们都先出去。

手术室内只剩下司承阳和薄亦月，还有躲在第二道门口偷听的……唐丹彤。

"承阳哥哥，我不想做人流，我求求你，帮帮我。"薄亦月痛苦的声音，让司承阳疼惜地摸了摸她的头。

这个像妹妹一样存在的女人，这样哀求他，他真的好难过……

"亦月……"司承阳第一次语塞，不知道该怎么安慰她。

而薄亦月还在卑微地哀求着司承阳，只差没有跪下。

"承阳哥哥，我知道你有办法的对不对？求求你了，好不好，承阳哥哥。"

躲在第二道门口的唐丹彤，震惊地听着薄亦月的哀求。

263

她刚才看到邵勉在外面，到底发生了什么事情？亦月好像是怀孕了，邵勉为什么不让她留下孩子？

"承阳哥哥，我求求你了，救救我和我的孩子。孩子是无辜的，我求求你……"

司承阳抬起头，闭了闭眼睛，把薄亦月揽在怀里，安慰地拍了拍她的背。

"先别哭，让我想想办法。"

听到司承阳答应了她，薄亦月在他怀里，放声痛哭。

手术室隔音极好，邵勉根本听不到里面的任何动静。

时间一分一秒地过去了，外面的邵勉开始焦急。

焦急到不想亦月去受这份罪，算了，她执意要生，那就生！

邵勉一咬牙，准备去敲手术室的门，这个时候刚好一个小护士跑了出来，低着头说："邵先生，病人手术即将结束，等下出来需要补充体力，你去给病人买点东西带过来。"

病人手术即将结束，已经晚了……

对于她的话，邵勉疑惑了一下，但是这个他不懂，不过是补充营养的，买就是了。

唐丹彤看到邵勉往电梯口走去，松了一口气。

只是，走到一楼的邵勉，给云锦打了个电话，让她买点东西过来，自己还是回去陪着亦月的好。

再次折返手术室，没两分钟，手术室的灯熄灭。

率先走出来的是司承阳，邵勉立刻走了过去，"她怎么样了。"

司承阳摘掉口罩，"全部好了。"这个时候一个护士端着一个医用托盘走了出来。

血肉模糊的东西，深深地刺痛了邵勉的眼睛。

这个就是从她身上掉下来的一块肉，她该有多疼……

浓浓的愧疚，涌了上来。

医用托盘很快被端走，司承阳看了他一眼，"邵勉，去八楼的高级病房等着，我让护士送她过去。"

司承阳和邵勉一起离开。

和他们一起离开的还有两个女人，只不过是从手术室后门，搬运医疗废品的那个通道。

两个女人拉着手，走得很快，一直到离医院很远的地方才停了下来。

"亦月，你想好了吗？"唐丹彤再次询问薄亦月。

薄亦月点头，"丹彤，你带我走，去一个邵勉找不到我的地方。"邵勉对她这么狠，她也没有留在他身边的必要了。

"好！"唐丹彤的计划里本来没有别人，多了一个人，其实也没什么影响。

薄亦月打车回了一趟别墅，快速地收拾着自己的东西，然后又去了一趟老宅。

"康康，妈妈的康康。"薄亦月抱着儿子在房间内，哭着亲他的脸蛋。

她可怜的孩子，从此以后，没有妈妈在身边，一定要健健康康的。

她何尝不想带着康康走，只是……她也有苦衷。

唐丹彤急匆匆地敲着门，然后推开，"亦月，我刚才听到楼下的保姆接电话，好像是邵勉打来的，你快点。"

薄亦月把儿子抱给韩敏，韩敏正急得团团转，看到哭得很惨的薄亦月，再次拉住她，"孩子，到底怎么了。"

"奶奶，以后康康就麻烦你了，我一定会和你们联系的。"薄亦月紧紧地抱了抱韩敏。

"奶奶，谢谢你对我这么好，以后亦月一定会报答你。"

韩敏急得都要哭了，"丫头，到底怎么了？告诉奶奶，你要是受了委屈，奶奶拼了命也会给你做主！"

薄亦月流着眼泪，摇着头，"奶奶，一切都晚了，现在已经来不及了……"

是啊，什么都晚了。

"奶奶，你等我电话，我一定会联系你。"

薄亦月最后又亲了儿子一口，和唐丹彤离开了老宅。

当邵勉四处寻找薄亦月的时候，云锦来了电话，"邵律师，你看到亦月的……博客了吗？"

邵勉有种不好的预感，挂掉电话，将车停到路边，打开薄亦月的博客主页。

上面有两张图片，配上文字：从今天起，我和邵勉正式离婚，从此形同陌路。

第一张图片是离婚协议书第一页，第二张图片是她签的名字，被她拍了下来，证明自己没有说谎。

发表时间在半个小时之前，评论已经逼近一百万。

邵勉的大掌紧紧地握着手机。

薄亦月因为要做手术，她的手机处于关机状态，在他这里。

所以他联系不上，那个突然消失不见的女人……

薄亦月，你为了一个来历不明的孩子，老公都不要了，干得漂亮！

手机来电铃声响了起来，是韩敏。

"邵勉，你这个兔崽子到底做了什么！把亦月给逼走了！"

"她去哪儿了？"邵勉还有点迷茫。

"我怎么知道，拉着行李箱走了，邵勉！你还我孙媳妇！"

韩敏训斥的声音，还在电话里响着，邵勉就给挂了。

拨通一个又一个的电话，"联系飞机场那边，拦住一个叫薄亦月的女人。"

"联系火车站那边，拦住一个叫薄亦月的女人。"

第三天的时候，邵勉的手机响起，是司承阳。

"邵勉，我老婆也跑了。"

邵勉和薄亦月的事情，轰动了整个社会。

前两天还在秀恩爱的两个人，忽然离婚。成为许多人茶余饭后八卦的最热话题，在新闻热搜上，火爆了好几天。

邵勉每天让人找着薄亦月，还要被许多媒体骚扰，脾气越来越暴躁。

一年过去了，邵勉开始一次又一次地带着儿子和别的女人出现在大众的视线内，其中的目的只有他一个人知道。

一年半过去了，在他忙着处理各种案子的时候，韩敏带着康康总是定时出去旅游。

除了祁姐，谁都不让跟着。

两年过去了，邵勉的暴脾气和换女人的速度，让媒体咋舌。

两年半过去了，邵勉也公开了两张照片，和薄亦月两年半之前发的一模一样。

只不过是第二张照片右下角多了一个邵勉的名字。

两个人正式宣布离婚，一个远在国外的女人，哭得眼睛都肿了。

三年过去了，邵勉身边的女人，开始稳定。

十个变成五个，五个变成一个。只是其中没有顾瑜，到最后一个的时候，是顾惜……

又有一件轰动不少人的大事情发生，薄亦阳结婚了，和云锦。

婚礼当天，邵勉出现了，司承阳出现了。

唐丹彤没有出现不说，重点是作为妹妹的薄亦月也没有出现。

许多人都在议论纷纷，薄亦月是不是失踪了。

三年半过去了，C国又有一件大事，邵勉和自己事务所的一个律师、前女友的堂妹——顾惜，订婚了。

那个远在国外的女人，再次把眼睛哭肿。

不久以后，M国娱乐圈有一个女明星迅速蹿红。她叫薄亦月，重返了娱乐圈，听说经常徘徊在各个大款大腕之间……

但是，唯独没人敢提她是邵勉的前妻。

最起码在C国没有，因为现在的邵勉变得甚是恐怖，听到谁提薄亦月的名字，一个眼神就可以杀人。

即便是这样，邵勉的事业也越来越火。

## 第五十一章　四年后

四年后的M国。一辆红色的豪车稳稳地停在一个小别墅的门口，主驾驶上下来一个女人。

大红色的连衣裙和高跟鞋，长发梳成发髻挽在头顶，脸上化着淡淡的妆容，正着急地往别墅内走去。

客厅内，一个穿着浅粉色小裙子的胖乎乎小女孩坐在地上，旁边是一个和她年纪一样大小的小男孩。

两个人都哭得稀里哗啦的，怒视着彼此，看到出现的女人，小女生从爬爬垫上站起来，快速地跑了过来。

"妈咪。唐少哲他又欺负我！"

那个叫唐少哲的小男孩，利索地从爬行垫上站起来，奔向女人。

女人蹲下身抱起两个孩子，唐少哲气愤地开口："妈咪，是薄绵绵故意弄坏了我的机器人。"

薄亦月头疼地看着两个已经不小的孩子，尽量让自己语气平静，"你们两个就是因为这个不去学校的？"

"才不是，妈咪，学校老师教的东西，我早就会了，不去也无所谓！"薄绵绵傲娇地抬起下巴，小脸长得跟某个男人一模一样。

唐少哲不屑地看了一眼薄绵绵，"说的你好像会不少一样，我比你会的多好吗？"

旁边的两个女佣，尴尬地看着两个孩子，都不敢开口。

这两个孩子不但调皮，智商也高，她们两个大人都玩不过他们。

刚才两个人忽然开始吵架，哭声一个比一个高，就是没有人服输。

薄亦月把两个孩子放在爬爬垫上，蹲在他们的面前，指着两个人的鼻尖，

"妈咪我正在拍戏，因为你们两个临时请假，赶了回来。"

"都怪她！"

"都怪他！"

两个小娃娃都不服输，异口同声地抱怨，然后又各哼了一声，将脸蛋撇到一边。

他们两个可爱的模样，让薄亦月差点笑出来，忍了一下，继续一本正经地教育："你们两个再给我惹事情，妈咪就失业了，我们一家四口就等着饿肚肚吧！"

"亦月妈咪，我可以帮你挣钱吗？你看我这么帅，是不是也可以和你一样去拍戏？"唐少哲拇指和食指伸开托着小下巴，开始耍帅耍酷。

薄绵绵鄙视地看了一眼唐少哲，从爬爬垫上站起来，拉了拉自己的小裙子，软绵绵地说道："妈咪，你看我长得这么漂亮，一定可以做童星的。"

身后的两个女佣看着两个可爱的小娃娃，忍俊不禁。

"好啦，好啦，你们好好学习，好好玩耍，这么小挣什么钱，怎么？我和丹彤妈咪挣的钱，不够你们两个小家伙用吗？"

两个小娃娃同时摇头，他们不希望两个妈咪这么辛苦而已。

"那就行，薄绵绵，唐少哲，妈咪告诉你们一个好消息。"

薄亦月想起邵嘉康，整个脸蛋都是笑容。

看着两个小家伙期待的模样，她浅笑道："你们的康康哥哥，三天后抵达洛杉矶！"

"哇哇哇，我哥哥要来了！"

"哇哇哇，我哥哥要来了！"

如果不是知道这俩孩子不是出自一个娘胎，薄亦月就会怀疑他们是不是龙凤胎，时常这么有默契！

"所以，你们要乖乖去学校，晚上丹彤妈咪就回来陪你们睡觉觉了，妈咪去工作了！"薄亦月现在实在是太忙了，恨不得一个人劈成三个人用。

"好的，妈咪再见！"薄绵绵的小嘴在薄亦月的脸上啵了一个。

"妈咪，注意身体！"唐少哲像个小大人似的叮嘱薄亦月。

出了别墅，骄阳似火。

薄亦月坐进大红色的豪车内，发动车子，往剧组驶去。

四年前，她和唐丹彤从C国乘着朋友的私人飞机，逃到了法国。

唐丹彤知道薄亦月怀有身孕，打算自己出去上班，养活着薄亦月。

但是，不巧的是，刚去上班俩月的唐丹彤，发现自己也怀孕了！

两个孕妇看着彼此傻眼了，最后还是悄悄地去找到薄亦阳，让他给两个孕妇安排一个工作。

薄亦阳不同意，愿意自己出钱，养着她们两个，直到孩子去幼儿园。

两个孕妇也不同意，最后薄亦阳拗不过两个人，自己开了一个花店，让他们去店里帮忙。

稳定以后的薄亦月，经常偷偷地给韩敏发视频，看着儿子慢慢地长大，然后会给自己开视频。

薄亦月实在是太想康康，想到开视频都解决不了那种思念。

韩敏就带着祁姐和康康，以旅游的名义，来到了法国。

一趟，两趟，三趟……

过了两年，不知道是邵勉的人还是司承阳的人，发现了薄亦月和唐丹彤两个人的踪迹。

当时，两个人的孩子也学会了走路。

两个人决定带着孩子逃跑，就来到了M国。

从那以后，韩敏的旅游路线也改变了，开始带着祁姐和康康来M国玩耍。

薄亦月在半年前无意间救了一个老年人，老年人的儿子是M国一个很出名的导演——章荐。人称章哥，在M国的娱乐圈占着很重要的位置。

章荐一眼就看中了薄绵绵和薄亦月，当向薄亦月谈及包装两个人进娱乐圈事情的时候，薄亦月拒绝了。

说到最后，章荐最终说服薄亦月，让她考虑一下重返娱乐圈。

薄亦月想了一个晚上，第二天答应了章荐。

重返娱乐圈以后，薄亦月引起的争议特别大。

她曾经是娱乐圈的人，因为嫁人退出，后来离婚，现在又重返娱乐圈。

刚开始骂她的人，多了去了。

后来她凭自己的演艺实力，说服了许多人。

薄亦月拉回思绪，专心地开车。

等红绿灯的时候，不远处的大屏幕上，播放的正是她的广告。

那是她接手的第一个香水广告，也是她重返娱乐圈后接手的第一份工作。

香水的名字叫泪颂，从名不见经传的小牌子，到如今的行业龙头，只用了半年。

她非常感谢泪颂的老总宋广文，给她的第一个广告。

当时泪颂一点名气都没有，许多大牌明星都不愿意去接手。

宋广文找到她的时候，她一口就答应了。

屏幕上的女人穿着黑色的超短裙，淡紫色的波浪长发，闪闪发光的黑色眼影，大红色的嘴唇。完全走的是成熟性感路线。她的身边站着一个男人，是美国人，刚开始同样是个没有名气的男模，现在也是红得炙热。

和她一起看着这个广告的，还有许多人。

比如，C国的邵家老宅客厅内的韩敏，以及邵勉律师事务所坐在办公室里的男人。

大掌把刚取出来的香烟捏断成好几截，愤怒的眼睛直直地盯着屏幕，半个小时内，广告一遍又一遍地循环播放着，越看邵勉越想杀了屏幕上的女人。

那个抛弃他整整四年的女人！

手机响了起来，是司承阳。

"亦月出现，唐丹彤会不会和她在一起？"四年前，两个人同一天消失，让司承阳不得不怀疑。

邵勉还没有从愤怒的情绪中走出来，看着屏幕一句话都没有说。

"阿勉，我要去M国了，你去不？"

"不去！"男人回答得特别干脆！

他们已经离婚了，她只不过是他的前妻而已……

"你和顾惜的婚礼定在什么时候？到时候我赶回来。"司承阳承认，他是故意的。

这四年他们两个人，经常在一起喝闷酒，醉了以后，邵勉嘴里最多的四个字就是，那个女人。

那个女人当然不是他的未婚妻，他可以确定以及肯定，是前妻。

邵勉最终关掉视频，重新拿出一支香烟，点燃，"你走你的，到时候我提前给你打电话。"

"嗯，行。"

结束通话，邵勉在办公室内沉思。

殊不知韩敏带着邵嘉康去国外，都是去看望薄亦月母女，这次还在那里玩了几天。

机场内几个人已经再次依依不舍地分别，薄亦月亲着邵嘉康，"儿子，回去好好听祖奶奶的话，妈妈过段时间就带着妹妹去看你们。"

听到妈妈说要去看他们，邵嘉康非常高兴，"好的，妈妈，我等着你和妹妹。"

"嗯。亦月，我们要登机了，你们回去吧！"韩敏拉着邵嘉康的手上了飞机，薄亦月含着眼泪和他们挥手告别。

韩敏在飞机上，还在交代邵嘉康："回去以后，爸爸要是问了，就说陪着祖奶奶到处玩玩，千万不要说见妈妈了，知道吗？"

"祖奶奶，放心吧！"他从来没有说漏嘴过。

在C国下飞机的时候，是邵勉亲自去接的祖孙两个人。

"奶奶。"邵勉掐灭抽了一半的烟，剩下的弹进了垃圾桶。然后习惯性地抱起她身边的邵嘉康，这小家伙越来越重了。

韩敏想起绵绵，就不想搭理邵勉。

傲娇地瞪了他一眼，直接坐进了他新换的车内。

邵勉莫名其妙，抱着儿子，让他坐进后车座。

## 第五十二章　发现秘密

抵达老宅，邵勉主动要帮韩敏收拾行李，但是行李箱内有亦月给他们买的许多东西，还有和亦月的照片，韩敏连忙把他给赶了出去。

纳闷地抱着儿子回到自己的卧室，把儿子放在大床上，两个人大眼瞪小眼。

"邵律师，你不去忙了吗？"邵嘉康着急把邵勉赶走，去玩妈妈给他买的玩具。

"我是你爹，你怎么这么跟我说话？"邵勉皱了皱眉头，这小子和那个女人一样不听话。

邵嘉康不理他，趴在床上，拿起旁边的iPad开始玩耍。

邵勉看着邵嘉康挺开心的样子，有点纳闷。

不对劲，非常不对劲。

奶奶之前最讨厌旅游的，自从四年前那个女人走后，奶奶经常带着邵嘉康出去玩。

前两年去法国，后两年去M国。

M国！薄亦月在M国！

"邵嘉康。"邵勉严肃的声音，把邵嘉康吓了一跳。

看着邵勉不好看的脸色，他吓了一跳，还从来没有见过这样的爸爸。

"干什么？"他还是鼓起勇气，让自己的声音听上去没有任何惧意。

"你和祖奶奶去M国做了什么？"他紧紧地盯着儿子的表情，邵嘉康先是一愣，然后快速地从床上爬下来，跑了出去。

边跑边嚷嚷："祖奶奶，邵勉要打人了！邵勉要打人了——"

邵勉看着儿子的背影，忽然想起一个瞬间，"邵勉要家暴了，邵勉要家暴了——"两个人极为相似。

韩敏房间的门被打开，邵嘉康快速地溜了进去。

邵勉大步跨进韩敏的房间，不顾韩敏的阻止，翻开他们的行李箱。

有玩具、衣服、鞋子，还有其他吃的喝的。箱子最下层，有几张照片，韩敏生平第一次不淡定地喊道："不要动它！"

但是为时已晚，邵勉已经看到了最上面的一张照片。

那个女人抱着笑得开心的邵嘉康，在游乐场内乘坐旋转木马的样子……

脸上灿烂的笑容，让邵勉紧紧地握住了拳头。

韩敏已经把照片抱在怀里，打开自己的柜子，准备锁进去。下面还有绵绵的照片，不能让邵勉发现。

原地发呆的邵勉，愤恨。那个女人，可真聪明，知道从奶奶这里下手，轻轻松松地见儿子。

还有奶奶后来换的新手机……

他拿起桌子上，韩敏的新手机，划开屏锁。

里面有一个叫YI的微信号排在最前面，他点开往上翻着，基本上都是视频通话，都是半个小时以上，几乎每隔两天一个……

怪不得奶奶突然让给她换一个好手机，原来是为了给她视频通话！

韩敏锁好柜子，回过头，发现邵勉正在翻她手机。

"邵勉。你这个兔崽子，不要乱碰别人的隐私！"

激动地夺过自己的手机，但是也晚了，邵勉已经知道了一切。

那个女人，四年之内，通过和奶奶视频，以及让奶奶出国，和儿子见面……

她当初就那样走了，还有什么资格见他的儿子！

最后，邵勉一言不发地离开了老宅。

日子又恢复到了正常，但是在韩敏离开的第三天，唐丹彤忽然夜不归宿。

晚上薄亦月不忙，就提前回来了，但是一晚上都没有见到唐丹彤。打她的手机，也是关机。

这可急坏了薄亦月，丹彤从来没有突然消失过，让她很担心。

第四天，在她正犹豫着要不要报警的时候，她的手机响了，是唐丹彤。

"唐丹彤，你去哪儿了？连声招呼都不打，你想吓死我啊！"接通手机她就一通痛骂。

手机那边静了一下，传来一个男声，"亦月，唐丹彤我带走了。"

……承阳哥哥？

承阳哥哥怎么知道丹彤在哪儿？是不是她在这里，让他起了疑心，查了过来？

"承阳哥哥，我可以和丹彤说话吗？"

接着手机内就传来唐丹彤的声音，"亦月，让你担心了吧！"她也是突然被司承阳掳走的。

"丹彤，我是不是连累了你。"薄亦月很愧疚。

"没有，没有，司承阳……他早就知道我在哪儿了。"唐丹彤拿着手机往门外走去。

"站住！"男人不允许她离开他一步，更不能离开他的视线范围。

这样啊，薄亦月松了一口气，"那小哲呢？"她压低了嗓门。

"麻烦你了。"她简单地说着，薄亦月明白了她的意思，司承阳不知道他还有个儿子。

"好的，你要跟他回去吗？"家里有两个保姆，应该没问题。

唐丹彤挂上苦瓜脸，"我不想和他一起回去。"

接着薄亦月就又听到了司承阳警告的声音，然后电话就被挂断了……

从那天起，唐丹彤失联了半个月。

薄亦月拨打司承阳电话的时候，司承阳很明确地拒绝了通话。

司承阳不知道这两个女人到底是谁拐了谁，一起逃到国外。

不过，不管是谁先出的主意，他都不会原谅唐丹彤。

所以，接下来，薄亦月很忙，每天都要拍戏，还要尽量赶回去陪着两个孩子睡觉。

忙碌的日子总是过得很快，一眨眼就到了合同上去C国的日子。

提前联系过韩敏后，按照她说的计划进行，只是多了一个孩子。

电话中韩敏说没事，这边的晋姨也是闲着，再加上一个用人，带三个孩子可以了。

薄亦月坐上了飞往C国的飞机，和她同行的除了两个兴奋的孩子，还有她的经纪人，曹小刀。

按照和曹小刀说好的，下了飞机以后，薄亦月一个人从VIP通道出去。

曹小刀带着两个孩子从正常通道离开，把两个孩子送到韩敏派来的车上。

机场人山人海，比薄亦月预想的多得多。

来接机的三分之二是她的粉丝和记者，还有三分之一是因为听说她是邵勉的前妻，过来凑热闹的。

虽然没了曹小刀的帮助，但是有黎优芜现在所在的星耀娱乐公司派来的人帮忙，看到她出现，立刻挤过来几个保镖。

戴着墨镜的薄亦月，穿着大红色的包臀紧身裙，脚上是一双白色的高跟鞋。

很符合她这次重新出道的形象，性感，妩媚，女人味十足！

落落大方地扬起嘴角，对着媒体和粉丝微笑。

对于粉丝们递过来的礼物，她一一笑着接受，"谢谢，谢谢你们的支持。"

直到怀里抱不下，粉丝们还在热情地往她怀里塞。

邵勉律师事务所，一个男人看着电脑上的直播。视频中的女人，很不错。红起半年左右，就收获这么多粉丝。

不过，既然来了C国，就相当于来到了他的身边。

来到他的身边，薄亦月，就别怪我报复你抛弃我，还偷偷见我儿子的仇！

门外的助理，早就换人了，云锦已经跟着薄亦阳去了法国。

他按下内线，叫来新助理袁沫沫。

"邵律师。"袁沫沫跟着邵勉已经两年，之前改行的时候，都没想到世界这么小，会碰到邵勉。

听说他和亦月离婚了，袁沫沫也就没再提过薄亦月，就当作不知道。

"去，告诉顾律师，今天晚上和我一起去参加星耀娱乐公司的那个开机宴会。"星耀公司也是斯靳恒手下的娱乐公司，几年前，黎优芫也去了星耀公司。

知道星耀有开机宴会，还是斯靳恒告诉他的。

"好的，邵律师。"袁沫沫按照他的吩咐，去联系顾惜。

这个邵勉也真奇怪，和顾惜订婚这么久了，从来都是让她去联系顾惜。

邵勉又联系上斯靳恒，吐了口烟雾，"我要投资，星耀今天晚上开机的戏。"薄亦月，你等着瞧！

"晚不晚我不管，你帮不帮我这个忙？"邵勉弹了弹烟灰，和斯靳恒谈着条件。

最后，邵勉成了星耀准备开拍的《瑾王的绝世宠妃》最大的投资人，没有人知道这么大型的一部连续剧，他投了多少钱。

晚上七点，一艘游轮，在港口边暂停。

一辆辆豪车停在离海边不远的停车场上，男男女女相挽着往游轮上走去。

这里是SL集团的地盘，是公司明星私下聚会的地方，没有媒体来。

游轮内此刻已经是一片欢声笑语，在这里能见到许多大牌明星。

穿着五颜六色礼服的女星，挽着男伴穿梭在大厅内。

薄亦月回到C国先去了一趟爸妈的墓地，然后又去了佑米造型，让几个人给她摆弄了一下造型。

然后穿着宝蓝色的晚礼服，挽着经纪人曹小刀出现在这里。

她目前在C国还不算是很火，薄亦月和负责人打过招呼后，就安静地坐在一个角落里。

黎优芫一出现，场内气氛就变了。他是这部剧的男主角，瞬间就被人群包围，接着大厅内就热闹了起来。

"你知道吗？咱们这部剧最大的投资者，换人了。"

"知道啊，但是很神秘，不知道是谁。"

薄亦月不远处，两个经常出现在荧屏上的女星，兴奋地八卦着。

她对这些一点都不感兴趣，她只是一个女二号而已，又不是女主。

不过，说起女主，是新火的一个小女生，样子挺清纯的，好像是叫景秀。

现在男主都来了，她还没到，可见架子摆得是有多大。

薄亦月低声问着曹小刀三个孩子的情况，前面女人尖叫的声音，让她硬生生地止住了话题。

"邵勉怎么会出现？"

"那个国际金牌律师吗？"

"是啊！是啊，你看他身边的女人，就是他的未婚妻。"

说到这里，其中一个女星，忽然回头看了一眼薄亦月。

邵勉带着顾惜出现，薄亦月的心情很好。

这里面的人基本上都不怎么认识，无聊的时候说不定还能整整顾惜。

不远处邵勉和黎优芜正在说着什么，几个人笑得开心。

三分钟后，景秀终于挽着当红炙热男模出现。

## 第五十三章  前夫前妻

一袭白色的晚礼服把她衬得更加清纯，瘦瘦小小的样子，很容易惹得别人怜爱。

在众人的诧异中，景秀先给邵勉打了招呼，然后才是黎优芜。

这个样子看来，今天晚上的邵勉来头不小。

薄亦月无聊地晃着杯中的红酒，又开始和曹小刀低声讨论孩子的情况。

这个时候，刚才八卦得最厉害的两个女星向她走了过来。

"你是这次的女二薄亦月吧？"其中一个瞪大了眼睛看着薄亦月。

她扯了扯唇角，"是的。"

"那听说你是邵勉的前妻，有这回事吗？"另外一个直接问了出来。

没想到她这么直接，薄亦月一怔，余光看到一对熟悉的身影。

她勾起唇角，挂上妩媚的笑容，继续晃动着杯中的红酒，红唇轻启："邵勉啊？那个又渣又色的律师？我跟他不熟。"

又渣又色？

她身侧略靠后位置的男人脚步一顿，脸色瞬间黑了下来。

薄亦月抿了一口红酒，邵勉把她的侧颜看得清清楚楚。

四年未见，她的一举一动，都透露着性感和妩媚。

男人笑，淡淡地开了口："也对，离婚后，薄小姐入幕之宾那么多，记不得前夫多正常。"

离婚后？

邵勉还真会和自己撇清关系，邵勉的话，让薄亦月没点反应。

反倒是她旁边的两个女星，惊讶地回头看向邵勉，刚才的话是邵勉说的吗？

信息量好大！

薄亦月这次出道的形象性感妩媚，本来就凭空惹来了许多绯闻。现在邵勉都开口了，简直就是直接坐实了她潜规则上位之类的绯闻。

薄亦月放下手中的空酒杯，又换了杯新的，正式面对着邵勉和隐藏着情绪的顾惜。

男人女人四目相对。

前夫前妻，吸引了不少人的眼球。

"邵律师，一世英名，可不要毁在诽谤他人的罪名里。"女人的声音，轻轻的柔柔的，足以撩拨到男人的每一根神经。

邵勉冷笑，然后直接不搭理薄亦月，回头对身边的女人低语。

顾惜微笑着点了点头，两个人准备绕过薄亦月离开。

而薄亦月看到顾惜拖地的裙摆，在她路过身边的时候，狠狠地往上一踩。

"啊！"顾惜一声惊呼，整个身体都往前扑去。

最后一刻，硬是被邵勉接住，才使得顾惜没有出丑。

不用想，也知道是谁干的。

只是，两个人回头的时候，穿着宝蓝色礼服裙的身影，早已不见了踪影。

顾惜咬了咬下唇，该死的薄亦月！

邵勉扶起顾惜以后，松开她，往卫生间走去。

顾惜连忙整理了一下仪容，跟了上去。

两个人消失，身后的人才开始议论纷纷。

"听说这部戏最大的投资者就是邵勉。"

"哦，我说呢，邵勉这个律师怎么会出现在这里。"

"不过，律师投资我们的电视剧，也很奇怪啊。"

"人家钱多呗！"

薄亦月此刻已经出了船舱，没有听到他们的议论。

片刻后，游轮忽然开动，薄亦月紧紧地抓着栏杆，看着速度越来越快的游轮，一阵头晕目眩。

这个时候曹小刀过来叫她，里面的宴会开始了。

薄亦月进去的时候，大厅内放着轻缓的音乐，本来很亮的灯也昏暗了下来。

这个环节要跳交际舞，薄亦月有点不想跳，但是，所有的人都成双入对地滑进了舞池。

最后，曹小刀和薄亦月也加入其中。

不知道过了多久，男人女人低声的谈话，落入薄亦月的耳中。

"明天和我回一趟老宅，我妈的生日。"

"嗯，好。"女人答应得很乖巧。

薄亦月和曹小刀换了一个位置，一个用力，顾惜惊呼一声。

然后位置换回来，曹小刀可是把薄亦月的动作看得一清二楚。他看到薄亦月穿着七厘米的高跟鞋，直接踩到顾惜的脚上。

"我的天，你还有这么邪恶的一面。"他压低了声音，在她耳边低语。

这一幕落在别人的眼中，非常暧昧。

邵勉看着舞姿都开始凌乱的顾惜，一个用力。

薄亦月不知道怎么的一动，对面就换人了。

灯光比较昏暗，没有人注意到他们的动作。

邵勉不由自主地把女人带入自己的怀中，声音很霸道地警告："女人，我警告你，不要伤害她！"

男人的声音喷洒在薄亦月的耳边，很痒。

久违的气息，让她有一瞬间的失神。

男人亦是如此，薄亦月抬起头，踮起脚尖，附到他的耳边："我就不，我偏要捉弄你的女人！"

樱唇豁然被吻住，薄亦月傻眼了。

薄亦月狠狠地推开他，"前夫，请自重！"说完，她提着裙摆，往灯光稍微亮点的红酒区快速走去。

端起一杯红酒，喝了一大口，才压住内心的慌乱。

男人看着她仓皇而逃的背影，唇角勾了勾，前夫，请自重？有意思！

音乐结束，第一环节的交际舞也结束。

大厅内的灯光亮起，所有人都恢复了有说有笑的气氛。

薄亦月闭了闭眼睛，刚才的一幕，就当作没发生。

曹小刀好不容易找到薄亦月，压低了声音问她："喂，和你前夫还没断干净呢？你可千万别，你前夫现在有未婚妻，炒作都不好炒。"

女人的目光，不着痕迹地在大厅内扫了一圈，邵勉和顾惜，正和几个当红女星有说有笑。

"你说笑了，还有，邵勉为什么会出现在这里？"如果是以星耀娱乐公司法律顾问身份，不应该出现在这里的啊。

曹小刀也发现了，今天晚上好多人都主动去和邵勉寒暄。

"我去给你打听打听。"他们是今天刚到，很多内幕不知道也正常。

薄亦月拉住要走的曹小刀，"不用了，我对他的事情不感兴趣。"这次回来，她只想低调地拍完戏，然后走人。

至于邵勉，反正人家有未婚妻了，她也就不去招惹了。

薄亦月不傻，万一一不小心暴露了绵绵，她就要死定了。

随后曹小刀带着薄亦月去和片子的导演以及制片人，敬了杯酒。

导演这边，斯靳恒被黎浅洛逼着给导演打了招呼，绝不能有人欺负薄亦月。

所以，导演看到薄亦月的时候，态度还是很好的。

所有的人身份都被负责人介绍了一遍，薄亦月也到台上去给大家打了招呼。

邵勉是投资人的事情，大家都已经心照不宣了。他也提前给负责人交代过，不用介绍他。

所以，薄亦月从头到尾都不知道，邵勉是投资人这事。

这种开机宴会，作为明星参加的都很多，内容基本上也都是千篇一律。所以一两个小时以后，游轮刚靠岸，就有人开始离开了。

薄亦月挽着曹小刀和导演等人道别后，也跟着离开。

下了游轮，一阵冷风吹来，薄亦月打了个冷战。

曹小刀脱下身上黑色的西装，给她披上。

"你不冷吗？"薄亦月说着就要脱下来，被曹小刀制止了。

他含情脉脉地看着薄亦月，"宝贝，你可不能冻着了，冻坏了，我会心疼的。"

薄亦月瞪了他一眼，又打了一个冷战。

"我看你是心疼片酬，不是心疼我！"

曹小刀吊儿郎当地把胳膊往她肩上一搭，抬头看天，"还是你了解我，你要是生病了耽误工作什么的，我拿到手的片酬可就少很多了。"

薄亦月没好气地打掉他的胳膊，抬起脚往前走去。

"今晚去我那里。"身后传来一个熟悉的女声，薄亦月放慢了脚步。

"嗯。"男人很快地回应了一声，并紧紧揽住女人的腰。

顾惜脸上勉强挂上微笑，痴迷地看着亲密搂着自己的男人。

一辆豪车旁，站着一个胖胖的男人，薄亦月扫了一眼，双眼放光。

甩开曹小刀，奔着男人跑过去。

"肥羊！"薄亦月兴冲冲地在肥羊面前站定。

笺飞扬揉了揉自己的眼睛，面前的是……薄亦月？

## 第五十四章　拍戏

薄亦月开心地抱着肥羊，"肥羊，肥羊，好想你啊。"这四年，又没和肥羊联系过，没想到在这见到了他。

肥羊也乐呵呵傻笑，"亦月，你去哪里了？"他又是好几年没见过薄亦月了，所有的通信方式都联系不上，还以为她失踪了。

"我……"

"我的小祖奶奶，你赶紧过来，现在已经下了游轮，注意自己的形象。"曹小刀把热情的薄亦月从肥羊的怀中拉了回来，还谨慎地看了一眼四周围有没有摄像机之类的东西。

薄亦月无所谓地对他甩甩手，继续和肥羊聊天："我出国了，你最近还好吗？"

看着他身后的跑车，他在给别人当司机吗？

肥羊乐呵呵地点了点头，"很好，你回来还走吗？"

肥羊的话落，走到跑车旁边的男人，脚步顿了一下。还是若无其事地打开了车门，他一手扶着车门，一手握着顾惜的手，轻轻地扶着她上车。

最后，自己也坐了进去。

车门关上的那一刻，他听到女人清脆的声音，"走，拍完这部电视剧我就回M国了。"

肥羊满脸遗憾，然后又想起来了什么，兴奋地看着薄亦月，"你现在好厉害，大明星呢，快把你的手机号给我，以后再联系。"

薄亦月报了一串号码，肥羊用手机记了下来。

车厢内，顾惜看着身边闭着眼睛的男人，不知道他在想什么。

"肥羊，磨蹭什么，赶紧出发。"邵勉淡淡的声音传了出来，然后后车门的玻璃窗缓缓合上。

肥羊不好意思地和薄亦月道别，然后连忙坐进了主驾驶上。

薄亦月和曹小刀回了自己的车上，跟着缓缓离去。

车上的薄亦月不停地回想着，顾惜那句话，今晚去我那里……他们发展到哪种地步了？

不对，两个人已经订婚了，估计早就同居了吧……

豪车后车座上的男人睁开眼睛，拿出手机，翻了几下，然后在手机上点了十一个数字，保存到通讯录里。

顾惜用余光把这一幕看得清清楚楚，左手紧紧地握成了拳头。

薄亦月，我好不容易到手的幸福，是不会让你这个前妻给毁掉的。

车子四十分钟后在一个小区门口停了下来，他们后面的房车，亦是如此。

房车内的女人，看着豪车进了小区。

最后房车在小区附近的一个酒店停了下来，薄亦月心情低落，和曹小刀一起进了酒店。

在一栋公寓楼下停住，顾惜看着没有任何动静的男人，小心翼翼地开口："阿勉……"

"你回去早点休息，我回事务所还有点事情，需要处理。"

男人合上手机，闭着眼睛靠在后座上。

看着他没有再搭理自己的意思，顾惜也不想自讨没趣，嘱咐了一声："嗯，处理完你早点回家。"

顾惜下车，看着渐渐远行的车子，拿出手机，拨通一个号码。

"好久不见……听说你在娱乐圈有很多熟人？帮我一个忙……"

回到C国的前四天，薄亦月一直在排练舞蹈，第五天就投入了《瑾王的绝世宠妃》大型古装剧拍摄中。

薄亦月前几天的戏份比较少，她想抽空去附近镇上韩敏带着三个孩子暂住的酒店里看望他们，晚上的时候，由曹小刀开着车，把她送到了镇子上。

三个孩子在酒店的大厅内，和其他的小伙伴玩得不亦乐乎，让薄亦月放心了不少。

　　进剧组的第三天，拍戏时，薄亦月扮演的角色娇笑着，往扮演成皇帝的人身上看去，不料，却看到了旁边一个熟悉的身影。

　　双目冷冷地看着她，即使知道自己在演戏，薄亦月也是硬生生地笑不出来了，一时间就怔在了那里。

　　薄亦月这个时候，应该巧妙地躲过皇帝的亲吻的。由于走神，皇帝的吻落在她的头发上。

　　大家这才注意到她的不对劲，肖导演一声"咔！"男配从她的身上起来。

　　薄亦月又是怔了一分钟，然后被旁边的助理扶了起来。肖导演这一刻很想发火的。

　　但是，又想到斯靳恒的交代，还有剧组最大的投资者就在旁边，他硬生生地忍住了火气。

　　肖乾盛作为当红导演，许久没有干过忍火气这种事情了。算了，算了，薄亦月戏演得不错，接下来的重拍好好表现就是了。

　　两个助理给薄亦月重新整理了一下妆容，这段戏重新开拍。

　　男配看到一旁的邵勉时，也明白薄亦月为什么不对劲了。

　　这个样子的话，作为和薄亦月演对手戏的他，压力可就大喽！

　　一切重新准备就位，回到皇帝刚把薄亦月扑倒的那个画面。

　　浅红色的宫装再次被撕开，一道犀利的目光杀过来，薄亦月条件反射地轻哼了一声。

　　然后可能是因为邵勉的目光太过于吓人，她口中的那句"皇上，你真坏"，仔细听的话，还带着颤音。

　　薄亦月在准备吻皇帝的时候，眼看两个人的唇就要碰在一起，她却不动了。

　　"咔！"第二遍。

　　"咔！"第三遍。

　　肖乾盛的声音越来越大，一屋子人吓得都不敢说话。

　　第四遍的时候，一女配率先发了火，"薄亦月，你演不好就换人嘛！干吗在这里浪费大家的时间呢？"虽然是发火，但是声音听上去依然甜美。

薄亦月穿着白色的古装底衣，走到肖乾盛的面前，"导演，可不可以把闲杂人等给清理出去。"

肖乾盛剜了她一眼，没好气地指着一干助理，"你们都出去！等下再进来。"

所有的助理全部都走了，薄亦月疑惑地看着坐在椅子上的男人，他的脸皮怎么这么厚，没听到导演说话吗？

导演催着她去重拍的时候，薄亦月终于忍不住，质问淡然的男人："喂，导演说话你没听到吗？闲杂人等，都要出去！"语气中的盛气凌人，让众人都很诧异。

一个女配连忙走过来，拉着薄亦月，"你干什么呐！怎么这么跟邵总说话呢！"

邵总？邵勉什么时候改行了她都不知道。

薄亦月才不管他是邵总还是邵律师，只知道他在这里，她就拍不好戏！"邵律师，请你出去，不要影响大家拍戏。"

肖乾盛虎着脸看着薄亦月，"薄亦月，怎么跟邵总说话呢？没有他，这些道具、工作人员、场地租金什么的，你出钱啊？"

"说的好像跟他出钱了一样。"薄亦月不想和导演吵架，只是小声地抱怨。

邵勉终于淡淡地发话了："不好意思，这部戏所有的资金，全部是我一个人投资的。"

对于薄亦月来说，绝对是晴天霹雳！

邵勉一转眼，怎么变成了所有人的金主了？

看着女人目瞪口呆的样子，邵勉心情很好。

"给我去好好拍戏。"这次换成男人盛气凌人了，不屑地扫了她一眼。

薄亦月此刻恨不得把他按在地上暴揍，最后还是压抑住怒火开始重拍。

第五遍的时候，薄亦月思索了一下，感觉邵勉越是在这里不走，她越应该好好表现，不能让他看轻自己。

简单地调整了一下自己的心情，这次她努力让自己忽视邵勉，成功地演绎了一个狐狸精般妖媚的女人。

男人看着吻在一起的两个人，眼神中的怒火，仿佛恨不得把皇帝给烧死。

再看看薄亦月轻浮妩媚的样子，活像一个不正经的女人，邵勉越来越心塞。

第五遍拍摄成功，邵勉也踢凳子走人了。

这次的成功让所有人都松了一口气，接下来的戏邵勉不在，一切都很顺利，肖乾盛的怒火也渐渐消失不见。

最后，还对薄亦月称赞有加。

日子就这样慢慢地过着，邵勉给韩敏打了好几次电话，说要去镇上接她。

韩敏都拒绝了，坚持说要多住一段时间，再回去。

邵勉没办法，就任由韩敏带着康康住在了镇子上。

拍摄场地内，薄亦月刚拍完一个片段，正在休息，曹小刀把响个不停的手机递给她。

"亦月，少哲在哪里？"司承阳无声地站在唐丹彤的面前，看着她打电话。

薄亦月拿着手机走到一边，"怎么了？你那边什么情况？"

丹彤已经回去好久了，这才和她联系上。

唐丹彤狠狠地瞪了一眼面前的男人，拿着手机准备离他远点，刚转身就被长臂拦住了去向。

"我这边还好，司大院长知道了他儿子的事情。"她没好气地拍掉男人的长臂，告知薄亦月这边的情况。

司承阳的唇角勾了勾，想起自己有个儿子，他就心情不错，特别迫不及待地要见到他。

薄亦月把小镇的地址告诉了唐丹彤，然后又和韩敏联系了一下，挂掉了手机。

看着远方晴朗的天空，薄亦月苦涩地笑了笑。

## 第五十五章　邵勉找上门

第二天薄亦月把自己的东西，从酒店搬进了星耀公司的公寓内。

然后和韩敏联系了一下，把女儿接了过来，并找了保姆带着绵绵。

韩敏一有空就往公寓这边跑，甚至有的时候夜不归宿。

这让邵勉还有邵文川很怀疑，韩敏找了个理由，把全家人都搪塞了过去。

从那天的戏过后，一个星期，邵勉都没再出现在剧组中，这让薄亦月松了一口气。

今天的戏是夜景戏，都拍到半夜十二点了，还没有结束。

关于吻只是逢场作戏，还有大部分都是在借位故作接吻的。

听说拍戏还没结束的邵勉，跑过来就看到了这一幕。

前后看了不到两分钟，就握着拳头离开了片场。

戏份结束的时候，已经是凌晨两点多。薄亦月拖着疲惫的身体，往保姆车走去。

刚坐上保姆车没有多久，薄亦月就靠在后面昏昏欲睡。

忽然一个急刹车，司机和曹小刀骂了一句，薄亦月的头被撞到前面的椅背上，醒了。

"怎么回事？"她有点焦急地问司机。

然后保姆车的车门被敲响，曹小刀打开车门，一个熟悉的身影出现在薄亦月的视线内。

曹小刀硬生生地忍住了脏话，看了一眼身后的薄亦月，下了车并警惕地看了看周围。

除了横行拦在保姆车前面的那辆豪车，其他的都是路过的车辆。

薄亦月重新闭上了眼睛，靠在后背上，继续睡觉。

男人大步走到保姆车上，粗鲁地把她拉了下来，塞进豪车的后座内，扬长而去。

曹小刀目瞪口呆地看着这一幕，薄亦月的前夫这形象和气质，怎么和霸道总裁有的一拼？

司机迷茫地看着曹小刀，不知道该怎么办。

曹小刀也迷茫了一下，豪车早就跑得不见踪影，"我们走吧。"

御谷名邸门口，女人被邵勉粗鲁地拉了下来，进了别墅。

别墅的门被关上，灯都没开，邵勉踢掉脚上的皮鞋，把薄亦月甩进了客厅。

薄亦月不防备，踉跄了一下，黑暗中扶住了旁边的柱子，才稳住身体。

"邵勉，你有病啊！"

男人松了一下脖子上的领带，慢慢地靠近她。

邵勉全身散发着冰冷的气息，逼着薄亦月一步步往后退。

"我有病？你不是走了吗？还回来做什么？嗯？"身后是玄关处的墙，她无路可逃。

"C国不是你邵勉的，我想什么时候回来就什么时候回来，和你有什么关系！"薄亦月努力地让自己镇定，因为紧张所有的疲惫一扫而空。

黑暗中随着邵勉的靠近，空气中陡然溢出暧昧的气息。

他再靠近，两个人之间没有一丝距离，她闻到了他身上淡淡的香水味。

这几年邵勉没了老婆的牵绊，一定很潇洒很自在吧！没了她的死缠烂打，一定很高兴吧！

他紧紧地贴着她，恶狠狠地再问："我问你呢，不是走了吗？还回来做什么！"声音随着他莫名的怒火，渐渐地高扬。

"你瞎吗？没看到我回来拍戏？我拍完戏就走，你放心，我绝不缠着你。"她不小了，绝不会再做死缠烂打这种傻事情。

他看着她倔强的眼神，想起四年前她的温顺，她的讨好，她的欺骗，她的调皮，她的……一切。

四年的思念和恨意同时涌上心头，邵勉紧紧地捏着她的脸蛋。

薄亦月脸上的妆容在离开剧组之前就卸掉了，这会儿，脸上的皮肤，摸着甚是光滑。

"疼！邵勉，你这个疯子，放开我！"

她使劲地拉着他的手，想逃脱他的控制，但是无济于事。

女人的脸蛋被他捏到变形，小嘴也变成了O的形状。

薄亦月紧紧地抓着他的衣服，承受着他的粗暴。

这一刻，她绝对不能再惹怒他，那样的话，只会让他变本加厉地对待自己。

男人的大掌放在她的腰上，薄亦月一个清醒，撇开自己的脸，微微喘气，"邵律师，别忘了你是有未婚妻的人，你继续下去，对你的未婚妻不好！"

邵勉想起顾惜，不屑一笑。

"这些不是你该管的事情，薄亦月，我要你做我的女人！"

薄亦月也被惹怒，拍掉他的手，挣脱他的控制，往别墅门口走去，"邵律师洗洗睡吧，别做梦了。"

"你今天晚上敢打开这个门，我让你明天早上上头条新闻。"

赤裸裸的威胁，让薄亦月的双手，紧紧地握成了拳头。

蓦地，她又笑了。

回身，走到邵勉的身边。

拿出自己妩媚的样子，一只手搂上他的脖颈，另一只手摸进他的口袋，掏出他的手机。

输入那一串和顾瑜生日一样的数字，轻松地解锁了他的手机。四年过去了，邵勉不知道换了多少个手机，依然是这个密码。

薄亦月的心狠狠一痛，他还是没有忘记顾瑜。

翻出通讯录，得意地在他面前一晃。

"邵勉，你要是敢动动我，我就……"她翻出最近通话记录里，顾惜的手机号码，做出随时要拨通的动作。

想威胁他？邵勉不屑地嗤笑。

再次把她圈在怀里，故意挑衅地吻上她喋喋不休的红唇。

好啊！邵勉你不仁别怪我不义！

薄亦月真的拨了出去，手机中顾惜的彩铃，两个人听得清清楚楚。

邵勉的眼中划过一抹危险，他警告过她的，不允许她伤害顾惜！这个女人，敢拿他的话当耳旁风！

电话很快被接通，那边传来顾惜略微沙哑的声音，"阿勉。"看来她已经睡下了。

"你的……"她刚说两个字，邵勉就去夺她手中自己的手机。

薄亦月当然不给他，她有练舞蹈的基础，柔软的身体随便就能半下腰，躲避了邵勉的争夺。

"讨厌，别这么着急嘛！"

女人妩媚的声音，传进顾惜的耳朵，让她瞬间清醒并从床上坐了起来。

随着男人脸色越来越黑，薄亦月可是开心得很，"前夫，别这样嘛！"

"邵勉，不要吻人家嘛！"

娇里娇气的声音，把顾惜气得浑身都是颤抖的。

深更半夜，孤男寡女，用脚指头想也知道在干什么！

但是别墅内，邵勉却慵懒地靠在门上，看着薄亦月一个人自导自演。

黑暗中，她的声音的确引人遐想。

"薄亦月，你能不能要点脸！"顾惜终于忍不住地发了飙，这个女人走了四年，还回来做什么！

薄亦月咯咯地娇笑，"顾惜，顾瑜，姐妹俩抢一个男人不嫌恶心吗？"

她的这句话让男人听了很不爽，三两下从她手中抢回自己的手机直接关机。

看着他把手机装进西装口袋，薄亦月懒懒地打了个呵欠，"抱歉，困了，再见。"她绕过邵勉，打开了别墅的门。

门被一股大力带上，薄亦月看着被关上的门，有种羊入虎穴的感觉。

"惹了我就想走？"男人扳过她的身体，让她面对着自己。

"哼，明明是你自找的！"她好好地拍她的戏，可没有主动招惹他！是他自己找上门，把她带到这里的。

邵勉将双手撑在她两边的门上，邪邪一笑，"是，我是自找的，毕竟四年不见……"

"啪！"清脆的耳光声响起，别墅内安静了。

薄亦月傻傻地看着自己发麻的右手，她刚才……打他了？

薄亦月是后半夜被曹小刀接走的，身上还披着邵勉的西装，路上对于曹小刀的问东问西，她一概不答。反倒是说了一句，"天亮了帮我给剧组请个假，就说我生病了，今天就不过去了。"

回到公寓，保姆给她打开门，绵绵正在她的大床上睡得香甜。

爱怜地亲了亲女儿，进了浴室。

洗完澡，把邵勉的西装直接扔进垃圾桶内，手机也关机扔在床头柜上。

抱着女儿，沉沉地睡去。

这一觉睡到下午五点多，还是客厅内薄绵绵和邵嘉康打闹的声音，把她吵醒的。

看了看时间，五点多，不能再睡了。

从床上爬起来，顶着乱蓬蓬的头发，打开卧室的门。

外面果然是韩敏带着刚放学的邵嘉康过来了，看到她出来，两个孩子闹着叫着都向她扑了过来。

蹲下身体，抱着两个软绵绵的孩子，薄亦月开心极了。

"怎么不多睡会？两个孩子吵到你了？"韩敏听保姆说，薄亦月今天早上才回来，以为她拍戏拍了个通宵。

"睡饱了，奶奶。康康带着妹妹先玩，妈妈去洗漱。"邵嘉康带着绵绵去玩玩具，薄亦月重新回到了卧室。

无意间看到邵勉的手机，鬼使神差地给它开了机。

瞬间进来了无数条短信提醒，基本上都是来电提醒，其中还有一条信息，发信人是肥羊：限你六点之前，把手机给我送过来。

这口气，肯定不是肥羊的，估计是邵勉用他的手机发的。

六点？现在都五点半了，她还要洗漱，怎么可能！

不管了，她又把手机扔在了床上，进了浴室。

打开水龙头开始洗漱，手机响了好久她都没听到。

韩敏闻声进了卧室，大床上一个黑色的手机一直在响。

拿起来一看，是肥羊。

不过，这个手机怎么这么眼熟？

## 第五十六章　差点露馅

手机还在响，韩敏只得划开接听键，"你好，亦月在洗脸，你要是有事我让她稍后给你回个电话。"

"奶奶？"

两个字，把韩敏吓得差点没把手机扔了。

坏了坏了，怎么是她大孙子！

没想到这个时候薄绵绵还跑过来添麻烦，"祖奶奶，是谁啊？"小女孩软绵绵的声音，传到邵勉的耳朵内，瞬间萌化了他的心。

薄亦月怎么和奶奶在一起？奶奶身边怎么会有小女孩？

这边的韩敏急得只差没有捂住薄绵绵的嘴巴了，邵勉还在那边叫着自己。

她干脆把手机给挂掉，任由它再响，也不去接了。

没有几分钟，手机就不响了。

韩敏松了一口气，回到了客厅，谁知，她放在桌子上的手机又响了起来。

邵嘉康快她一步拿到了她的手机接听，"你好，找我祖奶奶什么事情。"

"邵嘉康，我是你爸，你和祖奶奶在哪里？"邵勉直接进入正题。

邵嘉康拿出老借口，淡定地回复邵勉，"我和祖奶奶在玩啊。"

"在哪儿玩？"

"外面。"

"外面什么地方？"他摆明了打破砂锅问到底！

邵嘉康眼珠子转了转，"游乐场，和一个小妹妹在玩耍。"

邵勉沉默了，"我的手机，为什么会在祖奶奶那里？"

他的手机，分明在薄亦月那里，难道他们在一起？

"爸爸，今天上午一个阿姨给奶奶的。"别看邵嘉康不到五岁，可智商高于同龄儿童，反应速度相当灵敏。

阿姨？邵勉冷笑，"邵嘉康，你确定是阿姨吗？"邵勉的注意力很快被儿子装作不认识薄亦月而转移，他才不信儿子的鬼话。

别以为他上次没看到邵嘉康和薄亦月两个人的合影，这个账他还没跟薄亦月算！

"邵勉，你要跟祖奶奶说话吗？"邵嘉康机灵地没有回答邵勉的话，把烫手山芋交给大人。

对于儿子直呼自己的名字，邵勉仿佛没点感觉。

"不用了，晚上我回老宅取手机。"说完这句话，邵勉才意识到，自己好像忽略了什么重要的问题。

"再见，爸爸！"邵嘉康干脆地挂掉手机，看到韩敏正在捂着绵绵的嘴巴，给他竖大拇指。

"康康，好样的！"

邵嘉康一屁股坐在沙发上，心有余悸。其实，他还是害怕他老爸的。

"祖奶奶，我们今天晚上需要早点回去，老爸要回去取他的手机。"邵嘉康说完话，没有人回应他。

他发现韩敏正直勾勾地看着妹妹，两个人大眼瞪小眼，不知道在做什么。

"绵绵，你爸爸的手机，为什么会在妈妈那里？"难道他们两个见面了？只有这一个可能。

薄绵绵对于她的爸爸一点概念都没有，更不知道长什么样子，因为妈妈从来都不告诉她。

还好哥哥有一次偷偷地让她看了看爸爸的照片。

爸爸长得好帅啊，重点是，她和爸爸长得好像啊！

"可能爸爸送给妈妈了，让我们以后方便联系爸爸。"薄绵绵小脑袋里都是邵勉的样子，她好奇爸爸为什么不要她和妈妈。

是她小时候不乖，爸爸把她给抛弃了吗？

只是，她好想有爸爸啊，好想叫他一声爸爸，不知道可以不可以。

再看看哥哥，听说他经常见到爸爸，她好羡慕哥哥。

虽然平时在电视上和照片上见过，毕竟不是真人，没太大感觉的。

不行，她得和哥哥商量一下，以后，她要让哥哥带着她去见见爸爸，哪怕偷偷地看一眼也行。

打定主意，薄绵绵就扭着小屁股跑到了邵嘉康的身边，眼巴巴地看着冥思苦想的哥哥。

韩敏一直注意着薄绵绵的反应，小孩子不会隐藏情绪，有什么都表现在脸上。

绵绵一会儿开心，一会儿疑惑，又一会儿难受的，她心疼极了。

是不是绵绵想爸爸了？是啊，绵绵还从来没有见过爸爸呢，这可如何是好？

薄亦月从卧室出来的时候，已经换好了衣服，听到绵绵正在和邵嘉康说话，韩敏好像是去了另一个卫生间。

两个小人儿在沙发上围在一起，嘀嘀咕咕的。

"哥哥，你知道路吗？"

"我当然知道！"邵嘉康的语气很是自豪。

薄亦月忽然插话问道："知道什么路？"

两个孩子吓得立刻闭上了嘴巴，又同时摇了摇头。

"妈妈，这是我和妹妹之间的秘密，你不能多问的。"邵嘉康在薄亦月再次开口前，一句话堵住了她。

薄亦月张了张嘴，又合上，儿子怎么这么聪明。

"好，妈妈不问，走，妈妈带你们去超市。"趁着休息，她带着两个孩子出去逛逛。

韩敏从另一个卧室走了出来，刚好听到她这句话。

"亦月，我得带着康康回去了。"

"怎么了？"

接着韩敏把刚才的事情说了一遍，薄亦月了然，"好的，那奶奶你把邵勉的手机带回去，他要是问我去哪里找你的，怎么说？"两个人得串通好，免得一个人一个地点。

"康康说我带着他去游乐场了，就说你去游乐场找我了。"

"嗯，好的，那你们快打个车走吧！"在C国只是暂时的，薄亦月也没有配车，送不了他们。

韩敏把薄亦月拉到一边，悄声说道："你昨天和小勉在一起。"她不是在问，语气里满满都是肯定。

想起昨天晚上的事情，薄亦月红了红脸颊，"嗯，不小心就碰到了。"她隐瞒了事实真相。

"不小心碰到？那他的手机怎么在你这里？你卧室垃圾桶里是小勉的西装吧！"韩敏人老眼不瞎，会自己看。

薄亦月一时找不到合适的理由，只得对韩敏撒娇："奶奶，就是不小心碰到的，你别问了，好奶奶，亦月送你们打车。"有些事情，她难以启齿。

她能怎么说？说邵勉把她劫持走，带回别墅？

算了，她自己知道就行，还是不要告诉奶奶了。

看她不愿意说，又是一副羞答答的样子，韩敏也没再问。

薄亦月把他们送上出租车后，一个人带着女儿去了超市。

晚上从超市回来，薄亦月收到一个陌生号码的信息，"薄亦月，我警告你，不要再见我的儿子！"

仔细地看了一下手机号码，是邵勉的，这几年来，他从来没换过手机号码。

警告，又是警告！

薄亦月，我警告你，不要伤害顾惜！

薄亦月，我警告你，不要再见我的儿子！

邵勉除了警告她，就没有别的话跟她说了吗？

"滚！"她回复他。

康康是邵勉的儿子，也是她的儿子，剥夺了她的抚养权，凭什么还要剥夺她的探视权！

她没有见过比邵勉还"渣"的男人，她以前怎么就瞎了眼，会看上邵勉这个"渣"男呢？

老宅的卧室，邵勉看着她回复的那个字，站在窗前抽着烟。

这个女人太不听话了，四年前是，四年后再见她，感觉她更难搞定了。

不过，无论她再难搞定，他也会把她搞定。

敢抛弃他四年，邵勉要让她知道自己的厉害。

卧室的门被敲响。

"进。"

邵嘉康小小的身影，走了进来。

"爸爸，我要睡觉了，你要走赶紧走！"邵嘉康已经习惯了一个人睡觉，有没有人陪都一样。

但是，和妈妈还有妹妹睡就不一样了，他还是很喜欢和妈妈睡的。

邵勉赏给儿子一个冷冷的眼神，"我不走了，今天就睡在这里。"

小小的身体爬到床上，不满地皱了皱和那个女人一模一样的眉头，"邵勉，以后不要在我的房间内抽烟！"

生气的样子，也是和那个女人一样。

邵勉掐灭烟头，打开窗户透透气，淡淡地提醒："这是我的房间。"

"你那么多房子，干吗和我抢一个房间。"邵嘉康抱着龙猫玩具，瞪大了眼睛鄙视邵勉。

"臭小子，家里那么多房间，自己去选一个。"

"我不要！这里有妈妈的味道！"小孩子太着急，无意间说出了真心话。

接下来卧室内一阵平静，邵勉近两年来，还是第一次听到儿子提起妈妈两个字。

自从儿子两三岁以后，就很少叫妈妈了。

当时他不知道为什么，也没在意。直到那天看到奶奶的手机，许多事情邵勉都想明白了。

肯定是儿子和那个女人经常视频，并交代儿子，不要在自己面前提起。

薄亦月啊薄亦月，心机可真多。

走了四年，还能轻易地俘获儿子的心。

待房间没有烟味，邵勉关上窗户去了浴室。

出来的时候，儿子已经睡着了。他躺在床上把床头灯关上，像抱着薄亦月那样，把儿子抱进怀里。

小小的身体肉乎乎的，邵勉嘴角勾了勾。

邵嘉康在他怀中寻找了一个舒服的姿势，继续睡大觉，口中还嘟囔了几个字："妈妈，绵绵。"

前面的一声妈妈，让邵勉心疼，以至于忽略了他口中的后面两个字。

## 第五十七章　离我远点

　　自从薄亦月走后，邵嘉康大部分时间就和祖奶奶待在老宅内。

　　其他时间不是被邵勉带出去参加各种宴会，就是去他的公司。邵勉后来也从御谷名邸搬了出去，邵嘉康基本上就没去过别墅。

　　御谷名邸——邵勉已经好久没过去了，直到昨天晚上，近一年来第一次踏进去。

　　还是就在楼下，楼都没上。

　　对于儿子，他崇尚"男孩穷养，女孩富养"的理念。

　　但是儿子想要什么，他也从来没克扣过。

　　教育方面都是奶奶在管着，不过，邵嘉康很聪明，智商很高，他很早就发现了。

　　还有点早熟，他想过是不是因为没有妈妈的原因，他没有撒娇依靠的怀抱，只能让自己快点强大。

　　但是在知道他和薄亦月一直联系着以后，不这样认为了。

　　所以，那次知道韩敏一直在悄悄地和薄亦月联系后，推翻了他之前许多想法。

　　夜越来越深，抱着儿子的男人没有一点睡意。

　　把儿子放好，拿出自己的手机，滑了滑手机号码。不由自主地打开微信，输入那个女人的手机号码。

　　点击添加好友，附带消息：你儿子想看你。

　　四年前他让她那样做以后，她的心里估计只有儿子了吧！

　　那边果然很快就通过好友验证了，原来她也没睡。

　　只是，添加上好友以后，他没说话，她也不说话。

打开她的朋友圈，照片里面的生活很丰富，近半年的都是娱乐圈的生活，以及她的各种自拍。

还有偶尔几条说说，会有一个小女孩的照片，穿着小裙子，不是侧着脸，就是背对着摄像头。

哪来的孩子？她的吗？她给别人生孩子了？

想到这个可能，邵勉重新返回她的微信对话框：这几年你有别的男人！

邵勉怒视着手机屏幕，仿佛只要她敢回复一个是，他就敢去杀了她。

这边正在哄绵绵睡觉的薄亦月有点蒙，他怎么会突然这么问？

想起自己在网上的众多绯闻，还有他身边的顾惜，薄亦月还是赌气回复了一个字：是。

也许就算她不回答这个"是"字，邵勉也会认定她有别的男人，不是吗？

许久以后，薄亦月都要睡着了，她握着的手机，忽然响了一下，薄亦月立刻清醒。

"是不是找了个金主养着你，让你更好地在娱乐圈大红大紫？"

薄亦月心塞，心凉，心痛。她在他心中就是这样的女人吗？不过，薄亦月深呼吸了几下，调整过自己的情绪，打字。

"是。"

这个"是"字，又是发过去将近半个小时后，手机再次响起。

"现在过来陪我一个晚上，我再投资别的电视剧，给你一个女主角。"

薄亦月差点把手机摔了，淡定淡定！努力让自己淡定后，她还是忍不住给他回复。

"你不嫌我脏，我还嫌你脏！"

这一次她以为他很晚才会回复的时候，邵勉的信息很快就过来了。

"昨天晚上观察你许久，没见你有嫌弃的样子，反倒是好像很享受的样子。"

"邵勉，你离我远点可以吗？我求你了。"

这次又是半个小时，都凌晨一点多了，薄亦月才收到他的回复。

"我让你做我的女人的事情考虑如何了？现在给我答案。"

"先去问问你的未婚妻，看她答应不。"薄亦月就是故意挑衅他。

回复完信息，薄亦月是真的很困了，抱着女儿睡着了。

邵勉抽完最后一根烟，已经是两点多，从书房回到卧室，抱着儿子沉沉入睡。

来到蓝宝石大酒店，薄亦月看着辉煌的酒店，内心一阵感慨，上次来这里，还是四年前呢！

现在蓝宝石大酒店又重新装修了一番，更加奢华高调。

餐中她喝了点酒，去露台上透透气。但很不巧的是，她碰到了一对正在低语的情侣。

看清两个人，薄亦月果断转身离开。

聚餐结束，薄亦月是走着回去的，她此刻就想赶紧回家。

十字路口，一辆黑色的车稳稳地停在她的面前。

她刚绕过去走到路边上，车子就绕了一下，再次停在她的面前。

副驾驶车窗打开，她一眼就看到了主驾驶上穿着白色衬衣的邵勉。

不理会他再次绕过，但是邵勉一直跟着她，不让她正常走路。

最后薄亦月一掌拍在他的车窗上，故作凶神恶煞地嚷道："你这人有病啊！"

"你这人有药吗？"

薄亦月无语地瞪了他一眼，"你吃的药我怎么会有，滚开，别挡着我的路。"

想起顾惜，邵勉竟然脚踏两只船！

"上车！"男人淡淡地命令，只得搬出儿子当作借口，"康康想你了。"他可没撒谎，康康每天都在想薄亦月。

薄亦月以为他这句话的意思是，康康想她了，他带着她去见康康。上了车，还在想，邵勉什么时候变得这么好了？

男人大概知道她在想什么，也没有戳破，带着她往家里驶去。

御谷名邸门口，邵勉将车停在门前的广场上，两个人一起下了车。

薄亦月一想到可以看到儿子了，就很开心。

看着她微微兴奋的脸色，邵勉不动声色地把她带进别墅。

一楼漆黑一片，薄亦月没有注意，还以为康康在二楼。

换好拖鞋，她迫不及待地往二楼跑去。

但是她的手腕被拉住，接着就落入了一个怀抱，红唇被堵住……

到了这个时候，薄亦月再笨也反应过来了，她被这个男人骗了！

"薄亦月，你这个该死的女人，竟然抛夫弃子四年。你这次自投罗网，我要好好地报复你！"

临睡前，薄亦月脑海里全是邵勉挥洒着汗水，说的每一句话。

第二天薄亦月回剧组继续拍戏，这天拍摄的是外景，在C国郊区的悬崖边，薄亦月为了救男主，自己落下了悬崖。

化好妆后，薄亦月站在悬崖边上，任由剧组的人把她吊上威亚，然后按照剧情的设定，她被人猛力一推，往悬崖下飘落下去。

薄亦月的身体迅速地往下落去，就在这个时候，她看到了威亚的细钢丝断了……断了……断了？！

工作人员看着监控上的视频很不对劲，蓦地喊道："导演，不好！女二还在往下落，威亚的钢丝出问题了！"

他的话，让大家呆了。

拍摄暂停，立刻下去找人。

薄亦月还在空中飘着，她要死了吗？

死亡的恐惧，快速地向她袭来。

爸爸妈妈，亦月是不是要和你们见面了？但是她好舍不得两个孩子。

"咔嚓！"几颗树枝被她砸断。

"嘭！"哦！天啊，浑身都好痛！好痛！太痛了！接下来她就直接昏过去了……

薄亦月出事的时候，邵勉手机关机，正在开庭。

外面的事情，他什么都不知道。

下午的时候，挂在树枝上的薄亦月终于被救了上来，人已经昏迷了过去，被快速地送往了医院。

情况有点惨，全身的戏服被划得不成样子，暴露在外的皮肤亦是，到处都是血淋淋的。

她被送去医院抢救室后，司承阳亲自给她做的手术。

由于今天的案子非常麻烦，傍晚的时候邵勉才离开法院。

他刚出来，就被一拨记者围攻。在他们犀利的问题中，邵勉终于听出了重点。

薄亦月那个女人拍戏落崖受伤，记者想知道他会不会去！

这个蠢女人，拍戏就不会知道小心点吗？

不再理会记者，上了自己的车，拿出手机，看着新闻热搜上的视频，他皱起了眉头。没有注意到前排袁沫沫从后视镜内打探他的眼光。

## 第五十八章　炒作

接着他就拨通了司承阳的电话，"她怎么样了？"

"哟，前夫出现了，怎么，要不要我配合你炒作一下？"司承阳难得调侃邵勉。

听到他这个语气，邵勉也大概知道了薄亦月的情况。

不理会司承阳，直接挂了电话。

靠在后车座上，沉思了一会儿，吩咐副驾驶上的袁沫沫："联系顾惜，让她现在跟我一起去趟医院。"

袁沫沫无语了一下，这个邵勉老是这样，自己不直接联系未婚妻，基本上都是通过她这个助理。

拿出手机的袁沫沫想起薄亦月，替好友抱不平之后，又忍不住地问了一句："邵律师，那你现在到底还喜不喜欢亦月？"

亦月？正在闭着眼睛的邵勉，忽然睁开了眼睛。

"你和她认识。"他这不是问句，而是肯定句。

袁沫沫，已婚，在他身边做助理两年，他居然不知道她和那个女人相识。

"嗯，我们是大学同学。"袁沫沫大方地承认。

之前亦月不在，袁沫沫感觉没必要主动提起。现在邵勉问了，她当然也不会隐瞒。

"所以，你是她那边的人？"邵勉勾起唇角，现在车内坐了三个人，三个人都和她有关系，这个薄亦月之前人缘还挺不错的嘛！

"必须啊！"袁沫沫笑着扬眉，邵勉根本不知道，她每次见到顾惜，一点都不想理她。

好在她一直有注意到，邵勉对于顾惜不怎么热衷，都是顾惜一头热。

邵勉没有再说话，因为他现在满脑子都在想着要质问那个女人，袁沫沫是不是她派来监视他的人。

七点多的时候，薄亦月终于醒过来。

看着漂亮的天花板，还有精美的壁纸，知道这是承阳医院的风格。

她没死！真好！

片刻后，西装革履的邵勉抱着儿子出现在门口，他们身边站着的是邵家未来夫人——顾惜。

顾惜笑意盈盈地看着病床上的女人，邵勉这次在媒体面前很给她面子，她很开心。

特别是刚才医院门口围着一大群记者，邵勉还愿意带着她和孩子光明正大地出现，她真的很高兴。

"妈妈！"邵嘉康看到薄亦月，立刻从邵勉的怀中跳了下来，奔向薄亦月。

邵嘉康算是打破了病房内的尴尬，薄亦月压抑着身上的痛苦，抱着儿子亲了亲。

"你是故意的吧？"薄亦月瞪着他。

"你误会了，只是网友太热情，都在喊话让我们过来看看你，为了避免不必要的误会，就带着我未婚妻过来了，有错吗？"

这些话，听上去好像真的没毛病，毕竟薄亦月和邵勉是前夫前妻的关系。

为了避免误会，说的也很对。

"那，病房外没有记者，请邵律师把这个女人请出去，看到她我浑身都是疼的。"薄亦月捏着儿子的脸蛋，话却是对邵勉说的。

原来他的出现，是为了那些记者，为了广大网友的呼吁。

顾惜尴尬了一下，但是她很聪明，"阿勉，既然这样你不用为难，我在外面等你。"

你不用为难。听到这几个字，薄亦月忍不住把目光放在顾惜身上。

这个女人，真有心机。

顾惜不顾她的眼神，微笑着嘱咐："亦月，好好休息，我先出去。"

"赶紧走，对了，把你的未婚夫也带走。"薄亦月才懒得陪她演戏，直接赶人。

顾惜没说话，带着邵嘉康转身离开。

病房内只剩下他们的时候，薄亦月忍着身上的疼痛，拿掉身后的枕头。

"人没有死，邵律师可以回了。"躺进被窝内，用被子蒙上头。

邵勉的脸色终于变了，走到她的身边居高临下地看着她，"薄亦月，我说你是猪脑子吧，一点都没有贬低你，拍个戏都能让自己落崖，你怎么这么蠢？"

男人的脸色很黑，仔细看的话，眼底还有一丝焦急和心疼。

她蠢？薄亦月的眼中有怒火，吊威亚出事，也怪她？"不蠢当初怎么会看上你？"

威亚的事情，薄亦月隐隐约约感觉到，不单纯是意外。

不过，她会自己去调查的。

上次被人陷害的事情，因为没有拿到证据而不了了之，这次的事情，她一定要查个水落石出！

目光相遇，火花四溅，只是那是怒火。

"薄亦月，你可真不识好歹！"他的右手捏起她被划伤的下颚。

"嘶！"薄亦月痛得闭了闭眼睛，有些人就是这么讨厌，邵勉这样做和往伤口上撒盐有什么区别？

再次睁开眼睛，她的目光里什么情绪都没有，"其实，邵律师你大可不必这么假惺惺，不过，也对，你这个披着羊皮的狼，总是把表面工作做得很到位！"

四年前她发出和他离婚协议后，很多人都骂她不识好歹。

邵勉这么优秀体贴的男人，她都会放手，许多人怀疑，她是不是脑子坏掉了！

披着羊皮的狼？男人松开自己大掌对她的控制。

又看了一眼她脸上的划伤，以及额头上缠着的纱布。

身上的薄被忽然被掀开，薄亦月吓了一跳。

还好昏迷的时候，护士已经给她换上了新的病号服。

没想到邵勉直接掀开了她身上的病号服，她的身上是更多的划伤，深深浅浅的都有。

薄亦月羞愤地拉好自己的衣服，用薄被继续盖住自己，"出去出去，你滚开！"该死的男人，真胆大，未婚妻在外面就敢非礼她！

让薄亦月没想到的是，邵勉真的离开了，头也不回地走了。

看着被大力关上的病房门，薄亦月怔了好几分钟。

走吧！走吧！走得这么干脆，刚才来做什么？只是为了在大众面前维护他优质男人的形象吧！

邵勉你这个混蛋！

夜晚降临，房内只剩下薄亦月一个人。

韩敏看到消息时候，已经是晚上，立刻给她打了视频，两个人视频聊了半个多小时。

夜深人静，许多人都已进入梦乡。

因为在医院的原因，薄亦月睡得不太安稳。

病房外，皮鞋的声音，"嗒嗒嗒"地回荡在医院的走廊内。

男人无声地推开高级病房的门，走了进去。

床上额头上缠着纱布的女人，正在沉睡。

可能是男人的眼神过于炙热，正在熟睡的女人，眼睛动了几下，睁开。

四目相对。

大半夜的，床边忽然出现一个人，薄亦月吓得心脏剧烈跳动着。

"你有病吗？"深吸了好几口气，才恢复到正常。

男人在她的床边坐下，无所谓地说道："没病就不能来医院了？"

"你大半夜的来做什么！"她没好气地瞪了他一眼，将视线移到一边，不再看他。

"又有网友让我来看你。"

"滚滚滚！"薄亦月看见他就烦，蒙着头准备继续睡觉。

谁知男人绕过病床，躺在大床上的另外半边，并强制性地把她搂在怀里。

"邵勉，你能不能别这么无耻？"女人忍无可忍，掀开薄被怒视着已经闭上眼睛的男人。

要不是她现在浑身伤口，她一定会把他踹到床底下去。

男人睁开眼睛，把食指放在她的双唇上，"嘘，睡觉，再不睡觉我就吻你。"吻到她睡觉为止。

薄亦月知道他说得出做得到，看着近在咫尺的男人，眼珠子滴溜溜一转。

拿掉嘴巴上他的食指，把他扯了过来，主动吻上他的薄唇。

男人的眼中划过浓浓的兴趣，热情地回应着她，只是女人牙齿一个用力……

"嘶！"男人从床上坐了起来，摸了一下发疼的嘴唇，居然流血了！

回头再看小女人，已经将自己整个人都蒙在了被子里。

他找到一个缝隙，掀开她的被子，"啊，你放开我，你走开！"女人偷笑着尖叫。

把她揽在怀里，再次吻了上去。淡淡的血腥味，在两个人的嘴里蔓延开来。

"呕……"女人发出奇怪的声音，让男人瞬间黑了脸色，猛然松开她。

薄亦月就是故意的，坏笑地舔了舔自己唇上残留的血腥味。

"该死的女人，你能不能不要扫兴，我吻你，是你的荣幸不知道吗？"邵勉鄙视地看着坏笑的女人，真是不识好歹！

她的荣幸？

薄亦月真想放声大笑，"邵勉，我之前怎么没发现，你这么自傲和自恋！"

男人穿着西装，斜斜地靠在床头，嘴角淡淡的笑意，几乎没再消失过。

怎么办？他看到薄亦月就心情好，特别是看到她被自己折磨，被自己惹生气，他就开心。

"你不知道的多了去了。"就比如，他们的离婚协议书，在法律上到底有没有生效，只有他自己知道。

前夫前妻？很有意思，他就陪她多玩会儿。

等他把她收拾得服服帖帖的，再纠正一些她错误的认知和想法。

还有顾惜那个女人，他们俩是什么情况，顾惜是最清楚的。

薄亦月已经很困了，懒得和他再斗嘴，脑袋一歪，没两分钟就呼吸均匀地睡着了。

男人把她的脑袋扭到自己这边，自己也在床上躺好，直直地盯着睡熟的女人。

四年，岁月没在她的脸上留下任何痕迹，最多就是成熟了两分。

不过，想到她现在估计还在恨他，恨他四年前让她做了人流，邵勉就心疼。

是不是，如果那个孩子没有被做掉，他就不会错过她这四年？

现在的他，已经三十多岁。其实仔细想想，当时那个孩子，如果她执意要生，他就不应该拒绝她的。

毕竟她是一个母亲，他不应该逼着她做杀死自己骨肉的事情。

大掌放在她带着伤口的脸上，眼中有疼惜，爱怜。

薄亦月，你抛弃了我和孩子四年，有没有后悔过？你有没有再想过我？

## 第五十九章　她的爸爸

第二天薄亦月睡醒以后，天已经大亮，早餐已经被护士放在了旁边。

邵勉也不见了踪影，如果不是身边还残留着他的味道，薄亦月一定会以为自己做梦了。

邵勉律师事务所内，两个小小的身影，手拉手地进了邵勉的公司。

唐丹彤看着两个孩子走了进去，才领着司少哲回到车上等着。

公司内的人都认识邵嘉康，所以，当他出现的时候，前台立刻给他按了六十八楼的电梯按钮。

"谢谢姐姐。"邵嘉康甜甜的嘴巴，逗乐了接待员。

疑惑地看了一眼他身边戴着口罩和帽子的小女孩，就离开了。

袁沫沫看到邵嘉康的身影，立刻走了过来。"康康，你怎么一个人带着小妹妹来了？"

邵嘉康把妹妹拉到身后，对着袁沫沫说道："袁阿姨，我想见爸爸，唐阿姨把我送来的，在楼下等着我呢！"

哦！是这个样子，袁沫沫敲了敲办公室的门，邵嘉康拉着薄绵绵直接走了进去。

关上办公室的门以后，袁沫沫还在疑惑，邵嘉康从哪儿带来了一个小妹妹？

办公室内的邵勉正在接电话，看到邵嘉康和一个小女孩，他浓眉微挑。

薄绵绵一眼就认出了邵勉，她紧张地拉着哥哥的衣角。

这个长得比电视上看见的还要好看的男人，就是她的爸爸？

爸爸就在眼前，她好想叫他一声啊！

挂掉电话，邵勉走到两个孩子面前，半蹲下身体和两个孩子平视，打量着戴着帽子和口罩的小女孩。

白色加浅粉色的小裙子，胖嘟嘟的小个子，看上去非常可爱。

只是，为什么要戴着帽子和口罩呢？还有她的眼睛，看上去好熟悉，怎么感觉好像在哪里见过？

"儿子，不介绍一下吗？这个小美女是你的新朋友？"邵勉挑眉看着邵嘉康。

邵嘉康接下来说的一句话，让邵勉足足好几秒才反应过来，"爸爸，这是我的妹妹，我自己认的妹妹。"

好吧！邵勉责怪自己想多了。但是妹妹？康康自己认的妹妹？

邵勉慈祥地看着两个孩子，不，准确来说，邵勉慈祥地看着薄绵绵。

"你的爸爸妈妈呢？"他对这个孩子很好奇，很想把她的口罩和帽子摘掉，看看她长什么样子。

按照原计划，薄绵绵开口回答邵勉："叔叔，我的妈妈在上班，我没有爸爸。"

薄绵绵说完内心大喊，我有爸爸，就在眼前！

她软绵绵的声音，把邵勉的心都快萌化了。无意间又想起，那天给韩敏打电话的时候，手机中那个小女孩的声音，和她很像。

不过她没有爸爸？可怜的孩子。

慈祥地摸了摸小女孩的顺滑的头发，"小朋友，你叫什么名字？"

"我叫绵绵。"

"多大了？"

"我3岁多了。"

"嗯，能告诉叔叔，为什么要戴着口罩和帽子吗？"邵勉没有控制住自己，把小女孩抱了起来。

他什么时候，也能有这么可爱的一个女儿？

被邵勉抱起来的薄绵绵，真的好高兴，眼睛笑眯成弯弯的月牙。

"我生病了，脸上长有奇怪的东西，不能让人看到的。"

仿佛感受到她的开心，邵勉心情也很好，抱着绵绵坐在了沙发上。

薄绵绵揽着邵勉的脖颈，坐在爸爸的腿上。

"嗯，好的。生病去看医生了吗？"这个小女孩身上有种魔力，让他总是不由自主地去靠近。

邵嘉康看着慈祥的爸爸，已经想象到了如果妹妹回归家中以后，自己在邵勉心中的地位不保了。

坐到邵勉的老板椅上，邵嘉康无聊地听着父女俩的互动。

"嗯，你和康康在一个幼儿园吗？"绵绵，软绵绵的，这个名字很适合她。

薄绵绵摇了摇头，随后她小心翼翼地问道："叔叔，你晚上能带我和哥哥去吃好吃的吗？"

"叔叔晚上带你和哥哥去吃好吃的，你想吃什么？告诉叔叔。"

小女孩琢磨了一下，在爸爸面前不能摘口罩，怎么能一起去吃饭呢？

薄绵绵摇了摇头，用难过的眼神注视着邵勉。

邵勉看着她受伤的小眼神，心都疼了。

"怎么了？告诉叔叔。"她是不是有什么困难，说出来或许他可以帮她。

"叔叔，我晚上必须早点回家。"她随便扯了一个借口。

但是借口合理，邵勉也信了。

"那我开车送你回家。"然后就带着两个孩子，出了办公室。

路过停车场的时候，邵嘉康对着车内的唐丹彤做了一个胜利的手势。

唐丹彤又看着两个孩子上了邵勉的车，才带着儿子回到家里。

之前她替儿子和绵绵这两个没爸爸的孩子，感到可怜。

现在少哲回到爸爸身边了，她好心疼绵绵啊。祈祷薄亦月和邵勉的坎坷能早点过去，让绵绵早点回到爸爸的怀抱。

路上邵勉给两个孩子，买了许多吃的，全部都打包带走。

问了绵绵的地址，邵勉疑惑地看着小女孩，她和司承阳住一个小区？

到了司承阳住的小区门口，一个保姆已经在门口等着薄绵绵了。

邵勉从车上下来，把后车座的绵绵抱了下来。

"叔叔，我可以亲你一下吗？"

邵勉微笑着把脸凑到绵绵的面前，薄绵绵隔着口罩亲了一下邵勉的脸蛋，再次笑眯了眼睛。

"早点回去吧！以后有机会，到叔叔家里来玩。"邵勉很喜欢这个小女孩，期待下次还能再见到她。

薄绵绵重重地点了点头，"谢谢叔叔！"然后恋恋不舍，三步两回头地看着邵勉和她摆手，"叔叔再见！"薄绵绵大声叫了一声，就进了小区。

几天后，身体已经没有大碍的薄亦月就出院了。

唐丹彤知道薄亦月今天出院，就让保姆带着绵绵先回了公寓。

薄亦月回到公寓的时候，绵绵正在玩着玩具。

好几天没见女儿，薄亦月抱着女儿不愿意放下。

邵勉站在办公室窗前，看着外面的夜景，接通电话，听着那边汇报结果。

"威亚的钢丝估计是蹭在石头上断了。"

男人冷笑。

"警方就这样草草结案？

"其他人证物证也没有找到？

"我知道了。"邵勉脸色难看地挂上电话。

威亚钢丝被蹭断，这种巧合他会信才有鬼！还有钢丝被销毁，断了所有的线索，对方很强大。

穿上外套拿着车钥匙出了公司。

明天要出差，他拨通那个女人的手机号码，"喂。"

那边忽然传来一个小女孩的声音，让邵勉眉头一皱，心中有着浓浓的疑惑。

现在都晚上八点多了，薄亦月身边怎么会有孩子？

"你好。"他试探地开口。

听到好像是爸爸的声音，薄绵绵吓得捂上了嘴巴。

利索地从床上爬下去，跑到客厅把手机递给正在给她倒水喝的妈妈。

薄亦月看着来电显示，居然是邵勉？薄绵绵还给她接通了？

完了！

手机中，邵勉的声音又响了起来，薄亦月只得任命地回应，"邵律师。"

听到薄亦月的声音，邵勉更加怀疑了。

"你在哪儿？身边怎么会有孩子？"

薄亦月脑子快速地转着，"我在朋友这里，刚才是朋友的女儿。"她的心脏怦怦跳着，此刻邵勉如果站在她的面前，一眼就能看穿她在说瞎话。

邵勉似乎信了，"从你朋友家出来，过来我这边。"

"我不要！"她立刻拒绝，绵绵在家，她不想出去。

开车的男人皱了皱眉头，非常不满意她的拒绝。

"薄亦月，不要惹我生气！"

"去找你未婚妻，不要再给我打电话了！"薄亦月心虚地快速挂掉电话。

看着女儿瞪大了眼睛的样子，蹲下来和她交代："绵绵，以后不能乱接妈妈的电话，知道吗？"

她不能让邵勉发现他还有个女儿。所以，拍完戏，她会带着绵绵立刻离开C国。

薄绵绵点了点头，更加不敢把偷偷去见爸爸的事情告诉妈妈了。

这边被挂掉电话的邵勉，烦躁地把手机扔到一边，重新回了老宅。

## 第六十章　我全收了

　　回到老宅韩敏还没睡觉，看到邵勉，兴奋地把他拉到客厅的沙发上坐下。

　　"奶奶，怎么了？"

　　韩敏不顾他敷衍的样子，开口说道："我下个星期的寿宴，客人名单我都列好了，你看看。"她把小本本递给邵勉。

　　下个星期是韩敏83岁寿宴，之前奶奶都没有太重视生日，这次怎么忽然要办寿宴了？

　　邵勉疑惑地看了一眼韩敏，最后还是把目光放在了小本本上。

　　前面都是韩敏的老伙伴，中间的那个名字吸引了邵勉的视线，薄亦月……

　　他斜着眼睛看了一眼兴奋的奶奶，奶奶是有多喜欢那个女人？

　　"奶奶高兴就好，我没意见。"他把小本本还给韩敏。

　　食指有一搭没一搭敲在沙发的扶手上，一副若有所思的样子。

　　韩敏看到孙子没有拒绝自己邀请亦月，更加开心了，哼着小曲上了楼。

　　迫不及待给薄亦月开了视频，"亦月，我寿诞那天，你作为我曾孙的妈妈，一定要把自己打扮得漂漂亮亮的！"

　　"亦月，杨紫勤肯定带着那个什么顾瑜，你要把她压下去。"

　　"也不对，我的亦月这么漂亮，不用打扮也比她们美几百倍。"

　　"我办这个寿宴啊，就是为了让你光明正大地回到邵家，给大家强调一下，你还是我曾孙的亲妈。"

　　薄亦月拿着手机坐在客厅的沙发上，听着韩敏兴高采烈地给她说这些话。不知不觉红了眼。

　　奶奶……你真是用心良苦，谢谢你。

　　"亦月，你在吗？怎么不说话？"韩敏奇怪地看着视频那边的天花板。

薄亦月抹了抹眼泪，"奶奶我在啊，一直在听你说话呢。"

"奶奶给你交代的，你记住了没有？"

"嗯嗯，奶奶，我知道了，我一定会好好打扮的。"只是，好好打扮有什么用？她只有康康亲妈这一个身份。

真正站在邵勉身边的女人，不还是顾惜那个未婚妻？

三天后。

薄亦月又重新返回剧组，开始拍戏。

因为休息几天，落下的戏份太多，所以薄亦月这几天几乎都在剧组通宵。

忙碌的工作，让薄亦月忘记了所有的烦恼。

只有偶尔休息的时候，她会想起那个消失了好几天的男人。

薄亦月最近接了一个钻石广告，是黎浅洛亲自来找她，让她给SL集团旗下的GL钻石做代言人。

薄亦月二话不说就答应了，趁着拍戏的间隙，在街头拍了一组宣传照片。

在还没有正式播放广告的时候，照片就被传到了网上，引起了网友的热烈讨论。

邵勉结束当天的官司，坐在车上，翻看着网页上那几张极美的照片。

第一张是薄亦月化着浓妆，穿着大红色的新款阔腿裤装，以步行街十字街口为背景。

接下来的几张全部是浓妆，只不过衣服颜色不同，风格也不同。

比如中间的一张黑白风格的照片，她穿着白色的一字肩时装，披散着长发，站在窗前。

红唇叼着一根点燃的女士香烟，性感又迷离。

最后一张是穿着黑色的性感吊带，裸露着光洁的背，张着夸张的棕红色双唇，披散着酒红色的长发，直勾勾地看着镜头，仿佛在看着他。戴着钻戒的手指，轻轻地放在嘴唇上，说不出的诱惑。

紧紧地握着手机，把所有的照片都保存下来。

然后拨通一个号码。

"邵大律师，还会给我打电话？"黎浅洛调侃的声音，传了过来。

"GL放在网上的照片，不准作为广告海报正式投放。"薄亦月没脑子吗？作为他的前妻居然去拍这种露骨的照片，看他怎么收拾她！

黎浅洛轻笑，"照片效果这么好，我们为什么要撤掉！"

邵勉闭了闭眼睛，"出个价钱，你们重拍，所有的损失，我承担。"

重拍之前，他一定要见到薄亦月。

她明知故问："亦月和你离婚了，你管这个做什么？"

"出个价钱。"

这句话邵勉已经说了三遍，耐心即将尽失。

"好吧，十个亿。"她趁机敲诈。

"好！"男人回答得很爽快，他的魄力让黎浅洛都惊呆了。

"别，别，开个玩笑，我等会儿就去找我老公。"

"多谢！"

结束掉电话，邵勉看着肥羊把车子已经开到了新买的公寓楼下，"我今天晚上用车子，你等会儿先打个车回家。"

肥羊点了点头，从主驾驶上下来，把车子让给邵勉，自己拦了辆出租车离开。

拿出手机点开微信，随手发了一个信息，三分钟后就确定了薄亦月的位置。

发动车子，往他们剧组所在地驶去。

薄亦月正在摄影棚拍室内戏，对于不远处忽然多了一个人完全没有感觉。

晚上十二点多，薄亦月卸掉妆容换好衣服，拖着疲惫的身体往保姆车上走去。

黑暗的停车场上，薄亦月的手腕忽然被人握住。

"啊！"知道她要尖叫，邵勉立刻捂住了她的嘴。

熟悉的气息扑鼻而来，薄亦月才松了一口气。

曹小刀听到薄亦月的尖叫声，已经从保姆车上露出了头。

看到邵勉，瞬间懂了，吩咐司机让他们先走。

保姆车离开，薄亦月被邵勉带上车，随后急驰而去。

车往御谷名邸的方向驶去，薄亦月实在是太累了，懒得跟邵勉计较。

坐上车以后，直接闭上眼睛睡觉。

直到车子停下，落入一个怀抱，女人才睁开疲惫的双眼。

"你这个样子，怎么再给我生个孩子？"她眼中的疲惫，他看得一清二楚。

薄亦月蔫蔫地开了口："邵律师，你要生孩子找错人了吧。"

"薄亦月，你越是这个样子，我越是不想放过你！"他就要治治她的倔强。

女人闭上眼睛，任由他把自己抱到二楼。

"邵律师，放过我吧！"她有气无力地哀求。

男人嘴角勾起笑意，"你这副可怜兮兮的样子，更容易激发男人的控制欲，更不想放过你了！"

薄亦月使尽浑身的力气，冲他喊了一声："你这个混蛋！"

二楼卧室的门被打开，薄亦月干脆闭上眼睛装死。

等到整个人被放在床上，薄亦月立刻翻了个身，离他远远的。

邵勉没有理会她，拿着睡袍进了浴室。薄亦月松了一口气，很快就睡着了。

邵勉关掉床头灯，卧室陷入黑暗。

准确无误地吻上女人的红唇，她的口中有着甜甜的味道。

这天是韩敏83岁大寿，作为孙子的邵勉早早就在这里预订了最大的包间。

来了不少人，都是来给韩敏贺寿的。包括顾惜和顾瑜，薄亦月是最后到的，餐中气氛还算融洽，因为是韩敏生日，也没有人敢造次。

寿宴结束薄亦月走后邵勉想起了一件很重要的事情，趁着等红绿灯的时间，拿出手机，给薄亦月发了一条信息：以后拍照片自己再不注意尺度，薄亦月我断送你娱乐圈生涯。

挺巧的，薄亦月在网上找了许久都没有找到GL的广告，正准备给黎浅洛打电话问问。

刚好邵勉就发信息来了，她瞬间全懂了。她好像也没拍什么大尺度的照片啊，哦！想起来了，就露了半个背而已。

当时她也挺不好意思的，但是看到拍摄室内其他几个一线明星的宣传照，比她的离谱得多，她就闭嘴了。

"和你有关系吗？"啪嗒啪嗒打几个字，发送了过去。

反正他不在自己面前，她也不怕他做什么。

晚上的时候，她带着两个孩子又买了一个小蛋糕，然后把韩敏接到自己的公寓里。

由于绵绵白天没有过去的原因，母子三个人又给韩敏庆祝了一次生日。

这是韩敏过得最开心的一个生日，之所以这么开心，还因为白天邵勉送给她一个礼物。

那个礼物是一句话，一句足以让韩敏很开心很开心的话。

她也告诉了邵勉，让他趁早搞定亦月。因为明年她还要过大寿，带着绵绵和康康一起过大寿。

过完生日太晚了，韩敏没有走，薄亦月和两个孩子睡在一起。

剧中薄亦月扮演的角色距离大婚三天的时候，出门被剧中另一个女配角拦截，她被扔进了海中。

只是这一扔，不但那个女配角没有上来，薄亦月也没上来。

怎么又出事了？肖乾盛看着黑茫茫的大海，焦急万分！

薄亦月不是会游泳的吗？他们才没有找替身的。

而且他们在浅水区，根本就没靠近深海。

两个小时后，消防员都来了不少，还没有找到薄亦月。

这次，肖乾盛大力地封锁消息，但是还是走漏了风声。

## 第六十一章　薄亦月出事

邵勉知道这个消息是在第二天清晨，袁沫沫给他打电话的时候，他刚起床。

听到薄亦月出事，顾不上洗脸，穿好衣服和鞋，就开车去了她出事的海边。

当他到达海边的时候，消防员已经全面停止了打捞，依然一无所获。

出事时间是在昨天晚上。

如果不是掉入了海里，那薄亦月被谁带走了？

顾瑜吗？还是顾惜？抑或是剧组中的人？

他又想起四年前的事情，说不定这两个人是同一个人。

只是，那件事情的幕后黑手，到现在还没找到，想到薄亦月会再次受伤，这让邵勉更懊恼。

狠狠地捶了一下方向盘，喇叭忽然响起的声音，把所有人吓了一跳。

平稳了一下自己的情绪，拨通顾惜的电话。"阿勉。"那边的声音，和平时无异。

"你在哪儿？"

男人阴冷的声音，似乎把女人吓了一跳，战战兢兢地问道："阿勉，我在公司啊，你怎么了？"

女人的声音无异，邵勉只得挂了电话，托人去调顾惜小区从昨天晚上到今天的监控。

然后自己开着车去找人。

路上的时候，他的手机响起，来电显示是隐藏号码。

有猫腻，邵勉不动声色地接通手机，然后按下录音键。

"你好，邵律师。"

女人的声音特别魔幻，很明显就是经过了变声软件处理。

"有事吗？"

"邵律师，是我把薄亦月带走的、绑走的，我好怕以后会坐牢，所以才给你打的电话。"对方传来哭泣声，经过软件显得很恐怖。

一处郊外废墟，薄亦月警惕地看着面前的几个蒙着脸只露着眼睛的男人，"你们想干吗！"她的双手被绑在身后，极力地让自己镇定。

几个男人相互看了一眼，"快点，景小姐已经给他打了电话，我们要行动就快点，要不然等会儿就完蛋了。"

景小姐？她只认识一个姓景的，那就是剧组中的景秀，平时两个人的关系的确不太好。薄亦月想起自己昏迷之前，看到景秀的背影。当时还不确定是她，现在就可以确定了。

"这个女人，看上去不错，不玩玩就走，就亏了。"

几个男人逐渐地向薄亦月靠拢，她努力地让自己镇定，"那个，有话好好说，你们是想要钱吗？"

给他打了电话，他是邵勉吗？

那么，她现在要做的就是拖延时间。

谁来救救她啊，我的老天，这里是哪里啊？

女人坐在办公室，把刚才打过电话的卡取出来扔进洗手池内冲走。

放在桌子上的手机，忽然响了起来，把顾惜吓了一跳。

看到来电显示，顾惜嘴角扬起微笑，"景秀。"

"薄亦月呢，现在怎么样了？我当初只是答应你把薄亦月带出来，可没想到会闹出这么大的动静啊。"景秀躲在一个房间的角落内，吓得一口气问了一连串的问题。

她现在后悔了怎么办？邵勉那个男人如果发现是她绑走了薄亦月，会怎么对她？

"着什么急，不是说了吗？我只是找几个人吓唬吓唬薄亦月，让她吃点苦头，以后乖乖收敛，不要再来招惹我和邵勉。"顾惜忍不住挂上笑意，坐回椅子上，景秀这个傻女人，她早就安排好了，打算让人侮辱了薄亦月，并且算好了时间给邵勉打电话，等到邵勉赶到郊区的时候，那几个人正在进行呢！到时候就让景秀去做替死鬼吧！

"可是，昨天晚上绑薄亦月的时候，她好像看见是我了，怎么办？"她真的后悔了，景秀真的后悔了，她不应该做这种事情的。

顾惜感受到她的恐惧，暗骂她没出息！但是，现在还不是和她闹翻的时候，只得安慰她，"别着急，那么晚了天那么黑，你要是一口咬定你没有，她薄亦月没凭没据的，能拿你怎么办？"

在顾惜的安慰下，景秀平静了许多。

"邵勉现在在哪里？"

"不是说了，我给他打过电话了，他现在正在往郊区赶去，我找的那几个人都是亡命之徒，到时候如果跑不掉，我会想别的办法。"

然后顾惜敷衍地挂了景秀的电话，现在她就等着薄亦月被侮辱的好消息。

四年前的那次，让她逃了。

这次她一定不会再放过薄亦月，事情成了的话，邵勉还会要一个不干净的女人吗？

去郊区的路不是太好，邵勉顾不上他今天开的是跑车，出了市区就急速颠簸在郊区的小路上。

终于看到了电话中那个女人说的房子，他继续加上油门。

破旧的房子内，薄亦月故作淡定的样子，让其他几个人不敢动手。

一个男人不和薄亦月废话，直接开始撕扯她的衣服。她抬起腿，往男人的脸上狠狠踢去。

男人吃痛，恶狠狠地甩了她一个耳光。

薄亦月一边脸肿了起来，"呸，反正我是将死之人，你不要命就快点！"

另外一个男人刚把手放在她的肚子上，薄亦月一声尖叫，把几个人吓了一跳。

她从地上起来坐好，惊悚地看着外面，"我看到外面有东西！"

"管他什么东西！你给老子闭嘴！"男人的脏手过来捂住她的嘴巴，薄亦月顾不上恶心，狠狠地往他手上咬了上去。

"疼，贱人，放开我！"薄亦月狠狠地咬着不松口。

"你们快过来把她拉走，这个疯女人！"

这个时候，薄亦月看准一个机会，快速往门口冲去。

其他的几个人立刻跟了出来，并快速地把她按在地上。

"救命啊！"即使知道自己叫天天不应叫地地不灵，薄亦月还是没放弃，大声叫喊着。

"叫，随便叫，叫破喉咙也没有人来救你，快点，来不及了！"接下来男人的动作，让薄亦月惊悚地瞪大了眼睛。

她不要，不要！

"救命啊！救命！"因为害怕，女人的声音，非常尖锐。

郊外非常宁静，邵勉仿佛听到了女人的声音，眼看房子就在眼前，但前面的一段路坑洼太多，车子过不去了。

从车子上下来，大步往前跑去。

女人的尖叫声，让邵勉拼了命地往前跑去。

薄亦月坚持住，不要怕，我来了！

终于到了，邵勉粗喘着气，看着眼前的一幕，看着地上的小女人，确定是薄亦月没错！

他的双眼渐渐变得猩红，顾不上喘气，大力地踹着几个男人。

几个人吓得连忙弄好刚解开的皮带，往屋后面跑去。

只有一个人被邵勉拉着往死里揍。

薄亦月从地上坐起来，本来已经受了不小惊吓，看着不远处的四个死人，眼前黑了黑，差点晕过去。

看着邵勉拳头下的男人已经被揍得鼻子出血了，她吓得柔弱地叫了一声："邵勉哥哥……"

## 第六十二章　景秀被带走

一声柔弱的呼唤，让邵勉恢复了点理智，松开男人，脱掉自己身上的西装外套，披到薄亦月衣衫不整的身体上。

"不怕。"他把瑟瑟发抖的薄亦月搂在怀中安慰，地上被他揍过的男人，艰难地爬起来，准备逃跑，又被邵勉扯住衣领。

"对不起，对不起，饶命！我刚动手你就来了！"邵勉一把扯掉他的头套，露出男人猥琐的面貌。

"说！是谁干的！"

男人摇头，邵勉狠狠地掐着男人的脖颈，男人一口气都喘不上来。

直到男人的脸色变得血红，邵勉才松开手，"说！"

"我说……咳咳……"男人剧烈地咳嗽着。

"快说！"邵勉扯着男人的衣领，把他从地上扯起来。

"我说，是……景……"

男人刚说一个字，就趁着邵勉分神的间隙，迅速往门口奔去。

邵勉刚想追出去，却又打住了。"邵勉哥哥……"身上的西装遮不住她的狼狈，薄亦月只得寻求帮助。她好怕一个人继续留在这个屋子里。邵勉立刻把薄亦月护到怀里，看了一圈院子周围，最后在东南方向，一个人影消失不见。

邵勉抱起薄亦月，想起刚才男人交代的那个字，眼中划过一抹杀意。

到了车上，薄亦月被放在车后座上。

"邵勉哥哥。"邵勉刚起身，薄亦月立刻把双臂攀上男人的脖颈。

邵勉将她搂在怀里安慰道："没事了。"

景秀，如果真的是她，他不会放过她！

邵勉先开着车，把薄亦月送到了御谷名邸，给她放好洗澡水，让她去泡澡。

自己在卧室里一个电话接着一个电话地打。

景秀被警察带走的时候，正在心不在焉地拍摄吻戏。

导演还正在纳闷她今天怎么了，直到警察来带走她，所有人都蒙了。

肖乾盛第一时间就把消息封锁了，这都是些什么事！如果真的是景秀，他这部电视剧就完蛋了！

唉！肖乾盛急得在剧组里团团转，剧组里的演员接连出事，只得先暂停拍摄。

薄亦月从浴室出来的时候，邵勉刚接到景秀被带进警局里的消息。

挂掉电话看到从浴室走出来的小女人，脸色依然苍白，他心疼地把她揽进怀中。

但是，薄亦月却推开了他。

"不要碰我！"薄亦月闭上眼睛，不想去想刚才的一幕。

邵勉不顾她的反对，再次揽住她。

"别想了。"这次他去得早，几个人看上去像刚有动作，他就出现了。

"不要碰我，不要碰我！"她从他的怀里逃出来，快速地钻进浴室。

邵勉把手机扔到一边，跟了进去。

浴室内薄亦月打开淋浴，完全不顾还是冷水，穿着睡衣就直接站到了下面。

邵勉关上淋浴开关，把冻得瑟瑟发抖的她拉了过来。

"邵勉，你放开我，先放开我。"她好脏，还没有洗干净，她好脏……

她的情绪太过于激动，邵勉想起四年前，她无意间被人侮辱的那次。

这次只是被其他的男人稍微碰了，就这样激动和不正常……还好，那次她在昏迷中，要是清醒着，她一定会疯的吧！

在她再次去打开淋浴的时候，邵勉拉住她，低下头吻上她颤抖的双唇。

那一幕在脑海里怎么都挥之不去，邵勉的吻，让她又想到当时的情况。

"唔唔唔……"女人发出不正常的声音，邵勉松开她。

薄亦月连忙跑到卫生间，掀开马桶盖，吐了出来。

有一个人亲她了，呕……

邵勉看着无力蹲坐在地上还在吐的小女人，心疼地快速下楼，给她倒了杯温水。

直到胆汁都快被她吐出来，薄亦月才按下马桶的冲水按钮，去水龙头前漱口。

外面邵勉正在接电话，"我今天有事情，就不过去了。"

刚挂掉，又来电话，"进去了就进去了，我现在没空去见她。"

两三个电话后，手机终于安静了。

洗漱间内，薄亦月正在刷着牙，仿佛有强迫症一般，一遍又一遍……

最后邵勉看不下去了，在她再次挤牙膏的时候，把牙刷给她夺了过来，直接扔进垃圾桶。

把水杯递给她，"喝点水。"

薄亦月很听话，一口气把温水喝完，这才感觉腹中好了许多。

脱下湿漉漉的衣服，薄亦月转身又要去浴室，邵勉连忙拉住她。

"亦月，乖，看着我！"邵勉捧住她的脸蛋，强迫她看着自己的眼睛。

薄亦月摇头，她不要看他，"我不要，我恨你，我最恨的就是你，我不要看你！"

男人没有一个好东西，邵勉也是，当初逼着她流产，她不要！

"好，不看，亦月，没事了！"他让她的脑袋靠在他的肩上，薄亦月慢慢地平静了下来。

听到她说她恨他，邵勉就知道，薄亦月还是因为四年前的事情，不肯原谅他。

暗叹了一口气，他将她拥得更紧。

彻底放松下来，薄亦月只感觉浑身无力，双腿一软。要不是邵勉紧紧地揽着她，她就跪在了地上。

男人看她这个样子，将她打横抱起，放在大床上。

"睡一会儿。"他的大掌放在她的额上，来回地触摸她的头发。

女人很快睡着了，邵勉给她盖上薄被，才离开。

被调为静音的手机，已经十几个未接来电。

他回拨警局刑侦队长的手机，"邵律师，景秀承认，是她找人把薄小姐绑走的，但是她说这件事有主谋，她想见你一面……"

男人被承认两个字冲昏头脑，冷笑，"要是有主谋就直接说，她见我有什么用？既然承认了，该怎么判刑就怎么判吧！"

只是，考虑到薄亦月，他不能说出来她差点受侮辱的任何事情。

"好的，邵律师，知道了。"

"当红演员景秀因妒忌绑架薄亦月……"顾惜看到新闻以后，得意一笑，她的计划还是天衣无缝。把景秀那个女人推出去当替死鬼，毫无破绽。

接下来，就是要想办法，封了景秀的嘴。她很快就联系上了景秀的母亲，一番"威逼利诱"之后，景秀的母亲去警局要求探望女儿。

景秀在警局不停地吵闹，要见邵勉。

但是，自从她的母亲见了她一面后就消停了。没有人知道景秀的母亲给她说了什么，景秀母亲从警局出来以后，景秀就不再吵吵闹闹，仿佛已经心如死灰。

邵勉抱着薄亦月想了一个晚上，这件事情，感觉非常不对劲。

第二天一大早，天刚亮就去了警局。

警局的人告诉他，景秀已经供认不讳。

景秀之前红的时候，邵勉见过她。和所有的明星都一样，被包装得光鲜靓丽。

而此刻的景秀，一夜之间，跟变了一个人一样。

素颜朝天，黑眼圈什么的都出来了。哪里还有一点大明星的样子，扔在人堆里都不会有人去注意她。

景秀看到了邵勉，眼睛里才有一丝波澜。

她就是因为这个男人，走错了一步棋。一步错，就步步错，满盘皆输，甚至连自己的一切都搭了进去。

回到办公室，邵勉点上一根烟，陷入沉思。

邵勉下班之前，吩咐人找到景秀的家人，并24小时盯着他们。

景秀的家里条件不是很好，母亲常年吃药，父亲去世得早，弟弟是个病秧子。

到处都需要钱，景秀刚红了一年多，基本上把积蓄全部给了母亲。

看得出来她还是一个很孝顺的孩子，但是，家里的情况是最大的弱点，邵勉觉得应该是有人拿着她的家人威胁到她了。

邵勉一整天都在忙活这件事情，但是还是在不到七点的时候，回到了别墅。

果然和他想的一样，别墅空了。

拨打薄亦月的电话，响了两声就关机了。

他本来想打听她的公寓地址的，但是想了想，既然她选择离开，说明她有自己的想法，那么他尊重她的想法。如果好几天不出现，他再查也不晚。

《瑾王的绝世宠妃》拍摄被迫暂停，邵勉的投资，已经消耗了三分之二。

肖乾盛正因为这件事情急得脑袋大的时候，邵勉的助理袁沫沫来了电话。

表明邵勉会继续投资这部电视剧，现在换女一号重新拍摄景秀所有的戏份已经来不及，只能让新的女一号，接着景秀的戏份拍摄。

资金会即刻转过来，但是得看薄亦月的意思。她什么时候愿意开工，就什么时候开始拍摄。

结束通话后，肖乾盛果然收到消息，以邵勉的名义转过来了一个亿的活动资金。

肖乾盛震惊了一下，给邵勉的助理回电话，后期的戏只有三分之一了，用不了这么多。

邵勉又明确地表达了自己的意思，多余的资金给剧组中的演员提高待遇。

导演瞬间全明白了。

敢情邵勉所做的一切，包括投资的好几个亿，全部是为了这部剧的女二号。

斥巨资只为博红颜一笑，不知道这么相爱的两个人为什么离婚，真的可惜了。

## 第六十三章　去见景秀

"你好，我想和她单独聊聊，我是景秀的律师。"戴着眼镜的律师对着身后两个女警客气地说道。

片刻后，两个女警严肃地看着律师，"那你快点！"

"谢谢。"律师看着她们把门关上。

他走到景秀的旁边，直接说道："景小姐，我是薄亦月小姐委托过来的。我知道你有苦衷。"

他的第一句话就让景秀不淡定地睁开了眼睛，震惊地看着来人，他……不，薄亦月怎么会知道？

这个时候，门外传来极小的动静。

律师仔细地听了一下，好像有人靠近他们，就转变了话题。

"你在这里怎么样？"他示意景秀伸出手掌，看着景秀如今悲惨落魄的样子，他也感到有些诧异。

察觉到他眼神里的同情，景秀微微冷笑，其实她并不需要任何人同情她。

得不到景秀的回答，律师没有放弃。他拿出手机，播放了一段提前录好的视频。

视频里面的人是薄亦月，她轻声问道："景秀，为什么要那样对我？"

与此同时，律师的手指轻轻地在景秀的手掌心中划着，一笔又一笔。

女人依然沉默。

"景秀，我好恨你，如果不是邵勉赶来得急，我也被毁了。"薄亦月说的这些，不是秘密。

"景秀，我之前很喜欢邵勉，后来和他在一起了，虽然我的做法有点过分，那不是重点，重点是我和我喜欢的人在一起了，当时的我很幸福。后来我们有了孩子，属于我们的孩子，你知道我有多高兴吗？"

说到这里，律师明显察觉到景秀的食指动了。

视频中薄亦月的声音还在继续，"即使他不爱我，即使后来我们闹过许多矛盾，即使后来我们离婚了……但是，有过那么一段美好的回忆，我很满足。景秀，你有喜欢的人吗？"

景秀终于哑着嗓子开了口，明知道视频中的女人听不到，她还是回答道："我喜欢邵勉，你会让给我吗？"

律师关掉视频，他替薄亦月回答了景秀的问题："你现在这个境况，即使让给你有什么用呢？"律师轻飘飘地扔出了一句话。

景秀再次抬起食指，画了一个拼音，律师怔了一下，瞬间明白了。

"你走吧！"景秀开口赶人，又闭上了眼睛。

室内归于宁静。

能看得出来女人在恐惧，对，景秀整个人都在恐惧，因为她的全身都在颤抖。

律师对着她点点头，转身离开。

外面，薄亦月在车内盯着，律师过来低声跟她她说了一些话，她看了眼身后的监狱，微微垂首。

原来如此……

只是，她的车子还没来得及发动，一个熟悉的身影就出现在了眼前。

"又不乖。"男人淡淡地说了三个字，原来是邵勉不放心她一个人跟景秀接触，特意赶来。

薄亦月只好让邵勉开车，自己坐上副驾驶的位置。车子缓缓开动驶离。

薄亦月沉默地坐在副驾驶上，脸上的沉重，是邵勉很少见到的。

看来景秀给薄亦月透漏了什么。

"告诉我。"有些事情，薄亦月一个人解决不了，背后的凶手心思缜密，任何线索都没有留下。

薄亦月玩不过那个人。

不知道对方是谁，但是最起码不能让薄亦月一个人承受这些事情。

薄亦月又沉思了一下，摇了摇头，"景秀只告诉律师，她不是真的想害我。"

不是她不告诉邵勉，是因为景秀只告诉了律师一个顾字，她也不确定是谁。

到底是顾瑜，还是顾惜？

顾瑜，她还有点把柄。顾惜……那个女人是真的没有做任何事情，还是隐藏得太好了？

不过无论是顾惜还是顾瑜，这姐妹俩，任何一个人她都不会放过。

"薄亦月……"

"邵勉，能不能在这之前，保护好景秀的安全？"

邵勉刚开口，就被女人打断。

她的话让男人眉头紧皱，但最后还是点了点头。

"薄亦月，我不希望你隐瞒我，把你怀疑的人告诉我！"他不会让她一个人去面对这些。

监视了景秀家人好几天，都是正常的。

"景秀真的没说是谁，我也没怀疑的人。"薄亦月拒绝得很彻底，因为她怕邵勉知道是姐妹俩中的一个，会对她们心软。

邵勉知道她不说，就没再问，带着薄亦月去吃了晚餐。

邵勉律师事务所，员工基本上已经下班，顾惜坐在位置上，听着那边的汇报。

最后开口："很好，在判决书下来之前，把她给解决了。"

"他们都聊了什么？"

"钱不是问题，我等会给你汇过去五百万，把所有的关系都给我打通了。"

邵勉那边查得非常严谨，一点点蛛丝马迹都不放过！要不是她下手快，早就被邵勉的人发现了线索。

她也知道自己现在的处境，已经演变到了她和邵勉的暗中斗争。

邵勉现在看上去是不占任何上风，因为她毁了所有的证据。

一旦让邵勉发现一丝丝痕迹，她很快就会玩完的。

所以，现在让景秀死，是最能解决所有问题的办法。

挂了电话，顾惜把不相干人的通话记录删得干干净净。

御谷名邸。

男人把车子停到车库，薄亦月无聊地往别墅门口走去。

无意间看到别墅门上的锁，还是之前的指纹锁。

她眼珠子转了转，把自己的食指放上去，"叮。"别墅的门居然开了！

诧异地看着被打开的别墅门，这栋房子不是已经不是她的了？怎么还留着她的指纹？

想到邵勉之前的态度，她摇了摇头，肯定是他忘了把自己删除了。

走进去，打开大灯，换上拖鞋。知道自己逃不掉，就主动往二楼走去。

后面紧跟的邵勉，看到消失在二楼的人影，满意地勾起唇角。

不错！有进步！

第二天上午坐上车，薄亦月郑重其事地看着男人，"邵律师，以后不要再来找我！被媒体拍到很不好！"

她可不想把自己辛辛苦苦拼来的事业，毁在这个"渣"男的手中。

"怎么？和我在一起很丢人吗？"

她只要敢承认，邵勉会立刻停车，然后教训这个不知好歹的小女人。

"邵勉，就算你对我死缠烂打，我也不会原谅你！"薄亦月深吸了一口气，把自己心里的话给说了出来。

只是不知道为什么，这话说出来，她自己很紧张，紧张地等着他的回答。

邵勉把车停在路边，将女人的身体扳过来，四目相对。

男人的眼神中，只有认真，"亦月，如果这次换我追你呢？"

薄亦月被他的话，弄得一愣，他要追她？

她没听错吧！邵勉要追她？

"邵勉，你简直"渣"到家了，啧啧啧……"女人非常遗憾地摇着头，"有着未婚妻，这边还要追前妻，邵律师是想左拥右抱，享齐人之福吗？"

邵勉这才想起顾惜那个麻烦，"你听我说，顾惜她……"

"我不听，我不听，你不用找借口，找理由，邵勉，你这个混蛋！"薄亦月打断他的解释，捂着耳朵不愿意听。

邵勉无奈地扶了扶额，他当初只想着气气薄亦月。

现在她是生气了，真的生气了，连听他解释都不听。

他强制性地拿掉薄亦月捂着耳朵的双手，"薄亦月，我和顾惜订婚是假的。"

假的？本来大力反抗的女人，瞬间安静了下来。

迷茫地看着邵勉，他什么意思？

"薄亦月，你这个狠心的女人，当初抛弃我和孩子，头也不回地走了那么久，让我找都找不到。"他把她拥在怀里，控诉着她的没良心。

……他这样一说，好像是她对不起他似的。

"后来顾惜说，如果你真的爱我，看到我和别的女人在一起，一定会出现。"当初顾惜告诉他的时候，他当然不信。

后来她又说，如果薄亦月真的出现，她顾惜立刻退出。邵勉犹豫了再三，就试了试这个办法。

但是这个没良心的女人，看到他和顾惜经常出现在银屏上，没有一点出现的迹象。

邵勉决定下重药，直接宣布了和顾惜订婚。

但是，薄亦月真的很没良心，不是说她爱他吗？他都这样了她还不出现。

她走的那几年，自己做的所有的事情，都是在逼着她出现。

她就是不出现，他也找不到她，天天急得脾气都变得暴躁了不少。

薄亦月看着男人真诚的眼神，差点就被吸引了进去。

"邵勉，你不要装了，你知道我为什么走，你知道不知道我有多恨你，我们以后再也不可能了！"本来心情就不好，现在加上他又提起以前的事情，薄亦月心里更难受了。

推开男人，解开自己的安全带，就要下车。

他再次拉住她，把她控制在怀里，吻上她的红唇，所有的动作一气呵成。

"不要恨我，亦月，让我重新追你，好不好？"他附在她的耳畔，轻声地诱惑着她。

他不想再失去她，虽然很生她的气，但是每次看到她，火气就下去了好几分。

想起绵绵，薄亦月的左手握成了拳头，"我不要！我恨你！我不要和你再在一起！"她大力地推开他，打开车门，跳了下去。

邵勉二话不说地追了出去，却被薄亦月喝止。

"邵勉，你要是追过来，我一辈子都不会原谅你！"

狠狠地瞪了男人一眼，薄亦月快速地往前跑去，路上拦到一辆出租车，坐了上去。

看着扬长而去的出租车，邵勉挫败地捶了一下车门。

## 第六十四章　解除订婚

当天下午，薄亦月拍戏的时候，看到了新闻热点上的"邵勉解除婚约"六个字。

这条消息是由他亲自发出来的，"声明：从今天起，我和顾惜女士解除订婚。"

简简单单的一句话，没有任何原因，也没有给众人解释，就这样完了。

这件事情连续发酵三天后，在顾惜窝在办公室满脑子想着怎么报复薄亦月的时候，网上又有一件事情，让顾惜重新拾起了笑容。

一个叫作小草的微博账号，发出一组照片，被疯狂转载。

上面的女人是顾瑜，男人的照片只有一张是正面照。

两个人身上打了马赛克，脸上没有，男人是顾瑜公司的老总费腾。

配上的文字是：畅悦公司总编顾瑜和老总费腾办公室偷情。

顾惜看到的时候，微博已经被疯狂转载几十万次，评论也高达上百万。

她脑子一转，露出得意的笑容。

简直是天助我也！顾瑜，薄亦月，我让你俩争个鱼死网破，我这个渔翁就等着得利！

所以，当顾瑜和老总偷情的视频发出六个小时以后，又有一个小号叫月月的微博账号，发出了另一条视频：畅悦公司总编顾瑜和邵勉律师事务所邵志楠律师办公室偷情。

内容就是顾瑜和邵志楠在办公室一路激吻到窗台前，按下自动窗帘，之后邵志楠许久才出了顾瑜的办公室。

其间，在办公室的事情，大家心知肚明。

不到十个小时，这两条微博视频，压下"顾惜小三"这个话题，直接上了热搜第一名。

这些不雅的照片，顺利霸占了各大新闻网站的头条。

而畅悦公司也被记者围得水泄不通，甚至是邵勉律师事务所门口，也有不少记者等着邵志楠的出现。

薄亦月坐在化妆室内，看着第二条叫月月发的视频，目瞪口呆。

这个顾瑜的私生活好复杂，这个邵志楠不是邵勉公司的律师吗？她一直以为他姓智，原来姓邵。

哦！对了上次在奶奶寿宴上，还见过这个人！她都差点忘了。

随后又有记者爆料出，顾惜和顾瑜的堂姐妹关系，接下来，这俩姐妹被网友骂得那叫一个惨！

不对！薄亦月感觉事情有点不对劲，为什么这个发微博的小号叫月月？是想推到她的身上吗？

第一个不雅照是她发的，但是这个，真的不是她啊……

手机铃声蓦地响起，是邵勉。

他这个时候打来做什么？质问她吗？她记得顾瑜和费腾的视频让邵勉看过的。

"邵律师，您好！"她接通电话，客客气气地打着招呼。

"你这是毁了顾惜后，又想毁了顾瑜？"男人很直接，接通电话，一句废话都没有。

只是，他的声音很淡，让人听不出他的情绪。

毁了顾惜顾瑜？嗯，她是有这种想法。

"对啊，但是，第二个视频，不是我放的。"

"薄亦月，你能告诉我，她们对你做了什么事情，至于让你毁了她们的名誉吗？"邵勉这句话的声音，听上去似乎有点生气。

薄亦月当然能听出来，她把曹小刀招呼出去，关上了化妆室的门。

"四年前，顾惜顾瑜次次陷害我，还有你以为我被人侮辱的那件事情，百分之百是这两个女人其中一个干的，还有……"

"薄亦月，没有证据的事情，不要乱说！"

这口气薄亦月确定，邵勉是在发火。

她冷笑，邵勉不让说，她偏说，"邵律师，上次我被绑架的事情，也是她们其中的一个。"这些事情，足以让她报复顾惜和顾瑜几百次！

正在气头上，邵勉对于她说的最后一件事情没有细想，"薄亦月，现在收手。"

她要是听话，现在收手，他不怪她。

"收手？"薄亦月气得不知道该说什么好，眼睛瞬间湿润，她抬起头看着天花板，不让自己的泪水掉落。

薄亦月也不知道自己为什么会哭，也许是因为感觉自己很委屈。

"对，这两件事情，我加派人手调查，景秀的事情，我明天亲自去找她。"如果真的如她所说，这两件事是这姐妹俩其中一个做的，不只是薄亦月，他都不会放过她们。

但是，现在没有证据，一点证据都没有，薄亦月这样做有点过分。

做律师的职业病，凡事都需要证据。

"不用了，邵律师，我自己的事情自己办，邵律师如果想为她们姐妹说好话，那我们就没什么好说的了，再见！"

她声音的哽咽，邵勉听得清清楚楚。

不知不觉放缓了语气，轻声哄道："亦月，我只是想跟你说，你说的这些没有证据，会被顾惜握着把柄，到时候她想告你什么的，就很简单！"

"那我不说这两件事，之前她们在你面前诬陷我那么多次，也足以让我这样对她们！"薄亦月擦了擦眼泪，暗自告诉自己，不要哭，如果邵勉还不信她，她为了不相信自己的男人而流泪，不值！

邵勉现在只认为她在耍小脾气，"亦月，你不知道这件事情给顾惜顾瑜带来的后果，公司已经传出顾惜要闹自杀的事情，顾瑜那边更惨……"

"邵勉，你够了，她们俩惨，我就不惨吗？我被诬陷的时候，你一点信任都不给我，我的无助呢？你体会过吗？"薄亦月实在是听不下去了，他一直站在顾惜顾瑜的立场上考虑事情，有没有想过她？在乎过她的想法？

女人倔强不甘的声音，让邵勉无奈地捏了捏眉间，她是在说四年前的一些事情吗？他是真的误会她了？

不过，现在要先解决眼前的事情，"亦月，那个叫月月的账号是谁的？"月月，怎么说呢，不排除有人诬陷薄亦月，因为这个太明显了，薄亦月不会这么笨写自己的名字！

只是，薄亦月却承认了，"你看呢？像我吧？月月，除了我还会有谁？嗯？"女人的承认，虽然有点冷嘲热讽，但还是让邵勉失去了判断力。

"亦月，先不要着急下一步动作，这些事情，我先摆平，接下来……"

薄亦月激动地打断他的话，"摆平！邵勉，你敢找人删掉这些视频，我和你势不两立！"说完，果断地挂了电话。

四年过去了，他依然不给她一点点的信任。眼泪顺着眼角滑下，越流越凶。

邵勉的电话再次打了过来，她给挂了，最后直接关机。

绵绵，康康，此刻她好想她的女儿和儿子。

将自己蜷缩在沙发上，脑袋里乱哄哄的，她就不应该出现在C国！

更不应该出现在邵勉的面前，任他为所欲为，薄亦月，真的是不长记性！

接下来的日子，邵勉又去找了斯靳恒和薄亦阳，让他们两个人都派人去找四年前的那个人。

自己则是去了监狱，亲自找了景秀好几趟。

只是，景秀在里面精神愈发不正常，对未来已经绝望的她，多次尝试撞墙自残，甚至试图绝食自杀，两天前进入了昏迷状态。只能被暂时监禁在精神病房内，由专人看守。

顾瑜和顾惜的事情，在网上越演越烈，因为薄亦月并没有听邵勉的劝说而住手。

半个月后，顾惜经受不住网友的谩骂和指责，每天窝在家里不出门。

时不时地还会和邵勉联系，求邵勉让薄亦月放过她。

薄亦月拍完《瑾王的绝世宠妃》这部剧，杀青的那天，她看到网上发表的新闻：顾瑜现任男朋友邵志楠将顾瑜情夫费腾砍死。

邵志楠被刑拘，顾瑜被送进了精神病院，确诊为间歇性精神分裂症，要在精神病院接受治疗。

薄亦月带着绵绵，再次消失在邵勉的视线内。

她走的时候告诉了所有人，唯独没有告诉忙忙碌碌的邵勉。当邵勉知道的时候，薄亦月已经走了一个礼拜。

在M国也开始了忙碌的娱乐圈事业，《瑾王的绝世宠妃》上映后，在C国大火大紫。

完全没有因为换了女一号受什么影响，她演的女配角更是深入人心。

表面上一切回归平静，其实谁都没有放手。

比如薄亦月，顾瑜得了精神病，剧组的事情没有水落石出之前，薄亦月可以暂时放手。但是对于目前好好的顾惜，她不会放过任何一个可以整她的机会。

而顾惜，更没有放弃，每天躲在家里，表面上和邵勉哭诉苦衷。其实，想尽了一切办法，要弄死薄亦月。

邵勉，最近因为这三个女人，也被炒得火热。无论是正面新闻还是负面新闻，邵勉这两个字被更多人知道了。

加上他本来就有实力，所以，他也更加忙碌了。忙工作，打官司，调查事情，还要注意着景秀的安全……

每天忙完工作都已经是夜深人静，看看时间总是在凌晨两点以后。

他会想康康，会想那个再次一声不吭就走的小女人。

无数次看着电脑上她的各种视频，拿着手机，翻到她的号码，却始终都没有联系她。

她越来越成熟了，也越来越漂亮，兴许是因为公司给她打造的性感成熟的形象比较成功。

总是涂着大红色或者是深色口红，出现在众人的视线内。

她的身边，男人也越来越多，今天和这个公司老总出现在颁奖典礼上，明天和那个企业老板出现在宴会上。

最终，还是没有克制住自己，在两个人分开整整三个月后，邵勉买了飞往M国的机票。

## 第六十五章　有线索了

薄亦月也会在夜深人静的时候，忍不住想起那个让她特别生气的男人。

为了掩饰自己的感情，她故意和不同的男人出现在公众场合，做戏给某个人看。

就是不知道他会不会关注她，想起他的不信任，薄亦月感觉自己好傻，每次都是一个人在唱独角戏。

每次去聚餐、聚会，她总是喝很多酒，在曹小刀的耳边，大声地叫着那个男人的名字。

比如，今天晚上。

刚拒绝完房地产的老总麦特森先生约会的请求，曹小刀扶着左晃右摆的女人，把她扔到保姆车上。

这里距离公司给她准备的公寓很近，曹小刀想起绵绵犹豫了一下，还是让司机把车往她的公寓开去。

车停在公寓楼下的时候，是凌晨一点。

薄亦月被曹小刀架着从车上下来，不远处的路灯下，一辆黑色的豪车门上靠着一个男人。

缓缓抽着香烟，路灯有点昏暗，让薄亦月仿佛看到了她刚刚在车上大叫过的那个男人。

使劲地晃了晃晕晕的脑袋，扯着曹小刀的耳朵，"皮皮刀，我怎么年纪轻轻的就眼花了呢？"

再往前十步，曹小刀定睛，和男人四目相对。

他紧张兮兮地在薄亦月的耳边提醒："你没有看错，薄亦月，那就是你的前夫。"

曹小刀的话，让薄亦月瞬间清醒了几分。

此刻同样正在看着自己的男人，吞吐着云雾，她虽然看不清他脸上的表情，但也能确定就是邵勉。

邵勉……

薄亦月的心颤抖了一下，十秒钟，也只是十秒钟，"皮皮刀，我们走，我要睡觉！"

重新靠回曹小刀的肩上，女人醉醺醺地命令着身边的男人。

曹小刀的心咯噔了一下，暗自寻思这俩人是什么情况。

脚下的步伐没有停住，往公寓楼内拐去。

曹小刀只听见身后传来脚步声，没有五秒钟，他扶着的女人就落入了男人的怀中。

两个人头也不回地进了公寓，曹小刀呆呆地看着这一幕。最后，觉得还是不要多管闲事的好，转身离开。

公寓十三楼，男人把醉醺醺的女人的右手往门上按去。

指纹锁感应到她的小拇指后，叮的一声打开。

公寓内的摆设很简单，估计这是薄亦月的临时住所。

一看，在M国的这几年，就不是在这里住，他改天要查一下，哪里是她经常住的地方才行。

卧室有三间，只有一间房铺着被褥。

他将她打横抱起来，放在中间卧室铺着被褥的床上。

怀中的女人嘟嘟囔囔地说着醉话，"邵勉？我怎么好像看到了邵勉？一定是我看错了，那个王八蛋，怎么可能来找我啊。"男人将她的红色高跟鞋脱掉，女人在床上打了个滚，就睁不开眼睛了。

等到凌晨一点多，总算是把她等回来了。

邵勉脱掉自己的外套挂在一旁的衣架上，他这才注意到薄亦月身上黑色的性感吊带短裙。

因为在床上打了个滚，凌乱了不少，邵勉的双眸幽深。

他是非常思念她，但是，他对一个醉鬼还是没兴趣的。

床上的女人又翻了个身，半睁开画着眼线的眼睛，看着床边晃来晃去的身影。

"喂，你能不能不要在我眼前晃来晃去，我头晕。"她不满地嘟着红唇抱怨，此刻脑神经被酒精麻醉，薄亦月都不知道自己说了什么。

然而邵勉只是站在床边解着衬衣的扣子，根本就没有来回晃动。

解开最后一颗衬衣的扣子，邵勉坐在床边，和晕乎乎的女人对视。

"薄亦月……"他富有磁性的声音，叫着她的名字，大掌在她的脸蛋上磨蹭着。

女人听到有人叫她的名字，立刻回应："邵勉？邵勉是你吗？"

邵勉看着她迷迷糊糊并非常可爱的样子，嘴角勾起笑意，只是下一刻被她的话气得脸色铁青。

"怎么可能是邵勉那个王八蛋，那个"渣男"此刻肯定抱着别的女人在睡觉，算了，我还是睡觉吧！"女人打了一个呵欠，闭上了眼睛。

他在她心中从头到尾就只有王八蛋和"渣男"的形象？

算了，看在她喝醉的分上，先不跟她计较这么多。

男人在她的红唇上，轻轻地吻了一下，准备去浴室。

但是下一刻，他的脖颈就被女人的双臂主动攀上。

女人再次睁开眼睛，似醉非醉地看着近在眼前的男人。"我一定是在做梦，又看到了邵勉。"

做梦梦到邵勉已经不是第一次，今天睡觉好像梦到的更多，她好想邵勉哥哥……

薄亦月将邵勉的脖颈往下拉了拉，主动附上男人的薄唇。

女人的唇齿间有着酒的味道，如果他没猜错，她之前喝了不少威士忌。邵勉的目光中布满怒火，没有他在身边，这个小女人可真放肆！

惩罚性地侵略着她的红唇，女人吃痛，呢喃着要推开他。

"不要，是谁在咬我，好痛！"

邵勉本来没打算动薄亦月的，但是这个女人一而再地撩拨着他。

那就别怪他了！男人很快将她拆吃入腹。

许久不见，甚是想念，小小的卧室内一片旖旎。

清晨时分，邵勉的手机响了起来，这么早会是谁？

不过邵勉随即又想起来，这是在国外，算了一下时间，C国现在是下午五点多，这个时候打电话正常。

拿出手机看到来电显示，邵勉快速走到窗户前，接通电话。

"邵先生，薄小姐在悬崖出事的事情，查出了线索。"

"说。"

"在放置着其他威亚的储藏室内，我们的人无意间发现一根钢丝上有白色的东西。后来拿去研究，发现这根钢丝上被涂抹过一种化学药水，有腐蚀钢丝的作用，只要一用力，钢丝就会断掉。"

所以说，薄亦月悬崖出事，是人为的！

"查！不管是调监控或者问负责道具的人员，都要查出是谁干的！"男人的声音非常凌厉，把对面的男人吓了一跳。因为和邵勉打交道这么多年，他还从来没有见过这样的邵勉。

"好的，邵先生，有情况我再给你汇报。"

早餐期间，邵勉忽然说道："以后戒酒。"

薄亦月吃着盘中的食物，含糊不清地回答："你要戒酒，管我什么事，应该告诉你的女人去。"

他的女人？邵勉挑眉，他的女人不就在自己面前吗？

"我说的是你以后必须戒酒！"邵勉非常清楚地表达了自己的意思。

薄亦月咽下口中的汤，眼皮都没有抬一下地回应："这和你有关系吗？"

他以为他是她的谁？经历过昨天晚上的事情，他最多就是她的一个床伴而已。以床伴的身份来说，他管的太宽了。

邵勉忽然又想起来另外一件事情，一个月前，她拍的一组宣传剧照，暴露程度不亚于黎浅洛让她代言的那个GL广告的宣传照。

"以后不要接乱七八糟的广告，你要是再拍露的照片，薄亦月，我有的是办法治你。"

话说出来了，不管她有没有听到，邵勉继续看着她的微博。

"这和你有关系吗？"女人咽下最后一口汤和菜品，抽出一张纸巾擦了擦嘴。

丝毫不理会男人追随着自己的目光，凭什么他说什么就是什么。

吃过饭，两个人一起出了公寓。

托邵勉的福，今天薄亦月不用工作。她欲言又止地看着拉着自己手的男人，他要在这里多久？

无意间扫她一眼，看到她的目光一直瞟向自己，"有什么就说。"

打开车门，让她坐进副驾驶。

"邵勉，你的脸皮为什么这么厚？"全副武装的薄亦月托着下巴认真地看着给自己系安全带的男人。

男人斜了她一眼，关上副驾驶的车门，绕到主驾驶坐定，"薄亦月，不要不识好歹！"

眼角余光无意间瞄到一个东西，他嘴角勾起笑意，把女人拉过来，摘掉她的墨镜和口罩。

大掌放在她的后颈上，将她往面前一带，堵上她的红唇。

薄亦月诧异地看着男人突如其来的动作，他……他什么意思，怎么说吻就吻？她就这么好说话吗？

大力地将邵勉推开，薄亦月夺过他手中的口罩和墨镜，"邵勉，你缠着我是什么意思，说吧！"

邵勉微笑，拿过她手中的口罩和墨镜，给她戴好，然后发动车子。

面对男人突如其来的转变，薄亦月一阵迷茫。

"等下给我做饭吃！"

他想的可真美，她凭什么给他做饭吃？

在附近找了一个超市，两个人一起下了车，邵勉顺其自然地用右臂揽上她的肩膀。

薄亦月当然是不愿意的，但是邵勉完全不给她机会。

女人忽然软软地开了口："我平时很忙的，你在这里，我会顾不上你，并且有的时候直接睡在公司，你一个人在我公寓多寂寞对不对？"

"对，寂寞，所以，每天晚上你都要回来。"邵勉给她指了指蔬菜，示意她动作快点，这会儿都要中午十二点了。

薄亦月无奈地往食品袋内装着蔬菜，"邵勉，我们已经离婚了，我们现在这个样子算什么？"

她真的不知道邵勉是怎么想的，既不相信她，又来缠着她。

"我说过让你做我的女人，你不同意，那就这样不清不楚地在一起。"男人放下蔬菜，从口袋中拿出纸巾，擦了擦手。

不清不楚地在一起？他还知道他们是不清不楚啊！

拿了几个西红柿，两个人往生鲜区走去，"我不想和你不清不楚地在一起。"她是要避开他的，避开这个狠心的男人。

"那就做我的女人。"他推着车，停在鱼虾区域前。

## 第六十六章　做菜

　　话题又回到起点，薄亦月懒得和他争执，挑了一些活虾和其他海鲜就被邵勉拉到了超市二楼。

　　看着他在生活用品区随便挑选了一些牙刷之类的东西，扔进推车内。

　　"我那不是有新的牙刷吗？"她昨天晚上被他抱进浴室的时候，迷迷糊糊看到他好像刷牙了的。

　　"那个用着不舒服，是你买的吗？这么抠门。"他像是又想到了什么，把挑选好的牙刷放了回去，重新选择了一套情侣牙刷。

　　……她怎么抠门了？她买的牙刷也不便宜好吗？虽然与他刚才拿的牙刷相差一半的价钱，但是她只是偶尔用用，没必要买太好的。

　　两个人去完超市，又去楼上专柜买了男士护肤用品之类的东西。

　　回到公寓，薄亦月提着蔬菜进了厨房，把所有的锅具拿出来洗洗涮涮。

　　把海鲜放进容器内，又拿出两个西红柿开始清洗。

　　门外坐在沙发上的男人，看着厨房内走来走去的身影，心里一阵痒痒。

　　最后一个没忍住，就往厨房走去。

　　厨房内薄亦月刚洗完西红柿，身后的玻璃推拉门被推开，穿着白色衬衣的邵勉走了进来。

　　"出去，这里不适合你。"等会儿开始炒菜，油烟什么的很多。

　　邵勉"嗯"了一声，走到她的身后，搂上她纤细的腰身。

　　因为要做饭，她的长发被随意地扎起来，挽在头顶，露出雪白的脖颈。

　　他的吻落在她的耳垂、脖颈上。

　　薄亦月打了个冷战，面红耳赤地洗了一下自己的手，往腰间的大掌上拍去，"出去，我做饭呢！"

"嗯。"男人敷衍地应了一声，扳过她的身体，让她面对着自己。

薄亦月的腰靠在身后的水洗台上，两个身体紧紧地贴在一起，邵勉吻上她诱人的红唇。

一个小时后，邵勉抱起沙发上的女人，把她放进卧室的大床上，简单地整理一下自己，拿出手机订了一份外卖。

挂掉电话，邵勉微信响了好几下。

他随意坐在床边，打开微信，里面是袁沫沫发来的消息："邵律师，公司的电话快被打爆了，都是在证实M国天怡娱乐新闻头条的真实性。"

还有薄亦阳发来的消息："怎么？要和我妹妹复婚？邵勉，这次如果你不是认真的，就别再来招惹亦月。"

接着就是好几家媒体发来的消息，内容无非就是袁沫沫说的那些。

然后又打开微博，娱乐新闻官方微博最近的一条动态，果然是他和薄亦月在车中的接吻照以及他们逛超市的照片。

并配上文字：国际金牌律师邵勉和当红明星薄亦月，坐实复婚传闻。

接下来的内容就是，什么时候在哪里拍摄的什么照片的详情。

让邵勉心情更好的是，他们两个人微博上第一条动态的评论区内，网友们都在呼吁让两个人尽快复婚。

不过，当年的离婚协议书没有生效，何来复婚一说？

他这两天光明正大在一起的人是他的妻子，薄亦月……

公寓的门铃，再次响起，是外卖送到。

打开午餐，他走到床边看着睡得正香的小女人，脸上划过一抹得逞的微笑。

薄亦月，你是逃不过我的手掌心的，你愿意玩，老公就先陪你玩玩儿。

"老婆。"

男人轻轻地呼唤，女人没有一点反应。

因为薄亦月还正在做梦，她梦到了自己站在国际的舞台上，接受着大家崇拜和羡慕的目光。

其中，邵勉也同样膜拜地看着自己。

只是画风一变，邵勉冲过来，叫着她："老婆，老婆。"

薄亦月心跳加速，"谁是你老婆！"他们早就离婚了好吧。

女人虽然是半睡半醒，但是还在拒绝他。邵勉无奈地将她半抱起来，让她靠在他的怀里。

"薄亦月，赶快醒醒，吃饭了。"男人殷勤的呼唤，也只是让女人在他怀中找了一个舒服的姿势，继续呼呼大睡。

邵勉无奈和她纠纠缠缠，两分钟后，他终于唤醒了他的睡美人。

薄亦月睁开眼睛，迷迷糊糊地看着眼前放大的俊容，眉头微拧地控诉："邵勉，你是有多讨厌我，连睡觉都不让！"她好困，想要睡觉！

男人扬起唇角，他怎么可能讨厌她，即使知道她做了错事，他也对她讨厌不起来。

将她抱进客厅，放在沙发上，薄亦月算是清醒了。

"吃。"把桌子上的食物，往她面前推了推，邵勉给她盛了点汤。

看着面前的食物，她没有一点食欲，因为实在是太困了。

"薄亦月，不许再睡觉，吃过午餐以后我陪你睡！"邵勉拿起一次性勺子，舀了点汤放在她的唇边。

女人条件反射地张开嘴巴，咸咸的温热海鲜汤滑进她的胃里。

好好喝，"哪来的？"女人享受着男人亲自喂汤的服务，左手又去拿了一块比萨。

只是，手还没伸到比萨面前，男人就把她的手给拍了一下。

"外卖，没洗手不许碰。"

薄亦月撇了撇嘴，让吃的是他，不让吃的也是他！

看到她眼中的不满，邵勉把喝到一半的汤放在她面前，然后自己去洗了洗手。

出来的时候，薄亦月正在蔫蔫地喝着汤。

他拿起一块比萨，放到她嘴巴边，喂她吃下去。

"我要吃这个！这个！还有这个……"男人好像很有耐心，把她所指的食物，全部喂给她吃。

二十几分钟后，薄亦月吃饱喝足，只是邵勉好像什么也没吃。

她咽下最后一口拌饭，拿起他的勺子，挖了一大勺饭菜放在他的唇边，学着他的口气，"吃！"

邵勉眼中带着笑意，把她喂过来的饭菜吃下肚。

薄亦月喂他吃到一半，男人一直盯着她看，薄亦月想着自己是不是刚才没有擦嘴，唇边有饭粒什么的。

放下勺子，拿起纸巾给自己擦了擦嘴巴。

邵勉忽然从椅子上挪到她旁边的沙发上，"我现在不想吃饭。"

随着男人缓缓靠近，薄亦月警惕地往后倾斜。

"不想吃饭，就不吃呗，你这么看着我做什么？"她眨了眨长长的睫毛，心中小鹿乱撞。

薄亦月就是这么不争气，无论多么恨这个男人，但是每次都无法抗拒他的魅力。

"我想吃……你。"

邵勉再次睁开眼睛，外面天色微黑，他在女人的额头上印上一吻，从床上坐起来，拿出自己的手机开机。

关上卧室的门走到客厅，网上他们两个的新闻还在继续发酵着。

关掉微博，拨通斯靳恒的电话。

"把薄亦月签到你们公司旗下。"

捕捉她的第一步，先把她放在自己身边，无论在国内哪里，只要不是M国这么远的地方就行。

斯靳恒放下手中的钢笔，靠在办公椅上，"让她回国发展？邵勉你何必呢，直接复婚多干脆。"

亦月他当然愿意签，只是他有点不理解邵勉的想法。

复婚？邵勉扯起唇角，"她走了四年，我得给她点教训。"男人很骄傲，即使知道薄亦月正在恨着他，不愿意和他在一起，他也不能丢了面子。

"玩得花哨！我说邵勉，律师不都是很死板很没趣的吗？你为什么偏偏与众不同呢？"斯靳恒双腿叠在办公桌上，自从和黎浅洛感情稳定以后，这种打趣或者是没有节操地开玩笑，在斯靳恒身上已经见怪不怪。

邵勉靠在沙发上，看着紧闭的卧室房门，回答："没办法，咱们兄弟四个，你和司承阳无趣又不懂幽默，我和亦阳只得配合一下你们，做和你们性格相反的人，那才是绝配！"

绝配？"去！我很正常，还有，你以为你很幽默吗？幽默的话，曾经会气走十几个助理？"斯靳恒戏谑地回应，云锦走后，袁沫沫去事务所之前，邵勉有一段时间，脾气暴躁，赶走的气走的新助理不下十几个。

邵勉想起那段时间，因为没有薄亦月的煎熬，越加肯定要把薄亦月弄回国了。

"为了尽快请你们喝喜酒，所以，你动作要快点。"他会补偿那个女人一个婚礼，就像四年前他答应她的盛大婚礼。

斯靳恒想起黎浅洛告诉他绵绵存在的事情，忍不住在电话那头大笑三声。

"邵勉，我当年受过的罪和遇到过的事情，终于有第二个人亲身体会了，我很期待你的反应！哈哈哈哈哈！"斯靳恒真的很期待绵绵出现在邵勉眼前的那一天，他很想看看邵勉的反应！

邵勉并没有多想。"有什么反应？不过，你可以把你当初追妻的招数告诉我。"当年，黎浅洛为了斯靳恒去跳楼，经历过这种事情，两个人还能复合，斯靳恒手腕挺高超。

"咳咳咳，能有什么招数，最多就是脸皮厚，死缠烂打什么的。"斯靳恒实话实说，对于追女人，他的确不在行。

当初也许是黎浅洛拒绝不了他的魅力和诱惑，在他死缠烂打没多久之后，就乖乖投降。

脸皮厚？死缠烂打？邵勉想起今天上午薄亦月的一句话，邵勉你脸皮为什么这么厚？

他的脸皮也够厚的啊，要不然他会跑到M国来找她？只是，那个女人，好像没有一丝松口的迹象。

　　"我知道了，你别忘了我给你说的事情，越快越好，我还要忙着去找陷害她的凶手。"又想到她的人身安全，邵勉想让薄亦月回国的想法，越加肯定。

　　凶手？斯靳恒想起当年他和黎浅洛的事情，凶手正是他的前女友。

　　"你留意一下自己身边的人，亦月和浅洛一样，不是什么城府深的女人，不至于自己招惹麻烦，看一下你自己身边的人。"比如那个顾瑜和顾惜，不是没有可能。

　　斯靳恒的提醒，让邵勉陷入了沉思。

　　他周围该调查的人，基本上都调查过，如果每个人都要调查的话，还有一个女人……

　　"我知道了，就先这样，我现在就行动。"

　　和斯靳恒结束通话，他翻着号码簿，联系人，"帮我调查一下顾惜。"

　　"是的，从四年前开始，要详情，任何蛛丝马迹都不要放过。"

　　"嗯，稍后我让我的秘书把资金转给你。"

　　"不用。"

## 第六十七章　苏明的新恋情

结束通话，男人坐在沙发上，回想着顾惜的一举一动。从表面上看，她真的没有什么嫌疑。

快要七点的时候，邵勉合上手机，走进卧室。

他又要来吻醒她的睡美人。

"薄亦月……亦月……老婆。"邵勉亲昵地在女人鼻子上蹭来蹭去，让薄亦月不得不睁开眼睛。

"邵勉，怎么又是你！你怎么还没走！"女人沙哑的声音，让邵勉想到下午的事情，嘴角勾起邪邪的微笑。

"起床，去吃饭。"现在都快七点了，薄亦月没必要再下厨了。他得克制一下自己，要不然总是不给她做饭的机会。

薄亦月翻了个身，面对着床边的男人，嘟嘟囔囔地说道："我不要去吃饭。"

碰到邵勉她只想睡觉，彻彻底底地睡上三天三夜，才能解除她的疲惫状态。

最后女人还是没有拗过邵勉，被拽起来，出了公寓的门。

坐上车，薄亦月开机，没多久接二连三的来电提醒信息，就一条接着一条发过来。

数量之多，让薄亦月结结实实吓了一跳。

曹小刀的最多，然后是奶奶，接着是广告商，还有记者，等等。

足足有一百多条，这是发生了什么事情？

薄亦月第一反应就是上微博，看热搜。

热搜上面爆红的五个字，让薄亦月心跳加速。

邵勉薄亦月。正是他们两个人的名字，被大家顶到了热搜的位置。

她斜了一眼旁边专心开车的男人，猜测肯定是今天上午的事情被曝光！

打开微博，看了一下，果然是……

"噢！该死的邵勉，你能不能让我省点心？"

被拍到在车上接吻的照片，薄亦月真的怀疑邵勉是故意的。

邵勉知道她在说什么，淡淡地回应："我们光明正大地在一起，有何不可？"

光明正大地在一起？

"谁跟你光明正大在一起了，吃完这顿散伙饭，你立刻滚回国。"薄亦月烦躁地翻着记者拍到他们在超市的照片，很恩爱，有接吻，有拉手，还有亲密贴在一起……

邵勉没来M国的时候，她只有一些捕风捉影的绯闻。他一来铁证如山的事实立刻摆到了大家的眼前。

"怎么？被拍到和我在一起，你好像很不高兴？"看到她不开心的表情，邵勉的语气硬了下来。

女人张了张嘴，还是把想说的话给收了回去。

看邵勉的样子，今天晚上是打算赖在她这里，没有要走的意思。

为了防止他再折磨她，薄亦月选择了说瞎话，"没有，没有，和邵大律师同框很荣幸！"

果然！男人很满意。

吃晚餐的时候，薄亦月没想到会在这里遇到了苏明。

这不是最关键的，最关键的是苏明带了一个男人，那个男人是他的……男朋友。

薄亦月消失两年后，苏明为了摆脱薄亦月给他带来的阴影，把公司变卖，只身来到M国。

在重新创业期间，认识了合作公司的总裁——艾伦，在艾伦对他强烈地追求下，苏明和艾伦走在了一起。

薄亦月看着拦着苏明的艾伦，呆呆地坐回了自己的位置上，消化着刚才的一幕。

苏明要结婚了……

　　直到两个人的菜品上桌，薄亦月还没有回过神，邵勉看了一眼依然傻愣的女人，开始给她夹菜。

　　吃完饭趁着去卫生间的机会，薄亦月给别墅打了一个电话，和女儿煲了一个十分钟的电话粥。

　　"妈妈，你有事就先忙，绵绵可以的。"薄绵绵穿着粉色的睡裙，抱着龙猫玩具，坐在沙发上，安慰着心里不舒服的薄亦月。

　　"嗯，妈妈忙完，立刻回去看你。"她的绵绵真贴心，薄亦月感动得红了眼。

　　当邵勉以为薄亦月是不是又逃跑的时候，她终于出现在了他的视线内。只是，她的眼红红的……

　　"为什么哭？"女人坐下以后，邵勉的第一句话，让她心中一惊。

　　故作镇定地摸了摸脸蛋，"哭？我没有啊？"她只是掉了两滴眼泪而已，有那么明显吗？

　　邵勉深深地看了一眼说谎的女人，没有拆穿她。

　　两个人已经吃好了，邵勉拉着她出了粥店。

　　两个人没有急着回公寓，手拉手地走在M国的路边上。

　　对于手拉手这个动作，薄亦月则是完全没有留意，因为她的脑海中还在想着苏明的事情。

　　忽然，她贼兮兮地看向男人，"邵勉，你说苏明和艾伦……"

　　邵勉深深地看着调皮的小女人，把她拉到自己的怀里，一只胳膊搂住她的腰，把她往自己眼前带，"他们的事情我不关心，我只关心，我是吃定了你，就够了。"

　　薄亦月准备抬手打邵勉，被男人控制住，他继续调戏她，"如果偶尔你想主动，我也是不反对的。"

　　女人的脸色瞬间绯红，邵勉眼中笑意加深，在女人的红唇上印上一个吻。

　　"小女人，你可真迷人，我每天不是想吃饭，就是想吃你！"

　　男人加深这个吻，不让她有反驳的机会。

旁边路过的一群踩着滑板车的年轻男女，看到拥吻的情侣，欢快地吹起了口哨。

良久唇分，薄亦月微喘着气息，双手攀在他的脖颈上。依靠着他来支撑自己发软的双腿，无意间看到男人笑得一脸得逞，"邵勉，你这样，你的其他女人知道吗？"

他又搂紧了她三分，只差没把她揉进自己的身体内，与她合二为一。

闻着她的发香，"我没有其他女人，薄亦月，我只想让你做我的女人。"

我没有其他女人，薄亦月，我只想让你做我的女人……

薄亦月的脑海里，无数次播放着邵勉的这句话。

"做你的女人……你可以给我百分之百的信任吗？"她平静地推开他，看着他的眼神。

邵勉肯定地点头，"只要你有证据，你做什么我都不管。"他知道她在说什么。

薄亦月闻言冷笑，这叫信任？"我要是有证据，何必还让你来给我信任？"调头，转身，走人。

她身后的男人挫败地挠了挠短发，刚才还好好的，怎么就因为一句话，就生气走人了？

"薄亦月！"他大步追过去，拉着她的手腕。

女人站住，不反抗不挣扎，面无表情地看着他。

"我来M国的目的你知道吗？"邵勉的大掌放在她的双肩上，注视着她的眼睛。

薄亦月的眼睛，很好看，黑眼珠居多，像是戴了美瞳，睫毛长长的像羽翼。

"你曾经是我的妻子，现在也是我的妻子，以后也会是我的妻子。所以，薄亦月，我们和好吧！"他主动提出和好，是因为不想让两个相爱的人再错过彼此太多。

他想和她在一起，永远在一起。

所以，薄亦月，我们和好吧！

泪水模糊了双眼，邵勉渐渐变得不清晰。直到眼眶中的一滴泪水滑下去，薄亦月才看清邵勉认真的脸庞。

"不要哭。"他擦掉她脸蛋上的泪痕。

薄亦月深吸了一口气，哽咽地问道："邵勉，四年前的事情，你一点愧疚都没有吗？"

"当然有，要不然我怎么会来M国追你？"四年前她进手术室以后没多久，他就后悔了，但是也已经晚了……

知道她恨他，所以，他才主动来追她。

眼神复杂地看着痛苦的女人，如果可以，他愿意承受她此刻的痛苦。

"只是，后悔有什么用，你的孩子没了，邵勉，你不是想要女儿吗？说不定那个就是女儿！"薄亦月话中有话，邵勉只是以为她在刺激他，让他更加后悔。

薄亦月推开他的胳膊，抹了抹脸上的眼泪，一字一顿地说道："知道我最恨你的地方是什么吗？不是你让我打掉孩子，而是我根本就没有被别的男人侮辱，你一分信任都不给我！邵勉，如果我说的是假话，我薄亦月不得好死……"

女人眼中的认真深深地震撼到了邵勉，他捂住她因发誓而轻启的红唇。

大掌放在她的腰上，再次把她揽进怀里，难道他当年真的判断错误？

如果真的是他判断错误，那么他犯了一个永远无法弥补的罪。

想起四年前司承阳从手术室带出来的那一块血肉模糊的东西，邵勉的心再次疼了起来。

## 第六十八章　约法三章

"邵勉，你曾经告诉我，你爱我……"薄亦月泣不成声，那个时候的她是多么幸福。

不等邵勉开口，紧紧地抓着他西装的薄亦月哀声控诉："你凭什么说爱我，你知道什么叫爱吗？没有一点信任的爱，能叫爱吗？"

"所以，邵勉，你根本不爱我，没有必要把精力放在一个你不爱的女人身上。"

她痛苦，邵勉也不好受，"亦月，对不起。"他沉声道歉。

"对不起？对不起能换回当年那个孩子吗？邵勉，其实我真的很羡慕顾瑜，你对顾瑜的那种爱，才是真的爱……当初我刚嫁给你的时候，她说的每一句话你都信，即使我没有做过的事情，你都对她深信不疑，那才是真的爱！邵勉……"

这一刻，看着在自己怀中泣不成声的女人，邵勉才知道自己当初都做了些什么事情。

顾瑜，薄亦月，谁才是值得他对她好的那个女人，经历这么多，他大概也知道了。

许久之后，女人擦了擦脸上的泪，松开邵勉，"邵勉，我现在过得很好，早就习惯了没有你的日子，我希望你以后不要再来打扰我。"没有邵勉的不信任，没有小三，没有婆媳问题，她带着绵绵过得很幸福。

她说，希望他以后不要再来打扰她。邵勉这一刻，又彻彻底底地体会了一次什么叫痛彻心扉。

"邵勉，我求求你，你走吧，好不好？从今以后，我们都不要出现在彼此的眼前，好吗？"薄亦月真的不想再体会，不被人信任的滋味了。

邵勉往周围看了一圈，目光定格在一处没有路灯照射的长椅上，拉着她两个人一起走了过去。

他先坐了过去，然后让女人坐在自己的腿上。让她把头埋在自己的肩上，"亦月，不哭，这辈子你都摆脱不了我的。"他心带愧疚地抚摸着她的长发，长发很光滑，很柔顺。

他的话让薄亦月哭得更加悲痛了，不依地捶着他的胸膛，他的肩膀……

"我不要，我恨你，邵勉我不要和你在一起。"她很庆幸当年和丹彤一起逃走，然后生下了绵绵。

她可爱的绵绵就是她的命根子，比她的命都珍贵的女儿。

他捧起她的脸蛋，在她的红唇上轻啄，"对不起，薄亦月。"以后，他愿意相信她，她说什么就是什么。

"我不要接受你的道歉！"她摆脱他的大掌，从他的腿上站起来。

刚走一步，就被男人重新拉了回来。

"亦月，你以前不是一直在追我吗？现在换我追你可好？"

"别跟我提以前，我是瞎了眼才会看上你。"薄亦月一把鼻涕一把泪，都蹭到他昂贵的西装上。

男人失笑，轻声哄着她："你没有瞎眼，被你喜欢是我的荣幸，好不好？"

"本来就是你的荣幸。"在他的道歉、退让和轻哄下，气氛变得没有那么悲伤，薄亦月此刻哭得像个孩子。

远远望去，两个人像是一对热恋中的情侣，在一起亲密地低语。

"好，是我的荣幸，乖，原谅我这次好不好？"额头互抵，男人的眼中都是宠溺。

要原谅他吗？薄亦月有点迷茫，"看你以后表现！"她不敢立刻答应他，只得先这样回答他。

"好，以后我好好表现。"刚说完，男人就在她的耳朵上亲了一口。

薄亦月敏感地从他身上跳起来，"邵勉，这就是你说的好好表现？"女人恼羞成怒地看着轻笑的男人。

"来，过来。"

"我不要过去，我要和你约法三章！"薄亦月掉头往回走，身后传来皮鞋的声音，薄亦月加快脚下速度，不想和他一起走。

皮鞋的声音也随着加快，到最后两个人都小跑了起来。

邵勉加大步伐，没两步就从女人的身后，抱住了她。

"好，约法三章。"她说什么就是什么。

听到他答应自己，薄亦月在他怀中转了个身，面对着他，"第一就是，没有我的允许不许碰我！"

"我不要做和尚！"男人抗议。

"那算了，咱们没什么好说的了。"

"乖，乖，之前是你说邵勉又'渣'又色的，我不做到这一点，岂不是不配合你了？"男人厚着脸皮油嘴滑舌地哄着女人，生怕这条被她定下来，他就惨了！

"不用配合，邵勉你就说答应不答应吧！"想哄她，没门！

男人哭丧着脸看着倔强的小女人，不行，他得掌握着主导权。

"薄亦月，你不是想要儿子？"他也挺惨的，为了一个女人，得把儿子给出卖了。

男人拦着女人，往车子方向走去。

"想。"她回答得很肯定，女儿和儿子她都想要！

"第一条作废，我把儿子给你。"给她无非就是让康康光明正大和妈妈见面。

她又逃不过他的手掌心，所以，他不吃亏！

这个条件挺诱人的，前提是她必须让邵勉满意……薄亦月犹豫了好久，最后一咬牙，为了儿子，她豁出去了！

"第二条就是没有我的允许不许来M国找我！"想要得到她的允许，等到她哪天心情好了吧！

"没问题！"斯靳恒那边开出诱人的条件，薄亦月又有一个儿子要养，还怕她不回国？

她可没说，不经过她允许，不许回国。

两个人彼此在心里打着各自的如意算盘，到底谁能赢，谁逃不过谁的手掌心，答案在无形之中已经很明显了。

走到车边，邵勉依然绅士地给女人打开车门，并给她系上安全带。

车子发动，薄亦月开口："第三个条件，以后没有我的允许，不许和我在公共场合有亲密接触。"

邵勉深深地看了一眼表情得意的女人，敢情她就是不想让他接近她。

车厢内一片沉默，邵勉一言不发，让薄亦月在思索自己是不是太过分了，三个条件都是让他远离自己。

正当她纠结着要不要改改自己条件的时候，邵勉开口了："看你表现。"

薄亦月心中的那丝丝愧疚，瞬间飘散得无影无踪。

红灯停，邵勉回过头看着一直给自己扔白眼的小女人，扬起唇角，趁其不备，偷得一香吻。

"邵，邵……"薄亦月气得，后面的"勉"字半天没有叫出来，算了算了，"你好好开车，我不跟你这个老流氓一般见识！"

老？流氓？邵勉挑眉，"我老吗？薄亦月？"为什么上个月还有人问他是不是刚二十五六岁？

"都三十多了，还想装嫩吗？"那样的话也太无耻了吧！

绿灯，薄亦月忽然发现外面下起了小雨，阴雨天是最容易多愁善感的，薄亦月的心情瞬间又低落了下来。

她不知道刚才跟邵勉说的那些有没有用，因为邵勉除了说对不起，哄了哄她以外，也没有正面回应她的不满。

罢了，如果邵勉真的想和她复合，是不会不在乎她的想法的。

邵勉如果还是和以前一样对她，她还是会逃离的。

回到公寓内，薄亦月给儿子打了视频，韩敏看到无意间出现在视频内的邵勉，笑得合不拢嘴。

"妈妈，康康好想你和妹妹，什么时候才能见到你们啊！"康康失落地看着薄亦月焦急地给自己使眼色，这才反应过来，他好像提到了妹妹，爸爸又在那边，连忙想办法圆谎。

刚洗完澡的邵勉正在套着浴袍，听到儿子说妹妹，他疑惑地看向视频前背对着自己的小女人。

刚走过去两步，又听到康康说，"浅洛干妈家的妹妹太可爱了，妈妈，我下次还和熙熙一起去M国好不好？"

薄亦月亲耳听到身后的男人，因为康康的这句话，顿住了脚步，她这才着实地松了一口气。

"好，好的康康。"仔细听上去，薄亦月的这句话因为紧张，还略带颤音。

挂掉视频通话已经是半个小时后，全程邵勉都在沉默，非常吝啬地不给儿子说一句话。

这让薄亦月很恼怒，把手机重重地放在床头桌上，看着玩着手机的男人，"邵勉！"

"老婆！"

"老婆你个大头，我有话要问你！"女人站在床边，双臂环胸，面部表情非常严肃，一副要审问邵勉的样子。

邵勉合上手机，把女人拉到自己旁边坐下，"怎么了老婆？"

算了算了，先不管他老婆老婆地叫自己这个事情，她有更重要的事情问他。

"康康是不是你的儿子？"她的问题让邵勉一怔，明知故问，是要搞事情？

"亲我一下，我告诉你。"康康是不是他的儿子，他比她还清楚。

薄亦月看着他吊儿郎当的样子，狠狠地在他伸过来的脸上，拧了一下。

"给我老实点！"

"好的！"男人往她身边挪了挪，正襟危坐，然后看向她，故作恶狠狠地说道，"康康敢不是我的儿子，我弄死你！"

"就不是你的！"薄亦月故意气他，看着扑过来的男人，她想逃都没机会。

邵勉把她压在身下，"那你现在给我生一个，我的孩子。"

她挣扎的双手被他控制在头顶，薄亦月慌了。"邵律师，邵律师，康康是不是你的孩子，你不知道吗？是你的！就是你的！"

男人脸上挂上笑意，从她身上翻下来，就在薄亦月松了一口气的时候，她整个人被他拦住。最后，她趴在了他的身上。

不小心触摸到男人结实的胸肌，薄亦月的脸蛋热了热。这个臭男人，平时那么忙，居然还有时间锻炼胸肌！

小手一直在他的胸前滑来滑去，邵勉很满意地看着有点发呆的小女人，"如何？喜欢吗？"

薄亦月连忙像避开烫手山芋一般抬起了自己的手，握成拳头放在一边，"我去洗澡，你先睡觉。"

看着仓皇而逃的身影，邵勉露出八颗洁白的牙齿。

## 第六十九章　护花使者

第二天六点钟，闹钟响起，薄亦月立刻从床上坐了起来。

昨天就错过了广告拍摄时间，今天一定不要迟到。

她轻轻地绕过熟睡的男人，下了床邵勉也睁开了眼睛跟着起床。

在薄亦月好奇的眼神中，和她一起刷牙，洗脸，出门，把她劫持到他的车上，带着她去吃了早餐。

然后把她送到片场，看着她进了化妆间才离开。

薄亦月莫名其妙地看着他的背影，这个男人什么意思？做她的护花使者？

邵勉把薄亦月送到拍摄地点以后，就去了提前联系好的厨师那里。

跟着厨师开始学做菜，看着浓浓的油烟，邵勉的眉头皱成了川字。

邵勉在这方面也挺有天赋的，不到三天，举一反三，能做一桌子的大菜。

刚溜回别墅看过女儿的薄亦月，回到公寓，看到一桌子菜，诧异地睁大了眼睛。

"你……找厨师？"她咽了一口口水，试探地问着穿着围裙的男人。

她还是第一次见这样的邵勉，系着白色围裙的居家男人模样。

邵勉摇了摇头，端出最后一个菜，麻婆豆腐，放在桌子上。

薄亦月傻眼了，八菜一汤……"邵勉，你喂猪吗？"

就两个人，吃这么多！

"薄亦月，我做的这么完美的菜，你居然说是喂猪吗？"邵勉的脸色黑了，他这是第一次精心下厨好吗？

薄亦月看到他脸色变了，立刻笑嘻嘻地挽着他的胳膊，"唉哟，邵大厨，我错了，喂我，喂我！"

人家辛辛苦苦做了这么多菜，自己那样说有点过分了，薄亦月反思。

看到小女人笑嘻嘻地道歉，邵勉的脸色才好了不少，"洗手，吃饭！"

接下来，餐厅内，就是薄亦月连连称赞的声音，"好吃！真不错……邵勉你不简单！真好吃！"

邵勉靠在椅子上，看着女人狼吞虎咽的样子，眼中满满的都是宠溺。

薄亦月，从今以后，让我补偿你。

剧组内，薄亦月刚结束一个宣传片拍摄，照着镜子摘掉长长的耳坠，旁边的手机响了起来。

"喂，浅洛。"她轻快地接通电话，看着镜中的自己，脸蛋这几天仿佛被邵大厨养圆了不少。

黎浅洛不知道在那边说了什么，让薄亦月诧异地瞪大了眼睛，"这么高的待遇？我顶多算是个二线明星！

"阿恒哥哥的意思？只是，浅洛，你知道我带着绵绵，不想回国。

"我知道这么好的待遇，只是……"薄亦月为难地顿了顿，但是又想到上次邵勉的话，儿子以后归她养，她要是留在国内发展，就可以和两个孩子经常在一起了。

黎浅洛靠在老公的怀里，把老公交代的话，给薄亦月重复了一遍。

"亦月，你不可能一辈子待在M国，何况康康还在国内，你有两个孩子要养活，不多存点钱怎么行？还有，你在M国除了朋友举目无亲，还不如回来，你忙的时候，我和丹彤还有翎翎都可以帮你看着绵绵。你说呢？"

斯靳恒给薄亦月开出的签约价格很诱人，是她现在在M国薪资的好几倍，还不加上平时的片酬。

只是，薄亦月不知道很多内幕。

"嗯，那我先考虑一下，这边的合约还有一个多月到期。"一个多月的时间，够她好好考虑了。

黎浅洛把玩着斯靳恒衬衣的金纽扣，"好的，亦月，回来吧！我们都很想你的。"该说的，黎浅洛都说了，剩下的就要看薄亦月自己的决定了。

"嗯，谢谢你浅洛，替我谢谢阿恒哥哥。"薄亦月心中划过一抹温暖，在M

国这段时间，许久都没有体会过友情带给她的快乐。

"不客气亦月，好好想想，我们等你，你回来我们好好聚聚！"黎浅洛的话，让薄亦月真的很心动……

照例先回一趟别墅后，匆匆赶去了公寓。

邵勉还在给她变着花样做各种吃的。

晚上洗过澡，薄亦月躺在床上翻着微博，上次媒体拍到她和邵勉在一起的事情，还没有完全落幕。

她的微博内众多粉丝都在问，她是不是要和邵勉复合了，薄亦月吓得都没敢回复。

卧室的门被打开，接完电话的邵勉走了进来。

收起她的手机，关上床头灯，邵勉将她搂在怀里。

其实，最近的几天，她……很幸福。

黑暗中，男人吻上女人的红唇，意思很明显，薄亦月也没有拒绝，顺其自然地回应着他。

"薄亦月。"他在她耳边轻声呼唤。

"嗯？"女人呼吸急促。

邵勉的动作顿了一下，"我明天的机票。"

薄亦月的心被揪了一下，他要走了，她为什么会舍不得……

许久之后，她才轻声回应："好。"

卧室内，沉默几分钟后，接下来一片旖旎。

邵勉走的时候，薄亦月没有去送他，在摄影棚中看着天上极小的飞机，猜测哪一架是他乘坐的。

当天薄亦月的精神状态不太好，拍摄好几遍都没有成功，导演看出来她心不在焉，只得先把后面的工作推到明天。

晚上，从摄影棚赶回别墅，绵绵正在和用人家的小姐姐玩耍。

看到薄亦月，很兴奋地就扑了过来，"妈妈，妈妈，人家好想你嘛！"

抱着软绵绵的女儿，她压抑着的心情，好了许多。

晚上把女儿哄睡，躺在床上无聊地翻着手机微博，把邵勉的动态从头到尾都看了一遍。

只是，他这一走，又是半个月没有任何消息。

薄亦月不敢回公寓，无论多晚她都会赶回别墅抱着女儿睡觉。

因为，公寓有他的味道，有他们之前略微……甜蜜的回忆。

邵勉在国内忙得焦头烂额，平时连吃饭的时间都没有。即使这样，他在结束每一件工作之后，还是会翻到她的宣传照。

看一遍又一遍。

薄亦月真的很美，美得摄人心魄。

这是邵勉每次看完她不同的宣传照，都会想到的一句话。

时光匆匆，邵勉走后的一个月内都很平静，除了新闻上能看到他的身影之外，他是彻底地消失在了薄亦月的生活中。

酒吧内，女人哀伤地看着眼前的威士忌，无数次想起邵勉上次来M国，抱着她说的那些话。

邵勉，你这个王八蛋！这就是所谓的重新追求我吗？

一口气灌了大半杯威士忌，薄亦月的眼泪哗哗往下落，他在的时候，禁止她喝一口酒。

他不在，现在大口大口灌着浓烈的威士忌都没有人管她……

最后，女人醉了，电话响起，是黎浅洛。

"喂，浅洛。"薄亦月脑袋有点昏沉地趴在自己的胳膊上，接听电话。

那边传来黎浅洛开心的声音，"亦月，眼看还有一个星期合同就到期了，你想好了没？"

怎么还没动静，急死她了。

薄亦月第一个想到的就是邵勉，她也不知道这个时候为什么会想起邵勉。

她在想邵勉是不是不想理她了？

还有，没有她在，现在事业有成的邵勉肯定是花天酒地吧！

一股怒气腾然升起，干脆地回答黎浅洛："我去！我合同结束就去！"

臭男人！她要追到C国，把邵勉暴揍一顿，就这样！

"好！够姐妹儿！一个礼拜后，我们给你接风洗尘！"黎浅洛爽快的声音，传进她的耳朵内，薄亦月扬了扬唇角，有黎浅洛这帮朋友真好……

挂掉电话，揉着晕乎乎的脑袋，薄亦月只得给曹小刀拨电话。

只是，不知道什么时候醉了，看着手机上的字母重重叠叠……

C国暴风夜总会，黎浅洛结束电话，嘚瑟地看向斯靳恒旁边的男人，"搞定了，怎么谢我，邵大律师！"

邵勉脸上挂着微笑，端起啤酒给黎浅洛倒了满满一杯，自己的酒杯也加满，"谢了，嫂子，干一个。"

黎浅洛端起啤酒，刚送到嘴边，就被身边的男人给劫持走。

"邵律师，灌我老婆喝酒什么意思？"

这个时候，邵勉杯中的啤酒已经下肚，一滴不剩。

"真想灌你老婆，我就不给她倒啤酒了。"邵勉鄙视地看了一眼脸色微冷的斯靳恒，护妻狂魔！

"没事的，斯靳恒，我就喝一杯，大家开心啊！"黎浅洛刚要去抢啤酒，就被斯靳恒一口气喝下。

把空杯子重重地放在黎浅洛面前，然后从旁边打开两瓶白酒，邵勉面前一瓶，他面前一瓶。

"邵律师，来，我给你拼。"

邵勉笑意渐浓地拿起白酒瓶，正准备点头答应，想起自己四年前告诉过薄亦月的话，以后喝酒之前得向她请示。

"等一下啊。"他放下酒瓶，去口袋内摸手机。

刚好不知道谁打来了电话，是薄亦月……

邵勉笑得贱贱的，他和薄亦月果然是心有灵犀！

"喂，皮皮刀，快来hello club接我，我不行了，你快点！一定要用最快的速度……"

邵勉脸上的笑容因为女人醉醺醺的语气，渐渐地消失，直到最后完全黑了下来。

　　黎浅洛目瞪口呆地看着邵勉的变脸速度，是谁来的电话，竟让邵勉表演了一出变脸？

　　邵勉手机那边的女人还在嘟囔，"皮皮刀，你怎么不说话，快点来，我喝了快一瓶洋酒，你再不来这一瓶酒就被我喝完了。

　　"皮皮刀，你说邵勉那个王八蛋，为什么不和我联系？你说他是不是脚踏十八只船，早就把我忘得一干二净了？

　　"这个'渣'男，我以后再见到他，一定要以仇人的身份对待他！"

　　"薄亦月。"冰冷冷的三个字，让正在讲醉话的女人，瞬间脑袋一片空白。

　　她……怎么好像听到了邵勉的声音？

　　嗝，薄亦月打了个酒嗝，然后把手机从耳边拿下来。

　　她没听错，就是邵勉的声音，因为她拨通了邵勉的电话……

## 第七十章　借酒消愁

惊慌失措地挂掉电话，薄亦月此刻已经清醒了三分。

都怪这个曹小刀，说好半个小时后过来的，现在还没过来。正要拨打曹小刀手机号码的时候，她的手机响了起来，看到来电显示，薄亦月吓得差点把手机扔了。

完了！完了！她刚才可是骂过邵勉的，邵勉肯定不会放过她。

当第无数次挂掉邵勉的电话后，曹小刀终于出现了。

摇摇晃晃地被曹小刀扶着走出了酒吧，手机还在不厌其烦地响着。

邵勉哪来的耐心？几十个电话不停歇地打。

手机来电铃声是一首《遇见》，薄亦月本来很喜欢这首歌的，但是此刻连续听了不下几十遍，有种想吐的感觉。

坐上曹小刀的车，在曹小刀受不了的眼神中，薄亦月慢吞吞地接通了电话。

"嗨，邵律师。"女人讨好的声音，让邵勉周围的杀气下去了三分。

"曹小刀有没有接到你！"邵勉阴沉地质问，让女人打了个冷战。

"嗯嗯，接到了接到了，劳烦邵律师操心了。"女人的声音甜甜的，让邵勉想起四年前那个单纯的薄亦月。

"薄亦月，为什么喝酒？"

"因为心情不好啊，借酒消愁，只是，借酒消愁愁更愁，唉！"薄亦月头疼地扶额，就比如现在，她似乎更纠结了。

邵勉沉默了一下，知道女人喝醉了，他问什么，她都如实回答。平时的她，哪有这么听话。

"你敢做什么对不起我的事情，薄亦月，我让你永远消失在所有人面前。"他会把她绑起来，关到他的岛屿上一辈子。

"嗯嗯，我很乖的，昨天那个老总又约我去吃饭，我都给拒绝了呢！嘻嘻。"

"哪个老总？"邵勉的手，握成拳头。

所有人都知道薄亦月是他前妻，上个月刚被曝光他们两个人一起出入薄亦月的公寓，居然还有人敢找她约会？

这是明显在挑衅他！

"就是那个搞服装公司的杜辉啊，告诉你邵勉，不只是杜总，还有秦总，李总，都想约我，哈哈。"

开车的曹小刀诧异地看着疯疯癫癫，什么话都往外扔的薄亦月，又想想邵勉的强势。他有预感，薄亦月在邵勉面前要完蛋！

其实，从开始到结束，薄亦月头昏昏沉沉的，两个人说了什么，她结束通话后，就全忘了。

邵勉不发一言地结束了通话，和斯靳恒夫妇分开以后，肥羊带着邵勉回到了他的公寓。

书房内，邵勉一根接着一根地抽着香烟，双脚随意地搭在书桌上。

抽完第五根，他拿出手机，订了一张明天最早飞往M国的机票。

第二天早上，把女儿送到幼儿园，薄亦月才往摄影棚赶去。

这次的广告有点难度，所以，一个上午和中午都在拍摄吊威亚做女超人的片段。

让她没想到的是，邵勉会过来接她，并且带着鲜花。

薄亦月站在原地静静地看着被一群人围起来的邵勉，男人面带笑意，一言不发。

在其他人看起来被女人围起来的他很高兴，实际上濒临发火。

而不远处的小女人，也完全没有靠近他的意思。

看着她有意要走，邵勉一个警告的眼神杀了过去，薄亦月不理会，干脆地转身走人。

他快速跟上前面的小女人，逮着她要给她一个教训！

在薄亦月把玫瑰花扔进一旁的垃圾桶里后，邵勉大力拉住她的臂弯，将她往怀中一带，结结实实地吻了上去。

邵勉他他他他……在干什么？天啊！这里是剧组啊！薄亦月崩溃地看着近在眼前的男人，想要推开他！

男人并没有松开她，反而搂得更紧。

周围开始响起口哨声和起哄声，薄亦月整颗心都在加速剧烈跳动，奈何无论她怎么挣扎，男人就是不放过她！

丢死人了！邵勉这个王八蛋！

三分钟后，尖叫声和起哄声越来越热闹。薄亦月急了，一脚踩到男人崭新的黑色皮鞋上。

邵勉也只是微微皱了皱眉头，感受到她的剧烈抗议，这才不紧不慢地放开了她。

"知道错了吗？"他邪魅的声音在她耳边响起。

低着头缓着心跳的薄亦月根本不知道自己怎么又错了，但是，先点头就对了！

看着连连点头的小女人，邵勉满意地松开她。

接下来的两三个小时内，邵勉就静静地站在剧组不远处。看着薄亦月换上剧组提供的天蓝色英式皇室蓬蓬裙，演绎她假扮公主的生活。

真别说，除了长得不像英国人，薄亦月把公主该有的气质和特点演绎得非常到位。

邵勉吧嗒吧嗒地抽着烟，旁边走过来一个临时女演员，跟他搭讪。

"你好，请问你是邵律师吗？"女演员问他。

邵勉眼中全是那个女人，根本就没有心思去理会别的，他敷衍地点了点头，没有说话。

"邵律师，薄亦月是你的什么人？"女人试探地问，如果是他的女朋友，她还有机会。

只是，邵勉吸了一口烟，淡淡地丢给她两个字，"老婆。"小女人趁着拍摄空隙往他这边看了过来，邵勉嘴角微扬。

只是不知道为什么，她只是白了他一眼，就丢给他一个背影。

"难道网上传你们是前夫前妻的事情，是真的？"女人抱着最后一丝希望。

邵勉摇了摇头，女人一阵惊喜，她还是有机会的……但是邵勉的下句话，让她彻底死心。

"我们不是前夫前妻，是真正的夫妻，受法律保护的。"

女人没有再说话，一颗玻璃心碎成无数片，抹着眼泪离开了。

工作结束，邵勉打开副驾驶的车门，薄亦月仿佛没有看到般，绕过豪车往公司的房车上走去。

看着绕道而行的小女人，邵勉眼眸深了深，真调皮！

非得让他来硬的才行！

薄亦月一只脚跨上房车，整个人忽然腾空而起，"啊！"一声惊呼后，想起这里是剧组，又硬生生地压住了自己的尖叫。

一个男人扛着一个女人，塞进豪车内的副驾驶上，在众人的目瞪口呆中，豪车扬长而去。

公寓楼前，豪车稳稳地停在楼下，薄亦月甩开停车的男人，自己先进了电梯。

看着渐渐上升的电梯，薄亦月已经想好，等会要把那个男人拒之门外。

只是，电梯在三楼停下，一个金发小男孩恶作剧地把电梯按下上升的按钮，并不打算进来。

薄亦月无奈地期盼旁边的电梯，不要比她的快。

十三楼，电梯门打开，薄亦月还是晚了一步，男人正斜斜地靠在她的公寓门上，后面的门也被打开。

哦！她忘记了，上次邵勉好像录了自己的指纹。

把他推到一边，薄亦月走到玄关处换鞋，"你又来做什么，不是说了约法三章，没有我的允许不许来找我。"

邵勉直接脱掉皮鞋，穿着白色袜子走在地板上。薄亦月皱了皱眉头，还是给他拿出了柜子内他上次来的时候买的拖鞋。

扔到他的面前，邵勉边穿着拖鞋，边理所当然地回答她："我来不是找你的，是来接你的。"

"接我？"薄亦月疑惑地看着迫不及待抱着自己的男人，他身上的味道依然清香好闻。

"嗯，再有几天，你不是要回国了吗？"说到这句话，邵勉脸上的笑容遮盖不住。

他们又近了一步。

薄亦月躲避着他的吻，神游他怎么会知道自己要回国发展。

哦！其实也不稀奇，肯定是阿恒哥哥告诉他的。

"邵律师，什么时候这么闲了，千里迢迢跑来接一个不相干的女人。"薄亦月右手挡住他不老实的薄唇，戏谑地看着男人。

邵勉笑了笑，在她的手心上亲了一口，"薄亦月，我们和好吧。"

和好？女人怔了怔，拉开他的双臂，离开他的怀抱。

往卧室走去，其实，她不是不愿意和好，只是她很怕……

她的腰再次从后面被搂住，"薄亦月，我给你道歉，你原谅我好不好？"男人的声音很温柔，让薄亦月差点沦陷，就这样答应他。

她深吸了一口气，回过身面对他，"邵律师，你这样勾引我真的好吗？"

勾引她？邵勉笑，"能勾引到手，也算。"只是，这个恨着他的这个小女人，会轻易被他俘虏吗？

薄亦月还没回答他，邵勉的手机就响了起来。

他看到来电显示的号码双眸幽深，收起自己的柔情，接通电话，"怎么样了？"他搂着薄亦月的腰，带着她进了卧室。

她的公寓还保持着上次他走的样子，这段时间，薄亦月住在哪里？

薄亦月把外套挂在衣架上，邵勉将注意力放在手机通话上。

"他见我做什么？"

"不见，我现在人不在国内。"

"就这样。"

挂掉电话，邵勉想了一下邵志楠会有什么非要见自己的理由。

## 第七十一章　绵绵回国

三分钟后，邵勉进了薄亦月的厨房，冰箱内果然空空如也。

无奈地摇了摇头，走到卧室内，打开卧室的房门，里面薄亦月刚脱掉衣服正在换家居服。

看到目光幽深的邵勉，他不是在外面接电话的吗？薄亦月怔了一下，便若无其事地继续换衣服。

套上家居服，扣上第一颗扣子，她的腰被男人从后面拦住。

"勾引我？"男人低沉的声音，在她耳边响起。

薄亦月翻了翻白眼，"你以为谁都像你那么色？"淡淡地说完，挣脱他的控制，把换下来的衣服，随手扔在一旁的沙发上。

邵勉不怀好意地看了一眼在自己面前晃荡的女人，"嗯，晚上让你体会一下什么叫色，一定不辱你给我的评价。"看了一下手腕上的时间，小女人已经换过衣服，他只好一个人去买点菜。

薄亦月脸色通红地张了张嘴，看着邵勉走出卧室，他要去做什么？

公寓的门从外面被关上，他走了？

为什么会忽然离开？难道他生气了？

正当薄亦月胡思乱想的时候，她的手机响了起来，打开看到是邵勉的信息：忘了问你，晚上有没有特别想吃的菜？

看着这条微信，猜测邵勉是出去买菜做晚餐。

薄亦月紧张的心情莫名平静了下来，她扬起嘴角，回复微信：还可以点菜啊？清蒸邵大厨如何？

晚上邵勉亲自下厨做了四菜一汤，薄亦月抱着圆鼓鼓的肚皮，昏昏欲睡地躺在沙发上，看着邵勉在厨房忙碌的身影。

把厨房整理干净，薄亦月被男人拉着去阳台上，做了消食运动。

邵勉在M国的几天，每天都霸占着她的电脑，和国内连线办公。

合同很快就到期，薄亦月悄悄地买了一张飞往Y国的成人和儿童机票。所以，当卖力工作了一个晚上的邵勉，好不容易睡个懒觉醒来后，身边的小女人已经不见了踪影。

他已经拨了几十遍她的手机号码，一直关机。

直到下午时分。

邵勉面无表情地坐在沙发上，看着电脑上的视频，她笑颜如花的面容出现，"嗨，邵律师，我已经离开了M国，不要问我去了哪里，因为我是不会和你一起回国的。还有啊，我是不会再回M国了，邵律师一个人怎么来的就怎么回去吧……"视频在女人叽里呱啦地说了一大堆之后，完全不给邵勉说话的机会，直接挂断。

薄亦月，有胆量！

Y国的某个小镇上，挂掉和邵勉视频的薄亦月拍了拍加速跳动的心脏，还好她逃了出来。

要是真的被他亲自押回国，她的小绵绵怎么办？

所以，这几天她想尽了一切办法，甩开邵勉。

但是无论她怎么用恶毒的言语抨击他，邵勉都不为所动，还总是一副宠溺的眼神看着她。

薄亦月崩溃，终于昨天晚上，她豁出去了！

再一次对邵勉主动，果然很受用，天都快亮了，邵勉才睡着。极为疲惫的她虽然闭着眼睛，但是不敢睡着，趁着他睡熟，准备行动。最后因为害怕，连行李都没敢收拾，直接拿着贵重的东西，悄悄地逃了出来。

回过神亲了亲一旁女儿的脸蛋，带着她往之前住的地方走去。

好不容易可以享受一个假期，薄亦月带着女儿来Y国住几天，放松一下工作带来的疲惫，再回国也不迟。

十天后C国。

一辆出租车疾驰在宽阔的马路上，后座上戴着墨镜的母女两个人，各自看着旁边车窗外的风景。

"妈妈，我们以后就在这里了吗？"

"应该是。"

"妈妈，我是可以经常见到哥哥了？"

"应该是。"如果邵勉愿意让她带着康康的话。

"妈妈，我会暂时和舅舅舅妈住在一起吗？"

"应该是。"她还没想好，把绵绵藏在哪里。

薄绵绵收回目光，回过神，对着薄亦月的侧颜撇了撇嘴，像个小大人一样质问："薄女士，你能说两句靠谱点的话吗？"

"我挺靠谱的，为了你的安全，你就和舅妈待在一起吧，舅妈肚子里的小宝宝快要出生了，到时候你也有伴。"云锦之前因为薄亦阳的原因，失去了一个孩子。

现在好不容易又怀上一个，已经六个月了，薄亦阳把云锦当祖宗一样供着。

薄亦月本来不打算把女儿送到薄亦阳那里的，只是云锦坚持，让绵绵陪着她解解闷，她就答应了。

到了翠源别墅区，薄亦月用力地提出出租车后备箱内的两个皮箱，和女儿一人拉着一个，往6号别墅走去。

薄亦阳把事业刚转回国内，最近因为工作忙得昏天暗地，又加上云锦大着肚子。薄亦月不想给哥哥添麻烦，也就没告诉薄亦阳准确回国的时间。

按响6号别墅的门铃，开门的是家里的用人，看到薄亦月母女俩，疑惑地问道："请问你们找谁？"

"薄亦阳和云锦住在这里吗？"

"是的，请问你是？"

这个时候里面传来清脆的女声："小何，外面是谁？"

薄亦月听到云锦的声音，脸上挂上笑容，同样清脆地大声回应："嫂子，是我们！"

"小何，快快，让亦月进来。"正在看书的云锦，兴奋地从位置上站起来，往门口走过来。

两个女人见面，开心地抱在一起。

绵绵已经长大，云锦正要抱她的时候，被薄亦月制止，"嫂子，你现在肚子大了，绵绵这么重，别抱了。"

"是啊，舅妈，我现在很重了，还是我抱抱你吧！"薄绵绵被薄亦月养得不瘦，三岁多的孩子，已经三十多斤。

她搂了搂云锦的腰，小小的脸蛋贴在云锦的大肚子上，好奇地看了又看。

云锦慈爱地看着小女孩，"小绵绵，舅妈想死你了，你们回来怎么不说一声，我和你舅舅好去接你们！"

用人接过母女俩的行李，放在一边，薄亦月说了声谢谢后，就微笑地看着云锦。

"我知道我哥最近很忙，就不麻烦他了，他现在不在家吧？"薄亦月往二楼看了一眼。

云锦揽着绵绵的肩，让母女两人在客厅坐下，"是，你哥最近很忙，刚才回来了一圈，刚走。"

用人把水果端了上来，放在三个人的面前，三个人边吃边聊。

晚上的时候，薄亦月没有走，和绵绵一起住在了别墅。

绵绵睡着后，她新建了一个微信群将黎浅洛、夜翎翎、唐丹彤，还有云锦拉了进来，告诉大家她今天到达了C国。

首先回复她的是唐丹彤，发了一个兴奋的表情。

然后是黎浅洛，接着大家都活跃了起来。

"明天晚上，我做东，给亦月接风洗尘，欢迎亦月回归我们的队伍！"唐丹彤拉开旁边不老实的司承阳，啪嗒啪嗒地在手机上打着字。

"这个可以有！"黎浅洛赞同。

"还记得四年前的那次吗？我们一起逛街去夜总会的那次，好怀念！"夜翎翎感叹时光匆匆，怎么一下子就四年过去了，她也有了第二个孩子。

"明天必须聚，哈哈哈。"薄亦月的眼光中泛着泪花，有她们真好。

云锦早早地已经睡了，等到其他几个女人都商量好以后，薄亦阳用她的手机回复大家：我老婆已经睡着了，她就不去了，你们玩好。

薄亦月发了一个撇嘴的表情：哥，明天我亲自告诉嫂子，你早点休息！

聚会，少一个人都不行！

薄亦阳想了想，让云锦转转也好，就回复了一个字：好。

接下来几个女人嘻嘻哈哈地聊到了十二点多，在各自老公的催促下，才不情愿地放下了手机，睡觉。

薄亦月第二天起床后，去了薄亦阳给绵绵提前联系好的幼儿园，给绵绵办了入园手续。

然后又去了SL旗下的星耀娱乐公司，去的时候，曹小刀已经在公司等着她了。

让曹小刀继续做经纪人是她向斯靳恒提出的要求，她已经习惯了经纪人是曹小刀，不想再换。

所以，曹小刀和她一起回国了。

一份合同放在她的面前，薄亦月没有细看，直接签上了自己的名字。

阿恒哥哥和浅洛是不会骗她的，合同只是走一个过程，所以不用仔细去留意什么。

从公司出来的时候，碰到了黎优芜，"薄亦月，你真的来了。"黎优芜早就听说薄亦月要签到星耀公司，果然是真的。

"是啊，黎大明星，以后我们就是同事了，多多关照。"黎优芜目前的事业，并没有因为他的年纪和已经结婚生子，受到任何影响。

反而因为好男人的形象，越来越火。

黎优芜冲她笑了笑，"客气了，你跟翎翎和浅洛是好朋友，以后我们就是好朋友，加油吧，看好你！"黎优芜说完，鼓励地在她肩上轻轻地拍了两下。

"嗯，好的，晚上和她们两个约好了去逛街，你要不要去？"薄亦月笑着打趣。

　　"不了，你们女人的事情，我们男人就不跟着掺和了，但是……"黎优芜像是想到了什么，语气变得无比认真，压低嗓门，"不要再给我家翎翎……"

　　薄亦月想起四年前的事情，扑哧一笑，"好的，谨记黎前辈教诲！"其实四年前，她也是故意气邵勉的，但是这次不一样，她们只是单纯地聚聚，所以不会再发生四年前的事情。

　　"那我就放心了！"黎优芜说着，还真的松了一口气，好像真的很担心这个事情似的。

　　略微无奈了一下，"黎前辈放心，我向你保证，一定不会了！"她怕黎优芜不放心，以后不再让夜翎翎跟她来往，薄亦月非常认真地保证。

　　接下来，两个人又聊了几句，就分开了。

## 第七十二章　回归礼物

下午四点多，薄亦月应韩敏的要求，把绵绵给她送到了老宅。

邵勉天天忙着工作，很少回老宅，这两天邵文川和杨紫勤出差去了德国。

所以，薄绵绵可以暂时待在老宅。

看到薄绵绵的韩敏，脸上笑开了花。她的愿望实现了三分之二，最后三分之一就是邵勉和亦月的婚姻。如果两个人最后能走在一起，她这把老骨头就死而无憾了。

陪康康和绵绵两三个小时，快到了和黎浅洛她们约好的时间，薄亦月就先离开了老宅。

风暴夜总会666包间，五个女人打开十几瓶酒，将包间的灯调暗。

黎浅洛带头，一人说了一句祝福语，然后每人拿起一瓶酒。

"干杯！"女人们欢快地将酒瓶碰在一起，开始往嘴里灌酒，除了云锦外，其他的几个人都是一口气下去了一半。

接下来，就是几个人抱着两个话筒，"嗨"歌的场面。

晚上十一点多，因为都有家庭，几个女人刚过十一点，就准备散了。

她们出包间之前，对面668的女人早她们两三分钟，出了风暴的门。

风暴门口几个迎宾美女，你挤我挤你地偷偷趴在玻璃门上，对着夜总会广场上咽着口水。

C国最极品的几个男人同时出现。

一个醉鬼女人，摇摇晃晃地从大厅走了出去。

夜总会外面有点冷，一阵冷风吹来，顾惜清醒了不少，拉了拉自己的外套，往前走去。

广场上，五辆豪车停成一条直线，非常整齐，之间差距不出十毫米，可见其高超的车技。

五个男人靠在中间的两辆车上，等着里面的女人出现。

"再给她们半个小时的时间，如果再不出来……"深蓝色呢子大衣的薄亦阳看了一下腕表，十一点十分。

"我们进去抓人。"白色休闲外套的司承阳懒懒地接上。

几个女人下午五点多就出来了，一直到现在，丝毫没有回家的意思。

她们是否知道，家里有老公和孩子，在辛辛苦苦地等着她们？

最后，斯靳恒一个电话，几个人一起出来接人。

场面之高调，让人咋舌，当事人也不怕被记者拍，他们已经找了保镖，暗中注意着记者。

邵勉靠在斯靳恒的车上，抽着烟，一言不发，只是定定地看着夜总会的出口。

无意间看到一个身影，一个多余的眼神都没有给她，继续盯着夜总会的大门。

他只给薄亦月十五分钟，如果她不出来，先把她逮出来带走，其他的人他不管。

而越来越近的顾惜，终于看清了那个身着黑色昂贵西装的男人，真的是邵勉！

她好高兴，她已经快一个月没有见过邵勉了，她好想他……

本来已经轻飘的步伐，开始加速，直直地扑到抽着香烟的男人怀中，贪恋地叫出："阿勉……"

其他四个男人停止了谈话，略微诧异地看着这一幕，这邵勉没把薄亦月等来，却等来了别的女人。

邵勉淡定地吐出烟雾，闻到顾惜身上浓浓的酒味，眉头皱成了川字，"走开。"

还有她身上浓浓的香水味，让他想吐。

不仅如此，让大家更加诧异的一幕出现了，他们等了半个多小时的女人，就在这一刻，前后出了夜总会的大门。

广场上的灯光，把不远处的一幕，照得非常清楚。

一个女人紧紧地抱着邵勉的样子，狠狠地撞击着薄亦月的心脏。

大脑一片空白，心更像是被狠狠地揪住，来回地撕扯。

所以，这么恩爱的一幕，是邵勉送给她的回归礼物？

邵勉，你也是好样的！

五个女人站在原地，愤恨地看着不远处的一幕，几个人都知道顾惜和薄亦月大概的事情，唐丹彤拉了拉怔在原地的薄亦月。

本来搂着邵勉腰身的女人，已经被邵勉拉开毫不留情地推在地上。

薄亦月冷笑，邵勉这个样子是做什么？为了证明自己是清白的？

当她看清地上女人是顾惜后，薄亦月脑袋充血，再也不淡定。

踩着黑色的五厘米高跟鞋，走到三米开外的几辆豪车前。当着邵勉的面，拉起不知东西南北的顾惜，一个响亮的耳光甩了上去。

"干得漂亮！"黎浅洛真的佩服薄亦月，能勇于面对。不像她，当年多次吃亏。

斯靳恒走过去把黎浅洛揽在怀中，宠溺地看着凑热闹的女人。

被打的顾惜清醒了三分，薄亦月？她怎么会在这里。

再看看周围的十个人，五男五女，全部鄙夷地看着自己。

顾惜深吸了口气，"薄亦月，你不要太过分。"他们都是一伙的，这种情况，顾惜还是决定，走为上计。

丢下一句话就要离开，薄亦月可是没打算放过她！

在顾惜走过来的时候，薄亦月的脚往前一伸，顾惜不妨，硬生生地跌倒在地上。

"啊！"一声惊呼，被一步裙包裹着的膝盖嗑在地上，顾惜痛得半天说不出来一个字。

而邵勉淡淡地看着这一幕，完全没有要插手的意思，更别说其他几个人了。

薄亦月看着脸色深沉的邵勉，心中一惊，她怎么给忘了邵勉是站在顾惜那边的。

鼓起勇气，嚷了一嗓子："邵勉，你要是敢心疼她，我一辈子不要理你！"

邵勉吐了一口烟雾，一个眼神都不给地上的顾惜，揽上薄亦月的肩，对着其他几个人说道："我们走吧！"

五个男人带着自己心爱的女人，开着各自的豪车，离开了夜总会。

留下地上的双目含恨的女人，无人问津。

坐在五辆豪车副驾驶位置上的女人，此刻还在微信上聊得火热。

黎浅洛：改天我们再好好恶整一下这个小三！

其他几个人全部赞同。

"过两天我办一个舞会，大家都参加，当着所有人的面，让她丢丢人！"

小三是所有人都痛恨的，这个主意再次一致通过。

御谷名邸，薄亦月已经被邵勉压在了沙发上，男人此刻的表情，让薄亦月仿佛看到了一头狼，虎视眈眈地盯着自己的猎物，随吃都可以拆吃入腹。

"怎么？邵律师心疼了？"她双手抵在他结实的胸膛上，继续挑衅地看着邵勉。

她可以实话告诉邵勉，顾惜和顾瑜，她不会放过，以后见一次整一次，哪怕用一些奸诈的小伎俩，她也愿意。

男人不说话，薄亦月猜测他真的生气了。

"邵勉，你有意思没意思，心疼着别的女人，还来招惹我，拿我当什么了……"

"薄亦月，你既然已经自投罗网，就再也别想逃出我的手掌心。"

他的低喃，让薄亦月闻到了阴谋的味道。

她忽然想到阿恒哥哥找她签约的理由，其实也没什么理由，黎浅洛说的时候就含含糊糊的。现在居然有种感觉，是邵勉操控了她以后的路……

她震惊地推开身上的男人，"邵勉，阿恒哥哥为什么会主动找我签约？"一般来说，像斯靳恒这种总裁，才不会过问手下公司找谁签约的事情。

低着头的男人，眼中划过一抹精光，"你演技好。"

……她还能听到邵勉夸她呢？太阳从西边出来了？

邵勉难得会夸奖薄亦月，一句话就把她夸得不知道东西南北了。

睡觉前，薄亦月总感觉有哪里不对劲，但是想不出来不对劲到底在哪里……

薄亦月忽然回国发展，并签到有邵勉股份的SL集团旗下的星耀，引来不少她要和邵勉复合的传闻。

看着不真实的传闻，薄亦月一律没有正面回应。因为这件事情不能否认太早，现在如果否认不是因为邵勉的关系，但是万一哪天她真的和邵勉复合了，说这些话不是打自己的脸？

曹小刀忙着给薄亦月挑选各种剧本和广告，对于那些来打探消息的媒体也没有理会，任由这件事情在网上发酵。

## 第七十三章　你开心就好

后来黎浅洛专门举办了一场茶话会，其目的就是为了替薄亦月出口气。

事情进行得很顺利，黎浅洛当场让顾惜母女出了丑，出丑的视频都被人放在网上发酵了。顾惜顺其自然地就坐实了插足别人婚姻当小三的事实，在C国身败名裂。

黎浅洛也没想到事情进行得这么顺利，她们开始都担心顾惜不会来，但是她们在赌，以顾惜那样不甘认输的性格，是不会放弃任何一个有可能翻身的机会的。本来要录取她的那家事务所的老总，听到自己老婆转述顾惜是小三的事情，立刻给她发了邮件，让她明天不用来事务所了。

另外一边的顾瑜恨恨地看着视频上的薄亦月，仇恨的火苗在心里蠢蠢欲动，薄亦月你终于回来了，毁完我的名誉，又去毁掉堂妹的名誉，你给我等着！还有邵勉那个奶奶，你们都给我等着！

当天晚上，薄亦月去了公司安排的公寓，邵勉也没有来找她。

睡前无聊，黎浅洛发给了她一个视频，视频上正是她惩罚顾惜的过程。

犹豫了一个晚上，第二天快到中午的时候，薄亦月还是给邵勉发了过去。

邵勉看到薄亦月给自己发的视频，才明白是什么情况。

原来她是去整了顾惜，然后利用他，对顾惜彻底地打击。

这个调皮的小女人……

微信又响了一声，还是薄亦月的微信：邵勉，我伤害了你的女人，想要怎么报复我，尽管放马过来。

怎么报复她？他敢吗？看看她整顾惜就知道了。

他连一句话都不敢多说，生怕再惹她生气！她再重新跑回M国，他之前的努力不就白做了？

打了几个字快速地回复过去。

正在开车的薄亦月看到他的微信，忍不住轻笑。

你开心就好。

美滋滋地往老宅的方向驶去，没有留意到车后面，还跟着一辆轿车。

抵达老宅的时候，杨紫勤今天休息在家，正在琢磨着顾惜顾瑜的事情。看到薄亦月来了，没有说话，直接上了楼。

对于杨紫勤没有赶自己出去，薄亦月感到很意外。

客厅内的韩敏看到她，连忙迎了过来，"亦月，来来，昨天的视频我都看到了。"

奶奶怎么看到了？浅洛说那个视频她已经封杀了，没让传出去的。

看到她眼中的疑惑，韩敏解释道："是丹彤给我发过来的，真解气，像顾惜这种小三，就应该让全世界都知道！"

无意间瞥到二楼楼梯口，不知道为什么，薄亦月忽然又想到了邵勉几年前在楼上卧室内的一句话：如果我们三个之间真的有一个小三，那就是你薄亦月！

忽然也就高兴不起来了。

"嗯嗯，奶奶，康康去幼儿园了？"绵绵还在薄亦阳那里，她明天就要开始拍戏了，这之前先来看看奶奶。

"是啊，不要担心康康，在这很好，你和小勉的事情，尽快解决！不要再这样耗着了！"韩敏拉着薄亦月的手，看着她的眼睛里，满满的都是担忧。

想起和邵勉在一起的日子，薄亦月不好意思地嘿嘿一笑，"奶奶，其实，我和邵勉这段时间的关系好多了，以后再看看，如果可以，我们就复婚。"

韩敏头点得像只拨浪鼓，两个人赶紧和好，再把重孙女接回来，她的人生就圆满了。

老宅的门铃忽然被按响，楼下就她们两个人，薄亦月松开韩敏的手，去开门。

门外站着的是顾瑜，薄亦月的笑容僵在脸上，"你来做什么？"她不是被送进精神病院了吗？怎么被放出来了。

顾瑜不理会她，推了一下薄亦月，就走进了客厅。

"喂，你干什么！"薄亦月跟跄了一下，扶着一旁的鞋柜，才没摔倒。

看着渐渐靠近奶奶的顾瑜，她连忙跟了过去。

"顾瑜？你来做什么？"韩敏板着脸看着脸色不好的女人，她来了一句话不说，只是阴沉沉地看着自己。

顾瑜此刻脑海里正在回想近些年来的事情，从最开始她和邵勉在一起，韩敏极力反对。

然后是薄亦月的横刀夺爱，让邵勉彻底变了心。

因为没钱，邵勉也不理会她，她不得不徘徊在费腾和邵志楠中间。

如果不是因为韩敏，她根本不会沦落到今天的这种地步。

这一切全都是拜韩敏所赐！顾瑜的眼中划过浓浓的恨意。

余光扫到桌子上的水果刀，毫不犹豫地拿了起来，韩敏和薄亦月吓得心都提了起来。

"顾瑜，你疯了吗？你要做什么？"薄亦月连忙往韩敏身边跑去。

韩敏迈着不稳的步伐，想要避开顾瑜。

顾瑜忽然仰天大笑，她仿佛看到了韩敏和薄亦月死在了她的刀下。

"你们去死，全都去死！哈哈哈哈哈……"

二楼杨紫勤卧室的房门没有关，楼下忽然传来的动静，引来了杨紫勤的好奇。

走到楼梯口的时候，她看到一个女人拿着一把水果刀正在追着薄亦月和韩敏跑。

吓得杨紫勤脑袋一片空白，那个女人是顾瑜，她想要干什么……

薄亦月护着韩敏躲到沙发后面，她把韩敏护在自己的身后。看着逐渐逼近自己的水果刀，努力地让自己镇定，"顾瑜，你想要什么，可以好好说。"除了邵勉，她什么都可以给的。

韩敏趁着薄亦月护着自己的时候，拿起旁边桌子上的手机，连忙拨通报警电话。

顾瑜仿佛是看到了韩敏的动作，一个激动，顾不上回答薄亦月的话，直接扑了上来。

她的刀对准的是身后的奶奶，薄亦月焦急地挡了一下，胳膊硬生生被顾瑜划开一道口子。

痛得薄亦月立刻就失了声，韩敏看到薄亦月的胳膊被划伤，开始不淡定，正在报警的手机，掉在了地上。

"亦月，你怎么样了，亦月……"

韩敏走到薄亦月的身侧，想去看她的伤口。

只是，顾瑜不给她们喘气的机会，又是一刀冲着韩敏挥了过来。

薄亦月一个用力，拿起旁边的烟缸砸了过去，但是让顾瑜躲开了，所幸她这一刀也没伤到两个人。

楼上的杨紫勤终于反应了过来，惊慌失措地跑回房间拿出自己的手机，打了报警电话。

然后往楼下赶去的时候，拨通邵勉的电话，"小勉，快回来，出事了。"

邵勉听着杨紫勤颤抖的声音，心脏咯噔跳了一下。

没有多问，直接穿上外套，丢下会议室所有高管，冲出了公司。

杨紫勤打完电话，随后把手机扔在一边，"小瑜，你怎么了？有话好好说，快把刀放下！"

事实证明，好好地和顾瑜讲道理，没有一点用。

她手中的刀，依然毫不留情地往韩敏身上刺去。

刺空了几下后，顾瑜怒了，她看准了韩敏的背部，一个用力……

一道身影闪过，韩敏再次被挡在身后，水果刀准确无误地刺进了薄亦月的肚子里。

时间在这一刻静止了，杨紫勤双腿一软跌坐在旁边的沙发上。

顾瑜看着薄亦月身上流出来的鲜血，理智仿佛被惊醒，一瞬间愣在原地。

"亦月！"韩敏瞬间红了眼睛，因为激动嗓子沙哑了不少。

而薄亦月在震惊过后，在想自己是要死了吗？不行，就算死了，也不能让顾瑜伤害到奶奶！奶奶待她不薄，她拿命偿还都不够！

紧紧地咬住牙齿，一个用力拔出刀子，温热的鲜血溅到地上、顾瑜的脸上……

往前跨了两步，趁着顾瑜也愣在原地的时候，薄亦月狠狠地把刀子刺进顾瑜的身体。

"唔。"顾瑜不防，被刺中，身侧的鲜血很快就浸透了她的黄色外套。

薄亦月的脑袋晃了一下，忍住头晕，把刀子从顾瑜的身体拔出，扔得远远的。

顾瑜顺着旁边的桌角，跪坐在地上。

薄亦月回头看着难以置信的韩敏，虚弱地问道："奶奶……你没事吧？"

韩敏回过神，连忙扶着摇摇欲坠的薄亦月，"亦月，奶奶没事，你先坚持一下……奶奶现在就叫医生来。"

苍老的双手，慌乱地去摸地上的手机，拿了好几下，都没拿起来。

最后深吸了一口气，才拿起手机，拨通了急救电话。

叫完救护车，薄亦月也顺着墙，慢慢地坐在了地上。鲜血顺着她的唇角慢慢地往下流出，她好难受，绵绵，康康，妈妈好难受……

邵勉快来救救我，我的肚子好疼，胳膊好疼，"邵勉……"她喃喃自语。

韩敏听到她虚弱地叫着邵勉的名字，眼泪吧嗒吧嗒往下落。

"亦月，我的乖孙媳妇，你要坚持住……奶奶已经给你叫过救护车了，亦月！"韩敏老泪纵横，都是她连累了亦月。

旁边的顾瑜本来就精神不好，被刺了一刀之后已经昏了过去。

这个时候，杨紫勤从沙发上站起来，双腿发软地走到两个人面前。

看着全身都是血的薄亦月，捂着自己的嘴巴，不让自己哭出声。

"薄亦月，薄亦月……你要好好的，好好的。"刚才的一幕，杨紫勤看得真真切切，薄亦月为了韩敏挨了顾瑜两刀。

为了他人的安全，毫不犹豫地甘愿牺牲自己，这样的薄亦月，她还有什么理由不去喜欢?

　　听到杨紫勤的安慰，薄亦月震惊地睁大了眼睛，但是她实在是太难受了，一个字都说不出来。

　　警车的鸣笛声，由远至近。

　　薄亦月真的好难受，身上到处都是疼的!

　　"邵勉——"

　　韩敏靠近薄亦月，紧紧地抓着她的手，"孩子，你要撑住，小勉马上就过来了。"

　　"是的是的，我已经给他打过电话了，你别睡。"杨紫勤胡乱地抹了抹眼泪，也紧紧地抓住薄亦月另一只满是鲜血的手。

　　薄亦月身上的血，依然流着，她气若游丝地冲着两个人笑了笑，"让邵勉哥哥，好好照顾……我们的孩子……"

　　最后她还是没撑住，眼前一黑，昏了过去。

## 第七十四章　我没保护好你

"亦月，亦月！"韩敏一个焦急，也差点晕过去，连忙稳住自己的气息，配合赶过来的警察，把薄亦月抬了起来。

邵勉一路狂飙赶回老宅的时候，薄亦月刚好被抬上救护车。

邵勉整颗心都被提了起来，确定奶奶和妈妈没事以后，立刻跟着上了救护车。看清小女人满身鲜血地昏迷过去，邵勉有史以来第一次脑袋一片空白。

"她……怎么样了？"紧紧地握着她冰凉的小手，邵勉呆呆地问出了一句话。

戴着口罩的小护士连忙回答："已经给病人做了止血措施，现在带回医院去抢救。"

救护车在邵勉一个电话后，掉头去了承阳私人医院。

医院内司承阳刚做完一台大手术，还没出手术室，一个小护士就急匆匆地跑了进来。

"司院长，刚才邵律师来电话，让你在医院门口等着，他身边有急需抢救的病人。"

司承阳疑惑了一下，邵勉？"病人什么情况？"摘掉口罩，快速脱掉无菌服，走出了手术室。

能让邵勉亲自送过来的人，必是他重要的人。

刚走到门诊门口，一辆外院的救护车就停在了他的面前。

从车上被抬下来的居然是戴着氧气罩，浑身是血的薄亦月！司承阳心里咯噔了一下，看了一眼阴沉着脸色的邵勉，问旁边的护士："病人什么情况？"

薄亦月被众人推着一路小跑地往抢救室赶去，小护士微微喘气回答司承阳："病人被水果刀所伤，肚子上的伤比较严重，胳膊上的已经做过简单的止血处理。"

被水果刀？匆忙间司承阳再次看了一眼沉默着的邵勉，但是现在不是问为什么的时候，顾不上疲惫再次进了手术室。

手术室的灯很快亮起，手术室外的邵勉异常平静，不知道站了多久，口袋内的手机响起，一遍又一遍。

直到第三遍的时候，邵勉才慢慢地拿出手机，接通电话，"妈。"

"小勉，你们在哪个医院呢？"杨紫勤略微焦急的声音，让邵勉猜不透妈妈的想法。

"妈，你一直不喜欢她，就不要来看她了。"薄亦月，对不起，我没保护好你！

薄亦月你要好好的，老公在外面等你！

从今以后，薄亦月想做什么就做什么，哪怕整人出了事情，他也全部给她兜着。

只要她好好的，开心平安，他就满足了。

知道儿子什么意思，杨紫勤一时无言，然后又焦急地表达出自己的想法："小勉，妈错了，以后好好对薄亦月好不好？"

邵勉沉默了许久，然后告诉了杨紫勤位置。

十几分钟后，相互挽扶着的婆媳二人匆匆赶到医院，韩敏看着邵勉笔直地站在手术室门外，一动不动的背影，眼泪又落了下来。

"小勉。"苍老而又沙哑的声音，唤醒了沉浸在各种思绪中的邵勉。

他收起眼中的阴鸷，面无表情地看着面前的二人，"奶奶，妈。"

"小勉……"都怪她这个老太婆，要不是她亦月丫头就不会受伤。

邵勉缓了一会儿，才找回自己的理智，走到泪眼婆娑的韩敏面前。

"奶奶，别哭了，她会没事的。"薄亦月会没事的，她一定舍不得他，舍不得儿子。

韩敏连连点头，用手帕擦了擦眼泪，"小勉，是顾瑜，顾瑜来杀我的，亦月那丫头……"韩敏说到这里，再次泣不成声。

长满皱纹的眼角，被泪水浸湿。

"妈，先别难受，来，先坐下。"杨紫勤不忍心看到韩敏这个样子，和邵勉一起把韩敏搀到旁边的长椅上。

顾瑜！

邵勉淡淡地把这个名字，在心中默念了一遍。

"顾瑜疯了，她拿着水果刀疯狂地挥向你奶奶，邵勉，你这次一定不要放过她！要不是薄亦月，受伤的肯定是你奶奶！"杨紫勤感觉自己以前就是瞎了眼，居然会看好顾瑜！

铁证如山的偷情视频不说，还疯狂到杀人……

这一刻的杨紫勤，很佩服自己的婆婆，慧眼识人，早早地就阻止了邵勉和顾瑜。

大大松了一口气，杨紫勤却感受到儿子冰冷的目光。

邵勉冷冷地看着母亲，似乎在探视她的反应是真是假。

知道邵勉的意思，杨紫勤重重地叹了口气，"小勉，妈知道错了，以后和薄亦月好好的，妈支持你们。"

她的这句话，让邵勉放下了心防。

接下来两个人把事情的整个过程，仔仔细细地告诉了邵勉。

一个小时过去了，手术室的指示灯依然亮着，邵勉内心的恐惧开始蔓延。

为什么替奶奶受伤的不是自己，而是她？

她知道不知道他的心，很疼很疼？

薄亦月也是怕疼的，而在她最疼的时候，他却没在她身边。

看着熟悉的医院，邵勉想起四年前，他陪着她也来过一次。

无痛人流说是无痛，但是那么大的一块肉从身上掉下来，肯定也很痛吧？

对不起，薄亦月。

对不起，老婆。

一个半小时后。

手术室的指示灯灭，韩敏擦干脸上的泪痕，被邵勉和杨紫勤搀扶着站了起来。

两分钟后，手术室的门打开，擦着汗水的司承阳率先走了出来。

"承阳，亦月怎么样了？"韩敏焦急地拉着他的手。

司承阳安慰地拍了拍韩敏的手，"奶奶，刀子没有伤害到重要器官，只是亦月的伤口大出血，现在已经止住血了，没什么大碍，别担心了。"

听到没大碍，几个人都松了一口气。

还在昏迷的薄亦月被护士推了出来，邵勉第一个迎了上去。

看着女人苍白的小脸蛋，邵勉的心好像被揪着撕扯。

"什么时候会醒过来？"

听到邵勉的问题，司承阳再次看了邵勉一眼，忽然觉得邵勉很可怜，自己还有个女儿都不知道。

"两个小时。"

薄亦月被推进了高级病房，邵勉确定她没事以后，他拉住准备离开的司承阳。

两个人走到病房外的走廊上，邵勉认真地看着他，"请教你一个事情。"

请教？司承阳挑眉，邵勉这家伙什么时候这么客气了？

"说吧！"

邵勉点了点头，推开病房的门，给杨紫勤交代了一声后，两个人一起往楼上院长办公室走去，没过几分钟，准备进办公室的司承阳，带着邵勉进了他的实验室。

掐着时间点，两个小时后，邵勉从实验室走了出来，想到刚才看见的尸体，忍着吐意进了电梯。

司承阳真的有严重洁癖吗？看到那么恶心的尸体，为什么连点反映都没有？

八楼高级病房内，韩敏坐在病床边，拉着薄亦月的手，一直不肯松开。

杨紫勤看到邵勉回来，从沙发上站了起来，"小勉，刚才警局来电话，说顾瑜在第二人民医院，准备将她逮捕。"

听到顾瑜的名字，男人的眼中布满阴鸷，"不急，让她好好养伤，我找人看好她。"

不急？

邵勉不急，病房内的婆媳两个人急了，已经处于半睡半醒状态的薄亦月也急了。

"小勉，你真的太让我失望了！"韩敏悲痛地看着自己的孙子，顾瑜都已经这样了，邵勉还放不下她吗？

看着奶奶的表情就知道她误会自己的意思了，刚想要解释，病床上本来闭着眼睛的女人，忽然气若游丝地开了口："邵勉这个混蛋……我以后要和他绝交！"

都现在了，他还护着顾瑜，薄亦月委屈地哭出了声音。

她好伤心好伤心，自己都要疼死了，还是输给了那个顾瑜。

她一辈子都不要再原谅邵勉了！

温热的薄唇印在她的额头，然后是她眼角的泪水上。

病房的门被杨紫勤从外面被关上，留下空间给两个人。

薄亦月睁开眼睛，邵勉近在咫尺的脸庞，让她又赌气地重新闭上眼睛。

无意间动了动自己的右臂，上面刀口带来的疼痛让女人龇牙咧嘴地倒抽冷气。

疼死她了！顾瑜这个该死的女人，她一定要将她千刀万剐！

女人龇牙咧嘴的样子，很好笑，但是邵勉没有笑，因为他心疼。

"老婆，睁开眼睛。"他刚才说的话，不是她想的那个意思，他可以解释的。

薄亦月不敢动，害怕再扯到伤口，干脆不睁眼睛也不说话。

病房内一片安静，邵勉坐在床边沿，拉住她没有受伤的那只胳膊，"乖，伤口还痛吗？"疼惜地看着她的腹上缠着好几层绷带，想摸不敢摸，怕她疼，最后轻轻地吻了一下。

薄亦月今天所承受的一切，他会加倍还给顾瑜！

"邵勉,你给我出去!"薄亦月睁开双眼,脸色苍白地瞪着他。

"我刚才的意思是……"

"和我有关系吗?"薄亦月冷笑,她再也不要听这个男人的花言巧语了。

邵勉暗叹一口气,她醒的可真是时候,刚好听到了不该听到的话。解释她不信,不解释她生气。

"你想听我解释我就解释,不想听我解释,我就直接做给你看,但前提是,你不要生气。"处于恢复期,生气对身体很不好。

"我不听我不听!"身体过于虚弱,薄亦月的声音有气无力,等于没有抗拒。

"行行行,依你,不听我就不说。"

邵勉顺着她来,现在她最大,她说什么就是什么。

男人太过于温顺,让薄亦月不得不怀疑,虚弱地质疑:"邵勉,你是不是还没想好怎么忽悠我,刚好不用说了,心里一定美滋滋的吧!"

邵勉哑然失笑,女人可真是奇怪的生物。

## 第七十五章　偷见爸爸

将她的刘海挂在耳后，"老婆，快点好起来。"当他看到满身鲜血的她，邵勉体会了从来没有体会过的滋味。

心脏加速，像是被人硬生生地撕扯着疼，全身都在抖，他不知道自己这是怎么了。

以前无论遇到多大的事情，哪怕是年轻的时候被人陷害，锒铛入狱半个月，他都没有这么惊慌和不知所措过。

"那么快地好起来做什么？看你和别的女人秀恩爱？你不安好心……"声音越来越小，说完最后一句话后又疲惫地睡着了。

知道她的身体状况，邵勉给她掖了掖被角，在女人的额头印上一吻。

薄亦月，赶快好起来，不是让你看我和别的女人秀恩爱，是让别的女人看我和你秀恩爱。

打开病房的门，韩敏和杨紫勤在外面走廊的椅子上坐着聊天，看到邵勉出来，韩敏站了起来，"亦月怎么样了？"

"奶奶，她又睡了，你们先进去。"他从口袋中拿出烟盒，嗑出一支烟叼在唇间。

韩敏点了点头，和杨紫勤一起进了病房。

邵勉的手机响起，他走到走廊尽头的窗台前，点燃上香烟，"再没消息，以后不用再联系。"

想陷害薄亦月的人，手腕挺高超，他查了这么久，没有一点蛛丝马迹。

连顾惜也是，通话记录他都让人给调了出来，没有什么可疑人物。

"有了，邵律师，顾惜曾经和一个叫植村佐峻的男人几次秘密见面。而这个植村佐峻，在R国有一个地下组织，叫藤堂。调查了好几天，发现藤堂有犯罪的记录。"

"犯罪记录上都是些什么案子。"

"杀人，走私以及贩卖人口都有。"

邵勉看着窗外的风景，沉思了几秒钟，"别的还有吗？"

"有，景秀小姐的手机通话记录里，和顾惜有过联系，时间和薄小姐出事的时间恰巧吻合。"

邵勉深深地吸了一口烟，顾惜……他细细地品位着这两个字。

他邵勉居然败在了一个女人的手上，真是窝囊！

想起薄亦月曾经说过，她认为对她不利的人就是顾惜或者顾瑜。他当时还有点生气她的无理取闹……

邵勉此刻的心情，简直是像打翻了五味瓶。

所以，对薄亦月不利的人，从头到尾只有顾瑜和顾惜。而这两个女人，还是他招惹过来的。

挂掉电话，邵勉在窗台前站了许久。

顾惜，顾瑜，伤害过薄亦月的，一个都别想逃。

身后不远处，两个小小的身影悄悄地溜进了高级病房，还在想着自己计划的邵勉，都没有觉察。

香烟一支接着一支地点燃掐灭，直到烟盒空了，他才收起手机，往病房走去。

皮鞋的声音在病房门口停住，从房门的玻璃窗望进去，一个小小的淡紫色身影，正在努力往病床上爬着。

掀开自己的小口罩，在熟睡的薄亦月脸蛋上亲了一口。

是她？

上次康康领到公司的那个小女孩，邵勉的心无形间又软化了不少。

只是，她看上去和薄亦月关系很好的样子。

轻轻地推开病房的门，对于忽然出现的男人，除了什么都不知道的杨紫勤之外，其他的一老二小，瞬间就慌了神。

薄绵绵即使做好了再次见到爸爸的准备，但是在看到邵勉的那一刻，她还是忍不住被吓了一跳。

虽然纳闷妈妈为什么不让她认回爸爸，但是薄绵绵还是很听话的，全副武装后才来到医院。

"爸爸。"邵嘉康眼珠子转了转，立刻跑过来抱住邵勉的大腿。

邵勉抱起儿子，"你们怎么过来的？"

邵嘉康老实地回答："幼儿园放学后，司机伯伯就把我们送过来了。绵绵的爸爸妈妈不在家，我就带着她一起过来了，爸爸你介意吗？"

邵勉看着此刻低着头，绞着手指头的小女孩，心里一软。

只是他还没回答邵嘉康，邵嘉康就继续说道："爸爸你介意也没用，绵绵和我妈妈关系可好了，妈妈知道了，也会让绵绵过来看她的。"

这个小女孩和薄亦月关系很好？邵勉很疑惑。

薄亦月刚回国，什么时候和这个叫绵绵的小女孩关系很好的？

韩敏察觉邵勉感觉不对劲，也过来帮腔："康康，快让司机伯伯送妹妹回去吧，你妈妈没事了，别让绵绵的爸爸妈妈着急。"

虽然她很想让曾孙女认祖归宗，但是这也得看亦月的意思，在亦月没有松口之前，她尊重亦月的意见。

邵勉放下儿子，走到低着头的小女孩面前，半蹲下身体，和她平视。

他的举动，让韩敏和邵嘉康瞬间既紧张又兴奋。

他们紧张的是怕绵绵被邵勉认出来，兴奋的也是绵绵会被邵勉认出来。

"绵绵。"邵勉轻声地呼唤，薄绵绵差点没忍住叫一声爸爸！

最后还硬是把爸爸两个字，变成了"叔叔"。

邵勉扬起好看的笑容，摸了摸她乌黑的小辫子，"怎么还戴着口罩？病还没好吗？"

他怎么会有种错觉，薄绵绵是为了躲着他，才戴着口罩的。

薄绵绵微微抬起头，用和邵勉八分相似的眼睛望着他，"还没有好，叔叔。"

听到她说，自己的病还没好，邵勉有点焦急，"这个医院的院长是叔叔的好朋友，他的医术很厉害，叔叔带你去让他给你看看好不好？"

薄绵绵立刻摇了摇头，她当然知道承阳叔叔的医术很好，但是，她又不是真的有病。

"谢谢叔叔，不用了，我……哥哥说，我的病很快就会好的。"

哥哥？她还有个哥哥？邵勉冲她微微一笑，没有勉强她，"嗯，等到你好了，来找找叔叔，叔叔带着你和康康一起出去玩。"

小女孩点了点头，她乖巧的样子让邵勉越来越喜欢她了。

要是这个小女孩，是自己的女儿该多好……

薄绵绵看了一眼依然熟睡的薄亦月，不安地向邵勉求证："叔叔，妈……阿姨真的没事了吗？"

邵勉点了点头，"绵绵放心，你阿姨已经没什么大事了，现在正在睡觉。"还是女孩贴心，看看皱着小眉头的绵绵，再看看一直盯着绵绵的儿子。他们来了这么久，也没见儿子关心薄亦月一句。

就这还亲儿子。邵嘉康忽然被爸爸白了一眼，有点莫名其妙。

薄绵绵听到自己爸爸亲口说，妈妈已经没事，这才放下心。

离开的时候，恋恋不舍地看了看妈妈和邵勉。邵勉把他们送到司机的车上，才返回病房。

把韩敏和杨紫勤打发走，让肥羊送来笔记本和文件，他自己守着薄亦月办公。

天色渐渐地黑了下来，吃晚餐的时候，邵勉开始想顾惜的事情。

看上去无害的一个女人，城府居然这么深。

这么看来，四年前那次伤害薄亦月的人，应该就是这个顾惜！

拿出手机，拨通一个电话……

挂掉电话，邵勉收拾掉残羹剩饭，走到病床前。

薄亦月仿佛是感觉到了他炙热的目光，渐渐地转醒。

睁开眼睛，除了看到室内的灯光有点昏暗以外，就看到了邵勉那张帅气的俊容。

嗯！还是比较赏心悦目的。

"我饿了。"为了证明她没有说谎，薄亦月的肚子非常配合地咕噜咕噜叫了几声。

邵勉吻了吻她的额头，走到不远处的微波炉旁，把医院准备的病号餐，给她加热。

接下来薄亦月半躺在病床上，享受着邵勉的亲自喂餐服务。

"邵勉，你故意的吧！"薄亦月喝到第三口小米粥，开始无力地"吐槽"。

男人浓眉微挑，表示自己很无辜，"你刚从手术室出来，能有小米粥喝就已经不错了。"她没有被伤到要害，只是简单做了一个小手术。

正常的术后病人，当天是严禁吃任何东西的！

"算了，我要喝白水，不喝这个。"她赌气地将头撇到一边，拒绝邵勉喂过来的小米粥。

邵勉看了一眼碗中的小米粥，她是有多讨厌这个东西，宁愿喝白开水充饥，也不要喝这个。

"好，再喝一口。"

薄亦月无奈地又喝下一口小米粥，这个味道可真难喝。

"再来一口。"盛着粥的勺子顺其自然地放在她的唇边。

薄亦月使尽力气，冲着邵勉吼了一嗓子："邵律师，你走吧！我自己照顾自己就行了！"

他在这，处处和她做对，薄亦月一分钟都不想再看到他。

"薄亦月，挑食的孩子不是好孩子。"

"……我多大了，你自己不清楚吗？"孩子？她已经不嫩了。

邵勉微微一笑，"年龄不能代表什么，你调皮挑食，就是一个小孩子！"再次把粥放在她面前。

女人依然撇过头，坚决不再喝一口！

邵勉对着她点了点头，薄亦月好样的，一句话都不听他的。

## 第七十六章　我们和好吧

邵勉把勺子中的粥，塞进自己的嘴巴，然后又抱着碗喝了一大口，若无其事地把粥碗放在一旁的桌子上。

在薄亦月疑惑的眼神中，邵勉把女人揽进自己的怀里，低下头吻上她的红唇。

撬开她的唇齿，温热的小米粥，被渡进她的口中。

薄亦月欲哭无泪，邵勉居然……居然……她能说有点恶心吗？

电视上的情侣，不都是喂药才这样的吗？到了他这里，为什么变成了喂粥？

"邵勉！你……"

女人接下来的话，消失在男人的深吻中。

他的大掌轻轻地放在她受伤的肚子上，上面厚厚的绷带，让他的动作，渐渐地变得温柔。

良久唇分，贪恋地闻着她香香的长发，"薄亦月，以后让我保护你。"

他邵勉发誓，从此以后不再让薄亦月受一点伤！

薄亦月对于柔情的邵勉，没有一点抵抗力。

病房内很安静，抬起头四目相对，薄亦月一颗心加速跳动。

她刚才醒来的时候，还听到邵勉说不让把顾瑜抓起来，要她好好养伤的。现在又跟自己说以后让他保护自己，她真的搞不懂邵勉在想什么了。

不知道怎么回答他，最后干脆闭上眼睛，"我困了。"

邵勉的笑容，带着涩意，"刚才的那句话你误会了，我是让顾瑜好好养伤，以后来承受更多打击。"他要的不只是让顾瑜坐牢，坐牢是必须的，但是在这之前，他要把薄亦月所受过的痛，加倍还给她！

承受更多打击？

薄亦月戏谑地看着男人，"你舍得吗？"女人语气里的不信任不难听出。

邵勉暗叹了口气，抓着她的小手，"薄亦月，我们和好吧！别再生我气，也不要再和我闹别扭，以后老公帮你对付你想对付的人。"

无论是顾惜还是顾瑜，或者是别人，他都会帮她助她。

她静静地靠在他的肩上，沉默着。

邵勉一次又一次地请求和好，她从M国回国发展，真的是她在乎那些钱吗？说白了，不还是为了他吗？

有的时候会发现绵绵羡慕地看着别的小朋友和爸爸妈妈在一起，绵绵虽然不问不闹，但是她能感觉到绵绵低落的心情。

只是，她怎么能放下当年邵勉让她去流产的芥蒂？

想起这件事情，她就不想原谅他。

"亦月，我知道你还是因为四年前的事情恨我，我再道歉，好不好？"他的拇指在她光滑的脸蛋上来回地摩擦着，只要她肯原谅他，薄亦月让他做什么都行！

薄亦月为难，如果他知道了绵绵的存在，会是什么反应？她现在要告诉邵勉他还有一个女儿吗？

算了，先不说。先自保！

"如果以后，我要是再骗你呢？"邵勉曾经说过，他最讨厌的就是欺骗。

绵绵的事情，算是骗了他吧？

邵勉的动作顿了一下，然后毫不犹豫地说道："不许故意骗我！就算是真的骗了，视情况而定，但是无论如何，你我都不能再分开！"

"视情节而定啊？"薄亦月琢磨着，自己所犯的错误，会被他判什么罪行。

邵勉看着女人若有所思的样子，眼睛一眯，"薄亦月，你又骗我什么了？"

他的质问，让正在沉思的薄亦月吓了一跳，这个男人挺精明的。

挺直了小身板，努力地让自己硬气起来，"哪有啊！就算有又如何？邵勉，别忘了，你现在正在求着我和你复合的！"

看着她得意的神色，邵勉想反驳的话也给压了回去，顺着她说："行，是我求着你复合，薄亦月，这下你总得答应了吧！"再不答应，邵勉就真的急了，要采取必要手段拿下她！

"答应你可以啊！"薄亦月在邵勉的帮助下，调整了一个舒服的坐姿，半个人都靠在他的怀里。

嗯，这种感觉真好！

看得出来她故意要为难自己，邵勉做好了心理准备，"嗯，那就答应！再不答应，我不介意威胁威胁你！"

薄亦月不满地噘了噘嘴，她被他威胁的还少吗？

"邵勉，给我把你最后的话收回去！"女人故作生气，并盛气凌人地命令他！

她倒要看看邵勉的耐心有多少，为了她能退让到什么地步。

"行，我收回，乖，快点答应我！"邵勉的脸上没有一丝生气的迹象，依然在柔柔地哄着她。

他的反应让薄亦月诧异了一下，邵勉是真的想要和她复合？

"那你也得先答应我一件事情。"

"你说。"

思索了一下，薄亦月一句话在心里翻了老半天，就是不知道怎么说出口。

算了，不就是要一个承诺嘛！

"从今以后，就算我有骗你的事情，你也不要怪我！当然我不会做什么过分的事情！"瞒着他还有一个亲生女儿这件事情，应该……不算过分吧！

薄亦月的反常，让邵勉心里大概有了个底。

这个小女人在娱乐圈混了这么久，还是这样的没有心眼，心底情绪很容易就暴露了。

"好。"他回答得很干脆。

"行！那我答应你！"

同样干脆地回答他，换来男人紧紧的拥抱和密密麻麻的热吻。

病房内一片静悄悄之后，传出情侣间的低喃："别……喘不过来气了。"

"我给你人工呼吸。"

"……不要。"

"把你这个胳膊放在一边，别碰着了。"她的脸蛋怎么烫烫的？是害羞了吗？

这个老流氓！这里是医院，病房的门上还是透明的玻璃！也不知道羞！"不要！你不松开，我就用受伤的胳膊挡着你！"

小心翼翼地给她放好受伤的胳膊，男人宠溺地回应："好，依你，让我抱着睡觉。"

邵勉果真在她身边躺下，女人不放心地警告："好好睡觉！"

"知道了……"大掌放在她脖颈的下面，虽然不再动，但是也让薄亦月彻底崩溃。

算了算了，随他去吧！

第二天一大早，黎浅洛夫妇，夜翎翎夫妇，云锦夫妇以及唐丹彤夫妇，全部集合到承阳私人医院的某高级病房内。

八个人围在病床边，看着睡得正香的夫妻两个人。

病房门外几个小护士脸红心跳地透过玻璃门窗往里面偷看，几个出色又英俊的男人，让小女生们脸红心跳的。

就连严肃的护士长，都忍不住凑了过来，她可是黎优芜的粉丝。

首先醒过来的当然是邵勉，想象一下，被八个人看着，换谁能睡得着？除了薄亦月这种没心没肺的，头枕邵勉的胳膊，睡得依然香甜。

睁开眼睛，邵勉淡定地看着床边的八个人，挪了一下薄亦月的脑袋，自己坐了起来。

"几位业界翘楚可真闲，大清早的跑来看别的夫妻睡觉！"

薄亦月的情况，来之前司承阳已经告诉过大家，知道没事了，此刻只等着看好戏。

这不，斯靳恒率先开口："大清早的邵律师脸色这么臭，难道是欲求不满吗？"

邵勉穿上鞋，回头给薄亦月掖了掖被角，"能抱着我就满足了，谈不上欲求不满。"

"邵勉你抱抱我妹妹就便宜你了，其他的就别想了。"薄亦阳揽着云锦的肩，脸色有点不善。

"说什么呢，我老婆抛弃我四年，我都没把离婚协议书送去民政局。"邵勉看了一眼四个男人，敢情四个人要联合起来……整他？

这个消息，让几个女人诧异地瞪大了眼镜，原来邵勉和薄亦月一直都没离婚啊！

薄亦阳当初没有找邵勉的事，除了妹妹不让之外，还因为他时刻找人关注着邵勉和妹妹的离婚协议，会不会被送到民政局生效。

只要邵勉那边一送去，他就会跟他翻脸。还好，邵勉没让他失望。

"邵律师人到中年，却过了四年的和尚生活，亦阳，找了一个好妹夫！"黎优芜佩服地看着邵勉，绝没有别的意思！

邵勉也能听出来，挂上得意的笑容，"当然！我邵勉清清白白，为老婆守身如玉四年！"

司承阳戏谑地看着嘚瑟的邵勉，"清清白白？两年之后就多出来一个未婚妻，让亦月在M国哭了几天几夜，你应该问我学习，老婆也走了四年，身边从来没有任何绯闻！"

这些当然是他的老婆大人说的，司承阳当时还后悔，应该也找个未婚妻高调订婚，让唐丹彤这个狠心的女人也哭上一哭。

在M国哭了几天几夜？邵勉看着依然熟睡的小女人，心疼中带着欣慰。原来，当时顾惜订婚的提议，还是有点用的，最起码能证明她爱他。

又斜了一眼骄傲地搂着自己老婆的男人，看来他真的得提点提点司承阳了，"你老婆走的三年八个月后，情人节那天，司大院长，抱着一束火红的玫瑰花……"

话说到这里，已经成功引起了唐丹彤的质疑。

## 第七十七章　前女友

　　敏感地抬起头看着划过一抹心虚的司承阳，唐丹彤以为司承阳这个怪胎，不会有太多女孩子喜欢的，看来她大错特错！

　　唐丹彤毫不客气地揪着他的领带出了病房，"我们俩去说点事情。"

　　"承阳兄，慢走不送！"邵勉假意地挥了挥手，对于司承阳的杀人目光，他就当作没看到。

　　再看看其他三对夫妻，邵勉决定先从花心的薄亦阳开始，"大哥。"邵勉很干脆的一声大哥，让薄亦阳提高了警惕。

　　不理会薄亦阳警告的眼神，又看了一眼期待地看着自己的云锦，"大哥，前段时间那个M国的莉莉，还在问我要你的手机号码，说你们三年之约的时间到了。"

　　话音落，薄亦阳一脸苦哈哈地看着板着脸的云锦，"老婆，别听他胡说八道，我和那个莉莉早就断干净了！"

　　斯靳恒和黎优芫毫不客气地笑了出来。

　　云锦努力让自己淡定，"薄亦阳，这是这个月第几个了？"

　　薄亦阳连忙安抚老婆："老婆，先不要生气，小心肚子。"

　　"没事的，当年我老婆怀孕几个月的时候，也被司承阳那家伙气过，云锦好好地拷打他。"斯靳恒在黎浅洛的脸上，亲了一口。

　　黎浅洛推开这个立场变得很快的男人，说好的一起整整邵勉呢？

　　"是的，嫂子，好好管管，你们现在正是特殊时期，你可得看好了！"这帮家伙，居然想合起来整他！邵勉在他们你一言我一语的抨击中，就看出来了。

　　"喂，邵勉！你这个家伙，我妹妹怀孕的时候，你在外面不还是和那个顾瑜不明不白的！"薄亦阳不服气地还击。

邵勉是面背对着薄亦月的，所以，当她这时候醒来，邵勉还不知道，薄亦阳却看到了。

为了打击邵勉，他也豁出去了！

"顾瑜？"正是这次让薄亦月受伤的凶手，邵勉提起她的名字，有点咬牙切齿。但是也是实话实说，"那个时候还不知道我老婆的好，现在知道了，我会和我老婆一起对付她不喜欢的人！"

薄亦月本来拉下的脸色，因为邵勉后面的话，又扬起了笑容。

看到妹妹脸上的笑容，薄亦阳更不服气，继续！

"邵勉，听我那外甥说，亦月不在的四年，你和顾惜可都是住在一起的。"虽然知道小孩子的话不靠谱，薄亦阳还是想听听邵勉怎么说。

这个问题刚好薄亦月也听邵嘉康说过，所以，她也迫不及待地想知道答案。

不知道女人在身后看着，邵勉想要耍薄亦阳，编个谎话扔给他："嗯，那小子什么都知道，你听他的就对了。"

结果就悲剧了！

在薄亦阳不怒反笑后，邵勉就听到身后传来一个喃喃自语的声音："原来是真的。"

糟糕！邵勉真想自打耳光，刚哄好的小女人，这下……

他放下手中的洗漱用品，瞪了一眼笑得不怀好意的薄亦阳，连忙走到病床边。

"亦月，不是的，邵嘉康那小屁孩的话，怎么能信呢？"

只是，黎浅洛和夜翎翎快了邵勉一步，一左一右地围在了病床两边。

薄亦月瞪了一眼邵勉，等会儿再跟他算账！

"亦月，怎么样了？还痛吗？"黎浅洛按了一下病床按钮，把薄亦月上半身的病床给支了起来。

薄亦月看着两个人，以及慢慢走过来的云锦，摇了摇头，"我没事了，除了伤口有点痛之外，其他的都还好。"

是顾瑜伤到薄亦月的事情，大家都知道了，这也是几个女人商量好并命令自家老公整邵勉的原因。要不是邵勉，顾瑜怎么会伤害到薄亦月？

坐起来的时候，不小心拉扯到了肚子上的伤口。

痛得薄亦月眉头紧皱，医院内最好的镇痛泵已经用上了，她还是感觉很疼。

"你说前女友怎么就这么恶心呢？"黎浅洛真的不理解前女友这三个字，即使莫雅薇已经死了好久，但是她对自己做过的事情，她一辈子都不会忘记。

邵勉干咳了一声后，按下病床旁边的早餐铃，他自己进了卫生间去洗漱。

"不知道啊，估计是之前太受宠了，咱们一接手，她们就妒忌了。"薄亦月说这句话的时候，邵勉刚走到卫生间门口，所以他也听到了。

好吧！等会儿再和那个小女人好好说说。

司承阳在半个小时后和唐丹彤重新返了回来，薄亦月在邵勉的帮助下，已经刷过牙，擦过脸开始吃早餐了。

看到唐丹彤，薄亦月冲她暧昧地笑笑，"承阳哥哥被你收拾服帖了？"

刚才的事情，夜翎翎大概地告诉了她，她知道司承阳被唐丹彤强制带走了。

邵勉看着薄亦月坏笑的表情，眼神意味深长。

司承阳清了清嗓子，搂着自己老婆的肩，"我老婆很听我话的，刚才我们俩只是找了一个没人的房间，她给我按摩了一下。"被踢了几脚，算是被按摩了。

唐丹彤斜着眼睛看司承阳说谎话不打草稿的样子，真佩服他的厚脸皮，甩开他的胳膊，走到薄亦月面前。

"好好在医院养伤，出去了我们一起去暴揍那个顾瑜！"

她的话，让其他几个人女人都点了点头，几个男人则是在沉思，自己的老婆是不是都有暴力倾向。

薄亦阳看着点头如捣蒜的云锦，把她拉了过来，"你跟着瞎点什么头，她们揍人关你什么事，大着肚子就在家好好待着！"

云锦拍掉他的大掌，想给他个面子，微微压低嗓门，"薄亦阳，你刚才的账，我还没跟你算，你倒是管起我来了！"

站在他们附近的夜翎翎听到了偷笑，看来这五个男人，个个都是妻管严啊！

薄亦阳和云锦拉拉扯扯地坐在了一边的沙发上，其他几个人欢声笑语地聊着天。

一个多小时后，几个人留下一大堆补品后，就离开了医院。

邵勉出去送人，云锦又折了回来，悄悄地告诉薄亦月："你在这里好好养伤，绵绵不用担心，在我们那里很好。"

"嗯，谢谢嫂子！"薄亦月刚才就担心绵绵的情况，趁着邵勉去卫生间的时候，问了一下云锦。

云锦还没有细说，邵勉就又出来了。

这会儿趁着病房只有她们两个人，云锦又宽慰了一下薄亦月后，才离开。

邵勉回来的时候，心情看上去还不错。

坐在薄亦月的身边，开始解释他刚才的话。邵勉就怕薄亦月生气，心里多想。

"刚才说的都是假的，为了逗大哥的，我和顾惜从来没有住一起过。"看着男人信誓旦旦的样子，薄亦月冷哼了一声。

不说话，只是拿过一边的手机，准备玩手机。

"亦月，我要怎么说你才信！"邵勉真的很想抽自己耳光，现在好了，解释不清了。

"不用说了，那是你的事情，即使和她同居了，我又管不着。"他们两个已经离婚了，她能管得住他的事情？

邵勉脑子一个激灵，想起一件事情，"薄亦月，我们两个根本就没有离婚，因为离婚证书虽然彼此签过字，但是在法律上根本就没有生效！"

嗯？他什么意思？薄亦月有点迷茫地看着兴奋的男人。

"没有生效？"

"对，因为我没把离婚协议书送到民政局，所以就没有生效，从头到尾，你一直都是我的老婆！"

终于听懂了邵勉的意思，薄亦月诧异地瞪大了眼睛。

她一直都是邵勉的老婆？两个人从来都没有离婚？

　　意外，惊喜，震惊，兴奋……全部一起涌来，薄亦月红了眼。

　　这是不是说明，邵勉一直……爱着她？

　　"薄亦月，我跟你说这个事情的意思就是证明我的清白，如果我和顾惜住在一起，那就是婚内出轨，我邵勉怎么会做知法犯法的事情！"本来计划这个事情，在他日后跟她求婚的时候再告诉她的，今天经过这几个哥们一闹腾，他不得不提前说了出来。

　　薄亦月连连点头，她懂，什么都懂了。激动地抱着邵勉，一不小心扯到了自己受伤的那个胳膊。

　　"嘶！"痛得她连忙放下自己受伤的胳膊。

　　邵勉心疼地给她吹了吹缠着绷带的地方，两个人虽然都知道没用，但是薄亦月还是被他的动作所感动。

　　邵勉主动地抱住了激动的小女人，"老婆，你快点好起来，我带你回我们的家。"

　　他们的家就在御谷名邸的别墅，那个家邵勉从来没让顾惜顾瑜进去过，更别说去住过。

　　房产证上还是薄亦月的名字，那就是他给她的家，有她，有儿子，真好！

　　他明天就开始筹备两个人的婚礼，到时候给她一个惊喜。

　　"嗯。"薄亦月头靠在他的肩上，眼中挂着幸福的泪水。

　　这个时候她又想起了女儿，考虑着怎么开口把绵绵的事情，告诉邵勉。

　　"邵勉……"她轻轻地叫了一声，但是，病房的门从外面被推开。

## 第七十八章　她的仇人

　　进来的是韩敏以及邵文川和杨紫勤三个人，薄亦月的话被打断，算了，以后再说吧！

　　"亦月！"韩敏看到薄亦月，加快了速度，走到病床边。

　　看到她，韩敏的眼中就带着泪花，紧紧地握着薄亦月的双手，"你这个傻孩子，你要是出了点什么意外，让我这把老骨头怎么活下去啊！"

　　"奶奶，你别难受了，我这不是没什么大事吗？"

　　薄亦月安慰地拍了拍韩敏的手，奶奶待她那么好，发生了昨天的那种事情，她怎么能袖手旁观？

　　如果再做一次选择，她还是会毫不犹豫地挡在韩敏的前面。

　　如果奶奶出了点什么事，她才没脸见邵勉，没脸活下去。

　　"亦月，谢谢你救了奶奶。"邵文川已经听妻子说过事情的来龙去脉，也知道了妻子的悔悟之心。

　　薄亦月让他很感动，但是有些话他不方便多说，儿子来替他们感谢亦月就好了。

　　"不客气，伯父，应该的。"她顺其自然地说了一句，引来旁边邵勉不满的干咳声。

　　薄亦月疑惑了一下，望着同样看着自己的邵勉，她说错了什么吗？

　　"我刚跟你说过的话，你就给忘了。"邵勉看着她迷茫的样子，无奈地提示她。

　　他的话音落，薄亦月更迷茫了，甚至开始低头思索，邵勉刚才跟她说过的所有话。

　　暗叹了一声，邵勉看着爸爸妈妈开口解释："爸妈，我和亦月没有离婚，我们一直都是一家人。"

杨紫勤惊喜地看了一眼儿子，连忙热情地坐到恍然醒悟的薄亦月身边，拉着她的手，"亦月，以后还要叫妈，知道吗？"

面对着婆婆的热情，薄亦月的心情有点复杂，但是看到她好像真的很喜欢自己的样子，薄亦月笑着开口叫了一声："妈。"

明明已经结婚好几年，薄亦月这声叫得好像是新媳妇见新婆婆一样真诚和羞怯，病房内的气氛渐渐地变得温馨。

"唉，妈以前瞎了眼才会看上顾瑜，还那样对你，妈给你道歉。"她真的很后悔自己以前的做法，现在改但愿还来得及。

邵文川乐呵呵地看着自己勇于承认错误的老婆，替她说话："亦月，你妈是真的知道错了，这两天一直跟我念叨你。"

薄亦月感动地点了点头，"嗯，没事的，妈，我不会怪你。"

也许是被这种氛围所感动，薄亦月的眼红红的。

"亦月，你接下来不要再去拍戏了，很累的，你就在家好好养身体，再给妈生一个孙子或孙女！"

薄亦月脸红了红，没来得及说话，旁边的男人就插话进来。

"妈这个想法好，可以有！我也是这么想的。"这句话说出来，邵勉脸不红心不跳。

薄亦月瞪了他一眼，然后告诉杨紫勤自己的想法："妈，我现在和邵勉还没稳定，又刚和阿恒哥哥的公司签约，过段时间时机成熟了，再想着退出娱乐圈什么的也不迟啊！"

她现在还没心思生第三个孩子，要不然这样，到时候他们逼得紧了，就把绵绵这个现成的给抱出来让她认祖归宗。

对！就这样！薄亦月心里打着如意小算盘。

"行，你们夫妻俩商量，怎么高兴就怎么来，不用考虑我们的。"杨紫勤还不知道绵绵的事情，但是也没有勉强薄亦月。

韩敏更不用说了，知道有绵绵了，她也就不着急了。

现在邵勉和亦月俩人，看上去已经和好了，她也就不用怎么操心了。

几个人又聊了一会儿，邵文川和杨紫勤就去上班了，邵勉也回家换了换衣服，去了公司。

病房内，韩敏一个人陪着薄亦月。

中午时分，邵勉刚结束会议，接到一个电话，就匆匆地开着车去了趟承阳医院。

加护病房内，守在门口的两个保镖看到邵勉现身，招呼道："邵律师！"

"嗯，里面怎么样了？"

"刚才司院长亲自来过，但是只是说了一句好好看着，就走了。"

"好，我知道了。"

推开加护病房的门，邵勉走了进去。

昔日光彩四溢的女人，此刻枯瘦如柴地躺在病床上，一动不动。

本来只有二十出头的年纪，如今却看上去老了好几岁的样子。

听到脚步声，景秀睁开了眼睛，没想到来的人竟然会是邵勉。

但是她也只是微微地诧异了一下，就恢复了平静。

"我为什么会在这里？"因为沉睡的时间不短，她的声音异常地沙哑和干涩。

邵勉在她的病床边站定，"这些都不重要，景秀，那个人是谁？"

虽然心中已经大概知道了答案，但是邵勉还是想亲耳听到答案让自己更加确定。

在鬼门关转了一圈的景秀，伴随着苏醒整个人都变了。

"如果邵律师能保证我家人的安全，我就告诉你。"是的，顾惜好几次都在用家人的安全威胁着她，并且一次又一次地用钱买通她的家人让她认罪。

邵勉大概明白了景秀什么意思，"你刑满了以后，我可以把你和家人送到国外去。"

不知道为什么，景秀很相信邵勉。他只说了一句话，景秀就坚定地跟邵勉说出了那个名字："顾惜。"

顾惜是她的仇人，因为顾惜，她才成了今天这个样子。

不说以后能不能报仇，最起码不能让这个心狠手辣的女人，在做完错事后还逍遥法外。

果然是她！邵勉点了点头，"我知道了，你好好休养。"

男人转身准备离去，被景秀虚弱地叫住，"邵律师，你怎么没有一点反应？是不打算报仇了吗？"薄亦月不是他心爱的女人吗？为什么邵勉看上去很淡定？

邵勉冷笑，但是没有回头，"我邵勉没有那么仁慈，顾惜、顾瑜一个都逃不掉！"

以其人之道还治其人之身，他邵勉一定要让这姐妹俩后悔终生！

听到邵勉这句话，景秀才松了一口气。顾惜犯的罪，已经足以判重刑，到时候她就不用担心家人的安全问题了。

从加护病房出来，邵勉交代保镖继续加强保护景秀的安全后，去了高级病房。

病房内很安静，薄亦月由于身体虚弱，刚才就睡着了。

韩敏正戴着老花镜，在看着司承阳给她找来解闷的养生书籍。

看到孙子来了，韩敏从沙发上站起来，"小勉，亦月睡了。"

"嗯。"他点了点头，走到病床边，薄亦月歪着脑袋睡得正香，手里还拿着自己的手机。

把她的手机轻轻地拿了过来，放在一边的桌子上。

看了一下时间，邵勉轻声问韩敏："午餐护士还没送过来？"

由于司承阳平时忙的时候，就在医院食堂用餐，加上这里是私立医院，所以，他对食堂的饭菜要求极高。甚至请来了五星级酒店退休的老厨子，以及一些高资格的营养师。

连唐丹彤时不时地都来司承阳办公室，蹭吃蹭喝。

也就是说在这里，根本不用担心用餐的任何问题。

"还没有，承阳刚才吩咐厨师多做了几个菜，这会儿估计也快好了。"正说着，病房的门就从外面被敲响。

护士推着餐车走了进来，看到韩敏甜甜一笑，"老太太，这是我们院长让给您送过来的午餐。"

"嗯嗯，谢谢了姑娘。"

"不客气！"

护士把午餐放好，就离开了病房。韩敏进了洗手间去洗手准备一起吃饭。

邵勉打开几个碟子上的盖子，嗯，菜品不错，色香味俱全，让人很有食欲。

病床上正在睡觉的小女人，梦中看到一大桌的满汉全席，咕叽咕叽地直咽口水，就是吃不到。

真的好香啊，她伸出手想去把那些食物都端过来，只是食物怎么还会跑？越跑越远。

邵勉正在打开一次性筷子，看到病床上的小女人伸出没有受伤的胳膊，在空中乱舞。

什么情况？

他放下筷子，好奇地凑了过去。

薄亦月正在舔着嘴唇，嘴里还念念有词："鸡腿，烤鸭，大闸蟹，红烧鱼……别跑！"

邵勉哑然失笑，这个小女人鼻子可真灵，护士送过来的饭菜内，就有烧鸡，烤鸭卷饼，红烧鱼。

他轻轻地握着她依然胡乱挥舞的小手，吻了一下，女人慢慢地睁开了眼睛。

"咦，烤鸭？"哦！不对，邵勉！

邵勉听薄亦月叫自己烤鸭，脸色黑了黑，"我长得像烤鸭吗？"

"挺像的，都是那么让人有食欲。"刚睡醒的薄亦月娇憨一笑，让邵勉深了双眸。

他凑到她的耳边，用只有两个人能听到的声音告诉她："这么有食欲，出院了老公让你吃个够！"

薄亦月忍俊不禁，胡乱地揉了揉蒙眬的眼睛，抓住他的大掌，认真地说道：

"你说的，我要把你绑起来慢慢吃。"

绑起来？邵勉浓眉微挑地望着脸不红气不喘的小女人，不错，被他调教出来了！

"可以，你快出院的时候，我去买点蜡烛之类的好东西。"他很乐意奉陪！

薄亦月这次终于红了脸蛋，不依地捏了捏他的大掌，刚想要说话就被打断。

"小勉，要蜡烛做什么？"刚从卫生间出来的韩敏，就隐隐约约地听到孙子在说，要去买蜡烛，后面的她没听清。

## 第七十九章　收到礼物

　　邵勉冲着疑惑的韩敏神秘一笑，"奶奶，人老了就少操点心，赶紧吃饭！"

　　"哦！"满肚子疑问的韩敏被邵勉扶到沙发上坐好，把准备好的碗筷递给她，这才返回病床边。

　　按下病床旁边的午餐铃，让护士把薄亦月的午餐也给送进来。

　　"我不想吃病号餐……"薄亦月弱弱地反抗，她好郁闷呐！

　　邵勉给她一个足以迷倒万千少女的笑容，薄亦月立刻双眼冒红心。她虽然和邵勉结婚许久，但是吧，邵勉露出这种迷人笑容的次数，少之又少。

　　所以，薄亦月的心很轻松地就被他俘虏了。

　　"你现在所吃的病号餐，就是为了你能更快地吃到好吃的大餐！"不养好身体，养好伤口，她怎么能去吃别的？

　　这个小傻瓜。

　　他说的好像很有道理，薄亦月傻傻地点了点头，"那好吧！"

　　"嗯，乖，等你出院，你的伤口全部愈合，我带你去吃好吃的！"邵勉像摸小狗般，摸了摸她柔顺的长发。

　　这个举动让不远处的韩敏笑眯了眼睛，咽下口中的青菜，然后淡定地开口："年轻人，在我这个老太婆面前秀恩爱，真的好吗？"

　　忘了奶奶还在旁边，薄亦月立刻羞涩地躲开邵勉的大掌。

　　"奶奶，你可以睁一只眼闭一只眼的。"邵勉给薄亦月把病床调到合适的高度，然后往洗手间走去。

　　"我想啊，但是邵勉你表现得太明显了，一口一个乖，一口一个宝贝的，我想不听到都难。"韩敏自己加了词都不知道，还无辜地看着进洗手间洗毛巾的邵勉。

韩敏的话让薄亦月差点被口水呛到，"奶奶，奶奶，你记错了，邵勉从来没叫过我宝贝的！"

谁知道他是在叫哪个女人，让奶奶听到了并记住了，哼！

邵勉拿着湿毛巾走过来，接到小女人的白眼，特无辜地眨了眨眼睛，他又怎么惹到她了？

哦！是不是她在怪他没叫过她宝贝？

思索了一下，邵勉拿过她的手机，放在一边，"宝贝儿，来擦手吃饭。"

坐在不远处的韩敏，暗自给孙子竖起了一个大拇指，要不是现在正在吃饭，她一定会哈哈大笑。

薄亦月脸红地拧了一下邵勉的胳膊，压低了嗓门："奶奶在这儿呢，你瞎叫什么呢！"

"奶奶，你介意听到吗？"谁知道邵勉还很认真地回过头，问了问韩敏。

薄亦月无语地任由他给自己擦手，然后用空出的手扶额。

韩敏放下手中的筷子摆着手，"不介意，不介意，你们就当我这个老婆子不存在，随便秀恩爱！"

看到他们两个秀恩爱，韩敏高兴还来不及，怎么可能会介意！

看着邵勉就要开口，薄亦月立刻快他一步，小声警告："邵勉，脸皮不要太厚！"

邵勉收回毛巾，戏谑地看了她一眼，"我脸皮厚又不是第一天，你才知道吗？宝贝儿。"

在薄亦月的手打过来的前一刻，邵勉利索地躲开，进了洗手间。

病房的门被敲响，护士把薄亦月的病号餐送了进来。

病号餐果然很可怜，基本上都是素的，好消化的，连个荤腥都很罕见。

等到她好了，一定要向承阳哥哥抗议，病号也需要营养，偶尔加顿鸡腿更有利于身体恢复！

薄亦月受伤的事情，为了不惹来不必要的麻烦，邵勉已经全面封锁了消息。

在医院住了一个礼拜后，邵勉就把薄亦月带回了御谷名邸，让她在家好好养着。

又在别墅住了一个礼拜，邵勉就出差去了新加坡。

已经好得差不多的薄亦月，刚好把绵绵从薄亦阳那里接了过来。

邵勉走了五天，韩敏带着康康天天待在御谷名邸，有了两个曾孙陪伴，韩敏很是开心。

薄亦月刚去医院复查回来，还好自己的身体已经没有什么大碍，伤口也已经结痂。

知道邵勉今天或者明天就出差回来，所以薄亦月一大早把绵绵送到幼儿园。然后联系上云锦，让她的司机把绵绵接去翠源别墅区。

当天晚上邵勉回来了，缠着薄亦月折腾了大半宿。

第二天薄亦月是在手机铃声中醒过来的，是邵勉。

她迷迷糊糊地摸了摸旁边的位置，果然已经没人了。

再看看时间，已经中午十二点整了，怎么这么晚了！

"喂。"

"宝贝儿，中午了，用餐时间到了。"

宝贝儿，薄亦月真的不想再听到这个称呼了，昨天晚上她不知道听了多少次。

都拜奶奶所赐……

"邵勉，你还是不要叫我宝贝儿了，肉麻兮兮的。"一连说了这么多话，薄亦月才知道自己的嗓子哑了。

她好惨，不但嗓子哑了，嘴巴和浑身都是酸痛的，呜呜呜呜。

听到她的抗议，邵勉吸了一口手中的烟，宠溺地问道："怎么了，宝贝儿？"

"就是不要！我也不要吃饭，让我再睡会儿。"她的声音本来挺激动的，到最后慢慢地蔫了下去，一副要睡着的样子。

"先吃饭，吃完饭再睡。"

"不要吃。"声音已经若有若无。

"薄亦月，现在穿衣服下楼，厨师已经做好了午餐，吃完再睡。"为了她，还有即将接过来的儿子，他专门找了一个厨子。

"厨师？是你吗？"她迷迷糊糊地问道，她记得邵勉做的饭菜很好吃。

邵勉掐灭烟头，嘴角扬起，"如果你想吃，晚上我提前下班。"

她想吃，他就做给她吃，很简单。

"好。"迷迷糊糊地应下，薄亦月立刻就把这件事情抛在了脑后。

最后在邵勉电话的连番轰炸下，薄亦月终于从暖和的被窝里爬了出来。

简单洗漱过后，就下了楼。

楼下的餐桌上，已经摆好了两菜一汤。

厨师不知道什么时候已经离开了，薄亦月打开碟子上的盖子，开始吃饭。

午餐刚吃完，别墅的门铃就响了起来，她放下手中的抹布，这个时候是谁？打开大门，是快递员。

"请问是薄亦月女士吗？这是你的快递，请你签收。"

薄亦月有点纳闷，她没有网购啊，怎么会有快递？

接过快递小哥递过来的大箱子，上面印着密密麻麻的英语，只有地址是中文。

的确是自己的名字，薄亦月签过字以后，关上别墅的门。

打开大箱子，里面装的是十几个大大小小的盒子，拿出其中一盒东西仔细一看，是面膜。

其他的也是面膜居多，在网上搜了一下这个品牌，薄亦月差点没把手机扔掉。

这就是最近风靡全球的品牌，在这之前，她就听剧组中的小姑娘议论过，这个牌子的化妆品虽然昂贵，但是真的是好用。

她好像无意间听到过有人说，一盒面膜都要几万元。

数了一下面膜的数量，有十几盒，还有一套水乳霜精华套装，这么大的手笔，除了邵勉，薄亦月根本想不到还会有谁。

沉思中，放在餐桌上的手机响了起来，果然是邵勉！

"邵大律师。"

"东西收到了吗？"邵勉这边翻阅着电脑上的物流跟踪，物流详情上显示，五分钟前，快递已经被本人签收。

就知道是他，薄亦月拿起眼霜看着背面的说明，"以后不要给我买这么昂贵的化妆品。"

太贵了，根本没有必要。

化妆品这东西，一旦用了好的，档次就下不来了。

"不喜欢？"她似乎不高兴。

暗叹一口气，薄亦月解释道："不是不喜欢，是太贵了，这个牌子的化妆品一套下来，怎么也得几十万吧？这种消耗品根本没必要用这么贵的。"

"如果你担心钱的问题，大可不必，你喜欢就好。"

薄亦月这张精致的脸蛋，就应该配这么好的东西！

一个月供应她一套这个东西，对于他来说不痛不痒。

"邵勉……"

"亦月，你是我老婆，我宠着你天经地义。"能养着她，他高兴，他乐意。

邵勉的话，让薄亦月也不知道怎么拒绝了。

"嗯，我让你养着我，以后这些东西我自己去采购，用你的卡，好不好？"嗯，就这样！薄亦月感觉自己挺聪明的，邵勉财大气粗，在金钱上，从来不眨眼。

那么她，薄亦月，作为邵勉的老婆，就得限制限制他。

毕竟以后他们还有一儿一女要养着，还有如果让邵勉知道他还有个女儿……就邵勉迫切想要女儿的心态，真的告诉他了，他不得把绵绵宠上天，要什么给什么？

想到这里，薄亦月美滋滋的，但是也有点担心，他以后有了绵绵，会不会忽略康康？

现在看上去还好，邵勉虽然嘴上不说，但是她能感觉到邵勉对康康还是很好的。

不过，也许是她多想了，康康毕竟是邵勉的亲生儿子，他一定不会太忽略康康的。

"好，老婆说了算。"

正在和邵勉煲电话粥的时候，门铃又响了起来。

薄亦月打开，还是穿着快递制服的小哥，这次送来好几个精美的礼盒。

"邵勉，你又买了什么？"

她把手机夹在耳朵和肩上，签收了同城快递。

## 第八十章　唯一的挚爱

"刚才路过商场，给你买了几件衣服。"昨天晚上薄亦月只穿了一件单薄的风衣，他想薄亦月的衣服是不是没带过来。

薄亦月看着盒子上的品牌，一阵无言。

这个品牌，薄亦月怎么可能会不认识？薄亦阳亲手设计的国际品牌服装，薄薄的夏款每一件都是昂贵到极点，更别说厚重的冬款。

"邵勉，你怎么可以这样？"女人忽然的质问，让邵勉怔了一下，他怎么了吗？

知道他在疑惑，薄亦月吸了吸鼻涕，一改刚才的语气，撒娇地说道："邵勉，你怎么可以对我这么好？"

邵勉低头失笑，这个调皮的小女人，吓了他一跳，"你是我老婆，以后我只对你一个人好。"

他邵勉说到做到！他想好好地珍惜薄亦月，一辈子……

在邵勉都看不到的地方，薄亦月笑得非常甜蜜。

"真的？"

"当然，君子一言，驷马难追！"

"那，如果以后，我们有了女儿呢？"薄亦月打开衣服礼盒，试探地问道。

如果我们有了女儿呢？邵勉细细地回味着她的这句话，多么美好的未来。

声音放得很柔很柔："有了女儿再说，现在我应该想想，怎么才能让你快点给我生一个女儿。"

他期待两个人能有一个女儿，已经很久了。

如果他有一个女儿，希望像……绵绵一样可爱。这辈子他有女儿，有康康，有薄亦月，足以。

"我不要！我有预感，你有了女儿，我和康康就失宠了。"薄亦月故意打趣他。

"怎么可能！宝贝儿，你是我今生唯一的挚爱。"

邵勉什么时候把情话练习到能信手拈来的地步？之前的他从来没有这样过。

不过，这种感觉还是让薄亦月忍不住脸红心跳。

试想一下，外人面前一本正经、绅士高贵的金牌律师，忽然转变成深情款款的情圣，哪个女人能抗拒得了？

"多大的人了，说这个也不害羞。"她的声音轻轻柔柔地撩拨着邵勉的心。

这个小女人，现在变得越来越妖精了，他坏坏地调侃："小妖精，看我晚上回去怎么收拾你！"

男人的声音不但富有磁性，还充满了邪恶，让薄亦月的心脏都快要跳出来了。

"不给你说了，我要去试衣服了！哼！"急急忙忙地挂掉通话，薄亦月才松了一口气。

这个臭男人，现在竟然会各种调戏她！

他是跟谁学的，还是无师自通？

当天晚上回到别墅，邵勉把自己所有的卡全部上交，按照邵勉的意思就是，以后他的每笔消费都让薄亦月知道。

还特别交代，以后他和儿子的所有用品采购任务，全部落在了她的身上。

薄亦月看着手中的十几张卡，还没回过神，听到邵勉说以后要让她采购他和儿子的东西，薄亦月立刻点了点头。

但是，她也用不到这么多卡呀！

留下其中的一张，薄亦月把剩下的还给邵勉，被邵勉拒绝，又强行塞给了她。

"你是我老婆，以后必须管着我！"

被她管着，才会有安全感和幸福感！

薄亦月还要再说什么，邵勉直接用一个吻堵住了她所有的话。

薄亦月整颗心已经被他彻底俘虏。

缠绵过后，邵勉下楼进了厨房亲手给薄亦月做了几个她喜欢吃的菜。

薄亦月吃得不亦乐乎，也答应邵勉，改天也给他做菜吃。

在身体彻底好了以后，薄亦月就开始接戏。曹小刀给她接的戏全部都是女一号，广告也是大牌公司。

在某天飞往N国拍戏的时候，薄亦月无意间看到了一条新闻。

原畅悦公司总编顾瑜因故意伤人、杀人未遂、涉嫌性交易等罪名被警方逮捕。之后被法院确定判有期徒刑三十年。

## 第八十一章　知道真相

邵勉在邵志楠一次又一次地要求见面后，抽空来到了监狱。

邵志楠以往的中短发已经剃成了光头，整个人也消瘦了不少，看来在监狱没少吃苦。

看到邵勉，他激动地扑了过来，拿起监室内的对讲机，说了起来。

"邵勉，我告诉你一个秘密，你放过顾惜好不好？

"苏明那天晚上也是被下了药，但是那个孩子不是苏明的，是你邵勉的孩子。顾惜告诉过我，那天事情没有成功，什么都没发生，就让薄亦月给逃了。"

那个孩子不是苏明的，是你邵勉的孩子！

这句话像是一道闪电，直接把邵勉劈得脑袋一片空白。

是你邵勉的孩子！

那个被他逼着打掉的孩子，是他邵勉的……

四年前薄亦月悲泣地告诉他孩子是他的，还有她绝望地请求他的样子，一一浮现在他的脑海里。

"邵勉哥哥，我没有被强迫，那天晚上什么都没有发生……"

"邵勉哥哥，我真的没有，你相信我好不好？"

"邵勉哥哥，我求求你了，咱们不要进去好不好？"

……

当年薄亦月一声又一声的哀求，反反复复地冲噬着邵勉的每一根神经。

通话时间结束，邵志楠被带走，对于他的大声喊叫没有一点反应，邵勉只是呆呆地坐在那里。

回想着他没有给薄亦月任何信任后，她的绝望和伤心。

当时，她一定心疼到极点了吧，对他的恨，也不只是一点点吧？

邵勉又好庆幸，薄亦月已经原谅了他，答应和他永远在一起。

她的一颦一笑，生气炸毛，性感勾人，他全部回想了一遍。

薄亦月，薄亦月，薄亦月。

你这么好，我邵勉都要配不上你了！

最后又看着自己颤抖的双手，紧紧地握住。是他的这双手，杀死了他和薄亦月的孩子！

这样的他，有什么资格去说，他爱她？

又有什么资格配得上那么好的她？

邵勉，你真是一个蠢货！

晚上十点多所有的拍摄结束，已经极为疲惫的薄亦月想到邵勉在外面等着她，瞬间又来了精神。

路上邵勉什么都没说，只是在进了卧室后，她忽然被他抱住。

"薄亦月，对不起。"

一万句对不起，都弥补不了他所犯的错误。

男人再次道歉，让薄亦月感觉到了事情的严重性。眼睛死死地看着他，"邵勉，你老实交代，是不是在外面和别的女人发生什么了？"

如果真的是这样，如果真的是这样……怎么办？她还从没想过这个问题。

望着女人气呼呼的小脸蛋，邵勉失笑，把玩着她披散在肩上的长发，"没有，薄亦月我这辈子唯一对不起的人就是你。"

"你倒是说啊，到底怎么对不起我了？"她急了，在他的胸膛上捶了几下，怎么老吊人胃口！

"薄亦月，我对不起你。"

薄亦月无语，他这跟没说有什么区别？故意耍她的吧？

气呼呼地推开耍赖皮的男人，准备去浴室洗澡。

邵勉又把她重新带了回来。

"薄亦月，我知道了四年前的事情。"

他的声音非常愧疚，让薄亦月有点迷茫，他知道了四年前什么事情？

　　四年前那么多事情，好多她自己都忘了，"你说的是哪一件？"

　　薄亦月所谓的哪一件没有别的意思，但是听在邵勉的耳朵里，感觉她在四年前因为自己的不信任，吃了许多苦，受了许多的委屈。

　　"我知道了那次你没有被别人侮辱，你怀的是我邵勉的孩子！"最后一句话，他说得既愧疚又无奈。

　　他的话音落下，薄亦月沉默了，红着眼看着无比认真的男人。

　　他知道了？他怎么知道的？那么，他有没有知道她把那个孩子生下来的事情？

　　她的沉默，让邵勉以为她此刻特别难受，搂着她的臂弯，加大了力度。

　　"薄亦月，对不起，让你受了那么多的委屈，以后我不会不再信任你，我也会好好对你。"想到那个孩子是自己亲手杀死的，邵勉想杀了自己的心都有。

　　"晚了。"薄亦月淡淡地吐出两个字，让邵勉眼一热。

　　他何尝不知道已经晚了，从此以后，他会活在愧疚中。

　　他对不起薄亦月，对不起那个无辜的孩子。

　　邵勉不提这件事情还好，提了这件事情，薄亦月又不想让他知道绵绵的存在了。

　　男人忽然抬起她的手，薄亦月不防，一个巴掌甩到了他的脸上。

　　"邵勉，你干什么！"她吓得一声惊呼，连忙抽回邵勉拉着自己的手。

　　"乖，别难受，你打我骂我都行，把心里的难受发泄出来。"

　　"邵勉……"她难受得红了眼，她怎么会舍得呢？他现在对她那么好，更何况绵绵好好的，她对他的恨也没有那么强烈。

　　薄亦月捧着他的脸，深情地看着他完美的轮廓。

　　她现在只想放下对他的恨，好好地过后半辈子。

　　他们之间不要再有任何差池，就这样白头到老。

　　"为什么不打我？"

　　"人家舍不得嘛！"薄亦月羞涩地揽住他的脖颈，不去看他。

　　邵勉笑得苦涩，这个傻丫头，他那样伤害过她，她还不知道记仇。

"亦月，我的亦月。"他喃喃低语。

"邵勉，其实我……"算了，还是不要说了，她还是没有准备好把绵绵的存在告诉他。

"嗯？怎么了？"

"没事，就是想孩子了。"她没有说想儿子，因为想的是两个孩子。

"明天我就把康康接过来。"以后他们一家三口，天天在一起，再也不分开。

薄亦月点头，邵勉给别墅请的有保姆，不怕他们忙的时候，没人照看康康。

邵勉让她枕着自己的胳膊，亲吻着她的长发，"过去是我邵勉太愚蠢，相信我，以后不会了！"

怀中的小女人再一次点头，她愿意相信他。

接下来房间内一片寂静，两个人虽然各有所思，但是两颗心紧紧地贴在一起。

隔天下午，薄亦月把车停在幼儿园门口的停车位上，戴上口罩和墨镜，拉上羽绒服的拉链，往幼儿园门口走去。

绵绵先放学，她先去了小班，"绵绵。"薄亦月的声音传来，让薄绵绵惊喜了一下。

连忙把自己的小凳子放整齐，从教室内跑了出来。

"妈妈！"薄亦月把女儿抱在怀里，和老师打了声招呼就去了大班。

大班的邵嘉康看到妈妈和妹妹也很惊喜，薄亦月把绵绵放在地上，半蹲在地上，在儿子脸上亲了一口。

车上，薄亦月摘掉口罩，满眼笑意地看着两个孩子在后车座上玩得兴奋。

"妈妈，今天要带我们去哪里？"薄绵绵拿出书包内的玩具，和哥哥一起分享。

薄亦月从后视镜看了一眼女儿，"妈妈带着你们去逛逛，你们需要什么，妈妈买给你们好不好？"

"好呀好呀，妈妈我们要去逛商场吗？可以带着我们去看电影吗？"薄绵绵满脸期待地看着薄亦月。

薄亦月挑了挑眉，"你是想看什么电影？"

《蜘蛛侠大战巫妖婆》。

好吧，"康康你呢？"其实薄亦月可以不用问邵嘉康的，因为邵嘉康就是宠妹狂，绵绵说什么就是什么。

但是不能忽略了康康，所以，薄亦月还是问了问他的意见。

结果，和她想的一模一样。

"妈妈，我都可以，妹妹想看的话，我们就陪她一起去吧！"

绵绵想做什么就做什么，绵绵高兴就好！这就是邵嘉康的宗旨。

然后薄亦月带着两个孩子去了电影院，看了一场3D版的《蜘蛛侠大战巫妖婆》。

距离电影结束还有半个小时的时候，邵勉打过来了电话。

薄亦月让康康看好妹妹，自己拿着手机出了放映厅，在门口接起邵勉的电话，"我半个小时后下班，带着你和孩子去吃个饭。"

半个小时后？薄亦月看了一眼放映厅，电影到时候也差不多就完了。

但是绵绵……

没等薄亦月开口，邵勉又问："听说你带着康康和一个小丫头去了电影院。"

按照保镖的描述，邵勉第一时间就想到了绵绵那个小丫头。

"你带的是绵绵吗？"

邵勉最后一个问题，把薄亦月吓得脑袋里一片空白，邵勉他好像知道了什么。

淡定，淡定，"绵绵？是谁？"

## 第八十二章　她和别人的孩子

薄亦月的声音有点飘，她都忘了邵勉给她派了保镖，并且还不少。

"嗯？不是吗？我还以为是绵绵，上次康康带了一个挺可爱的女娃娃来公司，不是她是谁？"邵勉真的很好奇，薄亦月会带着谁家的孩子，去和康康一起看电影。

康康带着绵绵去了邵勉公司？什么时候的事情，她怎么不知道？

薄亦月平复了一下怦怦跳动的心脏，"哦，那个是康康的同班同学，她的妈妈有点忙，我就先带着她。"

"哦，这样啊，要不然等会儿吃饭的时候，带上她一起。"

带上绵绵？薄亦月还没有做好让父女俩相认的准备呢，立刻拒绝："不用了！不用了，小女孩的妈妈等会儿就过来！"

薄亦月拒绝得又快又急，让邵勉拿着钢笔的手一顿。

这样的她很不正常，无意间又想起薄亦月的朋友圈照片里出现过一个小女孩的背影。

"好，你们先看电影，结束了联系我。"

挂掉邵勉的电话，薄亦月松了一口气，稳定了一下自己的情绪，才回到放映厅。

抱着两个孩子，薄亦月脑子里已经开始想，怎么跟邵勉开口，说绵绵的事情。

这边的邵勉，挂掉薄亦月的电话后，眉头紧紧地皱了起来。

又想起之前有一次，薄亦月问他，如果以后她再欺骗他，他会怎么做……

快速地翻开她的朋友圈，一直往下滑动。

她之前的动态都没有删掉，有好几条都配着一张小女孩背影的照片。

时间不同，背景也不同，有的在卧室，有的在游乐场，有的在公园。

每一张配的文字，看上去也都像是和这个小女孩的关系很亲密。

例如其中的一条说："今天的太阳很大，今天出门，不要晒到小宝贝儿才好！"

小宝贝儿？

正常的话，这个称呼只会用到自己的孩子身上吧？

难道这个孩子是薄亦月的……

想到这个可能，邵勉的心沉了下去。

她和别人的孩子吗？

翻开手机通讯录，他拨通一个电话号码，"帮我调查薄亦月过去四年在国外的生活，身边有什么男人，和谁走得最为亲近。"

然后又找到司承阳，联系上唐丹彤。

唐丹彤正在教一群孩子跆拳道，接到邵勉的电话，她也很吃惊。

"邵勉？"

"我问你个事情，希望你能诚实地回答我。"

……唐丹彤忽然有种不好的预感，第一时间想到的就是绵绵。

绵绵的事情，亦月还没有告诉邵勉吗？

"你先问，我看是什么问题。"

"薄亦月是不是还有一个孩子？"没有人知道邵勉问这句话时的紧张心情，他难以想象，如果唐丹彤敢回答一个是字，他会怎么样。

又想起四年前，司承阳让护士端出来的那个小肉球……

如果真的是薄亦月的孩子，那么薄亦月和谁生了孩子？

大掌紧紧地握成了拳头，唐丹彤那边却还是一阵沉默。

果然是为了绵绵！怎么办？怎么办？唐丹彤心里哀号，她不知道薄亦月和邵勉之间又发生了什么，所以，不知道什么话该说什么话不该说啊！

"唐丹彤。"

邵勉的声音，有点冷硬。

唐丹彤深呼了一口气，"邵勉，我觉得这件事情，你还是问亦月的好。"她真怕自己一个字说不好，就坏了什么事情。

她也不知道薄亦月怎么想的，眼看和邵勉又在一起这么久了，为什么还没有说绵绵的事情？

难道是因为薄亦月还在生气？

"我会问她，我也不逼你，你只需要回答我是或者不是就行了。"

邵律师，这叫不逼她？已经在逼她好吧？

唐丹彤一闭眼，一咬牙，吐出一个字："是！"

不管了，反正孩子是邵勉的，又不是别人的，说不定说出来还有利于两个人感情的发展。

邵勉的心，一下子就碎了。

他不知道自己是怎么挂断和唐丹彤通话的，现在满脑子的神经都在提醒他，薄亦月和别人有了孩子。

薄亦月曾经和别人有过孩子。

所以，也许刚才的那个小女孩，只是她和那个男人的孩子，根本不是康康的同班同学？

邵勉也知道，过去的四年在薄亦月的认知里，他们两个人已经离了婚。

她有权利去寻找她的幸福，能和别的男人在一起。

所以，是他亲手把薄亦月送到了别的男人的身边？

心痛得无法呼吸，邵勉看看你这些年来，都干了些什么事！

蠢！你真是个蠢货！

从今天开始，他和薄亦月回到前几天，恩恩爱爱的日子。对于她的过往再也不提，以后他们好好的就好。

虽然一想起那个孩子，邵勉就有气，但是他打算就这样睁一只眼闭一只眼吧！

只要薄亦月以后不再和那个男人联系就行，他还要知道那个男人是谁。如果那个男人不好，对不起薄亦月，他一定会饶不了他！

邵勉拨通了她身边保镖的电话。

"那个小女孩呢？"

"上了一辆轿车，不知道是谁派来的司机，把她接走了。"

他的话，让邵勉再次皱紧眉头。

如果那个女孩真的是薄亦月的孩子，那么那个男人应该也在C国。

看来薄亦月还是和他有联系！

带着薄亦月和儿子吃了饭，回到了别墅。回到卧室后，邵勉拉住准备进衣帽间的小女人，"我有事问你。"

薄亦月停下脚步，望着脸色沉重的男人，邵勉今天晚上到底怎么了？

"怎么了？"

邵勉痛苦地闭了闭眼睛，做好心理准备后，还是问了出来："薄亦月，你在M国的时候，是不是生过一个孩子。"虽然唐丹彤说了是，但是邵勉还是想听到薄亦月亲口承认。

啊？邵勉知道了？薄亦月傻傻地怔在原地，谁告诉他绵绵的事情的？

女人傻在原地的反应，让邵勉心中有了答案，他咬紧牙关问道："那个男人是谁？"

嗯？薄亦月震惊过后，又变成了疑惑。

## 第八十三章　不许再和他来往

"谁是孩子的父亲？你和他……现在什么关系，还有没有来往？"邵勉的一系列问题，让薄亦月明白了一些事情。

敢情邵勉把绵绵当成了她和别的男人的孩子……

他脸上的痛苦掩饰不住，薄亦月不知道该哭还是该笑。

他又认为绵绵是她和别的男人生的孩子，唉，她薄亦月就那么水性杨花吗？

在他眼中，她薄亦月就这么随便吗？她赌气地回应男人："孩子的父亲你认识，我和他现在很好，还有往来。"

的确，邵勉肯定认识自己，她现在和邵勉不就很好，并且天天往来吗？

邵勉闻言把她紧紧地搂在怀中，忍住心痛，"薄亦月，不许再和他来往，我不许！"

薄亦月一定是在骗他，她平时拍戏也很忙，每天结束工作，就来了他这里，根本没有时间接触别的男人。对，她就是在骗他！

"好，不来往就不来往。邵勉，我和别的男人有了孩子，你不介意吗？"她从他的怀中探出头，仔细地看着他的反应。

邵勉点头，又摇头，再点头，又摇头。

"我怎么可能不介意，薄亦月，答应我以后不再和那个男人见面，我就让你和……你的女儿见面。"

薄亦月心中一紧，邵勉连这种事情都不介意了，该是有多爱她？

"邵勉，其实……"

"别说，别提那个男人，薄亦月我会妒忌，我会想杀了他。"邵勉捂住薄亦月轻启的红唇，痛苦地看着不断眨眼的小女人。

这次是真的，是真的，薄亦月真的和别的男人有了孩子。

是他，就是他，亲手把薄亦月推了出去。

其实薄亦月想要告诉邵勉，绵绵就是他的女儿的，但是嘴巴却被邵勉捂住。

好吧，不说就不说，是你不让我说的！让你也难受一阵子！

看到薄亦月点头答应，拉着她的手，进了衣帽间。

拿着两个人的睡袍，一起去了浴室。

邵勉虽然闷闷不乐，但是薄亦月却很开心，很快就把邵勉的坏心情给驱赶走了。

嬉笑打闹过后，两个人窝在浴池内，薄亦月靠在男人的怀里。

在他的胸膛上画着圈圈，故意刺激他："邵勉，我的女儿很可爱，你要不要见见？"

喏，她给过他机会了，就看邵勉要不要把握！

果然，男人摇了摇头，轻轻说道："你想见她，就趁着我不在家的时候，把她带过来就好。"

他不能抹杀了她们之间的母女亲情，但是他也不会见她和别人的孩子。

邵勉此刻的心塞，没有几个人能够体会。

没有看到小女人在偷笑，他继续赌气地说道："薄亦月，对我公平点，也给我生个女儿。"

他一心想要的女儿，她却给了别的男人，好绝情的女人。

薄亦月回过头深情款款地看着脸色郁闷的男人："可以啊，你想要我就给你。"

薄亦月话中有话，但也只有她自己知道。

浴室内的气温渐渐上升，邵勉看着她红扑扑的脸蛋，呼吸开始急促。

"薄亦月，说你爱我。"他霸道地命令。

揽着他脖颈的小女人，不满地撇了撇嘴："你都还没说你爱我呢！"

邵勉低低地沉笑，哑着嗓子说出他说过无数次的话："薄亦月，我爱你。"

从此她的身，她的心，只能是他的！

看在她把他真真切切骗了一次的分上，就勉为其难地答应他吧！

"邵勉哥哥，我爱你。"这句话是真的，绝无虚假之意。

邵勉阴沉了一个晚上的脸色，终于舒展开来。

早上六点半，邵勉给熟睡的小女人掖了掖被角，自己下了床。

洗漱完毕后就进了衣帽间，没有看到已经睁开眼睛的薄亦月。

薄亦月眼珠子咕噜咕噜地转着，昨天晚上想了好久，怎么都觉得这是一个把绵绵接回来的好时机。

邵勉打着领带，从衣帽间走出来，一个人影在门口挡住了他的去路。

双臂利索地攀上他的脖颈，男人身上清新的气味特别好闻。

邵勉右臂环上她光滑的纤腰，"天冷，快回到床上去。"

房间里虽然开着足足的暖气，但是邵勉还是担心冻到了她。

薄亦月一点都不冷，扯了扯他系得板正的领带，微微撒娇地开口："我想跟你商量个事情。"

"嗯，老婆你说。"

邵勉一个用力将小女人打横抱起，重新塞进被窝内。

"我能把我的女儿接来住吗？"

邵勉的手一顿，脸色阴了下来。

"不行，你有康康，两个孩子你照顾不过来。"

这种事情，让他怎么同意，替别的男人养着孩子？

薄亦月就知道他不会轻易同意，故作可怜兮兮地看着他，"其实我之前，说和她的爸爸还有来往，是故意气你的，她的爸爸……死了，孩子一个人孤苦伶仃的好可怜的，难道我要把她送到孤儿院？"

其实，说来这也是给邵勉一个和女儿相认的机会，就看邵勉会不会去主动关注绵绵。

所以，邵勉如果没有认出女儿，那也别怪她没有告诉过他。

不过邵勉应该没有那么笨吧，毕竟他的基因太强大，绵绵简直和他长得一模一样。

她女儿的爸爸死了？邵勉心中有一瞬间的庆幸。

看在小女人可怜兮兮的分上，那行，他不跟一个死人计较。

"可以是可以，我要约法三章。"

薄亦月偷偷地撇了撇嘴，把他女儿接回来，还要约法三章！

不过，脸上却挂上讨好的笑容，连连点头，"老公说什么就是什么。"

薄亦月会这么好说话地迎合他，全都是为了那个小女孩，邵勉心里很不爽。

只是不知道为什么，薄亦月每次一提她的女儿，他就会想到绵绵那个小女孩。

哦！可能是因为两个人年纪差不多大吧！

"一、我一次也不想看到她，哪怕你把她藏起来还是怎么的，我不管。"他平时工作忙，白天基本上不在家，所以，只要在他回来的时候，让她的女儿避开就行。

"没问题！"

"二、我第一，康康第二，你女儿第三！只要我和康康在家，你就要以我和康康为主。"男人的命令太霸道，让薄亦月再次撇了撇嘴。

邵勉你就作死吧！越是作死我就越不告诉你，我带过来的就是你的亲生女儿！

再次乖巧点头，男人很满意地开始说第三条。

"三、每天晚上只要我在家，就不允许你抱着她睡，必须和我睡。"

薄亦月算是看出来，邵勉就是不想让她因为绵绵，而忽略了对父子俩的爱。

皮笑肉不笑地迎上邵勉，假惺惺地奉承："老公，这些我都可以答应，你对我真好！"

邵勉深深地看了一眼小女人，他当然看得出来她的笑意不达眼底。

"怎么？我都答应让你和别的男人孩子上门了，你还有什么不满意的？"世界上还有比他邵勉更窝囊的男人吗？

"没有，很满意很满意！老公，你真好！"薄亦月抱着邵勉狠狠地亲了一口，管它呢，反正她能把女儿接过来了，让父女俩相认，就更进了一步。

不过，接下来，这父女俩会不会相认，就看邵勉的了！

邵勉有点心塞地搂紧了怀中的小女人，他还能说什么，"你开心就好。"

薄亦月从床上爬起来，邵勉率先下了楼，楼下康康正在吃早餐，看到邵勉下来，放下三明治，"嗨，邵勉，早上好。"

然后拿起来继续吃，再也不看邵勉一眼。

儿子不冷不热的态度，让邵勉更加心塞。

在邵嘉康对面坐下，保姆把他的早餐端了上来，放在他面前。

吃了一个卤蛋，邵勉掀起眼皮看了一眼吃着早餐的儿子，"康康，爸爸问你个事。"

"说。"

"昨天那个小妹妹，叫什么？"就是不知道康康知道不知道那个小女孩，是薄亦月的女儿。

小妹妹？邵嘉康差点没被口中的牛奶呛到，爸爸知道了什么？

"爸爸，你知道绵绵了？"

邵勉心中一紧，原来那个小女孩是绵绵，首先映入脑海中的就是绵绵好看的大眼睛。

绵绵那个可爱的孩子就是薄亦月的孩子。

心塞，心塞，心塞！

大清早受到一万点伤害的邵勉，早餐吃了两口就再也吃不下去了。

临走前想起一件事，吩咐保姆："等会儿在楼上，康康隔壁的房间，给收拾出来，装扮……按照小女孩的喜好来，需要什么尽管去添置。"

保姆点了点头，"好的，先生。"

邵勉觉得如果那个小女孩真的是绵绵，他就再也讨厌不起来了。

但是，薄亦月也别指望他去喜欢绵绵，他不讨厌她就不错了。

烦躁地摔上别墅的门，看着外面晴朗的天空。邵勉就不明白了，这种事情为什么会发生在他的身上。

## 第八十四章　好奇心

当天晚上结束工作后，薄亦月就跑去了翠源别墅，把绵绵接到了御谷名邸。

薄亦月怕自己被邵勉整死，和两个孩子对好"口供"，免得在邵勉面前露出什么马脚。

第二天一大早，邵勉穿戴整齐从楼上下来，客厅内坐着两个孩子，正在吃早餐。

邵嘉康是面对着二楼的，看到爸爸下来，连忙给绵绵使了个眼色，并大声叫了一声："爸爸！早上好！"

薄绵绵立刻明白了邵嘉康什么意思，拿着手中未剥皮的鸡蛋和旁边的书包，一溜烟地跑到了别墅门口。

换好鞋子，先上了司机的车。

坐到车的后座上，薄绵绵才松了一口气。

每天都像在和爸爸打游击战，一到晚上和早上，绵绵都要躲起来。

其实，薄亦月只是跟绵绵说，现在先不让邵勉发现绵绵。也没有说过，让绵绵这样躲着自己的爸爸。

要是知道自己的女儿这样躲着邵勉，薄亦月早就心疼坏了，会立刻告诉邵勉实情的。

而薄绵绵觉得没什么，能和爸爸妈妈还有哥哥住在一起她已经很高兴了，先暂时躲着爸爸也没什么。

反而，她觉得很好玩，像是……捉迷藏一样。

别墅内邵勉在下楼梯到一半的时候就看到那个小小的身影，当看到绵绵知道他出现如惊弓之鸟般麻溜地逃离时，邵勉的心莫名地痛了痛。

他也在反思，这样对一个孩子是不是太过分了。

然后坐下吃早餐的时候，告诉儿子："以后让绵绵不用躲着我，偶尔遇到没什么，只要不在我面前瞎晃悠就行。"

邵嘉康明白邵勉的意思，很开心地点了点头。

望着笑得很开心的儿子，邵勉纳闷地问道："你很喜欢绵绵？"

邵嘉康肯定地点了点头："绵绵是我的妹妹，我当然喜欢！"

他说绵绵是他的妹妹，邵勉也没有多想，只是纠结当初的事情，"你早就知道绵绵是你妈妈的女儿了对不对？那你为什么带着她去公司的时候，不直接告诉我？"

还编什么谎话，说是别人家的小朋友，难道是怕他知道绵绵的存在？

邵嘉康很淡定地回答父亲的问题："爸爸，我认为这种事情，还是由妈妈来告诉你最好。我这个小孩子插手，你觉得合适吗？"

邵勉瞪了一眼儿子，这个小叛徒！

"吃你的早餐，吃完赶紧去幼儿园，还有，绵绵虽然……绵绵以后是你的妹妹，你这个男子汉以后要知道保护妹妹，懂吗？"

不管绵绵是谁的女儿，男人保护女人是必须的，从小就得培养。

"爸爸，放心吧！我不会像你一样的！"

大清早就被儿子干脆利索地损了一顿，邵勉脸色黑如炭。

喝下最后一口牛奶，擦了擦嘴巴，往邵嘉康那里走去。

邵嘉康一看情况不妙，立刻抱着书包，往别墅门口冲去。

但是他再快，也快不过邵勉这个大人，还是在客厅内被邵勉直接揪住。

邵勉一巴掌想打到邵嘉康的屁股上，被女人软软的声音给喝止："邵勉，你要做什么？"

刚下楼的薄亦月看到，连忙跑下来，把儿子从邵勉的手中扯过来护在身后。

康康趁机溜走，打开别墅的大门，和妹妹一起去了学校。

邵勉看着儿子的背影，给他一个白眼。臭小子还知道趁机逃跑，挺聪明的，不错，这点像他！

由于工作需要，薄亦月去了N国几天，把绵绵交给了保姆和康康后，就出发了。

坐在办公室里看着电视上参加时装秀的薄亦月，邵勉想起一件重要的事情。

在薄亦月该回来的前一天晚上，邵勉叫来袁沫沫说了几句话后，就开车带着袁沫沫去了商场。

这个时候距离今年春节的小年，只剩下两三天。

薄亦月为了给邵勉一个惊喜，提前从N国回来，并且直接去了他的公司。

只是，公司秘书区的人告诉他，邵勉和袁秘书刚走，但是不知道去了哪里。

邵勉和沫沫会去哪里？

她拿出手机拨打袁沫沫的手机，暂时无法接通。

连续打了两个都是这样，薄亦月疑惑地走出邵勉的公司。

只是，在她回头的那一刻，无意间看到一个女人上了邵勉的车。

仔细一看，那个背影好像是袁沫沫，车子朝反方向开去，薄亦月鬼使神差地拦下一辆出租车跟了上去。

其实薄亦月也没多想，更不知道自己为什么要跟上来。

邵勉的车子在一家商场门口停下，两个人一起进了商场。

薄亦月付过打车钱后，再次跟上。

看着两个人走到一楼的GL钻石店，薄亦月更加疑惑了，邵勉带着沫沫来钻石店做什么？

薄亦月站在店外面，看着邵勉找到一个戒指，让导购拿出来，然后让袁沫沫戴上……

袁沫沫笑得很开心，戴着大大钻石戒指的手指，放在灯光下，特别好看。

薄亦月的呼吸一下子紧了，邵勉给袁沫沫买钻戒？

怎么可能？薄亦月你不要乱想！再看看再说。

然后邵勉和袁沫沫又有说有笑地等着导购去取另一枚戒指。

这次的戒指钻石没有刚才的大，但是更亮，色泽上看上去很不错。袁沫沫点了点头，邵勉也点头。

最后，直接跟着导购员去付账。

邵勉和袁沫沫？

她的老公和好姐妹？

薄亦月的心真的很痛很痛，无数次告诉自己不可能，但是她都亲眼看到了邵勉给袁沫沫买钻戒，该怎么安慰自己？

邵勉让导购小姐装好戒指，就看到了门外面泪眼婆娑的小女人。

他一怔，薄亦月这个时候不应该是在N国吗？什么时候回来的？

## 第八十五章 求婚

邵勉短时间的疑惑，让薄亦月以为他在心虚，失望地看了一眼邵勉和笑得开心的袁沫沫，掉头跑出了商场。

"糟了，亦月好像误会了！"袁沫沫焦急地看向邵勉，不是说亦月明天才会回来的吗？

邵勉何尝不知道那个小女人想多了？拿过袁沫沫手中的手提袋，大步跑着追了出去。

邵勉从商场追出来，把薄亦月硬塞进了车内。

薄亦月挣扎不过，就平静地靠在车座上，一句话也不说，因为发生了这种丑事，她也不知道该说什么。

"你脑袋里乱想什么呢？"邵勉拉了一下她放在一边的小手，薄亦月抽回自己的手，不理他。

邵勉无语，不被人信任的感觉真不好。

"薄亦月，你这样误会对得起袁沫沫吗？这么不相信人家，你考虑过她的感受吗？"

薄亦月幽幽地回答了一句："邵勉，我不是不相信沫沫，我是不相信你。"

邵勉心塞，他就这么不值得信任吗？

"男人果然没有一个好东西，连老婆的闺蜜都勾搭。"

"我能说我很冤枉吗？"邵勉将车子掉了个头，进了御谷名邸的别墅区。

听到他说自己冤枉，薄亦月心中窃喜，但是脸上还是挂着绝望的表情。

让她在别墅门口下车，自己把车停进了车库。

再次出来的时候，正看到路灯下的薄亦月往小区门口走去。

哎呀，愁死他了。

邵勉步伐一迈，快速追上了薄亦月。

薄亦月正在和沫沫发微信：我知道，明白，你别着急，我不和他吵架。

不和他吵架？让她吃醋，不跟他吵架就对不起自己的眼泪。

听到身后的脚步声，连忙合上手机，继续故作悲哀。

很快，她整个人就落入了一个熟悉的怀抱，薄亦月的嘴角不着痕迹地扬了扬。

"老婆，这么晚了去哪儿？"

"离家出走。"

"别，万一半路上有色狼怎么办？"他让她转回来，面对着自己。

女人冷冷地看着他，"要么我走，要么你滚！"

"我不滚，你也不许走。"话音落，女人被男人扛到肩上，快速地往别墅走去。

"邵勉！邵勉！放我下来！"双手无力地拍打在他的肩上，邵勉不痛不痒的，最后干脆小跑了起来。

"别跑……我不动了，好难受。"

男人的步伐渐渐地慢了下来，按下别墅的大门，两个人进了客厅，邵勉把门锁上后，才把薄亦月放了下来。

脑袋晕乎乎地靠在他的肩上，薄亦月微微嘟囔着："臭鸡蛋，臭男人，这样折磨我！"

邵勉揽着她的肩，往楼梯口走去。

没想到半路碰到一个小身影，只是客厅的灯，他只开了一盏，灯光昏暗，邵勉看不清女孩的样子。

只是看身影，就知道她是绵绵。

下楼拿自己画册的薄绵绵，冷不丁地遇到邵勉，第一反应就是立刻躲了起来。

把自己小小的身影，藏在一个巨大的花瓶后面。

这一幕，有点刺痛了邵勉的眼睛。

薄亦月因为头晕，闭着眼睛整个人都靠在邵勉的肩上，所以没看到绵绵。

邵勉忽然停下来，她才渐渐地睁开眼睛。

松开怀中的小女人，从花瓶后面把低着头的小女孩给拉了出来。

"叔叔，叔叔，我不是故意的，我不知道你要回来！"

"绵绵！"薄亦月看着绵绵受了惊吓的样子，心疼极了。

准备上前的时候，被邵勉拉住。

邵勉半蹲下身子，和薄绵绵平视，"绵绵，我不是让哥哥告诉你了，以后见到我不用躲起来。"

他的声音很平和，让薄绵绵颤抖的小心脏，渐渐地平稳了下来。

她一直以为邵勉不喜欢她，不愿意见到她。

"我怕……邵勉叔叔会生气。"她小小的软绵绵的声音敲打着两个大人的心脏。

薄亦月眼红了红，不行，她要把真相告诉邵勉，不能让绵绵因为这个受到伤害。

拉起邵勉，薄亦月刚开口说出几个字："其实绵绵是……"

而邵勉以为薄亦月爱女心切，为绵绵解释。他把食指放在她的红唇上，"什么都不用说，我不会为难一个小孩子的。"

就算这个女孩子不是他的女儿，他邵勉也做不出虐待儿童的事情。

薄亦月焦急地拉开邵勉的手，"不是的，邵勉，我是想说绵绵其实……"

"妈妈，绵绵没事，你不要和叔叔吵架。"薄绵绵也以为薄亦月因为这件事情生气了，扯住薄亦月的衣角，安慰她。

这一幕又感动了两个大人，在邵勉再次半蹲下身子和绵绵说话的时候，薄绵绵立刻又低下了头。

加上光线不是太好，所以邵勉一直没有看清绵绵的长相。

"绵绵，我和你妈妈没有吵架，叔叔是想告诉你，以后把这里当成自己的家，你和哥哥一样想做什么就做什么。"无论她的身上流着谁的血液，在大人的纠纷中，孩子都是最单纯最无辜的那个。

绵绵听到这句话有些惊喜，抬起小脸兴奋地向邵勉确认："叔叔，你说的是真的吗？"

她好像离爸爸更近了，只是不知道爸爸在知道她是他的女儿后，会不会还像现在这样对她这么温柔。

小女孩黑黝黝的眼睛闪着光芒，邵勉还是感觉这双眼睛很熟悉。也许是因为和薄亦月长得太像的缘故吧！

"当然是真的，叔叔不会骗人的。"

绵绵因为要睡觉了，就把两个小辫子给放了下来，微长的黑发摸上去很光滑，像薄亦月的那样。

薄绵绵用力地点了点头，特别乖巧地向两个人道别："妈妈……叔叔，晚安了，绵绵要去睡觉了。"

女儿的乖巧让薄亦月有点目瞪口呆。薄绵绵是她的女儿，知女莫若母，她当然知道绵绵的性格。

别的不说，就只看她之前和少哲天天"掐架"，就知道薄绵绵绝不是什么乖乖女！

"绵绵晚安！"邵勉看着薄绵绵的小身影，心不自觉地软了软。

薄亦月生的女儿果然可爱又讨人喜欢，这才搬进来几天，就把他收服了？

不，还没有搬进来，第一次见她的时候，邵勉就被绵绵的可爱给收服了。

为什么他努力了这么久，薄亦月都没有再怀孕的迹象？

十分钟后，薄亦月从康康的房间走了出来，邵勉一只手捂上她的眼睛，另一只手拉着她，推开了卧室的门。

带着她走到窗边，做好准备后，邵勉轻声开口："可以了。"

眼前的一幕让本来有点烦躁的薄亦月，瞬间激动了起来。

本来空荡荡的落地窗前，不知道从哪儿弄来一张带着红色丝绸布的桌子，放在那里。

桌子上放了一大束玫瑰花，还有一个双人蛋糕。

而她站的地盘上，用彩色的气球和蜡烛摆成了一个心的造型。

身后的大床上，被褥被铺得整整齐齐，床上撒着不少的玫瑰花瓣。

那个刚才带她进来的男人，此刻正半跪在自己的面前。手中拿着一个锦盒，锦盒里放着一枚大大的钻戒，递到自己的面前。

"薄亦月，嫁给我！"邵勉的声音洪亮而又真诚，看着小女人的眼神里满满的都是宠溺。

这一幕，让泪腺发达的薄亦月立刻红了眼，一颗心脏扑通扑通狂跳着。

她爱的男人，在跟她求婚……

也只有经历过这一幕后，薄亦月才知道平时在电视上看着无感的场面，作为当事人是有多么激动和幸福。

女人只顾着激动，一时间忘了回答邵勉。

邵勉不甘心，又喊了一声："薄亦月，我爱你，求你嫁给我！"

薄亦月的泪流得更多了，她连忙点头，接过邵勉手中的锦盒。

原来他是和沫沫一起给她挑钻戒了，邵勉用实际行动解释了事实真相。

邵勉从锦盒中拿出钻戒，给她戴到无名指上，并在钻戒上亲吻了一下。

薄亦月擦了擦眼泪，娇嗔地说道："我们不是已经结过婚了吗？干吗还要求婚！"

男人笑了笑，主动拿出自己的手机，拉着她拍了几张合影。

然后当着她的面发到微博上，"当然是为了那些呼吁我们复合的粉丝。"

原因到底是不是这个，只有邵勉自己知道。

之所以向薄亦月求婚，是因为他想让她重新嫁给他一次……

薄亦月的手机也被男人抢走，强制性地转发了他的微博，并配上文字：我答应你。

看着他幼稚的举动，薄亦月无语，不过，他真的只是为了粉丝们的呼吁吗？

邵勉发完微博，把手机重新还给薄亦月，薄亦月看着两个人的合影，挺好看的。特别是邵勉，从来没有自拍过的他，是这么上相。

这好像还是两个人第一次自拍呢，薄亦月把照片下载下来，设为自己的手机背景图。

　　这个小动作被邵勉看到了，拿过她的手机，打开相机，然后在女人疑惑的眼神中，把她往怀中一带。

　　低头吻住她，手中的相机，点击拍摄。

　　邵勉一连拍了十几张，才放过薄亦月。

　　然后挑了一张最好看最甜蜜的接吻照，替换掉她刚才的手机壁纸。

　　"不要，当着别人的面，手机都不能打开了。"说着，薄亦月就想把壁纸换回来，被男人制止住。

　　"薄亦月你要是敢换我就把我的微博头像换成这个。"

　　薄亦月白了一眼男人，合上了自己的手机。

　　不理他了，她要去吃蛋糕！

　　桌子上邵勉本来打算再放点蜡烛红酒什么的，和她一起吃个烛光晚餐的，没想到薄亦月提前回来了。

## 第八十六章　邵勉的家底

薄亦月把蛋糕切开，切着切着还切出来了一个硬硬的东西。

好奇地擦掉上面的蛋糕，映入眼帘的是一把崭新的纯金钥匙。

回过头准备叫邵勉的时候，邵勉不知道什么时候已经站在了她的身后。

从后面搂住她的腰，给她解释："这把钥匙是我新打造的，以后交给你保管。"

薄亦月仔细地看了一下耀眼的金钥匙，确定她之前没见过，"这是哪里的钥匙？"

"你猜。"邵勉亲吻着她的秀发，调皮地说。

薄亦月放下切蛋糕的刀子，回过身面对着他，把手上不小心沾上的蛋糕抹到他的鼻尖上，扑哧一声就笑了。

"怎么，这么快就要开始勾引我了吗？"

只是涂了一点蛋糕而已，怎么就勾引他了？

本来放在她腰身上的大掌，往蛋糕上抓去。

他在转移她的注意力，"老婆，要吃蛋糕吗？"

薄亦月点头，她很喜欢吃蛋糕，"当然要吃！"

"那就让你吃个够！"接着男人把手往她的红唇上抹了一下，然后是她的脸蛋，耳朵，脖子。

在她还没有来得及抗议时，他就吻住了她。

夜渐渐地深了，偎依在一起的两个人，都还没有睡意，只有浓浓的甜蜜。

薄亦月摸着手上的钻戒，这是邵勉第二次送他钻戒了，虽然第一个早就不知道丢到哪里去了。

不过，求婚还是第一次。薄亦月的笑意忍不住，"去去去，脸皮真厚。"

在她胡思乱想的时候，邵勉淡淡地开了口："SL银行里有一个我的保险箱，我所有的不动产证明和其他一些重要文件，全放在了那里，钥匙也仅此一把，所以你要好好地帮我保管。"

卡已经全部在她这里了，现在他把其他重要的东西也全部交给她，他也就轻松了。

"你说什么？"薄亦月非常震惊，她是不是听错了，好像听到邵勉说，要把所有的家底全部交给她保管？

抱了抱怀中一动不动的小女人，邵勉笑意渐浓，"我说，你以后就是我的管家婆，我的家底交给你挥霍了。"

然后邵勉就想到了，让薄亦月快点再给他生一个女儿，然后用他的钱，给他们的女儿一个奢侈的生活。

他不怕把女儿宠坏，宠坏没人要了，以后在他们身边一辈子就好。

"邵勉，是公司发生什么事情了吗？还是你怎么了？"怎么她出一趟差回来，邵勉这又是求婚又是交家底的。

邵勉的家底交给她，她压力得多大啊。那还不得立刻退出娱乐圈，每天在家吃喝拉撒全部抱着这把金钥匙，保证不离身不丢弃。

"不要胡思乱想，薄亦月，我律师做得好好的，等到康康长大，我就把自己毕生所学全部传给他，然后我就退隐江湖，带着老婆去世外桃源定居。"找一个只有他们两个人的地方，不参与社会纷争，安安静静地过日子，想想就美好。

"你想多了，康康不一定想要做律师的。"她的注意力很快被他转移，金钥匙的事情立刻抛到了一边。

"那看他自己，如果他实在是不愿意，我们就再生个儿子。"邵勉说得很无所谓。

薄亦月当然不愿意！想起儿子，今天晚上薄亦月非要弄清邵勉是怎么想的。

"邵勉。"女人的声音很严肃，邵勉知道又触动她了。

"到！"

唉，这个调皮的男人，"我问你，你给我说实话，你是不是不相信康康是你的儿子？"她从来没有见过这样的父子相处方式，哦！不对！他见过，阿恒哥哥和鼎礼，两人更是谁都不理谁，更别说拌嘴什么的了。

现在也轮到她发愁了，难道父子是天敌？

也不对啊，承阳哥哥和少哲怎么就可以和平相处？

难道是当爹的性格原因？

那就更不对了，邵勉、斯靳恒、司承阳这三个人，还数邵勉性格稍微温和点。

所以，还是因为邵勉不相信康康是他的儿子！

但是，邵勉接下来的话，让薄亦月更加郁闷了。

"你胡思乱想什么呢，康康是不是我的儿子，我比你还清楚，就是有时候看那小子不顺眼！总是故意气我。"

哪有父亲不爱自己的孩子？在不和儿子对立的时候，邵勉还是很喜欢邵嘉康的。

他不想把这些话说出来，省得薄亦月告诉那臭小子，让他在自己面前嘚瑟。

薄亦月无语地瞪了一眼邵勉，有他这样的父亲吗？

"邵嘉康一定是因为小时候你不在他身边管着他，才这样的。"

邵勉说到这里，薄亦月幽幽地开了口："你的意思是，奶奶没有把康康教育好？我们这两天可是要回老宅的。"

马上就要小年了，杨紫勤特意给她打电话，让他们到时候回去吃个团圆饭。

邵勉忽然就停了下来，好半晌才不满地开口："老婆，你是谁的老婆？"

"这个你都要问我？那好吧，我是别人家的。"

她的话音刚落，邵勉一个翻身，将她压在身下。"薄亦月，我需要做一些事情，让你记起来，你到底是谁的老婆。"

身上的男人压得她都快喘不过来气了，薄亦月推了推他，得意地说道："姨妈护身。"

邵勉这才恋恋不舍地翻了下去，然后继续把她抱在怀里。薄亦月打了个呵欠，闭上了眼睛。

小年的那天，薄亦月晚上提前结束工作和邵勉汇合后，带着康康和绵绵两个孩子回了老宅。

坐在邵勉的车上，戴着帽子的绵绵，一言不发地坐在车后座和康康大眼瞪小眼。

副驾驶上的薄亦月看着专心开车的男人，故意打趣道："邵勉，带着绵绵，爸妈不会说什么吗？"

邵勉从车内的后视镜中看向后座低着头的小女孩，他见过绵绵好几次了，但是每次看到她的时候，不是戴着口罩就是低着头。

邵勉连她长得什么样子都不知道，今天晚上带她回老宅也是他主动提议的，大过年的扔一个孩子在别墅不好。

"爸妈那边我会解释。"

薄亦月好奇地问："你怎么解释？"

自己老婆和别的男人有了孩子，要怎么解释？

邵勉思索了一下，淡淡地说道："就说绵绵是你和我的孩子。"

嗯，挺干脆的，薄亦月很满意邵勉的做法。

看到似乎开心的小女人，邵勉的心情也很好。绵绵平时很乖巧，就是有点内向，可能是因为家庭的原因吧！

这个时候的邵勉还不知道自己的想法和认知错得有多离谱，不过也没有过太久，他就对绵绵刮目相看了。

然后薄亦月提到了一个很重要的问题："那么绵绵该叫你什么呢？"

这个问题很现实，邵勉开车的手一顿，算了，只要薄亦月开心就好，"你和康康说吧。"

只要她和康康愿意，他随便。

"爸爸，绵绵可不可以和我一样叫你爸爸？"邵嘉康一看情况进展不错，立刻兴奋地凑了过来问邵勉。

这个问题，除了邵勉，车内的其他三个人都在屏息期待。特别是绵绵，她想叫邵勉一声爸爸，想了很久了。

　　而薄亦月在想，只要邵勉同意了康康的请求，她就给邵勉一个惊喜。

　　低着头的绵绵眼珠子转了转，歪着头看向邵嘉康，"哥哥，不用了，会给爸爸带来麻烦的。"

　　小女孩的懂事让邵勉的心一软，"没事的绵绵，以后就和哥哥一样叫我爸爸。"

　　邵勉短短的一句话，让车内的另外三个人都很激动。

　　薄亦月直接在邵勉脸上吧唧亲了一口。

　　邵嘉康在后面鼓舞着不停搅动自己手指的妹妹，"绵绵，快叫爸爸。"

## 第八十七章 亲生父亲

"真的可以吗？哥哥。"真的可以吗？绵绵感觉自己好激动，终于可以光明正大地叫邵勉爸爸了。虽然还有一些误会没有解，但是能叫爸爸，就是把两个人的关系拉到了最近。

"可以的绵绵，爸爸巴不得有个你这么可爱的女儿呢！"即使在邵勉的认知里，绵绵不是他的亲生女儿，邵勉还能这么喜欢绵绵，父女天性啊！

薄绵绵点了点头，小声地叫了一声："爸爸。"

邵勉嘴角扬起，不知道为什么，绵绵明明是薄亦月和别的男人生的女儿，此刻这个和自己没有任何关系的小女孩叫着自己爸爸，他心里也美滋滋的。

"嗯，乖。"

绵绵叫了这声爸爸，就是他邵勉的女儿，以后无论是吃穿住行他都会像对康康一样对待。

车内的气氛很融洽，而此刻的老宅亦是如此。因为韩敏已经给邵文川夫妇提过绵绵的事情了，并交代好他们在邵勉面前保密。

杨紫勤在知道当年的真相以后，直呼她儿子没有人性，对薄亦月一点都不好！

夫妻俩对自己的孙女很是期待，在见到绵绵后高兴坏了。

薄绵绵揽住杨紫勤的脖颈，甜甜地叫了一声："奶奶。"

瞬间，杨紫勤就激动得失声了。

邵勉看着这一幕，忽然有点庆幸，这个家多了一个绵绵……

杨紫勤把绵绵抱进客厅后，邵文川就把绵绵接了过来，听着绵绵一口一声"爷爷"，爽朗地哈哈大笑。

"爷爷奶奶，我就这样失宠了吗？"靠在杨紫勤怀中的邵嘉康，故作哀伤地看着两个大人。

其实邵嘉康很开心，为绵绵感到开心，因为绵绵得到了爷爷奶奶的认可和喜爱。

"怎么会呢，康康也是咱们家的宝贝！"邵文川抱起吃醋的小家伙安抚道。

而站在旁边的邵勉，看着薄绵绵的侧颜，若有所思。

绵绵和亦月长得这么像？连侧颜看上去都这么熟悉。

接下来邵嘉康和薄绵绵在客厅陪着韩敏，薄亦月跟着杨紫勤进了厨房，邵勉慵懒地靠在沙发上，看着欢声笑语的薄绵绵。

这个时候，他口袋里的手机响了起来，拿出自己的手机，是他派去调查顾惜的人来的电话。

"说。"

那边的人把大致情况汇报了一下，邵勉点了点头，"你把目前收集到的证据发到我的手机上，我明天让袁助理给你们转资金过去。"

结束通话后，很快邵勉就收到了对方发过来的照片。

上面第一张是顾惜和国外的一个犯罪组织的人见面的照片，第二张是顾惜的通话记录，其中有一个号码被标注了出来，是这个组织老大的私人号。

第三张是邵勉关起来的那个人，提供了顾惜让他买药的来源人物。

第四张是顾惜买通薄亦月剧组的道具组成员，之间的金钱交易记录。

……

晚上临睡前，邵勉搂着女人往床边走去，"薄亦月，老公现在有一件事情要问你。"

等她躺到床上，给她拉上被子，自己也钻进了被窝抱着她。

"说吧。"

"我总感觉绵绵长得非常像一个人，但是又总想不起来像谁，难道……绵绵长得像她亲爸爸，而她的亲爸爸我也刚好认识？"可是他认识的人中，除了年纪很大的，没有最近几年去世的。

当然！他不相信，绵绵的亲生爸爸年纪很大，薄亦月还不至于和一个老头子生孩子。

没想到薄亦月点了点头，一本正经地说道："是啊，绵绵的爸爸你认识。"

"谁？"让他知道是谁，他一定找人去挖了他的坟墓。

"你！"薄亦月回答得很干脆，样子看上去很认真。

邵勉没有多想，以为她在逗他，无奈地叹了口气："老婆，别闹，我说的是绵绵的亲生父亲。"

薄亦月真的很无辜，她说的也是绵绵的亲生父亲啊。

看吧，事实真相都明明白白地告诉他了，他却不相信她，不相信就算了，以后也不告诉他了！

"老婆，绵绵的亲生父亲……"

"睡觉！"

邵勉刚说几个字，薄亦月就冷冷地打断了他，用被子蒙上头不愿意再和他多说一个字。

男人无语地看着被窝里蜷缩成一团的小女人，怎么又生气了？

难道是她不想让他提绵绵的亲生父亲？也对，现在毕竟和他在一起，总提那个男人也不好。

现在薄亦月是他的了，绵绵也是他的了，那他以后不提了，省得自己也心塞。

"老婆。老公错了，求惩罚。"

男人干脆利索地掀开被子，和薄亦月一起钻进了被窝。

寒冬腊月，外面寒风刺骨，房间内却一片暖洋洋。

第二天，薄亦月先起床。

因为她有一段凌晨拍摄的戏份，需要很早就到达剧组。

昨天晚上睡得不早，非常困难地从床上爬起来，还没下床，邵勉也跟着醒了过来。

"今天这么早。"男人睡眼蒙眬的样子，看在薄亦月的眼中，居然感觉到一丝……可爱。

心中偷偷笑过之后，她低下头，在男人的薄唇上亲了一口。

"嗯，今天的戏份比较早，我得赶紧赶过去，你继续睡。"

说着，就下了床，往洗漱间走去。

邵勉让自己清醒了一下，看了一下时间，刚四点。

从床上坐起来，跟着小女人去了洗漱间。

"你起来做什么？"薄亦月刚把牙刷放进口中，邵勉就挤进了洗漱间。

邵勉拿起旁边的牙刷，也挤上牙膏，告诉她："我去送你。"

这个时间，外面人少车少，他不放心她。

薄亦月刷牙的动作一顿，心中被喜悦填满，"不用的，我开车过去就行了。"

"你的车技我不放心。"三分钟后，邵勉漱完口，才告诉她。

"没事的，那我打车也行。"

"都不行，我说送你就送你，你快快洗漱。"邵勉不给她拒绝的机会，直接开始洗脸。

四点半，两个人一起出了老宅。

邵勉在上车之前，给邵文川打了一个电话，让他照顾一下两个孩子，就把薄亦月送去了剧组。

新年很快来临，今年多了两个孩子，邵家特别热闹，到处都是欢声笑语。

大年三十的上午，薄亦月和邵勉一起包了饺子，晚上全家人吃的都是两个人的劳动成果。

半夜十二点，两个人窝在被窝里一起看着春节晚会，一起跨年倒计时。

十二点的钟声敲响，邵勉一个翻身，"老婆，新年快乐，我爱你！"

"老公，我也爱你！"

浓情蜜意，一发不可收拾。

胡乱地摸到旁边的遥控器，关掉超大屏的液晶电视，房间内瞬间就只剩下两个人的呼吸声。

最后一刻，房间门被敲响，"爸爸妈妈快点开门！"

"爸爸妈妈，新年快乐，红包拿来！"

本该已经睡着的两个孩子，在外面大力地敲着门，鬼叫着。

邵勉的脸色瞬间变得黑沉沉的，他为什么会选择和两个"熊孩子"一起过年？

敲门声一刻都不停下，薄亦月偷笑着推了推身上的男人，"别让孩子久等，快去开门。"

"邵嘉康，带着妹妹回被窝睡觉！"

"爸爸，我们拿到红包以后，立刻回去睡觉！"邵嘉康可是定好闹钟，专门从床上爬起来的。

邵勉痛苦地闭了闭眼睛，咬牙切齿，"邵嘉康，我现在开门给你一块，明天早上开门一万块。"

"十万块，爸爸！"邵嘉康很开心地和他讲条件。

"爸爸，我要二十万，我要攒私房钱。"时间久了，薄绵绵和邵勉的关系越来越好，在邵勉的眼中，绵绵现在就是他的亲生女儿。

"小小年纪，攒什么私房钱！"邵勉嘴里嘟囔着，"都回去睡觉，明天早上给你们包红包。"

然后门外一阵兴奋声后，就彻底安静了。

邵勉很满意，抱着老婆翻滚大半夜。

大年初一早晨，邵勉吃完早餐，薄亦月还在熟睡，邵勉没打算叫醒她。

好不容易放假，让她好好休息休息。自己悄无声息地穿戴整齐下了楼，楼下薄绵绵和邵嘉康正在客厅跟三位长辈拜年。

每人手中拿着两个厚厚的红包，然后又跟杨紫勤拜年，"奶奶，新年好，祝您在新的一年里万事如意，身体健康！"

邵勉斜了一眼两个"熊孩子"，这台词一听就是两个人商量好的。

三个长辈还很受用，笑得那叫一个灿烂。

杨紫勤拿出准备好的红包，递给两个孩子，"乖，奶奶的心意，快收下。"

两个孩子接过红包，兴高采烈地道谢："谢谢奶奶！"

薄绵绵还跑过去在杨紫勤的脸蛋上亲了一口，"奶奶你真好！"

杨紫勤更是乐得合不拢嘴。

邵勉在韩敏不远处坐下，整理着衣袖上的纽扣，两个孩子连忙跑了过来，"爸爸，早上好！"

"爸爸，新年好！"

"嗯，好。"邵勉淡淡地应了一声后，就没有下文了。

## 第八十八章 压岁钱

两个孩子你看看我，我看看你，说好的红包呢？

"爸爸，昨天晚上答应我们的事情……"邵嘉康试探地开口。

邵勉这才一副恍然大悟的样子，邵嘉康看到爸爸似乎想起来了，也松了一口气。

"找你妈要去，咱们家的财政大权归她管。"

"爸爸，你这是要耍赖吗？"薄绵绵一句流利的英语扔出来，除了邵勉，其他的几个人都傻眼了。

小丫头在说什么？他们怎么听不懂。

邵勉微笑，向薄绵绵招手，"来，来爸爸这里。"

薄绵绵开心地走了过去，被邵勉拦在怀里，"刚才的话爸爸是对哥哥说的，你的那份在这里。"

说着邵勉从口袋内拿出一个红包，只是和其他三位长辈比起来，实在是太……薄了。

但是薄绵绵还是很开心，"谢谢，爸爸。"在邵勉的脸蛋上亲了一口之后，薄绵绵眼珠子一转，"爸爸，我今天晚上告诉你一个秘密好不好？"

邵勉挑眉问道："为什么还要等到今天晚上？"

薄绵绵歪着头，"因为秘密都是在天黑以后才能说的啊！"这句话是薄亦月告诉她的，因为之前在M国，薄亦月白天工作忙，没有太多时间和女儿沟通，所以总是把事情放在晚上。

就连说一些秘密，薄亦月也会轻轻地告诉绵绵："今天晚上回去告诉你一个秘密。"

"嗯，好的！"邵勉摸了摸绵绵的小辫子，甚是欣慰。

只是，邵嘉康嘟着嘴巴站在一边，瞪着邵勉，"邵勉，你真抠门！"

邵勉也回应儿子一个白眼，"男子汉大丈夫，想要钱，自己去挣！"

"唉，邵勉，大过年的干吗呢！"杨紫勤不悦地白了一眼儿子，邵勉这才从口袋中拿出另外一个红包，递给邵嘉康。

邵嘉康立刻笑开颜。

只是接到手的红包，薄薄的，好像只有一张钱，难道爸爸真的给他发了一块钱？

再次心塞的邵嘉康，小声嘟囔："抠门勉。"

邵勉不屑地嗤笑，他才不跟一个小孩子计较呢！

邵嘉康拉着妹妹上楼，邵勉坐在沙发上翻阅着自己的手机。

楼上的小女人似乎已经睡醒，还在微博上发了一句："大家好，新年快乐！"

正在转发薄亦月微博的时候，两个"熊孩子"，从楼上快速跑了下来。

叽叽喳喳地叫着："爸爸，爸爸，我好爱你！"

"爸爸，爸爸，你就是我的偶像！"

兄妹俩一前一后地扑进了邵勉的怀里，邵勉猝不及防，差点没把手机扔了。

"邵嘉康，你干什么呢，男子汉大丈夫的，淡定！稳重！"

"怎么了？康康绵绵？"韩敏摘掉老花镜，看着异常兴奋的两个孩子。

薄绵绵从邵勉的怀中溜到韩敏的怀里，举着手中的东西让韩敏看，"祖奶奶，爸爸给我和哥哥一人一张支票，哥哥的上面写了六个六，我的上面写了六个八。哥哥告诉我那是好多好多钱，可以买一辆大车呢！"

有爸爸真好，她的爸爸是最好的爸爸！

并且看上去一点都不小气，和电视演的坏爸爸一点都不一样，绵绵已经迫不及待地要告诉邵勉那个秘密了。

下午的时候，一家四口一起去逛街看电影。

商场内，薄亦月带着绵绵往卫生间走去，邵勉则是和康康一起在别的商店随便逛逛等着她们。

薄亦月给孩子关上卫生间的门，自己站在门外面等着。

就这样仅隔着一道门，薄亦月低着头翻出包包内的纸巾。一个衣着奇怪的人，进了旁边的卫生间内，拿出纸巾后薄亦月静静地等着。

三分钟过去了，"绵绵，好了吗？"

里面没有人回应她，薄亦月奇怪地又叫了一声，"绵绵，好了吗？"

还是没有人回应，薄亦月立刻拉开卫生间的门，在她拉开卫生间门的那一刻，隔壁卫生间的门也被拉开。

一个人扛着一个东西，快速地出了卫生间。

卫生间内空荡荡的，绵绵不见了人影，薄亦月心一沉，全身发软。

绵绵呢？

"绵绵！"她慌乱地从卫生间出来，眼角的余光看到一个奇怪的人，扛着一个黑袋子，快速离开。

第一直觉告诉薄亦月，那个人扛着的就是绵绵。

她连忙追上去，"你给我站住！放下我的孩子！"

等到她追上来，对方已经进入了安全通道的楼梯内，薄亦月继续跟上去。

只是，对方的速度比较快，她干脆地脱掉高跟鞋，快速跑下一个又一个的台阶。

"你给我站住！"薄亦月拿着高跟鞋，准备砸上去的，又收了手，怕伤到绵绵。

男人从安全通道出去后，立刻上了一辆没有车牌的面包车，扬长而去。

薄亦月整个人都崩溃了，而事情发生得太快，对方逃得也太快，没有引起任何轰动。

邵勉，邵勉……

她脑海中第一个想到的就是邵勉，双手颤抖地从包包中拿出手机，拨通邵勉的电话。

"老婆。"邵勉的声音在那边响起，薄亦月的心一疼，眼泪哗地就落了下来。

"邵勉……邵勉。"听着女人哭得泣不成声，邵勉心中一惊，连忙拉着儿子往卫生间方向走去。

因为过年，他可以一直陪在薄亦月的身边，邵勉就给保镖放了假。如果真的出了什么事，就是他放松警惕的后果。

"别哭，告诉我发生什么事情了。"

"邵勉，绵绵……"薄亦月说不成话，整理一下自己的情绪，告诉自己薄亦月不要哭，不要慌。"邵勉，绵绵被人抱走了！"都怪她，都是她，都是她没有看好绵绵！

绵绵被人抱走了？

"你先别慌，你现在在哪儿，我先见到你，我们一起找绵绵。"

薄亦月报了自己的位置，邵勉带着康康很快赶了过来。

半路，还捡到了薄亦月的鞋子，邵勉给薄亦月穿上鞋子，然后又给她擦了擦眼泪。拿出手机报警后，一手拉着儿子，一手揽着薄亦月，"走，我们现在去商场警务室。"

路上，薄亦月把刚才的事情经过告诉了邵勉，还自责没有看好绵绵，她就不应该让绵绵离开她的视线。

"先不要自责，这件事情不怪你，对方估计一直在跟踪我们，趁我们放松警惕的时候，钻空子抱走绵绵的！"现在他心里怀疑一个人，除了她没有第二人！

"邵勉，你说是不是顾惜干的！是不是！"

邵勉紧紧地皱着眉头。

调出商场的监控，薄亦月指着上面的黑衣人，告诉邵勉："就是他！趁着绵绵在卫生间的时候，抱走了绵绵！"

这个时候邵勉的手机响了起来，看到来电显示，邵勉的眼眸幽深，如果他没记错，这个就是顾惜的号码。

按下接听键，"说。"

那边传来的声音，果然是顾惜，"邵勉。"

"目的。"邵勉的气势忽然就冷了起来，薄亦月擦掉最后的眼泪，望着邵勉接电话。

邵勉的车子在他私人岛屿的入口停下，门口的保安已经不知去向，只是站着一个N国人。看到车上下来的人问道："你是薄亦月吗？"

"我是！"

"请跟我过来，其他的人不许跟上来。"N国人挡住了邵勉的去路。

薄亦月紧张了起来，她无助地看向邵勉，邵勉给她点了点头，"别怕，去吧！"

薄亦月的心瞬间凉了，对了，她忘了在邵勉的认知中，绵绵不是他的亲生女儿。邵勉怎么会以身犯险帮她救出绵绵呢？

"邵勉，绵绵……"

"亦月，不用说了，你去吧！"邵勉打断了她的话。

这里有对方的人，什么话都不方便说。

薄亦月的话被打断，她的心也凉了几分。

不是自己的女儿，邵勉就这么无情吗？

接着一股怒意涌了上来，负气地转身上了快艇，他不救绵绵，她自己救！

她发誓，以后永远不会让邵勉知道绵绵是他的亲生女儿。

男人看着女人越离越远的背影，从口袋中拿出手机。

并快步上车，往另外一个地方驶去。

## 第八十九章 绵绵的真实身份

岛屿上薄亦月刚下快艇，就看到了一栋奢华的别墅，占岛屿三分之二的面积。旁边的海面上，还停着一艘巨大的私人邮轮，以及几艘同样价值不菲的快艇。

无意间瞄见三楼的观景台上，一个小小的身影，被吊在空中。

薄亦月瞬间就崩溃了，她的绵绵被五花大绑地吊在二楼和三楼之间的空中，小小的头颅无精打采地耷拉着，好像是闭着眼睛……

薄亦月快速往观景台方向跑去，这才看清，连绵绵的羽绒服都被脱掉了。小小的身体上只穿着一件毛衣，薄亦月抬起头大声地叫着依然昏迷的小人儿："绵绵，薄绵绵！"

绵绵完全没有一点反应，薄亦月心痛得要窒息，顾惜那个该死的女人居然这么狠心地对待一个小孩子！

三楼的观景台上，出现几个人影，为首的果然是顾惜。

"顾惜，你这个疯女人，快放了我女儿！"薄亦月此刻已经开始失去理智，绵绵这样被绑着一定很痛苦，她可怜的绵绵……

看着薄亦月焦急又心疼的模样，顾惜得意地哈哈大笑。

两分钟后，顾惜双臂环胸，走到她的身边，不屑地打量着崩溃的薄亦月，"邵勉怎么没有陪你来？把这个小杂种抓过来果然是对的，邵勉连管都不想管。"

薄亦月双目狠狠地瞪向顾惜，立刻冲了过去，抬起手准备一巴掌扇到顾惜的脸上。但是她的手被顾惜旁边的人给拦住，并把她狠狠地往后一甩。

薄亦月跟跄了一下，跌倒在鹅卵石铺成的小路上。

还好是冬天，穿的厚，感觉不到疼痛。

"顾惜，有事情冲着姑奶奶我来，绑着一个小孩子，你算人吗？"

从地上爬起来，薄亦月忍住泪意，看着天空深吸一口气，告诉自己：薄亦月不要哭，要冷静，绵绵还等着你去救她。

顾惜冷笑，"薄亦月，知道这里是哪里吗？"

她怎么会问她这个问题？薄亦月打量了一下四周的环境，她也是第一次来这里，并不知道这里是哪里。

"先把我女儿放下来，你想做什么我都奉陪！"绵绵多被吊着一分钟，绵绵就多痛苦一分钟，她的心也多疼一分钟。

"怎么？心疼了？哈哈哈，薄亦月，我就是要你心疼，我所有的名誉全部毁在你的手里，我今天就把你做的那些事情，全部还到你和你的女儿身上！"

"都可以，你先把绵绵放开！"

顾惜冷笑，她就是不放！"薄亦月，这里是邵勉的私人岛屿，你知道吗？"

邵勉的私人岛屿？顾惜的话让薄亦月震惊地瞪大了眼睛，她从来没有听邵勉说过，他还有这么一个地盘。

她的反应，在顾惜的意料之中。

其实顾惜本来也不知道这里的，只是很久以前听到云锦和邵勉打电话，提起过这里，然后她找人跟踪了邵勉一次，才知道邵勉在这里还有一座岛屿。

邵勉可真是有钱啊，这座岛屿加上这些游艇什么的，绝对不会低于一个亿。

甚至好几个亿，才能拥有这么大的私人领地。

"你知道我是怎么知道的吗？是顾瑜告诉我的，因为这里是邵勉的私人领地，除了邵勉和顾瑜之外，谁都没来过这里。"

顾惜只知道这里是邵勉的私人领地，但是顾瑜来过没有她就不知道了，她就是想刺激刺激薄亦月而已。

而薄亦月也中了顾惜的圈套，这里邵勉从来都没有告诉过她，更别说带她来了。

然而顾瑜却来过这里，还有，听到绵绵出事，他就这样放任她一个人过来，邵勉真的爱她吗？

得意地看着薄亦月微白的脸色，蠢女人，什么话都信！

顾惜令人先羞辱一下薄亦月，眼看几个人越走越近，薄亦月从身上摸出一把藏在内衣中的匕首，抵在自己的脖子上，"别过来，再过来，我就死给你们看！"

几个男人相互看了一眼，停下了脚步。

看到这种情况，顾惜也不着急，她往前走了几步，指着绵绵的方向，"你看你女儿的腰部，那是什么？"

顺着顾惜指的地方看过去，绵绵的腰部有个小小的东西，闪着红色和绿色的灯光。

"知道那是什么吗？不知道吧？那可是特制炸弹哦！"顾惜说完，不顾薄亦月彻底白了的脸色，放肆大笑。

"怕了吧，薄亦月，只要我一个手势，你女儿就会粉身碎骨哦！"

薄亦月手上的匕首，落在地上。

她该怎么办？一个人怎么抵得过这么多人，她要怎么救她的女儿？

"放开我女儿，我答应你的所有要求！"因为剧烈挣扎，薄亦月的长发散落下来，一片凌乱。

顾惜不屑地冷笑，"做梦！"然后给她身后的男人使了个眼色，几个大汉立刻把薄亦月按到地上。

"放开绵绵！啊，你们放开我女儿！你们都去死！"薄亦月歇斯底里地大叫后，一个用力，居然挣脱掉了几个人控制。

只是，没跑两步，就又被按住了。

这一幕落在了半空中的直升机上的男人眼中，他的目光瞬间结冰。

"开舱门！"

舱门被打开后，系上降落伞，直接跳了下去。

"邵勉？"顾惜震惊地看着出现在岛屿上的男人，在她还没有反应过来的时候，邵勉解开降落伞，快速跑了过来，一脚踹在控制着薄亦月的几个男人身上。

"邵勉，不要管我，求求你救救绵绵。"邵勉的忽然出现，让薄亦月看到了希望。

在邵勉打倒两个男人后，另外两个人忽然掏出武器，指向邵勉。

只是邵勉更是以迅雷不及掩耳之势拿出腰间的武器，直奔到顾惜的面前，用武器对准她的脑袋。

这个时候更多顾惜的人都拿着武器围了过来，所有的武器全部对准邵勉。

邵勉将手插进口袋内，悄悄地按下一个按钮。

"放开薄亦月和孩子。"

顾惜完全没有惧怕的意思，"邵勉，我现在死了，那个小孩就完蛋了！"

薄亦月想起绵绵身上的特制炸弹，"邵勉，不能杀她，她在绵绵身上装有特制炸弹！"

"顾惜！你这个贱人，你的良心呢！"薄亦月再次疯狂地冲了过来，只是被保镖拦住。

"顾惜，我再给你最后一次机会，放了她们！"

其实邵勉是在拖延时间，等着他的人来，谁知看在薄亦月眼里，却以为他不愿意拼命去救绵绵。

接下来的一句话，让邵勉直接打乱了自己所有的计划。

"邵勉，绵绵是你的女儿，四年前承阳哥哥没有给我做手术，绵绵是你的亲生女儿！"

这一刻，薄亦月终于把实话说了出来。

邵勉握着武器的手，忽然一软，武器差点掉在地上。

难以置信的目光紧紧地盯着面带梨花的小女人，她刚才说什么？绵绵……是他的亲生女儿？

怕他不信，薄亦月继续说道："知道为什么看着绵绵那么熟悉吗？因为她和你小时候长得一模一样，邵勉，绵绵真的是你女儿啊！你快救救她！"

邵勉的脑神经像是被雷劈中了一般，脑袋里短暂地一片空白，"绵绵真的是你女儿啊！"这句话在邵勉的脑海里一直回放。

经过薄亦月一提醒，邵勉想起自己小时候的照片，再和绵绵的样子对比一下，果然……

喜悦，震惊，愤怒，开心……

狠狠瞪了一眼一直隐瞒着他的小女人，这件事情完了以后，看他怎么收拾她！

邵勉把武器咬在口中，脱掉身上的外套。

看着薄亦月的眼神难掩的愤怒，用力地把外套扔在一边的地上。

他的动作，让薄亦月一愣，邵勉这是在做什么？

在大家纳闷的时候，邵勉重新拿回口中的武器，然后快速跑进别墅。

"快！拦住他！"当知道邵勉要做什么的时候，顾惜连忙命令身后的人拦住邵勉。

只是，邵勉已经跑进了别墅，踩上了上二楼的台阶。

该死的，那个小孩居然是邵勉的女儿，顾惜可是万万没有想到。

"别动！警察！"整个岛屿不知道在什么时候，已经被穿着制服的警察，全部包围了起来。

天空中几架直升机一直在别墅的上方盘旋着。

## 第九十章　救出绵绵

"大彪，引爆特制炸弹！"顾惜大声喊了一声，被称为大彪的男人连忙拿起手中的操控器，准备按下。

"不要！"薄亦月惨叫一声，也想往二楼跑去，但是身后的两个人一直控制着她，不给她机会！

邵勉快速地抬起修长的腿，踢掉大彪手中的操控器。

在他把大彪按到地上的时候，大彪从腰间掏出一把匕首，狠狠地扎进邵勉的肩膀。

"爸爸！"薄绵绵看着邵勉的肩膀又挨了一下，瞬间失声尖叫。

一楼的警察已经和顾惜的人打了起来，顾惜怕他们伤到自己，拿着一把武器躲到了一边的草丛中。

打斗声不断，倒下的有顾惜的人，也有警察。

邵勉忍着痛意，双脚踩住身下的大彪的手，一个拳头狠狠地挥到大彪的脸上。胳膊肘击中他的右眼，"啊！"大彪一声惨叫，拼命地去拿旁边的操控器。

好在拿着武器的十几个警察，全部涌进观景台，把地上的大彪制服了。

邵勉捂住流血的胳膊，步伐有点踉跄地走到绵绵的身边，看着她冻得发紫的小嘴唇，一阵心疼。

在警察的帮助下，邵勉给绵绵解开了绳子，并拆开了她身上的特制炸弹。

这时天色已经黑了不少，绵绵被邵勉紧紧地抱在怀里，"爸爸，爸爸。"

"绵绵。"邵勉的声音有点沙哑，此刻的幸福冲噬着他的每一根神经，完全感觉不到胳膊上的痛。

当父女俩抱在一起的时候，本来已经安静的岛屿，又发出一声巨响。

邵勉想起薄亦月，整颗心一沉，连忙透过玻璃朝楼下看去。

海边，顾惜拿起一把武器对准自己，"嘭！"一声响起，顾惜倒下了，血很快地涌到地上，蔓延到海里，染红了一小片海水。

邵勉放下绵绵，把薄亦月抱在怀里，不让她去看倒在血泊中还睁着眼睛的顾惜。

警察队长走到顾惜的面前看了看，"犯人还有最后一口气，赶紧送去医院！"

满身鲜血的顾惜被抬走，其他没有死的手下，也被带进了警局。

一切回归于平静，邵勉抱着怀中一直颤抖的薄亦月，连声安慰："没事了，没事了。"

薄绵绵走到妈妈的面前，拉着她的手，"妈妈，不哭。"

薄亦月听到女儿的声音，从邵勉的怀中挣脱出来，抱着女儿哭得更大声，"绵绵，妈妈对不起你，让你受苦了。"

想起顾惜刚才让人那样对绵绵，薄亦月痛哭流涕，她对不起绵绵！

"妈妈，绵绵没事了，妈妈也不要哭了。"薄绵绵不停地安慰着薄亦月，她根本就不明白究竟发生了什么事情。

邵勉把被关在船舱内的管家放出来，让他把别墅清理一下，然后准备这座岛的转售手续。

对于邵勉来说，这片净土，已经被污染了，没有留着的必要了。

回老宅之前，薄亦月把邵勉带到了承阳医院，司承阳给邵勉的伤口做了处理。

趁着薄亦月带着绵绵去卫生间的时间，邵勉紧紧地盯着给自己包扎伤口的司承阳。

司承阳无奈地开口："邵勉，你是不是发烧了，干吗用这个眼神看着我？"

"司承阳，我记着你这个好兄弟了！"司承阳的行为，让邵勉感激的同时又咬牙切齿。

感激是因为司承阳没有给薄亦月做流产手术，咬牙切齿是因为司承阳居然帮着薄亦月，一起隐瞒着他！

"不用客气，邵律师，你女儿留给我儿子做媳妇就好了！"

"哼，司承阳，你还知道绵绵是我女儿？为什么不早点告诉我？"很好，他没提绵绵，司承阳倒主动提起来。

邵勉阴阳怪气的语调，让司承阳一愣，"你都知道了？"

"你说呢？"

司承阳没有一点愧疚的意思，反而冷哼，"真是便宜你了，多了一个这么大的女儿。"

想起绵绵，邵勉所有不满的情绪全部消散。嘴角挂上满足的笑意，自己多年来的愿望终于实现了。

他决定，过段时间先跟薄亦月算算账，然后再奖励她！

几天后，新闻发布出来，顾惜犯绑架、杀人、走私等罪，并畏罪自杀，抢救无效死亡。

世界上再也没有顾惜这个人了。

日子终于回归宁静。接下来就是他要和薄亦月算账的事情了。

这些日子，薄亦月让自己完全投入到拍戏的工作中，拍完一支广告，已经是晚上九点多，薄亦月和曹小刀一起往停车场走去。

一个男人靠在车门上，嘴里抽着的香烟，在黑夜中忽明忽暗。

远远地，薄亦月就感觉到那是邵勉。

随着距离越来越近，果然是他！

跟曹小刀打过招呼之后，薄亦月拿着包包向邵勉走过去。

男人看到她过来，掐灭手中的香烟，扔进旁边的垃圾桶。

薄亦月抱住邵勉的腰身，闭着眼睛感受着他的温暖。

男人右手抬起她的下巴，低头吻上她的红唇。淡淡的烟草味，在两个人的唇齿间蔓延开来。

邵勉搂着女人腰的右臂一个用力，女人被他抵在车门上，两具身体紧紧地贴在一起。

良久，邵勉微喘着气放开脸颊绯红的小女人，"我们回别墅。"

"好。"

今天两个孩子还在老宅，保姆后天才会正式上班，所以，别墅暂时只有他们两个人。

灯都没来得及开，邵勉就抱住了正在换鞋的小女人。

待她换完鞋子，邵勉将她抵在门上，"薄亦月，今天晚上我要和你算算账。"

"嗯？什么账？"

"你隐瞒我绵绵的事情！"邵勉后来才知道，身边那么多人早就知道了绵绵是他的女儿，只有他这个当事人还被蒙在鼓里。这一切全都拜这个小女人所赐！

"……邵勉，你不能怪我，我可是告诉过你的。你自己不相信，怪我喽？"黑暗中，薄亦月委屈地看着男人。

邵勉想起那天晚上和薄亦月的对话，"是啊，绵绵的爸爸你认识！"

"谁？"

"你！"

邵勉好心塞。

"薄亦月，你居然告诉我绵绵的爸爸死了！"

提起这个，薄亦月才心虚，"那还不是因为当时你让我不高兴，我才那么说的！"

"看我怎么收拾你！"

"邵勉，你就是看我不顺眼是吧！找了一个又一个的理由！"薄亦月不满地指控。

邵勉很大方地点了点头，"反正你隐瞒我绵绵的事情，我很不爽！"

薄亦月推开他，往楼上走去。"我还不爽呢！我怎么没找你算账？"

"你不爽什么？"男人从她身后搂住她的腰，又把她控制在身后的扶手上。

薄亦月想起顾惜的话，再次推开他，"哼，去找顾瑜啊，把她从监狱里带出来，继续宠着啊！"

邵勉无语地看着她的背影，怎么忽然扯上了顾瑜？

"你脑子里想的都是些什么？"

　　推开卧室的门，薄亦月把他推了出去，不让他进来，自己半掩着门，露出脑袋，"你那座岛屿不带我去就算了，还不告诉我，不像是人家顾瑜，不但知道了，还被你带去了，唉，真伤心啊！"

　　薄亦月是真的伤心，然后毫不客气地关上了门，"嘭！"邵勉高挺的鼻梁差点撞到门板上。

　　男人心碎一地，他好冤枉。

　　好，他承认没有告诉她他有私人岛屿别墅，是他的错，但是他什么时候带着顾瑜去他的岛屿了？

## 第九十一章　挑选婚纱

"老婆！开门！"邵勉拍了拍门。

卧室内的薄亦月冷哼，"去睡书房。"

邵勉再拍，"小兔子乖乖，把门开开，快点开开……"

卧室的门从里面被打开，薄亦月生无可恋地看着门外唱着儿歌的大男人。

"哎呀我的小兔子！"邵勉一把抱住她，直接吻住她。

敢把他关在门外，看他怎么收拾她！

男人过于热情，薄亦月有点难以承受地往后退了两步。但是，还是没有逃出他的怀抱。

男人一个用力，把她抱上梳妆台，让她坐在上面。

邵勉有力的双臂，支撑在她身体两边的梳妆台上，"薄亦月，我没有带着顾瑜去过。"

看着男人真诚的眼神，薄亦月才知道自己被顾惜骗了。

"那你没告诉我，我也生气。"

邵勉在她的红唇上啄了一下，"生气？来，让我好好地伺候伺候你。"

薄亦月红着脸捏了捏他的脸，"脸皮果然很厚。"

然后从桌子上跳下来，但是没有成功逃离男人的怀抱。

"薄亦月，我告诉你一个秘密。"

"什么秘密？"薄亦月好奇地望着镜中的他。

然后邵勉微微一动，薄亦月立刻低下头，再次抬起头时，邵勉正从镜中看着她，"秘密就是我最喜欢你这个样子！很妩媚，很诱人！"

薄亦月拧了一下他的胳膊，"流氓！"

"哼，薄亦月你给我道歉！"

"我不要！"

"道歉！"

"嗯嗯，我道歉……邵勉……"

"不对，叫老公。"

"老公，我道歉。"

男人并没有放过她，"错在哪里？"

"错在对你隐瞒了绵绵的事情。"镜中的女人媚眼如丝，心中却想着等会儿找机会，也要好好地整整邵勉。

"不错，值得奖励！"

接下来，卧室内一片旖旎。

过完正月二十，某天早上，邵勉把熟睡的女人从被窝中扯了出来。

"邵勉。你干吗，我今天可以晚去一会儿。"女人不满地蒙上头，继续睡觉。

邵勉看着她这个样子，直接去衣帽间给她取了衣服，准备亲自给她穿上。

"邵勉，我要睡觉！"薄亦月迷迷糊糊地随着他的动作，举起胳膊，准备穿衣服。

邵勉低下头亲在她的肚皮上，薄亦月一个激灵，清醒了三分。

乖乖地穿上衣服，被男人抱下床。

邵勉给她穿上拖鞋，又把她抱进洗漱间。

"这才六点多，你把我叫起来做什么？"

然后边刷牙边好奇地看着早已穿戴整齐的邵勉。

"秘密。"

两个人在外面吃了早餐，邵勉开车带着薄亦月来到一家店铺门口。

此刻副驾驶上的薄亦月正靠在椅背上，呼呼大睡。

邵勉失笑，将车停好，打开副驾驶的门，把熟睡的小女人抱了出来。

当薄亦月再次睁开眼睛的时候，是被两个人极小的聊天声给吵醒的。

"她就是薄亦月，长得可真漂亮。"

"对啊，邵律师真的对她很好呢！"

"羡慕羡慕……嘘，她醒了。"

薄亦月迷茫地看着面前的两个导购员，她们的背后是一件又一件漂亮的……婚纱？

"薄小姐，你醒了。"另外一个导购员立刻按照邵勉的吩咐，去叫了正在挑婚纱的邵勉。

"嗯，这是哪里？"

"薄小姐，这里是菲鸣婚纱店。"导购小姐给她接了一杯白开水，放在她的面前。

这个时候一拨人走了过来，为首的是双手插在裤子口袋内的邵勉，身后跟着几个导购员和店长。

"醒了？过来试试我给你挑的婚纱！"刚才因为她还在熟睡，邵勉就给她脱掉鞋，把她放在了沙发上。

男人走过去，半蹲下身体，自然地给薄亦月穿上了鞋子。

在众人的惊羡中，拉着她的手，往里面走去。

"看看这件如何？"他现在给她挑的只是拍婚纱照时穿的婚纱，结婚当天的婚纱，他已经让人去请了黎浅洛给他力推的菲拉女士设计。

挑选婚纱，薄亦月感觉这四个字是那么美好。

之前因为邵勉被迫和她结婚，所以两个人不但没有婚礼，并且也没有结婚照。

后来拍戏，她做过几次新娘，每次穿上婚纱的时候，都有一种羡慕的感觉。

此时，她脑袋一片空白地顺着邵勉的手，往橱柜内的婚纱看过去。其实她现在什么都看不进去，已经被喜悦冲昏了头脑。

呆呆地点了点头，"好看。"

只要是邵勉看中的，一定好看。

邵勉看着她惊喜的表情，有点心疼，这个婚礼他给得太晚了……

吩咐导购把婚纱取出来，让薄亦月去试穿。

进了试衣间的薄亦月，坐在椅子上，紧紧地抱着洁白的婚纱。

镜中的自己，脸上的笑容是那么真实又幸福。

她告诉自己，薄亦月，有点出息行不行！看把你激动的。

五分钟后，导购员给她打开试衣间的门，薄亦月踩着高跟鞋走了出来。

邵勉回头。

女人长发随意挽起在头顶，露出她雪白的脖颈。洁白的拖地婚纱，紧紧包裹着她完美的身材，腰部一道斜斜的花瓣装饰，给简单大方的婚纱，增添一抹独特。

圣洁的白色，把小女人衬得肌肤白皙，高贵典雅。

邵勉不是第一次见薄亦月穿婚纱，因为薄亦月之前拍戏的时候，也穿过婚纱。

他眼中的惊艳，薄亦月看得清清楚楚。

大概已经知道了自己穿上的效果，但她还是问了怔在原地的邵勉："好看吗？"

邵勉回过神，走到她的面前，毫不掩饰此刻的情绪，在她的红唇上亲了一下。

这一幕让周围其他人都不自觉地红了脸蛋，邵律师和薄亦月是真的很恩爱呢！

薄亦月娇嗔地拍了一下男人，小声地训斥："干吗呢，这么多人看着呢！"

"真好看，我老婆是最好看的。"邵勉丝毫不顾别人的目光，搂住老婆的蛮腰，亲昵地抵着她的额头。

薄亦月脸红地和他拉开距离，"别闹了，赶紧的。"

邵勉继续搂着她的腰身，吩咐导购员："把我刚才看的那几套拿过来。"

"好的，邵律师，稍等。"被两人甜到的导购小女生脸红心跳地跑去取婚纱了。

接下来取过来的婚纱，还有两件白色的，基本上都是长长的拖地的款式。还有一件淡紫色的礼服，以及一件大红色的旗袍，薄亦月全都去试了试。

不得不说邵勉的眼光很好，薄亦月穿上的每一件，都各具特色，非常好看。

拍婚纱的衣服，一个小时搞定，邵勉立刻拍板决定，婚纱照现在就拍。

趁着薄亦月化妆的时候，邵勉简单地试了几套新的西装礼服。

第一组婚纱照，是在摄影棚内，拍的近景，方便后期放大挂到卧室内。

第二组应薄亦月的要求，去海上取实景。

为此邵勉让人把自己的豪华游艇提前开到拍摄地点，两个人在海面的游艇上拍了一组。

傍晚的时候，夕阳落下，又在海边拍了一组。

第一天的拍摄结束，当天晚上，邵勉让摄影师把拍摄的所有照片，都给他传了过来。

没有经过任何修饰和后期处理，效果就好得惊人。

发送几张到薄亦月的手机上，关上电脑出了书房。

薄亦月看着两个人的婚纱照，笑得一脸甜蜜。看到最后一张的时候，邵勉把手机从她的手中取走。

"怎么了？"

邵勉坐到床上，靠在床头，打开她的微博，"没事，我用一下。"

"哦！"薄亦月从床上下来，进了浴室，去洗澡。

从浴室出来的时候，薄亦月还不知道微博上发生了什么事情。

还是曹小刀和夜翎翎几个人给她发微信，她才知道邵勉拿着她的手机干了什么好事！

在男人的胸膛上用力地拧了一下，男人吃痛惊呼，一个翻身把她压在身下，"想谋杀亲夫吗？"

此刻网友们正被微博上的婚纱照和深情告白，弄得措手不及。

"恭喜恭喜，邵律师和亦月姐姐终于修成正果。"

"哇，我们的亦月好漂亮。"

"不要浪费了高颜值资源，赶紧再多生几个小宝宝啊！"

## 第九十二章　举办婚礼

邵勉放下手机，抱住老婆。薄亦月像是想到了什么，趴在他的胸膛上，"邵勉。"

"嗯？"

"真的有……婚礼吗？"他只是带她去拍婚纱照，可没告诉她会有婚礼的。

"你猜。"

薄亦月怒道："必须有，你敢不给，咱俩绝交！"

邵勉啄了一下她的红唇，"到底有没有，你可以期待一下。现在轮到我问你问题了。"

"那你说。"

男人把她搂在怀里，凑近她，"薄亦月，什么时候退出娱乐圈？"

退出娱乐圈？薄亦月还没想过这个问题！

眼看自己的事业前途一片红火，真的要退出吗？

不过，邵勉有这个想法，她改天认真考虑一下。但是现在，"你猜。"

薄亦月把这两个字还给他。

邵勉哑然失笑，"我猜，如果你再给我生一个女儿，你就必须退出娱乐圈！"

被窝中的大掌开始不老实，薄亦月生无可恋地看着他，"说，你是不是不喜欢绵绵！"

"你不是明知故问吗？"男人头也不抬地回应她。

薄亦月想了一下，如果说邵勉不喜欢绵绵，那简直是笑话！

之前，邵勉对绵绵就很好，甚至就已经超过了康康。不过，自从邵勉知道了绵绵是他的亲生女儿后，那宠爱更不用说了，有时候让薄亦月看了都妒忌。

要不是第二天得早起继续拍婚纱照，邵勉才不会早早地就放过薄亦月。

婚纱照又连续拍了两天，甚至还跑到了外市取景。

许多人都见到了拍婚纱照的两个人，纷纷传到了朋友圈和微博上。

一切尘埃落定，邵勉把婚礼现场已经设计好，日子也定好了。把所有的请帖发出去，邵勉也没告诉薄亦月婚礼时间和地点。

能让薄亦月晚一天知道就晚一天。

所以，当薄亦月知道婚礼时间的时候，就是婚礼前一天，拉菲女士给婚纱做了最后的修改，让薄亦月再去试试。试婚纱的时候，拉菲女士无意间说出明天的婚礼上，薄亦月一定是万众瞩目的漂亮新娘。

明天的婚礼？薄亦月瞬间傻眼了。

不是吧，没人告诉她啊，邵勉确定她是新娘吗？

就要举行婚礼了，新娘这个当事人，还什么都不知道……

明天就要举行婚礼了，邵勉肯定早早地就把请帖和喜糖寄出去了，看来是大家都看到了他们的婚礼请帖。

试完婚纱，薄亦月接到了曹小刀的电话，"斯总已经亲自下达了命令，让你休息一段时间。"

此时此刻的薄亦月有些崩溃，所有人都知道了她和邵勉要举办婚礼，而只有她这个当事人不知道……

越想越生气，直接把车子停在路边，拨通邵勉的手机号码。

邵勉为了明天的婚礼，和未来一段时间的蜜月假期，正在做交接工作。

看到老婆的来电，美滋滋地接通了电话。

"老婆。"

"邵勉你这个混蛋，臭鸡蛋，臭鸭蛋！"

"老婆，淡定，怎么了这是？"

"你明天要和谁结婚！"女人气呼呼地质问。

哦，原来她知道了婚礼的事情，"除了薄亦月女王，还会有别人吗？"

女王两个字，让薄亦月差点笑出声来，火气消了三分，"为什么不告诉我？你一定是打着和我结婚的旗号，想在结婚当天迎娶前女友是不是！"

迎娶前女友？邵勉揉了揉发痛的太阳穴。

"薄亦月，我说过，我这辈子只爱你一个女人，还要我天天强调吗？"如果她记性不好，那么，从明天开始，每天早上就跟她说一遍！

"哼！我一定是个假的新娘，自己都要结婚了，还不知道！"听到他又说他爱她，薄亦月的火气又下去三分，还是愤愤不平地为自己抱屈。

邵勉失笑，"你是货真价实的新娘！不告诉你，是想给你一个惊喜。"

看她现在这个样子，他的计划像是失败了。

他把新房布置在了老宅，老婆是要娶到家里面的。御谷名邸是他们俩的住所，老宅是他们邵家的根。

薄亦月听到他说要给她一个惊喜，忍不住扬了扬嘴角，邵勉真的给了她一个惊喜。平时不敢想的婚礼，忽然就来了，她怎么可能会不高兴？

但还是故作生气地嚷嚷："我不管，这件事情是你的错，你给我道歉！"

"好，好，老婆，老公道歉，一切都准备好了，你今天晚上去哥那里，等着老公明天去接你。"

结婚现场的布置什么的，邵勉都是亲自设计的。

"哼，邵勉，明天过后，再找你算账！"

甜甜蜜蜜地挂掉电话，本来要回公司的薄亦月，想起了一件事情。

她在路过的花店买了束鲜花，往郊区的陵园方向驶去。

父母亲的墓碑，被打扫得干干净净的，薄亦月知道肯定是薄亦阳做的。

薄亦阳回国发展后，经常过来给爸妈打扫墓碑。

将白色的菊花放在墓碑前，薄亦月轻轻地触摸着爸妈的遗照。

"爸，妈，女儿不孝，这么久没来看你们。"

渐渐地蹲下身体，最后跪了下去。

"爸，妈，原谅女儿的不孝，以后亦月一定经常来看你们。"

"你们一定看到了，我和邵勉现在又有了一个可爱的女儿，她叫绵绵。邵勉现在正忙着给绵绵改名改姓，上户口。户口上好了，邵勉就会把这件事情昭告天下，让所有人都知道绵绵是邵勉和我的女儿。"

这些都是邵勉告诉她的，她也相信邵勉一定会做到。

"还有，爸妈你们可以放心了，我和邵勉明天就要举办婚礼了。你们之前在世的时候，一直对他不满。邵勉现在给了我许多我之前想都没想过的爱和幸福，女儿很幸福，你们在那边也要好好的，开开心心的。"

抽泣了一会儿，薄亦月抬起头看着遗像上微笑的父母，擦了擦眼泪。

爸妈，所有的坏人都已经得到了应有的惩罚，我和邵勉也很幸福，以后我会退出娱乐圈，满足邵勉的愿望，好好地在家照顾他和孩子。邵勉有空了我们就出去游山玩水，邵勉忙了我就在家带孩子，给他做好热菜热饭，等着他回来吃……

爸妈，虽然当初用了不光彩的伎俩成为邵勉的妻子，是我的不对，后来邵勉也为此折磨了我许久。但是，现在能和他幸福地在一起，我不后悔当初我做的所有事情。

只是，以后我会引以为戒，好好教育绵绵。不让她吃自己曾经吃过亏，不让她做自己曾经做过的错事。

墓园很安静，薄亦月靠在墓碑前，又和爸妈说了一会儿话，才离开。

拖着跪到酸麻的腿，坐回车内。

远远地望着薄父薄母的墓碑，薄亦月轻轻地说了句："爸妈，我下次带着康康和绵绵来看你们。"

车子缓缓地离去。

## 第九十三章　大结局

大婚那天，快十点的时候，已经化好妆的薄亦月坐在大床上，整颗心都在怦怦地跳动着。

十点零几分的时候，几个女人正在凑在一团拍照，不知道谁喊了一声："新郎来了！"接着外面就传来了鞭炮噼里啪啦的声音。

其他人连忙从床上下来，并把薄亦月的婚纱整理得整整齐齐的。

伊迪丝和莉迪亚不知道接下来做什么，看到闫媛媛和景秀跑去堵门，也就跟了过去。

随着一阵喧闹的声音，新娘房间的门被敲响。

"新娘子快开门，新郎来了！"

这是黎优芜的声音，今天他给邵勉和薄亦月做证婚人和主持人。

堵门的伴娘们也没怎么为难新郎，毕竟新郎给的红包够大！

"新郎给新娘唱情歌。"

黎浅洛话音一落，薄亦月就紧紧地抓着婚纱。

外面的邵勉很干脆，清了清嗓子就准备开口。

但是不知道谁在外面起哄，吼了一嗓子。

接着就笑声一片，闫媛媛笑得眼泪都要出来了。

笑过之后，邵勉开口唱出："地球自转一次是一天/那是代表多想你一天/恒久的地平线/和我的心永不改变/爱你一万年/爱你经得起考验/飞越了时间的局限……"

一首深情款款的《爱你一万年》缓缓流出，唱醉了现场人们的心。

外面许多人都在用手机录像，等于说邵勉的婚礼正在现场直播。

他深情的歌声让所有人沉醉，久久不能回神。

薄亦月已经红了眼，今天是她最幸福的一天，是邵勉这个男人带给她的……

新娘房间的门终于被打开，外面呼啦挤进来了十几个男人。

除了为首的邵勉和黎优芜，其他的全都是娱乐界和律师界的大牌。这些人大家都不陌生，黎浅洛几个人都忍不住惊叹，全部是黑西装白衬衣的帅哥。

邵勉怀中抱着一大捧红玫瑰，一进房间的门，就把目光定在床上女人的身上，再也转移不开。

四目相对，邵勉有力的心跳一直加速。

不等黎优芜开口，邵勉就冲到床边，揽住薄亦月吻了上去。

"噢噢，这么直接，邵勉好样的！"

"我们是不是太碍眼了，这个时候应该给他们留个私人空间的。"

"啊啊啊，新郎你干吗呢，还没到接吻环节呢，哈哈哈哈。"起哄声尖叫声过后，就是哈哈大笑。

薄亦月红着脸推开扑过来的男人，玫瑰花都快被他挤坏了。

"邵勉，起来，羞不羞你！"

好了，她的口红也被他弄花了。

邵勉恋恋不舍地松开怀中的女人，嘴上印着大红色唇印的样子被拍了下来。

因为没有长辈在场，大家都是年轻人，也没有复杂的礼仪环节。

邵勉抱着玫瑰花，半跪在薄亦月的床前，不用大家提示，就直接开口："薄亦月，我的女人，请你嫁给我！"

虽然邵勉已经向她求过一次婚，但是薄亦月这次还是双手捂着嘴巴，激动得不知道如何是好。

邵勉能理解薄亦月的心情和他一样激动，只得再次大声开口："薄亦月，请你嫁给我！"

这次周围的人跟着起哄："嫁给他！嫁给他！"

"答应他，快答应啊！"

薄亦月终于在大家的呼唤声中，回过神，微哑着嗓子开了口："邵勉，我答应你。"眼中的泪花随时都要掉下来，薄亦月抬了抬头，把眼泪收了回去。

大喜的日子，她不能哭。

邵勉把一大束玫瑰花，塞进她的怀中。

黎优芜清了清嗓子，响亮地喊出："请新郎新娘接吻。"

然后邵勉毫不客气地堵住了薄亦月的红唇，薄亦月一个不防，直接被邵勉压倒在床上。

大家看着邵勉把薄亦月压在身下，再次起哄。

邵勉在薄亦月快要呼吸不过来的时候，才松开她。

看着两个人的红嘴唇，化妆师再次过来给薄亦月补妆。

趁着这个时间，新郎带着四个伴郎，找到了被伴娘们藏起来的红色高跟鞋。

半蹲下身体，邵勉给薄亦月穿上高跟鞋，在众人的哄闹声中抱着她出了房间。

这样一天下来，薄亦月不得不说，做新娘子是很累的。

第二天一整天，邵勉和薄亦月哪里都没去，一整天就在家里。

邵勉在微博上发出一张照片，是康康带着绵绵在家里做手工的照片，并配上文字：一儿一女足矣。

他的这条微博，再次上了微博的榜单，所有的事情都不用解释，绵绵和邵勉八分相似的容颜，就完全说服了所有人。

"邵律师把女儿保护得真好，都长这么大了才公开，不过长得可真好看，像邵律师多一点。"

"基因这个东西好强大。"

"羡慕邵勉一家四口，要永远幸福。"

"从此以后，一家四口，邵勉最丑。"

……

后来的几天，薄绵绵的名字换成了邵嘉依，小名还是叫绵绵。

婚礼举行完的第四天，邵勉把两个小家伙安顿在老宅后，带着薄亦月去了机场。

　　两个人的计划是好好地去旅游一圈，补上那个几年前就该有的蜜月之旅。

　　薄亦月和斯靳恒打过招呼，等自己的合约满了，就不再和公司续约，并准备逐渐淡出娱乐圈。

　　经过这一连串的事情，薄亦月真的累了，她想远远地逃离这个用舆论足以压死人的娱乐圈。

　　直到有一天薄亦月发了一条微博，她的粉丝才惊觉，薄亦月要消失在大众的视线内了。

　　"今天拍最后一支广告，从此以后，寸步不离陪伴在他左右。"

　　薄亦月的最后一则广告，依然是黎浅洛的GL钻石。

　　她依旧像第二次刚出道时一样，头顶挽着高高的发髻，涂着天蓝色的眼影，忽闪着长长的睫毛，涂抹着艳丽的唇膏。

　　身上是一件大红色裸背的晚礼服，黑色十厘米的细高跟鞋，再次惊艳了所有人的目光。

　　从那天起，任由投资商和广告公司给出天价，薄亦月一个不接，只是安安静静地陪着孩子和老公。

　　三月中旬，有记者拍到邵勉和薄亦月亲密地手拉手，坐上了去法国的飞机。

　　薄亦月笑得嫣然如花，那种幸福，是发自内心的，让人一看就知道薄亦月嫁给了爱情。

　　曾经羡慕过无数人爱情的薄亦月，就这样紧紧地抓住了自己的爱情。

　　法国吉维尼小镇，这里因为莫奈花园而闻名，一对爱侣慢慢地走在小河边，静静地听着鸟鸣，闻着遍地盛开的花的香味。

　　走了没多久，薄亦月忽然驻步，指着不远处的一幕，告诉邵勉："第一家花店，就是以前我和丹彤开的。"

　　邵勉顺着她的手指望过去，铺着鹅卵石的小巷内第一家是一间小小的房子。

　　房子的左半边，被不知名的花包围。花朵五颜六色，阳光下盛开得正好。

　　门前简单地摆着几盆不同品种的盆栽，用帆布支撑出来的屋檐上，写着英文：I Miss You。

这就是她们花房的名字，我想你。

简单而又有深深的寓意。

现在的花房已经被薄亦月转手给一对当地的老年夫妻。邵勉和薄亦月走到门口的时候，满头银发的老夫妻坐在门前的秋千上，肩靠肩，手拉手。

薄亦月拿出手机，把这温馨的一幕给拍了下来，然后邵勉带着薄亦月悄悄地离开了这里。

两个人按照之前的计划，离开法国后，又出发去了下一站。

旅行的路上，不断能看到他们恩爱的身影。

结发为夫妻，恩爱两不疑。